KARL MAY

Die Herren von Königsau

Die Liebe des Ulanen

Der Originalroman aus der Zeit
des Deutsch-Französischen Krieges

Band 1 — Die Herren von Königsau
Band 2 — Napoleons letzte Liebe
Band 3 — Der Kapitän der Kaisergarde
Band 4 — Der Spion von Ortry
Band 5 — Durch Kampf zum Sieg

KARL MAY

Die Herren von Königsau

VERLAG NEUES
LEBEN

[redacted]

ISBN 3-355-01390-0

Einband: Peter Nagengast (Reihengestaltung)
Jörn Hennig (Bildmotiv)
Lichtsatz: Nationales Druckhaus GmbH, Berlin
Lithographie: SWS Repro GmbH, Wiesbaden
Druck und buchbinderische Weiterverarbeitung:
Chemnitzer Verlag und Druck GmbH,
Werk Zwickau

1. KAPITEL

Zwei Gegner

Der Moseldampfer, welcher des Morgens halb sieben Uhr von Koblenz abfährt, um nach einem Übernachten in Traben-Trarbach die Passagiere nach Trier zu bringen, hatte Zell verlassen und arbeitete sich von neuem auf den Wellen des herrlichen Stromes aufwärts.

Nebst anderen Passagieren, welche meist den zweiten Platz besetzten, war eine Gesellschaft junger Herren aufgestiegen, welche sich in jener selbstbewußten, nonchalanten Weise nach dem ersten Platz begaben, die den Angehörigen einer bevorzugten Gesellschaftsklasse eigen zu sein pflegt. Sie musterten die Mitfahrenden von oben herab und nahmen unter dem gegen die Sonnenstrahlen aufgespannten Schutzdach Platz, ohne sich darum zu kümmern, ob sie anderen die wohl berechtigte Aussicht auf die lachenden Ufer raubten oder in sonst einer Weise lästig wurden. Ihr in französischer Sprache geführtes Gespräch war so lärmend, so rücksichtslos laut, daß sich aller Blicke verweisend auf sie richteten, doch nahmen sie nicht die geringste Rücksicht darauf. Bei Leuten, welche einer der unteren Volksklassen angehörten, hätte man dieses Verhalten ungezogen genannt; hier jedoch schwieg man, indem man es vorzog, die Rücksichtslosigkeit nur im stillen zu kritisieren.

Einer von jenen, welcher ein riesiges Monokel in das Auge gepreßt hatte, deutete mit seinem Stöckchen auf das Ufer und sagte so laut, daß es jeder auf dem Schiff hören konnte:

„Lieber Graf, ist es nicht eine Schande, daß ein so schöner Fluß und ein so reizendes Land unserem Frankreich noch immer vorenthalten werden? Wann endlich werden wir einmal marschieren, um uns die linke Seite des Rheins, welche uns gehört, zu holen? Ich hasse die Deutschen!“

„Und bereist doch ihre Länder, bester Oberst!“ meinte spöttisch derjenige, an welchen die Worte gerichtet gewesen waren.

„Pah!“ antwortete der Oberst. „Man weiß ja, weshalb man sie bereist. Muß man nicht einen Gegenstand, den man erlangen will, vorher prüfen und kennenlernen?“

Er sprach das in einem Ton, als ob man hinter seinen Worten ein wichtiges Geheimnis zu suchen habe. Er war ein wirklich schöner Mann, und da er bei seiner Jugend bereits den Rang eines Obersten bekleidete, so war anzunehmen, daß er von außergewöhnlicher Geburt sei und einflußreiche Konnexionen besitze.

„Donnerwetter, still", sagte sein Nachbar halblaut. „Du gerätst sonst in Gefahr, von diesen guten Teutonen für einen geheimen Emissär gehalten zu werden!"

„Mögen sie es tun! Diese Herren Spießbürger sind sehr ungefährlich. Ein Kampf mit ihren tapferen Heerschaaren müßte ein wahres Vergnügen sein. Ich bin überzeugt, daß wir im Falle eines Krieges einen sehr unterhaltenden Spaziergang nach Berlin machen würden, ohne von ihnen aufgehalten zu werden!"

„Darüber gibt es gar keinen Zweifel, nämlich, was den Spaziergang betrifft; ob er aber wirklich viel Unterhaltung bringen würde, das ist sehr fraglich. Diese Deutschen sind ein höchst langweiliges Volk, roh, grob zugehackt. Blicke dich um! Findest du unter den weiblichen Passagieren ein einziges Gesicht, welches wert wäre, geküßt zu werden? Ich werde einmal nach der Kajüte gehen, um zu sehen, ob es dort vielleicht etwas Besseres gibt."

Er erhob sich und stieg die enge Treppe hinab, welche unter Deck führte. Wer die beiden Damen sah, welche da unten auf der schwellenden Plüschottomane saßen, der mußte sich sagen, daß der Graf hier finden werde, was er suchte.

Es waren eine Blondine und eine Brünette. Die erstere war von mittlerer Größe und sehr feinen, doch jugendlich vollen Formen. Unter langen, weichen Wimpern glänzte das milde Licht zweier himmelblauer Augen, durch welche man tief auf den Grund einer sanften, hingebenden Seele blicken zu können schien. Dieses Mädchen war zwar keine imposante, hinreißende Schönheit, aber in ihrer Anmut und Lieblichkeit mußte sie selbst in einem auserwählten Damenkreis durch ihre Erscheinung hervorragen.

Ganz anders die Brünette. Von hoher, junonischer Gestalt, schien sie nur zum Gebieten bestimmt zu sein. Ihre Züge glichen denjenigen, welche die Maler jenen persischen Schönheiten zu geben pflegen, welche geschaffen sind, die Sterne eines ganzen Harems zu verdunkeln. Der herrlich modellierte Kopf trug eine Fülle kastanienbrauner Haare, welche die Zofe jedenfalls nur schwer in die moderne Frisur bändigen konnte. Auf der alabasterweißen Stirn thronte ein Adel, welcher dem Gesicht den Charakter der Unnahbarkeit verlieh. Die großen, unter herrlich geschwungenen Brauen blitzenden und von vollen, seidenen Wimpern beschatteten Augen besaßen jene mandelähnliche Form, welche nur der sonnige Orient seinen feurigen Töchtern verleiht; doch war diese Form nicht in jener Weise ausgeprägt, welche man oft an den unvermischt gebliebenen Kindern Israels bemerkt. Das nur leicht und außerordentlich graziös gebogene Näschen war zwar sehr fein geschnitten, zeigte aber doch zwei rosig angehauchte Flügel, welche sich ganz energisch aufzublähen vermochten. Der kleine Mund war geradezu wunderbar geschnitten. Ganz wie zum glühenden, überwältigenden Kuß gemacht, zeigten die granatroten Lippen doch nicht jene schwellende Fülle, welche nur das Vorrecht besonders sinnlicher Naturen zu sein scheint. Und wenn sich diese Lippen zu einem Lächeln öffneten, so erschienen zwei Reihen perlenkleiner Zähnchen, an denen sicher selbst der erfahrenste Zahnkünstler kein Fehlerchen hätte entdecken können. Dieser Mund stand eigentlich im Widerspruch mit sich selbst, doch gerade dieser Kontrast war es, der ihn bezaubernd machte. Um die eigenartig graziöse Schwingung der Lippen lagerten sich Trotz und Sanftmut, Stolz und Milde, Selbstbewußtsein und Hingebung, Kühnheit und weibliches Zagen, und es mußte der Zukunft überlassen bleiben, welche von diesen Eigenschaften die Oberhand erlangen und dem Gesicht dann sein dauerndes Gepräge erteilen würde.

Die Gestalt dieser Dame war voll, aber nicht unschön-üppig, obgleich ein pedantischer Kritikus vielleicht gesagt hätte, daß der Busen, welcher seine sommerlich leichte Hülle zu zersprengen drohte, die Blicke der Männer ein ganz klein wenig zu sehr auf sich ziehe. Das feingewebte, eng anschließende Reisekleid war nicht vermögend, die herrlichen Formen eines sinnberükkenden Körperbaues ganz zu verbergen. Das kräftig gebaute Händchen schien nur bestimmt zu sein, mit Inbrunst an das Herz gedrückt zu werden, und unter dem leise emporgerafften Saum des Kleides blickte ein Füßchen hervor, welches den Neid von tausend Damen zu erwecken vermochte.

Diese beiden Mädchen waren in ein sehr eifriges Gespräch vertieft. Sie führten dasselbe, obgleich sie sich ganz allein befanden, doch mit unterdrückter Stimme. Es war daraus zu erraten, daß sie sich vielleicht sehr wichtige und doch sehr jungfräuliche Geheimnisse mitzuteilen hatten.

„Aber, liebe Marion“, sagte die Blonde, „davon habe ich bisher ja gar nichts gewußt. Ich denke, wir haben niemals ein Geheimnis gehabt, und nun erfahre ich zu meinem Erstaunen, daß du gerade das Allerwichtigste, was es für ein Mädchen gibt, mir so lange Zeit und so hartnäckig verschwiegen hast!“

Die Brauen der Brünetten zogen sich leicht zusammen, und sie antwortete:

„Ich habe mich keiner ungerechtfertigten Zurückhaltung gegen dich schuldig gemacht, meine gute Nanon. Ich habe dieses Geheimnis ja erst aus dem letzten Brief erfahren, welchen Papa mir schrieb. Hier, lies selbst.“

Ihre Stimme klang kräftig, voll und rein wie Glockenton. Man hörte es ihr an, daß sie vom gebieterischsten Befehl bis herab zum süßesten Liebesgeflüster aller Modulationen fähig sei. Es war das eine Stimme von seltener Fülle und dabei doch biegsam und weich; sie besaß die Kraft des Herrschens und die Innigkeit des Einschmeichelns; sie klang so sonor und doch so warm; ihr Ton schien nicht zwischen den Ligamenten des Kehlkopfes, sondern in der Tiefe der Brust gebildet zu werden oder aus der untersten Kammer des Herzens, dem heiligsten Innern der Seele, zu kommen. Wer die Stimme hörte, wurde gebannt und ergriffen wie einer, der im Dunkel eines hohen Domes kniet und plötzlich aus der Höhe des Orgelchores wunderbare, zauberische Klänge aus dem Mund unsichtbarer Sänger erzittern hört.

Marion griff in ein zierliches Saffiantäschchen, welches an ihrem Gürtel hing und dessen massiv goldener Bügel mit echten Ceylonperlen besetzt war; sie zog einen Brief hervor, welchen sie der Freundin reichte. Diese öffnete ihn, und während sie las, nahmen ihre lieblichen Züge den Ausdruck des höchsten Erstaunens an; als sie das Blatt wieder zusammengefaltet hatte und es zurückgab, sagte sie unter einem bedenklichen Schütteln des feinen Köpfchens:

„Das ist wirklich ganz außerordentlich! Du sollst schleunigst nach Hause zurückkehren, um den dir bestimmten Bräutigam kennenzulernen. So hast du diesen Oberst, Graf Rallion, noch niemals gesehen?“

„Nie. Ich weiß nur, daß die Rallions von sehr altem, aber verarmtem Adel sind, und daß der jetzige Chef der Familie die Gunst der Kaiserin, also auch des Kaisers, in hohem Grade besitzt. Dies ist jedenfalls der Grund, daß sein Sohn bereits Oberst ist, obgleich er ein noch jugendliches Alter zu besitzen scheint.“

„Aber wie kommt dein Papa zu dem Projekt dieser rein geschäftsmäßigen Verbindung?“

„Das ist auch mir ganz unbegreiflich. Ich werde es aber baldigst erfahren.“

Diese Worte waren in einem sehr bestimmten Ton gesprochen, und jetzt konnte man deutlich das energische Erzittern der Nasenflügel beobachten.

„Kennt der Oberst dich vielleicht, Marion? Als Freundin darf ich dir wohl sagen, daß du sehr, sehr schön bist. Es ist leicht möglich, ja wahrscheinlich, daß er dich zu besitzen wünscht, wenn er dich einmal gesehen haben sollte.“

Die Gefragte ließ ein merkwürdig geringschätziges Lächeln um ihre schönen Lippen spielen, als sie antwortete:

„Das wäre wohl ganz und gar kein Grund, ihm meine Freiheit und Selbständigkeit zu opfern. Wer mich einst besitzen will, der muß es verstehen, sich nicht nur meine Liebe, sondern auch meine größte Hochachtung zu erwerben. Ich werde mich niemals verschenken.“

So sprechend, warf sie den Kopf mit einer unnachahmlich stolzen Bewegung zurück. Man sah, daß sie sich ihres Wertes sehr wohl bewußt war.

„Ah, du hast wohl gar ein Ideal?“ fragte Nanon lächelnd.

„Ich habe eins, wie jedes junge Mädchen“, lautete die Antwort. „Ich weiß auch, daß dieses Ideal ein Unding, ein Phantasiegebilde ist. Aber eigentümlich . . . eigentümlich . . .“

Sie hielt mitten in Satz inne. Ihre vorher so selbstbewußt leuchtenden Augen nahmen plötzlich einen sinnenden Ausdruck an, mit dem sie sich durch das offene Fenster hinaus auf die Wellen richteten, welche unter dem Rad des Dampfers wild hervorschäumten und weit ausgreifende, dunkle Wasserfurchen bildeten, deren gischtgekrönte Massen die diamantenen Strahlen des Sonnenlichtes zurückwarfen.

„Was?“ fragte die Freundin. „Was ist eigentümlich?“

Marion strich sich mit der Hand leise über die Stirn und antwortete langsam:

„Es ist eigentümlich, ja sogar wunderbar, daß ich einen Mann gesehen habe, welcher ganz genau den Körper, das Äußere meines Ideals besitzt. Die Seele freilich wird demselben desto unähnlicher sein. Ich war fast erschrocken, als ich die Gestalt, von welcher ich so oft geträumt hatte, plötzlich in Wirklichkeit erblickte.

„Das ist allerdings fast ein Wunder zu nennen. Du bist glücklich, liebe Marion. Wenn doch auch ich einmal mein personifiziertes Ideal sehen könnte! Aber sag, wo hast du den Mann getroffen, und wer war er?"

„Es war in Dresden, und er war Offizier. Ich fuhr nach dem berühmten Blasewitz, welches Schiller durch seine ‚Gustel' verewigt hat, und begegnete da auf der Straße einer kleinen Truppe von Offizieren. Sie jagten an meinem Wagen vorüber, flüchtig wie Phantome, und doch sah ich das Bild meiner Träume unter ihnen – es war dabei."

„Wie interessant, wie romantisch, liebe Marion, hast du ihn wiedergesehen?"

„Ihn nicht; aber – sein Bild!"

„Ach! Erzähle! Du hast dich vielleicht nach ihm erkundigt?"

„Wie wäre dies möglich gewesen? Übrigens erwartetest du mich in Berlin; ich hatte Eile. Aber du weißt, daß ich mich in Berlin fotografieren ließ. Ich mußte einige Augenblicke ganz allein im Atelier warten und betrachtete die Porträts und Landschaften, welche da an den Wänden hingen und auf den Tischen lagen. Da – da erblickte ich sein Bild. Er war es, ganz genau getroffen, genau so stolz und schön, in der Ulanenuniform, wie er in Dresden an mir vorübergestürmt war. Sein Bild hatte Visitenkartenformat; es war ein Brustbild, es lagen einige Dutzend Exemplare auf einem Häufchen beisammen auf dem Tisch . . ."

„Welch glücklicher Umstand!" rief Nanon. „Weißt du, was ich an deiner Stelle getan hätte?"

„Jedenfalls dasselbe, was ich tat", lächelte Marion. „Ich war allein; niemand sah es – ich wurde zur Diebin; ich stahl eine der Karten und steckte sie zu mir."

Da schlug Nanon fröhlich die Hände zusammen und frohlockte:

„So werde auch ich dein Ideal zu sehen bekommen! Welch eine durchtriebene Spitzbübin doch diese stolze, kühle Marion ist! Du hast dir die Fotografie doch heilig aufbewahrt?"

„Das versteht sich!"

„Oh, wenn du sie doch bei dir hättest! Ich vergehe vor Neugierde, vor Sehnsucht, das schöne Traumbild, das sich so unverhofft verkörpert hat, zu sehen, lerne ich doch so die innersten Regungen deines Herzens kennen!"

Ihre Augen richteten sich mit wirklicher Begierde auf Marions Hände, welche nach dem bereits erwähnten Täschchen griffen, um dasselbe zu öffnen und die dort verborgene Karte hervorzuziehen.

„Du hast sie? Sie ist da?“ fuhr sie fort. „Nun sollte noch sein Name dabeistehen; denn du konntest den Fotografen unmöglich nach demselben fragen, da der Mann sonst ja gewußt hätte, wer den Raub begangen hat.“

„Der Name steht auf der Rückseite“, bemerkte Marion. „Hier hast du sie!“

Nanon griff mit größter Schnelligkeit zu, drehte sich leicht seitwärts, damit das Licht voll auf das Bild fallen könne und betrachtete es, indem ihr Gesichtchen eine ungeheure Spannung verriet. Sie hielt die Karte abwechselnd nah und entfernt vor die Augen, um sich ein genaues Urteil zu bilden, und sagte dann:

„Ein schöner, ein herrlicher Kopf!“

„Nicht wahr?“ bemerkte Marion mit leuchtenden Augen.

„Und der Name?“ Nanon drehte die Karte um und las:

„Rittmeister Richard von Königsau. Auch ein schöner Name. Nicht, Marion?“

Die Gefragte nickte leise mit dem Kopf und sagte:

„Und eigentümlich ist es, daß ich meinem Ideal stets auch den Namen Richard gegeben habe. Richard Löwenherz ist mir der liebste Held der Geschichte, und Richard ist mir der liebste Mannesname.“

„Ich stelle mir Richard Löwenherz allerdings anders vor als diesen Rittmeister. Ich möchte diesen letzteren doch lieber mit dem Recken Hüon in Wielands Oberon vergleichen. Diese Stirn, dieses Auge, dieser Mund, dieses ganze Gesicht, man muß es beim ersten Anblick lieben. Ich verstehe nichts, gar nichts von Physionomik; ich lasse am liebsten mein Herz, mein Gefühl, meine Ahnung entscheiden.“

„Nun, was sagt dir deine Ahnung? Wie beurteilt sie ihn, liebe Nanon.“

„Dieser Mann ist selbstbewußt, aber nicht adelstolz; sein starker Körper birgt ein tiefes Gemüt, er ist kühn und verwegen, scheint mir jedoch auch auf dem Felde der List ein gefährlicher Gegner zu sein. Seine Stirn ist die eines geübten Denkers, und sein Mund scheint mir der Rede mächtig zu sein, schweigende Beobachtung jedoch vorzuziehen. Sein Naturell ist jedenfalls, um mich der wissenschaftlichen Ausdrücke zu bedienen, ein cholerisch-phlegmatisches, das heißt, er ist heiß- aber langsamblütig, er fühlt und empfindet tief, läßt sich aber von der Gewalt des Augenblickes nicht beherrschen.“

Da nahm Marion mit einem erfreuten, melodischen Lachen der Freundin rasch das Bild aus der Hand und sagte:

„Halte ein! Du beschreibst ihn ja als ein wahres Wunder! Wenn er wirklich so wäre, wie du ihn beurteilst, so gliche er meinem Ideal ganz genau, und ich müßte es sehr bedauern, daß ich über die Familie der Königsau nichts, gar nichts erfahren konnte, obgleich ich dir aufrichtig gestehe, daß ich mir alle mögliche Mühe deswegen gegeben habe."

„Du brauchtest dir ja nur den Gothaer Adelskalender zu kaufen."

„Er war nicht vorrätig, und ich bestellte ihn mir. Da aber rief mich der Brief des Vaters ab, und ich mußte Order geben, mir den Kalender nachzuschicken. Bis ich ihn erhalten werde, habe ich mich in Geduld zu fassen. Ah, wie schade!"

Diese letzten Worte wurden leise gesprochen. Sie galten dem Grafen, welcher gerade in diesem Augenblick in die Kajüte trat, um zu sehen, ob sich hier ein Gesicht finde, welches wert sei, geküßt zu werden. Als er die beiden Damen erblickte, drückten seine Mienen ein schlecht verborgenes Erstaunen aus; er machte eine tiefe Verbeugung und zog sich schnell wieder zurück. Draußen auf der Treppe murmelte er:

„Die Baronesse de Sainte-Marie! Da wäre eine kleine, liebenswürdige Zudringlichkeit am unrechten Platz. Sie versteht es, sich unnahbar zu halten."

Er kehrte auf das Deck zurück.

„Nun, etwas gefunden?" wurde er gefragt.

„Allerdings", antwortete er. „Aber ich habe doch recht, diese Deutschen haben gar keine charakteristischen Züge. Als ich da unten endlich eine Schönheit entdeckte, ist sie eben eine – Französin."

„. . . die du aber nicht zu attackieren wagtest. Du bist schnell genug davongelaufen."

„Weil ich sie zufälligerweise kenne. Mit ihr ist nicht zu spaßen!"

„Ah, die muß man sich ansehen!" lachte einer. „Ist sie es wirklich wert?"

Der Graf zuckte überlegen mit den Schultern und antwortete: „Sie gilt für die größte Schönheit nicht bloß von Paris, sondern von ganz Frankreich."

Diese Worte brachten eine sichtbare Aufregung unter diesen Lebemännern hervor.

„Und erbt einmal eine ganz respektable Anzahl von Millionen", fuhr der Graf fort.

„Ihr Name?" fragte der vorige Sprecher. „Schnell!"

„Die Dame ist die Baronesse Marion de Sainte-Marie!"

„De Sainte-Marie! Ah, die ist allerdings berühmt! Ich werde sogleich gehen, um mich ihr vorzustellen. Einer solchen Schönheit muß man huldigen."

Der Sprecher wollte wirklich davoneilen, wurde aber vom Obersten am Arm gepackt und zurückgehalten.

„Halt!" sagte dieser letztere. „Bleib hier! Dieser Dame wird keiner von euch huldigen."

„Warum?" lautete die Frage.

„Weil ich allein das Recht zu dieser Huldigung habe; sie ist meine Braut."

Sie alle blickten ihn fast bestürzt an. Keiner von ihnen wußte, daß der Oberst verlobt sei. Und nun gar mit der berühmtesten Schönheit von Paris! Er wurde mit den verschiedensten Fragen bestürmt und beantwortete sie alle in summa, indem er erklärte:

„Die Sache ist kurz folgende: Mein Vater schreibt mir, daß er die Tochter eines Freundes mir zur Frau bestimmt habe. Ich habe die Dame zwar noch nicht gesehen, fand aber keinen Grund, mich dem Willen meines Vaters zu widersetzen. Die Dame ist die Baronesse de Sainte-Marie. Sie war ebenso verreist wie ich und kehrt ebenso wie ich auf den Ruf ihres Vaters in die Heimat zurück. Wir befinden uns auf demselben Schiff, ohne uns gesehen zu haben oder persönlich zu kennen. Es versteht sich ganz von selbst, daß ich mein Recht auf ihre Person behaupte. Ich gehe jetzt, ihre Bekanntschaft zu machen, und verbitte mir jede Einmischung von eurer Seite auf das allerstrengste."

Sein Gesicht hatte den Ausdruck dabei gewechselt. Es schien ein vollständig anderes zu sein. Vorher hatte man es schön und regelmäßig nennen müssen, jetzt aber war es das gerade Gegenteil. Die Nase war spitz und kreideweiß geworden, die Lippen hatten sich in der Mitte geschlossen, während die beiden Mundwinkel zwei Öffnungen bildeten, aus denen er seine Worte hervorzischte. Die Stirn hatte sich so in Falten gelegt und zusammengezogen, daß das Toupet seines Kopfhaares fast die Brauen berührte. Von den aufgeblähten Nasenflügeln gingen zwei tiefe Furchen bogenförmig nach dem Kinn herab, und alles Blut seines erbleichten Gesichtes schien sich nach dem muskulösen Stierhals zurückgezogen zu haben, dessen heimtückische Stärke zu dem keineswegs riesigen Bau des übrigen Körpers in gar keinem Verhältnis stand.

Die größte Veränderung aber war mit seinen Augen vorgegangen. Sie hatten vorher eine ganz entschieden graue Farbe gehabt, waren aber unter dem Einfluß des Zornes erst dunkel, fast schwarz geworden und hatten dann in schneller Folge alle Färbungen bis zu einem boshaft leuchtenden Gelbgrün durchlaufen, welches um so infernalischer glühte, als die kleinen, feinen Äderchen des Augapfels sich rasch mit Blut gefüllt hatten und mit ihrer Röte fast das Weiße verdrängten.

Als der Oberst sich jetzt umdrehte und die Treppe zur Kajüte hinabstieg, blickten ihm die anderen wortlos nach, und nur der Graf sagte mit schüchternem Lachen:

„Da steckt er wieder einmal die Teufelsflagge heraus!"

Er hatte vollkommen recht. Der Ausdruck, welchen das Gesicht des Obersten gezeigt hatte, war ein geradezu diabolischer zu nennen. Ein solches Gesicht und kein anderes hatte der Teufel gemacht, als er den Grundstein zur Hölle legte. Ein solches Gesicht mußte er machen, sooft er die Seele eines Verdammten in den Pfuhl stieß, dessen Schwalch niemals verlöscht, und ein solches Gesicht muß er machen, wenn er sich an den Qualen ergötzt, welche die Gerichteten erleiden, denen jede Hoffnung genommen ist für alle Ewigkeit. Wer dieses Gesicht sah, der mußte wissen, daß dieser Graf Rallion ein Teufel sein konnte, ein hinterlistiger, grausamer, erbarmungsloser Teufel, der kein Verbrechen scheute und vor nichts zurückbebte, wenn es galt, ein Ziel zu erreichen, welches er sich gesteckt hatte. Dieses faszinierende, gelbgrüne, giftige Auge hatte den höllischen Blick, den die Italiener Malocchio nennen und von welchem sie meinen, daß jeder, auf dem er haftet, unwiderruflich dem Unglück verfallen sei.

2. KAPITEL

Ein geheimnisvoller Schulmeister

Am frühen Morgen desselben Tages saßen in Simmern, dem Hauptstädtchen des Hundsrück zwei Herren, ein älterer und ein jüngerer, am Tisch eines niedrigen Zimmers, um ihren Kaffee zu trinken. Ihre Mienen zeigten dabei keineswegs jene Behaglichkeit, mit welcher man sich dem Genuß des braunen Mokkatrunkes hinzugeben pflegt; es schien vielmehr, als sei die Unterhaltung, welche sie führten, auf einen sehr ernsten Gegenstand gerichtet.

Beide waren Offiziere, und beide trugen Uniformen, der Ältere die eines Generals und der Jüngere, welcher vielleicht achtundzwanzig Jahre zählen mochte, die eines Ulanenrittmeisters.

Dieser letztere war ein ausgezeichnet schöner Mann. Obgleich er auf einem tiefen Polstersessel ruhte, erkannte man doch seine hohe, breitschultrige, höchst ebenmäßige Gestalt. Sein von einem vollen, blonden Bart umrahmtes Gesicht war von einem weichen, aber doch edlen, männlichen Schnitt. Aus seinen blauen, treuherzigen Augen blickte jene Gutmütigket, welche riesenhaft gebauten Menschen eigen zu sein pflegt; doch lag auf der Stirn eine unermüdliche Willensfestigkeit und Energie, und unter den Spitzen des Schnurrbartes versteckte sich ein leiser, schalkhafter Zug, welcher widerwillig einzugestehen schien, daß der ausgesprochenen Gutmütigkeit unter Umständen eine ganz hinreichende Menge von Verschlagenheit und Berechnungsgabe zu Gebote stehen könne.

„Also, lieber Königsau, Ihre Instruktion haben Sie begriffen?" fragte der General.

„Sie ist nicht sehr schwer zu verstehen, Exzellenz", antwortete der Gefragte.

„Sehr wohl! Den Feldzugsplan müssen Sie selbst entwerfen. Ich kann Ihnen dies ohne Furcht überlassen, da ich weiß, was für ein gewandter Taktiker Sie sind. Es bleibt mir also nur noch übrig, Ihnen die Namen zu nennen. Wollen Sie sich dieselben notieren?"

Der Rittmeister zog eine Brieftasche hervor, dann fuhr der General fort:

„Der Liebling Napoleons, von welchem ich sprach, ist der Graf Rallion, und der Vertraute des Kriegsministers Leboeuf, den ich Ihnen bezeichnete, ist der Baron von Sainte-Marie. Der Graf hat einen Sohn und der Baron eine Tochter; die beiden letzteren kennen sich noch nicht, sollen sich aber heiraten. Sie werden in Ortry unweit der luxemburger Grenze in der Nähe von Thionville zusammentreffen. Ortry gehört dem Baron. Dieser hat aus der Ehe mit seiner zweiten Frau einen Knaben, den seine Lehrer leidlich verwahrlost haben; darum engagiert der Baron einen deutschen Präzeptor für den Jungen, und dieser Lehrer sollen Sie sein."

„Unter welchem Namen, Exzellenz?"

„Hier ist Ihre Legitimation, und hier sind auch Empfehlungsbriefe. Es wird ganz auf Sie ankommen, ob Sie Erfolg haben werden. Übrigens haben wir bereits für alles gesorgt, sogar für Fotografien der betreffenden Personen, damit Sie sich im voraus zu orientieren vermögen."

Er nahm aus der Brieftasche, aus welcher er bereits die Empfehlungsbriefe und die Legitimation gegeben hatte, mehrere Fotografien und legte sie dem Rittmeister einzeln vor.

„Hier", fuhr er fort, „haben Sie das Brustbild des Grafen Rallion; hier ist sein Sohn, der Oberst; ferner sehen Sie hier den Baron de Sainte-Marie; dies ist sein Junge; der Schlingel sieht nach gar nichts Gutem aus. Desto größeren Eindruck macht seine Stiefschwester Baronesse Marion. Hier ihr Porträt. Ich muß Sie vor derselben warnen, ich gestehe, daß ich nicht weiß, ob ich in Ihren Jahren solchen Augen widerstanden hätte."

Er hatte diese letzten Worte im Scherz gesprochen. Der Rittmeister nahm das Bild. Kaum hatte er einen Blick darauf geworfen, so fuhr er vom Sessel empor.

„Was ist's?" fragte der General. „Kennen Sie die Dame?"

Das Rot der Beschämung flog über das Gesicht des Rittmeisters. Ein wackerer Soldat darf sich nicht überraschen lassen.

„Nein, Exzellenz", antwortete er, sich wieder setzend.

Der Vorgesetzte blickte ihm wohlwollend, aber forschend in die Augen und sagte:

„Es schien mir doch so. Warum erstaunten Sie?"

Der Rittmeister zögerte ein Weilchen mit der Antwort, erklärte dann aber:

„Ich sehe, daß ich sprechen muß, um kein Mißtrauen aufkeimen zu lassen. Ich sah auf einem Spazierritt in der Nähe Dresdens eine Dame, deren ebenso wunderbare wie eigentümliche Schönheit einen großen Eindruck auf mich machte, obgleich ich sie nur im Vorüberschreiten erblickte."

„Ah, endlich einmal Feuer gefangen!" lachte der General.

Richard von Königsau errötete abermals und verteidigte sich:

„Ich habe bisher nur meiner Pflicht leben wollen, denn ich bin arm und diene, wie Exzellenz wissen, auf Avancement – Beförderung –. Darum nahm ich mir nicht Zeit, mich nach einem zarten Verhältnis zu sehnen."

„Oh, gerade da Sie arm sind, mußten Sie nach einer reichen Hilfe trachten!"

„Ich bitte um Entschuldigung, Exzellenz, daß ich hierin meine eigene Ansicht habe. Ich mag meiner Frau nur mein Lebensglück, nicht aber äußeren Besitz und sonstige Vorteile verdanken. Ich will meinem Herzen das Recht geben, sich ein zweites Herz zu wählen. Der kurze Augenblick auf dem Ritt zwischen Dresden und Blasewitz wäre vielleicht bedeutungsvoll geworden, wenn er mir einen Anknüpfungspunkt geboten hätte. Da kam ich einige Tage später in Berlin zum Fotografen, um mir bestellte Karten abzuholen, und erblickte bei ihm das – Bild jener Dame. Ich bat um einen Abzug davon, erhielt ihn aber nicht, da der Mann dies nicht mit seiner Pflicht vereinigen zu können erklärte. Ja, ich konnte nicht einmal ihren Namen erfahren, weil sie ihn nicht genannt, sondern erklärt hatte, daß sie ihre Fotografien selbst abholen werde. Exzellenz werden sich nicht wundern, daß ich überrascht war, nun hier das Bild zu sehen und den Namen zu erfahren."

Der General lächelte freundlich und meinte:

„Und ebensowenig werden Sie sich darüber wundern, daß es Leute gibt, gegen welche gewisse Fotografen gefälliger sind als gegen Sie. Aber, lieber Rittmeister, die Erfüllung Ihrer Pflicht wird Ihnen jetzt bedeutend schwerer fallen, als Sie vorher dachten. Es ist kein Spaß, sich der Dame seines Herzens als Präzeptor, als Schulmeister, vorstellen zu müssen, während man ganz andere Meriten hat!"

Da trat bei dem Rittmeister jener verborgene Zug von Schalkheit und List deutlicher hervor, er machte eine unternehmende Handbewegung und antwortete:

„Erstens kann ich die Baronesse ja gar nicht als die Dame meines Herzens erklären, und zweitens glaube ich nicht, daß die Cœrdame meiner Aufgabe gefährlich werden kann." Und ernster fügte er hinzu: „Exzellenz wissen, daß ich nie leichtsinnig spiele."

„Ich weiß das, Rittmeister, ich weiß es!" versicherte der General. „Ich bin ganz und gar ohne Besorgnis und entlasse Sie jetzt mit der Überzeugung, daß Sie unsere Zufriedenheit erlangen werden. Unser Kaffee ist getrunken und unser Gespräch zu Ende. Gehen Sie mit Gott, Herr Ritt-, wollte sagen, Herr Schulmeister!"

Er hatte sich erhoben und reichte Richard die Hand. Dieser drückte sie ehrfurchtsvoll und zugleich bescheiden freundschaftlich, streckte die empfangenen Papiere und Fotografien zu sich und ging.

Auf seinem Zimmer angekommen, zog er Marions Bild hervor, betrachtete es aufmerksamer, als er es vorher gekonnt hatte, drückte es dann an seine Lippen und flüsterte so innig, so zärtlich, als ob das Mädchen vor ihm stehe:

„Ja, du bist's, du bist's, nach der ich mich so heiß gesehnt habe. Oh, nun werde ich dich sehen, ich werde deine Stimme hören und in deiner Nähe sein dürfen! Aber – ach, dieser Oberst, dieser Rallion! Soll er sie bekommen? Er kennt sie nicht und sie ihn auch nicht. Also eine Konvenienzheirat oder vielleicht noch schlimmer. Pah, wir werden jetzt wohl sehen! Anstatt vor einer, stehe ich jetzt vor zwei Aufgaben, ich habe meine Pflicht zu erfüllen und meinem Herzen zu genügen. Laßt uns sehen, wer den Preis erhält, der Franzose oder der Deutsche!"

Er klingelte. Sein Bursche erschien.

„Hast du alles besorgt, Fritz?" fragte der Rittmeister.

„Alles, auch den verteufelten Buckel", lautete die Antwort. „Wollen Sie sich das Ding denn wirklich aufschnallen, Herr Rittmeister?"

Richard brauchte doch einige Zeit, ehe er sich entschied.

„Ja. Es bleibt alles bei meinem früheren Entschluß. Der Buckel kann übrigens gar nicht weggelassen werden, da er in meiner Legitimation angegeben ist."

„Und wann reisen Sie ab, gnädiger Herr?"

„Sobald du fertig sein wirst. Das wird nicht lange dauern, denn da du ein gelernter Friseur bist, so wird es dir von der Hand gehen."

„Aber der prachtvolle Bart!"

„Er wird wieder wachsen, Fritz. Die Hauptsache ist, daß ich hier aus dem Hause komme, ohne daß man meine veränderte Gestalt bemerkt. Ich werde dich und den Wagen vor der Stadt erwarten. Ich fahre über Kirchberg nach Trarbach, wo ich morgen früh den Moseldampfer besteige. Doch werde ich im letzten Dorf vor Trarbach den Wagen verlassen, da es auffallen würde, wenn ein Schulmeister per Equipage ankäme. Der General wird ihn dort abholen lassen. Wir beide reisen weiter, ohne uns zu kennen. Ich gehe als Erzieher nach Ortry, und für dich wird sich in der Nähe ein Plätzchen finden lassen, wo du mir zur Disposition stehen kannst, ohne daß deine Anwesenheit auffällig erscheint oder Mißtrauen erweckt. Fang jetzt an!"

Eine Stunde später verließ ein Mann auf der Kirchberger Straße die Stadt Simmern, den man auf den ersten Blick für einen Jünger der Erziehungskunst halten mußte. Seine früher hohe Gestalt war – wohl vom vielen Studieren – vornüber gebeugt und steckte in einem engen, ziemlich verschossenen, aber sehr reinlich gehaltenen Anzug. Der Mann war buckelig, doch nahm ihm dieser bedauerliche Zustand nichts von der Würde seines Berufes, welche seinem ganzen Wesen sichtlich aufgeprägt war. Sein schwarzes, bereits spärliches Haar fiel lang bis auf den Kragen eines Frackes herab, der vor zwanzig Jahren einmal in der Mode gewesen war. Der Zylinderhut auf seinem Kopf und der graublaue Regenschirm unter seinem Arm waren gewiß langjährige Gefährten dieses Frackes, und das einfache Messinggestell der großglasigen blauen Brille schien auch nicht kürzere Zeit auf dem Nasenrücken ihres Eigentümers gethront zu haben.

Nach einiger Zeit wurde dieser Mann von einer unbesetzten Equipage eingeholt, und der Kutscher hatte die Freundlichkeit, den Mann als nicht zahlenden Passagier aufsteigen zu lassen.

Sie erreichten Kirchberg, fuhren, ohne anzuhalten, durch diesen Ort und kamen in der Abenddämmerung an ein Dorf, vor welchem der Gast ausstieg. Er ging durch das Dorf und kam an ein kleines Wäldchen, in welchem er wartete, bis nach einer halben Stunde der Kutscher wieder zu ihm stieß, dieses Mal jedoch zu Fuß gehend.

„Alles in Ordnung?" fragte der Mann.

„Ja, Herr Rittmeister!"

„Pst, laß den Rittmeister jetzt beiseite! Du kennst mich jetzt gar nicht, und wenn wir uns später sprechen, bin ich für dich nur der Doktor der Philosophie Andreas Müller. Verstanden?"

„Sehr wohl, Herr Doktor!"

„So komm!"

Sie wanderten miteinander durch die einbrechende Nacht und

erreichten Trarbach kurz vor neun Uhr abends. Hier trennten sie sich, um jeder einen anderen Gasthof aufzusuchen. Da beide nicht bekannt hier waren, mußten sie die Wirtshäuser erst erfragen. Doktor Müller traf einen Mann, welcher auf seine Frage ihm zur Antwort gab:

„Kommen Sie, ich werde Sie führen, denn ich gehe ein Glas Wein trinken, unser Weg ist also derselbe. Große Ansprüche werden Sie allerdings nicht machen können, denn heute hat das Schiff aus Koblenz hier angelegt, und es sind viele Reisende hier ausgestiegen, welche natürlich die besten Zimmer besetzt haben."

Müller fand die Wahrheit dieser Worte bestätigt. Es gelang ihm zwar, noch einen Platz zu erhalten, doch lag der Raum hoch unter dem Dach, woraus er sich freilich nicht viel machte.

Die Gaststube, in welcher er sein Abendbrot einnahm, war ziemlich geräumig. Es befand sich da ein Billard, an welchem die französischen Herren spielten, welche mit dem Dampfer angekommen waren. Sie traten hier ebenso laut und rücksichtslos auf, wie auf dem Fahrzeug, und taten, als ob außer ihnen niemand zugegen sei. Auch der Oberst befand sich noch bei ihnen. Er war jetzt der Übermütigste von allen. Er hatte sich der Baronesse vorgestellt und ihre Seite nicht eher wieder verlassen, als bis er ihr die besten Zimmer dieses Hauses hatte zur Verfügung stellen können. Sie hatte ihn vollständig bezaubert. Er befand sich in einer Art von Rausch und hätte, voll Glück, eine solche Braut zu besitzen, die größte Tollheit begehen können.

Marion war höchst überrascht gewesen, als er ihr seinen Namen genannt hatte. Ihre erste, augenblickliche Regung war gewesen, ihn abweisend zu behandeln, um sich gleich von vornherein ihre Freiheit zu bewahren, doch war er so tadellos, so ausgezeichnet courtois gewesen, daß sie es für ganz unmöglich gefunden hatte, die schickliche Höflichkeit außer acht zu lassen. Er hatte mit keiner Silbe das Verhältnis erwähnt, in welches sie zueinander treten sollten, er hatte nicht in der leisesten Weise merken lassen, daß er sich die Erlaubnis nehmen könnte, zu ihr anders als zu einer vollständig fremden Dame zu sprechen, und so hatte sie ihm keine abschlägige Antwort geben können, als er sie gebeten hatte, ihr später gute Nacht sagen zu dürfen. Er war schön, er war im höchsten Grade galant; sie fühlte keine Abneigung gegen ihn und beschloß, erst dann Stellung für oder gegen ihn zu nehmen, nachdem sie seinen Charakter und die Gründe kennengelernt haben würde, welche ihren Vater veranlaßt hatten, eine Verbindung zwischen ihr und ihm nicht nur zu wünschen, sondern in einer Weise anzukündigen, welche keine Zeitversäumnis und keinen Widerspruch dulden zu wollen schien.

Die Herren befanden sich gerade inmitten einer Partie, als die Uhr die zehnte Stunde schlug. Der Oberst zog seinen Chronometer heraus, um die Zeit zu vergleichen, und sagte:

„Schon so weit! Ihr müßt mich entschuldigen. Ich muß zur Baronesse, um mich für heute bei ihr zu verabschieden."

„Gehe!" meinte einer. „Ich werde für dich stoßen."

„Ich bitte dich darum. Oder ah!" Sein Blick war auf Müller gefallen, welcher in der Nähe des Billards saß und dem Spiel zuschaute. „Ich will dich nicht belästigen und mir lieber einen anderen Vertreter bestellen."

Während dieser Worte trat er auf Müller zu und sagte:

„Ich bin Graf Rallion. Wer sind Sie?"

Müller hob den Kopf und betrachtete den Fragenden vom Kopf bis zu den Füßen hinab.

„Ah, Graf Rallion!" dachte er. „Das ist ja der Gegner, mit dem du dich zu messen haben wirst!" Und laut antwortete er: „Ich heiße Müller und bin Erzieher."

Er hatte diese Worte trotz der rüden Anfrage des Obersten in einem höchst bescheidenen Ton gesprochen.

„Erzieher? Gut! Können Sie Billard spielen?"

„Ein wenig."

„So vertreten Sie mich für kurze Zeit. Es ist das eine Ehre für Sie. Verstanden?"

Es machte Müller Spaß, auf die ungezogene Zumutung dieses Mannes einzugehen, darum antwortete er sehr unterwürfig:

„Ich weiß das, gnädiger Herr, und werde mir alle mögliche Mühe geben."

„Tun Sie das! Ich sage Ihnen, wenn ich wiederkommen und sehen werde, daß Sie mir die Partie verdorben haben, so dürfen Sie wohl auf einen Lohn, aber auf keinen Dank rechnen."

Er verließ die Stube, nachdem er seine Freunde durch einen Blick aufgefordert hatte, sich mit dem Buckeligen ein Pläsier zu bereiten. Sie versuchten dies, und Müller nahm ihre losen Witze so demütig hin, als ob er gar nicht an die Möglichkeit des Widerspruches denke. Dabei spielte er so schlecht, daß er bei jedem Stoß ein schallendes Gelächter erregte.

Nach kurzer Zeit kam der Oberst zurück und blickte nach seiner Nummer. Er sah, daß sie sich verschlechtert hatte und faßte Müller am Arm.

„Herr, wie können Sie es wagen, meine Partie so zu verderben?“ rief er. „Wissen Sie, daß Sie ein dummer, deutscher Tölpel sind?“

„Sehr wohl, gnädiger Herr!“ antwortete Müller sehr ernst und mit einer tiefen, ehrerbietigen Verbeugung.

Er wurde ausgelacht, und auch der Oberst stimmte in das Lachen ein.

„Eigentlich sollte ich Sie bestrafen“, sagte er, „aber Sie sind ja ein halber Krüppel, mit dem man Nachsicht haben muß. Doch ganz und gar lasse ich Sie nicht entkommen. Sie tun, sobald die Reihe an mich kommt, noch einen Stoß für mich. Ist er gut, so dürfen Sie gehen, ist er aber schlecht, so haben Sie sich auf einen Stuhl zu stellen und uns öffentlich Abbitte zu leisten.“

„Schön, gnädiger Herr!“ sagte Müller und ergriff das Queue wieder, welches er bereits fortgelegt hatte. „Nur noch einen einzigen Stoß?“

„Ja.“

„In Ihrem Auftrag? Unter Ihrer Verantwortung?“

„Natürlich! Die Nummer ist ja die meinige!“

Müller nickte mit einem sehr devoten Gesicht, wartete, bis die Reihe an ihm war, und trat dann an die Bande. Als er das Queue anlegte, befahl der Oberst:

„Also rechte Mühe geben! Vorwärts!“

„Keine Sorge“, meinte Müller mit zuversichtlichem Lächeln. „Ich weiß ganz gewiß, daß es dieses Mal gelingen wird.“

Er holte aus, stieß mit voller Gewalt zu und – riß ein langes Loch in das Billardtuch. Die Folge war vorherzusagen. Alles lachte, der Oberst aber faßte ihn und schüttelte ihn wütend hin und her.

„Kerl, Esel, Tölpel!“ rief er. „Wissen Sie, daß ich das Tuch zu bezahlen haben werde?“

„Ja“, antwortete Müller sehr höflich, indem er sich geduldig schütteln ließ.

Gegen diese Passivität war nichts zu machen. Der Oberst ließ ihn los und rief den Wirt herbei. Dieser erklärte, daß hier der gewöhnliche Schadenersatz, der für ein kleines Loch gebräuchlich ist, nicht zureichend sei.

Der gewaltige Riß war natürlich nicht zu reparieren, und der Oberst mußte sich daher bereit erklären, den ganzen Wert des Tuches zu bezahlen.

Er ahnte dabei gar nicht, daß es Müllers wirkliche Absicht gewesen sei, ihn zu bestrafen, und befahl diesem, die öffentliche Abbitte zu tun. Müller stieg sehr bereitwillig auf einen Stuhl und sagte mit lauter Stimme:

„Ich bitte öffentlich um Verzeihung, daß der Herr Graf Rallion durch mich nichts fertigbringt als Löcher ins Tuch. Ich hoffe, daß bei der nächsten Partie nicht wieder ich derjenige sein werde, der um Verzeihung bittet. Gute Nacht!"

Er stieg vom Stuhl und war zur Tür hinaus, ehe man ihn fragen konnte, wie er seine letzten Worte gemeint habe. Die Herren dachten wohl nicht, daß das Gesagte bereits am nächsten Morgen in Erfüllung gehen würde. Müller hatte das Zimmer so schnell verlassen, um alle Weiterungen zu vermeiden und sich zur Ruhe zu begeben. Er kannte die Lage der ihm angewiesenen Kammer, da man ihm dieselbe bei seiner Ankunft gezeigt hatte, und war überzeugt, sie aufzufinden, auch ohne daß es nötig war, sich leuchten zu lassen.

Er gelangte in den ersten Stock, dessen ganzen Korridor er zu durchgehen hatte, um die Treppe zu erreichen, die ihn vollends nach oben brachte. Der Fußboden war mit einem weichen Läufer belegt, so daß seine Schritte nur ein sehr geringes Geräusch hervorbrachten. Er hatte noch nicht die Hälfte seines dunklen Weges zurückgelegt, da öffnete sich gerade vor ihm eine Tür, und eine Dame trat heraus. Sie stand nach dem Innern des Zimmers gerichtet, so daß er sie nur von hinten sehen konnte, und sagte in das Zimmer hinein:

„Nochmals gute Nacht, meine liebe Nanon. Träume nicht allzuviel von deinem Ideal, sonst verwirklicht es sich dir wie mir das meinige!"

Sie wendete sich um und erblickte ihn. Beide standen einander gegenüber, ganz bewegungslos, sie vor Schreck und er vor glückseligem Erstaunen. Das war ja das leibhaftige Original seines Bildes! Und wie schön, wie unendlich schön war sie in dem unverschwiegenen Nachtgewand, welches ihre entzückenden Reize nicht zu verbergen vermochte. Er hatte im Vorüberreiten ihr Antlitz und ihre Büste gesehen, jetzt aber stand Marion vor ihm in all ihrer Pracht und Herrlichkeit, so wie sich nur die Freundin der Freundin oder das Weib dem geliebten Mann zeigt. Das Blut drängte sich nach Müllers Herzen; seine Pulse stockten; er fühlte, daß dieses Mädchen sein werden müsse um jeden Preis, der sich mit der Rücksicht auf seine Ehre vertrage.

Und sie war erschrocken, hier so plötzlich einen Mann vor sich zu sehen.

„Was wollen Sie hier?" fragte sie ihn, um nur etwas zu sagen.

„Verzeihung," antwortete er; „der Teppich dämpfte den Schall meiner Schritte. Ich wollte vorübergehen, als Sie auf den Korridor traten."

Er sagte dies in einem Ton, welcher ihre Bestürzung völlig beseitigte. Sie erhob das Licht, welches sie in der Hand hielt, und beleuchtete ihn, ohne daran zu denken, daß sie mit dem erhobenen Arm eine Figur von so plastischer Vollendung, so sinnverwirrender Schönheit bilde, daß er alle seine Beherrschung aufbieten mußte, um seinen Blicken zu gebieten, sich nicht zu verirren.

Jetzt fiel das Licht voll auf ihn. Ihre Augen öffneten sich; sie trat rasch einen Schritt zurück und fragte hastig:

„Wer sind Sie?"

„Ich heiße Müller und bin Lehrer", antwortete er. Wie gern hätte er ihr seinen wahren Namen und Stand genannt und ihr gesagt: „Ich liebe dich zum Rasendwerden. Sei mein, du Krone aller Mädchen und Frauen!"

„Ah, welche Ähnlichkeit!" sagte sie.

„Fast nur bis auf den Bart!" erklang da eine silberhelle Stimme aus dem geöffneten Zimmer heraus.

Müller hatte bis jetzt nur Augen für die Baronesse gehabt; nun erst bemerkte er, daß eine zweite Dame im Zimmer stand und ihn betrachtete. Er konnte sich ihre Worte nicht erklären, machte eine Verbeugung und setzte seinen Weg fort.

„Mein Gott!" hörte er hinter sich rufen. Die folgenden Worte wurden leise geflüstert, so daß er sie nicht verstehen konnte. Sie lauteten: „Der Mann ist ja – buckelig, liebe Marion. Wie schade um dieses Gesicht!"

Marion trat wieder in das Zimmer zurück, zog die Tür heran und sagte:

„Er hat mich sehr erschreckt. Also auch du hast seine Ähnlichkeit bemerkt?"

„Mit der Fotografie des Rittmeisters von Königsau? Ja. Doch gehen sie einander jedenfalls nichts an."

„Ganz sicher. Aber im ersten Augenblick war es mir doch, als ob er wirklich vor mir stände, ganz er selbst, nur ohne Bart. Gute Nacht, Nanon!"

„Gute Nacht, meine beste Marion!"

Die Baronesse schloß die Tür und begab sich in das nebenan liegende Zimmer, welches das ihrige war. Sie hatte es vorhin auf kurze Zeit verlassen, um noch ein paar Worte mit der Freundin zu plaudern.

Während die Damen sich zur Ruhe begaben, lehnte Müller am offenen Fenster seines Dachkämmerchens und ließ seinen Blick den dahineilenden Wolken nachschweifen. Aber er dachte an etwas ganz anderes als an die feuchten Gebilde der Luft. Er dachte an das göttliche Mädchen, das ihm jetzt erschienen war wie ein Wesen aus überirdischen Regionen. Und er dachte auch an die Worte, welche er gehört hatte, und die er nicht zu verstehen vermochte. Was hatte sie gemeint mit dem Ideal, welches ihr verkörpert worden sei? Welche Ähnlichkeit war den beiden an ihm aufgefallen? – „Bis auf den Bart" hatte die andere gesagt.

Das meiste Nachdenken aber verursachte ihm der Umstand, daß Graf Rallion auch mit zugegen war. Hatte der General denn nicht gesagt, daß sie einander noch gar nicht gesehen hätten? Sollte dies auf einem Irrtum beruhen? Sollte vielleicht gerade dieser Oberst ihr Ideal gewesen sein?

Bei diesem Gedanken war es Müller, als ob man ihm ein Schwert mitten durch das Herz stoße. Es türmte sich vor ihm auf wie eine dunkle, verhängnisvolle Wand, bereit, über ihm zusammenzubrechen und ihn unter sich zu begraben. Er fand während der ersten Hälfte der Nacht keine Ruhe und schlief erst ein, als schüchterne Vogelstimmen bereits das Nahen des anbrechenden Morgens verkündeten.

Und dann kam der Hausknecht, um ihn mit der Bemerkung zu wecken, daß das Dampfboot in kurzer Zeit abfahren werde. Er erhob sich und fand, als er das Gastzimmer betrat, daß die Passagiere bereits alle aufgebrochen waren. Er trank seinen Kaffee schleunigst und eilte ihnen nach. Da fiel ihm unterwegs ein, daß er der Baronesse hätte sagen können, daß er als Erzieher ihres Stiefbruders engagiert sei; doch konnte er den Umstand, es unterlassen zu haben, für keinen Fehler halten. Er brauchte ja nur zu tun, als ob er ihren Namen gar nicht kenne.

Es war nach dem gestrigen schönen Tag ein minder angenehmer Morgen eingetreten. Dichter Nebel lag auf dem Fluß, und es schien nicht, daß er sich bald teilen und erheben wolle. Die Luft lag schwer und regungslos auf der Gegend, und anstatt der gewöhnlichen Morgenfrische war eine laue, unerfreuliche Pression zu bemerken, welche die feuchten Ausdünstungen der Wiesen und des Flusses beinahe greifbar machte.

Als Müller an den Fluß gelangte, stand man bereits in Begriff, das Landungsbrett vom Schiff wegzuziehen. Er sprang hinüber und löste sich an der Schiffskasse ein Billett des zweiten Platzes. Als Schulmeister konnte er nicht gut für den ersten Platz bezahlen. Da er hinten eingestiegen war, mußte er die ganze Länge des ersten Platzes durchwandern. Dort saßen bereits die französischen Herren auf ihren Feldstühlen. Als sie ihn erblickten, rief der Oberst:

„Da kommt auch der deutsche Tölpel! Macht ihm Platz, damit er kein Unheil anrichtet!“

Sie ließen ihn unter lautem Lachen an sich vorübergehen. Er nickte ihnen mit ehrerbietiger Freundlichkeit zu und zog den Hut vor ihnen, als ob er ihre höhnischen Gesichter für den Ausdruck gnädiger Herablassung halte.

Vorn auf dem zweiten Platz saß Fritz, der Diener, welcher gar nicht tat, als ob er Müller bemerke. Er hatte sich sehr verändert. Anstatt seiner gestrigen Kleidung trug er eine weite, blauleinene Bluse, ebensolche Hose und ein rotes Tuch um den Hals. Auf seinem ganz glatt geschorenen Kopf saß ein Hut von der Form, wie sie in jenen lothringischen Gegenden, besonders in den Departements Moselle und Meurthe gebräuchlich ist. Wer Fritz nicht kannte, der mußte ihn für einen jungen Landmann aus der Gegend von Metz oder Nancy halten. Müller hatte keine Ahnung, auf welche Weise Fritz zu dieser Umwandlung gekommen war, doch freute er sich über dieselbe, da sie den Umständen ganz angemessen war. Er wußte, daß Fritz schlau und vorsichtig war, daß er sich auf dessen Treue und Verschlagenheit vollständig verlassen konnte, und so erwartete er die spätere Erklärung desselben mit größter Ruhe.

Das Schiff setzte sich in Bewegung und stieß vom Ufer ab. Müller stand an der Brüstung und beobachtete die Bewegung der Räder, welche die heute sehr dunkel gefärbten Wasser peitschten. Da bemerkte er einen Mann, welcher vom ersten Platz auf dem Hinterteil des Schiffes aus langsam nach vorn geschritten kam. Beim Anblick dieses Herrn drehte er sich schnell um. Es war ersichtlich, daß er verhindern wollte, von ihm genauer betrachtet zu werden.

Der betreffende Herr war sehr anständig gekleidet. Seine fast militärisch stramme Haltung, der elegant gehaltene Vollbart und das goldene Lorgnon, gaben ihm ein vollständig distinguiertes Aussehen. Seine scharfen Blicke überflogen die Anwesenden. Als er den Buckeligen erblickte, huschte ein leises Lächeln über seine geistreichen Züge, und er schritt in der Haltung eines Mannes auf ihn zu, der sich gelangweilt fühlt und um jeden Preis eine Zerstreuung sucht, mag sie sich ihm nun bieten, auf welche Art es immer sei.

Müller bemerkte diese Absicht und wendete sich noch weiter ab, so viel dies, ohne auffällig zu werden, geschehen konnte. Es half ihm nichts. Der Fremde schlenderte bis hart an ihn heran, blieb da stehen, warf einen beobachtenden Blick hinaus auf den dichten Nebel und sagte dann:

„Ein unangenehmer Morgen! Dieser Nebel ist so dick und massig, daß es scheint, als könne man ihn in Bänder zerschneiden. Ich fürchte, wir werden auf unserer Fahrt ein tüchtiges Gewitter bekommen."

Müller wußte, daß ihn der Fremde sehr gut kenne, nicht nur ihn, sondern auch den Diener Fritz. Er sah seinen ganzen Plan in der allergrößten Gefahr, aber er mußte antworten. Er verstellte so viel wie möglich seine Stimme und sagte:

„Das Gewitter ist uns sicher. Man wird nach unten gehen müssen."

Dabei drehte er sich um und machte Miene, seinen Worten sogleich die Tat folgen zu lassen. Der andere jedoch legte ihm die Hand auf den Arm und meinte:

„Sie können noch warten, denn das Wetter hat sich noch lange nicht ausgebildet. Erlauben Sie mir, mich Ihnen vorzustellen! Ich nenne mich Bertrand und bin seit einiger Zeit Arzt in Thionville."

Jetzt war Müller gezwungen, sich voll nach dem Sprecher herumzuwenden. Er tat dies und sagte unter einer Verbeugung:

„Ich heiße Andreas Müller und gehe als Erzieher nach Ortry."

„Andreas Müller, Doktor der Philosophie; ich weiß das."

„Ah!" sagte Müller, beinahe erschrocken.

„Ja. Ich bin Hausarzt des Herrn von Sainte-Marie, der sich gegenwärtig in Ortry befindet, und weiß, daß er Sie erwartet."

„Aber mein Herr, wie können Sie wissen, daß ich gerade der Erwartete bin."

„Sie nennen mir ja Ihren Namen, den ich von dem Herrn Baron gehört habe. Und übrigens" – hier sank seine Stimme zu einem leiseren Ton herab – „hörte ich es auch von meinem Kräutersammler, welchen ich gestern abend in Trarbach engagiert habe."

Müller machte eine Bewegung, welche eine stumme Frage ausdrücke, und der Arzt, welcher dies bemerkte, fuhr fort:

„Ich traf diesen Mann, dem ich sehr viel verdanke, ganz unerwartet. Ich muß Ihnen nämlich sagen, daß ich im letzten deutsch-österreichischen Krieg auf der Seite Österreichs als Arzt tätig war. Bei Gitschin passierte es mir, daß ich den Verbandsplatz wechselte und dabei vor ein preußisches Ulanenregiment geriet, welches zur Attacke vorstürmte. Ich sah, daß ich nicht weichen konnte und zermalmt werden würde, besonders da mich in demselben Augenblick ein Granatsplitter gefährlich verwundete und zu Boden riß. Ich erhob unwillkürlich in flehender Stellung die Arme. Die Lanzenspitzen der Ulanen flogen wie ein brausender Wald daher und befanden sich kaum noch hundert Schritt von mir entfernt. Es war ein furchtbarer, aber militärisch schöner Anblick. Das heransausende Regiment bildete eine festgeschlossene, eisenstarrende Masse; man sah, es werde unwiderstehlich alles vor sich niederreißen. In seiner Front war nicht die geringste Lücke zu bemerken; ich war verloren und erwartete, im nächsten Augenblick die stampfenden Pferdehufe auf meinem Körper zu fühlen. Da bemerkte ein Offizier meine emporgestreckten Hände; er spornte sein Pferd zu doppelter Eile, in weiten, tigergleichen Sätzen kam er voraus- und herangesprengt, und indem er an mir vorüberschoß, bog er sich zu mir herab, faßte mich mit starker Faust beim Arm, riß mich empor, warf mich vor sich über sein Pferd und nahm nun wieder Fühlung mit den Seinen. Das geschah so exakt, so elegant und mit Entwicklung einer solchen ungeheuren Körperstärke, als habe er sich für diesen Fall besonders eingeübt. Mein zerschossenes Bein schmerzte mich, mein Kopf brannte. Ich sah rechts und links die fürchterlichen Lanzen hervorragen; ich hörte den Donner des Hufgestampfes; ich sah gerade vor uns das Aufblitzen der österreichischen Batterien; ich hörte das Brüllen der Kanonenschlünde, deren Kugeln fürchterliche Lücken in die Masse der Ulanen rissen; doch das Regiment schloß diese Lücke augenblicklich wieder und warf sich auf die Infanterie, welche die Bedeckung der Batterie bildete; ich hörte noch das Schnellfeuer der Verteidiger, dann entschwand mir im Getöse und im Tumult des wilden Kampfes die Besinnung."

Müller hörte wortlos zu; aber seine Augen leuchteten und seine Wangen glühten. Er schien das Gefährliche seiner jetzigen Lage ganz vergessen zu haben; er dachte gar nicht daran, daß seine Verkleidung entdeckt werden könne, ja bereits durchschaut sei. Der Arzt fuhr nach einer kurzen Pause fort:

„Als ich wieder zu mir kam , lag ich zwischen den Kanonen der eroberten Position; ein preußischer Regimentsarzt kniete, mit meiner Verwundung beschäftigt, bei mir, und dabei stand der Premierleutnant, welcher mich gerettet hatte. Er übergab mich, nachdem ich verbunden worden war, seinem Burschen, der eine Kugel in den rechten Arm erhalten hatte und im Lazarett mein treuester Pfleger wurde. Ihnen beiden, dem Leutnant von Königsau und seinem wackeren Fritz, verdanke ich meine Rettung und mein Leben. Der Premierleutnant ist zum Rittmeister avanciert. Ich habe ihn nicht vergessen und würde ihn unter Tausenden heraussuchen und unter jeder Kleidung erkennen."

Er sprach diese Worte mit einem feinen Lächeln und fügte dann hinzu:

„Ich bin ein Deutsch-Österreicher, ein Deutscher von ganzer Seele; aber ich hatte in Thionville einen Verwandten, der Arzt war und eine bedeutende Praxis besaß; er starb und hinterließ mir sein Vermögen mit dieser Praxis. Ich nahm keine Veranlassung, diese Lebensstellung auszuschlagen, und befinde mich sehr wohl. Gestern abend übernachtete ich in Trarbach und traf daselbst zu meiner außerordentlichen Freude jenen wackeren Offiziersdiener. Er suchte sich in der Nähe von Thionville eine leichte Stellung, die ihm Zeit genug läßt, seinen persönlichen Liebhabereien nachzuhängen, und so habe ich ihn als Kräutersammler bei mir angestellt. Was ich weiter ahne und schließe, Herr Doktor, das ist wohl nicht nötig, zu sagen. Ich freue mich, Sie recht oft in Ortry zu sehen, und versichere Ihnen auf mein heiligstes Ehrenwort, daß ich nur den innigsten Wunsch habe, Ihnen nützlich sein zu können."

Er reichte Müller die Hand und kehrte dann nach seinem früheren Platz zurück. Gott sei Dank, die Gefahr war vorüber. Fritz hatte sehr viel gewagt, diesen Arzt zu seinem Vertrauten zu machen, aber das Wagnis war gelungen. Übrigens wußte Fritz ja weiter nichts, als daß sein Herr verkleidet nach Ortry gehe; mehr konnte er dem Arzt nicht gesagt haben. Und dieser hatte jedenfalls Bildung, Gemüt und Dankbarkeit genug, seinen Lebensretter nicht in Verlegenheit zu bringen. Vielleicht war es sogar recht vorteilhaft, ihm begegnet zu sein. Seine Bekanntschaft mit den Verhältnissen und Personen konnte für Müller von großem Nutzen sein, und zunächst war es ja schon als eine große Bequemlichkeit zu betrachten, daß jener Fritz ein Unterkommen gewährt hatte, welches diesem erlaubte, seinem Herrn zu jeder Zeit zur Verfügung zu stehen. Es war recht umsichtig von Bertrand gewesen, den Kräutersammler in französische Tracht zu stecken, und ebenso war es Dankes wert, daß er Müller aufgesucht hatte, um sich ihm zu erklären und zu beruhigen. Und zuletzt zeigte der Arzt noch den feinen Takt, sich zurückzuziehen, sobald er erkannt hatte, daß es ihm gelungen sei, die Verlegenheit Müllers zu heben.

Der letztere fühlte sich vollständig befriedigt. Er sah, daß Fritz einen bittend fragenden Blick herüberwarf, und beantwortete dieses stumme Gesuch um Verzeihung mit einem wohlwollenden Lächeln, fügte dazu aber ein leises Emporziehen der Brauen, welches dem Diener bedeuten sollte, in Zukunft nicht mehr so eigenmächtig zu handeln.

Unterdessen war das Dampfboot bereits über Bernkastel hinausgekommen, ohne daß die Nebel weichen wollten. Es passierte noch Mühlheim, Wingerath und Emmel, und nun endlich zog der Nebel in langen Schwaden über die Wellen dahin. An dieser Stelle macht der Fluß eine weite Biegung nach Norden hin und bietet der Schiffahrt gefährliche Hindernisse dar. Während er das linke Ufer unterhöhlt hat und da tiefe Strudel bildet, setzt er auf der anderen Seite alles ab, was er mit sich führt. Kapitän und Steuermann müssen hier beide gleich vorsichtig sein.

Die Nebel schwanden, aber anstatt daß es heller wurde, legte sich ein unheimliche Dunkelheit auf die Erde nieder. Der Himmel hatte sich schwarz umzogen, und die Wolken hingen schwer und tief hernieder, so daß es schien, als ob man sie greifen könne. Ein lang andauerndes Wetterleuchten umzuckte den ganzen Horizont; einzelne schwere Tropfen fielen; dann fuhr ein blendender Blitzstrahl hernieder, es war, als ob ein großer, ungeheurer Feuerklumpen vom Himmel falle. Ein entsetzlicher Donnerschlag erfolgte, und nun brach ein Regen los, so massenhaft, so flutenähnlich, daß man meinen sollte, die Wellen eines ganzen Meeres stürzten von der Höhe hernieder.

Das Verdeck des Schiffes war im Nu von sämtlichen Passagieren verlassen. Sie eilten nach den Kajüten, um Schutz zu suchen. Auch Müller war nach unten gestiegen.

Droben befanden sich nur die zur Führung des Schiffes dienenden Leute. Sie hatten einen schweren Stand. Blitz folgte auf Blitz und Schlag auf Schlag. Der Regen goß so dicht herab, daß der Mann, welcher vorn am Bug stand und die Glocke läutete, kaum zehn Fuß weit zu sehen vermochte. Er mußte sich festhalten, um vom Sturm nicht fortgerissen zu werden.

Die vorhin erwähnte Krümmung war schon zur Hälfte überwunden, und man durfte hoffen, in kurzer Zeit in Dhron oder Neumagen anzulegen, wo man das Gewitter vorüberlassen konnte. Der Dampfer kämpfte mit aller Kraft gegen die aufgeregten Wogen an, welche in rasender Schnelle ihm entgegenschossen. Der Mann an der Glocke gab sich alle Mühe, mit seinem Blick die Regenmassen zu durchdringen, welche ihm von dem orkanartigen Sturm entgegengeschleudert wurden. Da – er horchte auf; es war ihm, als ob er vor sich ein Krachen und Stöhnen, ein eigenartiges Rauschen und Prasseln vernommen habe, welches nicht mit dem Heulen des Sturmes und dem Brausen der Wogen verwechselt werden konnte. Schnell drehte er sich zurück und hielt die Hände an den Mund, um den Warnungsruf erschallen zu lassen – zu spät, denn in demselben Augenblick ertönte ein lauter schmetternder Krach; das Schiff erzitterte in seinem ganzen Bau, und der Mann, welcher den Ruf hatte ausstoßen wollen, wurde von dem Bug des Fahrzeuges auf eine gewaltige, sich da draußen auftürmende Holzmasse geschleudert. Sein Angstschrei erschallte zu gleicher Zeit mit demjenigen des Kapitäns und des Steuermannes. Der erstere war von der Kommandobrücke auf das Deck gestürzt und der zweite von seinem Rad hinweg hinaus in die Wogen geschleudert worden.

Wie sich später herausstellte, hatte sich weiter oben ein sehr tief gehendes Floß losgerissen und war von dem Sturm und den wilden Wogen mit rasender Schnelle flußab getrieben worden. Der Zusammenprall desselben mit dem Dampfer hatte in den beiden Kajüten des letzteren natürlich eine ganz schreckliche Verwirrung hervorgerufen. Die Passagiere waren zu Boden geschleudert worden und mit ihnen alles, was nicht niet- und nagelfest war.

Beim Andrang so vieler Menschen hatten Marion und ihre Freundin es vorgezogen, in der Damenkajüte Schutz zu suchen. Jetzt stürzten beide aus dem engen Raum heraus. Marion erblickte den Grafen Rallion, welcher sich soeben von seinem Fall wieder aufgerichtet hatte.

„Oberst, um Gottes willen, retten Sie uns!“ rief sie.

Er wendete sich nach ihr hin und wollte eben antworten, als vom Verdeck herab der laute, angstvolle Ruf erschallte:

„Rette sich, wer kann! Wir sinken bereits!“

Als Rallion diese Worte hörte, verzichtete er zu antworten. Er sprang mit einem raschen Satz nach der Treppe und eilte hinauf, die Passagiere ihm nach. Die beiden Damen wurden zur Seite gedrängt; keiner nahm Rücksicht auf sie. Man zerquetschte sich fast an der engen Tür, welche nach oben führte; man heulte und schrie, man tobte und fluchte; man schlug mit den Fäusten um sich, um den anderen zuvorzukommen. Und dazu krachte der

Donner, und die Blitze leuchteten mit ihrem grellen Schein zu den kleinen Fensterchen herein.

„Gott, erbarme Dich unser!“ schluchzte Nanon, indem sie sich zitternd in die Ecke schmiegte, um von den rasenden Menschen nicht erdrückt zu werden.

Jetzt, in diesem so gefahrvollen Augenblick, zeigte sich die Überlegenheit Marions in ihrer vollen Größe. Das schöne, stolze Wesen schlang ihre Arme um die bebende Freundin und sagte:

„Nur Mut! Noch sind wir nicht verloren. Der Oberst ist fortgeeilt, um zu sehen, wie es steht. Warten wir; er kommt sicher wieder, um uns zu holen oder zu beruhigen!“

In der zweiten Kajüte war die Verwirrung womöglich noch größer als in der ersten. Auch hier war alles untereinander geschleudert worden. Hier hörte man das knirschende Eindringen des Bugs in die Stämme des Floßes und das Krachen, Stöhnen und Prasseln der schweren Hölzer, welche von den Fluten vor dem Schiff auf- und übereinandergeschoben wurden. Der Heizer war mit dem Maschinisten vor Angst auf das Deck gesprungen, und die nun sich selbst überlassene Maschine arbeitete, ohne gestoppt zu werden, gegen die mächtigen Massen des Floßes an. Dadurch stieg das Schiff vorn in die Höhe und sank hinten tiefer in den Strom. Ein Krach ertönte ganz vorn am Vorderteil, und sofort drang das Wasser in einem armesdicken Strahl zu der durchbrochenen Wand herein.

Jetzt drängten die Passagiere unter wildem Angstgeheul nach der Tür. Da kam Müller der Gedanke an die Baronesse. Diese war jedenfalls schon an Bord. Er sprang nach der Seite, auf welcher Fritz stand, ohne sich in das Gedränge zu mischen, den Blick auf seinen Herrn gerichtet, um sich nach dessen Verhalten zu richten.

„Fritz“, rief dieser, so daß er die Worte trotz des Schreiens der Menschen, des Tosens der Fluten und des Heulens des Sturmes hören konnte, „hast du zwei vornehme Damen einsteigen sehen?“

„Ja, eine blonde und eine braune“, antwortete der Gefragte. „Sie müssen in der ersten Kajüte sein.“

„Komm, schnell zu ihnen!“

Er sprang zu der kleinen Tür hinaus, welche in die Restaurationsküche und den Maschinenraum führte. Aus diesem letzteren ging eine schmale, steile Treppe nach dem Verdeck. Fritz folgte ihm sofort.

Als sie oben ankamen, sahen sie zunächst den Kapitän liegen, welcher mit dem Kopf auf die harten Planken gestürzt war und die Besinnung verloren hatte. Am Hinterteil waren die französischen Herren beschäftigt, den dort hängenden Hilfskahn näher heranzuziehen, um sich in denselben zu retten. Müller sprang hinzu und rief:

„Halt! Die Damen gehen vor!"

„Nein, wir selbst gehen vor. Packe dich, Tölpel!" antwortete der Oberst, indem er hinab in den Kahn sprang.

Das Schiff war hinten bereits so tief gesunken, daß das Wasser bis an die Fenster der Kajüte stieg. Müller sah, daß keine Zeit zu verlieren sei. Er gab es auf, mit den Franzosen um das Boot zu kämpfen, zumal jetzt auch die anderen Passagiere herbeidrängten und unter vielstimmigem Brüllen nach demselben verlangten. Er sprang zur Kajütentreppe, und Fritz folgte ihm hinunter.

Dort lehnten die beiden Mädchen noch eng umschlungen in der Ecke. Nanon hielt die Augen geschlossen, Marion aber blickte den Kommenden voll entgegen.

„Ist's gefährlich?" fragte sie.

Müller deutete nach dem Fenster, über welchem die Wogen bereits emporschlugen.

„Kommen Sie, schnell, schnell!" rief er, die Hand nach Marion ausstreckend.

„Holen Sie den Grafen Rallion!" befahl sie, ohne vorher zu fragen, ob Müller denselben auch kenne.

„Er ist entflohen. Um Gottes willen, schnell!"

Die Flut hatte soeben die Scheibe des einen Fensters eingedrückt und drang durch die entstandene Öffnung herein. In wenig Augenblicken mußte das Schiff sinken. Müller faßte die Baronesse, hob sie empor, als ob sie ein Kind sei, und eilte mit ihr nach dem Verdeck. Fritz hatte Nanon ergriffen und sprang hinter ihm her.

Da oben hatte die Gefahr den höchsten Grad erreicht. Der Regen schien nicht mehr in Tropfen, sondern in einer kompakten Masse zu fallen, durch welche der Blitz seine Feuerstrahlen schleuderte. Das Vorderteil des Schiffes hatte sich hoch empor gearbeitet, während das Hinterteil sichtbar immer tiefer sank. Mächtige Stämme und Hölzer, welche sich vom Floß losgerissen hatten, schossen vorüber. Soeben löste sich der Kahn, in welchem die Franzosen saßen, vom Schiff, und ein hundertstimmiges Wutgeheul folgte ihm.

„Feigling!" murmelte Marion. Und lauter, so daß Müller es hören mußte, fügte sie hinzu: „Nun gibt es keine Rettung; wir sind verloren!"

Er ließ sie auf die Füße gleiten, deutete hinaus auf die wirbelnde Flut und fragte:

„Wollen Sie sich mir anvertrauen?"

Sie war trotz ihres mutigen Herzens totenbleich geworden und antwortete:

„Gegen diesen Aufruhr der Elemente ist jeder Kampf vergebens."

„Man muß es versuchen. Sehen Sie!"

Er deutete nach Doktor Bertrand, welcher in diesem Augenblick über Bord sprang, faßte sie abermals fest und zog sie nach dem Steuer. Dort lag das Schiff bereits so tief, daß das Wasser das Verdeck erreichte. Es bedurfte hier keines Sprunges; man konnte langsam in das Wasser gleiten. Marion blickte sich nach der Freundin um. Diese hing ohnmächtig am Hals Fritzens, der jetzt an seinem Herrn vorübereilte und mit seiner schönen Last in die Fluten glitt. Da legte auch die Baronesse die Arme um Müller, der mit ihr augenblicklich dem mutigen Diener folgte.

Jetzt begann für ihn ein hartes, fast übermenschliches Ringen mit dem empörten Element. Die Wogen türmten sich hoch, wie ein Sturm auf dem Meer. Sie rissen die Stämme mit sich fort und brachten gerade dadurch den beiden Schwimmern die größte Gefahr. Müller war mit dem Wasser vertraut. Er erkannte, daß er nur darauf zu achten habe, immer oben zu bleiben; der Strom zog ihn ganz von selbst mit fort und dem Ufer entgegen, das hier ja eine Krümmung machte.

Marion war zwar bereits infolge des Regengusses vollständig durchnäßt worden; aber als die tosenden Wellen über ihr zusammenschlugen, war es doch um sie geschehen, sie stieß einen Schrei aus und wurde ohnmächtig. Müller schwamm auf dem Rücken und legte sich die Gestalt des Mädchens quer über den Leib, sorgfältig darauf achtend, daß kein Wasser in ihren Mund fließe und daß er nicht in Berührung mit einem der gefährlichen Balken komme. Sie lag regungslos auf dem Rücken und hatte die Augen geschlossen. Durch diese Lage wurde der herrliche Busen hervorgehoben, auf dessen schöne Formen Müllers Blick trotz der Gefahr, in welcher er schwebte, immer wieder zurückkehrten. Er hatte das Schiff kaum verlassen, so versank es vor seinen Augen; das Donnern und Tosen des Sturmes verschlang den Todesschrei derjenigen, welche sich noch an Bord befanden.

Fritz war nicht mehr zu sehen; der dichte Regen erlaubte Müller nicht, weit zu sehen; doch hatte er keine Sorge um ihn, da jener ein ausgezeichneter Schwimmer war. Zwar waren die Ufer nicht zu erkennen, aber wenn er sich nur immer so viel wie möglich links hielt, mußte er bald landen können.

So vergingen fünf Minuten, bis die phantastischen Gestalten alter Weiden im Guß des Regens auftauchten. Müller stieß noch einige Male kräftig aus und kam an das Ufer. Aber er mußte sich an den überhängenden Zweigen festhalten, um nicht fortgerissen zu werden. Es kostete ihn sehr große Anstrengung, festen Fuß zu fassen, ohne seine süße Bürde zu verlieren.

Nach mühevoller Landung legte er sie in das Gras nieder, um einige Augenblicke auszuruhen. Da lag sie bleich und regungslos. Das nasse Gewand legte sich eng an die herrlichen Glieder und ließ die Formen derselben so deutlich erscheinen, als ob sie unbedeckt seien. Müller achtete nicht auf den Regen; er vergaß das Brausen und das Brüllen des Wassers; er sah nur die Heißgeliebte vor sich. Er ließ sich neben ihr nieder, nahm ihren Kopf in den Arm und legte seine Lippen auf den Mund, welcher, leise geöffnet, die köstlichen Zahnperlen sehen ließ. Er küßte, küßte und küßte sie wieder und immer wieder, bis er fühlte, daß ihre Lippen warm wurden.

Da, da schlug sie langsam die Augen auf; ihr matter Blick ruhte auf ihm mit einem Ausdruck, als ob sie sich im Traum befinde. Der Sturm machte eine kurze Pause, und da klang es aus ihrem Munde:

„Richard!"

Er fuhr zurück; er hatte das Wort ganz deutlich vernommen, und er sah das glückliche Lächeln, unter welchem die Herrliche die Augen wieder schloß, um von neuem in Bewußtlosigkeit zu sinken. Das war ja sein Name! Aber er schüttelte den Kopf. Sie konnte doch unmöglich ihn gemeint haben! Jedoch sie hatte willenlos ein Geheimnis verraten: sie liebte bereits; sie liebte einen Glücklichen, welcher auch Richard hieß. War dies vielleicht Graf Rallion? Nein; Müller besann sich, daß dieser einen anderen Vornamen hatte, und fühlte sich durch diesen Umstand befriedigt, obgleich die Entdeckung, daß ihr Herz nicht mehr frei sei, sein Herz mit einem brennenden Schmerz durchzuckte.

Aber es war hier nicht der Ort, an diese Dinge zu denken; es galt vielmehr, die Baronesse unter ein schützendes Dach zu bringen.

Da, wo er an das Ufer gestiegen war, lagen wohl gepflegte

Felder, ein sicheres Zeichen, daß menschliche Wohnungen nicht weit entfernt seien. Er eilte eine kleine Strecke am Fluß hinab und fand einen Weg, welcher oft betreten zu sein schien. Er holte die Baronesse und verfolgte, sie auf den Armen tragend, diesen Pfad, der schließlich in einen Fuhrweg mündete.

Da fühlte er, daß Marion sich bewegte. Halb noch von ihrer Ohnmacht umfangen, schlang sie die Arme um seinen Hals und legte den Kopf auf seine Achsel. Er fühlte die weiche Gestalt eng an sich liegen; er drückte sie fest und immer fester an sich, so daß ihr Busen an seiner Brust zu ruhen kam, und gelobte sich, jenen Richard kennenzulernen und mit ihm um den Besitz dieses unvergleichlichen Wesens in die Schranken zu treten.

Er mochte wohl zehn Minuten lang gegangen sein, ohne von der Schwere seiner Last behindert zu werden, als er einen Bauernhof bemerkte, auf dessen Eingang der Weg gerade zuführte. In dem großen, breiten Tor befand sich ein kleines Pförtchen, durch welches er eintrat. Die Bewohner des Gutes bemerkten ihn; sie sahen, daß er eine Dame auf den Armen trug und sprangen ihm entgegen.

Die Nachricht von dem verunglückten Schiff, welche er brachte, erregte die größte Bestürzung. Die Männer brachen sofort auf, um nach dem Fluß zu gehen und zu sehen, ob noch zu helfen und zu retten sei. Den Frauen aber übergab Müller die Baronesse, um sie zu entkleiden und in ein Bett zu legen. Dann kehrte auch er nach der Unglücksstätte zurück, besonders um nach Fritz und der anderen Dame zu suchen.

Der Regen hatte mittlerweile etwas nachgelassen, so daß man wieder in eine größere Entfernung sehen konnte. Der Bauer und seine Knechte erblickten den Schornstein des Schiffes, welcher schief aus den Fluten ragte. Am Ufer war kein Mensch zu sehen. Das Floß war zerrissen worden und verschwunden; es gab nichts zu retten.

Müller forderte die Leute auf, mit ihm stromabwärts zu gehen, und da fanden sie denn nach einiger Zeit eine sehr sichtbare Fährte im hohen Gras des Ufers. Hier mußte Fritz das Wasser verlassen haben.

„Vielleicht hat der Mann, den Sie suchen, unsere Wächterhütte gefunden“, bemerkte der Bauer.

„Wo ist diese?“

„Dort hinter jenem Erlengebüsch.“

Sie schritten darauf zu, hinter den Büschen erblickten sie eine sehr primitiv aus ausgeackerten Feldsteinen errichtete Hütte.

Die Türöffnung derselben war ohne Verschluß, und die einzige Fensternische war mit Stroh verstopft. Als sie sich näherten, trat ein Mann hervor, es war wirklich Fritz, der Diener.

„Wo ist die Dame?“ fragte Müller.

Fritz deutete nach innen und antwortete:

„Da auf dem Stroh. Sie ist noch immer ohne Bewußtsein.“

„Hat sie vielleicht zu viel Wasser schlucken müssen?“

„Nicht halb soviel als ich. Übrigens dürfen Sie ohne Sorge sein; es ist jemand bei ihr, der es versteht, zu beurteilen, ob sie halb ertrunken ist oder ganz.“

„Ach, vielleicht Doktor Bertrand?“

„Allerdings. Er stand bereits am Ufer, als ich ankam. Wir fanden dann miteinander diesen Palast, in welchem wir uns bis jetzt ganz wohlbefunden haben.“

Als Müller eintrat, kniete der Arzt bei der Dame. Er erhob sich sofort und sagte:

„Ach, Herr Doktor Müller! Ich muß Sie um Verzeihung bitten, daß ich so ohne allen Abschied vom Schiff ging. Aber ich wußte die Damen unter der besten Aufsicht und hatte vor allem die Pflicht, mich als Arzt zunächst zu retten und dann zu Diensten sein zu können. Diese Dame ist nur infolge des Schreckens ohnmächtig. Es wird nichts für sie zu fürchten sein, wenn wir sie nur so bald als möglich aus den nassen Kleidern und in einen guten Schweiß zu bringen vermögen.“

„Es ist ein Meierhof in der Nähe“, antwortete Müller. „Ich werde sie hinbringen, die Baronesse ist auch bereits dort.“

Er nahm das Mädchen auf die Arme und schritt den anderen voran, dem Bauerngut zu, wo der Arzt sich sofort zu der Baronesse begab, während die Frauen einstweilen für Nanon sorgten.

Marion war wieder zu sich gekommen und sehr erstaunt darüber, daß eine männliche Person es wagte, zu ihr zu kommen. Bertrand entschuldigte sich:

„Gnädiges Fräulein, ich bin Arzt und halte es für meine Pflicht, Ihnen meine Aufwartung zu machen, da sich keine andere wissenschaftliche Hilfe in der Nähe befindet.“

Diese Worte versöhnten sie sofort.

„Ach sie sind Arzt, mein Herr“, meinte sie. „Wo befinde ich mich?“

„Auf einem Meierhof in der Nähe der Unglücksstelle.“

„Wer hat mich hierhergebracht? Ist mein – Retter am Leben?“

„Er befindet sich wohl und hat Sie nicht nur aus den Fluten gerettet, sondern auch hierhergetragen.“

„Wer ist dieser Mann?"
„Es ist ein Doktor der Philosophie, namens Müller."
„Also ein Deutscher?"
„Ja. Glauben sie, daß dieser Umstand geeignet ist, den Wert seiner Tat zu vermindern?"
„Oh, nicht im geringsten. Ich bin zwar Französin, aber keineswegs eine Deutschenhasserin als Passion."
„Das wird Herr de Sainte-Marie nur sehr ungern bemerken!" lächelte Bertrand.
„Wie? Sie kennen meinen Vater?"
„Ich habe die Ehre, ihn sogar sehr genau zu kennen. Während der Zeit Ihrer längeren Abwesenheit habe ich mich in Thionville etabliert und bin so glücklich gewesen, der Hausarzt Ihres Herrn Vaters und Großvaters zu werden."
„Und wie kommt es, daß Sie mich kennen?"
„Ich war Passagier desselben Schiffes, auf welchem Sie in Todesgefahr schwebten. Ich hörte da Ihren Namen nennen. Wie Sie an meinem Anzug sehen werden, habe ich mich durch Schwimmen gerettet. Wie befinden Sie sich, mein gnädiges Fräulein?"
„Ich bin bereits in wohltätigem Schweiß und hoffe, ohne ferneren Schaden davongekommen zu sein. Wie aber geht es meinem Retter?"
„Oh, der ist eine starke, sehr widerstandsfähige Natur, wie es scheint. Er wird die Kleider wechseln, um sie zu trocknen; das ist alles. Für Sie aber und die andere Dame . . ."
„Ah, Nanon!" unterbrach sie ihn. „An die Gute habe ich eben gedacht, ehe Sie eintraten. Ist auch sie gerettet worden?"
„Ja, mein Kräutersammler hat sie nach dem Ufer gebracht. Sie befindet sich in einem anderen Zimmer dieses Hauses, und ich hoffe, daß sie ebenso schnell wieder wohl sein wird, wie Sie. Ich werde in die Apotheke des nächsten Dorfes schicken, um einige Medikamente kommen zu lassen, und bin überzeugt, daß Sie morgen früh Ihre Reise wieder fortsetzen können."
„Aber um Gottes willen nicht wieder mit dem Dampfer! Ich werde mir einen Wagen besorgen, der mich über Hetzerath und Schweich nach Trier bringen soll, von wo aus ich dann die Bahn benutzen werde."
Unterdessen hatten Müller und Fritz sich ihrer nassen Kleider entledigt und sich von den Bewohnern des Hofes andere geliehen. Der Regen hatte jetzt vollständig aufgehört; die Wolken waren verschwunden, und am Himmel erglänzte die helle

Sonne, um mit ihren liebevollen Strahlen die vom Unwetter erkältete Erde zu erwärmen. Müller trat vor das Tor und sah einige Männer auf das Gut zukommen. Er erkannte bereits von weitem den Oberst Rallion und dessen Freunde. Er trat wieder in den Hof zurück, um ihnen nicht sogleich wieder als Zielscheibe ihrer schlechten Witze zu dienen. Sie kamen heran und trafen als ersten den Arzt, welcher aus der Tür getreten war, um nach dem Wetter zu sehen.

„Heda, guter Freund", rief ihm der Oberst zu, der ihn zunächst für einen Bauern hielt, „wißt Ihr bereits von dem Unglück, welches dort auf dem Fluß geschehen ist?"

„Ich denke, sehr wohl", antwortete Bertrand lächelnd.

Rallion betrachtete ihn genauer und sagte dann:

„Alle Teufel, sie waren ja mit dabei, wenn ich nicht irre. Sie fuhren ja mit auf dem ersten Platz. Sind noch andere gerettet?"

„Bis jetzt weiß ich nur vier."

„Wer ist es?"

„Zwei Damen und zwei Herren."

„Wer sind die Damen? Schnell, schnell!"

„Die Baronesse Marion de Sainte-Marie und eine Freundin von ihr."

„Gott sei Dank! Diese suche ich. Wer hat sie ans Ufer geschafft?"

„Doktor Müller."

„Ah, der deutsche Tölpel."

Der Arzt machte ein sehr ernstes Gesicht und antwortete in verweisendem Ton:

„Mein Herr, es erscheint mir gerade nicht tölpelhaft gehandelt, eine Dame vom Tod zu retten, während andere feig davonlaufen. Hätten Sie sich nicht des Kahnes bemächtigt, der mit Ihnen verschwunden ist, so hätten weniger Menschen ihr Leben verloren, weil man, bis der Dampfer sank, nochmals zurückkehren konnte, um Leute aufzunehmen. Sie werden von Glück reden können, wenn Ihre Handlungsweise nicht untersucht und geahndet werden wird."

Er drehte sich um und schritt davon. Der Oberst blickte ihm nach und sagte:

„Jedenfalls auch ein Deutscher. Es wird hohe Zeit, daß wir die Faust auf diese rohe Menschenklasse legen. Aber ärgern wir uns nicht, suchen wir lieber die Baronesse, um ihr Glück zu wünschen."

Er ging über den Hof hinüber und trat in die Wohnstube; die

anderen folgten ihm. Dort stand Müller, sich mit dem Meier unterhaltend. Als der Oberst ihn erblickte, lachte er laut auf und rief:

„Parbleu! Das ist lustig. Seht unseren Billardkünstler als Bauer. Wie ihm die Jacke auf dem Buckel sitzt. Ich hätte ihn mögen schwimmen sehen."

Müller machte eine höfliche Verbeugung und antwortete:

„Ich mußte wohl schwimmen, um abermals Ihre Stelle zu vertreten. Die Rettung der Baronesse wäre doch eigentlich Ihre Sache gewesen. Heute werden Sie es jedenfalls sein, der um Verzeihung zu bitten hat. Ich will Ihnen jedoch erlassen, sich auf den Tisch zu stellen."

„Schweigen Sie", donnerte ihn der Oberst an. „Wer hat Ihnen übrigens erlaubt, sich an dieser Dame zu vergreifen? Ihre Schwimmpartie soll Ihnen ein anständiges Trinkgeld einbringen. Hier haben Sie zwei Zwanzigfrancsstücke; das ist für einen bukkeligen Schulmeister eine mehr als noble Gratifikation. Lassen Sie sich aber nicht wieder bei der Dame sehen, sonst schlage ich Ihnen den Rücken breit, was Ihnen übrigens nur lieb sein könnte, weil dann Ihr Bisonhöcker eine manierlichere Gestalt bekäme. Hier, Sie Billardtölpel!"

Er griff in die Tasche, zog zwei Goldstücke hervor und hielt sie dem Angesprochenen entgegen. Müller verbeugte sich höflich und antwortete:

„Ich bin ein armer Teufel und werde also Ihre freundliche Gratifikation annehmen, setze jedoch voraus, daß Sie mir erklären, daß Ihnen das Leben der Baronesse de Sainte-Marie wirklich vierzig Franc wert ist."

Und als der Oberst, der sich durch diese Forderung förmlich verblüfft fühlte, nicht sogleich antwortete, fuhr Müller lächelnd fort:

„Ich sehe, daß ihnen diese Summe denn doch zu hoch erscheint. Überlegen Sie sich den Handel, bis wir uns wiedersehen."

Er ging. Nach einiger Zeit verließ er in seinem Anzug, der wieder trocken geworden war, den Meierhof. Nur der Hut war auf dem Schiff zurückgeblieben und mit diesem versunken, ebenso der alte Regenschirm. Fritz begleitete Müller nicht, da er jetzt zu Doktor Bertrand gehörte, welcher mit den Damen abreisen wollte.

Am späten Nachmittag erschien eine Dame und ließ sich bei der Baronesse anmelden. Sie erklärte, daß sie eine Damenkonfektionärin aus Hetzerath sei und eine Auswahl von Roben mitgebracht habe, da die Kleidung des gnädigen Fräuleins doch nicht wieder anzulegen sei. Und befragt, wie sie nach dem Meierhof komme, gab sie die Auskunft, daß sie von einem buckligen Herrn geschickt sei, welcher ihr mitgeteilt habe, daß die beiden Damen hier ihrer wohl bedürfen würden.

„Das ist mein Retter gewesen", dachte Marion. „Dieser Mann ist ebenso umsichtig wie kühn. Er entreißt mich wirklich einer großen Verlegenheit, und ich wünsche sehr, ihn wiederzusehen, um ihm danken zu können."

Die Konfektionärin verkaufte an Marion und Nanon je ein Reisegewand.

3. KAPITEL

Ein Veteran

Verfolgt man die Straße, welche von Thionville über Stuckingen nach Südosten führt, so passiert man einige kleine Zuflüsse der Mosel und gelangt unbemerkt auf eine fruchtbare Hochebene, in deren reichem Bodenertrag sich einzelne kleine Dörfer und Meierhöfe teilen. Dort liegt der Weiler Ortry mit einem Schloß, dessen Äußeres allerdings keinen sehr imponierenden Eindruck macht, dessen innere Ausstattung aber desto mehr von dem Reichtum seines Besitzers zeugt.

Dieser ist der Baron von Sainte-Marie. Vor einer nicht zu langen Reihe von Jahren in diese Gegend gekommen, war er den Bewohnern derselben vollständig fremd gewesen, und auch jetzt wußte man weiter nichts, als daß sein Name erst seit einiger Zeit in die Adelsregister aufgenommen worden sei.

Er lebte den Winter über in Paris und kam beim Anbruch des Frühjahres nach Ortry, um bis zum Spätherbst hierzubleiben. Er gab keine Gesellschaften und lebte sehr zurückgezogen, hatte aber auf die Arbeitsverhältnisse der Umgegend einen großen Einfluß gewonnen.

In der Nähe des Schlosses, unten am Bach, wo früher die Rinder geweidet hatten, erdröhnten jetzt die Dampfhämmer; riesige Schornsteine ragten empor, und schwarze Räder drehten sich unter heimtückischem Schnauben im Kreise. Rußgeschwärzte Arbeiter hantierten mit Zange und Feile, und auf dem ganzen Etablissement lag jene mit Ruß und metallischen Atomen geschwängerte Luft, welche eines der unangenehmsten Attribute unseres eisernen Zeitalters ist.

Der Baron von Sainte-Marie betrat diese rauchgeschwärzten Gebäude nur selten selbst. Ein Fabrikdirektor hatte die Aufsicht über alle Arbeiter. Öfters jedoch stieg eine lange, hagere, weißköpfige Gestalt vom Schloß hernieder, um, ohne ein Wort zu sagen, langsamen Schrittes die Fabrikräume zu durchwandern, und dann flüsterten die Arbeiter einander warnend zu: „Der Kapitän geht um!“

Dieser Kapitän war der Vater des Barons. Man erzählte sich,

daß er bereits neunzig Jahre alt sei; aber seine Haltung war kerzengerade, sein dunkles Auge noch voll Leben und sein Mund noch voll der schönsten Zähne. Diese letzteren bemerkte man, wenn er sich in zorniger Stimmung befand. Er zog dann mit einer fletschenden Bewegung seiner Oberlippe den dicken, schneeweißen Schnurrbart empor, so daß sein starkes, blendendes Gebiß zu sehen war, das demjenigen eines Hundes glich, der sich anschickt, sich auf seinen Gegner zu werfen.

Nie sprach der Kapitän zu einem der Arbeiter ein Wort, nie lobte oder tadelte er; aber man wußte, daß er die eigentliche Seele des ganzen Unternehmens sei. Wenn er an der Werkbank, am Amboß, am Glühofen stehenblieb, dann nahmen sich die Leute doppelt zusammen. Beim geringsten Fehlgriff fletschte er die Zähne, kniff die Augen zusammen und entfernte sich schweigend; doch nach einigen Minuten kam sicher der Werkmeister und sagte sein unwiderrufliches „Abgelohnt und entlassen!“

Schritt dann der Alte wieder dem Schloß zu, so atmeten die Leute erleichtert auf und schüttelten den Druck ab, welcher während seiner Gegenwart auf ihnen gelastet hatte.

Außer den Besuchen in der Fabrik war er nie zu sehen, obgleich der Oberförster versicherte, ihm des Nachts im Walde begegnet zu sein im tiefsten Dickicht, in der Nähe des alten Turmes, welcher dort seit langen, langen Zeiten stand, aber von jedermann gemieden wurde, da man wußte, daß mit den Gespenstern, welche dort hausten, nicht zu spaßen sei. Allerdings gab es einige wenige Männer, welche im stillen über den Aberglauben lachten, in Gegenwart anderer jedoch sich den Anschein gaben, als ob sie denselben teilten.

Seit einiger Zeit hatte sich die Zahl der Arbeiter in der Fabrik vermehrt. Es war eine Abteilung für Feuergewehre errichtet worden. Es langten, man wußte nicht woher, ganze Wagenladungen alter Gewehre an, welchen eine neuere Konstruktion gegeben wurde. Hatten sie diese erhalten, so verschwanden sie, ohne daß die Arbeiter wußten, wer sie abgeholt habe. Dann wurden auch bedeutende Vorräte von Hieb- und Stoßwaffen geschmiedet, und diese Abteilung der Fabrik war es, welcher der alte Kapitän seine besondere Aufmerksamkeit widmete, allerdings auch, ohne jemals den Mund zu einem lauten Wort zu öffnen.

Von seinem Sohn, dem Baron, erzählte man sich heimlich, daß er zuweilen nicht recht bei Sinnen sei. Es solle Zeiten geben, in welchen er sich tagelang eingeschlossen halte, und dann sei in seinen Gemächern ein unterdrücktes Wimmern und Stöhnen zu vernehmen. Dann werde der alte Kapitän gerufen, und nachdem dieser sich stundenlang bei seinem Sohn aufgehalten habe, lasse dieser sich wieder sehen, bleich und angegriffen, als ob er von einer langen, gefährlichen Krankheit erstanden sei.

Der Baron war ein schöner Mann, doch mit jenem geheimnisvollen, wachsartigen Teint, welcher immer auf eine eigenartige, vielleicht gar krankhafte Stimmung der Psyche schließen läßt; sein großes Auge war wie mit Flor bedeckt, und in seinem Auftreten lag eine ängstliche Scheu, deren Grund sich nicht ersehen ließ.

Ganz anders dagegen war seine zweite Frau, die Baronin. Sie war eine hohe, mehr als üppig ausgestattete Blondine, von der man wußte, daß sie das ganze Schloß regiere und sich unter Umständen sogar an den alten Kapitän wage, vor dem sich sonst jedermann fürchtete. Ihr Auftreten war ein anspruchsvolles, zuweilen beinahe rücksichtsloses, obgleich man sich sagte, daß es auch bei ihr Augenblicke gebe, in denen sie sehr leicht zu beeinflussen sei.

Die meiste Sympathie hatte Baronesse Marion sich zu erringen gewußt. Leider aber war sie seit zwei Jahren in England gewesen, und man erfuhr nur ganz zufällig, daß sie in nächster Zeit über Deutschland heimkehren werde.

Im Gegensatz zu ihr war ihr Stiefbruder der Plagegeist aller, welche mit ihm in Berührung kamen. Von seiner Mutter verwöhnt und von seinen bisherigen Erziehern verzärtelt, war er das einzige Wesen, dem der alte Kapitän sein Herz geschenkt zu haben schien. Dieser machte ihn fortgesetzt darauf aufmerksam, daß er der Sohn der Sainte-Maries sei, deren Familie nur auf diesem einen Augenpaar stehe. Der Knabe wurde dadurch stolz, hochmütig, befehlshaberisch und begann sich für etwas unendlich Höheres und Besseres zu halten als andere. Seine größte Freude war, Untergebenen und Arbeitern zu zeigen, daß sie ihm in allen Stücken zu gehorchen hätten, und wehe dem, der ihm widersprach; er war von seiten des Knaben und seiner Eltern der unerbittlichsten Ungnade verfallen.

Es war des Vormittags. Wer an der Tür des Badezimmers der Baronin von Sainte-Marie gelauscht hätte, dem wäre ein leises Plätschern aufgefallen, welches im Innern zu hören war. Und wer das Glück gehabt hätte, eintreten zu dürfen, dem wäre gewiß die laszive Ausstattung dieses Raumes aufgefallen.

Dieses Zimmer hatte nämlich kein Fenster. Es bildete einen achteckigen Raum, dessen eine Wand durch die Tür gebildet wurde. Die anderen sieben Seiten wurden von Gemälden eingenommen, welche in der Weise angelegt waren, daß der Baderaum eine von Weinranken überdachte Insel bildete, um welche badende Frauen und Männer in den obszönsten Stellungen zu erblicken waren. Aus der Mitte des Rankendaches hing eine rosafarbene Ampel herab, welche die drastischen Szenen mit einem wollüstigen Licht übergoß.

Gerade unter dieser Ampel stand eine marmorne Badewanne, welche nicht mit Wasser, sondern mit Milch gefüllt war. Und in diesem weichen, weißen Bad plätscherte die üppige Gestalt der Baronin. Die gnädige Frau behauptete nämlich, daß die Milch das einzige Mittel sei, einen schönen Teint und die Reinheit der Formen bis in das späteste Alter zu erhalten. Und so wurde der bedeutendste Teil vom Ertrag der herrschaftlichen Milcherei für die täglichen Bäder der gestrengen Herrin verwendet, ohne daß der Baron etwas dagegen zu sagen gehabt hätte.

Ob die Ansicht der Baronin eine richtige war, mag dahingestellt bleiben; gewiß aber ist, daß sie nach dem Bad sich stets in einer besseren Laune als sonst befand. Dies schien auch heute der Fall zu sein. Sie stieg aus der stärkenden Flut und ließ diese langsam abtropfen. Dabei betrachtete sie die Wandgemälde und verglich die Schönheiten der badenden Frauen mit den Reizen, welche sie selbst besaß. Dieser Vergleich schien nicht unbefriedigend ausgefallen zu sein, denn es spielte ein selbstbewußtes Lächeln um ihre vollen, schwellenden Lippen, und sie flüsterte, stolz mit dem Kopf nickend:

„Wahrhaftig, wäre ich ein Mann, so würde ich mich unbedingt in mich selbst verlieben. Ich kenne keine zweite, welche so wie ich geeignet wäre, auch den weitestgehenden Ansprüchen zu genügen. Das tut die Milch. Sie konserviert den weiblichen Körper. Die Milch! Hahaha, dieser Stoff ist mir vertraut. Früher habe ich ihn mit diesen eigenen Händen gemolken, als Dienstmädchen, und jetzt bade ich mich in ihm als Baronin!"

Sie schlüpfte in das Badehemd und klingelte. Eine Zofe trat ein, um sie zu bedienen. Sie trocknete die gnädige Frau ab, vertauschte das Badehemd mit feiner Leibwäsche und geleitete ihre Herrin sodann nach dem Boudoir, um die eigentliche Toilette zu beginnen.

„Ist Alexander schon wach?" fragte die schöne Frau.

„Bereits seit zwei Stunden", antwortete die Zofe.

„Ah, wieviel Uhr haben wir?"

„Elf."

„So hat er sich bereits um neun Uhr erhoben! Das darf ich nicht dulden. Mein guter Knabe hat keine so eiserne Konstitution wie ein Eisenschmied. Was tut er jetzt?"

„Er befindet sich bei dem gnädigen Herrn Kapitän, der ihm, wie ich glaube, Fechtunterricht erteilt."

„Fechtunterricht? Einem sechzehnjährigen Knaben? Ich sehe, daß ich mit meinem Herrn Schwiegerpapa wieder einmal ernstlich sprechen muß. Alexander muß sich physisch noch bedeutend entwickeln, ehe er einen Degen in die Hand nehmen darf. Hast du den Direktor bereits gesehen?"

„Nein. Er kommt gewöhnlich erst ein Viertel nach elf."

„So passe auf. Ich habe ihn zu sprechen, bevor er zum Kapitän geht."

„Ich werde ihn auf der Treppe erwarten."

Bei diesen Worten überflog das Gesicht des Mädchens ein impertinentes, vielsagendes Lächeln, welches die Herrin nicht bemerkte, da die Zofe hinter ihr stand.

Über dem Boudoir der Baronin lag das Lieblingszimmer des Kapitäns. Es war ein dreifenstriger Raum, mit den einfachsten Möbeln ausgestattet. Zwei altmodische Spiegel hingen an den Fensterpfeilern. Stahlstiche der Siege Napoleons des Ersten schmückten die Wände, und dazwischen hingen Waffen aller Art, erbeutete Trophäen und verschiedene andere Andenken an die Märsche und Schlachten, welche der Kapitän unter dem großen Korsen mitgemacht und in denen er mit gefochten hatte. Er war Kapitän der berühmten Garde gewesen, hatte für den Ruhm Napoleons und Frankreichs geblutet und lebte nur der Erinnerung jener großen, ereignisreichen Zeiten. Trotz seines hohen Alters schwärmte er noch heute für die Glorie Frankreichs, hing mit ganzer Seele an dem Namen Napoleon und war bereit, die wenigen Jahre, welche ihm voraussichtlich noch beschieden waren, der Ehre seines Vaterlandes und der Befestigung des Thrones seines Herrschers zum Opfer zu bringen.

Der alte Krieger, den die Last der Jahre nicht zu beugen vermocht hatte, glich einem seit Jahrhunderten in Ruhe liegenden, von Schluchten, Spalten und Rissen tief zerklüfteten Vulkan, zu dessen Spitze man jedoch noch immer mit Mißtrauen emporschaut, da man sich des Gedankens nicht erwehren kann, daß einmal eine Eruption erfolgen könne, bei welcher das so lange

Zeit scheinbar schlummernde Verderben desto grimmiger und verheerender hervorbrechen werde.

Und wie sein Körper, so war auch seine Geisteskraft noch ungebrochen. Wie sein Auge, noch vollständig ungetrübt, ebenso in die Ferne zu blicken, wie in der Nähe mit seiner Schärfe alles zu durchdringen vermochte, so waren sein Scharfsinn und seine gute Beobachtungsgabe von allen gefürchtet, die mit ihm in Berührung kamen. Es hatte noch keinen gegeben, der klug genug gewesen war, ihn täuschen zu können. Er war ein harter, strenger, eigenwilliger Kopf. Man wußte, daß er in den Mitteln, seine Zwecke zu erreichen, nicht im mindesten wählerisch sei und sogar gewissenlos sein könne.

Die einzige Schwachheit, welche man an ihm entdeckt hatte, war seine mehr als nachsichtige Liebe zu seinem Enkel, den er auf das ärgste verwöhnte.

An diesem Morgen war derselbe bei ihm, wie die Zofe ihrer Herrin ganz richtig gesagt hatte. Er hatte ein ganz kleines Weilchen Fechtunterricht gehabt. Der Kapitän war in der Kunst des Fechtens Meister gewesen, und noch heute besaß er genug Muskelkraft des Armes und Schärfe des Auges, um sich mit jedem zu messen, der es wagen wollte, einen Gang mit ihm zu machen.

Nun saßen sie beieinander und sprachen von dem deutschen Lehrer, welcher nun bald auf Schloß Ortry eintreffen sollte.

„Warum hast du mir denn einen Deutschen ausgewählt, Großpapa?“ fragte Alexander, der bei seinen sechszehn Jahren bereits so entwickelt war, daß man ihn keinen Knaben mehr nennen konnte.

„Aus mehrerlei Gründen, mein Sohn“, antwortete der Alte. „Zunächst zeigten sich deine bisherigen französischen Lehrer in vieler Beziehung zu selbständig; diese Deutschen aber sind gewohnt, zu gehorchen; sie sind die besten, die untertänigsten Dienstleute, weil sie gewohnt sind, keinen Willen zu haben.“

Die Wahrheit war, daß die bisherigen Erzieher Alexanders denn doch in der Vergötterung des Knaben nicht gar zu weit hatten gehen wollen.

„Du meinst also“, sagte dieser, „daß so ein Deutscher ein gutes Spielzeug ist, ein Dienstbote, der sich vor den Franzosen fürchtet?“

„Ganz gewiß. Und ein zweiter Grund ist der, daß diese Deutschen ganz außerordentlich gelehrt sind. Bei deinem neuen Lehrer wirst du in einer Woche mehr lernen als früher in einem Monat.“

„Das heißt ja beinahe, daß die Franzosen gegenüber den Deutschen dumm sind!"

„Nein. Wir sind die Meister im praktischen Leben; sie aber träumen gern; sie hocken über ihren Büchern und wissen vom wirklichen Leben nichts. Dieser Doktor André Müller wird vom Fechten, Reiten, Schwimmen, Tanzen, Exerzieren, Jagen, Schießen, Konversieren und vielen anderen notwendigen Dingen gar nichts verstehen, aber er wird dir von Griechenland, Ägypten und China alles sagen können, obgleich er kaum wissen wird, wie groß Paris ist und daß wir bei Magenta die Österreicher geschlagen haben. Die Hauptsache ist, daß du bei ihm die deutsche Sprache sehr bald, sehr leicht und sehr vollständig erlernen wirst."

„Deutsch soll ich lernen?" fragte Alexander mit Nasenrümpfen. „Warum? Ich habe keine Lust, mich mit der Sprache dieser Barbaren und Büchermilben abzuquälen!"

„Das verstehst du nicht, mein Sohn", erläuterte der Alte. „Es wird die Zeit kommen, und sie ist vielleicht sehr bald da, daß unsere Adler steigen werden, wie zur Zeit des großen Kaisers. Sie werden über den Rhein hinüberfliegen und Deutschland mit ihren scharfen, siegreichen Krallen ergreifen. Dann werden wir über das Land herrschen, welches einst uns gehörte, uns vom Unglück aber für einige Zeit wieder entrissen wurde. Es wird wieder eine Ära anbrechen, in welcher der Tapfere mit Fürsten- und Herzogtümern, ja mit Königreichen belohnt werden wird, wie Murat und Beauharnais, wie Davoust, Ney und andere Helden, und wer dann die Sprache des Landes versteht, dessen Herrscher er geworden ist, der hat doppelte Macht und Gewalt über seine Untertanen. Du bist ein Sainte-Marie, und du bist mein Enkel, du sollst und du wirst zu den Tapfersten gehören. Du sollst mit dem Adler Frankreichs fliegen, und deinem Ruhm soll der Lohn werden, welcher mir versagt blieb, weil die englischen Schurken meinen Kaiser in Ketten schmiedeten, auf einem fernen, abgeschlossenen Eiland, wie einen Prometheus, den man nicht zu entfesseln wagt, weil dann die Völker aus Angst vor ihm heulen würden."

Die Erinnerung an den Ruhm und das Unglück seines Kaisers war in ihm wach geworden. Er hatte sich erhoben und sprach mit lebhaften Gestikulationen. Seine dunklen Augen blitzten, und bei den Worten, welche sich auf St. Helena bezogen, stieg sein gewaltiger Schnurrbart empor, und seine Zähne zeigten sich, das Gebiß eines Panthers, welcher zum Sprung ausholt.

Da fiel sein Blick zufällig durch das Fenster auf den Weg hinab, welcher von den Eisenwerken nach dem Schloß führte. Seine Oberlippe fiel herab, seine Brauen zogen sich zusammen, und mit völlig veränderter Stimme fuhr er fort:

„Doch davon werden wir später sprechen, mein Sohn. Jetzt gehe hinab und sieh zu, ob der Groom das Pony eingeschirrt hat, um dich spazierenzufahren."

Das ließ sich Alexander nicht zweimal sagen; er eilte fort. Der Kapitän aber trat von neuem zum Fenster und heftete seine Augen mit finsterem Ausdruck auf den Mann, der langsam nach dem Schloß herbeigeschritten kam.

Dieser Mann hatte eine hohe, breite, kraftvolle Figur, und die Züge seines Gesichtes konnten interessant genannt werden. Er hielt den Blick scheinbar zu Boden gerichtet, als sei er in tiefes Nachsinnen versunken, aber wer ihn hätte beobachten können, dem wäre aufgefallen, daß sein Auge unter den gesenkten Lidern heraus forschend nach den Fenstern derjenigen Zimmer schielte, welche die Baronin bewohnte.

„Es wird hohe Zeit, dem Spaß ein Ende zu machen", brummte der Kapitän, indem er das Fenster verließ, um von dem Mann nicht bemerkt zu werden. „Er war außerordentlich brauchbar und hat alles auf das trefflichste arrangiert. Er ist auch bisher verschwiegen gewesen; aber seit neuerer Zeit steigt er mir mit seinen Ansprüchen zu hoch. Ich habe ihm bisher die Baronin überlassen, welche leider meine Schwiegertochter ist; nun aber soll mir die Verirrung der beiden einen Grund liefern, mit ihm fertigzuwerden. Ich werde bei ihm aussuchen, und das wird mir leicht werden, da ich unsere Möbel kenne. Ein Glück ist es, daß noch kein Mensch um das Geheimnis dieses alten Schlosses weiß."

Er trat an seinen Schrank und öffnete ihn. Er langte zwischen die Kleider hinein, und sogleich ließ sich ein leises Knarren vernehmen – die hintere Wand des Schrankes wich zurück. Er trat in den Schrank, verriegelte die Tür desselben hinter sich und stieg in die entstandene Öffnung. Es zeigte sich, daß das Schloß hier, vielleicht auch in anderen Teilen, doppelte Wände hatte, zwischen denen man aus einem Stockwerk in das andere und von dem einen Zimmer in das andere gelangen konnte, um durch geheime Öffnungen die Insassen dieser Zimmer zu beobachten und zu belauschen.

Eine schmale, den ganzen, vielleicht zwei Fuß breiten Zwischenraum ausfüllende Treppe führte zwischen der Doppelwand abwärts. Der Alte schien den Weg sehr gut zu kennen. Er stieg trotz des Dunkels, welches hier herrschte, mit großer Sicherheit hinab und blieb an einer Stelle stehen, welche er vorsichtig mit der Hand betastete.

Es gab hier einen lockeren Ziegelstein, welcher sehr leicht aus der Mauer zu ziehen war. Als der Kapitän dies getan hatte, ohne dabei das leiseste Geräusch zu verursachen, erschien eine mattgeschliffene Glastafel. Diese war im Boudoir der Baronin ganz oben unterhalb der Decke angebracht und hatte so genau die Breite und auch ganz die Zeichnung der dort befindlichen Kante, daß man ihre Anwesenheit gar nicht bemerken konnte. Aber das eingeschliffene Muster bildete durchsichtige Stellen, durch welche man sehr leicht das Boudoir zu beobachten vermochte, und durch die dünne Glastafel konnte man auch die dort geführte Unterhaltung vernehmen, falls sie nicht im Flüsterton geführt wurde.

Der Alte brachte seinen Kopf an die Öffnung und blickte hinab. Die Baronin saß ihm gerade gegenüber auf einer Ottomane. Sie trug ein dünnes, weißes, von rosaseidenen Schleifen zusammengehaltenes Morgenkleid; doch waren die Schleifen so nachlässig zusammengezogen, daß zwischen den beiden Säumen des Kleides die feine Stickerei des Hemdes hervorblickte. Da dieses Hemd tief ausgeschnitten war und unten nicht durch ein gewöhnliches Korsett, sondern durch ein schmales, dünnes und nachgiebiges orientalisches Mieder unterstützt wurde, so glänzte durch die Spalte der Alabaster der Büste hervor, ein Umstand, der außerhalb aller Berechnung schien, aber doch das Ergebnis eines sehr bewußten Raffinements war.

Vor ihr stand der Mann, dessen Kommen der Kapitän beobachtet hatte. Es war der Fabrikdirektor, welcher von der Zofe auf der Treppe erwartet und zu ihrer Herrin geschickt worden war. Er hielt unter dem Arm ein ziemlich umfangreiches Buch, nach welchem die verführerische Frau soeben ihre Hand ausstreckte.

„Aber bitte“, sagte sie, „legen Sie doch diesen häßlichen Band ein wenig fort, und setzen Sie sich an meine Seite.“

„Verzeihung, teure Adeline“, antwortete er, „ich darf mich nicht verweilen. Ich muß zum Kapitän. Vielleicht hat er mein Kommen durch das Fenster bemerkt und schöpft Verdacht, wenn ich zu erscheinen zögere.“

„Der häßliche Alte!“ seufzte sie, indem sie einen verzehrenden Blick auf den Direktor warf.

„Auch mir wird er immer unbequemer. Nicht nur, daß er der einzige ist, dessen Scharfsinn das stille, heimliche Glück unserer Liebe in Gefahr bringt, er weiß auch gar nicht, Verdienste anzuerkennen. Hielten Sie mich nicht hier fest, so würde ich mein Engagement längst aufgegeben haben."

„Ah!" dachte der Lauscher. „Es wird also Zeit nachzuforschen, ob ich mich wirklich auf ihn verlassen konnte."

„Tun Sie das nicht", fiel sie schnell ein. „Ich würde mich hier ganz unglücklich fühlen. Aber es ist wahr, Sie dürfen ihn nicht warten lassen. Meine Sehnsucht nach Ihnen kann ja auf andere Weise gestillt werden. Sind Sie heute abend frei?"

„Ja, aber allerdings erst spät."

„Wieviel Uhr?"

„Von zehn Uhr an, teure Adeline."

„So werde ich um diese Zeit das Schloß verlassen und nach der Parkwiese kommen. Können Sie mich dort erwarten?"

„Es wird mir eine Seligkeit sein, Sie dort zu treffen."

„So gehen Sie jetzt, Sie lieber, lieber Mann!"

Er ergriff ihre Hand, um einen Kuß auf dieselbe zu drücken; sie aber hob den Kopf und bot ihm ihre Lippen dar. Der für die Hand bestimmte Kuß traf den Mund, und dann verließ der Direktor das Boudoir.

Als er bei dem Kapitän eintrat, fand er diesen bei einer Menge von Skripturen an dem Arbeitstisch sitzen.

„Sie kommen, den Tagesbericht abzugeben?" fragte der Alte, ohne sich zu erheben.

„Allerdings, Herr Kapitän", lautete die Antwort.

„Ich habe heute nicht viel Zeit. Gibt es etwas Aufschiebbares?"

„Haus Monsard und Compagnie hat Geld geschickt."

„Endlich. Wieviel?"

„Zwölftausend Franc. Ebenso Léon Siboult achttausendfünfhundert."

„Das freut mich. Haben Sie die beiden Summen mit?"

„Ich wollte sie aufzählen."

„Das hat Zeit bis morgen. Vielleicht ist ein Teil dieser Summe dazu bestimmt, Ihnen zu beweisen, daß ich Ihre Wirksamkeit anerkenne. Aber sprechen Sie heute mit niemand davon. Morgen werden wir uns einigen. Adieu!"

Der Direktor hätte gern einige dankbare Worte ausgesprochen; aber er kannte seinen Gebieter. Hatte dieser einmal adieu gesagt, so konnte ihn jedes weitere Wort nur in Harnisch bringen. Darum begnügte der Beamte sich damit, unter einer tiefen

Verneigung abzutreten. Während er die Treppe hinunterstieg, dachte er:

„Wußte ich das, so konnte ich der Baronin noch ein Viertelstündchen widmen. Wer weiß, ob sie sich heute abend wieder in einer solch liebevollen Stimmung befinden wird!“

Alexander hatte die Weisung seines Großvaters befolgt und war nach dem Stall gegangen. Dort war der Groom beschäftigt gewesen, das Pony vor den leichten Wagen zu spannen, um den jungen Herrn auszufahren, was täglich um diese Zeit zu geschehen pflegte. Als das Gespann bereit war, wollte der Kutscher auf den Bock steigen, aber Alexander hielt ihn zurück.

„Halt, steige in den Wagen; ich werde selbst fahren!“

„Aber, gnädiger Herr Alexander, das haben Sie ja noch nicht gelernt!“

„So werde ich es heute lernen.“

Der Groom wußte, daß hier ein fernerer Widerspruch vergebens sein werde. Er gehorchte also und setzte sich in den Wagen, während Alexander die Zügel und die Peitsche ergriff und auf dem Bock Platz nahm. Das Pferd setzte sich in Bewegung.

Zu derselben Zeit saß im Wirtshaus des Dorfes Oudron ein Mann, der in einen langen Frack gekleidet war, eine große Messingbrille trug und auf dem Rücken – ausgewachsen war. Es war Doktor Müller. Er war in diesem Augenblick der einzige Gast, und die Wirtin hatte sich zu ihm gesetzt, um sich ein wenig von der anstrengenden Küchenarbeit auszuruhen. Sie schien eine sehr redselige Frau zu sein, denn sie hatte seit zehn Minuten dem Gast bereits ihren ganzen Lebenslauf erzählt und ihn auch mit den Familiengeheimnissen des Dorfes bekannt gemacht. Jetzt nahm sie ihn schärfer aufs Korn und fragte:

„Wie mir scheint, sind Sie fremd hier, Monsieur?“

„Vollständig“, antwortete Müller.

„Wohin wollen Sie?“

„Nach Ortry.“

„Ah, das ist ja mein Geburtsort. Haben Sie vielleicht Verwandte dort?“

„Nein. Ich komme von sehr weit her. Ich bin ein Deutscher.“

„Unmöglich!“ rief sie. „Sie sprechen ja das Französisch so geläufig und regelrecht, daß man meinen sollte, Sie seien auch in Ortry geboren.“

Er unterdrückte das Lächeln, welches auf die Lippen treten wollte. Diese gute Frau schien der Meinung zu sein, daß in Ortry das beste Französisch gesprochen werde, und doch war ihre Sprache schwerfällig und mit einer ganzen Menge von Germanismen gespickt.

„Ich habe einen guten Franzosen als Lehrer gehabt", erklärte er.

„Der ist sicher aus Ortry oder aus der hiesigen Gegen gewesen", meinte Sie. „Werden Sie längere Zeit dort bleiben?"

„Voraussichtlich, Madame. Ich begebe mich zum Baron de Sainte-Marie, bei welchem ich als Erzieher seines Sohnes engagiert bin."

„Mein Gott, Sie Ärmster!" rief sie. „Da werden Sie harte Arbeit haben."

„Warum?"

„Weil Monsieur Alexander bisher alle Monate einen anderen Erzieher gehabt hat. Es konnte keiner länger aushalten!"

„Sie eröffnen mir da eine schlimme Perspektive. Wer trägt denn eigentlich die Schuld, daß die Herren so bald wieder fortgegangen sind?"

„Alle, nur diese Herren selbst nicht. Oh, die frühere Herrschaft, das war doch etwas ganz anderes! Ich bin da selbst Stubenmädchen gewesen, ehe ich meinen ersten Seligen kennenlernte."

„Ah, Sie haben mehrere Selige, Madame?" fragte Müller.

„Zwei. Und vom dritten habe ich mich scheiden lassen. Sie müssen nämlich wissen, daß dies geschehen konnte, weil ich nicht katholisch bin. Also, Monsieur, ich bin auf Schloß Ortry Zimmermädchen gewesen und bedaure, daß dieses Besitztum in solche Hände geraten ist. Ich sollte Ihnen dies allerdings nicht sagen, da Sie ja selbst ein Bewohner des Schlosses sein werden; aber ich kann mir nicht helfen. Ich kann diese Barone einmal nicht ausstehen!"

„Warum, Madame?" fragte Müller, dem es sehr gelegen kam, hier etwas Näheres über seinen Bestimmungsort zu erfahren.

„Warum? Mein Gott, da gibt es eine ganze Menge Gründe. Fangen wir einmal von oben an! Da ist zunächst dieser Kapitän ..."

„Ein Kapitän? Wer ist das?"

„Wer das ist? Ja, so, Sie sind dort noch unbekannt! Der Kapitän ist der Vater des Barons, ein Veteran der Napoleonsschlachten im Alter von wohl neunzig Jahren. Er ist ein Satan, ein Teufel, ein Beelzebub. Er hat weißes Haar, aber ein schwarzes Herz. Er spricht niemals ein Wort und übt doch eine Herrschaft aus, als ob er den Mund nicht einen Augenblick halten könne.

Er ist es auch, der das große Eisenwerk regiert, und wer es mit ihm verdirbt, um den ist es geschehen. Ferner die Baronin."

Die Wirtin machte hier eine Pause, um Atem zu schöpfen, dann fuhr sie fort:

„Von der Baronin sagt man im stillen, daß sie eine Bauernmagd aus dem Argonner Wald sei. Sie hält sich für ungeheuer schön und soll in Paris etliche hundert Anbeter haben. Sie putzt sich den ganzen Tag, trägt sich wie ein junges Mädchen und knechtet die Dienstboten. Nur für den alten Kapitän hegt sie eine Art von Respekt, im übrigen aber ist sie die Herrin des Hauses."

„Und der Baron selbst?"

„Oh, der gilt gar nichts! Er ist ein guter Kerl, der sich alles gefallen läßt, und zuweilen soll er im Kopf nicht ganz richtig sein. Dann schließen sie ihn ein, und man sagt, daß er zu solchen Zeiten sogar Schläge erhält, denn man hat ihn ganz erbärmlich klagen und winseln gehört. Diese Anfälle kommen nur im Sommer, eigentümlich! Im Winter lebt er mit der Baronin in Paris, und da soll er ganz gesund im Kopf sein. Ferner ist da der junge Herr, der Alexander."

„Das ist der Sohn, dessen Lehrer ich sein werde?"

„Ja, denn es ist weiter kein Sohn vorhanden. Der ist kaum sechszehn Jahre alt und hält sich doch bereits für einen großen Herrn. Lernen will und mag er partout nichts. Sie können sich die größte Mühe geben, so ist es doch umsonst. Ich weiß gewiß, daß Sie bei mir einkehren werden, nämlich auf der Rückreise nach Ihrer Heimat. Ich kann nicht begreifen, daß Sie engagiert worden sind, da sämtliche Bewohner des Schlosses Deutschland hassen. Es ist überhaupt für Sie hier eine gefährliche Gegend. Die Deutschen sind hier nicht gern gelitten. Man spricht sogar von einem Krieg mit da drüben und ..."

Sie hielt inne, als ob sie zu viel gesagt habe.

„Nun, und?" fragte er.

„Oh, es ist nicht meine Art und Weise, das zu wiederholen, was meine Gäste sprechen. Ich an Ihrer Stelle würde nicht allzulange in dieser Gegend verweilen."

„Waren das alle Personen, von denen zu sprechen war, Madame?"

„Ich könnte vielleicht noch das gnädige Fräulein erwähnen, aber sie ist längere Zeit nicht anwesend gewesen. Sie ist in England. Man sagt, daß sie der Liebling des Vaters sei, während sie von ihrer Stiefmutter gehaßt werde. Sie ist eine gute Dame, nicht stolz, gar nicht. Sie besucht die Armen und Kranken und hilft, wo sie nur helfen kann. Ihre Mutter soll ein Engel an Schönheit, Güte und Milde gewesen sein. Sie ist am gebrochenen Herzen gestorben; warum, das weiß man nicht. Man hat sie hart an der Mauer des alten Turmes begraben, weil sie eine Heidin war."

„Eine Heidin, wie meinen Sie das?"

„Nun, der Baron hat sie von sehr weit hergebracht, von dort, wo es Tiger und Löwen gibt. Sie hat keine Christin werden wollen, und darum ist ihr auch die geweihte Erde versagt worden. Nun liegt sie im Wald begraben und geht des Nachts im alten Turm um."

„Ah! Hat man sie vielleicht gesehen?" fragte Müller.

„Gesehen? Ob man sie gesehen hat!" rief die Frau, ganz erstaunt über eine solche Frage. „Gesehen und gehört hat man sie! Sie geht durch den Wald, im weißen Kleid, wie sie auch früher stets gegangen ist, und hundert Irrlichter tanzen um sie her. Dann verschwindet sie im Turm und erscheint oben auf der Zinne desselben. Und wenn sie da fort ist, dann hört man unter der Erde ein Klirren und Klingen, als ob tausend Geister mit Ketten rasselten. Es wagt kein Mensch, des Nachts zum Turm zu gehen."

„Wenn niemand hingeht, wer hat dann diese Erscheinungen beobachtet?"

„Der vorige Förster. Als er angestellt wurde, war er ein junger, mutiger Mann; er glaubte nicht an Geister und Gespenster und schlich sich in den Wald, um die Erscheinungen zu untersuchen. Er hat nach den Lichtern geschossen, aber nichts getroffen. Er wurde darauf entlassen, weil er die Ruhe der seligen Baronin entweiht hat."

Müller schüttelte den Kopf. Diese Erzählung war jedenfalls nicht ganz aus der Luft gegriffen; etwas Wahres mußte daran sein, wenn auch der Kern in Dichtung eingehüllt war. Es schien ihm ganz so, als ob er einer höchst interessanten Zukunft entgegengehe.

Die Wirtin kehrte, nachdem sie ihrer Redseligkeit Genüge getan hatte, nach der Küche zurück, und Müller brach auf, um nach Ortry zu wandern.

Die Sonne schien warm vom Himmel herab, und darum schritt der Doktor nur langsam vorwärts. Es war ihm keine Zeit gestellt, und so blieb es sich ja ganz gleich, ob er eine Stunde früher oder später an seinem Bestimmungsort anlangte.

Er kannte die Richtung, in welcher dieser liegen mußte, und er hielt dieselbe ein, ohne sich nach dem eigentlichen, richtigen Weg zu erkundigen. Es liegt etwas Verführerisches darin, den Schritt ganz nach Gutdünken lenken zu können, und Müller gab diesem Reiz zur Genüge nach, so daß er schließlich bemerkte, daß sich der Weg, dem er bisher gefolgt war, in einem Wäldchen verlief.

Ohne sich Sorge zu machen, schlenderte er durch dasselbe hindurch, schritt über eine Wiese hinüber und gelangte an einen großen Steinbruch, dessen hohe, steil emporsteigende Wände ihm ein unüberwindliches Hindernis entgegenstellten. Darum kletterte er an der Seite des Bruches empor und wunderte sich, daß der Rand dieses gefährlichen Abgrundes nicht mit einer Barriere versehen war. Da oben lagen Felder, welche hart an die scharfe Kante der Felsen heranreichten. Wie nun, wenn beim Ackern oder Eggen ein Pferd scheu wurde und den Mann samt dem Geschirr da hinunter in die gähnende Tiefe riß?

Er war sich dieses schwindelerregenden Gedankens kaum bewußt geworden, so stieß er einen Ruf des Schreckens aus. Ein lauter Schrei hatte ihn veranlaßt, seitwärts hinüberzublicken, wo Arbeiter auf einem Feld beschäftigt waren. Von dort her kam ein kleiner, leichter Wagen, vor welchen ein Pony gespannt war, in voller Karriere herangesaust. Ein Knabe saß auf dem Bock; er hatte die Zügel verloren und hielt sich krampfhaft fest, um nicht herabzufallen.

Das Pferd galoppierte gerade auf den Steinbruch zu. Es war verloren: Es konnte nicht aufgehalten werden; keine Menschenkraft war stark genug, den Galopp des Tieres zu mindern, bevor es den Abgrund erreichte. Müller versuchte es dennoch. Er sprang am Rand des Felsens entlang, aber er hatte nicht die Schnelligkeit des Pferdes. Noch war es höchstens zehn Schritt vom Abgrund entfernt, da erreichte er den Wagen, dem er schräg entgegen geflogen war. Konnte denn nicht wenigstens der Knabe gerettet werden? Müller hatte seine Kaltblütigkeit keinen Augenblick verloren. Er stemmte sich mit dem einen Fuß fest, und während der Wagen an ihm vorübersauste, streckte er den Arm nach dem Bock aus, faßte den Knaben, der mit vor Angst weit offenen Augen in die Leere starrte, und riß ihn herab. Im nächsten Augenblick flogen Pferd und Wagen in einem weiten Bogen über die Kante des Abgrundes hinaus und in die Tiefe hinab, wobei Müller nun erst bemerkte, daß sich noch eine menschliche Gestalt im Wagen befand, welche sich vor Schreck auf dem Boden zusammengekauert hatte. Von unten herauf erscholl ein dumpfer Krach; dann war alles vorbei.

Der Knabe lag ohnmächtig am Boden. Seiner feinen Kleidung nach war er jedenfalls das Kind nicht gewöhnlicher Eltern. Während Müller sich um ihn bemühte, kamen die Feldarbeiter herbei, deren Ruf ihn erst aufmerksam gemacht hatte.

„Welch ein Glück, daß Sie ihn herunterrissen!" rief der eine bereits von weitem. „Es ist der junge Herr!"

„Welcher junge Herr?" fragte Müller.

„Der Herr Baron."

Die Leute bückten sich zu Alexander nieder; sie mochten ihn für tot halten.

„Er lebt", meinte Müller. „Er ist nur ohnmächtig. Welchen Baron meinen Sie?"

„Den Baron von Sainte-Marie. Ah, das wird eine gute Belohnung geben. Greift zu, damit wir ihn auf das Schloß schaffen!"

Sie faßten an und trugen den Knaben fort. Müller ließ sie gehen; er lächelte darüber, daß sie um des Lohnes willen sich gar nicht um sein besseres Recht bekümmerten. Er kehrte um und stieg wieder in den Steinbruch zurück. Als er da unten ankam, bot sich ihm ein schauderhafter Anblick. Der Wagen lag, in kleine Stücke zerschmettert, auf dem toten Pferd, welches eine weiche, formlose Masse bildete, und ein Stück weiter lag der Groom, ebenfalls bis zur Unkenntlichkeit entstellt. Hier war nichts zu tun. Müller brauchte sich um eine Anmeldung und weitere Verfolgung des Falles nicht zu bekümmern; er wußte, daß dies von anderer Seite geschehen werde, und schlenderte also Ortry langsam entgegen.

Dort war mittlerweile die Zeit des zweiten Frühstückes angebrochen, und die Glieder der Familie waren im Speisesaal an der Tafel versammelt. Es war bei dieser Gelegenheit recht deutlich zu sehen, daß diese Leute in keinem innigen seelischen Zusammenhang miteinander standen. Die einzelnen Personen kamen ganz nach Belieben herbei und nahmen mit einem stummen Gruß an der Tafel Platz. Die Baronin präsidierte. Der Kapitän beachtete sie kaum mit einem Blick, und der Baron saß wie abwesend dabei und aß mit einem Gesichtsaudruck, als wisse er überhaupt gar nicht, daß und was er esse. Nur nach längerer Zeit, als der junge Herr sich noch immer nicht eingestellt hatte, fragte der Kapitän:

„Wo bleibt Alexander?"

„Der junge, gnädige Herr ist ausgefahren“, antwortete einer der Diener.

Nun folgte wieder dieselbe Stille und Wortlosigkeit wie bisher, bis man am Schluß des Frühstückes angekommen war. Da vernahm man unten vom Hof herauf Leute, erschrockene Stimmen. Der Kapitän trat an das Fenster und sah nur noch einige fremde Leute, welche, etwas tragend, im Eingang verschwanden.

„Was ist's?“ fragte die Baronin, indem sie sich erheben wollte.

„Warten Sie, ich werde nachsehen!“ sagte der Alte, dem eine Ahnung kam, daß die Last, welche diese Leute getragen hatten, eine menschliche Person gewesen sei.

Er schritt hinaus und begegnete ihnen auf der Treppe. Als sie ihn erblickten, hielten sie respektvoll an. In Gegenwart dieses Mannes wagte keiner, unaufgefordert ein Wort zu sprechen. Der Kapitän trat hinzu und erkannte Alexander. Seinen Liebling tot oder besinnungslos zu sehen, kam ihm unerwartet und mußte ihn tief ergreifen; aber es zuckte dennoch keine Miene seines eisernen Gesichtes, als er in ruhigem Ton fragte:

„Was ist mit ihm?“

„Er ist nicht tot, gnädiger Herr“, sagte einer von den Leuten, „sondern nur ohnmächtig. Der Fremde sagte es, der ihn untersucht hatte.“

„Welcher Fremde?“

„Der ihn vom Wagen riß, als das Pferd durchgegangen war und mit dem Wagen in den Steinbruch stürzte.“

Des Alten äußere Augenwinkel legten sich nach den Schläfen hin in tiefe Falten; dies war das einzige Zeichen seines Schrekkes. Er drehte sich zu einem der dabeistehenden Reitknechte und befahl diesem:

„Anspannen! Im Galopp nach Thionville, um Doktor Bertrand zu holen!“

Dann ließ er sich den Fall ausführlich erzählen. Er fragte, wer der Fremde gewesen sei, konnte aber keine Auskunft erhalten. Die Leute hatten den Mann, um nur mit dem jungen Herrn so eilig wie möglich fortzukommen, gar nicht so genau betrachtet.

„Er wird sich jedenfalls melden“, brummte der Kapitän. „Eine Belohnung läßt sich keiner entgehen. Folgt mir!“

Er ließ Alexander einstweilen nach dem nächsten Raum tragen. Es war der Empfangssalon. Dann kehrte er nach dem Speisesaal zurück und sagte in gleichgültigem Ton:

„Alexander ist unwohl.“

„Unwohl?“ fragte die Baronin schnell. „Was fehlt ihm?“
„Er hat ein kleines Malheur gehabt. Das Pferd ist ihm durchgegangen.“
„Oh, mein Gott!“ rief die Dame, vor Schreck emporspringend.
„Und in den tiefen Steinbruch da unten gestürzt. Jedenfalls sind Pferd und Wagen vollständig zerschmettert“, fuhr er fort.
Sie mußte sich am Tisch anhalten, sonst wäre sie vor Schreck umgesunken.
„Und Alexander, mein Kind, mein Sohn?“ fragte sie todesbleich.
„Er ist gerettet. Er liegt im Empfangszimmer.“
Sie nahm sich zusammen und wankte nach der Tür. Der Alte folgte ihr. Auch der Baron verließ seinen Sessel, strich sich über die wächserne Stirn, als ob er sich erst besinnen müsse, wer dieser Alexander eigentlich sei, und ging den Vorausgegangenen dann langsamen Schrittes nach.
Der Knabe lag ausgestreckt auf dem Diwan. Er hielt die Augen geöffnet. Die Besinnung schien ihm zurückzukehren. Die Feldarbeiter standen noch an der Tür. Der Kapitän entließ sie, nachdem er sie beschenkt hatte.
Die Baronin kniete vor dem Diwan nieder, nahm den Kopf ihres Sohnes in den Arm und betrachtete den Ohnmächtigen schluchzend. Der Alte ergriff ihn bei der Hand, um nach dem Puls zu fühlen, und Herr de Sainte-Marie stand vor einem Bild und hielt den Blick so starr und nachhaltig auf dasselbe gerichtet, als ob es sonst keinen Gegenstand geben könne, der seine Aufmerksamkeit in Anspruch nähme. Es war sicher, daß er geistig gestört war.
„Mama, liebe Mama!“ flüsterte da endlich die Stimme des Erwachenden.
„Mein Sohn, mein Alexander!“ rief sie. „Wie befindest du dich?“
„Ich bin sehr matt; aber es war auch gar zu schrecklich!“
„Wir werden dich nach deinem Zimmer schaffen.“
„Nein“, bat er. „Ich will nicht fort; ich bin müde; ich muß schlafen!“
Er schloß die Augen wieder. Die Baronin erhob den tränenvollen Blick und sah den Kapitän fragend an. Dieser nickte zustimmend, daß der Knabe liegenbleiben solle. Der Baron trat jetzt langsam hinzu, ließ seine Augen irr über den Daliegenden schweifen und sagte dann mit einem matten Lächeln:
„Alexander!“

Dann drehte er sich um und schritt zur Tür hinaus. Die beiden anderen setzten sich an dem Diwan nieder, um die Ankunft des Arztes zu erwarten. Sie liebten den Knaben, dies war aber auch die einzige Harmonie, welche es zwischen ihnen gab. Sie haßte den Kapitän, und er verachtete sie. Sie wußten dies gegenseitig; sie verhehlten es sich nicht. Der in Apathie versunkene Baron, der sein Sohn und ihr Gemahl war, konnte nicht als aussöhnendes Medium gelten, und da die Dienerschaft dies ebensogut wußte, wie die Herrschaft selbst, so war es allen ein Rätsel, aus welchem Grund der Alte eigentlich zugegeben hatte, daß die Baronin Gemahlin seines Sohnes werde.

Endlich nahten Schritte, und der Arzt trat ein; aber es war nicht Doktor Bertrand, sondern ein anderer, den der Kapitän wohl kannte, aber noch nicht bei sich gesehen hatte.

„Warum kommen Sie?" fragte der Alte in rücksichtslosem Ton. „Ich habe nicht nach Ihnen, sondern nach unserem Hausarzt geschickt."

„Verzeihung, Herr Kapitän, gnädige Frau", entschuldigte sich der Arzt. „Doktor Bertrand ist verreist und hat mich gebeten, ihn nötigenfalls zu vertreten."

„Wann kommt er zurück?"

Der Gefragte zuckte die Achseln und antwortete:

„Es fragt sich leider sehr, ob er überhaupt wieder zurückkehren wird. Vielleicht ist er tot."

„Tot? Wieso?"

„Ertrunken meine ich, gnädiger Herr. Die heutigen Morgenblätter bringen die schreckliche Nachricht, daß der gestrige Moseldampfer unterhalb Dhrons mit Mann und Maus untergegangen ist. Es hat ein schreckliches Unwetter, einen in dieser Stärke noch gar nicht dagewesenen Orkan gegeben, während dessen der Dampfer mit einem Floß kollidierte. Ich weiß genau, daß Doktor Bertrand auf diesem Dampfer zurückkehren wollte."

Da stand der Kapitän von seinem Stuhl auf, trat auf den Arzt zu und fragte mit einer Stimme, der man doch ein leises Beben anhören konnte:

„Ist dieses Unglück wirklich ein Faktum? Ist die Nachricht verbürgt?"

„Ja. Die jenseitige Behörde fordert bereits zu Sammlungen für die Hinterbliebenen der Verunglückten auf."

„Dann haben Sie uns eine schlimme Nachricht gebracht. Meine Enkelin, Baronesse Marion, hat sich auch auf diesem Dampfer befunden. Ich erhielt gestern von Koblenz aus ihren

Brief, in welchem sie mir dies mitteilte, um mir ihre Ankunft für den heutigen Tag zu melden."

Der innere Zusammenhang fehlte den Bewohnern von Schloß Ortry so sehr, daß der Alte den Inhalt des Briefes gar niemand mitgeteilt hatte. Kam Marion, so war sie einfach da; das war aber auch alles. Die Baronin hörte also jetzt das erste Wort davon. Sie zuckte zusammen, gab sich aber Mühe, ihre Gefühle zu verbergen, und fragte im Ton der Besorgnis:

„Wie? Unsere liebe Marion befand sich auf dem verunglückten Schiff? Mein Heiland, zwei Unfälle auf einmal! Wer soll dies ertragen!"

Sie schlug die Hände vor dem Gesicht zusammen und gab sich den Anschein, als ob sie weine. Der Kapitän wandte sich zu ihr und sagte:

„Verlieren wir die Contenance nicht, Frau Tochter! Es ist ja noch immer die Möglichkeit vorhanden, daß einige gerettet worden sind oder daß ein glücklicher Zufall sie abgehalten hat, dieses Dampfschiff zu besteigen. Untersuchen Sie den Knaben, Doktor!"

Seine Worte hatten, der Gegenwart des Arztes wegen, einen ergriffenen, teilnahmsvollen Ton; in seinem Blick jedoch lag ein Ausdruck, welcher deutlich sagte, daß er sehr wohl wisse, daß jene sich innig freuen würde, ihre Stieftochter unter den Toten zu wissen.

Der Doktor näherte sich nun dem Diwan, um Alexander zu untersuchen, wobei ihm der Alte den Hergang mit kurzen Worten erzählte.

„Es hat nichts zu sagen", erklärte der Arzt dann. „Der junge Herr ist völlig unbeschädigt. Er wird sich bei einiger Ruhe schnell erholen. Vielleicht haben Sie die Güte, nach Thionville wegen der Arznei zu senden, welche ich verschreiben werde. Ich wünsche von Herzen, daß die gnädige Baronesse sich ebenso aus aller Gefahr befinden möge, wie dieser Patient."

Er schrieb ein Rezept, übergab dasselbe und empfahl sich dann. Er hatte den Salon kaum verlassen, so trat mit leisen Schritten ein Diener ein.

„Was gibt es?" fragte der Kapitän.

„Der neue Erzieher ist soeben angekommen, gnädiger Herr, und hat mich gebeten, ihn anzumelden."

„Ah! Was ist er für ein Mann? Wie präsentiert er sich?"

Der Diener zuckte mit einem leisen, zweideutigen Lächeln die Achseln und schwieg.

„Ich verstehe", meinte der Alte. „Wenn er mir nicht paßt, jage ich ihn wieder fort. Er mag eintreten, obgleich wir eigentlich nicht in der Lage sind, ihn hier und jetzt zu empfangen. Aber auf einen deutschen Schulmeister braucht man keine Rücksicht zu nehmen. Sage ihm, daß sich ein Patient hier befindet. Der Mann mag leise eintreten."

Der Diener entfernte sich und ließ Müller ein, nachdem er ihm die soeben erlangte Weisung erteilt hatte.

Müller verbeugte sich tief und respektvoll und wartete, daß man ihn anreden werde. Der Blick der Baronin ruhte mit einem beinahe erschrockenen Ausdruck auf ihm.

„Ah, das ist ja geradezu eine Beleidigung!" hauchte sie.

Der Kapitän betrachtete den neuen Lehrer mit mitleidigem Hohn und sagte rücksichtslos:

„Herr, Sie sind ja bucklig!"

„Leider", antwortete Müller sehr ruhig. „Aber ich hoffe trotzdem, Ihre Zufriedenheit zu erlangen. Die Gestalt ist es ja nicht, mit welcher man Kinder erzieht."

Der Alte machte eine verächtliche, zurückweisende Handbewegung und sagte kalt:

„Aber die Gestalt ist es, welche den ersten und letzten Eindruck macht. Wie soll mein Enkel Sie achten und Respekt vor Ihnen haben! Glauben Sie, daß wir die Absicht haben, uns mit einem verwachsenen Erzieher zu blamieren? Sie sind entlassen, definitiv entlassen. Begeben Sie sich in das Gesindezimmer. Ich werde Ihnen das Reisegeld auszahlen lassen. Mehr können Sie nicht verlangen, da wir mit Ihnen getäuscht, ja sogar betrogen worden sind."

„Gnädiger Herr Kapitän, ich bitte, zu bedenken, daß . . ."

„Gehen Sie. Sofort!"

Diese Worte wurden zornig und so laut gesprochen, daß der Knabe erwachte. Sein Blick fiel auf den Deutschen, und er sagte, zu seiner Mutter gewendet:

„Mama, das ist der Mann, der mich gerade vor dem Abgrund aus dem Wagen riß."

Er hatte seinen Retter also doch trotz seines angstvoll starren Blickes so deutlich gesehen, daß er ihn jetzt wiedererkannte. Die Baronin machte eine Bewegung der Überraschung. Der Kapitän trat einen Schritt näher und fragte Müller:

„Ist das wahr? Sie sind der Retter meines Enkels?"

„Ich hatte allerdings das Glück, den gnädigen Herrn noch im letzten Augenblick vom Bock zu reißen. Wagen und Pferd, nebst einem armen Menschen, welcher der Groom gewesen zu sein scheint, fand ich dann in der Tiefe bis zur Unkenntlichkeit zerschmettert."

„Ah, an den Groom habe ich noch gar nicht gedacht. Er ist also tot? Das ist seine eigene Schuld. Er ist nicht zu bedauern. Er hätte vorsichtiger fahren sollen. Lebte er noch, so würde ich ihn streng bestrafen. Was aber Sie betrifft, Herr – Herr Müller, hm!"

Er warf bei diesem „hm" eine fragenden Blick auf die Baronin. Diese verstand ihn und sagte:

„Es steht außer allem Zweifel, daß wir Herrn Müller Dank schulden, Herr Kapitän. Jedoch . . ."

Sie zuckte die Achsel; es lag trotz der anerkannten Verpflichtung zur Dankbarkeit doch ein Einwand, ein Bedenken nahe. Da ließ sich die Stimme Alexanders hören:

„Wer ist der Mann, Mama?"

„Es ist Monsieur Müller, welcher dein Lehrer werden sollte", antwortete sie.

„Das ist schön", sagte er. „Ich freue mich auf ihn."

Alexanders beide Verwandte blickten einander an. Es war ja noch nie geschehen, daß er sich auf einen Lehrer oder Erzieher gefreut hatte.

„Aber sieh ihn doch an", meinte seine Mutter. „Er ist ja – häßlich."

Sie scheute sich doch, das richtige Wort zu wählen, welches der Alte vorhin so ganz ohne Bedenken ausgesprochen hatte. Da antwortete Alexander in jenem hohen, ungeduldigen Ton, welchen kranke oder verzogene Kinder, wenn sie ihren Willen durchsetzen wollen, anzuschlagen pflegen:

„Ich finde ihn sehr hübsch, Mama; ich mag keinen anderen."

„Nun, so möchten wir vielleicht einen Versuch wagen?" fragte die Baronin, zu dem Kapitän gewendet.

Dieser nickte langsam und bedächtig und fragte Müller:

„Haben Sie Ihre Zeugnisse bei sich, Monsieur?"

„Hier, gnädiger Herr."

Bei diesen Worten zog der Lehrer seine Papiere hervor und überreichte sie dem Frager. Es waren dieselben, welche ihm der General in Simmern übergeben hatte. Der Alte las eins nach dem anderen aufmerksam durch und sagte kopfschüttelnd:

„Sie haben da allerdings ganz ausgezeichnete Zensuren; aber ich finde nur Dogmatik, Didaktik, Methodik, Geschichte, Geographie, Sprachen und so weiter. Man scheint in Ihrem Vaterland keinen großen Wert auf die Ausbildung des äußeren Menschen zu legen. Tanzen Sie?"

„Ich bin noch von keiner Dame abgewiesen worden, gnädiger Herr", antwortete Müller.

Der Alte lächelte ein wenig hämisch und bemerkte:

„Ich habe da nicht Schulmeisterstöchter oder Schneidersfrauen im Auge, sondern ich meine natürlich wirkliche Damen. Doch, man wird ja sehen. Wie steht es mit dem Turnen und Reiten?"

„Ich glaube, Ihren Ansprüchen genügen zu können."

„Schießen, fechten?"

„Ich hatte gute Lehrer und hinreichende Übung."

„Hm. Wenn ich Sie nun auf die Probe stelle? Ich fechte leidenschaftlich gern."

„Ich stelle mich zur Verfügung, gnädiger Herr."

Alle diese Antworten waren in einem bescheidenen, anspruchslosen Ton gegeben worden. Der Alte richtete seine dunklen Augen mit einem höchst ungläubigen Ausdruck auf den Lehrer und sagte:

„Nun, ich werde Sie prüfen. Machen Sie Ihren Worten Ehre, so sollen Sie angestellt werden. Jetzt gehen Sie zum Hausmeister, um sich das Zimmer anweisen zu lassen, welches man für Sie bestimmt hat. Ich hoffe, Sie stehen zur Verfügung, sobald ich Ihrer bedarf."

Somit war die Vorstellung beendet. Müller trat zu dem Kranken, faßte leise die Hand desselben und sagte:

„Haben Sie Dank für Ihre freundliche Fürsprache, gnädiger Herr. Sie haben sich dadurch sehr schnell meine Liebe erworben, und ich werde gern mein möglichstes tun, auch die Ihrige zu erhalten, so daß wir Erfolge erringen, welche eines Sainte-Marie würdig sind."

Er verbeugte sich vor den beiden anderen Anwesenden und entfernte sich. Der Kapitän blickte ihm nach und sagte dann im Ton halber Verwunderung:

„Das war sehr schön gesprochen; das hat noch keiner gesagt. Er scheint sehr gut zu wissen, was man einem hervorragenden Namen schuldig ist."

Und die Baronin antwortete:

„Seine Verbeugung war höchst elegant, zwar ein wenig selbstbewußt, aber dennoch ehrerbietig und völlig tadellos. Man wird ihn kennenlernen, um zu sehen, ob er, trotz seiner Mißgestalt, zu brauchen ist."

Müller ließ sich zu dem Hausmeister weisen. Er erkannte in

demselben auf den ersten Blick den echten, eingefleischten Franzosen. Er trug schwarzen Frack nebst ebensolcher Hose, weißseidene Weste und ein weißes, hoch emporgehendes Halstuch. Seine breiten, kurzen Füße staken in so engen Lackstiefeln, daß sein Gang und seine Haltung infolge des Druckes etwas Unsicheres zeigten.

„Ah, Sie? Sie sind der neue Gouverneur?" fragte er in hochmütigem Ton. Und mit einem vielsagenden Lächeln fügte er hinzu: „Ist diese Gestalt in Deutschland vielleicht einheimisch?"

„Wohl nicht", antwortete Müller gleichmütig, „ich bin glücklicherweise eine Ausnahme und hoffe, daß Sie gewandt genug sind, mit dem, was Ihnen an meinem Körper zu viel erscheint, nicht allzuoft zu karambolieren. Ich komme, Sie zu bitten, mir mein Zimer anzuweisen."

„Das werde ich tun. Im übrigen jedoch mache ich Sie darauf aufmerksam, daß ich nicht vorhanden bin, Sie zu bedienen. Als Hausmeister bin ich Ihr Vorgesetzter."

„Das ist mir ganz und gar nicht unangenehm, und ich ersuche Sie, sich bei mir nach Kräften in Respekt zu setzen. In meiner Heimat pflegt man nur diejenigen als Obere anzuerkennen, welche es auch wirklich verstehen, sich Hochachtung zu erwerben. Darf ich bitten, monsieur le concierge?"

Er wandte sich, um voranzuschreiten; der Franzose aber fiel schnell ein:

„Sie sprechen ein sehr schlechtes Französisch, Herr Müller. Concierge bedeutet mehr Türhüter als Hausmeister. Sie haben mich Intendant zu nennen!"

„Sehr wohl, Herr Intendant. Also bitte, mein Zimmer."

Sie schritten an mehreren dienstbaren Geistern vorüber, welche beim Anblick des Lehrers mit echt französischer Ungeniertheit die Nasen rümpften, worauf jedoch Müller nicht im geringsten achtete. Er wurde mehrere Treppen emporgeführt, und der Hausmeister öffnete ihm ein Zimmer, welches hoch oben in einem der Türmchen lag, von denen die Front des Schlosses flankiert wurde. Es war mit der größten Einfachheit möbliert.

„So, hier wohnen Sie", meinte der Hausmeister schadenfroh. „Tisch, zwei Stühle, Feldbett, Waschzeug, Bücherregal; eine Taschenuhr besitzen Sie wohl selbst. Das ist mehr als genug, um sich komfortabel zu fühlen."

„Wo wohnt der junge Herr?" fragte Müller.

„In der Hauptetage neben der gnädigen Frau."

„Man pflegt sonst doch den Erzieher in die unmittelbare Nähe seines Zöglings zu plazieren, Herr Intendant!"

„Das ist hier nie der Falll gewesen. Der Lehrer rangiert hier erst nach dem Koch, und da ist leicht einzusehen, daß er dementsprechend einlogiert werden muß. Der Koch wohnt gerade unter Ihnen, nicht aber in der unmittelbaren Nähe der Herrschaft."

„Es ist gut, Herr Intendant!"

Mit diesen Worten drehte er sich ab, und der Hausmeister zog sich zurück, sehr zufrieden mit sich, daß er diesem Deutschen gleich im ersten Augenblick klargemacht habe, welchen Rang er hier einnehme.

Müller warf keinen Blick auf das armselige Mobiliar. Er trat an eines der drei Fenster und blickte hinaus. Ein leises Lächeln schwebte um seine Lippen. Er war mit dem ihm gewordenen Empfang nicht unzufrieden. Das Glück hatte ihm beigestanden, und er hoffte, daß es ihm auch treu bleiben werde. Die Arroganz des Dienstpersonals konnte ihn nicht beleidigen, und als Retter Alexanders hatte er sich die Dankbarkeit der Herrschaft gesichert. Diese Dankbarkeit mußte sich bei der Ankunft Marions steigern. Was aber dann? Er machte sich keine Grillen über diese Frage und blickte wohlgemut hinaus auf das Bild, welches sich vor seinem Auge ausbreitete.

Fern im Westen erhoben sich die Höhen der Meuse, überragt von den duftumhauchten Bergen des Argonner Waldes. Näher blickten Kirchtürme und lieblich gelagerte Ortschaften zu ihm herüber; da rechts lag Thionville, auf Deutsch Diedenhofen genannt, die Festung, jetzt in den Händen des Erzfeindes; und dort, unterhalb des Schlosses, erhoben sich die schmutzigen Essen und Gebäude des Eisenwerkes, über denen eine dichte Rauchwolke schwebte.

Das andere Fenster ging nach Süden, wo der Park des Schlosses sich nach und nach zu einem dunklen Wald verdichtete. Das dritte Fenster führte nach Norden, und zwar auf das halbplatte Dach des Hauptgebäudes. Müller ahnte nicht, daß dieser Umstand ihm später außerordentlich zustatten kommen werde. Die vierte, also östliche Seite seines Zimmers, hatte kein Fenster. Sie bestand aus einer Tapetenwand, an welcher nur ein alter, schlechter Spiegel hing.

Indem sein Blick diese Wand überflog, war es ihm als ob er ein leises, eigentümliches Geräusch bemerkte. Er trat hart an die Mauer heran und horchte. Ja, er hatte richtig gehört. Es war, als ob hinter der Wand jemand sich bewege, und zwar aufwärts, und dabei mit der Hand tastend an den Steinen oder Ziegeln hinstreiche. Sodann war ein leichtes Rascheln zu vernehmen, als ob ein Stein aus der Mauer entfernt werde.

Was war das? Gab es hier vielleicht eine Doppelwand? Befand sich hinter dem Zimmer jemand, welcher gekommen war, ihn zu belauschen? In diesem Fall mußte sich in der Mauer eine Öffnung befinden. Aber Müller durfte jetzt nicht suchen; er mußte vielmehr so tun, als ob er ganz und gar nichts ahne. Das Schloß war ein sehr altes Gebäude, es konnte leicht seine Geheimnisse haben.

Müller trat zu dem Fenster zurück und tat so, als ob er in den Anblick der Landschaft ganz und gar versunken sei. Dabei aber lauschte er angestrengt nach der Mauer hin. Als sich nach längerer Weile nichts vernehmen ließ, wurde er des Stehens müde und legte sich auf das Feldbett, um weiter zu horchen.

Da, jetzt hörte er, sehr leise zwar, aber immer noch vernehmlich, jenes letzte Rascheln wieder. Es schien oben in der Nähe der Decke zu sein. Dann strich es wie mit einer vorsichtig tastenden Hand an der Wand herab, bis er, selbst nach langem Horchen, nichts mehr hörte.

Jetzt erhob er sich und öffnete das nach Norden auf das Dach führende Fenster. Er hatte weder einen Stock noch einen anderen Gegenstand, welchen er als Maß zu gebrauchen vermochte.

Als Müller den Abstand zwischen dem Fenster und der Außenecke des Turmes mit demjenigen der innern Ecke seiner Stube verglich, sagte ihm bereits das bloße Augenmaß, daß die Mauer des Turmes wenigstens zwei Ellen dick sein müsse. Und als er behutsam an diese Mauer klopfte, hörte er aus dem Ton, daß sie vielleicht nur einen Fuß stark sei.

Es war also klar, daß es hier eine Doppelmauer gab. Wozu? Welchem Zwecke diente der dazwischen liegende Raum? Doch wohl nur dem Lauschen und Beobachten!

Wo aber war das Loch, durch welches man in das Zimmer sehen konnte? Er musterte die ganze Wandfläche; er blickte sogar hinter den Spiegel; er bemerkte nichts. Die betreffende Öffnung konnte sich nur in der Nähe des Ofenrohres oder in der gemalten Kante der Mauer befinden, das war klar.

Er setzte sich einen Stuhl hin, stieg hinauf und klopfte, doch nicht auffällig. Richtig, an dieser Stelle gab die Kante einen ganz anderen Ton. Sie fühlte sich auch glatter an als an den übrigen Stellen; sie bestand aus Glas. Er hegte jetzt die feste Überzeugung, daß er beobachtet worden sei. Aber von wem? Gab es im Schloß noch mehrere Doppelwände?

Er erkannte es als ein großes Glück, daß er diese wichtige Entdeckung bereits heute, bereits in der ersten Stunde gemacht habe. Wie nun, wenn er sich in Gegenwart des Lauschers entkleidet und seinen künstlichen Buckel abgelegt hätte? Sein Geheimnis wäre ja sofort verraten gewesen. Er hatte eine doppelte Veranlassung, vorsichtig zu sein. Auf der anderen Seite aber war es auch möglich, daß er aus seiner gegenwärtige Erfahrung Nutzen ziehen könne.

Zunächst mußte er zu erfahren suchen, wer der Lauscher sei, denn nur im Zimmer desselben konnte der Eingang zu den Doppelwänden sein. Oder gab es auch noch andere Eingänge? Seine Gedanken wurden unterbrochen, denn es erschien ein Diener, welcher ihm meldete, daß er von dem Herrn Kapitän und dem gnädigen jungen Herrn unten im Hof erwartet werde.

Er gehorchte dem Ruf und fand die beiden Genannten seiner harrend. Der Haushofmeister stand mit einigen Dienern dabei, welche Waffen hielten. Alexander schien sich von seinem Schreck bereits erholt zu haben. Er sah zwar noch blaß, aber ganz und gar nicht krank aus. Er kam dem Erzieher entgegen und sagte:

„Monsieur Müller, ich wollte schlafen, aber es geht nicht. Großpapa sagte, daß Sie die Probe machen sollten, und da muß ich dabeisein."

Der Kapitän deutete nach einer Ecke des Schloßhofes und meinte:

„Sie sehen dort die Turnapparate. Gehen Sie hin und zeigen Sie uns, was Sie leisten."

„Sehr wohl, gnädiger Herr!"

Mit diesen einfachen Worten schritt Müller nach der Ecke, stellte sich vor den Bock und sprang, ohne Ansatz zu nehmen oder die Hand als Stütze zu gebrauchen, über die ganze Länge des Gerätes hinweg. Dann trat er zum Reck, legte die Hand an und machte, ohne sich eines Kleidungsstückes zu entledigen, den Riesenschwung mit nur einem Arm.

„Genügt dies, Herr Kapitän?" fragte er.

„Großpapa, das hat noch keiner gebracht!" sagte Alexander.

„Sehr wahr", nickte der Alte. „Monsieur Müller, satteln Sie sich den Braunen, den man jetzt vorführt. Sie sollen die Schule reiten."

Ein Stallknecht brachte das Pferd; ein anderer trug Sattel und Zaum herbei.

„Ist nicht nötig", meinte Müller.

„Monsieur, der Braune ist schlimm!" warnte der Alte. „Er trägt nur mich, jeden anderen wirft er ab."

Das Pferd schien längere Zeit nicht aus dem Stall gekommen zu sein. Es tanzte mit hoch spielenden Beinen und zerrte an dem Halfter, so daß der Knecht es kaum zu halten vermochte. Müller trat, ohne die Warnung des Alten zu beachten, hinzu und musterte das Pferd mit Kennermiene. Er nickte mit anerkennendem Lächeln und sagte:

„Sohn eines arabischen Halbblutes und einer englischen Mutter. Nicht, Herr Kapitän?"

„Allerdings", antwortete der Gefragte. „Aber, sagen Sie, Monsieur Müller, woher haben Sie dieses Kennerauge, welches ... Morbleu! Geht weg!"

Er sprang mit diesen letzten Worten zur Seite, denn Müller saß, man wußte gar nicht, wie er hinaufgekommen war, ganz plötzlich auf dem Pferd, hatte das Halfter ergriffen und jagte nun mit dem Braunen im Hof herum. Das Tier gab sich alle Mühe, den Reiter abzuwerfen, aber dieser saß so fest, als sei er angewachsen. Kannte er vielleicht ein geheimes Mittel? Fast schien es so, denn nach kaum einer Minute hatte er das Pferd beruhigt und ritt nun die Schule durch, mit einer Sicherheit und Eleganz, als ob er sich vor tausend Zuschauern in der Arena sehen lasse. Dann, als er in Galopp war, legte er sich plötzlich vornüber, quer über den Hof und mit einem kühnen, unvergleichlichen Satz über die drei Ellen hohe Hofmauer hinweg.

„Mille tonnerres!" schrie der Kapitän. „Er muß den Hals brechen. Der Braune ist auf alle Fälle hin."

Alles rannte nach dem Tor. Sie hatten es aber noch nicht erreicht, so stoben sie erschrocken zur Seite; denn von draußen rief die laute Stimme Müllers:

„Holla, gebt Platz drin!"

Und in demselben Augenblick kam der Doktor wieder über die Mauer hereingesprungen. Er ritt noch einige Male im Kreis umher, um das Pferd zu beruhigen, und sprang dann ab.

„Alle Teufel, wo haben Sie das Reiten gelernt? " fragte der Alte.

„Mein Lehrer war ein Ulan", antwortete der Gefragte.

„Reiten alle Ulanen so, Monsieur?"

„Noch besser."

„Ja, sie sind ein wildes Volk, diese Houlanes. Sie wohnen in der Wüste, heiraten zehn bis zwanzig Frauen und reiten die Pferde zu Tode. Aber jetzt sollen Sie schießen."

Müller sagte nichts, doch hatte er Mühe, ein Lächeln über die Worte des Alten zu verbergen. Er kannte ja zur Genüge die Tatsache, daß die Franzosen höchst zweifelhafte Geographen sind und daß sie die Ulanen für eine wilde Völkerschaft halten, welche an der östlichen Grenze von Preußen lebt und beinahe zu den Menschenfressern gerechnet werden muß. Ehe man sie im Jahre 1870 in Frankreich kennenlernte, dichtete man ihnen die ungereimtesten Dinge an. Es war klar, daß man sie mit den Baschkiren und andern asiatischen Völkerschaften verwechselte.

Der Kapitän nahm aus der Hand des Hausmeisters einen Hinterlader und sagte, empor zur Wetterfahne deutend:

„Alexander hat gestern jenen kleinen Ballon steigen lassen, welcher mit der Schnur dort oben hängengeblieben ist. Ich werde ihn treffen."

Er legte an und drückte ab. Der Ballon war getroffen.

„Sehen Sie! Machen Sie es nach."

Er reichte dem Lehrer das Gewehr und eine Patrone. Dieser betrachtete jenes aufmerksam und sagte:

„Ah, ein Mauser! Ich kenne das Gewehr nicht, aber ich hoffe, wenn nicht mit dem ersten, so doch mit dem zweiten Schuß die Schnur zu treffen."

Die Männer blickten einander mit ungläubigem Lächeln an. Er aber lud und zielte. Der Schuß blitzte auf, und der Ballon schwebte auf das Dach nieder. Die Schnur war zerrissen worden.

„Wahrhaftig, Sie schießen ebensogut, wie Sie reiten und turnen!" rief der Alte. „Jetzt eine Fechtprobe. Ich bin überzeugt, daß ein Deutscher es auf diesem Gebiet mit keinem Franzosen aufnimmt. Hier, der Hausmeister weiß einen Degen zu führen. Er war Premier sergeant – Wachtmeister – bei den Chasseurs d'Afrique. Ich stelle nämlich nur gediente Militärs bei mir an, was leider in Hinsicht auf Sie nicht der Fall ist. Wollen Sie einen Gang mit ihm wagen?"

„Wenn Sie befehlen, so gehorche ich, Herr Kapitän", antwortete Müller.

„So legen Sie los!"

Bei diesen Worten spielte ein beinahe unheimliches Zucken um den Mund des Alten. Sein weißer Schnurrbart zog sich empor, und es zeigte sich jenes gefährliche Fletschen der Zähne, welches stets unheilverkündend war. Er wußte, daß der Hausmeister ein sehr guter Fechter sei, und bei seinem rücksichtslosen Charakter wäre es ihm nur ein Amüsement gewesen, dem Deutschen eine Quantität Blutes abzapfen zu sehen.

Der Hausmeister hatte zwei gerade, schwere Chasseursdegen in den Händen. Er reichte dem Lehrer einen hin und sagte lächelnd:

„Monsieur Müller, bestimmen Sie gefälligst, wo ich Sie treffen soll!"

Müller prüfte den Degen und antwortete:

„Diese Degen sind ja scharf und spitz. Wir befinden uns nicht im Felde. Wollen wir nicht stumpfe Waffen wählen und uns mit Haube und Bandagen versehen?"

„Ah, Sie fürchten sich?" höhnte der Franzose.

„Allerdings habe ich Furcht", antwortete ruhig der Deutsche.

„Und das gestehen Sie?" fragte der Intendant mit verächtlichem Lächeln.

„Wie Sie hören. Aber Sie scheinen mich falsch zu verstehen. Ich habe nämlich Furcht, Sie zu verletzen; für mich freilich hege ich nicht die Spur von Bangigkeit. Sie haben mir erklärt, daß Sie mein Vorgesetzter sind. Darf ich einen Vorgesetzten verwunden?"

„Warum nicht, wenn Sie es fertigbringen! Also sagen Sie mir getrost die Stelle, an welcher ich Sie treffen soll!"

„Das werde ich unterlassen, denn damit würde ich für mich natürlich das Recht beanspruchen, Sie an der gleichen Stelle zu treffen."

„Dieses Recht erteile ich Ihnen. Also wo, Monsieur Müller?"

Der Gefragte zuckte die Achseln und sagte:

„Wenn denn einmal der Ort, an welchem man treffen soll, genannt werden muß, so treffen Sie diese Bestimmung lieber selbst. Ich bin hier fremd und muß vermeiden, mir Vorwürfe machen zu lassen."

„Gut", meinte der Intendant mit einem boshaften Blick. „Diese Degen sind zwar besser für den Stoß, aber wollen wir sie uns nicht lieber einmal im Hiebfechten über die Gesichter ziehen?"

„Ganz wie Sie wollen, Monsieur", meinte Müller. „Ich mache Sie jedoch darauf aufmerksam, daß man dabei sehr leicht die Nase oder ein Auge verlieren kann, wobei es außerdem noch jammerschade um Ihre seidene Weste sein würde."

„Ah, Sie spotten! Sie meinen, daß ich es sein werde, der die

Nase verliert. Ich werde Ihnen das Gegenteil beweisen. Herr Kapitän, billigen Sie unsere Vereinbarung?"

Über das Gesicht des Alten zuckte ein wilder, kampfbegieriger Zug. Er nickte und sagte:

„Ich gestatte sie unter der Bedingung, daß keinerlei Folgen auf mich fallen. Sie stehen beide in meinen Diensten. Wer von dem anderen dienstunfähig gemacht wird, hat keinen Sou Entschädigung von mir zu verlangen."

„Gut! Beginnen wir also!"

Droben stand die Baronin am offenen Fenster. Sie hatte die Proben, welche Müller ablegen mußte, mit angesehen; sie hatte auch jedes Wort, welches gesprochen worden war, deutlich gehört. Eine andere hätte Widerspruch erhoben; sie aber freute sich auf den Kampf und legte sich weiter zum Fenster heraus, um besser zusehen zu können. Sie war ein Weib ohne Herz und Gemüt.

Der Intendant legte sich aus – die Klingen blitzten – da stieß er eine lauten Schrei aus und fuhr zurück. Der Degen entsank ihm, und seine beiden Hände fuhren nach dem Gesicht, aus welchem ein breiter Blutstrahl niederfloß.

„Alle Teufel, welch ein Hieb!" rief der Kapitän.

„Er hat es gewollt", sagte Müller gleichmütig, „obgleich es mir leid tut, meinem Vorgesetzten zeigen zu müssen, daß er noch verschiedenes zu lernen hat, ehe er davon reden kann, daß ich mich vor ihm fürchte."

Der Intendant war quer über das Gesicht herüber getroffen. Der fürchterliche Hieb war ihm über den unteren Teil der Stirn und durch das Auge gegangen und hatte dann den Nasenknochen tief gespalten. Das Auge war verloren. Der Verwundete brüllte vor Schmerz und Wut.

„Schafft ihn fort und holt den Arzt!" gebot der Alte. „Wer hätte gedacht, daß er seinen Meister finden werde! Monsieur Müller, Sie sind ein ganzer Fechter. Man hat sich trotz Ihrer – hm, Unbefangenheit vor Ihnen in acht zu nehmen. Sie haben Ihre Probe exzellent bestanden; ich vertraue Ihnen meinen Enkel an."

„Ich danke Ihnen, gnädiger Herr", antwortete Müller. „Die Probe war etwas ungewöhnlich, aber da mir mein Gesicht jedenfalls lieber ist, als dasjenige des Herrn Intendanten, so mußte ich mich wehren."

Er kehrte nach seinem Zimmer zurück, während der Intendant von einigen Dienern nach dem seinigen geschafft wurde.

Alexander hatte alles mit angesehen und sagte jetzt zu dem Alten:

„Großpapa, dieser Monsieur Müller ist doch ein ganz anderer Mensch als je einer meiner früheren Lehrer. Er fürchtet sich nicht, vor mir und selbst vor Dir nicht, wie es scheint. Das gefällt mir. Ich werde ihn nicht wieder fortlassen."

Und droben stand die Baronin. Sie hatte die Fenster geschlossen, stand vor dem Spiegel, um ihr schönes Bild zu betrachten, und murmelte:

„Welch ein Mann! Er tat das alles wie spielend. Selbst der Sprung war so leicht und graziös, so daß der Fremde von seiner Manneswürde nichts verlor. Ein solcher Sprung ist gefährlich, denn der Springer kann sich sehr leicht lächerlich machen, was schlimmer als eine Verletzung ist. Dieser Deutsche ist gebaut wie ein Adonis. Hätte er doch diesen fatalen Auswuchs nicht! Er wäre mir wahrhaftig lieber noch als der Direktor, welcher zu wenig Geist und Feuer besitzt."

In seinem Zimmer angekommen, musterte Müller zunächst seinen Kopf. Glücklicherweise saß seine Perücke fest. Hätte er sie verloren, so wäre sicher bemerkt worden, daß unter der falschen, schwarzen Bedeckung sich ein echtes, blondes Haar verbarg. Es war überhaupt beinahe ein Wunder zu nennen, daß diese Perücke nicht bereits während der gefährlichen Schwimmpartie in der Mosel verlorengegangen war. So hängt oft an Kleinigkeiten das Gelingen eines großen Planes.

Nach einiger Zeit kam ein Diener, um Müller zu sagen, daß der junge Herr mit ihm auszugehen wünsche. Das war dem Erzieher lieb. Er hatte so am besten Gelegenheit, den Umfang von Alexanders Kenntnissen und Fertigkeiten zu prüfen und so die notwendige Unterlage zu einem Lehrplan zu erhalten.

Als er, die Treppe hinabsteigend, den Hauptkorridor erreichte, öffnete sich eine Tür, und er erblickte einen Mann, welcher mit gesenkten Augen ihm langsam entgegengeschritten kam. Es war der Baron, der sich vielleicht zu seiner Frau begeben wollte. Müller kannte ihn noch nicht, ahnte aber, als er den geistesabwesenden Ausdruck des bleichen Gesichtes bemerkte, sogleich, wer jener sei. Er blieb stehen, um ihn vorüberzulassen.

Sobald der Baron völlig herangekommen war, bemerkte er, daß jemand dastand. Er erhob das Auge langsam und richtete den starren Blick auf Müller. Da ging eine wunderbare, aber gewaltige Veränderung in diesem toten Gesicht vor: Die Augen wurden langsam größer und erhielten den Ausdruck des Bewußtseins; die Brauen zogen sich empor, und der Mund öffnete sich in jener Weise, wie man es bei einem heftigen Erschrecken bemerkt. Der Baron stand einige Augenblicke mit geöffnetem Mund und abwehrend ausgestreckten Armen da; dann drehte er sich plötzlich um und rannte nach der Tür zurück, aus welcher er gekommen war. Dabei stieß er mit kreischender Stimme, der man eine entsetzliche Angst anhörte, die Worte aus:

„Er ist's! Er ist's! Er sucht wieder die Kriegskasse! Flieht um Gottes willen! Er sucht die Kriegskasse!"

Damit verschwand er hinter der erwähnten Tür. Auch Müller stand bewegungslos da. Die Worte des Irren hatten einen ungeheuren Eindruck auf ihn gemacht. Er verharrte noch ohne Regung, als sich bereits mehrere Türen öffneten. Die Baronin erschien und ebenso der alte Kapitän, welcher heftig an ihn herantrat und ihn mit funkelnden Augen fragte:

„Was ist's? Was gibt's! Wer rief hier so laut?"

Es bedurfte der ganzen, ungewöhnlichen Selbstbeherrschung, welche Müller besaß, um sich zusammenzunehmen. Sein Gesicht nahm augenblicklich einen ganz verwunderten Ausdruck an; er sah aus, wie einer, der etwas nicht begreifen kann. Er schüttelte den Kopf und antwortete:

„Ich kam soeben die Treppe herab, da rief ein Herr, den ich nicht kenne, da vorn im Korridor von Krieg und vom Fliehen. Welch ein eigentümlicher Scherz!"

„Welche Worte hat er gebraucht?" forschte der Alte dringend. „Sagen Sie es genau, ganz und gar genau!"

„Die Worte Krieg und fliehen."

„Keine anderen?"

„Nein, wenigstens habe ich keine anderen vernehmen können."

Er hütete sich wohl, die Wahrheit zu gestehen. Er stand da ganz unerwartet vor der Lösung des Problems, welches auf das tiefste in sein Leben, ja in das Glück seiner Familie und Anverwandten eingriff. Es lüftete sich hier auf einmal der Schleier eines Geheimnisses, für dessen Lösung er sehr oft so gern sein Leben hingegeben hätte. Wie viele, viele hundert Mal hatte er, hatte seine liebe, herzige Mutter, hatte sein alter, greiser Großvater und seine holde, schöne Schwester auf den Knien gelegen, um Gott inbrünstig zu bitten, einen Lichtblick in das Dunkel fallen zu lassen! Vergebens! Und nun nach langen Jahren, nach dem Aufgeben aller Hoffnung, kam so unerwartet der erbetene Strahl, zwar nicht scharf und blendend wie ein Blitz, auch nicht hell und überzeugend wie das Licht des vollen Tages, aber doch vorbereitend und Ahnung erweckend wie das furchtsame, leise versuchende Grauen eines Morgens nach dunkler Wetternacht. Da galt es, vorsichtig zu sein!

„Es war mein Sohn, der Baron de Sainte-Marie", meinte der Veteran jetzt kalt. „Sie müssen wissen, daß er an eigentümlichen Anfällen leidet; ich weiß nicht, ob ich sie hysterisch oder anders nennen soll. Dann träumt er laut. Man darf ihn nicht beachten. Ich habe strengen Befehl, daß zu solchen Zeiten ein jeder sich sofort zurückzuziehen hat, da die Gegenwart Fremder den Grad der Anfälle auf das gefährlichste steigert. Auch Sie haben diesen Befehl zu respektieren. Gäben Sie den Worten, welche der Kranke redet, nur die kleinste Beachtung, so würde ich Sie auf der Stelle entlassen, wenn nicht gar noch etwas Anderes geschähe!"

Seine Augen glühten in einem bösen Feuer, und seine Zähne zeigten sich. Er hatte in diesem Augenblick ganz das Aussehen eines Mannes, dem das Wohl oder Wehe, das Leben der ganzen Menschheit nur eine Bagatelle gilt.

„Was wollten Sie übrigens hier auf dem Korridor?" fragte er.

„Ich stand im Begriff, mich nach dem Hof zu begeben", antwortete Müller demütig.

„Was dort?"

„Der junge Herr erwartet mich dort. Er hat mich zu einem Spaziergang befohlen."

„So gehen Sie! Aber merken Sie sich, daß kein Mensch, kein Fremder etwas über die Anfälle meines Sohnes erfahren darf!"

Er drehte sich mit jugendlicher Raschheit auf dem Absatz um und schritt nach der Tür zu, hinter welcher der Baron verschwunden war. Müller ging in den Schloßhof, wo Alexander ihn bereits erwartete.

Die Baronin hatte diese kurze, eigentümliche Unterredung mit angehört. Sie folgte mit langsamen Schritten dem Alten. Als sie das Zimmer betrat, in welchem der Baron sich gewöhnlich aufhielt, fand sie dasselbe leer; aber aus dem angrenzenden Kabinett drang eine jammernde Stimme, zwischen deren abgerissenen, angstvollen Rufen man die harte, drohende Stimme des Kapitäns erkannte. Sie trat dort ein.

Es war das Schlafzimmer des Barons. Dieser lag auf seinem Bett, hatte den Kopf in die Kissen versteckt und wimmerte:

„Er ist da! Er ist da! Ich habe ihn gesehen und erkannt!"

„Schweig!" gebot der Alte. „Er war es nicht!"

„Er war es!“ behauptete der Irre. „Er sucht die Kriegskasse!“
„Ich befehle dir zu schweigen!“
„Nein, nein, ich will nicht schweigen; ich kann nicht schweigen!“ rief sein Sohn, indem er das Gesicht noch tiefer in die Kissen vergrub. „Ich mag die Kasse nicht; ich habe bereits eine geraubt. Ich habe die Kasse von Magenta gestohlen; wozu brauche ich die von Waterloo!“
„Schweig, sage ich, sonst muß ich dich strafen!“
„Schlag zu, Alter! Schlag zu, Bösewicht!“ rief der Baron. „Ich gehorche dir doch nicht! Behalte deine Kasse! Ich mag sie nicht! Das Gold trieft von Blut!“
Da zog ihm der Kapitän die Kissen weg, erhob die geballte Faust und drohte:
„Mensch, noch ein Wort, und ich zeige dir, wer dein Meister ist!“
„Du nicht; du bist es nicht!“ rief der Kranke, indem er sich erhob und seinen Vater mit von Abscheu erfüllten Blicken anstarrte. „Du bist der Teufel, der Satan; aber mein Meister bist du nicht! Mein Meister sitzt hier und hier!“ Er schlug sich bei diesen Worten auf die Brust und vor die Stirn. „Er zermalmt mir das Herz und zerreißt mir das Gehirn. Ich mag die Kasse nicht. Ich gebe die eine zurück, und die andere lasse ich liegen. Oh, mein armer Kopf, mein armes Herz! Wie das brennt, wie das quält! Nur ein Blick meiner Liama kann diese Schmerzen heilen. Wo ist sie? Ich will sie sehen, sehen, sehen!“
„Schweig, sage ich nun zum letzten Mal!“ donnerte der Alte.
„Ich schweige nicht!“ rief der Sohn. „Oh, Liama, meine süße Liama! Gebt sie hin, die Kasse; gebt sie hin!“
Da fiel die Faust des Kapitäns auf ihn nieder, nicht einmal, sondern in vielen, ununterbrochenen Hieben und Schlägen. Aber der Kranke rief fort. Er wehrte sich nicht gegen die herzlose, grausame Züchtigung durch seinen eigenen Vater, aber er hielt auch nicht inne, nach seiner Liama und der Kasse zu rufen. Die Arme des Kapitäns ermüdeten; er wendete sich zu der Baronin, welche ohne das geringste Zeichen von Teilnahme Zeugin der Unmenschlichkeit gewesen war, und sagte:
„Der Anfall ist heftiger, als jeder andere zuvor. Es gelingt mir nicht, ihn einzuschüchtern. Versuchen wir das andere Mittel.“
Während der Kranke immer weiter wimmerte, antwortete sie:
„Das ist mir unangenehm, halten Sie es für ein Vergnügen, mich . . .!“
„Sie werden es tun!“ unterbrach er sie mit drohender Stimme.

„Oder soll die Dienerschaft erfahren, wie es steht und um was es sich handelt?“

Sie zuckte die Achseln und fragte:

„Und wenn ich es doch nicht tue, was dann?“

„So haben Sie aufgehört, Baronin de Sainte-Marie zu sein!“

Sie zuckte zusammen, wagte aber doch die Frage:

„Ich möchte einmal wissen, wie Sie das anfangen wollen, Herr Schwiegerpapa?“

„Ja, die Baronin will ich, die Baronin de Sainte-Marie!“ rief der Irre, dessen Geisteskraft nur dazu hingereicht hatte, diesen Namen aufzunehmen.

„Schweig, Unvorsichtiger!“ rief der Alte, indem er abermals zuschlug. Und zu der Baronin gewendet, fuhr er fort: „Ich weiß sehr genau, wie ich es anzufangen habe; ich bin, bei Gott, der Mann dazu! Wie wollen Sie beweisen, daß Sie die Frau meines Sohnes sind?“

„Ich habe Zeugen.“

„Sie sind tot!“

„So sind Sie deren Mörder. Die Listen der Mairie und des Kirchenbuches werden beweisen, was ich bin.“

„Die Blätter sind verschwunden“, antwortete er höhnisch.

„So sind Sie der Dieb! Übrigens brauche ich weder Zeugen noch Bücher. Ich würde alles verraten.“

„Und für lebenslänglich in das Zuchthaus wandern“, lachte er mit teuflischem Grinsen. „Wer will meinen Sohn bestrafen? Er ist ein Wahnsinniger. Wer will mich anklagen? Ich war nicht dabei. Wollen Sie meinem Befehl gehorchen oder sich und Ihren Sohn um die Baronie bringen? Ich frage zum letzten Mal.“

Der Baron krümmte sich unter den Fäusten des Alten, der sich jetzt alle Mühe gab, ihm den Mund zuzuhalten.

„Sie sind wahrhaftig ein Teufel!“ knirschte die Baronin, indem sie sich anschickte zu gehen.

„Und Sie sind eine Stallmagd, eine elende Bauerndirne. Gehorchen Sie sofort!“ rief er ihr mit funkelnden Augen nach.

Sie kehrte mit vor Zorn hoch geröteten Wangen in das Wohnzimmer des Barons zurück und begab sich in das gegenüberliegende Gemach. Dieses war klein und zeigte nichts als eine Waschtoilette, einen Spiegel und einen Kleiderschrank. Die Baronin öffnete den letzteren und nahm das einzige Gewand heraus, welches er enthielt. Es war die Festkleidung eines Bauernmädchens aus dem Argonner Wald. Sie schien hier für ganz besondere Zwecke aufbewahrt zu werden, jedenfalls für denselben Zweck, dem sie jetzt dienen sollte.

Während das Jammern und Wehklagen des Barons herüberdrang, warf sie ihre gegenwärtige Kleidung ab, legte das andere Gewand an und ordnete ihr Haar in anderer Weise. Obgleich dies so schnell ging, daß sie nach kaum fünf Minuten fertig war, hatte sie doch eine außerordentliche Sorgfalt dabei entwickelt. Sie hatte sich die größte Mühe gegeben, alle ihre Reize hervorzuheben und in das beste Licht zu stellen. Sie stand jetzt da als üppig schönes Bauernmädchen, schön und verführerisch, daß sie imstande war, auch festere Grundsätze zuschanden zu machen als die des Schwachsinnigen. Sie betrachtete sich noch einige Augenblicke lang höchst wohlgefällig im Spiegel und flüsterte dabei:

„Und dies alles soll einem Verrückten gehören! Oh, wenn doch dieser Deutsche nicht – nicht buckelig wäre!"

Sie errötete selbst über diesen Gang ihrer Gedanken und begab sich zu den beiden Männern zurück, welche Vater und Sohn waren, obgleich der erstere dem letzteren als Peiniger gegenüberstand.

„Endlich!" rief der Alte, indem er sich erhob. „Versuchen Sie Ihre Macht; ich werde im anderen Zimmer warten."

Er entfernte sich, und sie trat zu dem wimmernden Baron.

„Henry!" sagte sie mit dem sanftesten Ton ihrer Stimme.

Sein Kopf hatte sich wieder unter die Kissen vergraben; dennoch hörte der Kranke das Wort und horchte auf.

„Wer rief?" fragte er. „Bist du es, meine Liama?"

Sie beugte sich zu ihm nieder und flüsterte liebevoll:

„Komm, mein Henry, blicke mich an!"

Er erhob den Kopf, wendete ihn nach ihr und blickte sie an. Es ging wie ein Zug des Erkennens über sein bleiches Gesicht. Er lächelte matt und sagte:

„Ah, das schöne Mädchen vom Brunnen an der Dorfschänke. Ich bin heute durch das Dorf geritten, als du am Brunnen standest. Hast du mich gesehen?"

„Ja, ich habe dich gesehen", antwortete sie, indem sie sich auf den Rand des Bettes niedersetzte.

„Ich habe mich nach dir erkundigt", sagte er, indem er sich noch weiter emporrichtete. „Deine Mutter ist tot, und dein Vater ist der Hirt. Nicht?"

„Ja", flüsterte sie.

„Hast du einen Geliebten, du schönes, holdes Kind?"

„Nein; ich habe noch niemals einen gehabt."

„So hat deine Lippen noch niemand geküßt?" fragte er, indem er den Arm um sie schlang.

Seine Blicke bekamen immer mehr Selbstbewußtes, und er musterte das Mädchen, als ob er angestrengt nach einer Erinnerung suche.

„Noch niemand", antwortete sie.

„So soll es ein Baron sein, der sie zuerst küßt. Komm, beuge dich zu mir herüber. Ich will Liebe trinken von deinen Lippen, Liebe, denn sie ist der einzige, süße Nektar der Götter."

Sie hielt ihm den Mund entgegen. Er schlang auch den anderen Arm um sie. Ihr Busen lag an seinem Herzen, und die Lippen der beiden preßten sich zu einem langen, langen Kuß zusammen. Aber während dieses Kusses ging eine merkwürdige Veränderung mit dem Baron vor. Seine Lippen lösten sich langsam von den ihrigen; seine Züge nahmen einen unruhigen Ausdruck an. Er betrachtete ihr Gesicht, er legte die Hand auf ihre volle Brust, wie um ihre Gestalt, ihr Wesen zu untersuchen; er ergriff die Zöpfe ihres Haares, um sie genau zu betrachten; sein Blick wurde nach und nach finsterer, und endlich sagte er:

„Mädchen, du belügst mich! Das war kein Kuß von Lippen, die noch nie geküßt haben; der Kuß eines reinen Mädchens ist anders. Wer so küßt wie du, der hat die Liebe kennengelernt. Wie heißt du?"

„Adeline", antwortete sie, indem ihr Gesicht den Ausdruck der Besorgnis annahm.

„Adeline?" fragte er, sichtlich mit einem Gedanken ringend, den er noch nicht zu beherrschen vermochte. „Adeline? Ach, jetzt habe ich es! Adeline, die Hirtentochter, die heimliche Geliebte des Sohnes des Maire! Dieser Sohn des Maire sollte sie nicht heiraten, obgleich beide sich bereits so innig verbunden hatten, als ob es auf der Maire geschehen sei. Sie war so klug, den Baron de Sainte-Marie zu zwingen, sie zu heiraten und den Sohn ihres Geliebten dann als den seinigen zu betrachten. Das bist du! Bist du das?"

„Du irrst!" antwortete sie, indem sie den Arm um seine Schulter schlang, um ihren Gemahl mit gut gespielter Zärtlichkeit an sich zu drücken.

Da aber schob er sie zornig zurück und antwortete:

„Ich irre mich nicht! Hältst auch du mich für wahnsinnig? Oh, ich weiß alles! Du hast mich betrogen, aber du betrügst mich nicht wieder. Du hast mich beobachtet, als ich nach der Kriegskasse . . ., oh, mein Gott, die Kriegskasse! Und dann mußte ich, um dein Schweigen zu erkaufen, meine herrliche Liama – o Liama, meine süße, einzige Liama!"

Er stieß die Baronin mit aller Gewalt von sich und wühlte sich wieder in das Bett hinein. Wie oft hatte, wenn er in sein Toben verfallen war, die Strenge seines Vaters ihn eingeschüchtert, oder, wenn diese nicht geholfen hatte, die Schönheit der Baronin, die dann stets als Mädchen angekleidet war, ihn in Banden geschlagen und beruhigt. Aber heute hatten beide Mittel ihre Kraft verloren. Der Irre begann von neuem zu wimmern und zu rufen, so daß der Kapitän eintrat.

„Nun?" fragte er die ratlos dastehende Schwiegertochter.

„Es hilft nichts, gar nichts", antwortete sie.

„So haben Sie es nicht klug genug angefangen", tadelte er.

„Liama, meine Liama will ich sehen!" rief der Kranke, indem er aufsprang. „Wo habt Ihr sie?"

Er ballte seine Faust und seine Lippen wurden feucht. Der Alte wußte, daß nach solchen Anzeichen stets der höchste Grad des Paroxysmus eintrat, daß ihm der Schaum vor den Mund trat, und seine Kräfte sich verdoppelten, so daß er kaum zu bändigen war.

„Was tun wir?" fragte er.

„Wo ist sie? Zeigt sie mir, sonst geht alles zugrunde und in Trümmer!" gebot der Baron, indem er drohend auf die beiden zutrat.

„Zeigen Sie sie ihm!" antwortete die Baronin, indem sie angstvoll vor dem Kranken zurückwich.

„Es wird kein anderes Mittel geben, als dieses", meinte er. Und zu seinem Sohn gewendet, sagte er:

„Wen willst du sehen?"

„Liama, meine Geliebte, mein Weib!"

„Sie ist ja tot!"

„Tot?" hohnlachte der Kranke. „Denkt ihr, ich weiß nicht, daß ihr mich betrügen wollt?"

„Du hast sie ja selbst mit begraben."

„Begraben? Ja. Aber sie ist auferstanden. Ich will sie sehen; ich muß sie sehen; ich muß ihr sagen, daß ich die Kriegskasse nicht behalten mag, und daß sie mir vergeben soll, obgleich ich ein – Mörder bin. Vorwärts! Ich warte nicht!"

„Nun gut, du sollst sie sehen", entschloß sich der Alte. „Komm!"

Er nahm seinen Sohn beim Arm und winkte der Baronin zu, das Zimmer zu verlassen. Diese aber trat näher und erklärte:

„Ich gehe mit!"

Da blickte der Alte sie halb verwundert und halb zornig an und fragte:

„Warum?"

„Ich will das Bild sehen, die Wachspuppe, von welcher Sie zu mir . . ."

„Pah!" unterbrach er sie barsch. „Das ist nicht für Weiber!"

„Oh, warum nicht?" antwortete sie mit fester Stimme. „Ich will mich endlich überzeugen, ob Sie ein ehrliches Spiel mit mir treiben. Ich muß endlich einmal wissen, wo sich der Eingang zu Ihrem Geheimnis befindet. Ich will endlich einmal aufhören, der Spielball Ihrer Intrigen zu sein. Ich gehe nicht von der Stelle; ich muß heute erfahren, woran ich bin!"

„Ah, Madame, kennen Sie die Sage vom verschleierten Bild zu Sais?" fragte er, indem er sie mit einem höhnischen Blick überflog.

„Ich kenne sie", antwortete sie.

„Und Sie wissen auch, daß derjenige, welcher den Vorhang lüftete, sterben mußte?"

„Ich weiß es."

„Nun wohl, so halten Sie sich von diesem Vorhang fern, denn ich nehme an, daß Sie noch nicht gewillt sind, auf ihr junges Leben zu verzichten!"

„Oh, Herr Kapitän, wollen Sie damit etwa sagen . . ."

„. . . daß Sie sterben müßten, wenn Sie versuchten, mein Geheimnis zu ergründen! Ja, das will ich allerdings sagen."

„So würden Sie mein Mörder sein!"

„Der würde ich allerdings sein, Madame", antwortete er, indem er ihr näher trat. Und mit drohendem Ton fuhr er fort: „Entfernen Sie sich also schleunigst aus diesem Zimmer. Es ist mir ganz gleich, ob der Tochter eines Schweinehirten auf meine Veranlassung der Atem ausgeht oder nicht. Verstanden?"

Der Kranke stand dabei, ohne ein Glied zu rühren oder ein Zeichen zu geben, daß er höre und begreife, was gesprochen wurde. Der Alte hatte ihm versprochen, daß er Liama sehen würde, das war ihm genug.

„Und wenn ich auf meinem Willen beharre?" meinte die Baronin stolz.

„So werde ich Ihnen zeigen, wieviel Ihr Wille hier auf Ortry gilt!"

Er holte, ehe sie sich dessen versah, aus und schlug sie mit der Faust auf den Kopf, daß sie besinnungslos zusammenbrach. Dann klingelte er. Ein Diener erschien im Wohnzimmer. Der Kapitän begab sich dorthin und befahl:

„Die Frau Baronin ist ohnmächtig geworden; ihre Mädchen mögen kommen, um sie nach ihren Gemächern zu tragen!"

Sobald der Bediente sich entfernt hatte, nahm der Alte den Baron beim Arm und zog ihn fort. Als die Mädchen kamen, fanden sie keinen einzigen Menschen in den Zimmern, welche der Baron bewohnte. Die beiden Männer waren spurlos verschwunden, obgleich sie den Korridor nicht betreten hatten.

Dieses geheimnisvolle Kommen und Verschwinden war von der Dienerschaft sehr oft bemerkt worden, ohne daß eine Erklärung dazu gefunden werden konnte. Müller war so glücklich gewesen, diesem Geheimnis gleich am ersten Tag seines Hierseins auf die Spur zu kommen. Es sollten noch ganz andere Entdekkungen seiner warten.

Er war mit Alexander zunächst nach dem Schloßgarten gegangen, um dort die Gewächshäuser und sonstigen Anlagen zu betrachten; dann hatten sie den Park aufgesucht und sich sehr lebhaft in demselben herumgetummelt. Während dieser Zeit hatte Müller seinem Zögling alles zu Gefallen getan; er erkannte in dem Knaben eine jener Naturen, welche sich am leichtesten leiten lassen, wenn man ihnen den Schein läßt, daß sie es sind, welche regieren. Er behandelte ihn danach, und so kam es, daß Alexander großen Gefallen an seinem neuen Lehrer fand, der gar nicht tat, als ob er ihn in seine pädagogische Dressur nehmen wolle, sondern sich sogar herbeiließ, Eichkätzchen mit ihm zu jagen.

Als der Knabe sich ermüdet fühlte, machte er den Vorschlag, nach dem Parkhäuschen zu gehen, um sich dort auszuruhen. Müller willigte ein. Sie fanden das kleine, einfache Häuschen, welches nur einen einzigen Raum besaß, in welchem einige Holzstühle und ein Tisch standen. Hier setzten sich beide, und Müller, der seine Augen offen hatte, zumal er gewahr geworden war, daß sein eigenes Zimmer eine Doppelmauer hatte, bemerkte, daß die eine Wand des Häuschens, trotzdem sie, wie die anderen, nur aus Brettern bestand, eine Dicke von einigen Fuß besaß. Das fiel ihm auf.

Aus diesem Grund suchten im Lauf der Unterhaltung seine Augen diese Wand ganz unwillkürlich immer wieder und – ah, was war das? Hatte sich wirklich ein Teil der Wand jetzt ganz leise verschoben?

Er zog sein Taschentuch hervor und nahm die Brille von der Nase, wie um die erstere abzuputzen; dann wischte er sich die scheinbar dummen Augen langsam aus und hatte so Gelegenheit, unbemerkt von einem unsichtbaren Beobachter unter dem Tuch hervor mit dem einen, halb geschlossenen Auge die Stelle der Wand zu mustern, von welcher er bemerkt zu haben glaubte, daß sie bewegt worden sei.

Wirklich, es war ein ganz, ganz schmaler Ritz entstanden, und Müller hätte darauf schwören mögen, sehr genau den Punkt bezeichnen zu können, wo ein schwarzes, glänzendes Auge durch die Spalte luge. Es stand unumstößlich fest, daß sich eine Person zwischen der Doppelwand befand und ihn und den Knaben belauschte. Dieser Teil der Wand war jedenfalls nach Art der Zugtüren zu bewegen, welche, anstatt in Angeln, auf einer Schiene oder in einem Falz auf kleinen Rollen oder Rädern laufen.

Wer aber war der Lauscher? Es war des Kapitäns Auge. Doch hatte Müller keine Zeit, über diesen Gegenstand nachzudenken. Er mußte sich hüten, bemerken zu lassen, daß er die Spalte entdeckt habe. Darum drehte er sich unbefangen von dieser Richtung ab und nach Alexander hin, mit welchem er eine lebhaft geführte Unterhaltung begann.

Nach einigen Minuten hatte, wie ihm ein flüchtiger Blick verriet, die Spalte sich wieder geschlossen, und da gerade jetzt Alexander vor das Häuschen trat, um einen Habicht zu beobachten, welcher in der Höhe seine Kreise zog, so herrschte im Innern der Hütte eine augenblickliche, lautlose Stille, während welcher man ein Blatt hätte fallen hören können. Da, horch, entstand unter dem Fußboden ein eigentümliches Geräusch. Es war, als ob Schlüssel klirrten, als ob dann eine schwere Tür in kreischenden Angeln sich bewege. Das war allerdings nicht mit solcher Deutlichkeit zu hören, daß man die Wahrnehmung mit Sicherheit behaupten konnte, aber Müller hatte ein scharfes, gutes Gehör, auf welches er sich verlassen konnte. Er beschloß, baldigst diese auffälligen Erscheinungen zu untersuchen. Je eher dies geschehen konnte, desto besser war es, denn dieses Schloß Ortry war ein zu zweifelhafter Aufenthalt, als daß es geraten sein konnte, die Entdeckung nützlicher Geheimnisse zu verzögern.

Nachdem die beiden sich ausgeruht hatten, sprach Müller den Wunsch aus, nach dem Eisenwerk zu gehen, um sich dasselbe zu besehen. Alexander stimmte bei, doch wurden beide vom Direktor nicht sehr freundlich aufgenommen.

„Sind Sie vom Herrn Kapitän geschickt, gnädiger Herr?" fragte er Alexander.

„Nein."

„Oder haben sie eine Erlaubniskarte?" wendete er sich an Müller.

„Auch nein. Bedarf es einer solchen?" fragte dieser.

„Allerdings."

„Das scheint mir wunderbar. Ich habe oft ganz ähnliche Werke besucht, deren Besitzer und Leiter es sich zur Freude gemacht haben, Fremde zu informieren. Es kann dem Besitzer eines industriellen Etablissements nur lieb sein, daß seine Anlagen in einem Ruf stehen, der sogar den Laien herbeizieht."

„Ich gebe das zu", meinte der Direktor abweisend. „Sie werden jedoch ebenso bereitwillig zugestehen, daß wir oft verschwiegen sein müssen. Es kann uns nicht gleichgültig sein, ob unsere Konkurrenten erfahren, mit welchen Mitteln und auf welche Weise wir arbeiten, welche Handgriffe wir anwenden und zu welchem chemischen Verfahren wir uns entschlossen haben."

„Halten Sie mich für einen Konkurrenten?" lächelte Müller.

„Ich halte Sie für das, was Sie sind, nämlich für einen Mann, der von unseren Dingen ganz und gar nichts versteht. Sie sind nicht derjenige, der uns gefährlich werden könnte; aber ich habe nun einmal Weisung, keinen Menschen ohne Erlaubniskarte einzulassen und bitte Sie, von Ihrer Absicht abzustehen."

„Herzlich gern", antwortete Müller. „Ich will Sie keineswegs in Gefahr bringen. Adieu!"

Er wandte sich ab, um zu gehen. Er wußte nun, was er hatte wissen wollen, und fühlte sich befriedigt. Nicht so Alexander. Er blieb stehen und fragte:

„Bedarf auch ich einer Erlaubniskarte?"

„Allerdings, sobald Sie nicht in Begleitung des Kapitäns erscheinen."

Da richtete sich der Knabe hoch empor und sagte:

„Wissen Sie, daß Sie mir gar nichts zu befehlen haben? Sie haben mir hier nicht das mindeste zu verbieten. Wäre ich allein, so würde ich in den Werken herumlaufen, ganz wie es mir gefällt. Aber ich will Herrn Müller nicht verlassen. Das aber muß ich Ihnen sagen, daß Sie ihn mit höflicheren Worten von Ihrer Pflicht benachrichtigen sollten. Er ist ein Mann, der mehr versteht als Sie. Sie sind ein Grobian gewesen!"

Er folgte seinem Lehrer nach, der alle diese Worte gehört hatte.

„Monsieur Müller", sagte er, „ich muß Ihnen etwas mitteilen."
„Was?"
„Daß ich noch niemals einen Lehrer in Schutz genommen habe."
„Ah!"
„Daß ich es mit Ihnen tue, mag Ihnen beweisen, wie lieb ich Sie habe. Sie werden bei mir bleiben müssen. Sie sind ganz anders, als die vorigen, und ich werde mich hüten, Sie wieder fortzulassen. Morgen beginne ich, Deutsch zu lernen."

Müller war hocherfreut über diesen unerwartet schnellen Erfolg. Er erkannte, daß der Knabe ganz gute Fonds besaß, welche bisher leider vernachlässigt waren.

Es war bereits um die Dämmerung, als sie das Schloß erreichten. Dort trafen sie die Gerichtspersonen, welche gekommen waren, den Tatbestand der Verunglückung des Grooms festzustellen.

Sie mußten bis zum morgenden Tag hier verweilen, doch wurde dadurch die Lebensordnung der Schloßbewohner in keiner Weise alteriert, denn Punkt zehn Uhr gingen diese, wie gewöhnlich, bereits zur Ruhe.

Müller hatte sich einige Lichter versorgt. Im Laufe des Nachmittags waren seine Effekten aus Thionville gekommen. Dabei befand sich eine kleine Blendlaterne. Er hatte sich mit derselben versehen, weil er ja wußte, daß er als Eclaireur – Aufklärer – nach Ortry ging und als solcher sehr leicht in die Lage kommen konnte, dieses nützliche Instrument zu gebrauchen. Als er keine Bewegung mehr im Schloß wahrzunehmen vermochte, zog er sich um, aber im Dunkeln, um nicht durch die Glastafel beobachtet werden zu können.

Er legte einen Bart an, zog eine Bluse über, wie man sie in jenen Gegenden trägt, und tauschte die Stiefel mit leichten Schuhen um, welche den Schritt nicht so leicht hörbar werden ließen, wie jene. Den Buckel hatte er abgeschnallt.

Es konnte ihm nicht einfallen, sich zur Treppe hinab zu begeben. Er hatte sich während des Tages bereits einen anderen Weg ersehen. Nachdem er die Tür fest verschlossen und einen geladenen Revolver zu sich gesteckt hatte, öffnete er das nördliche Fenster und schwang sich durch dasselbe hinaus auf das Dach. Da dasselbe ziemlich eben war, konnte er ganz ohne Gefahr dort aufrecht gehen; aber er tat das nicht, sondern kroch in liegender Stellung fort, da sich seine hohe Gestalt sonst gegen den Himmel abgezeichnet hätte und von unten auffällig werden konnte.

So kam er an den Blitzableiter. Er hatte ihn am Tage bemerkt und mit seinem scharfen Auge geprüft. Die Leitung war nach alter Weise aus starken, viereckigen Eisenstäben hergerichtet und wurde von breiten Haltern unterstützt, welche in Entfernungen von höchstens zehn Fuß voneinander standen, so daß der stärkste Mann da ganz gefahrlos auf- und niederklettern konnte. Übrigens war von der Mauer schon längst der Bewurf abgefallen; ein Kletterer konnte, wenn nicht jemand ganz in der Nähe stand, gar nicht bemerkt werden.

Müller legte sich mit den Beinen über die Dachrinne hinab, faßte dann den Leiter und rutschte auf den obersten Halter hinunter, von diesem auf den zweiten und so weiter. Als er von außen die zweite Etage erreichte, kam er zwischen zwei Fenster zu stehen, welche erleuchtet waren. Er warf einen vorsichtigen Blick hinein und gewahrte den Kapitän. Was hatte dieser Seltsames vor?

Müller bemerkte nämlich, daß der Alte eine Pistole sehr sorgfältig lud und in die Tasche steckte, dann trat er zu einem Schrank, dessen Tür er öffnete. Der Lauscher glaubte, jener werde irgendein Kleidungsstück aus dem Schrank nehmen; statt dessen aber stieg er ganz hinein und zog die Tür hinter sich zu. Müller wartete ein Weilchen, doch der Alte kam nicht wieder heraus. Was war das?

„Ist in dem Schrank eine geheime Verbindungstür verborgen?" fragte sich der Lehrer. „Nein, sie wäre ja überflüssig, da gleich daneben eine Tür in das Nebenzimmer führt. Oder befindet sich im Schrank der Eingang zu den Doppelmauern? Das wäre eher zu glauben. In diesem Fall aber mußte Müller vorsichtig sein, denn es stand zu vermuten, daß der Kapitän soeben einen seiner Beobachtungsgänge angetreten habe. Wie nun, wenn er auch nach dem Parkhäuschen kam?"

Müller stieg weiter herab und schlich sich nach dem Garten, als er die Erde erreicht hatte. Von dort aus ging er nach dem Park.

Es war zwar dunkel, aber beim hellen Schein der Sterne konnte man doch immerhin bemerkt werden. Darum hielt er sich immer unter dem Schutz der Bäume, welche die Rasenstellen des Parkes begrenzten. Eben wollte er über eine kleine Lichtung hinüberhuschen, als er den Schritt anhielt.

„Pst!" erklang es leise neben ihm. „Ich hörte Sie kommen!"

Wer war das? Es hatte wie eine weibliche Stimme geklungen. Er sollte keinen Augenblick im Zweifel bleiben, denn eine warme, weiche Hand erfaßte die seine, und zu gleicher Zeit legte sich ein voller Arm zärtlich um ihn.

„Ich dachte, Sie erwarteten mich bereits“, flüsterte es weiter. „Ich konnte nicht eher kommen, denn mein Schwiegervater ging erst jetzt von uns fort, und dann mußte ich ja erst Alexander zur Ruhe bringen, welcher nicht müde wurde, von seinem neuen Erzieher zu erzählen. Da wir uns hier treffen, brauchen wir nicht viel weiterzugehen. Komm, unter jenen Eschen steht eine Bank!“

Sie zog ihn leise fort, ohne den Arm von ihm zu nehmen. Was sollte er tun? Für wen hielt sie ihn? Es war die Baronin; das hatten ihm ihre Worte bereits verraten. Er war als Kundschafter hier. Es gab vielleicht Gelegenheit, etwas Wichtiges zu erfahren. Er beschloß, die ihm angetragene Rolle aufzunehmen und so weit wie möglich zu spielen. Die Baronin erwartete einen heimlichen Liebhaber; das war sicher; er fühlte keine Gewissensbisse, das untreue Weib zu täuschen.

Sie erreichten die Bank. Er setzte sich, und die Dame nahm auf seinem Schoß Platz. Diese Vertraulichkeit war der sicherste Beweis, daß derjenige, dessen Stellvertreter Müller so unerwartet geworden war, bereits längere Zeit mit der Baronin in heimlichem Verkehr stand. Sie legte sich fest, innig und warm an ihn, und aus den vollen, üppigen Formen, welche er fühlte, bemerkte er, daß er sich vorhin nicht getäuscht hatte, als er an ihrer Stimme und aus ihren Worten sie als die Baronin erkannte.

Aber für wen galt denn er? Dies zu erfahren, war die Hauptsache. Sie selbst kam ihm zu Hilfe, denn sie sagte:

„Alexander erzählte mir, daß er heute mit Monsieur Müller bei Ihnen gewesen sei. Sie haben sich aber geweigert, ihn einzulassen!“

Ah, also der Direktor war der heimliche Geliebte dieses Weibes! Müller fühlte sich erleichtert. Er hatte fast ganz die Gestalt des Direktors; sein falscher Bart glich dem des letzteren zufälligerweise fast ganz; auch hatte er ja mit diesem Mann gesprochen und seine Stimme zur Genüge gehört, um sie leidlich nachahmen zu können.

„Ich durfte ja nicht“, antwortete er leise.

„Allerdings! Dieser alte Kapitän ist sehr streng; aber dennoch wünsche ich, daß Sie Rücksicht auf Alexander nehmen, der ja Ihr zukünftiger Herr ist, und daß Sie Monsieur Müller freundlicher begegnen.“

Sie sprach im Flüsterton, und so wurde es Müller leicht, seine

Stimme zu verstellen, da dies im Flüsterton am wenigsten schwierig ist.

„Diesen Deutschen? Ah!“ sagte er.

„Ich weiß, daß Sie die Deutschen hassen, ebenso wie ich es tue; Ihre ganze jetzige Tätigkeit ist ja darauf gerichtet, sie zu verderben; aber ich möchte mit ihm eine Ausnahme machen. Alexander liebt ihn.“

„Das wäre ja wunderbar!“

„Ja, er hat noch keinen seiner Lehrer geliebt; aber Monsieur Müller hat ihm das Leben gerettet und dann auch sein Herz zu gewinnen vermocht. Übrigens ist er nicht mit anderen Schulmeistern zu vergleichen.“

„Warum nicht, meine Teure?“

„Ah, endlich einmal ein zärtliches Wort: meine Teure! Wissen Sie, daß Sie heute abend ungemein zurückhaltend sind?“

Sie schmiegte sich an ihn und küßte ihn mit der Glut eines leidenschaftlichen, treulosen Weibes. Er wagte es kaum, diesen Kuß zu erwidern.

„Auch Ihre Küsse sind kalt. Ich werde Sie zu strafen wissen, und zwar sofort!“

„Womit?“ fragte er auf diese Drohung.

„Damit, daß ich Ihnen sage, daß dieser Deutsche Ihnen bei mir gefährlich werden kann!“

„Fi donc! Dieser buckelige Kerl!“

„Wenn Sie ihn reiten, fechten und schießen gesehen hätten, so würden Sie ganz und gar nicht an diesen kleinen Fehler denken, an dem er doch unschuldig ist. Ich möchte wirklich wissen, ob er ebenso feurig küßt, wie er den Degen führt.“

Es war klar, daß dieses Weib ihren vermeintlichen Liebhaber eifersüchtig machen und dadurch anregen wollte, seine Zärtlichkeit zu verdoppeln. Müller legte also die Arme fest um sie, drückte sie mit nachgeahmter Innigkeit fest an sich und vermochte es nun auch nicht zu verhindern, daß sie ihren Mund mit aller Kraft auf den seinigen legte, welches ihn fast in Verlegenheit brachte. Nicht nur ihre Lippen, sondern auch ihre Zunge waren bei diesem Kuß tätig. Da aber lösten sich plötzlich ihre Arme von ihm; sie fuhr zurück und sagte:

„Was ist das? Sie haben ja ganz andere Zähne!“

„Inwiefern?“ fragte er.

„Ich habe ja noch heute morgen Ihre Zahnlücke gefühlt!“

Er bemerkte, daß sein Inkognito sich in großer Gefahr befinde, und antwortete:

„Hm, leicht erklärlich! Der Dentist brachte mir heute den bestellten Zahn."

„Ah, Sie lügen! Es fehlte Ihnen keiner; die beiden vorderen standen etwas zu weit auseinander. Zeigen Sie Ihre rechte Hand!"

O weh, jetzt war die Schäferstunde vorüber, denn es fiel erst jetzt Müller ein, daß er heute während seines Gespräches mit dem Direktor bemerkt hatte, daß diesem, jedenfalls infolge eines kleinen Unfalles, an der rechten Hand ein Fingerglied fehlte.

Sie hatte, ehe er es verhindern konnte, seine Hand ergriffen, welche sie befühlte. Kaum hatte sie bemerkt, daß diese vollständig sei, so sprang sie empor, um zu entfliehen. Ebenso schnell jedoch besann sie sich. Sie drehte sich wieder um und fragte:

„Kennen Sie mich?"

Sollte er sie schonen? Nein; sie war es nicht wert!

„Ja", antwortete er.

„Nun, wer bin ich?"

„Die Baronin de Sainte-Marie."

„Gut, so bitte ich um gleiche Karten! Wer sind Sie?"

Er erhob sich und trat einen Schritt zurück.

„Das werden Sie jetzt nicht erfahren, Madame."

„Jetzt nicht, aber später vielleicht?"

„Möglich!"

„So sagen Sie mir wenigstens, was Sie sind!"

„Ich bin Offizier", antwortete er.

„Woher? In welcher Truppe?"

„Das muß ich leider verschweigen."

„So lügen Sie! Ein Offizier ist gewöhnlich ein Ehrenmann, und ein solcher wird die Täuschung, in welcher sich eine Dame befindet, nicht in der Weise benutzen, wie Sie es getan haben."

„Unter Umständen kann er vielleicht dazu gezwungen sein, teure Baronin."

„Welche Umstände wären dies? Was wollen Sie des Nachts in Ortry? Ich kenne keinen Offizier, welcher das Recht oder die Erlaubnis hätte, zu dieser Stunde hier zu verkehren."

Was sollte er antworten? Da kam ihm die beste Ausrede, die es geben konnte:

„Denken Sie an Paris!"

„Ah, Sie haben mich in Paris gekannt?"

„Halten Sie dies für unwahrscheinlich? Kann Sie jemand vergessen, der Sie dort gesehen und bewundert hat?"

„Und Sie wollen sich mir wirklich nicht entdecken?"
„Heute noch nicht, meine Gnädige."
„So geben Sie mir Ihr Ehrenwort, daß Sie mich nicht verraten und den Inhalt unserer Konversation keinem Menschen mitteilen wollen!"
„Ich verspreche Ihnen gern, auf diese schöne Stunde nur Ihnen gegenüber zurückzukommen. Ist Ihnen dies genug?"
„Ja, aber Ihr Gesicht muß ich dennoch sehen."
Sie trat rasch zu ihm heran, warf die schönen, üppigen Arme um seinen Nacken und versuchte, seinen Kopf tiefer zu ziehen. Es gelang ihr nicht.
„Dann bitte, wenigstens noch einen Kuß!" bat sie in verführerischem Ton.
Es war klar, daß sie dabei ihr Gesicht abermals in die Nähe des seinigen bringen wollte, um ihn genauer anzusehen, als sie es vorher getan hatte.
„Den sollen sie gern haben!" lachte er leise.
Er bog sich zu ihr herab und küßte sie; zu gleicher Zeit jedoch legte sich seine Hand ihr auf beide Augen, so daß sie nicht das geringste erkennen konnte. Im nächsten Augenblick hatte er sich aus ihren Armen losgemacht, und sie hörte an dem schnellen Rauschen seiner Schritte, daß er sich entfernte.
Sie stand da, mehr berauscht als erschreckt. Er war Offizier und hatte ihr sein Ehrenwort gegeben; ihr Ruf stand in keinerlei Gefahr. Aber wer war er denn? War er wirklich von Paris hierhergekommen, nur um aus Liebe zu ihr des Nachts das Schloß zu umschleichen? Stand er jetzt vielleicht in Thionville in Garnison? Ah, dann kam er jedenfalls wieder! Er hatte ja gehört, daß sie einem andern erlaubte, sie heimlich zu treffen; er durfte alle Hoffnung haben, diese Erlaubnis auch zu erhalten.
Ein schöner, voller, kräftiger Mann war es gewesen; das hatte sie gefühlt. Noch umwob sie der feine, eigentümliche Duft, der von ihm ausgegangen war; von seinen Kleidern, seinem Bart oder seinen Haaren; sie wußte es selbst nicht, denn sie hatte nicht darauf geachtet und erst jetzt dachte sie an dieses Parfüm, nachdem er fortgegangen war.
Was aber nun? Durfte sie den Direktor warten lassen? Nein. Sie hatte ihm ihr Wort gegeben und mußte es halten. Darum schlich sie sich leise dem Ort zu, an welchem das Stelldichein stattfinden sollte.
Müller hatte sich schnell entfernt. Er schritt dem Parkhäuschen zu, aber jetzt mit völlig unhörbaren Schritten. Er war klug

geworden; seine Schritte waren vorher doch noch so unvorsichtig gewesen, daß die Baronin ihn gehört hatte.

Er kam am Häuschen an und stand bereits im Begriff einzutreten, als er von innen ein Geräusch vernahm, als ob man Bretter leise zur Seite schiebe. Er trat zurück und versteckte sich hinter einen Busch. Ein dünner Lichtschein drang durch die Spalten der Wand, aber nur einen Augenblick lang; dann wurde es wieder dunkel.

Jetzt öffnete sich leise die Tür. Ein Mann trat hervor. Da Müller tief am Boden kauerte, so zeichnete sich ihm die Gestalt dieses Mannes gegen das Sternenlicht so genügend ab, daß er in ihr den alten Kapitän erkannte.

Was wollte dieser hier? Stand das Häuschen mit dem Schrank im Zimmer des Alten in geheimer Verbindung? Müller hatte keine Zeit, diese Frage auszudenken. Der Kapitän schritt quer über die Parklichtung hinüber. Müller eilte in einem Bogen am Rande der Lichtung hin, um jenem zuvorzukommen. Es gelang ihm. Er stellte sich hinter eine starke Eiche, an welcher der Kapitän vorüberging und unter die Bäume trat. Müller konnte ihn nicht mehr sehen, aber er beschloß dennoch, der Richtung zu folgen, welche der Alte eingeschlagen hatte. Er kauerte sich nieder und schob sich auf Händen und Füßen weiter. An einem jeweiligen Rauschen hörte er, daß der Kapitän hart vor ihm sei. Es schien, daß auch er ganz langsam vorwärtskrieche.

Nicht lange, so war es dem Deutschen, als ob er leise Stimmen flüstern höre. Er verdoppelte seine Vorsicht. Sein Auge hatte sich jetzt einigermaßen an die Dunkelheit gewöhnt, und so gewahrte er den Alten hart hinter einer Bank, welche unter den ersten Bäumen stand, von denen die Lichtung eingefaßt wurde, auf der Erde liegen. Müller näherte sich und bückte sich seitwärts der Bank an einem Baumstamm nieder. Er lag jetzt der Bank näher als der Kapitän und konnte die Unterhaltung der beiden Personen, welche darauf saßen, jedenfalls auch besser hören als dieser.

Sie bestand aus einem glühenden Liebesdialog. Der Direktor, den die Baronin hier nun wirklich gefunden hatte, war nicht so zurückhaltend wie der Deutsche vorher, und so konnte sich dieser sehr leicht denken, mit welchem Grimm der Alte dieses Zwiegespräch belauschen möge.

Da erhob sich plötzlich der letztere und trat mit einem raschen, weiten Schritt vor die beiden hin.

„Guten Abend, Frau Tochter! Guten Abend, Herr Direktor!" sagte er.

Der Direktor fuhr empor, starrte den Alten an und sprang dann eilig davon. Er kannte denselben genau und mochte daher seine Nähe unter den obwaltenden Umständen für gefährlich halten. Die Baronin aber konnte vor Schreck weder laufen noch stehen. Sie versuchte zwar, sich zu erheben, sank aber mit einem matten Laut wieder nieder.

„Das sind nun einmal wieder die richtigen Dorfmädchenstreiche!" höhnte der Alte.

Sie nahm sich gewaltig zusammen und antwortete:

„Was tun Sie hier? Woher kommen Sie? Welche Worte erlauben Sie sich?"

„Ah, die Frau Tochter hat wohl nur den schönen Frühlingsabend genießen wollen?" fragte er mit dem häßlichsten Lachen, welches man nur hören kann.

„Was anders?"

„Und sitzt hier in den Armen meines Direktors!"

„Lügen Sie nicht!" fuhr sie auf.

„Oh, ich habe es gesehen! Meine Augen sind alt, aber gut!"

„Aber wissen Sie auch, wie es gekommen ist?"

„Ah, ich bin ganz begierig, Ihre Erklärung zu hören!"

„Sie sollen sie hören, um zu erfahren, wie sehr Sie mich beleidigen! Ich kam hierher, um den Abend zu genießen. Da erhob sich gerade vor mir eine dunkle Gestalt von der Bank. Ich erschrak natürlich und wurde ohnmächtig! Der Direktor, denn dieser war es, fing mich auf. Als ich erwachte, standen Sie vor mir. Das ist alles!"

Sie hatte versucht, ihren Worten den Ton gekränkten Stolzes zu geben; aber bei diesem Mann verfing ein solches Mittel nicht. Er verschlang die Arme über der Brust und sagte:

„Warum sind Sie nicht zum zweiten Mal in Ohnmacht gefallen, als die zweite Gestalt vor Ihnen stand? Entweder steht Ihnen nur eine einmalige Ohnmacht zur Verfügung, oder die erste existiert nur in ihrem lügenhaften Kopf. Wie kann überhaupt von einer Ohnmacht die Rede sein bei einem Bauernmädchen, welches mit Nerven begabt ist, die nur mit Wagenstricken zu vergleichen sind!"

„Herr, beleidigen Sie mich nicht weiter!"

„Pah! Scherzen Sie nicht mit mir! Ich habe mich eine volle Viertelstunde lang hier befunden und jedes Wort gehört, welches gesprochen wurde. Ich habe jeden Seufzer gezählt, welchen Ihnen die überfließende Liebe entführte, und jeden Kuß, den Sie gaben und bekamen. Ich habe in meiner Jugend auch geküßt, aber dabei möglichst jedes überflüssige Geräusch vermieden. Warum klatschen Sie so wie ein Postkutscher, Madame?"

Sie war bei dieser mehr als drastischen Ironie des Alten jetzt wirklich einer Ohnmacht nahe, trotz der starken Nerven, mit denen sie begabt sein sollte.

„Sie werden unverschämt!" schluchzte sie.

„Ah, pah! Ihnen gegenüber muß man es sein!" höhnte er. „Und wenn Sie weiter leugnen wollen, so will ich Ihnen sagen, daß der Direktor heute früh bei Ihnen war, ehe er mich aufsuchte . . ."

„Was geht Sie das an?" unterbrach sie ihn.

„Daß Sie sich da über die gegenwärtige Zusammenkunft verabredeten . . ."

„Lügner!"

„Und daß Sie ihm beim Abschied ihre schönen Lippen boten, als er sich nur begnügen wollte, Ihre Hand zu küssen."

„Oh, wer errettet mich von diesem Teufel!" rief sie.

„Sagen Sie das Wort nicht noch einmal, sonst schlage ich Sie zum zweiten Mal nieder, wie ich Sie bereits einmal heute niedergeschlagen habe!"

Er erhob wirklich den Arm, als ob er zuschlagen wolle, und schon machte Müller sich bereit, aufzuspringen, um eine solche Rohheit zu verhindern, da ermannte sich die Baronin. Sie schnellte von ihrem Sitz empor und eilte davon.

„Sie mag gehen, immer gehen", brummte der Alte, „mir entgeht sie doch nicht!"

Er wendete sich um und schritt davon, dem Häuschen wieder zu. Müller folgte ihm auf dem Fuße, denn jetzt bot sich vielleicht die beste Gelegenheit, zu sehen, wie der geheime Aus- und Eingang geöffnet werde.

Als er bei der Parkhütte ankam, war der Kapitän bereits eingetreten. Müller schlich sich näher. Er stand vor dem einen Fenster, welches in der Nähe seines Kopfes angebracht war. Da flammte drinnen ein Lichtschein auf. Der Alte stand im Begriff, eine Laterne anzuzünden. Er fühlte sich so sicher, daß er sich gar nicht die Mühe gab, vorher die Läden zu schließen, damit das Licht nicht von außen bemerkt werden könne. Dann faßte er nach einem Nagel, welcher scheinbar zu irgendeinem anderen Zweck in die Wand geschlagen war, und schob ihn nach der linken Seite zu. Einige Bretter wichen zurück. Sie bildeten, untereinander fest verbunden, eine Tür, welche auf Rollen ging, ganz so, wie Müller vermutet hatte.

Der Kapitän trat in die entstandene Öffnung und schob die Tür von innen wieder vor. Sie schloß so genau wie vorher. Man mußte das gesehen haben, was Müller beobachtet hatte, sonst wäre man sicher nicht auf den Gedanken gekommen, daß diese Stelle der Wand eine Tür bilde.

Der Deutsche schlich sich augenblicklich durch die Tür in das Häuschen hinein und legte sich dort mit dem Ohr auf den Boden nieder, um zu lauschen. Er hörte unter sich dumpfe Schritte, welche nach und nach verhallten.

Sollte er folgen? Gewiß! Vielleicht fand sich niemals wieder eine so gute Gelegenheit, den Kapitän zu beobachten.

Er zog also seine Laterne auch hervor und brannte das Licht in derselben an. Dann schob er die Tür ganz in derselben Weise zurück, wie es der Alte getan hatte. Als er hineingetreten war, sah er eine schmale Treppe, welche in gerader Richtung in die Tiefe führte. An der Innenseite der Tür gab es einen zweiten Nagel, welcher als Handhabe diente, sie wieder zu verschließen. Müller tat dies und stieg dann die Treppe hinab, während er in der einen Hand die Laterne und in der anderen den Revolver hielt. Es waren über zwanzig Stufen, welche er zu steigen hatte. Dann kam er in einen großen, viereckigen Raum, in welchem allerlei Hacken, Schaufeln und andere Geräte lagen, deren Zweck ihm erst in späterer Zeit einleuchtete.

Dieser Raum hatte zwei Ausgänge, einen nach dem Schloß zu, welcher gar keine Tür zeigte und einen nach dem Wald zu, welcher durch ein starkes, mit Eisenblech beschlagenes Tor verschlossen war. Der unterirdische Weg nach dem Schloß hin bestand aus einem Stollen, welcher sehr trocken zu sein schien.

Da der Kapitän gar nicht weit vor dem Doktor sein konnte, so steckte der letztere die Laterne in die Tasche und schritt im Dunkeln weiter. Nur zuweilen zog er sie ein klein wenig heraus, um einen schnellen Lichtblitz auf seinen Weg fallen zu lassen und sich dadurch zu vergewissern, daß er keiner Gefahr entgegengehe.

So kam er, da er sich mit beiden Händen an den Seitenwänden stützen konnte, sehr schnell vorwärts und sah schließlich einen Lichtschein vor sich auftauchen. Da vorn ging der Kapitän. Müller trat so leise wie möglich auf, um nicht gehört zu werden, konnte aber die Schritte des Alten, dem er sich immer mehr näherte, ganz deutlich vernehmen.

Nach einer Weile fühlte der Lehrer, daß die Wände jetzt aus Steinen bestanden. Er befand sich jedenfalls unter dem Schloß. Und hier verschwand auch des Alten Licht nach oben.

Müller folgte im Dunkeln, zog seine Laterne hervor, und er bemerkte beim Schein derselben, daß er sich in einem eigentümlich angelegten Gemäuer befand, von welchem aus schmale Treppen nach mehreren Seiten emporführten. Er erkannte sofort, daß hier alle geheimen Gänge des alten Schlosses zusammenstießen.

Noch hörte er die Schritte des Alten über sich. Er folgte ihm mehrere Stockwerke hoch auf einer nur zwei Fuß breiten Treppe, bis er plötzlich einen sehr hellen Lichtfleck vor sich sah und zwei Stimmen hörte, welche miteinander sprachen. Er steckte seine Laterne ein und schlich näher. Je näher er kam, desto deutlicher erkannte er die Stimmen; es waren diejenigen des Kapitäns und des Direktors.

Die helle, viereckige Lichtstelle fiel durch eine Öffnung in der Seitenmauer. Müller wagte es, sich bis an den Rand dieser Öffnung heranzuschleichen, und konnte nun die ganze Szene überblicken.

Er befand sich hinter einer Wand des Zimmers, welches der Direktor bewohnte. Dieses Zimmer war mit Eichenholz getäfelt, und ein Fach der Täfelung bildete eine geheime Tür, welche jetzt geöffnet war. Der Direktor stand mit sichtlich erschrockenem Gesicht vor dem Alten, der durch die Mauer erschienen war wie ein Geist. Der Direktor konnte sich dies nicht erklären.

„Überwinden Sie Ihren Schreck! Sie sehen ja, daß ich kein Gespenst bin."

Diese Worte des Kapitäns waren die ersten, welche Müller deutlich hörte.

„Aber, gnädiger Herr, wie kommen Sie zu mir?" stammelte der Direktor.

„Durch diese geheime Tür. Sie sehen es ja!" antwortete der Alte. „Ich habe es vorgezogen, auf diesem ungewöhnlichen Weg zu erscheinen, weil auf diese Weise von niemand bemerkt wird, daß wir so spät noch eine Unterredung haben. Sie ahnen, über welchen Gegenstand?"

„Ich möchte doch lieber vorher nach demselben fragen, gnädiger Herr!"

„Schön! Aber setzen Sie sich, Herr Direktor; Sie zittern ja am ganzen Körper! Was ist mit Ihnen?"

Seine Worte klangen gar nicht zornig oder höhnisch, wie man hätte erwarten können; sie waren sogar in einem teilnehmenden Ton ausgesprochen.

„Oh, es ist ja nur der Schreck, der mich überfiel, als diese Wand sich teilte und Sie hereintraten. So etwas erwartet man doch nicht."

„Ich kann allerdings begreifen, daß Sie erschrocken sind. Welcher Schreck war denn übrigens größer, der jetzige oder der unten im Garten?"

„Gnädiger Herr . . .", stammelte der Direktor, blieb aber in der Rede stecken.

„Na, Sie waren ja im Garten! Nicht?"

„Allerdings", gestand der Gefragte.

„Bei meiner Schwiegertochter?"

„Ja."

Der Direktor wurde von Sekunde zu Sekunde bleicher. Der Alte schien dies nicht zu beachten. Er fuhr im freundlichsten Ton fort:

„Der heutige Tag ist ein eigentümlicher. Ich habe da mehr sprechen müssen, als sonst in einem Monat, und Sie wissen ja, daß ich das nicht liebe. Aber es gibt Dinge, welche man nicht unbesprochen liegenlassen kann. Warum liefen Sie denn eigentlich im Garten davon, Herr Direktor?"

„Weil . . . weil . . . ich dachte . . .", stammelte der Gefragte in höchster Verlegenheit.

„. . . weil Sie dachten, ich könne diese Szene einer falschen Deutung unterwerfen, meinen Sie? Nun, die Frau Baronin hat mich aufgeklärt. Sie hat den Abend genießen wollen, und Sie sind aus ganz demselben Grund nach dem Garten gegangen. Meine Frau Tochter ist über Ihr Erscheinen so erschrocken gewesen, daß sie in Ohnmacht fiel, und Sie haben sich ihrer ritterlich angenommen. Das hat sie mir erzählt, als Sie fort waren."

Dem Direktor fiel bei diesen Worten ein schwerer Stein vom Herzen. Der Alte fuhr fort:

„Ich will gestehen, daß ich Ihnen für einen Augenblick im Herzen unrecht getan habe; aber daran war Ihre plötzliche, unmotivierte Flucht schuld. Warum rissen Sie aus? Das mußte doch Verdacht erwecken! Ich bitte Ihnen hiermit meinen Verdacht ab und werde ihn sogleich gutmachen. Haben Sie Papier bei der Hand?"

„Genug", antwortete der Direktor aufatmend.

„So nehmen Sie einen halben Bogen und fertigen Sie mir das

Blankett einer Quittung aus. Ich habe Ihnen heute eine Gratifikation versprochen. Wo ist das Geld, welches Sie wieder mit fortnehmen mußten?“

„Hier, in meinem Schreibtisch.“

„Zählen Sie es auf!“

Müller sah, daß der Direktor das Geld aus dem verschlossenen Fach nahm, und da es mit lauter Stimme aufgezählt wurde, so hörte er deutlich, wieviel es war. Es waren die beiden Summen, von denen der Direktor heute gesprochen hatte. Der letztere bemerkte am Schluß:

„Diese beiden Firmen sind stets so vorsichtig, die Nummern ihrer Noten einzutragen und die letzteren außerdem zu zeichnen. Sie sehen auf jeder einzelnen die betreffenden Buchstaben, gnädiger Herr.“

„Das mag für gewisse Fälle gut sein“, meinte der Veteran trokken. „Doch nun das Blankett, Herr Direktor!“

„Warum Blankett, gnädiger Herr? Wollen Sie nicht die Gewogenheit haben, das Dokument gleich fertigen zu lassen?“

„Ich habe mich noch nicht entschlossen, welche Summe ich Ihnen aussetzen werde. Ich will erst morgen nachsehen, was und wie in den letzten Tagen gearbeitet worden ist. Setzen Sie einfach das Datum, nämlich das heutige, unten in die linke und Ihren Namen in die rechte Ecke.“

„Ganz wie Sie befehlen, Herr Kapitän!“

Er schrieb Namen und Datum in die beiden Ecken und reichte dann das Blatt dem Alten hin. Dieser betrachtete die Unterschrift genau und sagte sodann in einem ganz und gar veränderten Ton:

„So, das genügt, freilich nicht, Sie zu belohnen, sondern Sie zu bestrafen!“

Der Direktor blickte ihn überrascht an und fragte:

„Bestrafen? Verstehe ich recht, gnädiger Herr?“

„Sie haben ganz und gar richtig gehört. Sie sollen bestraft werden, sagte ich.“

„Wofür?“

„Erstens dafür, daß Sie es wagen, Ihre Hand nach der Baronin auszustrecken.“

„Ah, Sie haben doch soeben selbst gesagt, daß die Frau Baronin so gnädig gewesen sei, Sie über die Situation aufzuklären!“

„Hm, sie hat es freilich versucht, aber ich bin nicht der Mann, der sich von einem Weib betrügen läßt. Ich weiß alles, alles, mein Herr!“ lachte der Alte höhnisch.

Der Direktor erbleichte, als er die Mitteilung des Kapitäns vernahm, versuchte aber dennoch, sich zu verteidigen.

„Da muß ein großer, beklagenswerter Irrtum vorwalten, Herr Kapitän."

„Oh, nicht im geringsten! Ich habe hinter der Bank gestanden und Ihre ganze Unterhaltung mit angehört. Übrigens sehen Sie jetzt, daß ich geheime Gänge und Beobachtungspunkte habe. So gelang es mir, alle Zusammenkünfte, welche Sie mit der Baronin in deren Boudoir hatten, zu belauschen."

Der Direktor sank auf den Stuhl zurück und schloß vor Schreck die Augen.

„Noch heute früh", fuhr der Alte in strengstem Ton fort, „hörte ich, daß Sie sich für den Abend in den Park bestellten. Ebenso verstand ich jedes Wort, was Sie über mich sprachen. Ich brachte da zum Beispiel in Erfahrung, daß Sie nur durch die Liebe zur Baronin in Ihrer gegenwärtigen Stellung festgehalten werden. Sagen Sie da gefälligst selbst, ob dies Belohnung oder Strafe verdient?"

„Gnädiger Herr", rief da der Mann entsetzt, „ich habe Ihnen treu gedient; ich bin es gewesen, der Ihr Etablissement zu dem gemacht hat, was es ist!"

„Treu gedient? Hahaha! Hier kommt das zweite, wofür ich Sie bestrafen muß!"

„Was ist es?" fragte der Direktor voller Angst. Er kannte den Alten; er wußte, daß bei ihm von Nachsicht keine Rede sei. Er begann, alles zu befürchten.

„Da ich hörte, daß Sie nur durch die Baronin festgehalten werden, so hatte ich das Recht, Ihnen zu mißtrauen. Ich beschloß also, Ihre Effekten zu durchsuchen."

„Ah! Sie hatten kein Recht dazu!"

Jetzt gewann der Direktor seinen Mut wieder. Sie standen sich Mann und Mann gegenüber; da war einer so viel wert wie der andere. Er beschloß, sich zu wehren.

„Schweigen Sie!" gebot der Alte. „Sie sehen, daß ich heimlich in Ihre Wohnung treten kann. Sie wissen ferner, daß Sie kein Eigentum hier besitzen, daß alle diese Möbel mir gehören. Ich habe zu ihnen, selbst zu den geheimen Fächern, Doppelschlüssel. Während Sie im Park Ihre Kurtisane erwarteten, trat ich durch diese Tür in Ihre Wohnung ein und durchsuchte die geheimen Fächer Ihres Schreibtisches. Wissen Sie, was ich gefunden habe?"

Der Direktor erkannte, daß Leugnen gar nichts helfen könne.

Am besten war hier die Frechheit am Platz; darum trat er auf den Alten zu und sagte drohend:

„Sie haben es wirklich gewagt, in meine Wohnung einzudringen?"

„Allerdings!" lachte der Veteran. „Haben Sie etwas dagegen, Monsieur?"

„Das wird sich finden! Nun, was haben Sie denn entdeckt, Herr Kapitän?"

„Oh, verschiedenes! Aber ich will Ihnen nur das eine vorlesen!"

Er zog einen Brief aus der Tasche, entfaltete ihn und las:

„Herrn Fabrikdirektor Metroy in Ortry.

Auf hohen Befehl ist Ihnen mitzuteilen, daß man nicht gesonnen sein kann, von Ihrer Offerte Gebrauch zu machen. Wenn es in Frankreich wirklich geheime Waffenplätze gibt, welche angelegt werden, um Franktireure und andere Rotten auszurüsten, so kann dies eine Regierung nicht wankend machen, welche mit Ihrem Kaiser im besten Einvernehmen steht.

Wir sehen übrigens auch davon ab, Ihren Behörden von Ihrem Anerbieten irgendwelche Mitteilung zu machen, werden jedoch Ihr Schreiben für spätere Fälle bei uns in sorgsame Verwahrung nehmen."

Die Augen des Kapitäns funkelten, als er diesen Brief, dessen Unterschrift er nicht mit vorgelesen hatte, wieder in die Tasche steckte. Er knirschte:

„Sie haben also unser glorreiches Unternehmen für schnödes Geld verraten wollen!"

„Nur aus dem Grunde, weil Sie knausern und mich nicht bezahlen wollen", antwortete der Direktor.

„Sie gestehen es also ein?"

„Warum nicht?" fragte der Mann, indem er gleichmütig die Achseln zuckte.

„Ah, wissen Sie, daß ich der Arrangeur des ganzen Werkes bin? Daß alle mir Treue geschworen haben, und daß ich jede Untreue bestrafen werde?"

„Pah, mich können Sie nicht bestrafen!" lachte der Direktor.

„Warum nicht?"

„Weil Ihr ganzes Lager sich in meiner Hand befindet. Sie haben mich vorhin erschreckt, weil ich mich wirklich schuldig fühlte, aber dieser Schreck hat nicht lange gedauert. Sie glauben, mein Meister zu sein, aber ich bin der Ihrige. Ich habe mich vorgesehen. Was verstehen Sie von Chemie, von Galvanismus, von Elektrizität! Dieses Zimmer steht mit den Eisenwerken und dem Lagerraum in elektrischer Verbindung. Es bedarf nur eines einzigen Griffes, eines leisen Druckes, so fliegt alles in die Luft, Ihre Fabriken und Ihre sämtlichen Vorräte. Dann mögen Sie ihre Franktireure gegen Deutschland bewaffnen, wenn Sie können!"

„Alle Teufel!" rief der Alte, welcher doch gewaltig erschrak.

„Sie sehen jetzt, wie die Sachen stehen", fuhr der Direktor in stolzem Ton fort, denn er war überzeugt, daß jetzt er es sei, der die Trümpfe in der Hand hielt. „Ich mag mit Ihnen nichts mehr zu tun haben, da aber das Werk zum großen Teil auch das meinige ist, so möchte ich es nicht gern zerstören. Als ich mein Geheimnis dem Feind zum Verkauf anbot, war es mir darum zu tun, meine Mühen anständig belohnt zu erhalten. Zahlen Sie mir das, was ich von denen da drüben gefordert habe, so will ich zufrieden sein und Sie mit dem Versprechen verlassen, von jeder Feindseligkeit abzusehen. Ich habe Ihnen meine Kenntnisse und Erfahrungen geliehen; ich habe Tag und Nacht gearbeitet; ich darf auch meine Gratifikation verlangen."

Die Augen des Alten zogen sich zusammen, und sein Schnurrbart stieg empor, um die Zähne sehen zu lassen, aber er beherrschte sich und fragte in möglichst ruhigem Ton:

„Welchen Preis haben Sie von den Deutschen verlangt?"

„Pah, wenig genug! Nur hunderttausend Franc. Jene werden ihre Knauserei mit vielen Tausend Leben bezahlen müssen, falls Sie sich entschließen, diese Summe zu bezahlen."

„Ich hoffe das; ich hoffe das! Es naht die Zeit, in der wir einfordern werden, was diese Blücher, Gneisenau und York von uns liehen! Also meine Eisenwerke stehen wirklich mit diesem Zimmer in elektrischer Verbindung?"

„Ja. Ein Druck von mir, und der elektrische Funke entzündet unsere ganzen Pulver- und Dynamitvorräte."

„Sie geben mir Ihr Ehrenwort, daß Sie mir die Wahrheit sagen?"

„Ich gebe es. Sobald ich die Summe in den Händen habe, werde ich Ihnen die Leitung zeigen, damit sie zerstört werden kann."

„O nein, Sie sind gegenwärtig ein verzweifelter Mensch. Wie nun, wenn ich Ihnen die Hunderttausend zahle, und Sie sprengen dennoch alles in die Luft?"

„Mein Ehrenwort muß Ihnen Bürgschaft sein, daß ich es nicht tun werde."

„Hm! Wenn man es nur glauben dürfte!" Er nahm eine sehr nachdenkliche Miene an, aber seine Augen glänzten in einem unheimlichen Licht. Dann fuhr er fort: „Es ist eine Summe, die gegenwärtig fast über meine Kräfte geht; doch, um das Unternehmen zu retten – hm! Die allgemeine Kasse müßte mit beitragen."

Dabei gingen seine Blicke unbemerkt suchend im Zimmer herum. Wenn sich wirklich ein geheimer Apparat hier im Zimmer befand, so konnte er nur im Kleidersekretär oder überhaupt in der Nähe der hinteren Wand des Zimmers angebracht sein; denn eine Leitung an der vorderen, offenen Front des Schlosses frei hinunterzulegen, das wäre ja unvorsichtig gewesen, da der Draht dort sofort entdeckt werden mußte. Es galt also, den Direktor in der Nähe des Fensters zu halten. Dort stand der Schreibtisch, dessen sämtliche Kästen und Fächer vom Kapitän heute durchsucht worden waren; von seiner Nähe war nichts zu fürchten.

Der Alte setzte sich an den Schreibtisch, nahm das Blankett aus der Tasche, in welche er es vorhin gesteckt hatte, und sagte unter heftigem Zucken seiner Schnurrbartspitzen:

„Wie die Arbeit, so der Lohn. Sie sollen Ihren Willen haben!"

„Sie wollen mir die Hunderttausend geben?" fragte der Direktor erfreut.

Der Alte nickte und antwortete:

„Ich werde Ihnen zahlen, was Sie verdienen. Lesen Sie nachher selbst. Ihre Quittung steht ja bereits auf dem Blatt."

Er griff nach der Feder, um das Blankett auszufüllen. Als er damit fertig war, erkundigte er sich noch:

„Haben Sie unser Geheimnis sonst noch jemandem angeboten?"

„Nein."

„Haben Sie bei dieser einzigen Offerte eine Andeutung gemacht, aus welcher man erraten könnte, wo unsere Vorräte zu finden sein dürften?"

„Halten Sie mich für einen Dummkopf? Meinen Zeilen nach muß man das Lager in der Nähe von Straßburg vermuten."

Müller hörte jedes Wort. Er wußte am besten, daß diese Angabe des Direktors eine völlig irrige sei. Der Alte schien befriedigt; er trat vom Schreibtisch fort, auf welchem er das ausgefüllte Blankett liegenließ, deutete auf dasselbe und sagte:

„So sind wir einig. Gehen Sie her und lesen Sie!"

Er selbst schritt langsam nach dem hinteren Raum des Zimmers, um denselben zu bewachen, da er dort die elektrische Leitung vermuten mußte. Der Direktor war ebenso erstaunt wie erfreut, den Alten so leicht besiegt und zur Zahlung einer solchen immerhin bedeutenden Summe gezwungen zu haben. Er setzte sich an den Schreibtisch und nahm das Dokument in die Hand. Dies tat er natürlich in der sicheren Meinung, daß es eine Quittung auf hunderttausend Franc enthalte; zu seinem Erstaunen jedoch las er folgende Zeilen:

„Ich bescheinige hiermit voller Reue und der Wahrheit gemäß, daß ich die heute an meinen Prinzipal auszuzahlenden beiden Summen drückender Schulden halber unterschlagen und zu meinem Nutzen verwendet habe. Möge Gott mir verzeihen, daß ich mit diesem Verbrechen aus dem Leben gehe!"

Darunter stand das Datum und sein Name, welches beides er bereits vorhin geschrieben hatte. Er war einen Augenblick völlig starr vor Erstaunen, dann fragte er:

„Was soll dies heißen, Herr Kapitän?"

„Daß ich dennoch Ihr Meister bin, Sie aber nicht der meinige!" lachte der Gefragte höhnisch, „obgleich Sie vorhin das Gegenteil behaupteten. Sie werden keinen Sou erhalten; Sie werden Ihren Verrat und die Verführung der Baronin büßen, ganz so, wie ich es mir heute morgen vorgenommen hatte."

„Und Sie meinen, ich sollte mich vor Wut darüber ersäufen oder vergiften?"

„Das wird sich finden!"

„Da irren Sie sich! Sie sind ein Lügner, ein Schurke! Ich werde Ihnen beweisen, daß ich Sie in Hinsicht auf die elektrische Leitung nicht getäuscht habe. Ich frage Sie zum letzten Mal: Wollen Sie die Hunderttausend bezahlen oder nicht?"

„Keinen einzigen Franken, keinen Sou."

„So passen Sie auf, wie es krachen wird."

Er sprang nach dem hinteren Teil des Zimmers, wo der Kapitän stand.

„Ja, passen Sie auf, wie es krachen wird", antwortete dieser. „Aber nicht meine Eisenwerke werden in die Luft gehen, sondern Ihr dummer Kopf!"

Er hatte im Nu die Pistole hervorgezogen und drückte ab. Der Direktor stürzte mit zerschmettertem Schädel zu Boden. Sein Mörder aber bückte sich zu seinem Opfer nieder, um sich zu überzeugen, daß es tot sei, und trat dann nochmals an den Schreibtisch, um das Dokument so zu legen, daß es sofort in die Augen fallen mußte. Das Geld hatte er bereits eingesteckt. Dann eilte er durch die verborgene Tür hinaus und brachte das Täfelwerk wieder in Ordnung.

Traf er dort den Deutschen an, welcher da gestanden und alles gehört und gesehen hatte? Nein! Müller hatte natürlich keine Ahnung gehabt, daß diese Unterredung einen solchen Verlauf nehmen werde. Besonders der letzte Teil hatte sich mit einer so rapiden Schnelligkeit entwickelt, daß der Mord zehnfach schneller ausgeführt wurde, als er gelesen werden kann. Sollte der Deutsche beispringen, da nun doch nichts mehr zu ändern war? Nein; das wäre die allergrößte Unklugheit gewesen. Er mußte vor allen Dingen an seine Aufgabe denken; es galt zunächst, unbemerkt fortzukommen. Kaum war der Schuß gefallen, so riß Müller seine Laterne hervor und stieg in fliegender Eile die engen Treppen hinab, denn er sagte sich, daß auch der Kapitän das Zimmer verlassen werde, da der Schuß ja alle Bewohner des Schlosses aus dem Schlaf wecken mußte.

Er kam glücklich unten an, wo die geheimen Treppen alle zusammenführten, und eilte in großen Sprüngen den unterirdischen Gang entlang nach dem Parkhäuschen zu. Nachdem er dort den geheimen Eingang in Ordnung gebracht hatte, verlöschte er die Laterne, ohne welche eine so schnelle unterirdische Flucht eine Unmöglichkeit gewesen wäre, und eilte dann dem Schloß zu.

Dort angekommen, sah Müller, daß bereits viele Fenster erleuchtet waren, doch befand sich zu seiner Freude noch niemand im Hof. Er schwang sich am Blitzableiter empor. An den Fenstern der zweiten Etage angekommen, warf er einen Blick in das Zimmer des Kapitäns. Dieser trat eben unter die Tür, mit ungekämmtem Haar und Bart, in Schlafrock, Nachthosen und Pantoffeln, das Nachtlicht in der Hand, und examinierte einen Diener. Wer den Alten so sah, der schwor darauf, daß er direkt aus dem Bett komme. Es wollte dem Deutschen vor diesem Alten grauen.

Der Doktor langte glücklich und unbemerkt auf dem Dach und dann auch in seinem Zimmer an, wo er sich schleunigst seiner Verkleidung entledigte und sich so anzog, daß er für einen aufgestörten Schläfer gehalten werden mußte, der in der Eile nur die allernötigsten Kleidungsstücke angelegt hatte.

Das Zimmer des Direktors war voller Menschen, ebenso der Platz vor demselben. Der Kapitän hatte bereits nach den Herren von der Justiz geschickt, welche sich heute im Schloß befanden.

Diese kamen und fanden das letzte Schreiben des Toten.

Der Kapitän wurde gefragt; er erklärte, daß er gar nicht wisse, ob Geld angekommen sei, man solle die Bücher nachschlagen. Der Tatbestand wurde sofort gerichtlich aufgenommen und die Leiche aus dem Schloß geschafft. Dann suchte man die unterbrochene Ruhe wieder auf.

Auch die Baronin war vom Schuß erwacht und nach der Unglücksstätte geeilt. Doch mochte sie die Leiche nicht sehen. Der Tod dieses Mannes erschütterte sie, doch nur für einen Augenblick; im nächsten dachte sie bereits an den geheimnisvollen Offizier, an dessen Herzen sie gelegen hatte. Als sie sich wieder nach ihrem Zimmer begeben wollte, traf sie auf der Treppe den Kapitän. Da kein Mensch zugegen war, konnte er es nicht unterlassen, ihr zuzurufen:

„Ein schöner Geliebter. Nicht, Madame?“

Sie wich vor ihm zurück, streckte abwehrend beide Hände aus und sagte:

„Mörder! Aber es wird an den Tag kommen!“

Ein halblautes Hohnlachen war die Antwort des hartgesottenen Alten, der mit so kalter Berechnung ein Menschenleben vernichtet hatte.

Was Müller betrifft, so konnte er lange Zeit keinen Schlaf finden. Dieser erste Tag auf Ortry war einer der ereignisreichsten seines Lebens gewesen. Erst die Unterredung mit der Wirtin, dann die Rettung Alexanders, sein eigener Empfang, seine Prüfung, die Entdeckung des verborgenen Lauscherpostens in seinem Zimmer und des geheimen Einganges im Parkhäuschen, das Liebesabenteuer mit der Baronin und endlich die Mordszene in der Wohnung des Direktors. Das war mehr als genug an einem Tag.

Am meisten beschäftigte ihn die letzte Szene. Sollte er den Mörder anzeigen? Moralisch hatte er jedenfalls die Verpflichtung dazu; aber waren die Gründe der Klugheit nicht noch zwingender als diejenigen des Gewissens? Sollte er seine heutigen Errungenschaften alle opfern und das Gelingen seiner wichtigen Sendung zur Unmöglichkeit machen, um einen Toten zu rächen, dessen Leben nicht zurückgerufen werden konnte? Durfte er Marions Großvater als Mörder an den Pranger stellen? Würde man seiner Aussage Glauben schenken? Er war ein verhaßter Deutscher und der Angeklagte ein Offizier der berühmten Garde, ein Ritter der Ehrenlegion! Konnte der Deutsche Beweise bringen? Man konnte sich zwar von dem Vorhandensein der geheimen Tür überzeugen, aber was weiter? Der sicherste Beweis wären die gezeichneten Banknoten gewesen; aber wo hatte der Alte sie versteckt? Er hatte sie dieser Zeichnung wegen ganz sicher an einem Ort verborgen, wo man sie nicht finden konnte. Übrigens war der Ermordete all dessen wert? Er war ein Feind Deutschlands gewesen und sodann ein Verräter seines eigenen Vaterlandes geworden!

Was war das doch für eine Familie, diese Sainte-Maries! War Marion, die Heißgeliebte, wirklich edler als die anderen?

Diese Gedanken gingen Müller wirr im Kopf herum, bis er endlich einschlief; aber noch im Schlaf peinigten sie ihn, und als er erwachte, fühlte er sich mehr ermattet als gestärkt von der nächtlichen Ruhe.

Bereits am frühen Morgen war auch der Kapitän wach. Er ließ mehrere seiner besten Leute aus der Fabrik kommen, um sie nach der Mine suchen zu lassen, aber all ihr Scharfsinn war vergebens. Es wurde dem alten, furchtlosen Mann doch ängstlich zumute. Wenn irgend jemand nichts ahnend die verhängnisvolle Leitung berührte, so war das fürchterlichste Unglück unvermeidlich. Da kam ihm ein Gedanke:

„Dieser Monsieur Müller hatte so feine Zensuren in allen Wissenschaften. Ob nicht er entdecken könnte, was die anderen nicht zu finden vermögen?"

So dachte er und ließ nach dem Deutschen schicken. Müller kam. Der Alte empfing ihn mit einer ganz ungewöhnlichen Freundlichkeit.

„Monsieur, haben Sie auch Elektrotechnik studiert?"

„Ein wenig, gnädiger Herr", antwortete der Gefragte, welcher sogleich ahnte, aus welchem Grund diese Frage an ihn gestellt wurde.

„Wissen Sie, daß man Pulverminen vermittels der Elektrizität entzünden kann?"

„Sehr wohl, Herr Kapitän."

„Ist eine solche Mine leicht zu zerstören oder die Leitung leicht zu finden und zu vernichten?"

„Das kommt ganz auf die Umstände an. Ich habe als Techniker bereits öfters Glück gehabt", antwortete Müller und sagte damit die Wahrheit, da er früher bei dem Geniekorps gestanden hatte.

„Ah, Monsieur, da muß ich Ihnen Mitteilung machen; Sie haben diesen Direktor gekannt, welcher sich erschossen hat?"

„Nur höchst flüchtig gesehen."

„Nun, dieser Mann hatte den schrecklichen Plan, meine Eisenwerke in die Luft zu sprengen. In seinem Zimmer soll sich die Leitung befinden. Sie ist jedoch nicht zu entdecken. Wollen Sie einmal Ihren Scharfsinn versuchen?"

„Ich stehe Ihnen sehr gern zu Diensten, gnädiger Herr."
„So kommen Sie!"
Sie begaben sich miteinander nach der Wohnung des Erschossenen. Es schauerte Müller, als er da eintrat. Die Blutflecke hatten zwar weggewaschen werden sollen, waren aber noch nicht gewichen. Dort befand sich die geheime Tür, und hier stand der Schreibtisch, auf welchem das schauerliche Ende des Toten unterschrieben worden war.
„Gibt es eine Leitung hier, so ist sie nicht vorn, sondern hinten zu suchen", sagte Müller.
Der Alte nickte mit sehr zufriedener Miene und sagte:
„Ganz meine Meinung, Monsieur. Suchen Sie!"
Müller ließ den forschenden Blick umherschweifen und trat dann schnell zu der altmodischen Lyoner Wanduhr, welche rechts neben dem Schreibtisch an der Wand hing. Sie hatte ein schwarzes, wurmzerfressenes Gehäuse.
„Sehen Sie etwas von der Leitung?" fragte der Alte.
„Ich glaube, sie gefunden zu haben, will mich aber vorher überzeugen."
Er schob den Tisch an die Uhr, setzte einen Stuhl auf denselben und stieg dann auf den letzteren, so daß er den Raum zwischen der Decke des Zimmers und dem oberen Boden des Gehäuses zu überblicken vermochte; dann zeigte er nach der Decke und fragte:
„Wer wohnt dort oben?"
„Der Hausmeister."
„Ah, mein Vorgesetzter!" lächelte Müller. „Befindet er sich noch da?"
„Ja, er war ein guter Unteroffizier und ein treuer Hausmeister. Sie haben ihm das Gesicht zerhauen; ich werde ihn wieder kurieren lassen, obgleich ich mir gerade das Gegenteil ausbedungen habe."
„Hätte ich gestern gewußt, was ich heute sehe, so hätte ich ihm nicht nur das Gesicht zerhauen, sondern den Kopf abgeschlagen. Er ist der Mitschuldige des Direktors."
„Donnerwetter, ist's möglich!" rief der Alte ganz erschrocken.
Müller öffnete die Tür der Uhr, blickte in das Gehäuse und antwortete:
„Gnädiger Herr, Ihre Eisenwerke, so schwer sie sind, haben wirklich an einem einzigen Haar gehangen und das Leben Ihrer Arbeiter dazu. Bitte, treten Sie näher!"
Und als der Kapitän herbeigetreten war, zeigte der Dok-

tor mit dem Finger an die eine Seite des Gehäuses und fuhr fort:

„Sehen Sie das eine Pferdehaar, welches hier außen herunterhängt? Es ist bei der Schwärze der Uhr kaum von ihr zu unterscheiden."

Der Alte streckte die Hand aus, um nach dem Haar zu greifen.

„Um Gottes willen nicht anfassen!" rief Müller, indem er jenes Hand fortstieß. „Ziehen Sie nur im geringsten daran, so fliegt ihre ganze Fabrik in die Luft!"

„Ah, wahrhaftig, ein Haar", sagte der Veteran. „Es führt oben in den Kasten."

„Und da ist es mit einem außerordentlich dünnen Kupferdraht verbunden, der erst oben durch das Gehäuse geht und dann durch die Zimmerdecke. Der Intendant hat mit dem Direktor im Einvernehmen gestanden. Lassen Sie uns zu ihm gehen!"

Der Alte folgte dieser Aufforderung mit außerordentlicher Geschwindigkeit. Als sie die Treppe erstiegen hatten und oben eintraten, lag der Hausmeister in seinem Bett. Kein Mensch war bei ihm.

„Was soll das? Was will dieser Mensch bei mir?" rief er, als er mit seinem unverletzten Auge den Deutschen erkannte.

„Das sollst du Halunke sogleich erfahren!" antwortete der Veteran. „Suchen Sie, Monsieur Müller!"

Müller kniete in der Ecke nieder, welche gerade über der Uhr des unteren Zimmers lag, suchte dann am Boden fort, öffnete das Fenster und blickte hinaus.

„Haben Sie es?" fragte der Kapitän, brennend vor Ungeduld.

„Ja. Blicken Sie nur her, um sich selbst zu überzeugen! Hier in dieser Ecke tritt der Leitungsdraht in das Zimmer ein und geht unter der Dielenleiste längs der Wand bis an die Mauer der hinteren Schloßfront. Hier ist ein dünnes Loch durch die Mauer gearbeitet, um den Draht hindurchzulassen, der dann am Sims entlang der Front läuft. Ihn da anzulegen hat viel Arbeit gekostet, zumal diese in aller Heimlichkeit vorgenommen werden mußte."

Da konnte sich der grimmige Alte nicht länger halten. Er stürzte auf den Hausmeister zu, faßte ihn bei der Brust und donnerte ihn an:

„Hund, Kerl, wer hat dir das geraten?"

Das kam dem Mann so unerwartet, daß er unwillkürlich mit der Antwort herausplatzte:

„Der Direktor, gnädiger Herr!"

„Was hat er dir geboten?"
„Fünftausend Franken."
„Und hunderttausend wollte er haben! Also für fünftausend Franken wolltest du mich ruinieren und alle meine Leute ermorden! Heraus aus dem Bett! In das Gefängnis, wohin du gehörst, du Halunke, du . . . du . . . du Vorgesetzter, du!"
Der Alte wußte zwar nicht, was Müller mit diesem Wort gemeint hatte; aber er ahnte, daß eine negative Bedeutung mit demselben verbunden sei, und da jener vor Wut kein anderes Wort fand, so wendete er dieses an, um seinen Zorn auszudrükken.
Der Mann flehte jämmerlich, aber es half ihm nichts. Der Veteran klingelte einige Leute herbei, welche den Schurken ankleiden, fesseln und fortschaffen mußten. Erst nachdem dies geschehen war, wandte der Kapitän sich wieder an Müller:
„Monsieur, Sie sind braver und klüger als das ganze Volk, welches ich bisher um mich hatte. Sie sind gerade zu unserer Rettung nach Ortry gekommen. Aber was nun?"
„Begeben wir uns nach unten, gnädiger Herr", antwortete Müller, „damit wir sehen, wo der Draht in die Erde geht!"
Das taten sie, und Müller fand, daß die Leitung unter einer Dachrinne herabgezogen war und hinter dem Rinnstein in den Boden drang.
„Hier schneiden wir den Draht durch", sagte er, „dann ist die hauptsächliche Gefahr vorüber. Unter der Erde muß der Draht noch eine Umhüllung haben; er ist also stärker, so daß man ihm leicht folgen kann. In der Fabrik werden wir dann sehen, in welche gefährlichen Stoffe er geleitet wurde."
Da antwortete der Kapitän mit großer Schnelligkeit:
„So lange darf ich Sie nicht abhalten, Monsieur. Nun wir den Draht gefunden haben, ist das übrige leicht; dazu habe ich Arbeiter mehr als genug. Sie aber haben sich zunächst Alexander zu widmen."
Müller verstand den Alten. Dieser wollte ihn, den Deutschen, nicht in das Getriebe seiner Pläne blicken, am allerwenigsten aber ihm den aufgestapelten Munitionsvorrat sehen lassen. Er tat, als ob er dies nicht ahne und kehrte in sein Zimmer zurück, zufrieden, den Beifall des Schloßherrn gefunden zu haben.
Der Doktor suchte Alexander auf, um ihn zu einem abermaligen Spaziergang aufzufordern. Der Knabe willigte sehr gern ein, und unterwegs fand Müller, daß dieser sich immer fester an ihn schloß.

„Wissen Sie, Monsieur", sagte Alexander, „daß man gezwungen ist, Sie liebzuhaben?"

„Warum?"

„Weil man Unglück hat, wenn man Sie haßt. Die beiden, von denen Sie beleidigt wurden, sind bereits bestraft. Der eine hat sich erschossen, und der andere sitzt mit einer bösen Gesichtswunde im Gefängnis. Ich werde die Leute warnen, Ihr Feind zu sein. Besonders werde ich dies Marion sagen."

„Marion? Wer ist das?" fragte Müller, sich verstellend.

„Marion ist meine Schwester, meine Halbschwester; aber sie ist doch so gut, als ob sie meine richtige Schwester wäre. Ich habe ihr sehr viel Kummer bereitet; meist darum ging sie fort, denn ich verklagte sie immer bei Mama und bei dem Großpapa. Aber als ich gestern abend schlafen ging, habe ich sehr lebhaft an sie gedacht, und da ist mir der Gedanke gekommen, daß ich recht schlimm gegen sie gewesen bin. Ich verspreche Ihnen, dies nie wieder zu tun, Monsieur!"

„Warum haben Sie denn gerade gestern diesen Gedanken gehabt?"

„Weil ich mit Ihnen spazieren gewesen bin. Sie predigen nicht; Sie geben keine guten Lehren, aber man fühlt bei Ihnen das, was Sie zu sagen unterlassen."

Müller antwortete nicht, doch bückte er sich nieder und küßte den Knaben auf die Stirn. Er fühlte sich innerlich beglückt, diese Seele, welche bereits auf falsche Wege geführt worden war, bereits nach einem einzigen Tag für das Gute gewonnen zu haben.

Sie drangen heute viel tiefer in den Forst ein als gestern, tiefer und immer tiefer, bis sie auf ein Wirrsal von Felsen stießen, aus denen ein alter Turm hervorragte.

„Was ist das für eine Ruine?" fragte Müller.

„Das ist Alt-Ortry gewesen", antwortete Alexander. „Jetzt ist nur dieser eine Turm noch übrig."

„Wollen wir ihn nicht besteigen?"

„Ich möchte nicht."

„Warum nicht?"

Der Knabe blickte ihm treuherzig in das Gesicht und antwortete:

„Weil ich auch hier nicht gut gewesen bin. Großpapa hat mir verboten, diese Ruine zu betreten, und doch habe ich es oft getan. Nun aber möchte ich dies unterlassen. Aber wenn wir auch nicht hineingehen werden, das Grab können wir uns doch ansehen."

Er wand sich zwischen den Felsen hindurch, und Müller folgte, bis sie vor einem Hügel standen, der ungepflegt und mit allerlei Waldblumen bewachsen war. Daneben erhob sich ein mächtiger Felsblock, auf welchem die einfachen Worte „Hier ruht Liama" kaum noch zu lesen waren.

„Diese Liama war die Mutter Marions", bemerkte Alexander. „Habe ich Ihnen übrigens bereits gesagt, daß Marion heute nach Hause kommt?"

„Noch nicht."

„Ja, sie kommt. Wir hielten sie für tot, mit einem Dampfschiff untergegangen; aber am frühen Morgen kam eine Depesche, daß sie am Mittag hier sein wird. Sie bringt eine Freundin mit."

Der Knabe erzählte das in einem freundlichen, keineswegs aber herzlichen Ton. Die Bande dieser Familie waren ja sehr locker geschlungen.

„Wie wird man die gnädige Baronesse empfangen?" fragte Müller.

„Empfangen?" wiederholte Alexander verwundert. „Nun, die Diener werden ihr aus dem Wagen helfen, und dann geht sie nach ihrem Zimmer."

„Ohne daß man sich freut, daß sie kommt, und ihr dieses sagt?"

Alexander sah ihn groß an und fragte dann:

„Ja, freut sie sich denn auf uns?"

„Gewiß sehr. Man müßte ihr nur zeigen, daß man sie liebt, daß sie willkommen ist."

„Das möchte ich ihr sehr gern zeigen; aber wie soll ich es anfangen?"

Es tat Müller sehr weh, daß das Herz dieses begabten Knaben so ganz unbepflanzt geblieben war. Er legte ihm die Hand auf den Kopf und sagte:

„Ich wüßte wohl etwas sehr Schönes. Hat die Baronesse ihre Mutter liebgehabt?"

„Oh, sehr. Sie ist sehr oft nach diesem Grab gegangen."

„So wollen wir von diesem Blumen pflücken und sie in ihr Zimmer setzen, damit sie, sobald sie kommt, einen Gruß von der Mutter erhält."

Die Augen des Knaben glänzten.

„Ja, das wollen wir tun. Aber niemand darf es wissen, sonst zanken die anderen."

Und nun saßen die beiden am Grab der Heidin und sammelten Blumen für diejenige, der beider Herzen entgegenschlugen, das Herz des einen in erwachender Bruderliebe, das des anderen aber im heißen vollbewußten Verlangen nach der höchsten Seligkeit des Erdenlebens.

Es war fast Mittag geworden, als sie nach Hause kamen. Auf dem Feld zwischen dem Schloß und dem Etablissement erblickten die Wanderer zahlreiche Arbeiter, welche beschäftigt waren, die Leitung aus dem Boden zu nehmen. Die beiden gingen zunächst nach Müllers Stübchen, um die Blumen zu zwei Buketten zu ordnen. Dann schrieb Alexander auf ein Papier die Worte:

„Meiner lieben Marion vom Grab ihrer Mutter.

Alexander."

Und hernach trug er selbst die Bukette nebst der Widmung nach dem Zimmer der Erwarteten, neben welchem man ein anderes für die Freundin bestimmt hatte.

Der Deutsche hatte sich sein Frühstück auf seine Stube kommen lassen. Er war noch mit demselben beschäftigt, als ein Wagen zum Tor hereinrollte. Rasch trat er an das Fenster und blickte hinab. Ja, da stieg sie aus, die Herrliche. Sein Herz schlug ihm in der Brust, daß er es hören konnte. In welche Umgebung kam sie? Würde sie bleiben oder dem kalten Leben wieder entfliehen?

Eben als Nanon ausstieg, kam der Kapitän herbei. Er reichte der Enkelin einfach die Hand und machte ihrer Freundin eine Verbeugung.

„Das Frühstück ist serviert", sagte er. „Kommen die Damen nach dem Speisesalon?"

„In einer Viertelstunde, lieber Großpapa", antwortete Marion. „Wir müssen doch erst den Reisestaub abfegen."

„Gut, so warten wir!"

Damit ging er davon.

Das war der ganze Empfang nach einer mehrjährigen Abwesenheit. Eine tiefe Bitterkeit wollte in Marions Herzen emporsteigen, aber sie zwang dieselbe tapfer hinab. Auch Nanon hatte ein anderes Willkommen erwartet, doch hatte sie die Freundin viel zu lieb, als daß sie es sich hätte merken lassen mögen.

Eine Dienerin führte beide in das Schloß. Sie begaben sich zunächst nach Marions Stube. Dort war alles noch so, wie diese es vor Jahren verlassen hatte. Aber da, da standen zwei Bukette mit einfachen Waldblumen, und zwischen den beiden Vasen lag ein Zettel.

„Meiner lieben Marion vom Grab ihrer Mutter. Alexander",

las die Baronesse, und sofort füllten ihre Augen sich mit Tränen. „Von meiner lieben, lieben Mama!" rief sie. „Und Alexander hat sie gepflückt, der garstige Alexander, wegen dessen ich aus Ortry geflohen bin. Oh, wie lieb will ich ihn dafür haben!"

Sie barg das tränenüberströmte Antlitz in den einfachen Blumen, und Nanon trat in das Nebenzimmer, um ihre Freundin mit ihren Gefühlen allein zu lassen. Beide hatten nicht bemerkt, daß sie den Eingang offengelassen hatten. Dort stand Alexander und hörte die Worte der Stiefschwester. Wie schön war sie! Fast kannte er sie nicht mehr. Er fühlte eine Art geschwisterlicher Ehrfurcht in seinem Herzen aufsteigen; dennoch aber schlich er leise näher und legte die Arme um sie.

„Marion!"

Sie drehte sich zu ihm herum und erkannte ihn.

„Alexander!"

Sie breitete die Arme aus, und dann lagen die Geschwister zum ersten Mal einander am Herzen. Dieser Augenblick hatte für Alexanders Gemütsleben eine unendliche Bedeutung. Indem Müller ihm den Rat gab, die Blumen zu pflücken, hatte er mehr für ihn getan, als wenn er ihm tausend Reden gehalten hätte. Marion küßte den Bruder und sagte:

„Wie freudig hast du mich überrascht, mein guter Alexander."

„Einen Gruß von deiner Mama, sagte Monsieur Müller", erklärte er.

„Monsieur Müller? Wer ist das?" fragte sie.

„Mein neuer Gouverneur, ein Deutscher."

„Ein Deutscher? Oh, das glaube ich! Die Deutschen haben ein Herz; sie wissen, daß die Liebe das herrlichste Gut der Erde ist."

„Ohne ihn hätte ich nicht an diese Blumen gedacht. Diese Freude haben wir ihm zu danken, liebe Marion. Er ist auch der Anlaß, daß ich dich von jetzt an recht liebhaben werde. Doch, komm zum Frühstück; Mama wird sonst böse!"

Ein Schatten flog über Marions schönes Gesicht.

„Ich könnte auch böse sein darüber, daß sie mich nicht einmal willkommen heißt. Aber da sie unsere Mama ist, will ich nicht klagen."

Die beiden Freundinnen nahmen sich also nicht Zeit, ihre Koffer bringen zu lassen, um neue Kleider anzulegen, sondern begaben sich nach dem Speisesaal.

Dort befand sich der Kapitän mit der Baronin allein. Beide erhoben sich. Das Auge der Baronin fiel auf ihre Stieftochter, und sofort wurde ihr Gesicht blaß. Vor zwei Jahren war Marion fast noch Knospe gewesen, jetzt aber hatte sie sich zur vollen Rose entwickelt. Die Baronin erkannte, daß sie sich mit derselben nicht messen, nicht vergleichen könne. Der bereits früher gefühlte Haß bohrte sich in diesem Augenblick unausrottbar tief ein. Dennoch aber trat sie ihr entgegen, um sie zu umarmen; aber diese Umarmung hatte ganz den Charakter eines Frondienstes, den man so schnell wie möglich zu überwinden sucht.

Auch Nanon wurde von der Herrin des Hauses bewillkommnet; dann begann man wortlos zuzulangen, bis der Kapitän denn doch die Peinlichkeit dieser Stille fühlte und seinem schweigsamen Charakter Gewalt antat, indem er fragte:

„Hast du gehört, Marion, daß ein Moseldampfer untergegangen ist?"

„Ja", antwortete sie, indem sie ihn groß und ernst anblickte. „Ich glaube, dir geschrieben zu haben, daß ich dieses Schiff benutzen würde. Ich erwartete eine Frage von dir."

„Warum? Ich sehe ja, daß du mit einem anderen Schiff gekommen bist. Was soll da die Frage nützen?"

„Woher weißt du das, Großpapa?"

„Ich sehe es daraus, daß du überhaupt angekommen bist. Wärest du unglücklicherweise mit jenem Dampfer gefahren, so lebtest du nicht mehr."

„Wir sind beide mit ihm gefahren. Wir wurden von zwei mutigen Männern gerettet."

Das erregte denn doch das Interesse des Alten und der Baronin.

„Wirklich?" frug der erstere rasch. „Erzähle, Marion!"

„Ja, erzähle!" bat auch die letztere. Und mit gut gespielter Teilnahme fügte sie hinzu: „Mein Gott, wenn du ertrunken wärest! Welch ein Schreck, welch ein Herzeleid!"

Alexander sprang auf. Er fühlte wahrer als seine Mutter; er schlang seine Arme um Marions Hals und rief:

„Hätte ich das gewußt, so wäre ich gekommen, um mit dir vom Schiff bis an das Ufer zu schwimmen!"

Sie liebkoste ihn und erzählte den Unfall in kurzen, aber ergreifenden Worten. Als sie geendet hatte, rief Alexander:

„Das waren zwei so mutige Männer wie Monsieur Müller, welcher mich vom Abgrund hinweggerissen hat. Ich möchte sie wohl kennenlernen. Wie heißen sie?"

„Der eine, welcher Nanon rettete, ist der Kräutersucher des Doktor Bertrand aus Thionville. Den anderen, welcher mich ans

Ufer brachte, kennen wir nicht. Er ging fort, ohne uns seinen Namen wissen zu lassen."

Doktor Bertrand kannte zwar diesen Namen, aber er hatte vorgezogen, ihn nicht zu nennen. Er hatte jedenfalls im Sinn gehabt, den Damen eine Überraschung zu bereiten, wenn sie ihren Retter so unerwartet auf Ortry finden würden.

Während des weiteren Verlaufes des Frühstückes wurden die letzten Erlebnisse auf Schloß Ortry erwähnt, und dabei wurde Müller öfters genannt, ohne daß Marion ahnte, daß er und ihr Retter eine und dieselbe Person seien. Man saß noch bei Tafel, als sich unten im Hof Pferdegetrappel hören ließ. Der Kapitän trat an das Fenster und rief, sobald er einen Blick hinabgeworfen hatte:

„Besuch! Endlich kommt er; endlich ist er da!"

„Wer?" fragte die Baronin.

„Oberst Graf Rallion."

„Ah, dem muß man entgegengehen!"

Sie erhob sich in ungewöhnlicher Eile von ihrem Platz und verließ an der Seite des Alten den Speisesaal. Die beiden anderen Damen mußten der Höflichkeit wegen folgen, doch taten sie es langsam. Auch Alexander schien sich nicht zu überstürzen.

„Er konnte bleiben, wo er war", sagte er. „Ich liebe diesen Rallion nicht!"

Marion warf einen beinahe zufriedenen Blick auf ihn. Hatte er ihr vielleicht aus dem Herzen gesprochen?

Als sie den Schloßhof erreichten, wurde der Graf soeben vom Kapitän und der Baronin mit ausgesuchtester Höflichkeit begrüßt. Jener trat sodann zu den beiden Freundinnen, küßte ihnen die Hand und sagte:

„Verzeihung, daß ich gleich den ersten Tag Ihrer Anwesenheit auf Ortry benutze, mich nach Ihrem Wohlbefinden zu erkundigen! Es gibt liebe Pflichten, deren Erfüllung man keine Sekunde lang aufschieben möchte."

Marion verneigte sich stumm, er wendete sich aber sogleich zu den anderen und improvisierte eine Menge Artigkeiten, während derer man die Treppe emporstieg. In diesem Augenblick kam Müller herab. Er blieb in untertäniger Haltung stehen, um die Herrschaften vorüberzulassen. Marion sah ihn und erstaunte freudig. Auch Rallion erblickte ihn. Seine Überraschung war so überwältigend, daß er ausrief:

„Morbleu, daß ist ja gar der deutsche Billardtölpel! Was tut er hier?"

Alle erschraken und blickten auf den Beleidigten, was er tun werde. Dieser jedoch sah den Grafen gar nicht an; er machte den beiden jungen Damen eine Verbeugung und schritt vorüber.

Das Gesicht Marions war wie mit Blut übergossen. Schämte sie sich der Rohheit des Grafen oder der Feigheit Müllers? Wer hätte dies wohl sagen können! Der Kapitän zuckte verwundert die Achseln. Er konnte gar nicht begreifen, daß ein so ausgezeichneter Schütze und Fechter, wie Müller war, eine solche Blamage sich gefallen ließ. Als man den Saal erreicht hatte, fragte der Oberst:

„Aber, lieber Kapitän, was tut denn dieser Deutsche bei Ihnen?"

„Er ist der Gouverneur Alexanders", antwortete der Gefragte.

„Fi donc! Da wird unser Alexander sehr viel lernen! Dieser Mann versteht weiter nichts, als Billarde zu zerstoßen."

Alexander biß sich auf die Lippen, um sich zum Schweigen zu zwingen, aber es gelang ihm nicht. Er blickte den Sprecher herausfordernd an und antwortete:

„Wissen Sie, daß dies sehr unhöflich von Ihnen ist? Wenn Herr Müller nur wollte, so würde er Ihnen beweisen, daß er mehr versteht, als Sie zu glauben scheinen. Er ist mein Lehrer, und ich erkläre, daß er außerdem mein Freund ist. Ich werde nicht dulden, daß man ihn beleidigt."

Der Oberst blickte den jungen Menschen mit dem höchsten Erstaunen an. Bald aber spielte ein sarkastisches Lächeln um seine Lippen, und er antwortete:

„Ihr Freund? Ah, ich beneide ihn um einen so mächtigen Schutz, lieber Alexander!"

„Er bedarf zwar dieses Schutzes nicht", sagte der Angeredete, „denn er ist selbst Manns genug und steht als Mitbewohner unseres Hauses natürlich unter dem Schirm desselben, was jeder gebildete Mann respektieren wird; trotzdem aber werde ich keineswegs dulden, daß in einem unfreundlichen Ton von ihm gesprochen wird. Er hat mir das Leben gerettet; ich muß ihm dankbar sein!"

Marion warf einen Blick auf den Bruder, in welchem sich Erstaunen mit wohlwollender Anerkennung paarte. Im Gesicht seiner Mutter zeigte sich der deutlichste Stolz ausgesprochen, und sogar der Kapitän zog seine Schnurrbartspitzen in einer Weise durch die Finger, in welcher sich eine Art Beifall zu erkennen gab. Der Oberst bemerkte dies; er schien sich darüber zu ärgern, denn er meinte unter einem höhnischen Lächeln:

„Das Leben gerettet? Hm, das ist etwas anderes. Dieser Mensch scheint vom Zufall bestimmt zu sein, aller Welt das Leben zu retten. Man möchte ihn beneiden!"

Da sagte Marion in einem Ton, welchem ein leichter Nachdruck anzuhören war:

„Ich möchte da keineswegs von Zufall sprechen. Er besitzt Mut und Entschlossenheit, zwei Eigenschaften, welche anderen allerdings oft abgehen. Kein Wunder, daß diese anderen dann allerdings zur Lebensrettung nicht bestimmt erscheinen." Und nach diesen Worten, welche doch eine leise Röte der Scham in das Gesicht des Obersten brachten, fuhr sie, zum Kapitän gewendet, fort: „Dieser Monsieur Müller ist es nämlich, welcher mit mir durch den Fluß geschwommen ist."

„Wirklich?" frug der Alte erstaunt.

Das war jedoch auch das einzige Wort, welches er sagte. Seine Enkelin hatte sich in Todesgefahr befunden und war gerettet worden; ihr Retter war der neue Lehrer. Das wußte man nun. Was war da ein großes Aufheben nötig? Der Kapitän hatte seit gestern so viel sprechen müssen, daß es ihm heute nicht einfallen konnte, über diese Angelegenheit viele Worte zu verlieren. Die Baronin jedoch fühlte gar wohl die Verpflichtung, als Dame des Hauses wenigstens eine Bemerkung zu machen. Sie sagte im Ton des Erstaunens:

„Er ist auch das gewesen? Welch ein Zufall. Man ist ihm wirklich zu Dank verpflichtet!"

Alexander ergriff die Hand der Schwester und rief aus:

„Auch du verdankst ihm dein Leben, meine liebe Marion? Oh, nun muß ich ihn noch einmal so liebhaben. Ich werde ihm nachgehen, um ihm dies mitzuteilen."

Er sprang vom Stuhl auf und verließ den Saal, ohne sich von den anderen halten zu lassen.

Es gelang ihm freilich nicht mehr, Müller zu Gesicht zu bekommen, denn dieser hatte das Schloß bereits verlassen und schritt durch den Park dem Wald zu. Es trieb ihn hinaus in denselben aus verschiedenen Gründen. Er war jetzt noch Herr seiner Zeit; der Unterricht hatte noch nicht begonnen, und durch die Ankunft des Obersten waren die Schloßbewohner jedenfalls so in Anspruch genommen, daß seine Abwesenheit nicht mißfällig bemerkt werden konnte.

Er hatte Marion wiedergesehen, zwar nur auf einen Augenblick, aber dieser Augenblick hatte doch sein Herz erregt, daß er die Einsamkeit suchte, um den süßen Gedanken an die Geliebte nachhängen zu können. Die Beleidigung, welche ihm von dem Obersten widerfahren war, hatte ihn wenig berührt. Er wußte, daß die Zeit kommen werde, in welcher er mit diesem Mann zusammengeraten müsse, und er hielt sich für stark genug, diesen Zusammenprall siegreich auszuhalten.

So strich er langsam durch den Wald, nur mit seinen Gedanken beschäftigt und wenig auf seine Umgebung achtend. Das Bild der Geliebten begleitete ihn. Er träumte mit offenen Augen. Er sah ihre herrliche Gestalt; er blickte in ihre köstlichen Augen, er hörte den seltenen Wohlklang ihrer Stimme, und es war ihm, als fühlte er ihren schwellenden Busen, gerade so an seinem Herzen, wie in den Augenblicken, in denen er sie von der Mosel nach dem Meierhof getragen hatte. Es verging Viertelstunde auf Viertelstunde, er achtete nicht darauf, denn für einen Menschen, dem unter den göttlichen Regungen einer gewaltigen, selbstlosen Liebe das Herz im Busen klopft, gibt es keine Zeit; er fühlt den Odem, den Hauch der Ewigkeit in der Brust.

Da hörte er plötzlich eine sehr bekannte Stimme neben sich:

„Ah, Herr Doktor! Grüß Sie Gott!"

Er blickte auf. Vor ihm auf dem schmalen Waldpfad stand sein Diener Fritz, der ihn unter einem freundlichen Lächeln mit seinen guten, treuen Augen betrachtete und allerdings ohne seinen stattlichen Vollbart, mit dem kecken Schnurrbart allein, schwer zu kennen war.

„Ah, Fritz, du?" rief er. „Wie kommst du von Thionville her hier in den Wald! So weit!"

„Der Herr Doktor haben wohl vergessen, daß ich jetzt Kräutersammler bin!" antwortete der Gefragte. „Wir sind heute in Thionville angekommen, und da war Doktor Bertrand so vernünftig, mich sofort auf die Suche zu schicken."

„Du triffst mich zufällig?"

„Ja; gerade so, wie Sie mich", lachte Fritz. „Sie kommen daher, die Augen am Boden, wie einer, welcher Kräuter sammelt; und ich kam herbei, die Augen am Boden, wie einer, dem eine gewisse Marion nicht aus dem Sinn will. Auf die Weise kann man sich ja nur zufällig treffen."

Der treue Diener wußte ganz genau, daß er sich seinem Herrn gegenüber schon eine Bemerkung erlauben durfte. Und wirklich tat Müller nicht im geringsten so, als ob er diese Worte mißfällig aufnehmen möchte. Vielmehr überflog er die Gestalt Fritzens mit einem lustigen Blick und sagte:

„Also wirklich bereits Kräutermann! Hast du Talent dazu?"

„Famos, Herr Doktor!" Fritz nahm den Sack, welchen er auf der Achsel trug, herab, öffnete ihn und ließ Müller hineinsehen. „Da, gucken Sie! Dieser Sack ist bereits zur Hälfte voll. Moos, Tannenzapfen, Farrenkraut, Eichenlaub, Gras und Kohlrübenblätter. Das macht den Sack rasch voll. Was aber der Apotheker damit anfangen wird, das ist mir ganz gleich. Doktor Bertrand meinte, ich sei vollständig Herr meiner Zeit, doch wenn es paßte, so sollte ich ihm Ehrenpreis und Pfefferminze mitbringen; Véronique und Menthe poivrée nennen sie es hier in Frankreich; da ich aber weder Pfefferminz noch Ehrenpreis kenne, so habe ich einstweilen Tannenzapfen und Kohlrübenblätter genommen. Es wird niemand das Zeug brauchen, und darum stirbt auch niemand daran."

Er band den Sack zu und warf ihn wieder über die Achsel. Müller meinte:

„Da hast du einen sehr nachsichtigen Prinzipal. Es kann ein Glück für uns sein, daß wir diesen Doktor Bertrand getroffen haben, obgleich es nicht mein Wunsch ist, meine Absichten von irgend jemandem durchschauen zu lassen."

„Oh, Bertrand ist sicher; er verdient Vertrauen", behauptete Fritz. „Ich kenne ihn erst seit kurzer Zeit, aber ich weiß bereits, daß er diese Franzosen haßt. Er muß irgendeinen besonderen Grund haben, ihnen nicht gewogen zu sein. Er errät freilich den Grund, der uns hierhergeführt hat, aber ich möchte meinen Kopf zum Pfand geben, daß er uns förderlich, niemals aber hinderlich sein wird. Übrigens ist es gut, daß ich Sie treffe. Ich habe ja meine Instruktionen erst von Ihnen zu erwarten."

„Ich kann sie dir jetzt nur im allgemeinen, nicht aber speziell geben." Der Doktor trat in die angrenzenden Sträucher, um sich zu überzeugen, daß kein Lauscher vorhanden sei, kam dann zu Fritz zurück und fuhr fort: „Frankreichs Herrscher plant im stillen einen Krieg mit uns; er betreibt seine Anstalten sehr geheim, denn er beabsichtigt, uns zu überrumpeln, so daß seine Heeresmassen innerhalb einer Woche in Berlin sein können. Er glaubt, daß der Preußenhaß die Südstaaten abhalten werde, uns zu unterstützen, und wagt es, gerade hier an der Grenze riesige Vorbereitungen zu treffen, die es ihm ermöglichen sollen, mit ungewohnter Wucht sich auf uns zu werfen. Diese Vorbereitungen müssen wir belauschen; wir müssen sie kennenlernen, um unsere Gegenzüge tun zu können. Einer der Konzentrationspunkte dieser für uns so gefährlichen, geheimnisvollen Tätigkeit ist Ortry. Ich befinde mich hier, um zu beobachten, und du sollst mich unterstützen. Das ist alles, was ich dir zu sagen habe."

„Und das ist genug", nickte Fritz, während über sein intelligentes Gesicht ein Zug heller Freude ging. „Ich bin ein Findelkind, ein einfacher Barbier- und Friseurgehilfe, aber ich will doch einmal sehen, ob ich nicht Augen habe, diesen klugen Großsprechern hinter die Karten zu gucken. Zeit genug habe ich ja dazu! Und ein Glück ist es, daß man mich nicht für einen Deutschen halten wird."

„Wieso?"

„Nun, Doktor Bertrand hat mich als einen Schweizer aus Genf angemeldet. Sie wissen ja, daß ich zwei Jahre lang dort in Kondition war und mir so viel Französisch angeeignet habe, um für einen Genfer gelten zu können. Wie aber soll ich Ihnen mitteilen, was ich erfahre? Wo werde ich Sie treffen?"

„Du kannst mir schreiben, natürlich unter der Adresse des Doktor Andreas Müller. Wichtiges aber machen wir nur mündlich ab. Ich bewohne das oberste Zimmer des südwestlichen Ecktumes des Schlosses. Von dort aus kann ich die große Linde, welche an der Straße von Thionville steht, deutlich erkennen. Lege dich unter dieselbe, wenn du mir etwas zu sagen hast. Man wird denken, du wollest dich ausruhen, und ich werde dich genau durch mein Fernrohr sehen. Du blickst durch das deinige nach meinem Fenster, und sobald ich dir mit einem weißen Tuch das Zeichen gegeben haben werde, daß ich dich sehe, gehst du hierher, wo wir uns jetzt befinden; wir treffen uns hier. Das kann natürlich nur am Tag sein."

„Aber abends?" fragte Fritz.

„Kannst du mich in meiner Wohnung aufsuchen."

„Man wird mich sehen."

„Nein. Du wartest, bis alles schläft, und versicherst dich genau, daß du nicht bemerkt werden kannst. Dann steigst du an dem Blitzableiter der Mittelfront empor, kriechst über das Dach und klopfst leise an mein Fenster. Der Blitzableiter ist sehr fest, er hat auch mich bereits getragen."

„Das ist bequem, und ich werde mir gleich morgen die Gelegenheit einmal ansehen."

„Schließlich muß ich dich auf den alten Turm aufmerksam machen, welcher hier im Wald liegt . . ."

„Ich kenne ihn nicht."

„Ich werde dir ihn jetzt zeigen. Man sagt nämlich, daß es dort umgehe; ich aber glaube, daß diese Geister von Fleisch und Blut sind. Ich kann des Nachts nur schwer das Schloß verlassen und möchte doch gerade zu dieser Zeit den Turm beobachten ..."

„Gut, Herr Doktor, das werde ich also übernehmen", meinte Fritz.

„Aber die Geister!" lächelte Müller.

„Oh, ich habe einen Revolver, mit dem man Geister bannen kann! Übrigens tut es ein guter Prügel oder Knüppel wohl auch!"

„Jedenfalls. Doch wünsche ich nicht, daß du dich in Gefahr begibst. Unsere Beobachtungen müssen sehr geheim geschehen; es wäre mir also lieb, wenn die Geister dich gar nicht bemerkten."

„Ganz wie Sie befehlen, Herr Doktor. Übrigens ist es möglich, daß wir uns doch einmal in Gegenwart anderer treffen und wohl gar sprechen müssen. Wie habe ich mich da zu verhalten?"

„Wir kennen uns nicht und reden nur französisch miteinander. Höchstens erinnern wir uns, einander während des Schiffbruches gesehen zu haben. Jetzt aber komm, ich muß dir den Turm zeigen!"

Sie gingen weiter, gerade durch den Wald, und gelangten an das Felsengewirr, in dessen Mitte die Ruine des Turmes sich erhob. Diese war von keinem bedeutenden Durchmesser und erhob sich zu einer Höhe von ungefähr vierzig Ellen. Was über diese Höhe hinausgereicht hatte, war eingestürzt. Die Tür war schmal und nicht hoch. Das runde Gemäuer zeigte unten einige schmale, schießschartenähnliche Fensteröffnungen. Oben aber ragten noch einige hohe, mächtige Pfeiler in die Luft, zum sichersten Beweis, daß sich dort Gemächer mit großen Aussichtsfenstern befunden hatten. Diese Pfeiler standen ganz ohne Stütze auf der Ruinenkante, nur durch ihre eigene Schwere gehalten.

Die beiden Männer traten ein und bemerkten, daß eine Treppe zur Höhe führte. Dieselbe war sehr schwer zu ersteigen, denn die Stufen lagen voller Geröll, welches von oben herabgestürzt war. Dennoch arbeiteten sich beide empor. Oben angekommen, fanden sie nicht das mindeste, welches ihnen die gehabte Mühe hätte belohnen können, und es zeigte sich auch nicht die leiseste Spur, daß dieser Ort in letzter Zeit von einem menschlichen Fuß betreten worden sei.

Sie stiegen wieder herab und untersuchten den unteren Teil des Turmes. Auch hier lag Schutt in solcher Menge, daß es eine ungeheure Arbeit gewesen wäre, ihn wegzuräumen, um zu sehen, ob vielleicht eine weitere Treppe nach einem Keller führe.

„Die Gespenster haben sich keinen sehr bequemen Ort zur Wohnung erwählt", meinte Fritz. „Wenn ich einmal nach meinem Tod spuken muß, so tue ich es sicher nicht ohne wenigstens ein Sofa und eine lange Pfeife. Ich bedaure sie!"
„So bedaure dich mit ihnen!" antwortete Müller.
„Warum?"
„Weil dieser Turm für einige Zeit dein Wachtlokal sein wird. Auf Wohnlichkeit und Eleganz wirst du verzichten müssen."
„Ich nehme an, es geschieht im Dienst, und da darf man nicht wählerisch sein. Übrigens werde ich mich sehr hüten, mich im Turm selbst einzuquartieren. Hier gibt es nichts. Wenn es wirklich nicht geheuer ist, so kommen die Geister von außen herein, und darum werde ich mir da draußen ein Plätzchen suchen, von welchem aus ich den Eingang gut bewachen kann. Übrigens sind es die ersten Gespenster, welche ich zu sehen bekomme. Ich kann sagen, daß ich mich herzlich auf sie freue."
Müller wußte, daß diese Worte keine Unwahrheit enthielten. Fritz war ein mutiger, unerschrockener Kerl, der weder an Gespenster noch an den Teufel glaubte. Was er sagte, war wirklich ganz aufrichtig gemeint. Darum antwortete sein Herr:
„Das sollst du erfahren, sobald ich es selber weiß. Jetzt aber eile; es fallen bereits die Tropfen, und der Sturm hat sich bereits erhoben!"
Sie schieden. In nicht allzu großer Ferne lagen die Häuser eines Dorfes, nach welchem Fritz seine eiligen Schritte lenkte. Müller aber schlug die Richtung ein, aus welcher sie gekommen waren, da der Turm in fast gerader Linie nach dem Schloß lag und ihm also wirklich den gelegentlichsten Schutz vor dem Gewitter bot.
Der Sturm begann die Bäume zu erfassen. Die Wipfel rauschten und prasselten unter seinem gewaltigen Druck. Ein helles, scharfes Heulen pfiff schneidend durch die Luft; es lagerte sich ringsum eine dichte Dunkelheit, die nur von dem Leuchten des Blitzes erhellt wurde. Ein fürchterlicher Donnerschlag machte die Erde erzittern, und dann war es, als habe dieser Schlag alle Wolken geöffnet.
Glücklicherweise war Müller bereits in der Nähe des Turmes angekommen. Er eilte zwischen den Felsen hindurch, trat ein und – wäre beinahe erschrocken zurückgewichen, denn vor ihm stand, von einem soeben niederfahrenden Blitz hell erleuchtet – Baronesse Marion.

„Entschuldigung, gnädiges Fräulein!“ sagte er. „Ich wußte nicht, daß sich jemand hier befindet.“

Sie konnten einander nicht erkennen. Das Dunkel des Wetters war hier im Turm doppelt bemerklich. Marion antwortete:

„Und auch ich glaubte, allein zu sein. Übrigens haben Sie sich nicht zu entschuldigen. Der Wald steht einem jeden offen.“

„Auch dieses Gebäude, Mademoiselle?“

„Gewiß. Warum sollen Sie nicht Schutz hier suchen dürfen, gerade so wie ich? Sind Sie naß geworden?“

„Nicht so, daß es wert sei, es zu erwähnen.“

„Auch ich bin trocken geblieben; der Turm war ja ganz in der Nähe.“

Er ahnte, daß sie an dem Grab gewesen sei. Wie lieb mußte sie ihre Mutter haben! Die erste Stunde nach der Rückkehr galt der Ruhestätte der Toten.

„Sie waren allein im Wald?“ fragte er.

„Ja“, antwortete sie. „Aber der Regen wird wohl anhaltend sein; es scheint geraten, es uns so bequem wie möglich zu machen.“

Sein Auge hatte sich jetzt an die Dunkelheit gewöhnt, und so bemerkte er, daß sie das Tuch, welches sie um ihre Schultern trug, abnahm und auf eine Treppenstufe legte, um sich darauf zu setzen. Er blieb in ihrer Nähe stehen, indem er sich an die Mauer lehnte.

Draußen blitzte, donnerte und regnete es fort. Die beiden Menschen im Inneren des alten, verrufenen Turmes beobachteten ein tiefes Schweigen, bis Marion endlich sagte:

„Es scheint, daß wir bestimmt sind, uns nur immer bei Sturm und Wetter zu begegnen. Das jetzige Gewitter ist allerdings nicht ganz so fürchterlich wie jenes, welches uns auf der Mosel traf.“

Was sollte er antworten? Er schwieg. Auch sie zögerte fortzufahren, und erst nach einer längeren Pause sagte sie:

„Warum verschwanden Sie so schnell von dem Meierhof?“

„Da ich Sie unter sicherem Schutz wußte, hatte ich keinen Grund zu bleiben“, antwortete er.

Seine Worte hatten einen eigentümlichen Klang, aus welchem deutlich die Absicht einer Beziehung zu hören war, die sie nicht sogleich zu erraten vermochte. Sie gab sich weiter keine Mühe nachzudenken, sondern fuhr fort:

„Ich fand damals nicht Gelegenheit, Ihnen Dank zu sagen. Erlauben Sie, daß ich dies jetzt nachhole, Herr Doktor!“

Sie streckte ihm ihre Hand entgegen, diese schöne Hand, welche von einer solchen Weiße war, daß er sie trotz des herrschenden Dunkels ganz deutlich sehen konnte. Er legte seine Hand um ihre weichen, warmen Finger; er fühlte einen kräftigen Druck; sie zog die Hand nicht sogleich wieder zurück, sondern duldete seinen leisen Gegendruck; es war, als ob ein himmliches Fluidum aus ihrer Hand in die seinige überströme und durch seinen ganzen Körper gehe; es war ihm, als ob die dumpfe Luft des Turmes ganz plötzlich mit erquickendem Balsam geschwängert sei, er fühlte deutlich, daß sein Arm und seine Hand vor Wonne zitterten. Seine Finger legten sich, trotz aller Anstrengung, sich zu beherrschen, nochmals innig um die ihrigen — aber da zog sie schnell ihre Hand zurück. Zürnte sie ihm? Nein; denn im Ton ihrer Stimme lag nicht der leiseste Vorwurf, als sie jetzt sagte:

„Ich erkundigte mich natürlich nach Ihnen, konnte aber leider nicht erfahren, wer Sie sind. Zwar schien es mir, als seien Sie dem Doktor Bertrand nicht ganz unbekannt, doch war derselbe sehr wortkarg. Um so mehr war ich heute verwundert, Sie als Gouverneur meines Bruders auf Schloß Ortry zu sehen. Kannten Sie mich bereits auf dem Schiff?"

„Ja", antwortete er, da es ihm unmöglich war, hier eine Unwahrheit zu sagen.

„Warum ließen Sie mich nicht wissen, daß wir uns wiedersehen würden?"

„Es gab keine Gelegenheit", versuchte er sich zu entschuldigen.

„Das mag sein", antwortete sie mit heller Stimme. „Um so mehr freut es mich, Sie bei uns zu wissen. Ich kann natürlich noch nicht fragen, ob es Ihnen bei uns gefällt, denn Sie sind zu kurze Zeit hier; aber ich bitte Sie dringend, Kleinigkeiten zu überwinden, um der Liebe willen, welche Sie sich bei Alexander bereits erworben haben. Er hat mir mit wirklicher Begeisterung von der Probe erzählt, welcher Sie von seiten meines Großpapas unterworfen wurden, und dieser letztere selbst gestand mir ein, daß Sie ein ausgezeichneter Fechter, Schütze und Reiter seien. Darum wundert es mich doppelt, daß . . ."

Sie hielt inne, und darum sagte Müller nach einem Weilchen:

„Bitte, fahren Sie fort, gnädiges Fräulein!"

Sie folgte seiner Aufforderung, indem sie erklärte:

„Es wundert mich, daß Ihnen eine Fertigkeit fremd ist, welche fast jeder Mann besitzt."

„Welche?"

„Diejenige des Billardspieles. Oberst Rallion erzählte nach

Tisch eine Begebenheit, welche dies zu beweisen scheint. Übrigens", fuhr sie mit erhobener Stimme fort, „sagen Sie mir doch einmal aufrichtig, warum Sie die Beleidigung dieses Herrn so ruhig hinnahmen!"

Wäre es lichter gewesen, so hätte Sie sehen können, daß ein eigentümliches Wetterleuchten über sein Gesicht ging. Er antwortete:

„Darf ich bitten, mir die Antwort zu erlassen?"

„Warum?" sagte sie rasch. „Fürchten Sie sich vor ihm?"

Er schwieg. Sie sah, daß er langsam unter die Tür des Turmes trat, obgleich der Sturm die schweren Regentropfen hereintrieb. Sie erkannte, daß er eine mächtige, innerliche Empfindung unterdrücken müsse, ehe er ihr antwortete. So blieb er lange stehen. Der Donner rollte fort; der Orkan heulte; Müller wurde vollständig duchnäßt und schien es doch nicht zu bemerken. Da wurde ihr fast ängstlich zumute; sie erhob sich, berührte seinen Arm und fragte:

„Warum antworten Sie mir nicht?"

Jetzt endlich drehte er sich um; sie fühlte, daß er ihre Hand von sich schüttelte; dann sagte er:

„Weil in Ihren Worten eine größere Beleidigung lag als in denen des Obersten. Aber pah, ich bin ja nur ein simpler Hauslehrer, welcher sein Salär bezieht!"

„Sie irren, Herr Doktor. Ich wollte Sie nicht beleidigen", erklärte sie hastig mit tiefer Stimme. „Sie sind mein Retter und auch der Retter meines Bruders; wie sollte ich Sie kränken wollen! Übrigens stehen wir uns vollständig gleichwertig gegenüber. Nur der Zufall ließ mich von Adel sein; Sie aber haben Ihre Kenntnisse, Fertigkeiten und Erfahrungen Ihrem Fleiß zu verdanken. Der Bruder soll von Ihnen lernen; sagen Sie selbst, ob dies Ihren Wert für uns vermindern oder vergrößern muß!"

Sie hatte im dringlichsten Ton gesprochen; Müller mußte fühlen, daß ihr sehr daran lag, von ihm nicht falsch beurteilt zu werden. Das erfüllte ihn mit Seligkeit. Sie fügte hinzu:

„Ich hatte keinen Grund zu meiner Frage, als den, Ihnen anzudeuten, daß ich mich gefreut hätte, Sie auch dem Obersten gegenüber als Mann zu sehen, als welchen ich Sie kennenlernte. Als ich mich in Gefahr befand, war er nur auf seine eigene Rettung bedacht. Als er den kleinlichen Mut hatte, Sie zu beleidigen, gingen Sie schweigsam fort. Sagen Sie selbst, ob mir dies nicht auffallen muß!"

Sie suchte sich zu entschuldigen. Sie sagte ihm mit deutlichen

Worten, daß es ihr lieber gewesen, den Obersten gehörig zurückgewiesen zu sehen. Wie wohl tat dies dem Herzen Müllers! Wie entzückt war er darüber! Er hätte seine Arme um sie legen mögen, um ihr dafür zu danken, wie man der Geliebten dankt für das Glück, welches ihre Worte in das Herz des Mannes pflanzen. Er erklärte ihr:

„Ich hätte ihm nur mit der Waffe, nicht aber mit Worten antworten können!"

„Nun, warum taten Sie das nicht?"

„Weil es für meinen Gegner keine Kleinigkeit ist, sich mit mir zu schlagen."

Er sagte diese Worte in aller Ruhe und Bescheidenheit, sie aber fühlte und glaubte, daß sie kein fades Eigenlob enthielten. Dennoch sagte sie:

„Das ist zwar gut für Sie, darf sie aber nicht veranlassen, sich ungestraft beleidigen und blamieren zu lassen!"

Da trat er näher an sie heran und fragte in einem Ton, der tief eindringlich klang:

„So wünschen Sie, daß ich Ihnen den Bräutigam töte?"

Sie wich hastig einen Schritt zurück und erkundigte sich:

„So haben Sie nur meinetwegen von einer Bestrafung des Obersten abgesehen?"

„Allerdings!"

„Das war ganz und gar nicht nötig. Wer hat Ihnen gesagt, daß er mein Bräutigam ist?"

„Er selbst hat sich dessen öffentlich gerühmt."

„Ah, so erkläre ich Ihnen, daß mir dieser Mann völlig unsympathisch ist, und daß Sie ihn in Rücksicht auf mich ganz und gar nicht zu schonen brauchen. Großpapa wünscht unsere Verbindung; ich aber werde meine Hand niemals einem Mann reichen, den ich weder lieben noch achten kann!"

Marion hielt inne, und Müller erkannte, daß sie die Wahrheit gesprochen.

Nur wenige Sekunden dauerte das Schweigen zwischen Müller und Marion, dann nahm ersterer das unterbrochene Gespräch wieder auf.

„Ich danke Ihnen für Ihre Güte, Mademoiselle!" sagte er, während sein ganzes Inneres frohlockte. „Als Mann von Ehre hatte ich den Obersten zu fordern, aber er ist der Gast des Hauses, dessen Diener ich gegenwärtig bin."

„Das tut nichts", sagte sie in sehr bestimmtem Ton. „Kennen Sie den Großpapa?"

„Das ist noch nicht gut möglich!"

„Nun, so will ich Ihnen sagen, daß er selbst ein leidenschaftlicher Fechter und Schütze ist. Seine höchste Passion ist, einem Kampf zuzusehen. Hätten Sie den Obersten gefordert, so hätte Großpapa Ihnen dies nicht im mindesten übelgenommen. Ich bin im Gegenteil überzeugt, daß er Ihnen von Herzen gern sekundiert – oh, mein Gott!"

Dieser Ruf, mit welchem sie ihre Rede unterbrach, galt einem Blitz, welcher mit mehr als Tageshelle die Szene erleuchtete, und einem Donnerschlag, unter dessen Erschütterung das alte Gemäuer des Turmes einzustürzen drohte. Im Schein des Blitzes hatten die beiden das ganz vor dem Turm liegende Felsengewirr zu überblicken vermocht, und da hatten sie eine hohe, weiße Gestalt gesehen, welche zwischen den Felstrümmern daher und gerade auf den Turm zugeschritten kam. Selbst als das blendende Licht des Blitzes verzuckt war, sah man das lange, weiße Gewand immer näher kommen, nicht eilig, wie um dem Regen zu entrinnen, sondern langsam, langsam, als sei diese Gestalt ein überirdisches Wesen, dem die elementaren Gewalten der Erde nichts anzuhaben vermögen.

Marion hatte, seit sie von der Treppenstufe aufgestanden war, diesen Platz noch nicht wieder eingenommen. Sie trat hart an Müller heran und sagte:

„Liama, der Geist meiner Mutter!"

Und je näher die Gestalt kam, desto ängstlicher schmiegte sich das Mädchen in die Ecke hinter der Turmtreppe und an den Deutschen, welcher dem vermeintlichen Geist mit eigentümlichen Gefühlen entgegenblickte.

Die Erscheinung kam aus der Gegend her, in welcher das Grab lag. Müller hegte keinen Gespensterglauben, doch konnte er ein gewisses Grauen nicht ganz unterdrücken, als das hohe, fremdartige Wesen unter Blitz und Donner zwischen den Felsen dahergeschwebt kam. Marion hatte sich während des Schiffbruches so unerschrocken gezeigt, jetzt aber schmiegte sie sich fester und fester an Müller, so fest, daß dieser unwillkürlich den Arm um sie legte, was sie gar nicht zu bemerken schien. Und als die Gestalt jetzt den Eingang erreicht hatte, hob das Mädchen sogar den Arm und legte denselben so fest um den Doktor, daß dieser das furchtsame Beben der heimlich Geliebten deutlich fühlte.

Unter der Tür wendete sich die Erscheinung um, so daß sie nach dem Wald zu stand, erhob die beiden Arme und rief mit einer tiefen klangvollen Stimme:

„Allah il Allah! Im Namen des allbarmherzigen Gottes! Lob und Preis dem Weltenherrn, dem Allerbarmer, der da herrschet am Tage des Gerichtes. Dir wollen wir dienen, und zu Dir wollen wir flehen, auf daß Du uns führest den rechten Weg, den Weg derer, die Deiner Gnade sich freuen, und nicht den Weg derer, über welche Du zürnest, und nicht den Weg der Irrenden!"

Sie ließ die Arme sinken, trat etwas weiter zurück und betete weiter:

„Allah ist's, der den Blitz erzeuget und die Welten mit Regen schwängert. Der Donner verkündet sein Lob, und die Engel preisen ihn mit Entsetzen. Er sendet seine Blitze und zerschmettert, wen er will. Allah il Allah, akbar Allah!"

Jetzt trat sie zur Treppe und stieg dieselbe hinauf, ohne die beiden zu bemerken, welche seitwärts hinter den Stufen standen. Und als ob ihre Worte Wunderkräfte besäßen, zuckte noch ein letzter Blitz auf, ein fürchterlicher Donnerschlag erscholl, und dann ward es still. Der Regen goß noch eine Minute lang hernieder, ward dann dünner und hörte rasch gänzlich auf. Die Helligkeit des Tages trat wieder ein, aber die fremdartige Erscheinung war im oberen Teil des Turmes verschwunden.

Müller stand mit Marion noch auf derselben Stelle, eng verschlungen mit ihr. Es war ihm, als müsse er sie so festhalten für alle Ewigkeit. Er blickte ihr in das bleiche Angesicht. Sie hatte die Augen geschlossen und regte sich nicht.

„Marion!" flüsterte er leise, sich zu ihr niederbeugend.

Dieses Wort erweckte sie; es war ein unvorsichtiges Wort gewesen. Wie durfte der Hauslehrer wagen, sie, die Baronesse so beim Namen zu nennen! Er fühlte diese Unbedachtsamkeit selbst, doch es war zu spät, er konnte sie nicht zurücknehmen. Sie öffnete die Augen; ihr Blick traf den seinen; es war, als ob eine Flamme daraus den ihrigen entzünde und belebe. Eine tiefe Röte verbreitete sich über ihr vorher leichenblasses Gesicht, sie ließ den Arm sinken, der sich an ihm festgehalten hatte. Sie trat zur Seite, so daß er gezwungen war, auch seinen Arm von ihr zu nehmen, und fragte ihn leise:

„Wo ist sie?"

„Dort oben", antwortete Müller, zur Treppe deutend.

„Sie wird zurückkehren. Lassen Sie uns gehen!" bat sie.

Er schüttelte den Kopf und antwortete flüsternd zurück:

„Nein, bleiben wir. Warten wir das Ereignis ruhig ab! Oder glauben Sie wirklich, daß die Gestalt ein Geist gewesen sei?"

„Ja", antwortete Marion im Ton der innigsten Überzeugung. „Der Geist meiner Mutter."

„Und wenn Sie irren?"

„Ich irre nicht!" sagte sie im bestimmten Ton.

„Haben Sie diese Erscheinung bereits einmal gesehen?"

„Noch nie; aber in der ganzen Umgegend erzählt man sich von ihr. Es ist kein Trug."

Sie schauderte bei diesen Worten sichtbar zusammen. Müller aber schüttelte den Kopf und sagte:

„Geister erscheinen nicht des Tages. Geister werden nicht naß; ich sah, daß der weiße Haik, den die Fremde nach arabischer Sitte trug, vom Regen triefte. Und Geister beten nicht mit lauter Stimme die Worte des Korans."

„Aus dem Koran waren diese Worte?"

„Ja. Unter der Tür betete sie die erste Sure des Korans, welche ‚die Eröffnung' genannt wird, und das zweite Gebet war aus der dreizehnten Sure, welche ‚Rad, der Donner' heißt."

„Sie war eine Mohammedanerin", gestand Marion. „Ich zittere vor Furcht, ich bebe vor Entsetzen, den Geist der Mutter gesehen zu haben. Lassen Sie uns fliehen!"

„Und wenn es nun kein Geist war, wenn es nun ein Mensch gewesen wäre?"

„Herr, lästern Sie nicht! Lassen Sie uns gehen!"

„Bitte, bleiben Sie nur einen einzigen Augenblick hier! Ich werde ihr folgen. Ich muß sehen, wo sie geblieben ist."

„Um Gottes willen, nein! Ich habe so sehr Angst. Verlassen Sie mich nicht! Gehen Sie nicht fort von mir! Ich muß heim; ich muß zu Gott beten, damit er der Mutter die ewige Ruhe schenke. Kommen Sie!"

Sie zog ihn fort, hinaus in den nassen Wald, und er mußte ihr folgen. Als sie zwischen den Felsen dahineilten, warf Marion unwillkürlich einen Blick zurück und deutete erschrocken nach der Zinne der Ruine. Dort oben stand die weiße Gestalt mit hoch erhobenen Händen, nach Osten gewendet, wo Mekka liegt mit dem Stein der heiligen Kaaba. Man hörte die Worte ihres lauten Gebetes herabschallen, dem Gewitter nach, welches nach Morgen zog. Hinter ihr leuchtete im Westen die untergehende Sonne, und über ihr stand ein Regenbogen in herrlichen Farben. Müller hatte das Gespenst des Turmes gesehen, aber das Geheimnis nicht berühren dürfen.

4. KAPITEL

Ein Zauberer

Die Stadt Metz, eine Festung ersten Ranges, war zur Zeit Napoleons des Dritten der Sitz einer der einundzwanzig Militärdivisionen des Landes und gehörte mit den Divisionen von Straßburg, Besançon und Chalons sur Marne zum Militärkommando des Ostens, welches sein Hauptquartier in Nancy hatte.

Metz war eine echte deutsche Stadt, denn als Lothar der Jüngere seine Länder teilte, kam es nebst Austrasien in den Besitz Ludwigs des Deutschen, also an das deutsche Reich. Nur fortgesetzten französischen Umtrieben und Hinterlistigkeiten gelang es, zunächst die Schutzherrschaft über Metz und im Westfälischen Frieden sogar die volle Souveränität über diese wichtige Stadt zu erhalten.

Der Besitz von Metz ist eine Kardinalfrage aller Zeiten zwischen Deutschland und Frankreich gewesen, und ehe das letzte, große, entscheidende Wort durch die Stimmen der Kanonen gesprochen wurde, war diese Festung nicht nur der Hauptstützpunkt, sondern auch der Ausgangspunkt unzähliger Feindseligkeiten, welche Deutschland von seinem nimmersatten Nachbarn zu erleiden hatte.

Eines der größten und prächtigsten Hotels der Stadt, das Hotel de l'Europe, lag im schönsten Teil der Stadt, ganz in der Nähe der Eisenbahn, und wurde besonders von vornehmen Herrschaften frequentiert, welche hier alles vereint fanden, was imstande ist, den oft hochgeschraubten Ansprüchen dieser Art Leute zu genügen.

Im Frühjahr 1870 erfreute sich dieses Hotel eines besonders zahlreichen hohen Besuches. Metz zeigte zu dieser Zeit eine ganz besondere Lebhaftigkeit des militärischen Lebens, obgleich man recht gut wußte, daß nicht viel darüber gesprochen werden sollte. Hohe Offiziere kamen und gingen; man wußte nicht, woher, wohin und weshalb. Und obgleich sie meist in Zivil waren, so besaßen doch der Besitzer, sowie die Bedienung des Hotels de l'Europe, wo diese Herren gewöhnlich abstiegen, Scharfblick genug, um zu wissen, daß man es in ihnen mit einflußreichen

Militärs zu tun habe, deren Anwesenheit vermuten lasse, daß irgend etwas kriegerisch Wichtiges im Werke sei.

Seit einigen Tagen bewohnte ein älterer Herr einige der besten Zimmer des Hotels. Er hatte mehrere Diener bei sich, und auf seinen Koffern waren die Bahnsignaturen noch nicht entfernt worden, so daß der Hausknecht deutlich die Worte Paris und Nancy hatte lesen können. Der Herr kam also aus der Hauptstadt über das Hauptquartier des Ostens nach Metz, ein Umstand, welcher wohl geeignet war, allerlei Vermutungen Raum zu geben. Er nannte sich sehr einfach Monsieur Maçon, aber einer der Kellner, welcher in einem der feinsten Cafés des Louvre serviert hatte, behauptete, diesen Herrn sehr gut zu kennen: Er sei nicht ein einfacher Bürger, sondern Graf Rallion, der erklärte Günstling des Kaisers.

Dieser Kellner schien nicht unrecht zu haben, denn bei näherer Beobachtung stellte sich heraus, daß Herr Maçon dem Divisionskommandeur, dem Festungskommandanten und anderen hochgestellten Herren häufige Besuche machte und von ihnen in einer Weise behandelt wurde, welche auf eine ausgezeichnete Distinktion schließen ließ.

Gestern abend hatte er der Dienerschaft befohlen, sich für heute zur Abreise bereitzuhalten, da er mit dem Zug, welcher elf Uhr fünfzig Minuten von Metz abgeht, nach Thionville zu fahren gedenke und dort also zwölf Uhr sechsundvierzig Minuten eintreffen werde.

Bereits neun Uhr kam ein junger Herr, welcher wie ein Offizier in Zivil aussah, und fragte, ob Herr Maçon zu sprechen sei. Als der Fremde um seinen Namen gebeten wurde, gab er eine Karte ab, auf welcher in zierlicher Schrift zu lesen war: „Bernard Lemarch, Eskadronschef". Dieser Lemarch war also Kavalleriekapitän, Rittmeister. Er wurde angemeldet und auch sogleich vorgelassen. Herr Maçon empfing ihn zuvorkommend, ließ ihn sich niedersetzen, bot ihm sogar eine Zigarette an, und nun entwickelte sich eigentümlicherweise eine ganz ähnliche Szene wie in Simmern zwischen dem General und dem Rittmeister Königsau.

„Ich habe im Zimmer Ihres Obersten eine Kreidelandschaft gesehen, welche von Ihrer Hand sein soll, Kapitän?" fragte Maçon.

„Es ist eine kleine Studienarbeit von mir, mein Herr", antwortete der Gefragte.

„Eine Studienarbeit, welche aber doch eine gute Übung verrät.

Ich glaube, Sie könnten recht gut die Rolle eines Landschaftsmalers durchführen."
„Sie würde mir nicht schwerfallen."
„Da ist mir lieb zu hören. Kennen Sie mich, Kapitän?"
Der Offizier lächelte und entgegnete:
„Heute habe ich das Vergnügen, mit Monsieur Maçon zu sprechen."
„Und wie würden Sie mir unter anderen Umständen antworten?"
„Alsdann würde ich die Ehre haben, mich bei dem Grafen Rallion in Audienz zu befinden", antwortete der Kapitän mit einer Verbeugung.
„Gut; ich sehe, daß sie mich kennen. Ich habe von Ihnen gehört. Man ist mit Ihnen zufrieden, und ich stehe daher im Begriff, Ihnen Gelegenheit zu geben, sich auszuzeichnen."
Das Gesicht des Offiziers erhellte sich vor Freude, und er antwortete schnell:
„Ich werde diese Gelegenheit benutzen, Ihnen zu beweisen, daß es mein eifrigstes Bestreben ist, mich nützlich zu machen!"
„Wohl! Ich vernehme, daß Sie der deutschen Sprache mächtig sind?"
„Vollständig. Ich bin bei Straßburg geboren."
„Würden Sie es fertigbringen, in Berlin für einen Deutschen zu gelten?"
„Ich hoffe es; nur müßte ich mich als ein solcher zu legitimieren vermögen."
„Man wird Sie mit dem Notwendigen versehen. Hören Sie, was ich Ihnen zu sagen habe!"
Der Graf steckte sich eine neue Zigarette an, gab seinem hagern, gelben Gesicht einen wichtigen, diplomatisch schlauen Ausdruck und fuhr fort:
„Man fühlt sich in die Notwendigkeit versetzt, an einen Krieg mit Deutschland zu denken. Man gedenkt nicht, mit der Tür in das Haus zu fallen, sondern sich vorher erst gehörig zu orientieren. Der letzte deutsch-österreichische Kampf hat zur Evidenz bewiesen, daß die preußische Heeresleistung sehr weitgehend und vorsichtig ist. Es steht zu vermuten, daß Preußen so scharfsinnig ist, unsere Absicht zu erraten und infolgedessen seine Vorbereitungen zu treffen. Darüber müssen wir natürlich Gewißheit haben. Wir müssen zweierlei wissen: erstens, ob wir durchschaut werden, und zweitens, welche Gegenminen man uns legt. Verstehen Sie mich?"

„Vollkommen, mein Herr."
„Ein solche Aufgabe können wir unserer offiziellen, diplomatischen Vertretung natürlich nicht in die Hand geben. Wir bedürfen einer privaten Kraft, welche geeignet ist, diese Forschungen anzustellen. Dazu gehört allerdings ein Mann, welcher neben den sehr notwendigen militärischen Kenntnissen auch Schlauheit, Scharfsinn und sogar Mut genug besitzt, den Feind zu überlisten. Dieser Mann soll mit den nötigen Legitimationen und Empfehlungen nach Berlin gesandt werden; er wird Anweisungen bekommen, wie er sich zu verhalten hat; man wird ihm Summen zur Verfügung stellen, zunächst für seine persönlichen Ausgaben, da er anständig aufzutreten hat, und sodann auch für andere, unvorhergesehene Zwecke. Es könnte sich ja wohl eine kleine Bestechung oder etwas derartiges als notwendig herausstellen. Dieser Mann müßte ebenso klug wie taktvoll, ebenso kühn wie vorsichtig sein. Seine Aufgabe ist voraussichtlich keine leichte, doch wird auch die Belohnung eine dementsprechende sein. Sie wurden mir empfohlen, Kapitän. Welche Antwort habe ich zu erwarten?"
Das war sehr deutlich gesprochen. Der Rittmeister, welcher von seinem Obersten jedenfalls bereits vorbereitet worden war, gab eine ebenso deutliche Antwort:
„Ich werde diese Gelegenheit, meinem Vaterland zu dienen, mit Freuden ergreifen, und gebe die Versicherung, daß ich nichts versäumen und unterlassen werde, um meinen Zweck zu erreichen."
„Das habe ich erwartet. Ich mache allerdings die vielleicht etwas zu aufrichtige Bemerkung, daß die Zeit drängt und Sie sich also nicht viel Muße lassen dürfen. Vor allen Dingen aber frage ich Sie, ob Sie Berlin bereits kennen?"
„Ich war noch nicht dort."
„Das ist günstig, denn Sie werden dann nicht in Gefahr kommen, erkannt zu werden. Ich reise elf Uhr von hier nach Thionville. Können Sie bis dahin Ihre Vorbereitungen zur Abreise getroffen haben?"
„Ein Soldat muß stets marschbereit sein!"
„Wohl! Sie werden mich begleiten. Ich habe in der Nähe eine geheime Inspektion vorzunehmen, nach deren Erfolg sich Ihre Instruktionen richten werden. Dies wird in höchstens zwei Tagen abgetan sein, und dann können Sie nach Berlin gehen. Ihre größte Aufmerksamkeit wird dort auf den Generalstab zu richten sein. Und da will ich Ihnen bereits jetzt eine Adresse nennen, welche Ihnen von Vorteil sein wird."

Er nahm ein Notizbuch aus der Tasche, blätterte nach und fuhr dann fort:

„Es gibt nämlich dort einen Offizier, einen höchst gewandten und trotz seiner Jugend sehr brauchbaren Strategen, welcher sogar in seiner Privatwohnung mit wichtigen Arbeiten beschäftigt wird. Wenn es Ihnen gelänge, seine Freundschaft zu erwerben, so wäre es Ihnen vielleicht möglich, hier und da einen geheimen Blick in diese Arbeiten werfen zu können. Eine gewandt geführte Unterhaltung könnte Sie vieles erraten lassen, was jener nicht direkt sagen wird. Einige Flaschen Wein zur rechten Zeit und am rechten Ort haben oft einen außerordentlichen Erfolg. Vielleicht hat dieser Mann Verwandte, deren Vertrauen, oder eine hübsche Schwester, deren Liebe Sie erwerben können. Kurz und gut, ich will Ihnen mit diesen Andeutungen nur sagen, daß der Kluge es verstehen muß, sich alles dienstbar zu machen, und ich hoffe, daß Sie nicht auf den Kopf gefallen sind."

„Ich wiederhole, daß ich mein möglichstes tun werde", antwortete der Rittmeister. „Darf ich um den Namen des betreffenden Offiziers bitten?"

„Es ist der Rittmeister Richard von Königsau. Wo er seine Privatwohnung hat, kann ich nicht sagen; es wird Ihnen nicht schwer werden, sie unauffällig zu erfragen. Aber eins weiß ich, was Ihnen vielleicht von Nutzen sein wird: Er hat einen Großvater, einen Veteranen aus den sogenannten Befreiungskriegen, welcher zuerst unter dem Verräter Lützow und sodann unter Blücher gekämpft hat und in der Schlacht bei Belle-Alliance verwundet worden ist. Dieser Alte spricht noch heute mit Begeisterung von seinen Feldzügen, und Sie werden wissen, daß das Wohlwollen solcher Leute sehr leicht dadurch zu erlangen ist, daß man sie glauben läßt, von ihrer Begeisterung angesteckt zu sein. Das ist alles, was ich Ihnen für jetzt sagen kann. Nähere Instruktionen werden Sie noch erhalten. Besitzen Sie einen Anzug, wie ihn Maler zu tragen pflegen?"

„Er wird in wenigen Minuten beschafft sein."

„Und eine Staffelei?"

Der Rittmeister konnte ein Lächeln nicht unterdrücken. Er antwortete:

„Eine Staffelei von hier mit nach Berlin zu nehmen, wäre ebenso beschwerlich wie überflüssig. Will ich bereits unterwegs als Maler gelten, so genügt eine künstlermäßige Kleidung und eine Mappe. Eine Staffelei werde ich mir in Berlin kaufen."

„Das müssen Sie verstehen. Jetzt treffen Sie schleunigst Ihre

Vorbereitungen, denn ich erwarte bestimmt, Sie punkt elf Uhr hier wiederzusehen. Adieu!"

Er erhob sich und gab dem Offizier mit jener kalten Nachlässigkeit die Hand, mit welcher man sagen will: „Ich lasse mich zwar herab, dir die Hand zu reichen, aber bilde dir um Gottes willen nichts darauf ein; denn wenn du fort bist, werde ich mir diese Hand sehr sorgfältig abwaschen, damit jede Spur von dieser ordinären Berührung vertilgt werde!" Der Rittmeister nahm die Hand wie einer, dem eine hohe Gnade erwiesen wird, und entfernte sich nach einer Verbeugung, welche er einem regierenden Fürsten nicht untertäniger hätte machen können. Er wußte, daß der Liebling des Kaisers mehr Einfluß besaß, als mancher Minister, der sich die Miene gab, mächtig zu sein.

Als kurz vor zwölf Uhr der Zug nach Thionville bereitstand, stieg Herr Maçon in ein Coupé zweiter Klasse, und ihm folgte ein junger Mann, welcher enge, graue Hosen, feine Lackstiefel, ein beschnürtes Samtjackett, einen breitkrempigen Hut und gelbe Handschuhe trug. Er hatte eine umfangreiche Mappe unter dem Arm, und es konnte gar kein Zweifel darüber obwalten, daß er ein Künstler, ein Maler sei.

Als sie in Thionville ausstiegen, stand der alte Kapitän vom Schloß Ortry auf dem Perron, um seinen hohen Besuch zu bewillkommnen. Herr Maçon, welcher hier wieder Graf Rallion war, klopfte dem Alten freundlich auf die Achsel und fragte:

„Nun, Kapitän, Sie haben meine Depeche erhalten, wie ich sehe?"

„Vor zwei Stunden. Ich beeilte mich sofort, Sie zu empfangen", antwortete der Gefragte.

„Ich stelle Ihnen hier den Kapitän Lemarch vor, welcher als Maler nach Berlin gehen wird; in welcher Angelegenheit, das brauche ich so einem alten Schlaukopf, wie Sie sind, nicht erst zu sagen. Nicht?"

Der Alte blinzelte mit den Augen, zog den Schnurrbart empor und fletschte die Zähne, als ob er ganz Berlin erbeißen möchte, nickte dem jungen Offizier vertraulich zu und sagte:

„Sie gehen als Maler, wie es scheint. Machen Sie Ihre Sache gut, damit diese Prussiens endlich den Lohn erhalten, den sie schon längst verdient haben."

„Der Kapitän wird sich Mühe geben; ich bin davon überzeugt", antwortete der Graf an Stelle des Offiziers. „Haben Sie eine Equipage mit?"

„Zwei. Die andere für Ihre Bedienung."

„Gut. Fahren wir."

Nach kurzer Zeit rollten die beiden Wagen auf der Straße dahin, welche von Thionville nach Ortry führt. Das erste Dorf war bereits durchfahren, als die drei einen ganz eigentümlich gekleideten Menschen bemerkten, welcher vor ihnen auf der Straße herging. Er trug weite, orientalische Hosen, welche unter dem Knie zusammengebunden waren, und an den Füßen Sandalen. Strümpfe und Gamaschen fehlten, so daß die hageren, braunen Unterbeine zu sehen waren. Eine rote, mit unechten Tressen besetzte Jacke bedeckte den Oberleib. Um die Hüften hatte er einen alten, blauen Schal geschlungen, in welchem verschiedene fremdartige Gegenstände steckten, deren Bestimmung sich unmöglich erraten ließ. Unter der vorn offenen Jacke war ein Hemd zu sehen, welches sicher vor langen Jahren einmal weiß gewesen war, und auf dem Kopf des Fremdlings thronte ein Fez, welcher einen geradezu riesigen Umfang hatte. Über die Schulter hing diesem Mann ein großer Ledersack, dessen Inhalt in Bewegung zu sein schien; es mußten sich lebendige Geschöpfe in demselben befinden. Das Gesicht des Mannes schien nur aus einem mächtigen Vollbart, einer braunen Nasenspitze und zwei Augen zu bestehen, welche unter schweren Lidern verdeckt lagen.

Als die Wagen herangerollt kamen, blieb der Mann stehen, um sie vorüberzulassen. Seine Lider hoben sich langsam, und seine Augen blickten gleichgültig unter ihnen hervor. Kaum aber war ihr Blick auf die Insassen des ersten Geschirres gefallen, so belebte er sich in auffälligster Weise. Die Augen nahmen den Glanz glühender Kohlen an und schienen aus ihren Höhlen treten zu wollen. Im nächsten Augenblick hatte sich der Mann jedoch beherrscht. Er lehnte sich an einen der Chausseebäume und ließ, als der Wagen im Begriff stand, vorüberzufahren, ein halblautes, eigentümliches Zischen hören.

Sofort bäumten sich die Pferde und waren durch keine Anstrengung des Kutschers von der Stelle zu bringen. Er gebrauchte die Peitsche; er schnalzte mit der Zunge; er bat mit zuredenden Worten, vergeblich. Der Fremde stand dabei und richtete seinen halbverschleierten Blick scharf auf den alten Kapitän. Dieser wandte sich mit einer drohenden Handbewegung zu ihm und rief ihm zu:

„Kerl, siehst du nicht, daß die Pferde vor dir scheuen! Packe dich fort!"

„Scheuen?" fragte der Mann mit tiefer Stimme. „Vor mir hat

noch nie ein Pferd gescheut; aber alle Pferde gehorchen meinem Wink. Wem gehört dieser Wagen?"

„Was geht das dich an, Vagabund? Ich sage dir, packe dich, sonst lasse ich dich vom Kutscher von der Straße peitschen!"

„Ich fürchte ihn nicht!" antwortete der Fremde ruhig. „Wenn ich erfahren haben werde, wohin die Wagen gehören, werde ich den Pferden befehlen zu gehorchen, und dann könnt Ihr weiterfahren, eher aber nicht!"

Der alte Kapitän zuckte höhnisch die Achsel und gebot dem Kutscher, die Fahrt fortzusetzen, aber dieser war nicht imstande, dem Befehl zu gehorchen, die Pferde wichen trotz aller seiner Bemühungen nicht von der Stelle.

„Es geht nicht, gnädiger Herr", klagte er. „Der Teufel muß in die Pferde gefahren sein, oder der Kerl dort versteht zu hexen. Wenn ich Gewalt brauche, so brechen sie mir die Deichsel ab."

Der Graf hatte bis jetzt die Szene ruhig beobachtet. Jetzt wandte er sich nach dem hinteren Wagen, in welchem seine beiden Diener saßen:

„Schafft den Menschen fort, daß die Pferde ihn nicht mehr sehen!" gebot er jenen.

Die Domestiken stiegen aus und traten drohend auf den Fremden zu. Sie geboten ihm zu weichen, und als er nicht gehorchte, streckten sie die Hände nach ihm aus. Aber in demselben Augenblick wichen sie im höchsten Grade erschreckt zurück, denn der Fremde hatte seinen Ledersack ein wenig geöffnet, und aus demselben schossen drei riesige Brillenschlangen hervor. Diese Tiere schlangen ihre Schwänze um den langen, nackten Hals ihres Herrn und fuhren mit ihren Leibern, wie um ihn zu verteidigen, mit blitzesähnlicher Schnelligkeit in der Luft herum. Die Leute hatten wohl noch nie eine Brillenschlange gesehen, aber deren Beschreibung oft gelesen; sie wußten also, daß sie es hier mit den giftigsten Reptilien der Welt zu tun hatten. Beide sprangen schleunigst zurück und wagten nicht wieder, sich dem Fremden zu nähern.

Dieser erhob die Hand, um seine Schlangen zärtlich zu streicheln, und sagte:

„Wer mich angreifen will, der komme! Es gehorchen mir alle Tiere des Waldes und des Feldes, auch den Rossen bin ich ein Gebieter. Die Pferde werden nicht eher diese Stelle verlassen, als bis ich es ihnen erlaube. Wem gehören diese Wagen?"

Die Herren, welche im ersten Wagen saßen, konnten es mit

ihrer Würde nicht vereinbaren, dem seltsamen Fremden zu antworten, erkannten aber auch, daß dieser Mann unangreifbar sei.

Der Kutscher riß sie aus ihrer Verlegenheit.

„Die Wagen gehören nach Ortry", antwortete er.

„Nach Ortry?" wiederholte der Schlangenbändiger. „Gut; fahrt weiter!"

Er stieß eine leisen, seltsam klingenden Pfiff aus. Sofort zogen die Pferde an und rannten im Galopp davon, so daß der Kutscher sich alle Mühe geben mußte, ihrer Herr zu bleiben. Der Fremde blickte den Dahinfahrenden nach, solange er sie zu sehen vermochte, dann wendete er sein Gesicht nach Osten. Seine Augen öffneten sich weit; seine Knie beugten sich zur Erde, seine Arme kreuzten sich über der Brust, und er rief:

„Allah il Allah! Dein Name ist der einzige, und Deine Macht ist unendlich. Sei gelobt, daß ich ihn wiedergesehen habe, den Räuber, den Mörder unseres Stammes! Sei gelobt, daß ich gefunden habe die erste Spur von Liama, der Tochter unserer Zelte. Ich gelobe bei Dir und allen heiligen Kalifen, sie zu befreien, oder, wenn sie tot sein sollte, zu rächen, wie noch kein Kind der Wüste gerächt worden ist!"

Zu den Franzosen hatte er im Dialekt des südlichen Frankreichs gesprochen, jetzt aber verrichtete er sein Gebet in arabischer Sprache. So am Boden kniend und von den Schlangen umzingelt, bot er einen höchst fremdartigen, wilden Anblick dar.

Jäh erhob er sich wieder von der Erde, steckte die Schlangen in den Sack zurück und setzte seinen Weg fort, ganz denselben Weg, welchen auch die Wagen verfolgt hatten. Im nächsten Dorf angekommen, kehrte er im Wirtshaus ein. Er fand nur einen alten Mann zu Hause, der ihm den bestellten Trunk reichte, die sonderbare Gestalt mit neugierigem Blick betrachtete und fragte:

„Sie sind jedenfalls nicht im Norden Frankreichs geboren?"

„Nein", lautete die Antwort. „Ich ward geboren im Sonnenbrand des Südens."

„Was treiben Sie hier, oder womit handeln Sie?"

„Man nennt mich Abu Hassan, den Zauberer. Ich habe die Geheimnisse der Geister studiert und mir alle Geschöpfe untertan gemacht."

„Ah, ein Gaukler", lächelte der Wirt. „Wo wollen Sie Ihre Künste zeigen?"

„In Ortry."

„Oh, da werden Sie schlechte Geschäfte machen!“
„Warum?“
„Zu den Arbeitern, die sich wohl eine solche Kurzweil wünschen möchten, darf kein Fremder, umd im Schloß gibt es Leute, welche mehr gesehen haben als die Kunststücke, welche Sie produzieren werden.“
„Abu Hassan kann mehr als andere“, meinte der Fremde. „Wer wohnt auf dem Schloß?“
„Der Baron de Sainte-Marie.“
Hassan schüttelte leise den Kopf, als sei er mit dieser Antwort noch nicht zufrieden.
„Wer noch?“
„Sein Weib und seine zwei Kinder.“
„Wie alt ist der Baron?“
„Vielleicht fünfzig Jahre.“
Hassan schüttelte abermals den Kopf und fragte weiter:
„Wohnt ein Mann dort mit großem, grauen Schnurrbart?“
„Ja; der Vater des Barons.“
„Wie heißt er?“
„Eigentlich sollte man meinen, daß er auch Sainte-Marie heißt; dies ist aber nicht der Fall, denn der Baron ist erst vor Jahren geadelt worden und hat seinen jetzigen Namen vom Kaiser empfangen. Er hieß vorher Richemonte, und so heißt der Alte noch.“
Hassan horchte auf. Seine Augen aber versteckten sich womöglich noch tiefer unter die Lider als vorher, und er gab sich Mühe, im gleichgültigsten Ton zu fragen:
War dieser Alte Soldat?“
„Ja. Er hat unter dem großen Kaiser gefochten und soll auch unter Kabylen gewesen sein, als was, das weiß ich nicht.“
„Hat der Alte ein Weib gehabt?“
„Natürlich, da der Baron sein Sohn ist.“
„War dieses Weib eine Französin?“
„Das läßt sich denken; aber ich habe sie nicht gekannt, da die Sainte-Maries erst seit einigen Jahren hier wohnen. Die Frau des Alten muß seit langer Zeit bereits tot sein.“
„Haben Sie niemals etwas von einem Weib gehört, welches Liama hieß?“
„Liama?“ fragte der Wirt rasch. „Das war die erste Frau des Barons.“
„Des Barons? War der Baron auch in der Kabylie?“
„Das weiß ich nicht. Aber seine erste Frau hieß Liama und ist

eine Heidin gewesen. Ihr Grab liegt tief im Wald beim alten Turm, und ihre Tochter lebt noch."

Die Augen des Fremden schossen einen übermächtigen Strahl der Freude unter den Lidern hervor, doch im nächsten Augenblick erklang im ruhigsten Ton die Frage:

„Eine Tochter hat jene hinterlassen? Wie heißt sie?"

„Marion."

„Hat sie nie anders geheißen?"

„Warum sollte sie jemals anders geheißen haben? Ihre Frage klingt außerordentlich kurios."

So unterhielten sich die beiden noch lange Zeit. Hassan erfuhr alles, was der Wirt von Ortry und seinen Bewohnern wußte. Er hörte auch, daß der Geist Liamas noch oft am alten Turm zu sehen sei. Endlich brach der Fremde auf. Als er sich auf der Straße allein befand, schüttelte er den Kopf und sagte in seinem südlichen Dialekt:

„Diesen alten Richemonte suche ich. Er ist's; ich irre mich nicht. Allah hat meine Schritte endlich doch noch zum Ziel geleitet; aber Liama, die Tochter der Wüste, ist gestorben. Ich werde sie rächen. Wer aber ist diese Marion? Wer ist dieser Baron de Sainte-Marie? Wer ist der Geist, der sich im alten Turm sehen läßt? Mohammed, der Prophet der Gläubigen, sagt, daß das Weib keine Seele habe. Wie kann also die Seele eines Weibes nach dem Tod desselben gesehen werden? Ich werde nach Ortry gehen und die Spuren verfolgen, welche ich gefunden habe; dann kehre ich zum Scheich zurück, um ihm zu sagen, daß die Zeit der Rache endlich doch noch gekommen ist."

Seine Augen leuchteten wild auf, als er diese Worte murmelte. Und sein Mund ließ ein höhnisches Lachen erschallen, als er fortfuhr:

„Wird er mich erkennen? Oh, nein. Der Gram hat mein Gesicht durchfurcht und mein Fleisch vom Leib gefressen. Und wenn er erführe, wer ich bin, ich fürchte ihn doch nicht. Sind sie nicht alle erschrocken über meine Schlangen? Hat ihnen nicht Allah den Verstand genommen, daß sie nicht begreifen, warum die Pferde mir gehorchen? Waren es nicht Pferde der Wüste, welche alle dem Zeichen der Wüste gehorchen? Und wenn jene Menschen mich bedrohen, so werde ich ihnen meine Künste zeigen, und sie werden sich fürchten und mich für den Satan halten."

Unterdessen waren die beiden Wagen auf Ortry angekommen und die Insassen derselben von den Bewohnern des Schlosses bewillkommnet worden. Marion hatte den Grafen mit Ehrerbietung begrüßt, aber nicht die mindeste Veranlassung zu der Annahme gegeben, daß sie sich freue, den Vater ihres Verlobten zu sehen. Er erhielt die besten Gemächer des Schlosses angewiesen, während der falsche Maler die Wohnung des ermordeten Fabrikdirektors bezog, wo man die noch sichtbaren Blutflecke mit Teppichen bedeckt hatte.

Es wurde zunächst ein kurzer Imbiß eingenommen, und dann begab sich der alte Kapitän mit den beiden Rallions nach dem Eisenwerk. Die geheimnisvolle Inspektion sollte beginnen. Lemarch begann sich zu langweilen, nahm seine Mappe und begab sich nach dem Garten, um das Schloß von dieser Seite abzuzeichnen und dem Kapitän mit dem Bild dann ein Geschenk zu machen.

Dort saß auf einer Bank, grade da, wo die beste Stelle zum Zeichnen war, Müller, der in einem Buch las. Er blickte auf, sah den Maler kommen und erhob sich höflich. Als aber der Franzose näher trat, nahm das Gesicht des Deutschen den Ausdruck des allerhöchsten Erstaunens an. Was war denn das? War das ein einfaches, natürliches Spiel des Zufalls? Dieser Künstler sah dem Diener Fritz zum Verwechseln ähnlich. Hätte der Fremde die Kleidung des Pflanzensammlers angehabt, so wäre die Täuschung vollständig gewesen.

Lemarch sah diese Verwunderung und sagte:

„Sie scheinen unangenehm berührt zu sein, daß ich Sie störe? Wen habe ich die Ehre, um Entschuldigung zu bitten, Monsieur?"

„Ich bin der Erzieher des jungen Barons", antwortete Müller jetzt wieder gefaßt.

„Und ich bin Maler, mit dem Grafen Rallion hier angekommen. Ich gedachte, von dieser Bank aus das Schloß zu zeichnen, aber ich störe Sie."

„Nehmen sie Platz!" antwortete Müller höflich. „Mein Name ist Müller."

Er sagte dies, um zu erfahren, wie er den Maler zu nennen habe. Dieser hatte während der Bahnfahrt im Coupé von dem Grafen erfahren, daß seine deutsche Legitimation auf den Namen Haller ausgestellt sei; darum antwortete er:

„Und der meinige Haller. Ich bin ein Deutscher, und Sie auch, wie ich zu meiner Freude aus Ihrem Namen schließe."

„Allerdings. Meine Heimat ist Leipzig."

„Die meinige Stuttgart."

Beide täuschten einander. Sie waren gezwungen, die Orte zu nennen, welche auf ihren Legitimationen angegeben waren. Der Franzose war ein liebenswürdiger Gesellschafter, und Müller fühlte sich bereits nach kurzer Unterhaltung recht sympathisch von ihm berührt, bis die Unterhaltung auf Berlin kam – zufällig, dachte Müller; er hatte nicht bemerkt, daß Haller sie mit Absicht auf Berlin geleitet hatte.

„Waren Sie bereits einmal in der Hauptstadt Preußens?" fragte der letztere.

„Öfters", antwortete Müller.

„Das läßt sich denken, da sie von Ihrer Vaterstadt aus ja sehr leicht zu erreichen ist. Sind Sie in Berlin einigermaßen bekannt?"

„So ziemlich."

„Auch in Militärkreisen?"

„Leidlich. Ich hatte als Erzieher Gelegenheit, zahlreiche Offiziere kennenzulernen."

„Ah, so sagen Sie mir, ob Ihnen der Name Königsau bekannt ist?"

Fast hätte Müller durch eine rasche Bewegung sein Erstaunen verraten. Er beherrschte sich jedoch und antwortete mit nachdenklicher Miene:

„Königsau? Hm! Den Namen müßte ich kennen! Ah, jetzt besinne ich mich! Ein alter Hauptmann aus Blüchers Zeit führt diesen Namen."

„Richtig, richtig!" meinte Haller mit französischer Lebhaftigkeit. „Hat dieser Veteran einen Sohn?"

„Jetzt nicht mehr, aber einen Enkel, wenn ich mich nicht irre."

„Jawohl, ein Enkel war es! Ist dieser nicht Rittmeister bei den Ulanen?"

„So viel ich weiß, ja."

„Man sagt, daß dieser ein ausgezeichneter Offizier sei, der von Seiten des großen Generalstabes mit wichtigen Arbeiten beschäftigt werde."

„Möglich. Ich als Erzieher habe natürlich kein Urteil darüber."

„Kennen Sie die Verhältnisse des Königsaus vielleicht näher?"

„Es mag wohl sein, daß ich früher von ihm gehört habe, doch ist es leicht zu entschuldigen, wenn mir jetzt nichts mehr erinnerlich ist. Sie haben Veranlassung, sich nach ihm zu erkundigen?"

„Ja."

„Wenn ich wüßte, welche Intention Sie dabei leitet, käme dies

vielleicht meinem Gedächtnis zu Hilfe, so daß ich Ihnen Auskunft zu geben vermöchte, Herr Haller."
„Nun, ich beabsichtige, baldigst nach Berlin zu gehen. Dort werde ich Gelegenheit nehmen, die Bekanntschaft des Rittmeisters zu machen. Sie begreifen, daß es mir sehr angenehm sein würde, bereits jetzt etwas über ihn zu hören."
„Ah, Sie haben also Gründe, die Bekanntschaft gerade dieses Mannes zu machen?"
„Allerdings. Er ist mir sehr warm empfohlen."
„Darf ich fragen, von wem?"
„Vom Grafen Rallion", fuhr es dem Franzosen heraus. Er ahnte aber sofort, daß er jetzt eine Dummheit begangen habe, und fügte, um seine Worte begreiflicher zu machen, hinzu: „Der Graf hat nämlich in Berlin früher seine Bekanntschaft gemacht."
Damit aber hatte der Franzose den Karren noch tiefer hineingeschoben. Müller erinnerte sich jetzt der militärisch straffen Haltung, mit welcher der Maler in den Garten getreten war, er sah den wohlgepflegten Schnurrbart, die kurz verschnittenen Haare und war nun mit sich über den Maler vollständig im reinen. Darum meinte er mit einem leichten Lächeln:
„So viel ich mich entsinne, ist Rittmeister von Königsau kein sogenannter Gesellschaftsmensch. Der Dienst geht ihm über alles; er liebt das Studium und infolgedessen die Einsamkeit. Es mag schwer sein, sich bei ihm einzuführen."
„Ich hoffe, daß es mir gelingen wird, seine Freundschaft zu erlangen. Aus welchen Personen besteht seine Familie außer dem bereits genannten Veteran?"
„Aus seiner Mutter und seiner Schwester."
„Ist diese Schwester hübsch?"
„Ich glaube. Ich habe Bekannte, welche von ihr sogar als von einer Schönheit sprechen."
Müller sagte die Wahrheit. Es tat ihm in diesem Augenblick herzlich wohl, in solcher Weise von der fern Weilenden sprechen zu können. Haller machte ein erfreutes Gesicht und sagte mit jenem Lächeln, welches unter jungen Herren so vielsagend ist:
„Ein Grund mehr, die Bekanntschaft des Rittmeisters zu machen. Ich bin Ihnen herzlich dankbar für die Auskunft, die Sie mir erteilt haben!"
„Und ich bedaure sehr, nicht imstande gewesen zu sein, Ihnen mehr zu sagen. Ich will Ihnen gern wünschen, daß Sie sich nicht enttäuscht sehen mögen."

Er verbeugte sich höflich und ging dem Park zu. Diese Begegnung gab ihm zu denken. War dieser Maler wirklich ein Deutscher? War er überhaupt ein Maler? Er war mit Rallion, dem größten Feind Deutschlands, gekommen, und zwar aus Metz, dem militärischen Ameisenhaufen. Warum wollte er als Maler in Berlin gerade Müllers Bekanntschaft machen, das heißt also, die des Rittmeisters von Königsau? Warum die Lüge, daß Graf Rallion Königsau kenne? Und wenn dieser Haller kein Maler, sondern Offizier war, so hieß er jedenfalls auch anders und ging in einer geheimen Mission nach Berlin. In diesem Fall . . .

Müller wurde gerade jetzt aus seinem Nachdenken aufgestört, denn eine liebliche Stimme erklang:

„Bonjour, monsieur la docteur! Haben Sie Baronesse Marion nicht gesehen?"

Er blickte auf. Nanon stand seitwärts von ihm. Sie trug ihr lichtes Kleid hoch aufgeschürzt, wie zu einem langen Gang durch Wald und Feld, und ihr volles freundliches Gesichtchen wurde von einem breitrandigen Gartenhut beschattet. Ihr Haar hing in zwei dicken, blonden Zöpfen über dem Rücken herab. Als sie so hinter dem Fliederstrauch hervorlugte, hatte sie ganz das Aussehen einer neckischen Elfe, welche von ihrer Königin die Erlaubnis erhalten hat, sich einmal an dem fröhlich, glücklichen Menschenleben zu beteiligen.

„Leider nein, Mademoiselle," antwortete er.

„Sie soll mit Alexander in den Park gegangen sein. Ich suche sie."

„Vielleicht ist sie nach dem alten Turm."

Sie sah ihn mit fragender Bitte an. Vielleicht wäre es geraten gewesen, sie zu begleiten, um ihr den Turm zu zeigen; aber der Doktor war zu sehr mit seinen Gedanken beschäftigt, um darüber nachzudenken, ob er als Erzieher die Verpflichtung habe, auch in diesem Fall galant zu sein. Nanon bemerkte dies, warf mit einem trotzigen Schmollen das Köpfchen zurück und antwortete:

„Ich danke Ihnen. Vielleicht finde ich den Turm."

Damit schritt sie fort, dem Wald entgegen. Dort dufteten bereits die Maien, und zahllose Blüten hingen an den Sträuchern. Sie schlüpfte von Baum zu Baum, von Strauch zu Strauch; bald hatte sie einen Vogel, bald einen Käfer, bald einen früh erwachten Schmetterling zu beobachten. Immer tiefer und tiefer drang sie in den Wald, bis sie endlich nicht mehr weiterkonnte.

„Mon dieu, was ist denn das?" fragte sie. „Ich glaube gar, hier ist der Weg alle!" Sie wendete sich um und fügte erschrocken hinzu: „Ach, der scheint ja schon längst alle geworden zu sein! Wo bin ich? Wo ist das Schloß? Und wo ist der alte Turm, den ich suche? Ich habe mich ganz und gar verlaufen!"

So war es allerdings. Sie hatte sich verlaufen. Sie suchte nun nach dem richtigen Weg; aber sie fand nicht nur nicht den richtigen, sondern überhaupt gar keinen Weg. Sie ging immer weiter und weiter und verirrte sich immer mehr. Sie ward müde und setzte sich nieder, um auszuruhen, bis sie bemerkte, daß sie keine Zeit versäumen dürfe. Sie brach also wieder auf und suchte von neuem. Endlich fand sie einen schmalen Pfad, aber er verlief sich im Wald, als sie ihm folgte. Sie kehrte zurück und gelangte an einen Kreuzweg. Sie wandte sich nach rechts, ging eine Viertelstunde lang geradeaus und mußte dann zu ihrem Herzeleid sehen, daß auch dieser Weg zwischen Sträuchern und Büschen ein Ende nahm.

Nun wurde es ihr angst. Sie kehrte abermals um und begann zu rufen. Aber niemand antwortete; sie befand sich allein, ganz allein im tiefen Wald.

„Daran ist nur dieser Monsieur Müller schuld!" rief sie fast weinend. „Warum sind doch die Deutschen nicht so galant wie die Franzosen? Sie sind doch in jeder anderen Hinsicht viel besser als diese!"

Und immer weiter ging sie, und immer lauter rief sie. Da horch! War das wirklich eine menschliche Stimme? Nanon rief abermals und blieb stehen, um zu horchen. Ja, aus weiter Ferne drang eine Antwort herüber. Die Verirrte rief wiederholt, und die Antwort kam immer näher, bis endlich ein Mann durch die Büsche brach. Er hatte eine dunkle Hose und eine blaue Bluse an und trug einen großen Sack auf der Schulter. Es war Fritz.

Als Nanon ihn erblickte, schlug sie vor Freude die Händchen zusammen und rief:

„Ah, welch ein Glück, Monsieur ... Monsieur ... Wie war gleich Ihr Name?"

„Guten Tag, gnädiges Fräulein!" grüßte er höflich, indem er den Hut vom Kopf nahm. „Schneeberg, Friedrich Schneeberg heiße ich. Aber wie kommen Sie so tief in den Wald?"

„Ich bin in die Irre gegangen", antwortete sie. „Wollen Sie nicht mein Retter sein – zum zweiten Mal, lieber Monsieur Schneeberg?"

„Oh, wie gern, Mademoiselle!" rief er. „Ich wollte, ich dürfte

Sie hundertmal, nein, tausendmal retten, aber doch wenigstens alle Tage einige Male!“

„Das wäre denn doch zu viel verlangt“, lachte sie, ganz erfreut, daß gerade dieser gute, brave Mensch sie gefunden hatte. Sie war ja mit ihm in Mariens und des Doktor Bertrands Gesellschaft von der Mosel bis hierher gereist und hatte da trotz der kurzen Zeit Gelegenheit gehabt, die treue Seele kennenzulernen. „Ist es weit nach dem alten Turm?“ fragte sie.

„Man müßte eine volle Stunde gehen“, antwortete er.

„Und nach dem Schloß?“

„Geradesoweit, Mademoiselle.“

„Ach, das kann ich nicht mehr erlaufen!“ klagte sie. „Ich bin so ermüdet; ich muß mich vorher ausruhen.“

Ihr Blick suchte nach einem passenden Plätzchen. Da warf Fritz den Sack zu Boden und sagte:

„Hier ist ein Fauteuil, wie es weicher gar nicht sein kann, Mademoiselle.“

„Dieser Sack? Was ist darin?“

„Kostbare Pflanzen“, antwortete er mit komischer Wichtigkeit. „Sie haben wohl gehört, daß ich bei Doktor Bertrand als Pflanzensammler engagiert bin.“

„Allerdings, ich erinnere mich. Sind Sie denn ein solch guter Botaniker?“

„Das versteht sich!“ lachte er. „Salomo kannte bloß den Ysop und die Zeder, ich aber kenne einige Pflanzen mehr.“

„Wenn aber diese Pflanzen einen medizinischen Zweck haben, darf ich mich doch unmöglich auf sie setzen!“

„Warum nicht, Mademoiselle? Der Medizin tut dies nicht den geringsten Schaden. Der Sack steckt voll Preiselbeerkraut, Schafgarbe, Weidenblätter und Huflattich. Einen sehr guten Tee wird das freilich nicht geben, aber ein desto besseres Polster. Setzen Sie sich getrost darauf. Es wächst noch eine ganze Masse solches Zeug im Wald.“

„Nun wohl, so muß ich Ihnen den Willen tun“, sagte sie.

Sie ließ sich auf dem weichen Sack nieder, und zwar mit einer so natürlichen Grazie und Anmut, daß sie wirklich ganz das Aussehen einer Elfe hatte. Der Hut hing ihr am Band im Nakken; er war ihr hinabgerutscht, und nun blickte das liebliche Gesichtchen mit den blauen Augen so freundlich zu ihm empor, daß es ihm heiß um das Herz wurde. Er hätte sich tausend und aber tausend Martern unterworfen, um ihr die kleinste Freude zu bereiten.

„Aber nun müssen Sie sich auch setzen, mein lieber Monsieur Schneeberg", sagte sie.

Er gehorchte und suchte sich einen Ort aus, fern von dem ihrigen.

„Nein, nicht dort", sagte sie, „sondern hier in meiner Nähe, ganz hier."

Sie deutete gerade dorthin, wo ihre kleinen, kinderniedlichen Stiefeletten unter dem Saum ihres Gewandes hervorlugten. Fritz wagte keinen Widerspruch und folgte gehorsam ihrer Weisung. Ihr Auge beobachtete dabei seine Bewegungen. Er war ein gewandter Unteroffizier und hatte sich bei der Eskadron die Beine noch lange nicht steif geritten. Seine volle, kräftige, wohlproportionierte Gestalt schmiegte sich behaglich in das grüne Moos, und als er sich da bequem ausstreckte, überflog sie ihn mit einem Blick, dem man ein schwer unterdrücktes Wohlbehagen anerkennen konnte.

„So, nun wollen wir ruhen und plaudern", meinte sie, „aber wovon? Ah, da fällt mir gleich etwas ein, was ich Sie fragen wollte! Wenn ich nur nicht denken müßte, daß Sie mir es übelnehmen möchten."

Er blickte sie mit dem ungeheucheltsten Erstaunen an und fragte:

„Ich Ihnen etwas übelnehmen? In meinem ganzen Leben nicht."

„Nun wohl, so will ich Sie bitten, mir zu sagen, wie Ihre Familie zu dem Namen Schneeberg gekommen ist? Das ist für eine französische Zunge so schwer auszusprechen; das klingt so kalt, so eisig, daß man dabei frieren möchte. Stammen Sie etwa aus Sibirien?"

„Meine Familie?" sagte er in einem schwermütigen Ton. „Ich habe keine Familie; ich habe weder Vater noch Mutter."

„Auch nicht einen Bruder oder eine Schwester, Monsieur Schneeberg?"

„Auch nicht, Mademoiselle."

„So sind sie alle gestorben? Oh, das ist ja traurig, sehr traurig!"

„Ob sie gestorben sind, das weiß ich nicht. Ich bin ein Findelkind gewesen."

„Ein enfant trouvé, ein Findelkind?" sagte sie, und sogleich trat auch ein mitleidiger Tropfen in ihr schönes, liebes Auge. „Sie armer Monsieur Schneeberg. Wie ist dies denn zugegangen?"

„Das will ich Ihnen sagen: Da wohnte ein armer Holzhacker zwischen den Bergen, der hatte eine Frau und sechs Kinder, aber nicht genug zu essen für sie alle; der wanderte eines Tages vom Gebirge hinab in die Stadt, um für seinen letzten Gulden Brot für die Seinen zu holen. Als er spät in der Nacht zurückkam, brachte er das Brot und dazu einen kleinen Jungen, den er auf der einsamen Straße bei einer hohen Schneewehe wimmern gehört hatte. Das war ich. Er machte Anzeige, aber es fand sich niemand ein, mich zu reklamieren. Der Holzhacker war ein braver Mann und behielt mich. Weil man nicht wußte, ob ich getauft worden sei, taufte man mich, und ich erhielt, da ich bei einem Berg von Schnee gelegen hatte, den Namen Schneeberg. Mein Pflegevater starb, seine Frau folgte ihm kurze Zeit darauf nach, und ich kam mit den anderen Kindern in das Armenhaus. Dort bin ich aufgewachsen, ohne Liebe, ohne alles, was ein Kind glücklich macht. Ich habe in meinem Leben nur einen einzigen Menschen gefunden, der mir Liebe und Güte erwiesen hat."

„Wer war das?"

„Mein Rittmeister."

„Ah, Sie waren Soldat?"

„Ja, Kavallerist."

„Aber welchen Beruf hatten Sie vorher erlernt?"

„Oh, ich könnte etwas vornehmer tun und sagen, daß ich Friseur gewesen sei; aber ich werde ehrlich sein und eingestehen, daß ich zuerst zu einem Barbier in die Lehre gegangen bin und erst später gelernt habe, Haartouren herzustellen." Und mit einem trüben Lächeln setzte er hinzu: „Sie sehen, Mademoiselle, daß ich nichts, fast gar nichts bin in der menschlichen Gesellschaft."

Da blickte Nanon ihn beinahe zornig an und sagte:

„Wo denken Sie hin, Monsieur! Sie mit Ihrem Mut, Ihrem braven Herzen, Ihrem weichen, sanften Gemüt wären unnütz: Sie haben mir das Leben gerettet! Sie haben mich auf Ihren Armen aus den Fluten getragen; das ist gerade genug getan für ein ganzes Leben. Millionen leben und sterben, ohne daß ihnen ein Mensch das Leben, ja nur eine einzige Stunde seines Lebens verdankt. Eigentlich ist mein Leben Ihr wohlerworbenes Eigentum, und wenn Sie darauf einen Anspruch machen, so bin ich Ihnen einen Dank schuldig, welcher so groß ist, daß ich ihn gar nicht abtragen kann. Sie fühlen jedenfalls Befähigung zu etwas Größerem in sich, als Sie jetzt sind. Wer sagt Ihnen denn, daß Sie kein höheres Ziel erreichen werden?"

Sie hatte sich in einen solchen Eifer hineingeredet, daß ihre

Augen blitzten und ihre Wangen glühten. Es war ihr ein Herzensbedürfnis, ihn zu überzeugen, daß er mehr wert sei, als er selbst denke. Dabei war sie in Bewegung gekommen und hatte bei jedem Wort, welches sie betonte, den Nachdruck dadurch zu verstärken gesucht, daß sie ihrem Gegenüber mit der Spitze ihres Fußes an die Achsel stieß. Daß dabei nicht nur ihre Stiefelette, sondern auch ein kleiner Teil ihres feinen, weißen Strumpfes frei vom Gewand erscheinen mußte, darauf hatte sie gar nicht geachtet.

Auf dieser weißen Stelle hafteten Fritzens Augen; aber es war kein unheiliger Gedanke, der ihn dabei beschlich. Nanon kam ihm vor wie ein höheres Wesen, wie eine Schöpfung von so unerreichbarer Schönheit, daß er froh sein müsse, den Klang ihrer silbernen Stimme hören und in die Tiefe ihres klaren, reinen Auges schauen zu dürfen.

Er legte die Hand auf sein klopfendes Herz, schloß die Augen und sagte:

„Sie haben recht. Zanken Sie mich nur immer tüchtig aus! Ich bin der glücklichste Mensch; ich tausche mit keinem anderen, denn ich habe das unendliche Glück gehabt, das liebste und herrlichste Wesen der Welt auf meinen Armen zu tragen."

Sie blickte ihn scharf an, da sie aber in seinen geschlossenen Augen nicht lesen konnte, so fragte sie:

„Wie meinen Sie das? Wer ist das liebste, herrlichste Wesen der Welt?"

Da schlug er die Augen wieder auf, richtete sie mit größtem Erstaunen auf sie und antwortete:

„Das wissen Sie nicht? Sie, natürlich, Sie sind es!"

„Ich?" fragte sie unter einem halben, melodischen Lachen. „Ich das herrlichste Geschöpf der Erde? Oh, wie irren Sie sich; ich bin ein häßliches, unliebes Ding, welches sich sehr, sehr oft über sich selbst zu ärgern hat!"

„Wenn das ein anderer von Ihnen sagte, so würde ich ihn mit dieser Hand zu Boden schlagen, Mademoiselle; darauf können Sie sich verlassen! An Ihnen ist alles gerade so schön und rein und heilig wie an einer Fee oder an einem Engel. Gerade so, wie Sie sind, habe ich mir als Kind die Engel vorgestellt, und so sind sie mir im Traum erschienen. Warum haben denn auch Sie stets Flügel, wenn ich von Ihnen träume?"

„Ah, Sie träumen von mir?" fragte sie schnell.

„Ja, fast alle Nächte. Und es ist dann stets nur eins, was ich träume: Sie kommen mit goldenen Flügeln und einer goldenen

Krone, um mir den Ort zu zeigen, an welchem ich meine Eltern finden werde."

„Oh, wie gern würde ich das tun, wie gern würde ich Ihren Traum erfüllen, da ich Ihnen so sehr viel schuldig bin!"

Da richtete er sich halb empor; seine Wangen röteten sich wie unter einem verwegenen Entschluß, und seine Augen schienen tiefer und dunkler zu werden.

„Wenn Sie wirklich glauben, daß Sie mir so sehr viel schuldig sind", sagte er, „so kann ich Ihnen ein Mittel angeben, diese große Schuld mit einem Mal zu tilgen."

„Reden Sie, Monsieur Schneeberg! Geben Sie mir dieses Mittel an!"

„Aber Sie werden es mir übelnehmen, Mademoiselle!"

„Ich? Ihnen? Nein! Ich kann Ihnen ebensowenig etwas übelnehmen, wie Sie mir."

Sein Gesicht erhellte sich, und in einem Ton, dem man es anhörte, daß es dem Bittenden schwer wurde, diese Worte auszusprechen, sagte er:

„Ich entbinde Sie von aller, aller Schuld gegen mich, wenn Sie mir nur ein allereinziges Mal die Erlaubnis geben, dieses schöne, kleine Händchen zu küssen, welches so weiß und zart da in Ihrem Schoß liegt." Und als Nanon nicht sofort antwortete, setzte er hinzu: „Nicht war, nun sind Sie mir ernstlich bös? Nun habe ich Ihre Güte ganz verscherzt?"

Sie zögerte noch immer, ihm zu antworten; aber ihr Blick ruhte mit einem Ausdruck unbewußter Innigkeit auf seinem jetzt erbleichten Gesicht. Wie oft war ihre Hand geküßt worden von faden, unausstehlichen Salonhelden, die nach Moschus rochen und nach Pomade durfteten, aber nicht imstande gewesen wären, eine Fliege aus dem Wasser zu ziehen. Diese widerwärtigen Zwittergeschöpfe hatten sich, ohne zu fragen, ihrer Hand bemächtigt, als eines Gutes, welches ihnen nicht entzogen werden könne. Und hier dieser Mann, der zwar ein einfacher, aber ein ganzer Mann war, bat sich diese Gunst aus, als das größte Glück, welches ihn widerfahren könne, als Äquivalent für ein teures, unbezahlbares Menschenleben. Wie blickten seine treuen Augen so ängstlich in ihr Angesicht! Es stieg ihr heiß aus dem Herzen empor, wie ein allmächtiges Gefühl, dem nicht zu widerstehen war.

„Diese Hand wollen Sie küssen?" fragte sie. „Nein; sie ist geküßt worden von Herren, von denen Hunderte mir nicht so viel wert sind wie Sie allein. Nicht die Hand, sondern die Wange will ich Ihnen reichen. Kommen Sie, mein lieber Monsieur Schneeberg; küssen Sie mir die Wange, und dann soll von meiner Schuld noch immer nicht einmal das kleinste Teilchen getilgt sein!"

Sie glitt von den Pflanzen herab, welche ihr als Kissen dienten, kniete vor ihm hin und bot ihm in herzig kindlicher Weise ihr reizendes Köpfchen dar. Er legte die Hand leise, leise auf ihre zarte Schulter und berührte mit seinen Lippen noch leiser und vorsichtiger ihre erglühende Wange. Sie fühlte diese Berührung kaum; sie senkte das Köpfchen zur Seite, so daß ihre Wange fest an seinen Mund zu liegen kam, und dann fragte sie:

„So! War es so recht?"

Es war wie ein süßer, süßer Rausch über ihn gekommen. Sein Auge flammte auf; seine Brust hob und senkte sich, und sein Atem ging schnell, als er ihr antwortete:

„Mademoiselle, Sie haben mich einen Augenblick lang in den Himmel schauen lassen. Ich sage Ihnen, daß ich diese Stunde niemals vergessen werde. Nie, so lange ich lebe, wird es ein anderes Mädchen geben, welches von meinen Lippen berührt werden wird. Der Mund, der Sie geküßt hat, ist geheiligt; er darf nie, nie entweiht werden."

Sie kniete noch immer vor ihm. War es mädchenhafte Begeisterung, war es ein zartes Gefühl, oder war es nur die reine Dankbarkeit, von welcher sie fortgerissen wurde – sie legte ihm jetzt beide Hände auf die Schultern und sagte unter der Glut tiefster Errötung:

„Für ein solches Opfer war dieser Kuß zu wenig; das muß ein anderer sein."

Sie zog des Überraschten Kopf näher an sich, legte ihre Lippen auf seinen Mund und küßte ihn ein, zwei, drei Mal, so fest und innig, als ob sie seine Geliebte sei. Dann aber sprang sie auf, warf die nach vorn gefallenen Zöpfe über die Schultern und sagte:

„Nun aber kommen Sie. Wir haben lange genug ausgeruht, und es wird Zeit, daß ich nach dem Schloß gehe."

Auch Fritz erhob sich. Er fühlte das Blut an seinen Schläfen pochen; er schien zu taumeln. Er sah nicht die Bäume und nicht die Sträucher; er sah nur sie, die Geliebte allein. Er legte beide Hände an den Kopf, um zu sehen, ob er auch wirklich noch er selbst sei, und dann führte er Nanon fort von der Stelle, ohne an den Kräutersack zu denken, der noch am Boden lag.

Die beiden glücklichen Menschen schritten eine Zeitlang

schweigend durch den Wald, bis Marions Freundin in lebhafter Erinnerung an das, was er ihr gesagt hatte, die Stille unterbrach:

„Ich erschiene Ihnen also im Traum und zeige Ihnen den Ort, an dem sich Ihre Eltern befinden?"

„Ja, Mademoiselle."

„Träume sind Schäume, aber zuweilen spricht Gottes Stimme im Traum zu den Menschen. Oh, wäre doch der Ihrige von Gott gesandt! Haben Sie denn gar keine Ahnung, wessen Kind Sie gewesen sein könnten?"

„Nein, nicht die mindeste."

„Hat sich in der Kleidung, welche Sie trugen, kein Zeichen gefunden? Haben Sie denn gar nichts, gar nichts bei sich gehabt, was der Vermutung Ihrer Herkunft einen Anhalt geben könnte? Sind denn keine Nachforschungen angestellt, keine Erkundigungen eingezogen worden?"

„Ich habe in einem Pelzchen gesteckt, welches ganz aufgeweicht gewesen und bald verlorengegangen ist. Im Hemdchen und Unterkleidchen sind Zeichen gewesen; da aber alles naß war, so hat meine Pflegemutter beide am Ofen aufgehängt, um sie zu trocknen. Plötzlich ist beim Öffnen der Ofentür durch einen unerwarteten starken Windstoß in die Esse die Flamme aus der Feuerung geschlagen und hat sofort das Kleidchen, als auch das Hemd verzehrt. Außerdem hat ein dünnes, goldes Kettchen an meinem Hals gehangen, mit einem großen Zahn, wie zum Spielen, aber wohl infolge des Aberglaubens, daß solche Mittel das Zahnen der Kinder erleichtern. Dieser Zahn war ..."

Nanon war in höchster Überraschung stehengeblieben.

„Dieser Zahn war ein Löwenzahn?" unterbrach sie ihn rasch in einem Ton, aus welchem die Angst erklang, daß Fritz ihre Frage verneinen werde.

„Ich traf einst den berühmten Naturforscher Brehm", antwortete er; „das heißt, ich hatte ihn zu bedienen und wagte es, ihm den Zahn zu zeigen. Er erklärte ihn sofort für den Reißzahn eines Löwen."

Da schlug sie die Hände zusammen und rief:

„Mein Gott, ist das möglich? Der Reißzahn eines Löwen! Haben Sie den Zahn noch?"

„Ja. Ich trage ihn am Hals."

„Zeigen Sie her! Zeigen Sie schnell!"

„Haben Sie einen Grund, ihn sehen zu wollen, Mademoiselle?" erkundigte er sich.

„Ja, einen sehr triftigen Grund“, antwortete sie. „Also zeigen Sie her, schnell!“

Fritz öffnete die Bluse und die Weste, nestelte ein wenig am Hals und brachte dann ein feines, dünnes Goldkettchen zum Vorschein, an welchem ein großer, gelblich weißer, nach der Spitze zu leicht gebogener Zahn hing. Nanon nahm denselben in die Hand und betrachtete ihn.

„Verstehen Sie etwas von Heraldik?“ fragte sie dann.

„Nein, nichts“, antwortete er.

„Nun, so sehen Sie einmal her! Welche Form hat die goldene Fassung des Zahnes?“

„Sie bildet eine Krone, Mademoiselle.“

„Ja, aber nicht etwa eine Phantasiekrone. Es ist ganz genau eine Grafenkrone mit Perlenzacken, und – ah!“

Sie betrachtete den Zahn genauer und untersuchte, mit welcher Festigkeit er in der Fassung steckte. Dann stieß sie einen Ruf der Überraschung aus und sagte:

„Sehen Sie, Monsieur, daß der Zahn sich drehen läßt! Haben Sie das noch nie versucht?“

„Nein, niemals“, antwortete er, mit Spannung auf ihre weißen Fingerchen blickend, welche mit Anstrengung an dem Gegenstand herumarbeiteten.

„Jetzt!“ rief sie. „Jetzt geht es! Sehen Sie, daß man daran schrauben kann? Der Zahn ist mit einem Gewinde versehen und läßt sich abschrauben. Hier, blicken Sie her!“

Es gelang ihr, den Zahn aus der Krone zu schrauben, und nun zeigte sich eine Merkwürdigkeit, welche allerdings geeignet war, die beiden in Erstaunen zu setzen. Die natürliche Höhlung des Zahnes war erweitert worden und enthielt ein feines Elfenbeinblättchen, dessen eine Seite das wunderbar künstlerisch ausgeführte Miniaturporträt einer sehr schönen, jungen Frau zeigte. Darunter standen die Buchstaben und Zahlen H. v. G. 1845. Die andere Seite enthielt den Kopf eines stattlichen Mannes, und darunter war zu lesen: K. v. G. 1845.

Nanon betrachtete das Porträt der Dame sehr aufmerksam und sagte dann:

„Sie ist es; ja, sie ist es; ich erkenne sie wieder, obgleich sie älter aussah, als hier auf dem Bild. Monsieur Schneeberg, diese Frau muß Ihre Mutter sein und der Herr Ihr Vater!“

Fritz stand da ganz ohne Bewegung. Er wußte gar nicht, wie ihm geschah. Eine Grafenkrone! Und diese beiden Personen sollten seine Eltern sein! Es war ihm, als hätte er einen Schlag vor den Kopf bekommen.

„Sie kennen diese Dame?" fragte er.

„Ja und nein, Monsieur", antwortete Nanon. „Es war in Paris während einer Soiree, als mir eine sehr schöne Dame auffiel, da sie ganz in Schwarz gekleidet ging. Ich erkundigte mich, wer sie sei, und man sagte es mir. Ich habe jedoch den Namen wieder vergessen. Sie war eine Deutsche, und zwar die Frau eines preußischen Generals. Ich erfuhr, daß sie stets in Schwarz gehe, weil sie den schrecklichen Verlust zweier Kinder betrauere."

„Die gestorben waren?"

„Nein, sie waren ihr auf einer Reise abhanden gekommen und nicht wieder zu finden gewesen. Etwas Weiteres konnte ich nicht erfahren. Nur das sagte man mir, es sei sehr zu verwundern, daß man die Verschwundenen nicht entdeckt habe, da ihre Kleidchen gezeichnet gewesen seien und jeder der Zwillinge einen Löwenzahn an einem feinen Goldkettchen am Hals getragen habe; es sei also sehr zu vermuten, daß ein Verbrechen vorliege."

„Den Ort, an welchem die Kinder verlorengegangen sind, wissen Sie nicht?"

„Nein. Ich habe mit der Dame selbst gar nicht gesprochen, und das, was ich Ihnen jetzt gesagt, erfuhr ich so nebenbei, wie ja die Unterhaltung oft von dem einen auf das andere springt. Seit jener Soiree sind bereits zwei Jahre vergangen, und doch sagte man mir, daß die Dame bereits damals über zwanzig Jahre getrauert habe."

„Wenn Sie doch den Namen wüßten, Mademoiselle!" stieß Fritz hervor.

„Ich werde ihn erfahren, ganz gewiß! Ich werde an die Freundin schreiben, welche damals die Gesellschaft gab, und den Namen der Generalin ganz sicher erfahren. Verlassen Sie sich darauf, daß ich noch heute den Brief absenden werde."

„Ich danke Ihnen, Mademoiselle!" sagte er. „Seit der Zeit, in welcher ich denken lernte, habe ich mich gesehnt, meine Eltern zu finden. Ich habe mitten im Weg im Schnee gelegen, bin also wohl aus einem Schlitten verloren worden und gehöre nicht zu jenen unglücklichen, kleinen Geschöpfen, welche von ihren Eltern verleugnet und mit Absicht einer ungewissen Zukunft überantwortet werden. Stets habe ich mir gesagt, daß meine Eltern mich gegen ihren Willen verloren haben und einen immerwährenden Kummer, eine nie gestillte Sehnsucht nach mir im Herzen tragen müssen. Darum habe ich oft heiß und innig Gott gebeten, mich wieder mit ihnen zusammenzuführen. Danach, ob sie reich oder arm, vornehm oder gering sind, habe ich nie gefragt. Ja, ich gestehe Ihnen, daß es mir lieber sein würde, der Sohn eines niedrigen, als der eines vornehmen Mannes zu sein, da ich die Bildung nicht genossen habe, welche mich befähigt, den Anforderungen einer höheren Lebensstellung Genüge zu leisten. Ich habe die Hoffnung, daß Gott mein Gebet erhören werde, niemals sinken lassen. Es ist ein schöner Kinderglaube, daß Gott seine Engel sendet, wenn er die Bitte eines Sterblichen erfüllen will; ich habe diesen Glauben stets festgehalten, und als Sie mir im Traum als Engel erschienen, da war es mir, als sei es eine Sünde, an Ihrer Sendung zu zweifeln. Jetzt will mir der Beweis werden, daß dieser Traum nicht zu den unerfüllbaren gehöre. Der erste Fingerzeig auf der Suche nach den Eltern wird mir durch Sie. Sollte mir die Seligkeit beschert sein, jene zu finden, so werde ich Sie als einen Boten Gottes verehren, solange ich lebe, und bis zu meiner Todesstunde werde ich den heutigen Tag segnen, der mir die Offenbarung gebracht hat, daß wir die Seligkeit nicht allein in der Bibel und nicht nur im Jenseits zu suchen haben."

Seine Worte hatten einen herzlichen, innigen Klang. Seine Augen waren mit einem Ausdruck auf Nanon gerichtet, wie der Betende eine Heilige oder die Madonna anschaut. Seine Lippen zuckten leise unter den Gefühlen, welche in diesem Augenblick sein Herz erfüllten. Das Mädchen sah es, es hörte nicht nur den seelenvollen Klang seiner Stimme, nein, es fühlte ihn auch; er drang ihm in die heimlichsten Räume seines Herzens hinab. Und aus diesen Räumen stieg eine Regung empor, so rein und innig, so süß und traut, wie Nanon eine gleiche im ganzen Leben noch nie gefühlt hatte. Sie reichte ihm die Kette mit dem Löwenzahn hin und sagte:

„Es kann jeder Mensch ein Engel sein, wenn er dem Gebot Gottes folgt, welches Liebe und Erbarmung predigt. Ich würde sehr glücklich sein, falls Ihr Traum durch mich in Erfüllung gehen sollte. Ich bin so gespannt auf die Antwort meiner Freundin, als ob ich selbst das verlorene Kind sei, welches seine Eltern sucht. Wo aber kann ich sie finden, um Ihnen diese Antwort mitzuteilen?"

„Bei Doktor Bertrand, bei welchem ich ja wohne, Mademoiselle."

„Gut. Sie sollen nicht lange auf mich zu warten haben. Jetzt aber kommen Sie, damit ich endlich den Weg nach dem Schloß finde."

Fritz hing die Kette wieder um, führte seine Schutzbefohlene dann weiter und erreichte bald einen gebahnten Weg, aber er verließ Nanon nicht eher, als bis sie sich dem Schloß so weit genähert hatten, daß sie es sehen konnten. Da nahmen die beiden Abschied voneinander. Ihm war zumute, als ob er dem Schloß das höchst, köstlichste Gut der Erde anvertraute, und sie trennte sich von ihm mit der Überzeugung, daß dieser Mann es wert sei, die Gunst des Schicksals in höherem Grade zu erringen als bisher.

Als die Freundin Marions hinter den Bäumen und Sträuchern des Parkes verschwunden war, drehte der Kräutersammler sich um und kehrte langsam in den Wald zurück. Es war ihm, als sei er in der letzten Stunde ein ganz anderer Mensch geworden. Dieses schöne, herrliche Wesen hatte ihn geküßt. Er fühlte den warmen, weichen Druck ihrer Lippen noch jetzt auf den seinigen. Es deuchte ihm, als sei er durch diese Berührung gefeit gegen alles Unglück des Erdenlebens, als habe er eine Weihe erhalten, die ihn berechtigte, sein Auge selbstbewußter aufzuschlagen, als er es bisher getan. Er fühlte eine Spannung in seinem Inneren und Äußeren, in seiner Seele und in seinem Körper, einen Drang, seine Kraft zu betätigen, eine Sehnsucht nach Taten, durch welche er der Geliebten ebenbürtig werden könne.

Der Gedanke, daß der Zahn in eine Grafenkrone gefaßt war, machte dem Nachdenkenden nur wenig zu schaffen. Dieser Umstand konnte ein sehr trügerischer sein und gab ihm noch lange nicht die Berechtigung zu der Annahme, daß er der Sohn eines Grafen sei. Ganz im Gegenteil, der nächste Gegenstand, welcher ihn beschäftigte, war sein vergessener Kräutersack. Denselben wollte er nicht liegenlassen und schritt also der Gegend wieder zu, in welcher der Ort lag, wo er mit Nanon gesessen hatte.

Dort angekommen, fand er den vermißten. Er hob den Sack jedoch nicht sogleich auf, um sich mit ihm zu entfernen, sondern er legte sich langsam wieder nieder, gerade an derselben Stelle, auf welcher er vorher gelegen hatte. Und nun stellte er sich vor, daß auch sie wieder da vor ihm auf dem Kräutersack ruhe. Er sah die sanften Züge ihres Gesichtes, den reinen, kindlichen Blick ihrer blauen Augen, er hörte den seelenvollen Ton ihrer Stimme und vergegenwärtigte sich jedes Wort, welches sie gesprochen hatte. Er schloß die Augen und träumte von ihr, träumte so lange, daß er fast erschrak, als er die Augen öffnete und bemerkte, daß es bereits zu dunkeln begann.

„Sapperlot", sagte er zu sich, „da liege ich und vergesse meine Pflicht. Ich muß ja nach dem Turm, um dort meinen Posten zu beziehen! Vorwärts, Fritz, das Sinnen führt zu nichts; es muß gehandelt sein!"

Er erhob sich, warf den Sack auf eine Schulter und verließ den Ort.

Aber er war doch noch nicht ganz Herr seiner Gedanken, denn er ging in ganz entgegengesetzter Richtung fort, als notwendig gewesen wäre, um den Turm zu erreichen. Zunächst bemerkte der Dahinschreitende seinen Irrtum nicht. Es war schnell dunkel geworden, und da ein Baum dem anderen ähnlich sieht, so war eine Täuschung leicht möglich. Nach einer längeren Zeit jedoch blieb er stehen, um sich zu besinnen."

„Was ist denn das?" fragte er sich. „Ich bin bereits eine halbe Stunde gelaufen und müßte also schon längst irgendeinen Weg erreicht oder einen gekreuzt haben. Ich hoffe nicht, daß ich vielleicht gar im Kreise gehe, wie es einem im Wald leicht passieren kann!"

Er ging weiter. Es wurde immer dunkler, und zugleich nahm der Wald an Dichtigkeit zu. Fritz konnte bald nur noch durch das Gefühl die Bäume voneinander unterscheiden und mußte sich oft bücken, um unter den niedersten Ästen hinwegzukommen.

„Ja, ich habe mich richtig verlaufen", dachte er. „Soll ich umkehren? Nein, das würde die Sache nur verschlimmern, denn den Ort, von dem ich ausgegangen bin, finde ich in dieser Finsternis doch nicht wieder. Dieser Forst ist kein unendlicher Urwald; wenn ich immer geradeaus gehe, komme ich doch endlich heraus. Also weiter!"

Er hielt sich immer in der eingeschlagenen Richtung. Freilich mußte er sich forttasten und konnte also keine raschen Schritte machen. So war er weit über eine Stunde gewandert, als sich plötzlich der Wald, gerade als er am dichtesten schien, öffnete und den mit Sternen besetzten Himmel sehen ließ. Fritz blieb stehen, um sich zu orientieren.

Sonderbar! Gerade vor ihm, zwanzig Schritt von ihm entfernt, erhob sich eine hohe, dunkle Masse, so kompakt und lükkenlos, daß sie nicht durch Bäume gebildet sein konnte. Er ging darauf zu und tastete vorsichtig. Es war eine steinerne Mauer, welche er fühlte. Er blickte an ihr empor gegen den Sternenhimmel und gewahrte da, daß ihre obere Linie höchst unregelmäßig lief. Hier und dort hoch auf der Erde liegendes Geröll belehrte ihn, daß er wahrscheinlich vor einer Ruine stehe. Die Ruine des Turmes aber war es nicht; das wußte er gewiß.

Das Gemäuer war sehr hoch und schien sich auch nach rechts und links weit hinzuziehen, er vermutete, daß es die hintere Wand eines einst sehr ausgedehnten Bauwerkes sei. Er wendete sich zur Seite und schritt an der Mauer hin. Der umherliegende Schutt machte ihm das Gehen schwer, und er erreichte die Ecke, ohne einen Eingang oder eine sonstige Öffnung bemerkt zu haben. Jetzt bog er nach der anderen Seite ein. Ein Blick gegen den Himmel belehrte den Forschenden, daß das Gebäude hier eine größere Höhe habe. Es zeigte mehrere übereinanderliegende Fensterreihen, welche aber kein einziges Glas mehr zu enthalten schienen.

Hier auf dieser Seite schien das Mauerwerk besser erhalten zu sein, denn auf dem Boden lagen keine Trümmer, und nur zuweilen stieß der Fuß an einen herabgefallenen Steinbrocken, sonst aber fühlte Fritz nichts als weiches Gras, welches seine Schritte fast unhörbar machte. So war er eine bedeutende Strecke diesseits der Mauer hingegangen, als es ihm war, als ob er nahende Schritte hörte. Sofort sprang er von der Mauer fort und hinüber unter die Bäume, wo er nicht mehr bemerkt werden konnte.

Sehr bald sah er, daß er sich nicht getäuscht habe, denn kaum hatte er sich unter die Bäume niedergeduckt, als er drei Gestalten bemerkte, welche näher kamen, gerade aus der Richtung, aus der auch er gekommen war. Vorher hatte er nur den Schall ihrer Schritte gehört, jetzt aber vernahm er auch ihre Stimmen, denn sie sprachen miteinander.

„Heute hätte ich nicht erwartet, das Zeichen auf der Linde zu sehen“, sagte der eine.

„Es muß eine außerordentliche Veranlassung sein, welche den Alten treibt, uns zusammenkommen zu lassen“, bemerkte der andere.

„Ich vermute diese Veranlassung“, meinte der dritte.

„Nun, was mag es sein?“

„Der Alte hat vornehmen Besuch bekommen. Ich war in Thionville und sah, daß er Besuch abgeholt hatte. Er saß mit zwei Herren im Wagen, und mehrere Diener folgten in der zweiten Kutsche. Das steht jedenfalls in Beziehung zu unserer Versammlung.“

Damit waren jene vorübergeschritten, und Fritz konnte nichts weiter verstehen. Aber er hatte doch gehört, daß hier eine geheime Zusammenkunft abgehalten werden solle, und hielt es für wichtig, mehr über dieselbe zu erfahren. Darum versteckte er seinen Sack unter einer jungen Buche, deren niedere Äste sich fast bis zum Boden erstreckten, so daß man ihn, zumal jetzt bei Nacht, nicht entdecken konnte. Sodann fühlte er in die Taschen, um sich zu überzeugen, daß er seine Waffen noch bei sich habe, trat unter den Bäumen hervor und folgte den drei Männern, natürlich leise und vorsichtig, um nicht bemerkt zu werden.

Es gelang ihm, den Voranschreitenden so nahe zu kommen, daß das Geräusch ihrer Schritte an sein Ohr drang; sich noch weiter zu nähern, hielt er nicht für ratsam.

Der Diener war ihnen nur eine kleine Strecke gefolgt, als er einen Anruf hörte, auf welchen drei Stimmen ganz dieselbe Antwort zu geben schienen. Im nächsten Augenblick waren die Schritte verklungen; er konnte sie trotz allen Lauschens nicht mehr vernehmen.

Was war das? Stand hier ein Posten, eine Schildwache?

Der Horcher glitt ganz leise vorwärts. Da vernahm er vor sich ein leises Räuspern und hielt an. Eine breite, dunkle Stelle in der Mauer des Gebäudes ließ ihn vermuten, daß sich hier ein Torweg befinde. Unter diesem stand jedenfalls der Mann, welcher soeben einen Hustenreiz unterdrückt hatte. Fritz trat wieder hinüber unter die Bäume und glitt vorwärts, bis er sich dem Tor gegenüber befand.

Hier sah er eine tiefe, breite Durchfahrt, in deren hinterem Teil das Licht einer Blendlaterne einen Lichtkreis erzeugte, welcher eher imstande war, die Finsternis noch dichter erscheinen zu lassen, als sie zu erhellen. Diese Durchfahrt war mit keinem Tor versehen, und gegen den Schein der Blendlaterne zeichnete sich daher die Gestalt eines Mannes ab, welcher im Eingang stand und mit einem Gewehr bewaffnet war.

Fritz hatte die Beobachtung kaum gemacht, als er wieder Schritte hörte. Sie kamen von der anderen Seite her. Ein Mann näherte sich. Als er das Tor erreichte, fragte die Wache:

„Quivive – Werda?"

„Un défenseur de la France – ein Verteidiger Frankreichs", lautete die Antwort.

„Il passe – er kann passieren."

Auf diesen Bescheid des Postens trat der Mann ein, durchschritt die Durchfahrt und verschwand dann im Dunkel des hinter ihr liegenden Raumes.

Fritz fragte sich, was nun zu tun sei. Er war sehr mit sich im Zweifel darüber.

„Das beste ist zu fragen, was mein Rittmeister oder vielmehr mein Doktor Müller jetzt an meiner Stelle tun würde“, sagte er zu sich. „Es handelt sich um eine geheime Zusammenkunft, welche jedenfalls hochpolitischer Natur ist. Um etwas Näheres zu erfahren, muß man die Leute belauschen, und um sie zu belauschen, muß man eintreten. Das ist zwar unter allen Umständen verteufelt gefährlich, aber ich bin überzeugt, daß der Herr Rittmeister es wagen würde. Warum du nicht also auch, Fritz? Erwischen sie mich, nun, so hatte ich mich verirrt und war vor Ermüdung in dieser Ruine eingeschlafen. Die Hauptsache ist zu erfahren, ob die Parole, welche ich soeben gehört habe, für alle gilt. Ich werde dies also abwarten.“

Der Lauscher setzte sich nieder und wartete. Es kamen in kurzer Zeit von rechts und links mehrere Leute, welche alle in der Weise angerufen wurden und auch genauso antworteten, wie er vorhin gehört hatte. Da trat er also kurz entschlossen unter den Bäumen hervor und schritt auf den Eingang zu, als ob er die Lokalitäten ganz genau kenne.

„Quivive – Werda?“ fragte der Posten.

„Un défenseur de la France – ein Verteidiger Frankreichs“, antwortete er.

„Il passe – er kann passieren!“ lautete der Bescheid.

Fritz trat ein, schritt durch den Gang, bei der Laterne vorbei und befand sich nun, wie er bemerkte, in einem großen viereckigen Hof, der rings von hohen Gebäuden umgeben zu sein schien. Geschlossene Mauern konnten es nicht sein, welche das Viereck bildeten, denn diese wären nicht so hoch gewesen, und zudem war es dem Deutschen ganz so, als ob er zahlreiche dunkle Fensteröffnungen erkenne. Und bei weiterer Aufmerksamkeit bemerkte er, daß an den vier Ecken das dunkle Mauerwerk höher emporragte, als dies an den Seiten der Fall war.

Er beschloß daher, zunächst den Hof zu umschleichen, um sich zu orientieren. Während er dies tat, überzeugte er sich, daß an jeder Ecke einst ein Turm gestanden hatte. Alle vier waren mit einem schmalen Eingang versehen. So groß das Viereck aber auch war, und so viele Fenster es auch hatte, keines derselben war erleuchtet.

Wohin gingen alle die Leute, welche er auch jetzt noch kommen hörte? Er beobachtete sie und bemerkte, daß sie im Eingang eines dieser Türme verschwanden. Ganz tief unten in diesem Eingang sah er ein Licht glänzen.

Gab es da unten auch eine Parole, eine Losung? Das mußte er erfahren. Fritz legte sich hart am Eingang, dicht an der Mauer, auf den Boden und wartete. Nach einer Weile kam einer dahergeschritten. Während er eintrat, fiel der Lichtschein auf sein Gesicht, und da bemerkte Fritz, daß der Mann eine schwarze Maske trug.

Er horchte. Als der Mann mehrere Schritte gegangen war, ertönte die Frage:

„Le légitimation?"

„Je meurs pour la patrie – er sterbe für das Vaterland", antwortete er.

„Avance – geh weiter!"

Fritz blieb noch eine Weile liegen und beobachtete, daß alle Ankommenden schwarze Masken trugen. Es waren noch immer dieselben Worte, mit welchen sie angerufen wurden und welche sie antworteten. Dann verschwanden sie im Hintergrund.

„Ach, wenn ich auch eine Larve hätte, so wäre alles gut. Es ist fast gewiß, daß die Maske gar nicht abgelegt wird, damit sich die Verschwörer nicht untereinander erkennen. Das würde mir meine vollständige Sicherheit garantieren. Aber, beim Teufel, ist es denn so ganz unmöglich, sich ein solches Ding zu verschaffen? Pah! Ich nehme einen dieser Kerle bei der Gurgel, dann habe ich ja sogleich das, was ich brauche."

Gesagt, getan. Er erhob sich und huschte etwas weiter zurück, so daß er gerade in die Mitte zwischen dem Haupttor und dem Turm kam. Dort duckte er sich nieder und wartete. Bereits nach wenigen Augenblicken kam ein Mann. Fritz ließ ihn vorüber, erhob sich aber schnell hinter ihm, faßte ihn mit beiden Händen an der Gurgel und drückte dieselbe so fest zusammen, daß der Mann keinen Laut ausstoßen konnte. Er sank auf den Boden nieder und blieb da lang ausgestreckt liegen. Fritz faßte ihn an und trug ihn in die entfernteste Ecke. Dort untersuchte er ihn. Der Mann trug die gebräuchliche Bluse, welche mit einem Gürtel um die Hüften befestigt war. Fritz nahm den letzteren und zerschnitt ihn in drei lange Riemen, mit denen er die Arme und Beine des Mannes in der Weise fesselte, daß sich derselbe nicht regen konnte. Dann nahm er ihm die Maske vom Gesicht und steckte ihm sein eigenes Taschentuch in den Mund, so daß es jenem unmöglich war, um Hilfe zu rufen, falls er erwachte.

Die Maske band der kühne Deutsche nun sich selbst vor und schritt dem Tor zu.

Er gestand sich selbst ein, daß er ein höchst gefährliches Wagestück unternehme, aber der mutige Unteroffizier bebte vor nichts zurück; es galt ja, dem Vaterland und seinem Rittmeister einen Dienst zu erweisen. Überdies hatten das Zusammentreffen und die Unterredung mit Nanon den jungen Mann in eine Art von Begeisterung versetzt. Sie hatte ihm gesagt, daß er befähigt sei, höhere Ziele zu erreichen. Diese Worte klangen ihm noch jetzt im Ohr, und um sie zu bewahrheiten, mußte er Taten vollbringen; durch Träumereien erreicht man niemals einen Zweck.

Er trat beherzt in den Turm ein und schritt auf das Licht zu. Dort stand abermals ein Posten, welcher mit einem Gewehr bewaffnet war, ihm dasselbe entgegenhielt und fragte:

„Le légitimation?"

„Je meurs pour la patrie – ich sterbe für das Vaterland", antwortete Fritz. Und damit hatte er ja keine Unwahrheit gesagt, er bewies ja durch seine gegenwärtige Kühnheit, daß er bereit sei, für sein Vaterland das Leben zu wagen. Freilich war bei ihm unter Vaterland nicht Frankreich, sondern Deutschland zu verstehen.

„Avance – geh weiter!"

Bei diesen Worten nahm der Posten sein Gewehr zurück und ließ Fritz passieren.

Dieser befand sich jetzt in einem engen Gang, der in gewissen Entfernungen von Lampen erleuchtet war und an einer Treppe endete, welche in die Tiefe führte. Fritz stieg hinab und gelangte durch einen ähnlichen Gang an die Tür, welche nur angelehnt war. Er öffnete und befand sich in einem großen, unterirdischen Saal, in welchem sich bereits mehrere hundert Menschen aufhielten, welche alle maskiert waren. Der Raum war von mehreren großen Leuchtern ziemlich gut erhellt. An der hintersten Wand gab es eine Erhöhung, auf welcher mehrere Stühle standen.

Die Anwesenden verhielten sich vollständig schweigsam. Sie standen wortlos einer neben dem anderen und erwarteten bewegungslos, was da kommen werde.

Nach und nach trafen immer mehr ein, so daß sehr bald der Saal vollständig gefüllt war. Jetzt trat einer der Anwesenden zur Tür, zog einen riesigen Schlüssel hervor und verschloß sie. Beim Kreischen des alten Schlosses durchschauerte es den Deutschen.

Es war ihm, als ob er sich in eine hoffnungslose Gefangenschaft begeben habe.

Kaum war der Eingang verschlossen, so ertönte eine Glocke, und im Hintergrund öffnete sich eine zweite Tür. Drei Männer traten herein und bestiegen die Erhöhung. Zwei von ihnen nahmen auf den Stühlen Platz, der dritte aber blieb stehen. Unter seiner schwarzen Halbmaske blickte ein großer, eisgrauer Schnurrbart hervor. Wer den alten Kapitän von Schloß Ortry nur einmal gesehen hatte, der konnte gar nicht im Zweifel darüber sein, daß derselbe jetzt dort auf dem Podium stand.

Die Glocke ertönte abermals, und der Alte erhob die Hand, zum Zeichen, daß er sprechen wolle.

„Ich habe heute das Zeichen zur Versammlung gegeben", begann er, „um euch zu sagen, daß endlich die Zeit gekommen ist, zur Tat zu schreiten. Diese Tat erfordert Vorübungen, und so habe ich den Entschluß gefaßt, euch die Waffen . . ."

Er hielt plötzlich inne und lauschte. Er und alle Anwesenden hatten drei rasche Schläge gehört, welche am vorderen Eingang geschahen. Die Schläge wiederholten sich und erzeugten sogleich eine außerordentliche Unruhe unter der Versammlung.

Der Posten, welcher am Haupteingang stand, hatte nämlich geglaubt, seiner Pflicht genügt zu haben, und sich, als seiner Meinung nach der letzte Mann eingetreten war, nach dem Hof begeben wollen, als noch einer erschien. Dieser wurde von ihm angeredet wie die anderen und gab die vorgeschriebene Antwort. Er mußte also eingelassen werden. Aber der Posten schüttelte den Kopf.

„Sollte ich mich verzählt haben?" murmelte er. „Es ist einer zu viel eingetreten. Ich werde, um sicher zu sein, doch nach dem Turm gehen, mich zu erkundigen."

Er trat in den Hof. Er war mißtrauisch geworden, und das Mißtrauen schärft unter solche Umständen die Sinne. Er blieb stehen, um zu horchen, und da war es ihm, als ob er ein unterdrücktes, angstvolles Stöhnen vernehme.

„Was ist das?" fragte er sich. „Das klingt ja gerade so, als ob einer ersticke oder abgewürgt werden solle. Die Töne kommen von dort herüber."

Der Posten nahm sein Gewehr in Anschlag und schritt der Richtung entgegen, die er angegeben hatte. Er kam so in die dem Versammlungsturm gegenüberliegende Ecke. Das Stöhnen war, je näher er kam, immer vernehmlicher geworden, und nun sah er eine dunkle Masse vor sich liegen, welche diese Töne ausstieß. Er bückte sich vorsichtig nieder und erkannte, daß ein Mensch am Boden lag.

„Alle Teufel, wer ist das?“ fragte er.

Ein abermaliges Stöhnen antwortete. Es schien aus der Nase des Daliegenden zu kommen. Der Posten bückte sich nieder, um diesen zu betasten.

„Ah, gefesselt und geknebelt!“ sagte er. „Warte einmal!“

Er zog dem Mann das Tuch aus dem Mund, welches nicht verhindert hatte, das dieser durch die Nase wimmern konnte, und fragte ihn:

„Bist du ein Bruder?“

„Mein Gott, ja“, lautete die Antwort, „ein Verteidiger Frankreichs.“

„Das stimmt. Aber nun sage auch das Paßwort! Wie lautet die Legitimation?“

„Ich sterbe für Frankreich!“

„Richtig! Aber wie bist du denn zum Teufel in diese Lage gekommen?“

„Das werde ich dir erzählen; nur löse mir vorher die verdammten Fesseln!“

„Werde mich wohl hüten! Erst muß ich mich überzeugen, ob das angebracht ist.“

„Nun“, erzählte der andere, „ich war an dir vorüber und ging nach dem Turm; da faßte mich jemand von hinten und drückte mir den Hals so fest zusammen, daß ich die Besinnung verlor. Als ich wieder zu mir kam, lag ich gefesselt und geknebelt hier in der Ecke. Glücklicherweise konnte ich durch die Nase stöhnen. Du hast das gehört. Eile, um anzuzeigen, daß ein Verrat im Werke ist!“

„Donnerwetter, das genügt, um dich zu erlösen! Aber wo ist deine Maske?“

„Sie ist mir jedenfalls von dem, welcher mich würgte, abgenommen worden.“

„Ah, er hat keine mitgehabt und brauchte sie, um in die Versammlung zu kommen. Das ist ein mutiger, ein gefährlicher Mensch; der muß festgenommen werden.“

Er löste die Riemen des Gefesselten, und nun eilten die beiden nach dem Turm. Dort erkannten die beiden Posten beim Schein des Lichtes den gefesselt Gewesenen. Es war ein Bewohner der Umgegend, gegen den man kein Mißtrauen haben konnte.

„Geh heim“, sagten sie, „damit die anderen dich nicht erkennen, da du jetzt keine Maske mehr hast. Wir werden sogleich Anzeige machen."

Während jener sich entfernte, eilten sie durch Gänge und Treppen hinunter und gaben an der verschlossenen Tür durch drei Schläge das Zeichen, welches für solche Fälle vereinbart worden war. Der alte Kapitän hielt in seiner Rede inne, und als die Schläge sich wiederholten, eine Täuschung also nicht möglich war, gebot er:

„Ich befehle, ruhig zu bleiben. Eine Gefahr für euch gibt es nicht!"

Er stieg von der Erhöhung herab und durchschritt den Saal, um nach dem Eingang zu gelangen. Derselbe Mann, welcher die Tür vorhin verschlossen hatte, öffnete ihm dieselbe und ließ ihn hinaus. Keiner der Anwesenden sprach ein Wort, obgleich sich alle jedenfalls in der außerordentlichsten Spannung befanden.

Fritz hatte einen Platz gerade in der Mitte der einen Mauerseite gefunden. Es war ihm nicht wohl zumute. Sollte er fliehen, jetzt, da der Eingang geöffnet war? Er hätte draußen jedenfalls einen Kampf zu bestehen gehabt und wäre sicher von der ganzen Versammlung verfolgt worden. Übrigens war es ja noch gar nicht gewiß, daß die Störung sich auf ihn bezog; sie konnte ja eine ganz andere Veranlassung haben. Er beschloß also, zu warten, dachte aber unterdessen nach, auf welche Weise er sich retten könne, wenn man wirklich entdeckt habe, daß sich ein Eindringling im Saal befinde.

Er mußte sich sagen, daß der Eingang in diesem Fall ganz sicher verschlossen werde. Vielleicht aber blieb die Tür unverschlossen, durch welche die drei eingetreten waren, welche die Dirigenten dieser Zusammenkunft zu sein schienen.

Wie aber diese Tür erreichen, ohne aufgehalten zu werden? Er blickte sich im Saal forschend um und machte eine Entdekkung, welche ihn mit innerer Freude erfüllte. Die vier Leuchter nämlich, welche den Raum erhellten, hingen an Schnuren, welche oben an der Decke hinliefen und sich dann an der Seitenmauer an einem Nagel vereinigten, welcher kaum drei Schritte von Fritz entfernt war. Das war ein höchst günstiger Umstand für ihn. Er schob sich also, während der alte Kapitän sich draußen von den Posten informieren ließ, ganz langsam an der Mauer hin, so daß man seine Absicht gar nicht bemerken konnte, und kam auch glücklich so zu stehen, daß er den Nagel mit einem schnellen Griff erreichen konnte.

Ein anderer Umstand mußte ihm ebenso günstig werden,

nämlich der, daß die meisten Anwesenden, gerade so wie er selbst, mit blauen Blusen bekleidet waren.

Da endlich trat der Alte wieder ein. Auf seinen Wink wurde die Tür sorgfältig wieder verschlossen, und die beiden Posten, welche mit ihm eingetreten waren, pflanzten sich mit ihren Gewehren vor derselben auf. Der Kapitän schritt auf das Podium zu und erklärte, als er auf demselben Platz genommen hatte:

„Ich verlange, daß niemand seinen Platz verläßt! Es ist ein Verräter unter uns. Einer der Unserigen ist droben im Hof meuchlings überfallen und so gewürgt worden, daß er die Besinnung verloren hat. Man hat ihn gefesselt und geknebelt und ihm die Maske abgenommen. Der Täter befindet sich unter uns, denn im Gang ist die Zahl der Unserigen richtig gewesen, während am Tor einer zu viel gewesen ist."

Er machte eine Pause, welche von keinem Laut unterbrochen wurde, und fuhr dann fort:

„Ich habe bisher Gründe gehabt, Vorkehrungen zu treffen, daß keiner von euch den anderen kennt; darum gebot ich, daß ein jeder in Maske erscheine. Diese Gründe bestehen auch heute noch; ich kann also nicht verlangen, daß sich die Versammlung demaskiere; aber ich kenne einen jeden einzelnen genau. Es mag einer nach dem anderen herbeikommen und hier bei mir seine Maske lüften; der Verräter wird auf diese Weise sicher entdeckt und unschädlich gemacht werden. Tretet in geordnete Reihen zusammen, damit kein Irrtum entsteht, mag ein jeder seinen Nachbarn beaufsichtigen, daß es dem Fremden nicht gelingt, sich unter diejenigen zu stellen, welche sich hier bei mir als Brüder ausgewiesen haben."

Infolge dieses Befehles entstand eine Bewegung im Saal, welche dem Deutschen Gelegenheit gab, seinen Vorsatz auszuführen. Während die Anwesenden sich Mühe gaben, in Reih und Glied zu gelangen, erhob er mit einer gedankenschnellen Bewegung den Arm – ein kräftiger Ruck, und der Nagel fuhr aus der Wand. In demselben Augenblick stürzten sämtliche vier Leuchter von der Decke herab auf die Köpfe der darunter Befindlichen.

Die Flammen ergriffen die leichten Kleider der Verletzten, ihre angstvollen Rufe erschollen. Eine ungeheure Verwirrung entstand. Mit den geordneten Reihen war es aus.

„Sauve qui peut – rette sich, wer kann!" riefen hundert Stimmen.

Bei der Menge der Anwesenden standen diese dicht gedrängt.

Diejenigen von ihnen, deren Kleider in Brand geraten waren, brüllten vor Angst und Schmerz; die anderen suchten aus ihrer Nähe zu kommen, um nicht auch von der Flamme ergriffen zu werden. Man drängte nach der Tür, und der Kapitän sah ein, daß Mord und Totschlag entstehen werden, wenn er die Versammlung zwinge, hierzubleiben. Er rief also dem Posten zu:

„Öffnet den Eingang, rasch, rasch! Der Verräter mag lieber entkommen!"

Die Tür wurde aufgeschlossen, und nun entstand dort ein fürchterliches Gebalge, da ein jeder der erste sein wollte, welcher der Gefahr entrann. Nur einige wenige Besonnene drängten sich zu den Brennenden, um ihnen beizustehen und womöglich die Flammen zu löschen.

Fritz hatte zunächst die Absicht gehabt, sich, sobald die Leuchter stürzten, nach der Tür zu retirieren, durch welche der Alte eingetreten war; er wußte zwar nicht, wohin sie führte, aber sie gewährte wenigstens die Hoffnung auf irgendeinen Rettungsweg; natürlich gab er diese Absicht sofort auf, als er den Befehl des Alten hörte, die Tür zu öffnen. Nun war ja alles gut; nun war ja jede Gefahr vorüber. Er schloß sich also denen an, welche die Kraft ihrer Ellenbogen in Anwendung brachten, um rasch aus dem Saal zu kommen.

Der Kapitän hatte kaum den soeben erwähnten Befehl gegeben, so erhob sich der eine seiner Begleiter und sagte im Ton des Vorwurfes:

„Aber den Verräter sollten Sie auf keinen Fall entkommen lassen!"

Es war die Stimme des alten Grafen Rallion, welcher heute mit Lemarch nach Ortry gekommen war. Der dritte war des ersteren Sohn, der Oberst. Die grauen Schnurrbartspitzen des Kapitäns zogen sich in die Höhe, so daß man sein gelbes Gebiß sehen konnte.

„Keine Sorge!" antwortete er. „Folgen Sie mir rasch, meine Herren!"

Er sprang, von den anderen beiden gefolgt, zu der hinteren Tür hinaus, die hinter ihnen verschlossen wurde. Jenseits derselben lief ein Gang weiter, aber es führte auch eine schmale Treppe empor. In einer Nische stand eine Lampe. Der Kapitän ergriff sie und eilte die Treppe hinauf. Sie führte zu einer Steinplatte, welche der Alte zur Seite schob. Beim Schein des Lichtes sahen die beiden Rallions, daß sie sich in einem öden Gemach befanden, welches drei Fenster hatte, die aber ohne

Glas und Rahmen waren. Der Kapitän blies die Lampe aus und sagte:

„Rasch durch das Fenster hinaus in den Hof und nach dem Tor! Wir kommen eher als die anderen. Ich habe ein besonderes Paßwort für den Ausgang; es heißt ‚Bonaparte'. Jeder, welcher fort will, muß es sagen. Der es nicht weiß, ist der Eindringling. Damit es schneller geht, helfen Sie mir beide!"

Ein Sprung durch das nicht sehr hoch liegende Fenster brachte sie auf den Hof, und eben als die ersten der Verschworenen aus dem Turm traten, hatten die drei das Tor erreicht, wo sie sofort Posto faßten.

„Halt!" rief der Alte den herbeiströmenden Männern entgegen. „Ein jeder hat das Ausgangswort einem von uns dreien zu sagen, aber so leise, daß es der Spion nicht hören kann. So fangen wir ihn doch! Vorwärts!"

Fritz befand sich unter den vordersten. Wäre er jetzt umgekehrt, so hätte er Verdacht erweckt; man hätte ihn sicher sogleich ergriffen. Er griff in die Tasche, zog sein Messer und ließ sich von den hinter ihm Stehenden ganz willig vorwärtsschieben. Bereits hatten mehrere das Paßwort gesagt und gehen dürfen, da kam er vor den alten Rallion zu stehen. Er wollte sich an diesem vorüberdrängen, aber der Graf faßte ihn.

„Halt, Mann, das Wort!" gebot er.

Fritz beugte sich an des Fragenden Ohr, als ob er es ihm zuflüstern wolle, versuchte aber dabei, sich durch einen plötzlichen Ruck loszureißen. Der Graf jedoch hatte Verdacht gefaßt, hielt ihn bei der Bluse fest und rief:

„Das ist er. Haltet ihn – haltet ihn!"

Sein Sohn, der Oberst, streckte sofort beide Hände nach Fritz aus, ließ sie aber mit einem lauten Aufschrei sinken, denn das Messer des Deutschen war ihm quer über das Gesicht gefahren. Ein Stich in die Hand des Grafen zwang auch diesen, die Bluse fahrenzulassen, und somit war Fritz frei. Obgleich sich die Hände aller nach ihm ausstreckten, gelang es doch keinem, ihn wieder zu fassen. Er sprang davon und in den Wald hinein.

„Ihm nach!" kommandierte der alte Kapitän.

Jetzt war vom Paßwort keine Rede mehr, denn alle stürmten durch das Tor dem Flüchtigen nach. Dieser aber hatte nicht die mindeste Angst vor seinen Verfolgern. Es galt nur, seinen Kräutersack in Sicherheit zu bringen; denn fand man diesen, so konnte leicht erraten werden, wer der Spion gewesen sei. Er sprang also mit weiten Sätzen an der Mauer hin und dann unter die Bäume hinüber, riß den Sack unter der Buche hervor und eilte noch einige Schritte tiefer in den Wald hinein. Dann aber sagte er sich, daß jedes Geräusch die Franzosen nur auf seine Fährte bringen müsse; er kroch also in ein vor ihm liegendes Dickicht hinein und verhielt sich da ganz ruhig.

Er hörte die Schritte der Verfolger und ihre Rufe. Einige Male war man ihm ziemlich nahe, bald aber lag der Wald in scheinbar ununterbrochener Ruhe da. Doch war Fritz vorsichtig genug, in dem einmal eingenommenen Schlupfwinkel zu verharren. Er legte sich den weichen Sack unter den Kopf, streckte sich so bequem aus, als die Sträucher es gestatteten und dachte, seine Lage überlegend:

„Wo bin ich? Was für ein altes Gemäuer ist diese Ruine? Das muß ich wissen. Wenn ich ausreiße und fortlaufe, bis ich aus dem Wald hinauskomme, werde ich nicht wissen, wo ich gewesen bin. Darum bleibe ich liegen bis morgen früh und sehe mir das Ding bei Tageslicht an."

Er atmete einige Male tief auf und fuhr dann fort:

„Es war eine verteufelte Suppe, die ich mir da eingebrockt hatte. Ich glaube sicher, diese Kerle wären mir ans Leben gegangen. Und was habe ich davon? Nichts, gar nichts. Der Alte hatte ja kaum die Rede angefangen. Hätte er sie vollenden können, so wüßte ich, was man eigentlich bezweckt. Das ist dumm, sehr dumm. Wer muß nur der alte Schnurrbart sein? Zwei sind verwundet, der eine in der Hand und der andere über das Gesicht. Auf diese Weise kann ich beide wiedererkennen. In die Brust wollte ich nicht stechen, denn ein Menschenleben schont man so lange als es nur immer geht!"

Müller hatte während des ganzen Tages an den Maler denken müssen, der so unvorsichtig gewesen war, sich nach dem Rittmeister von Königsau zu erkundigen. Er hatte am Nachmittag mit Alexander einen Spaziergang gemacht und dann das Abendessen allein auf seinem Zimmer verzehrt. Nachdem dies geschehen war, verlöschte er seine Lampe und wartete. Er wußte, daß der alte Kapitän mit den beiden Rallions ausgegangen war und wollte ihre Rückkunft vorüberlassen, ehe er ausführte, was er sich vorgenommen hatte; denn es galt, von dem Alten nicht überrascht zu werden.

Die Zeit verging, und der Harrende wurde unruhig. Der Kapitän war mit seinen Begleitern nach dem Eisenwerk gegangen; die dort geltende Arbeitszeit war bereits verflossen, und Müller konnte von seinem Fenster aus sehen, daß man alle Lichter verlöscht hatte. Wo blieben die drei Männer? Jedenfalls hatten sie die heimlichen Niederlagen aufgesucht, um sie einer Inspektion zu unterwerfen. Wo aber befanden sich diese Niederlagen? Es gehörte zur Aufgabe Müllers, dies ausfindig zu machen. Aber konnte er es entdecken, wenn er hier sitzen blieb, um die Rückkehr jener zu erwarten? War es nicht vielleicht besser, in den geheimen Gang einzudringen, in welchem sie sich befinden mußten?

Übrigens hatte er sich vorgenommen, den Maler zu belauschen. Er kannte ja die Einrichtung des Zimmers, welches dieser bewohnte; er hatte ja da den Alten beim Mord des Fabrikdirektors beobachtet. Vielleicht war es möglich, über die Person und die Absichten dieses sogenannten Herrn Haller etwas Näheres in Erfahrung zu bringen.

Wartete der Deutsche noch länger, so ging jener vielleicht schlafen, und dann war nichts zu erlangen. Er erhob sich also von seinem Sitz, auf welchem er still im Dunkeln gesessen hatte, und lauschte zum Fenster hinaus. Es herrschte überall die größte Ruhe und Stille. Er wagte also, seinen Gang anzutreten.

Vorher traf er dieselben Vorbereitungen wie früher. Er legte den Buckel ab, verkleidete sich und steckte die beiden Revolver und die Blendlaterne in die Tasche. Dann stieg er zum Fenster hinaus, glitt über das Dach und kletterte am Blitzableiter hinab. Als er am Zimmer des Alten vorüberkam, war es in demselben vollständig dunkel.

In demselben Augenblick aber, als Müller den Fußboden erreichte, legte sich eine Hand auf seine Schulter. Er drehte sich blitzschnell um und griff nach seiner Waffe.

„Pst, keine Sorge!“ flüsterte es. „Ich tue Ihnen nichts; ich will nur mit Ihnen sprechen.“

„Wer sind Sie?“ fragte Müller.

„Das werden Sie erfahren. Kommen Sie.“

Der Mann sprach nicht den Dialekt der hiesigen Gegend, sondern den des südlichen Frankreichs. Soweit Müller bei der herrschenden Dunkelheit erkennen konnte, trug jener weite Hosen, welche bis an die Knie reichten, eine Jacke, einen Gürtel und auf dem Kopf einen Fez; er ging also ganz ähnlich wie die Zuaven gekleidet.

„Sind Sie vielleicht Militär?“ fragte Müller.

„In meiner Heimat trägt jeder Mann die Waffe“, antwortete der Fremde.

„Also Zuave oder Türke, nicht wahr?"

„Nein. Aber kommen Sie!"

Müller hielt es für geraten, mit dem geheimnisvollen Mann zu gehen. Wer war er? Was wollte er? Hing seine Anwesenheit mit den Heimlichkeiten dieses Schlosses zusammen? Fast schien es so. Vielleicht konnte man von ihm etwas erfahren.

Der Fremde schritt gerade vom Schloß ab, hinaus nach den Feldern. Dort angekommen, hielt er an einem Rain inne, setzte sich ohne Umstände nieder und sagte:

„Setzen Sie sich; es redet sich so besser!"

Müller folgte dieser Weisung und wartete gespannt auf das, was er hören werde.

„Wer sind Sie?" fragte der Fremde.

„Warum fragen Sie?" gegenfragte Müller.

„Weil ich wissen muß, wer Sie sind."

„Vielleicht erfahren Sie es, vielleicht auch nicht. Wer sind denn Sie?"

„Sie erfahren das auch vielleicht. Doch da Sie mir nicht sagen wollen, wer Sie sind, so werden Sie mir wohl sagen, was Sie sind."

„Unter Umständen werden Sie dies auch erfahren."

„Ich weiß es bereits."

„Ah! Nun?"

„Sie sind einer, der in die Fenster anderer Leute steigt, um sich zu holen, was ihm gefällt."

Ah, dieser Mann hielt den Deutschen für einen Spitzbuben, für einen Einbrecher, weil er gesehen hatte, daß er am Blitzableiter heruntergekommen war, das gab Müller Spaß, und er beschloß, ihn bei diesem Glauben zu lassen.

„Haben Sie etwas dagegen?" fragte er dann.

„Nein", antwortete der Fremde. „Sie scheinen ein kühner Mann zu sein."

„Das bringt mein Handwerk mit sich", lachte der Deutsche.

„Ich liebe den Mut und die Entschlossenheit. Wissen Sie, daß ich Ihnen sehr schaden kann?"

„Hm! Wieso?"

„Ich könnte Sie festnehmen!"

„Alle Teufel!"

„Und den Diebstahl anzeigen."

„Sie machen mir angst."

„Haben Sie keine Sorge; ich werde es nicht tun, wenn ich sehe, daß Sie dankbar sind!"

Diese Worte wurden in einem Ton gesprochen, welcher Zutrauen erwecken sollte. Müller ging darauf ein und antwortete:

„Wenn Sie schweigen wollen, so dürfen Sie auf mich rechnen."

„Gut; ich hoffe, daß Sie Verstand haben. Wohnen Sie hier in der Nähe?"

„Ja."

„Wo?"

„In Ortry."

„In Ortry selbst? Das ist gut! So kennen Sie auch alle Leute, welche auf dem Schloß wohnen?"

„So ziemlich."

„Kennen Sie auch die Umgegend des Schlosses und eine Ruine, welche man den alten Turm nennt?"

„Ja."

„So ist alles gut. Sie sind ein Mann, der nicht wählerisch in dem ist, was er tut, wenn es nur etwas einbringt. Wollen Sie sich ein schönes Stück Geld verdienen?"

Müller mußte sich Mühe geben, ein herzliches Lachen zu unterdrücken. Er antwortete:

„Sehr gern. Geld braucht man immer, zumal unsereiner."

„Nun, ich biete Ihnen für die Arbeit von drei Stunden hundert Franken."

„Alle Wetter, das wäre ja ganz leidlich bezahlt!"

„Das denke ich auch. Und dennoch biete ich Ihnen noch hundert Franken mehr, wenn Sie noch einen Mann versorgen, auf den man sich verlassen kann."

„Vielleicht ist es möglich. Nur muß ich wissen, um was es sich handelt."

„Das sollen Sie hören. Ich wünsche, ein Grab geöffnet zu sehen?"

„Ein Grab?" fragte der Deutsche, jetzt in Wahrheit überrascht. „Auf dem Kirchhof?"

„Das werden Sie noch erfahren. Vorher muß ich wissen, ob Sie mir dienen wollen und noch einen zweiten Mann mitbringen können."

„Ja", antwortete Müller langsam; „was mich betrifft, so fürchte ich mich ganz und gar nicht, ein Grab zu öffnen, und ich wüßte wohl auch einen, der für hundert Franken bereit wäre, das Abenteuer mitzumachen. Ehe ich aber einen festen Entschluß fasse, muß ich natürlich wissen, um welches Grab es sich handelt."

Er vermutete, es gelte die Öffnung irgendeines Erbbegräbnisses, um die Leiche zu berauben. Ein solcher Vorschlag war sehr leicht möglich, da der Fremde ihn ja für einen Einbrecher hielt. Dieser aber antwortete:

„Wir sprachen von dem alten Turm. Sind Sie einmal dort gewesen?"

„Das versteht sich; ja."

„Haben Sie bemerkt, daß ein Grab ganz in seiner Nähe liegt?"

„Ja. Es wird, glaube ich, das Heidengrab genannt."

„So ist es. Wissen Sie auch, wer dort begraben liegt?"

„Gewiß! Die erste Gemahlin des Barons de Sainte-Marie."

„Nun gut, dieses Grab wollen wir öffnen."

Müller fuhr erstaunt empor. Das hatte er nicht erwartet. Er fragte schnell:

„Ah, Sie denken, man habe der Baronin Geschmeide oder so etwas mit in die Erde gegeben?"

„Nein. Ich habe eine Absicht auf die Baronin selbst."

„Was soll das heißen?"

Der Fremde schwieg eine Weile und antwortete dann:

„Ich will die Gebeine der Baronin haben und werde sie mit mir fortnehmen."

Das war erstaunlich! Wer war dieser Mann? In welchem Verhältnis stand er zu der Toten, daß er danach trachtete, ihre Überreste zu besitzen? Das Zusammentreffen mit ihm konnte für Müller von außerordentlicher Bedeutung sein. Darum beschloß er, sich ihm willfährig zu zeigen, und antwortete:

„Sie zahlen also zweihundert Franken, wenn ich mich dieser Arbeit unterziehe und noch einen Gehilfen mitbringen werde?"

„Ja. Sobald das Grab geöffnet ist, erhalten Sie das Geld. Wollen Sie?"

Müller reichte ihm die Hand und sagte:

„Ja, ich will."

„Kann ich mich auf Sie verlassen?"

„Vollständig. Und auf den anderen ebenso wie auf mich selbst. Zwei verschwiegenere Leute können Sie nicht finden."

„Nun gut. Wann paßt es Ihnen? Morgen abend wäre mir die liebste Zeit."

„Mir auch."

„So kommen Sie eine Stunde vor Mitternacht mit Ihrem Kameraden an das Grab. Ich werde dasein und auf Sie warten. Heben Sie die Rechte empor und schwören Sie, daß Sie mich nicht verraten wollen."

Es war Müller, als ob er vor einem wichtigen Ereignis stehe.

Er war vollständig entschlossen, den Auftrag zu übernehmen. Er selbst hatte ja bereits den Entschluß gefaßt, das Grab zu öffnen, um zu sehen, ob es leer sei oder wirklich eine Leiche enthalte; darum ging er mit vollem Ernst auf das Gebot des Fremden ein. Er erhob die Hand und schwor:

„Ich schwöre Ihnen in meinem Namen und im Namen meines Kameraden, daß wir Sie nicht verraten, sondern Ihnen redlich beistehen werden, Ihre Absicht zu erreichen."

„Allah akbar! Das ist nicht der Ton eines Spitzbuben und Einbrechers!" sagte der Fremde. „Ich gewinne Vertrauen zu Ihnen, und will Ihnen nun auch sagen, wer ich bin. Ich bin Abu Hassan, der Zauberer, Direktor einer Künstlerbande, welche morgen in Thionville eine große Vorstellung geben wird."

„Und warum wollen Sie die Gebeine der verstorbenen Baronin besitzen?"

„Das werde ich Ihnen vielleicht sagen, nachdem ich Sie als treu und verschwiegen erkannt habe. Doch sagen Sie mir auch Ihren Namen und den Ihres Gefährten!"

„Diese beiden Namen werden Sie dann erfahren, wenn auch ich erkannt habe, daß ich mich auf Sie verlassen kann. Sie mögen aus dieser Vorsicht ersehen, daß Sie es nicht mit leichtsinnigen Menschen zu tun haben, sondern sich auf uns verlassen können.

Abu Hassan nickte mit dem Kopf.

„Vielleicht handeln Sie richtig, vielleicht auch nicht", sagte er; „aber dennoch werde ich zur bestimmten Zeit am Grab sein. Sollten Sie nicht eintreffen oder mich gar verraten, so haben Sie im letzteren Fall eine schwere Sünde auf Ihrem Gewissen und Allah wird Sie strafen."

„Hier, nochmals meine Hand darauf, daß ich Sie nicht täusche. Wer aber soll das Handwerkszeug besorgen? Sie oder ich?"

„Sie. Ich werde nur den Kasten mitbringen, welcher die Gebeine aufnehmen soll, und gebe ihnen außerdem zu bedenken, daß ich kein Christ, sondern Moslem bin, der sich verunreinigt, wenn er die Überreste eines Toten anrührt. Ich werde mit graben helfen, aber die Gebeine haben Sie in den Kasten zu tun."

Der Zauberer griff in seine Tasche und zog einen Beutel hervor.

„Hier gebe ich Ihnen hundert Franken", sagte er. „Das andere Hundert werden Sie erhalten, sobald wir morgen fertig sind."

Müller schob die mit dem Geld ausgestreckte Hand zurück und entgegnete:

„Behalten Sie für heute die hundert Franken. Ich pflege erst dann den Lohn anzunehmen, wenn ich die Arbeit vollendet habe."

„Allah il Allah! Sie sind ein ehrlicher Mann, obgleich Sie ein Christ und ein Spitzbube sind. Erst jetzt bin ich überzeugt, daß Sie mich nicht betrügen werden! Gute Nacht!"

„Gute Nacht!"

Der Fremde ging, und Müller blieb zurück, ganz eingenommen von dem Ereignis, welches sich so unerwartet abgespielt hatte. Wer hätte das denken können! Er, der deutsche Edelmann und Offizier, hatte sich von einem herumziehenden Gaukler als Leichenräuber engagieren lassen! Das war eben so undenkbar, wie es einfach gekommen war.

Natürlich rechnete er in dieser abenteuerlichen Angelegenheit auf die Hilfe seines Dieners, den er jedenfalls bereits morgen am Vormittag benachrichtigen mußte, denn Fritz allein konnte die Vorbereitungen treffen und das notwendige Werkzeug besorgen, ohne Aufsehen und Verdacht zu erregen.

Nun schritt Müller nach dem Park zurück.

Er mußte sich nach dem Häuschen begeben. Dort angelangt, ging er einige Male um dasselbe herum, um sich zu überzeugen, daß sich niemand in demselben befinde. Dann trat er ein, zog die Tür hinter sich zu, brannte die Laterne an, um sich beim Schein derselben zu überzeugen, daß er sich allein befinde, öffnete die geheime Tür, trat zwischen die Doppelwand und verschloß dann den Eingang wieder.

Jetzt stieg er die Treppe hinab und erreichte den Gang. Die linker Hand liegende Tür war fest verschlossen wie das vorige Mal. Müller schritt also zur rechten Hand in den Gang hinein, steckte aber seine Laterne dabei in die Tasche. Es war ja sehr leicht möglich, daß er sich durch den Schein derselben verraten konnte. Er hatte den unterirdischen Gang genügsam kennengelernt, um zu wissen, daß derselbe keine Fährlichkeiten bot, sondern daß man sich nur an der Mauer fortzutasten brauchte, um ohne Schaden in das Schloß zu gelangen.

Freilich kam der Doktor im Finsteren langsamer vorwärts, als wenn er sich der Laterne bedient hätte, aber die Zeit war ihm doch nicht lang geworden, bis er an der Erweiterung des Ganges bemerkte, daß derselbe zu Ende sei. Jetzt zog er die Laterne vor und griff zu gleicher Zeit nach der Uhr, um zu sehen, wie die Zeit stehe. Es war gerade Mitternacht.

Da war nun freilich keine große Hoffnung vorhanden, den

Maler noch belauschen zu können, da dieser sich jedenfalls bereits zur Ruhe begeben hatte. Aber dennoch stieg Müller die Treppe hinan, welche er sich von seiner vorigen Exkursion her sehr wohl gemerkt hatte.

Als Fritz, sein Diener, währenddessen den Verfolgern glücklich entkommen war, war der alte Kapitän natürlich mit den beiden verwundeten Rallions in der Ruine zurückgeblieben. Dem Obersten strömte das Blut in einem breiten Strahl aus dem Gesicht. Er hätte gern geflucht und gewettert, mußte aber schweigen, da ihm sonst das Blut in den Mund gelaufen wäre. Desto mehr aber wetterte sein Vater, der einen Stich mitten durch den Handteller erhalten hatte.

„Was glauben Sie wohl, Kapitän", sagte er; „bin ich etwa nach Ortry gekommen, um mich um meine Hand bringen zu lassen?"

„Pah, ein kleiner Stich!" entgegnete der einsilbige Alte.

„Ein kleiner Stich, der mich aber lähmen kann! Wie nun, wenn die Flechsen zerschnitten sind? Gibt es hier jemanden, der etwas von Wunderarzneikunst versteht?"

„Mich selbst. Es ist nur gut, daß wir bereits einen Vorrat von Verbandzeug, Scharpie und dazugehörigen Medikamenten angelegt haben. Ich muß übrigens nach den Verbrannten sehen, welche sich jedenfalls noch im Saal befinden. Kampferwasser wird Ihnen die Schmerzen sofort stillen. Kommen Sie!"

„Kapitän, ich gebe Ihnen eine Gratifikation von tausend Franken für diejenige Person, welche den Kerl herausbekommt, dem wir diese Störung zu verdanken haben!"

„Und ich selbst lege noch tausend Franken dazu", sagte der Alte im grimmigsten Ton. „Doch kommen Sie! Ich muß zunächst zu meiner Lampe!"

Er führte sie über den Hof hinweg nach einem Tor, welches sich in der Hauptfront öffnete, schritt mit ihnen durch einige Zimmer, bis er in dasjenige gelangte, durch dessen Fenster sie gesprungen waren. Hier stand noch die ausgelöschte Lampe. Der Kapitän brannte sie wieder an und hieß die Rallions die Treppe hinabsteigen. Er folgte ihnen und brachte die Steinplatte wieder in ihre Lage. So gelangten sie aus dem Gang in den Saal.

Dort waren die Flammen erloschen. Es hatte tiefe Finsternis geherrscht; aber trotz derselben befanden sich noch Menschen hier. Es waren die durch ihre Brandwunden Beschädigten und eine Anzahl anderer, welche bei ihnen zurückgeblieben waren.

Die Lampe des Alten brachte Licht in das Dunkel. Die Verwundeten stöhnten und baten um Hilfe.

„Ruhe!" gebot der Alte. „Es soll euch Hilfe werden, doch einem nach dem anderen."

Er setzte die Lampe nieder und verschwand für kurze Zeit durch die hintere Tür. Als er wieder zurückkehrte, brachte er eine Anzahl Lichter, welche sofort angebrannt wurden, und Verbandzeug mit. Der Oberst war der erste, welcher verbunden wurde, dann kam dessen Vater an die Reihe. Es war jetzt noch nicht zu bestimmen, ob vielleicht ein Teil seiner Hand gelähmt bleiben werde.

Die Wunden der Verbrannten waren nicht sehr gefährlich, aber desto schmerzhafter. Der Alte verband sie so gut wie möglich und überließ es dann den Gesunden, die Kranken nach Hause zu geleiten. Bis sie sich entfernt hatten, ging er ab und zu, um die Eingänge zu verschließen; dann meinte er zu den beiden Rallions, die sich noch allein im Saal befanden:

„Durch die unterirdischen Gänge können wir nicht zum Schloß zurückkehren."

„Warum nicht?" fragte der Graf.

„Weil wir das Tor verlassen haben, und weil man ja Ihre Verletzung morgen sehen wird, sie aber nicht begreifen könnte."

„Aber womit wollen wir sie erklären?"

„Pah, das ist sehr leicht! Wir sind im Dunkeln über eine Wiese gegangen, da hat eine Sense gelegen. Der Oberst ist auf den Stiel getreten, und so schlug ihm das Sensenblatt quer über das Gesicht. Ihnen aber, Graf, ist die Spitze in die Hand geraten. Kommen Sie. Wir müssen uns sputen, denn es fällt mir ein, von Ihnen gehört zu haben, daß Sie Ihrem Maler noch heute seine Instruktionen geben wollen."

Sie verließen die Ruine und wanderten durch den Wald nach dem Schloß, welches sie erreichten, als Müller kaum seine eigentümliche Unterredung mit Hassan, dem Zauberer, begonnen hatte.

Natürlich erregte es die höchste Verwunderung der Dienerschaft, die Herren so spät heimkehren zu sehen, und dieses Erstaunen wurde durch die Verwundung der Rallions noch gesteigert, doch wagte natürlich keiner, eine Frage auszusprechen.

Die Damen waren zur Ruhe gegangen, die Herren begaben sich in ihre Zimmer; vorher aber ließ der Graf dem Maler sagen, daß er ihn in drei viertel Stunden noch aufzusuchen gedenke. In seiner Wohnung angekommen, nahm er Papier und Kuverts hervor und schrieb gegen eine halbe Stunde lang. Dies ging an, da glücklicherweise die linke und nicht die rechte Hand verwundet war. Dann steckte er die Briefe in ihre Kuverts, verschloß die letzteren und begab sich zwei Treppen höher, wo der Maler sein Zimmer hatte und ihn noch erwartete.

Haller, oder vielmehr Lemarch, erhob sich sehr höflich beim Eintritt des Grafen und bot ihm einen Sessel an. Der Graf nahm gerade in demselben Augenblick Platz, in welchem hinter der getäfelten Wand Müller seine Laterne in die Tasche steckte und die Täfelung, welche die geheime Tür bildete, ein klein wenig zur Seite schob, wodurch eine enge Ritze entstand, welche aber weit genug war, um das Zimmer überblicken zu können.

„Ich komme, Ihnen Ihre Instruktionen zu übergeben, mein lieber Rittmeister“, begann der Graf. „Sie werden nicht umfangreich sein. Die Hauptsache, welche ich Ihnen mitzuteilen habe, ist, daß Sie bereits morgen früh abreisen können.“

Lemarch verbeugte sich zum Zeichen, daß er gehorchen werde.

„Es wird Ihnen durch die Papiere der Weg geordnet werden. Übrigens weise ich Sie auf das zurück, was wir bereits am Morgen besprochen haben. Haben Sie sich den Namen des Offiziers gemerkt?“

„Ja. Rittmeister Richard von Königsau.“

„Richtig! Sie gewinnen die Freundschaft desselben und suchen ihn auszuforschen. Ist er zu sehr zurückhaltend, so erwähnte ich bereits, daß er vielleicht Verwandte . . .“

„Er hat eine Schwester“, fiel Lemarch schnell ein.

„Ah!“ lächelte der Graf. „Häßlich?“

„Schön!“

„Woher wissen Sie das?“

„Es gibt einen Hauslehrer hier, einen Deutschen, welcher die Familien kennt.“

Die Stirn des Grafen verfinsterte sich bedeutend.

„Sie haben mit diesem Mann gesprochen?“ fragte er.

„Ja, gnädiger Herr.“

„Ich muß doch nicht etwa befürchten, daß Sie sich in einer Weise unterhalten haben, welche diesen Menschen auf allerlei Vermutungen bringen könnte?“

Die Wangen des Rittmeisters röteten sich denn doch ein wenig, aber er antwortete in einem sehr entschiedenen Ton:

„Ich glaube, niemals Veranlassung gegeben zu haben, mich für plauderhaft und unvorsichtig zu halten!“

Der Graf schien befriedigt zu sein. Er nickte mit dem Kopf und meinte:

„Ich will Ihnen gern glauben. Übrigens ist dieser Lehrer auf jeden Fall ein sehr unbedeutender Mensch, von dem man gar nicht zu sprechen braucht. Hier haben Sie noch einige Legitimationen, welche Ihnen von Nutzen sein werden. Sie wissen: Wie die Arbeit, so der Lohn. Ich hoffe, daß Sie sich Ansprüche auf eine bedeutende Anerkennung erwerben werden, und bin überzeugt, daß Sie, von Eifer getrieben, Ortry bereits verlassen haben werden, wenn ich erwache. Darum werden wir uns bereits jetzt verabschieden, mein lieber Lemarch."

Er reichte demselben die Hand und entfernte sich, nachdem der Rittmeister noch einige Worte gesagt hatte, um zu versichern, daß er alle seine Kräfte anstrengen werde, um seine Aufgabe einer glücklichen Lösung zuzuführen.

Jetzt las Lemarch die Legitimationen durch, warf einen Blick auf die Adressen der Briefe und ging noch einige Minuten im Zimmer auf und ab. Dann hörte Müller ihn die Worte sagen:

„Jetzt aber endlich zur Ruhe. Es ist spät, und ich muß früh erwachen."

Er schob Briefe und Legitimationen auf dem Tisch zusammen, entkleidete sich und legte sich zu Bett, nachdem er seine Lampe ausgelöscht hatte.

„Also deshalb fragte er mich nach mir!" dachte Müller. „Diese Herren scheinen zu wissen, daß ich Vertrauen genieße. Dieser Lemarch soll sich an mich schmeicheln und mich zur Verräterei verführen. Bedanke mich, Monsieur! Werde Ihnen den Weg noch besser ebnen, als die vier Briefe es tun werden!"

Er wartete, bis ein ruhiges, schwaches Atmen ihm die Überzeugung gab, daß der Franzose fest eingeschlafen sei. Jetzt schob er die Täfelung weiter auf, so daß er eintreten konnte. Er schlich zum Tisch hin, nahm sämtliche Papiere an sich und kehrte in den Gang zurück. Nachdem er die geheime Tür wieder verschlossen hatte, zog er sein Notizbuch und die Laterne hervor und kopierte sämtliche Papiere, die Adressen der Briefe und auch eine Reiseroute, welche sich dabei befand.

Es kam ihm der Gedanke, die Briefe mit in sein Zimmer zu nehmen, um sie zu öffnen, zu kopieren und wieder zu verschließen. Er traute sich die hierzu notwendige Geschicklichkeit wohl zu, aber seine Gefühle sträubten sich dagegen, als Offizier und Edelmann sich einer Entheiligung des Briefgeheimnisses schuldig zu machen. Er kehrte also, nachdem er den Eingang wieder geöffnet, in das Zimmer zurück, legte alles an den früheren Ort zurück und entfernte sich.

Nachdem er die Täfelung geschlossen hatte, stieg er die Treppe hinab und kehrte durch den Gang nach dem Parkhäuschen zurück. Er war mit den Erfolgen des heutigen Abends vollständig zufrieden. Sie gaben ihm Gelegenheit, sich in der Heimat auszuzeichnen und auch seine hiesigen, persönlichen Angelegenheiten vorteilhaft zu verfolgen.

Als er das Schloß erreicht hatte und am Blitzableiter emporkletterte, bemerkte er im Zimmer des Alten noch Licht. Er warf einen Blick durch das Fenster und fuhr erschrocken zurück, denn gerade da, hart am Fenster, stand der Kapitän, mit dem Rücken nach ihm gekehrt. Er hatte ein geheimes Fach seines Schreibtisches geöffnet und hielt ein Paket Banknoten in der Hand, deren Nummern er zu mustern schien.

Müller konnte ihm über die Schulter blicken und sah, daß alle diese Noten gezeichnet waren. Er erkannte sehr deutlich die Anfangsbuchstaben der Namen; er prägte sich auch einige der Nummern ein. Es war kein Zweifel, er sah hier die Banknoten, welche der Alte dem Fabrikdirektor abgenommen hatte.

Er beobachtete nun mit größer Spannung jede Bewegung des Kapitäns und sah deutlich, daß dieser die Noten in das geheime Fach zurücklegte und dieses letztere mit einer verborgenen Feder schloß. Er gab so genau Achtung, daß er überzeugt war, dieses Fach leicht auffinden und öffnen zu können. Dann kletterte er zum Dach empor.

Er sagte sich allerdings, daß es sehr leicht möglich sei, daß er noch eine weitere, für ihn nützliche Entdeckung machen könnte, wenn er den Alten länger beobachtete; aber wie leicht konnte dieser das Fenster öffnen und heraussehen, und das wäre ja doch das Schlimmste, das Gefährlichste gewesen, was passieren konnte.

In seinem Zimmer angekommen, schrieb Müller zunächst die Banknotennummern auf, welche er sich gemerkt hatte; dann nahm er sein Notizbuch hervor und verfaßte einige Briefe. Als er diese versiegelt hatte, setzte er sich breit vor einige große, leere Bogen hin, mit der Miene eines Mannes, der an eine sehr wichtige Arbeit geht. Seine Feder flog über das Papier, die Bogen füllten sich, neue kamen hinzu, und als er geendet hatte, waren so viele Folioseiten beschrieben, daß er selbst über die bedeutende Zahl derselben erstaunte.

„Das ist schnell genug gegangen“, lächelte er. „Ich habe aber auch niemals eine Arbeit mit solcher Lust gefertigt, wie diese hier. Ich hoffe, sie wird ganz den Eindruck machen, für welchen sie berechnet und geschrieben ist."

Er legte das Manuskript beiseite. Es enthielt die Unterschrift: „Unwiderleglicher Beweis, daß vor Verlauf eines Dezenniums kein Krieg mit Frankreich zu befürchten steht. Auf Veranlassung des großen Generalstabes geliefert von Rittmeister Richard von Königsau."

Nun endlich griff er zum letzten Male zur Feder. Er schrieb folgenden Brief:

„Meine gute Bertha!

Ihr werdet schon längst eine Nachricht von mir erwartet haben und sollt sie auch nächster Tage erhalten, ausführlich, wie Ihr es ja stets von mir gewohnt seid. Jetzt aber habe ich zu solcher Vollständigkeit noch nicht die hinreichende Zeit; ja, ich fand noch nicht einmal die Muße, an die Mutter und an den Großvater zu schreiben.

Diese Zeilen gelten Dir, weil mich die höchste Notwendigkeit drängt, Dir für einen als gewiß zu erwartenden Fall die nötigen Instruktionen zu erteilen. Ein französischer Rittmeister, namens Bernard Lemarch, kommt nämlich als ein Landschaftsmaler Haller nach Berlin, um sich um meine Freundschaft zu bewerben und mich über die Anschauungen unserer Diplomaten und Strategen auszuhorchen. Ich bin überzeugt, daß Frankreich bereits in wenigen Wochen den Krieg erklären wird, und ebenso sicher weiß ich, daß wir imstande sind, den so leichtsinnig hingeworfenen Fehdehandschuh ohne Befürchtung aufzuheben. Aber es handelt sich darum, den geheimen Emissär zu täuschen, gerade so, wie er uns zu betrügen trachtet. Daher übersende ich Dir das beifolgende Manuskript.

Haller, alias Lemarch, beabsichtigt nämlich, sobald seine Bemühungen bei mir erfolglos sein sollten, Deine Zuneigung zu gewinnen, um so viel wie möglich von derselben zu profitieren. Du wirst ihm sagen müssen, daß ich mich in Litauen auf Besuch bei einem alten Verwandten befinde. Infolgedessen wird er sich bei Dir nach meiner Tätigkeit, nach meinen Arbeiten erkundigen, und Du wirst Dir da die Erlaubnis abschmeicheln lassen, das beiliegende Manuskript lesen zu dürfen. Alles übrige überlasse ich Deiner mir so wohlbekannten weiblichen Klugheit, zu der ich alles Vertrauen besitze, und bitte Dich, mich über den Erfolg sofort brieflich zu belehren. Ich stehe mit ähnlichen Arbeiten natürlich umgehend zur Verfügung und ersuche Dich, Deinen Brief an meinen Fritz zu adressieren, nämlich ‚Friedrich

Schneeberg, Herboriseur (Kräutersammler) in Kondition bei Herrn Doktor Bertrand in Thionville.' Er wird ihn mir richtig zustellen. Hier darf ich es nicht wagen, Briefe aus Berlin zu empfangen.

Indem ich Dich ersuche, Mama und Großpapa von mir herzlichst zu grüßen, verspreche ich ihnen nochmals einen baldigen, langen Brief, umarme Dich, liebe Schwester, und sende Dir den innigsten, brüderlichsten Kuß von Deinem

herzenskranken Richard.

NB. Ich habe meine Dresden-Blasewitzer Dame unerwartet gefunden."

Müller las die geschriebenen Zeilen noch einmal durch und verschloß sie dann nebst dem Manuskript in ein geräumiges Kuvert. Als er sich schlafen legte, war die Nacht bereits vorüber, und der Morgen brach herein. Deshalb legte der Fleißige sich nicht in das Bett, sondern auf das Sofa, um beizeiten wieder aufzuwachen.

Seine Verkleidung hatte er natürlich abgelegt, bevor er das Licht anbrannte, da er keinen Augenblick sicher war, von dem alten Kapitän durch die Glastafel belauscht zu werden. Doch hatte er bereits im stillen beschlossen, demselben dieses Beobachten gehörig zu verleiden.

Er mochte kaum ein Stündchen geschlafen haben, als ihn der Schall von Hufschlägen erweckte. Er erhob sich und trat an das Fenster. Es war ein Wagen angespannt worden, und soeben stieg der Maler ein, um sich nach dem Bahnhof von Thionville fahren zu lassen. Sein hübsches Gesicht hatte einen sehr unternehmenden, hoffnungsvollen Ausdruck. Er gedachte wohl, mit großen Erfolgen heimzukehren; aber der da oben, von ihm unbemerkt, am Fenster stand, kannte diese Erfolge bereits genau. Er konnte sich auf die geistreiche Schwester verlassen, von der er wußte, daß sie den Franzosen so bedienen werde, wie es der Bruder von ihr erwartete.

Müller nahm wieder auf dem Sofa Platz und schlief zum zweiten Male ein. Er erwachte wieder vom Schall einer überlauten, kreischenden Musik und warf den ersten Blick auf seine Uhr; es war wahrhaftig bereits neun Uhr! Dann sah er durch das Fenster hinunter in den Schloßhof. Dort standen sechs phantastisch gekleidete Musikanten, welche sich bemühten, mit zwei Klarinetten, einem Horn, einer Oboe, einer Posaune und einer Trommel irgendeine Art von Marsch zu Gehör zu bringen. In der Nähe hielten auf Pferden vier theatralisch aufgeputzte Personen, drei Männer und ein Frauenzimmer. Als der Marsch beendet war, erhob der Trommler seine Stimme und verkündigte, daß heute nachmittag zwei Uhr Thionville nebst Umgegend das ungeahnte Glück haben werde, die weltberühmte Künstlertruppe anzustaunen.

Die Leistungen wurden unter der pompösesten Titulatur aufgezählt, und da in dieser Gegend sich nur höchst selten einmal eine solche Gesellschaft sehen ließ, so war es kein Wunder, daß sämtliche Schloßbedienstete zusammenliefen und auch die Herrschaften an das Fenster traten, um die Künstlervagabunden in Augenschein zu nehmen.

Ganz in der Nähe der wunderlich aufgeputzten Reiter stand Alexander. Er hatte seine Freude an den Leuten und fragte, als der Tambour geendet hatte:

„Was kostet das Billett?“

„Numerierte vordere Reihe fünf Franken, hintere Reihe vier Franken, erster Platz drei Franken, zweiter zwei, dritter einen Franken und Stehplatz außerhalb der Barriere einen halben Franken“, antwortete der Mann geläufig. „Wollen Sie einige Billetts behalten, gnädiger Herr? Wenn Sie jetzt abonnieren, erhalten Sie die besten Plätze von Nummer eins an!“

Er hatte mit geübtem Auge erkannt, daß der Frager der Sohn der Herrschaft sei, und so einem Lieblingssöhnchen vermögen die Eltern nicht zu widerstehen.

„Fünf Billetts vordere Reihe!“ befahl Alexander.

Er hatte gar nicht darauf geachtet, daß die Baronin oben das Fenster öffnete und ihm winkte. Er zog seine Börse, welche trotz seiner Jugend stets wohlgefüllt war, und bezahlte fünfundzwanzig Franken. Die Künstler zogen befriedigt ab.

Nach kurzer Zeit klopfte es an Müllers Tür, und Alexander trat herein. Sein Gesicht war sehr gerötet, ob vor Freude oder wegen eines anderen Seeleneffektes oder irgendeiner Anstrengung, das ließ sich nicht bestimmen.

„Haben Sie sie gesehen, Monsieur Müller?“ fragte er.

„Wen? Die Künstler?“

„Ja, natürlich!“

„Ich habe sie allerdings gesehen“, antwortete lächelnd der Deutsche, als er die vor Freude blitzenden Augen des Knaben sah.

„Ich habe fünf Billetts genommen. Hier ist eins. Sie fahren natürlich mit, Monsieur.“

„Ah! Ich? Wer fährt noch mit?“

„Zunächst Mama . . ."
„Nicht möglich!" entfuhr es Müller.
„Warum nicht möglich? Sie zürnte mir; aber was ich will, das will Mama schließlich doch immer auch", meinte Alexander in stolzem Ton.
„So sind noch zwei Billetts übrig."
„Sie sind bereits verschenkt. Marion und Mademoiselle Nanon fahren mit."
„Diese beiden?" fragte Müller erstaunt. „Waren sie sofort einverstanden?"
„Oh, eigentlich nicht. Marion meinte, es schicke sich nicht so recht für uns, diese Art von Schaustellungen zu besuchen; aber als Dank für die beiden Bukette vom Heidengrab wolle sie mir ihre Zusage geben. Ist dies nicht sehr lieb von ihr? Mademoiselle Nanon war somit gezwungen, sich ohne allen Widerspruch anzuschließen."
„Und wenn nun ich widerspreche?" lächelte Müller.
„Oh, Sie widersprechen nicht", behauptete Alexander; „das sehe ich Ihrem guten Gesicht ja sofort an. Nicht wahr, ich habe richtig geraten?"
„Ja, ich werde Ihnen die Freude nicht verderben, mein lieber Alexander.
„Ich danke Ihnen! Und wissen Sie, was Mama Ihnen sagen läßt?
„Nun?
„Sie sollen mit ihr und mir in einem Wagen Platz nehmen; im anderen fahren Marion und Nanon. Ist das nicht allerliebst von der Mama? Aber ich muß fort, denn bei einer solchen Veranlassung sind tausend Vorbereitungen zu treffen."
Er eilte fort. Müller war es gar nicht unlieb, diesen Abu Hassan in seinen Kunstleistungen kennenzulernen; aber fast verdutzt machte ihn die Einladung der Baronin, mit in ihrem Wagen Platz zu nehmen. Welchen Grund hatte sie dazu? War es die Anerkennung für die Liebe, welche er Alexander eingeflößt hatte?
Er schritt nachdenklich im Zimmer auf und ab, trat an den Spiegel, um sich zu betrachten, und fand, daß seine künstliche Hautfarbe an Tiefe verloren hatte. Er nahm ein Fläschchen, welches Nußschalenextrakt enthielt, tauchte den Pinsel hinein und bestrich sich Gesicht, Hals und Hände von neuem mit dieser die Haut verdunkelnden Feuchtigkeit, welche, da es leicht ist, mit derselben verschiedene älter machende Schattierungen anzu-

bringen, nicht wenig dazu beigetragen hatte, sein Äußeres zu verändern.

Hierauf trat er an das Fenster und musterte die draußen liegende Frühlingslandschaft.

„Ah, was ist das?“ fragte er sich. „Da draußen unter der Linde liegt einer. Ist das vielleicht Fritz? Und von der Spitze scheint etwas herabzuhängen, was ich auch noch nie gesehen habe. Ich muß sogleich das Fernrohr nehmen, um mich zu überzeugen.“

Er holte das Fernrohr, öffnete die Fensterflügel und visierte nach der Linde hinüber. Da sah er deutlich seinen Fritz mit dem Fernrohr sitzen. Dieser erkannte auch ihn genau, denn er zog den Hut vom Kopf und grüßte mit demselben. Er hatte jedenfalls etwas Wichtiges zu berichten; dies zeigte seine Gegenwart bei der Linde.

Müller nahm sein weißes Taschentuch und winkte damit, zum Zeichen, daß er kommen werde, und sofort erhob sich Fritz, um nach dem Wald zu gehen.

Auch Müller verließ das Schloß, nachdem er die heute nacht geschriebenen Briefe zu sich gesteckt hatte, und tat, als wolle er ein wenig ausgehen. Er schlenderte langsam dem Park zu, nahm aber dann einen schnelleren Schritt an und eilte dem Wald entgegen, in welchem an der verabredeten Stelle Fritz aus den Büschen trat.

„Guten Morgen, Herr Doktor“, grüßte er freundlich. „Ausgeschlafen?“

„Wenig geschlafen.

„Ich gar nicht.

„Gar nicht? Ah, du hast Wache gehalten?

„Ja, aber nicht da, wo ich sollte?

„Wo sonst?

„In einer alten Ruine, wo die Verschwörer zusammenkommen, und wo ich beinahe um das Leben gekommen wäre.

„Du bist nicht klug!“ rief Müller erschrocken. „Du hast dich doch nicht etwa ohne meine Genehmigung in eine Versammlung dieser fanatisierten Franzosen gewagt?“

„Leider doch!“ antwortete Fritz in kläglich komischem Ton.

„Und bist erwischt worden? Fritz, du wirst uns wirklich noch verraten!“

„Fällt mir gar nicht ein. Das Ding hat keine anderen Folgen gehabt, als daß ich während der Nacht zwischen den Sträuchern mir den Rücken wund gelegen habe.

„So erzähle!

„Nicht hier am Weg, sondern etwas tiefer im Wald. Hier könnten wir überrascht werden."

Sie schritten weiter zwischen die Bäume hinein, und nun erzählte Fritz sein nächtliches Abenteuer. Sein vorhergehendes Zusammentreffen mit Nanon verschwieg er aber.

Als er geendet hatte, zeigte Müllers Gesicht einen ganz erstaunten Ausdruck.

„Wunderbar, daß ich von dieser Ruine noch nichts gehört habe!" sagte er. „Wie es scheint, sind die von uns gesuchten Vorräte dort zu finden, während wir annahmen, daß sie in der Nähe des alten Turmes versteckt seien. Ist es weit bis zu der Ruine?"

„Oh, gar nicht so sehr weit; kaum so weit wie bis zum Turm."

„So führe mich hin, ich muß sie sehen."

Sie gingen, und unterwegs ließ Müller sich verschiedenes noch ausführlicher berichten.

„Also einen eisgrauen Schnurrbart hatte der Redner?" fragte er.

„Ja; der Bart war dicht und lang. Als der Mann meine Anwesenheit entdeckt hatte, fletschte er die Zähne, wie ein Bullenbeißer, welcher jemand anspringen will."

„Er ist's! Es war kein anderer!"

„Wer?"

„Der alte Kapitän von Schloß Ortry. Und wenn mich nicht alles trügt, so waren die beiden anderen der Graf Rallion mit seinem Sohn, dem Obersten, der die Baronesse Marion zur Frau haben will."

„Der Teufel soll sie ihm schaffen!" zürnte Fritz. „Die ist für einen anderen bestimmt."

Dabei blinzelte er seinen Herrn von der Seite an, doch dieser tat, als ob er es gar nicht bemerkte, sondern fragte in gelassenem Ton weiter:

„Und du weißt bestimmt, daß du die beiden anderen verwundet hast?"

„Ganz bestimmt. Dem einen habe ich das Messer über das ganze Gesicht weg gezogen, und der andere muß ein gewaltiges Loch in der Hand haben, denn ich entsinne mich, daß ich das Messer in der Wunde umgedreht habe, als ich davonsprang."

„Die beiden haben sich heute noch nicht sehenlassen, aber ich werde es erfahren, ob sie es waren. Spät genug sind sie nach Hause gekommen. Aber, Mensch, was hättest du denn gemacht, wenn die Tür nicht wieder geöffnet worden wäre?"

„So wäre ich durch die hintere Tür entsprungen."
„Aber wohin?"
„Das weiß der liebe Gott, ich nicht!"
„Du wärst jedenfalls in einen unterirdischen Gang geraten und hättest da, wenn du nicht vorher entdeckt worden wärst, auf schändliche Weise verhungern können!"
„Ich vertraute auf den lieben Gott, der bekanntlich keinen Deutschen verläßt."
„Gegen ein braves Gottvertrauen habe ich nicht das mindeste einzuwenden, doch darf es nicht zur Tollkühnheit verleiten. Sei vorsichtiger das nächste Mal! Ich bedarf deiner und mag dich nicht auf so leichte Weise verlieren. Das ist aber die Hauptsache nicht, sondern du bist ein braver Kerl; ich habe dich lieb und will nicht, daß dich dein Mut in eine Lage bringt, aus welcher ich dich nicht retten kann."
„Dieses Wort danke Ihnen der liebe Gott, Herr Rittmeister!" sagte Fritz, die Hand seines Herrn ergreifend. „Vielleicht kommt die Zeit, in der ich es zu einem kleinen Teil vergelten kann."
„Das kann man nicht wissen. Der Krieg bricht sicher los. Wir kämpfen nebeneinander; da ist es leicht möglich, daß wir einander Dienste leisten müssen, an die wir jetzt noch nicht denken mögen. Der Himmel sei uns dann gnädig gesinnt!"
Fritz kannte jetzt die Richtung sehr genau, in welcher er die Ruine zu suchen hatte. Sie erreichten dieselbe wirklich eher, als sie den alten Turm erreicht hätten. Als sie an der Front hinabschritten, in welcher sich die Einfahrt befand, erkannte Müller, daß der Bau ein Kloster gewesen sein müsse.
Sie durchschritten die Durchfahrt, doch sprang Fritz zurück, um sich vorher einige Kienäpfel zu holen, denn ohne Licht konnte man da unten im Saal nichts erkennen.
In dem großen Hof angekommen, zeigte er seinem Herrn den Ort, wo er den Mann überfallen, und dann die Turmecke, in welcher er ihn gefesselt hatte. Dann traten beide durch die Torpforte ein und schritten den Gang hinab. Fritz machte den Führer, da er das Beleuchtungsmaterial für unten aufsparen wollte. Sie gelangten an die Treppe und durch diese in den unteren Gang. Die Tür zum Saal war nicht verschlossen. Sie traten ein.
Jetzt zog Fritz seine Kienäpfel und ein Zündhölzchen hervor und brannte einen an. Das dunkelgelbe, rauchige Licht konnte nur wenig Helle verbreiten, aber sie erkannten doch, daß hier noch gar nicht aufgeräumt worden war. Die Scherben der zer-

brochenen Leuchter lagen noch zertreten und zerstampft am Boden, und – sie wichen beide erschreckt zurück, denn da öffnete sich die hintere Tür und herein trat der alte Kapitän mit einer großen Laterne und einem Besen in der Hand.

Der Lichtschein fiel auf die beiden Dastehenden. Der Kapitän sah sie und erkannte Müller auf den ersten Blick. Ein schneller Gedanke durchzuckte ihn. Was wollte Müller hier? Er war ein Deutscher. War er vielleicht der gestrige Eindringling? Wer war der andere, der neben ihm stand?

Mit raschen Schritten trat der Alte auf Müller zu und fragte drohend:

„Monsieur, was tun Sie hier?"

Der Gefragte hatte sich schnell gefaßt. Er antwortete im ruhigsten Ton:

„Etwas sehr Interessantes; ich durchstöbere diese Ruine. Hätte ich von ihrem Dasein etwas gewußt, so hätte ich mir auch eine Laterne mitgebracht, wie Sie, gnädiger Herr."

Diese Antwort machte den Alten bestürzt.

„Sie haben nichts von ihr gewußt?"

„Nein."

„Bis wann?"

„Bis vor wenigen Minuten, als wir sie erblickten."

„Wir! Wer ist dieser Mann?"

„Ein Bekannter von mir."

„Ah, Sie haben Bekannte hier?"

Der Alte zog die Schnurrbartspitzen empor und zeigte seine Zähne. Fritz sah sofort, daß dieser Mann der gestrige Redner gewesen sei. Die letzte Frage war in einem so höhnisch inquirierenden Ton gesprochen, daß Müller auch ein schärferes Wort auf die Lippen kam:

„Verbieten Sie mir vielleicht, hier Bekanntschaften zu haben?"

Der Alte trat erstaunt einen Schritt zurück, setzte die Laterne zu Boden und sagte:

„Monsieur Müller, wie kommen Sie mir vor! Wer ist es, der hier Fragen zu stellen hat?"

„Ein Lebender jedenfalls nicht, sondern nur die Toten, denen dieses Kloster einst gehörte. Hier im Reich des Verfalles ist ein jeder dem anderen gleich."

Diese Antwort frappierte den Kapitän. Er meinte etwas ruhiger:

„Sie sind hier fremd; ich durfte mich wohl wundern, daß Sie von einer Bekanntschaft sprachen."

„Wir lernten uns auf dem Schiff kennen. Dieser Mann ist der Kräutersammler des Doktors Bertrand in Thionville."

„Ah, der Mademoiselle Nanon gerettet hat?"

„Ganz derselbe."

„Was tut er hier?"

Müller antwortete, da er den Verdacht des Alten ahnte:

„Ich litt gestern an Blutandrang nach dem Kopf, weshalb ich mich sehr zeitig schlafen legte. Da aber die Zimmerluft das Übel verschlimmert hat, so machte ich einen Spaziergang durch den Wald. Dort traf ich diesen Mann, welcher eine seltene Pflanze suchte, Sonnentau, einen vorzüglichen Tee. Auch ich kenne das kleine, empfindsame Gewächs, welches zu den fleischfressenden Pflanzen gehört, und erbot mich, mit zu suchen. Wir kamen auf diese Weise tief in den Wald hinein und standen plötzlich vor der Ruine."

„Von welcher Sie noch nichts gehört hatten?"

„Kein Wort!"

„Können Sie mir dies auf Ihre Ehre versichern?"

„Ich gebe mein Ehrenwort, bis vor kurzer Zeit vom Dasein dieser Ruine nicht das geringste gewußt zu haben!" versicherte Müller im Ton der Wahrheit. „Aber wozu diese Dringlichkeit? Wozu dieses Examen? Wozu diese Laterne und dieser Besen? Herrscht hier vielleicht ein Räuberhauptmann, ein Blaubart, ein menschenfressender Riese? Hat hier nicht ein jeder freien Zutritt, der sich für Altertümer interessiert?"

„Schweigen Sie!" donnerte ihm der Alte entgegen. „Wissen Sie, daß die Ruine auf meinem Grund und Boden liegt?"

„Ich weiß es nicht, aber ich kann es mir denken."

„Nun gut; ich bin der Grundherr, ich habe hier zu befehlen, und ich verbiete Ihnen, jemals dieses Kloster wieder zu betreten!"

„Mir, dem Erzieher Ihres Enkels?" fragte Müller mit gut gespieltem Erstaunen.

„Ja."

„Und Fremde dürfen Zutritt nehmen?"

„Wer sagt Ihnen, daß Leute hier gewesen sind?"

„Blicken Sie zu Boden! Sehen Sie nicht, daß diese Spuren noch ganz frisch sind?"

„Das geht Sie nichts an!" rief der Alte. „Sie sollen hier nicht denken; Sie sollen hier nicht urteilen! Ich bin der Herr. Packen Sie sich hinaus!"

Da zuckte Müller gleichmütig die Achseln und antwortete:

„Mir ist es sehr gleich, wer hier zu denken und zu urteilen hat. Draußen aber wird man auch urteilen, nämlich über die Art, in welcher man von hier hinausgeworfen wird, über die Sonderbarkeit, daß ein Kapitän der Kaisergarde hier mit dem Besen regiert, und über andere Dinge, welche fast vermuten lassen, daß hier nicht alles in Ordnung ist."

Da sprang der Alte wütend auf ihn zu, faßte ihn am Arm und rief:

„Monsieur, was wollen Sie mit Ihren Vorwürfen sagen, he?"

„Nichts weiter, als daß ich Ihrem Befehl, diesen Ort zu verlassen, zwar gehorche, dennoch aber streng darauf bestehen muß, fernerhin in anderer Weise angesprochen zu werden. Ein deutscher Doktor der Philosophie steht in gesellschaftlicher und intellektueller Beziehung keineswegs unter einem französischen Kapitän der Kaisergarde!"

„Ah, das wagen Sie!" knirschte der Alte, indem sein Bart sich förmlich sträubte. „Ich werde Sie entlassen, ich werde Sie fortjagen!"

„Pah, das können Sie nicht. Sie sind der Herr Kapitän Richemonte; mein Kontrakt aber ist vom Herrn Baron de Sainte-Marie unterzeichnet und untersiegelt. Adieu, Herr Kapitän!"

Er ging, und Fritz folgte ihm.

„Ah, gehen Sie!" rief ihm der Alte nach. „Ich werde nachher mit Ihnen sprechen!"

Als die beiden draußen angelangt waren, gingen sie erst eine Weile schweigend nebeneinander her. Dann aber bemerkte Fritz:

„Jetzt haben Sie sich einen unversöhnlichen Feind geschaffen."

„Jedenfalls."

„Der Ihnen niemals verzeihen wird!"

„Das muß ich geduldig tragen. Die Grobheiten dieses Mannes waren ganz danach, mich herauszufordern. Ich habe ihm geantwortet; wir sind also quitt."

„Oh, noch nicht! Er wird Sie fortjagen!"

„Ich werde nicht gehen!"

„Wirklich nicht? So wird er Sie beunruhigen!"

„Ich werde mir das verbitten!"

„Er wird Ihnen die Lösung Ihrer Aufgabe unmöglich machen!"

„Ich habe ihn nicht zu fürchten, obgleich er alles zu regieren meint. Denken wir nicht an ihn! Ich habe dir etwas Wichtigeres zu sagen. Kannst du unbemerkt Hacken und Schaufeln besorgen?"

„Warum nicht?"
„Für heute abend?"
„Sehr leicht!"
„Nun wohl; wir werden ein Grab öffnen."
„Donnerwetter! Ein Grab aufmachen? Das klingt ja ganz unmöglich!"
„Kennst du den Zauberer Abu Hassan, der heute in Thionville Vorstellungen gibt?"
„Ja. Er wohnt im Gasthof, dem Doktor Bertrand gegenüber. Es ist ein Frauenzimmer bei seiner Truppe, welches mir heute eine förmliche Liebeserklärung gemacht hat."
„Glücklicher Mann, die Liebe einer Künstlerin zu erringen!"
„Hm, die Kunst ist in ihr bereits über dreißig Jahre alt geworden, Herr Doktor!"
„Desto größere Anerkennung verdient sie. Aber, bleiben wir bei der Sache! Abu Hassan ist jedenfalls ein Orientale; die erste Frau des Barons stammte auch aus dem Orient. Beide müssen in irgendeiner Beziehung zueinander gestanden haben, denn er ist gekommen, sich ihre Gebeine zu holen."
„Das kommt mir noch mehr als orientalisch vor. Aber was haben Sie und was habe ich mit diesem Hassan und diesen orientalischen Gebeinen zu tun?"
„Wir sollen sie ihm mit aus der Erde hacken."
„Warum denn gerade wir?"
„Ja, die Veranlassung ist geradezu lächerlich. Ich stieg gestern Abend am Blitzleiter herab, während er aus irgendeinem Grund um das Schloß herumstrich. Er hielt mich für einen Einbrecher, einen Dieb. Und da ein solcher sich wohl zu einer widerrechtlichen Öffnung eines Grabes dingen läßt, so bot er mir zweihundert Franken, wenn ich ihm behilflich sei, das Heidengrab zu öffnen und noch einen Arbeiter mitbringen wolle."
„Und Sie haben das wirklich angenommen?"
„Ja. Ich glaube annehmen zu dürfen, daß die Baronin gar nicht gestorben ist, und also auch nicht begraben worden sein kann. Entweder ist das Grab leer, oder es enthält eine falsche Leiche. Ich muß mich überzeugen und werde also heute abend dort eintreffen."
„Ich bin dabei; aber das Geld nehmen wir nicht."
„Das versteht sich ganz von selbst! Richte es also ein, daß du noch vor elf Uhr mit den Werkzeugen am Grab anlangst. Jetzt wollen wir uns trennen. Für morgen habe ich einen Weg für dich. Hier sind Briefe. Du gehst mit ihnen über die Grenze und

gibst dieselben drüben auf der ersten deutschen Postanstalt ab. Ich traue hier nicht recht und vermute, daß sie mir geöffnet werden könnten."

Er gab dem Diener die Skripturen, und dann trennten sich die beiden.

Als Müller das Schloß erreichte, war es bereits über zwölf Uhr. Ein Diener sagte ihm, daß der Herr Kapitän soeben befohlen habe, den Doktor Müller zu ihm zu schicken, sobald er von seinem Spaziergang zurückgekehrt sei.

Also der Kapitän befand sich bereits daheim! Das war für den Deutschen ein ganz unanfechtbarer Beweis, daß zwischen dem Schloß und der Klosterruine ein sehr kurzer unterirdischer Weg vorhanden sei. Müller fürchtete den Alten nicht im mindesten und begab sich in größter Seelenruhe nach dem Zimmer desselben.

Der Kapitän saß am Schreibtisch und schrieb. Als Müller eintrat, erhob er sich rasch, warf die Feder auf den Tisch und sagte:

„Monsieur, ich habe Sie zu mir kommen lassen, um Ihnen das zwischen mir und Ihnen bestehende Verhältnis einmal klarzumachen."

Er befand sich augenscheinlich in einem Zustand hochgradiger Erregung. Dieser Umstand aber beirrte den Deutschen ganz und gar nicht. Er antwortete:

„Das ist mir außerordentlich angenehm. Auch ich liebe die Klarheit und werde gegenwärtig gern das Meine beitragen, um zu ihr zu gelangen."

Der Alte tat, als ob er die Kampfbereitschaft, welche in diesen Worten lag, gar nicht bemerkte, oder er bemerkte sie wirklich nicht, sondern fuhr in rücksichtslosestem Ton fort:

„Sie haben sich vorhin in der Ruine eine Sprache erlaubt, die ich nicht dulden kann."

Der Deutsche zuckte die Achseln und meinte:

„Da liegt die Schuld jedenfalls an meiner musikalischen Begabung."

„Wie meinen Sie das?" fragte der Kapitän stutzend.

„Nun, ich habe mich früher sehr mit Harmonielehre und Generalbaßstudien beschäftigt, und seit jener Zeit bin ich immer ein Freund des Harmonischen geblieben. Ich antworte in Dur, wenn man mich in Dur fragt, und rede in Moll, wenn man in Moll zu mir spricht. Der Herr Kapitän beliebte, in der Ruine eine Redeweise anzuwenden, welche sehr strignendo klang;

mein musikalisches Rechtsgefühl erlaubte mir nur, strignendo zu antworten."

„Larifari! Was verstehe ich von Ihrem Dur, Moll und Strignendo! Ich habe Sie einfach zu fragen, ob Sie mich als Ihren Herrn anerkennen, dem Sie unbedingt und auf alle Fälle zu gehorchen haben. Antworten Sie strikt: ja oder nein?"

„Nein!"

„Ah, also wirklich nein?"

„Wirklich nein!"

„So jage ich Sie zum Teufel!" brauste der Alte auf.

„Ich gehe nicht!"

„Nicht? Das wollen wir sehen! Ich werde Sie zu zwingen wissen!"

„Sie können mir gar nicht zumuten, wirklich zum Teufel zu gehen, wenn es Ihnen wunderlicherweise einfällt, mich zu ihm zu schicken. Ich weiß bis heute noch nicht, wo sich die Wohnung dieses ehrenwerten Monsieurs befindet. Ich werde auch überhaupt nicht gehen, wenn Sie mich fortschicken, denn Sie haben kein Recht dazu."

„Sie widerstehen mir?"

„Allerdings. Ich bin vom Baron de Sainte-Marie engagiert, nicht von Ihnen!"

„Oho! Ich habe an seiner Stelle den Kontrakt unterzeichnet und besiegelt, und ich werde an seiner Stelle auch die Ausweisung unterschreiben und petschieren."

„Versuchen Sie es! Sie werden sehen, daß ich Sie nicht fürchte, Herr Kapitän!"

So war ihm noch keiner gekommen. Der Alte fletschte die Zähne, trat auf den Deutschen zu und rief mit dröhnender Stimme:

„So werde ich Sie mit meinen Händen erfassen und hinauswerfen!"

Müller lächelte ihm mit größter Freundlichkeit entgegen und antwortete:

„Oder die Pistole nehmen und mich erschießen, wie den Fabrikdirektor. Verstanden?"

Da fuhr der Alte zurück, als habe er ein Gespenst gesehen. Seine Augen öffneten sich weit, ebenso sein Mund, aber nicht vor Schreck, sondern vor ungeheurem Zorn.

„Herr!" donnerte er. „Soll ich Sie zermalmen?"

„Das würde Ihnen schwerwerden. Mir wird es nie einfallen, ein Blankett auszustellen, welches Sie dann mit der Erklärung ausfüllen, daß ich mich selbst morde, weil ich Ihre Gelder unterschlagen habe, die Sie doch den Augenblick vorher in guten echten, leider aber gezeichneten Banknoten einsteckten."

Jetzt stutzte der Alte doch. Er war so betroffen, daß er kein Wort hervorbrachte.

„Ich hätte Ihnen", fuhr Müller fort, „wirklich die Klugheit zugetraut, mit einem Mann meines Schlages richtig sprechen zu können; aber ich sehe leider, daß ich mich täuschte. Sie beherrschen die ganze Besitzung, so daß alle Welt Sie flieht und fürchtet, aber dem armen, buckeligen Deutschen vermochten Sie doch nicht, Respekt abzunötigen. Ein Mann der Wissenschaft, zumal meiner Wissenschaft, fürchtet keinen Menschen."

„Ihrer Wissenschaft? Welche Wissenschaft nennen Sie denn so speziell die Ihrige?"

„Die Magie."

„Die Magie? Unsinn! Reden Sie zu den alten Weibern von der Magie, aber nicht zu mir. Mit diesem Schwindel machen Sie mich nicht zum Fürchten, Monsieur Müller!"

Er hatte seine Fassung wiedergewonnen und blickte den Deutschen finster an. Dieser hielt den herausfordernden Blick gelassen aus und antwortete lächelnd:

„Sie irren. Haben Sie einmal etwas vom Erdspiegel gehört, in welchem derjenige, der es versteht, alles sehen kann, was er will, selbst die tiefsten Geheimnisse eines Menschen?"

„Unsinn und abermals Unsinn!"

„Ich werde Ihnen das Gegenteil beweisen. Ich wollte sehen, was sie taten, und blickte in meinen Spiegel. Da sah ich Sie durch eine Stelle der Täfelung in das Gemach des Direktors treten; ich sah ihn das Geld aufzählen, ich sah ihn das Blankett ausstellen, ich Sie dann, am Schreibtisch sitzend, dasselbe ausfüllen, ich sah Sie weiter in den Hintergrund des Zimmers treten, während er am Schreibtisch las, was Sie geschrieben hatten; ich sah, wie er dann nach der Leitung sprang, wie aus Ihrem Pistol der Schuß aufblitzte, wie Sie das Blankett so legten, daß es gesehen werden konnte, wie Sie in Ihre Wohnung gingen, das Geld zu verbergen, und sich dann schnell umkleideten, um den Glauben zu erwecken, daß Sie soeben erst erwacht seien. Mein Erdspiegel zeigte mir die Leitung; darum fand ich sie sogleich."

Während dieser Worte war eine schreckliche Veränderung mit dem Alten vorgegangen. Seine Augen waren vor Angst eingesunken, seine Wangen erbleicht. Er war auf einen Stuhl gesunken, und sein Schnurrbart hing trostlos hernieder. Dieser

Deutsche schilderte den Hergang so genau, als ob er selbst dabeigewesen wäre. War die Geschichte vom Erdspiegel wirklich keine leere Sage?

„Ist's wahr?“ stöhnte er. „Ist's wahr?“

„Vollständig wahr. Ich habe das alles nicht bloß gesehen, sondern auch gehört, Wort für Wort. Ich hörte die Versprechungen, welche Sie dem Direktor machten, die Erklärung, welche Sie seiner Liebe zur Baronin gaben, ich hörte, daß Sie ihn bereits am Vormittag mit ihr im Boudoir beobachtet hatten. Ich hörte von der Gratifikation, mit der Sie ihn kirrten, ich hörte alles, alles, bis der Schuß fiel, denn dann war ja nichts mehr zu hören.“

„O mein Gott, mein Gott!“

„Und so sehe ich noch jetzt das geraubte Gut, welches Sie dort im geheimen Fach hinter dem dritten Kasten verborgen halten; ein leiser Druck genügt, um die Feder zu öffnen. Soll ich es Ihnen zeigen?“

Er trat näher.

„Nein, nein!“ schrie der Alte entsetzt, indem er seine Arme abwehrend ausstreckte.

„Ich sehe sogar die Nummern der Noten“, fuhr Müller fort. „Sie sind 10,468, 17,391, 21,869 und so weiter, und darauf befinden sich die Anfangsbuchstaben der Firmen, von denen Sie der Direktor erhielt. Sagen Sie selbst, ob der Erdspiegel ein solcher Unsinn ist, wie Sie sich auszudrücken beliebten!“

Da richtete der Alte einen furchtsamen Blick auf den Deutschen und fragte:

„Und das alles ist Wahrheit?“

„Pah, zweifeln Sie immerhin daran, wenn Sie es vermögen! Aber sehen Sie es wenigstens ein, daß ein deutscher Doktor Ihnen gleichgestellt ist! Sie haben mir gedroht, mich hinauszuwerfen. Nun wohl, so werde ich Sie zwar nicht hinauswerfen, aber hinausführen lassen, nämlich von den Sergeanten der Polizei. Das Blut des Direktors schreit zum Himmel; ich kann beweisen, wer sein Mörder ist, und die Baronin soll den heimlich Geliebten gerächt sehen!“

Da fuhr der Alte empor.

„Nein, nein, nur dieses nicht! Sie sind ein fürchterlicher Mensch! Was verlangen Sie denn eigentlich von mir?“

„Sehr wenig. Ich verlange Ihre Unterschrift unter eine Bescheinigung, daß Sie der Mörder des Direktors sind.“

„Unmöglich!“ rief der Kapitän.

„Sehr möglich und sogar notwendig! Hören Sie mich an! Sie

geben mir diese Unterschrift, welche Sie sowohl mit Ihrem Siegel als auch mit Ihrem Stempel versehen. Ich bewahre dieselbe auf, bis ich von hier freiwillig abgehe. Scheiden wir im guten, so erhalten Sie die Unterschrift zurück, und niemand wird erfahren, was Sie taten. Scheiden wir im bösen, so kommt die Schrift in die Hände der Baronin. Ich gebe Ihnen fünf Minuten Bedenkzeit. Sind diese verflossen, ohne daß Sie sich zu der Unterschrift bequemen, so lasse ich die Polizei kommen. Ich brauche meine Beweise gar nicht; es genügt einfach die Tatsache, daß man die Noten bei Ihnen finden wird, während Sie in den Akten deponierten, daß der Direktor sie unterschlagen habe. Also fünf Minuten, sie beginnen jetzt. Entscheiden Sie sich."

Der Alte sah sich gefangen; es half ihm kein Leugnen. Nur eine Rettung gab es: diesen Deutschen niederzuschießen gerade wie den Fabrikdirektor.

Die Hand des Kapitäns näherte sich dem Kasten, in welchem er seine Waffen liegen hatte; da aber griff der Deutsche in seine Tasche, zog den Revolver hervor und drohte:

„Die Hand vom Kasten, oder ich schieße Sie nieder wie einen Hund, wie ein Raubtier, das Sie ja auch sind! Drei Minuten! Sie haben nur noch zwei. Ich scherze nicht, ich gebe Ihnen mein Ehrenwort, daß ich nicht eine Sekunde länger warten werde!"

Da griff der Alte nach dem dritten Kasten, um die Banknoten herauszunehmen. Er wollte sie vernichten; dann gab es keinen Beweis mehr gegen ihn. Aber sofort stand Müller bei ihm und hielt ihn zurück.

„Halt! Mich überlisten Sie nicht! Sie haben noch eine halbe Minute, dann klingele ich die ganze Dienerschaft zusammen. In deren Gegenwart dürfen Sie die Noten herausnehmen, eher aber nicht."

Er blickte nach der Uhr.

„Fünf Minuten um! Nun?"

„Sie sind ein Teufel!" ächzte der Alte.

„Pah, was nutzt das ewige Verhandeln! Ich warte nicht!"

Bei diesen Worten faßte er den Glockenzug und schellte. Da aber sprang der Alte auf und schrie in entsetzlicher Angst:

„Halt! Halt! Ich unterschreibe!"

„Was ich diktieren werde?" fragte Müller.

„Ja, alles!"

In diesem Augenblick trat der Diener ein. Der Kapitän blickte voller Angst auf Müller, was dieser sagen werde. Der Deutsche wandte sich nach der Tür und sagte:

„Der Herr Kapitän läßt Ihnen sagen, daß ich als Erzieher des Barons Alexander das Recht beanspruchen kann, an der Familientafel zu speisen. Es ist also von jetzt an für mich dort zu servieren!"

Der Domestik verbeugte sich und schritt hinaus, vor Verwunderung ganz wirr im Kopf. So etwas Unerhörtes war in diesem Haus noch niemals passiert.

„Auch das noch!" rief der Alte. „Ich wiederhole es, Sie sind ein Teufel!"

„Und Sie ein Satan!" lachte Müller. „Raisonnieren Sie übrigens nicht, sondern schreiben Sie, sonst sehe ich mich veranlaßt, nochmals zu klingeln, und dann stehe ich für nichts."

„Sie werden das Blatt keinem Menschen zeigen?"

„Solange wir Freunde sind, keinem Menschen."

„Gut, so diktieren Sie!"

Er nahm einen Bogen Papier her und griff zur Feder. Müller diktierte folgende Zeilen:

„Ich gestehe hiermit ein, daß mein Fabrikdirektor kein Selbstmörder ist, sondern von mir erschossen wurde. Die Banknoten, welche er mir nach meiner Aussage unterschlagen haben soll, hat der Getötete mir fünf Minuten vor dem tödlichen Schuß ausgezahlt.

Ortry, den 19. Mai 1870

Alouin Richemonte, Kapitän."

Der Wortlaut dieses Eingeständnisses gefiel dem Kapitän nicht. Er widersprach, er bat, er drohte; es half ihm nichts, der Deutsche beharrte eisern auf seinem Vorsatz. Endlich hielt er das Papier unterschrieben und untersiegelt in der Hand: Er trat zur Klingel und zog daran.

„Um Gottes willen, was wollen Sie noch?" fragte der Alte besorgt.

„Bleiben Sie ruhig", antwortete Müller. „Ich beabsichtige nichts Ihnen Gefährliches."

Und als der Diener eintrat, befahl er:

„Der Herr Kapitän läßt die gnädige Baronesse und Mademoiselle Nanon zu sich bitten."

„Aber was sollen denn diese?" fragte der Alte, als der Diener sich entfernt hatte.

„Sie sollen Ihre Unterschrift rekognoszieren", antwortete Müller. „Bei Ihnen muß man vorsichtig sein. Sie könnten sonst alles ableugnen und für gefälscht erklären."

Der Kapitän hätte den Deutschen erwürgen mögen, aber er

mußte seine Wut verbergen. Im stillen aber gelobte er sich Rache.

„Ich werde ihn beobachten, wenn er nachher geht", dachte er. „Ich werde sehen, wo er das Papier verbirgt. Ich werde es mir holen und die Banknoten an einem anderen Ort verstecken; dann habe ich ihn überlistet, und er ist machtlos."

Er brachte bei diesem Entschluß weder den Erdspiegel, oder, was ja ganz dasselbe war, die vorsichtige Klugheit Müllers in Rechnung.

Es dauerte gar nicht lange, so erschienen die beiden Damen, ganz begierig zu wissen, was der so seltene Ruf zum Kapitän bedeute. Sie waren erstaunt, Müller bei ihm zu sehen, und ihr Erstaunen wuchs, als dieser sie anredete:

„Mesdemoiselles, ich stehe im Begriff, mir eine sehr große Gefälligkeit von Ihnen zu erbitten. Der Herr Kapitän hat mir hier einen Revers ausgestellt, zu dessen Gültigkeit unbedingt erforderlich ist, daß zwei Personen bezeugen, daß Unterschrift, Siegel und Stempel wirklich von ihm stammen. Würden Sie die Gewogenheit haben, dies durch ein paar Worte und Ihre Unterschrift zu beurkunden?"

„Gern!" sagte Marion bereitwillig. „Großpapa, du hast das geschrieben, untersiegelt und gestempelt?"

„Ja", antwortete er, innerlich knirschend. „Aber ihr beiden dürft es nicht lesen!"

„Gut, so legen wir etwas darauf!"

Sie bedeckte den Inhalt mit einem Papierblatt und schrieb dann zwei Zeilen. Als sie fertig war, schob sie die Schrift der Freundin hin. Diese unterzeichnete, und nun las Marion vor.

„Wir haben geschrieben: ‚Daß diese Unterschrift nebst Stempel und Siegel in Wirklichkeit von der Hand meines Großvaters, des Kapitäns Alouin Richemonte, stammen, bescheinigen wir mit unserer Unterschrift. Marion de Sainte-Marie. Nanon Charbonnier.' Ist es so richtig?"

„Ganz und gar", antwortete Müller, indem er sich verbeugte. „Nehmen Sie unseren herzlichsten Dank!"

Die Damen sahen, daß sie entlassen seien, dennoch aber fragte Marion den Deutschen:

„Ich hörte von Alexander, daß Sie mit uns nach Thionville fahren werden?"

„Ja; er hat mich sozusagen zu dieser Tour gepreßt", antwortete er lächelnd.

„Uns ebenso; doch müssen wir dies schwere Leiden mit Geduld ertragen. Adieu!"

Als sie sich entfernt hatten, erhob sich der Alte und stand in der Überzeugung, daß er seinen Gegner doch noch betrügen werde, in stolzer Haltung da.

„Nun sind wir wohl fertig?" fragte er.

„Ja, obgleich ich eigentlich noch im Sinn hatte, dafür zu sorgen, daß die Banknoten nicht verschwinden, sondern als Beweis zurückbleiben. Allein derselbe ist nicht mehr nötig. Ihre Unterschrift und diejenige der Damen genügen vollständig."

„So können Sie gehen!"

Er wendete sich in einer nach seiner Ansicht imponierenden Haltung ab. Müller aber blieb stehen und beobachtete ihn mit stillem Lächeln. Da wendete jener sich rasch wieder um und fragte:

„Nun, ich denke, wir sind fertig?"

„Allerdings, bis auf eine kurze Bemerkung. Ich bin überzeugt, daß Sie mich noch immer zu niedrig taxieren. Ihre persönliche Haltung, Ihr so schnell veränderter Ton, sind eine Unvorsichtigkeit, denn sie lassen mich vermuten, daß Sie noch immer glauben, mich überlisten zu können. Ich weiß, in welcher Weise dies nur geschehen kann: Sie werden durch ein gewisses, matt geschliffenes Glas beobachten, wohin ich das Papier lege, und es mir dann stehlen. Sie werden ferner den Noten einen anderen Aufbewahrungsort geben; dann stehe ich macht- und beweislos Ihnen gegenüber, und Sie können mich wie einen Hund vom Hause jagen. Oder Sie machen es noch kürzer: Sie schießen mir eine Kugel durch den Kopf; das ist gründlich gehandelt. Da muß ich Ihnen nun leider sagen, daß ich Ihnen Schach und Matt biete. Ich fahre nachher nach Thionville. Von da aus geht eine Stafette mit diesem Papier nach meiner Heimat, wo dasselbe heilig aufbewahrt werden wird. Widerfährt mir bei Ihnen hier das geringste Leid, so wandert das Papier zum Staatsanwalt. Was dann folgt, das können Sie sich ausmalen, nachdem ich Sie jetzt verlassen habe. Adieu, Herr Kapitän!"

Er ging, aber hinter sich vernahm er noch die vor Wut förmlich herausgekeuchten Worte:

„Hole dich der Teufel! Dieses Geschöpf des Satans ist wahrhaftig allwissend!"

Kurze Zeit später fuhren die beiden Wagen vom Schloß ab nach Thionville, und Müller wurde wirklich von der Baronin eingeladen, in dem ihrigen Platz zu nehmen.

Gegenüber dem Haus, in welchem Doktor Bertrand sein Domizil aufgeschlagen hatte, befand sich ein Gasthof, welcher besonders von den Angehörigen des Mittelstandes besucht zu werden pflegte. Dort hatte der Zauberer Abu Hassan mit seiner Künstlertruppe Wohnung genommen.

Keiner von seinen Leuten wußte, woher der Chef eigentlich stammte, und keiner kannte die Quellen, aus denen er schöpfte. Mochte die Einnahme eine noch so karge sein, Hassan hatte immer Geld, die Mitglieder seiner Truppe zu befriedigen.

Niemand ahnte, daß er dieses Leben nur gewählt hatte, weil es ihn überall im Lande herumführte und ihm reichlich Gelegenheit gab, Nachforschungen anzustellen, ohne dabei auffällig zu werden. Es galt der Entdeckung eines Geheimnisses, der Vergeltung eines Verbrechens. Hassan hatte jahrelang vergebens gesucht, hatte bereits die Hoffnung aufgeben wollen, und nun, nun stand er plötzlich vor dem Anfang des Endes.

Im kleinen Stübchen, welches an die große Gaststube stieß, saß Fritz Schneeberg bei einem Glas Wein. Neben ihm saß eine der Künstlerinnen. Sie hatte auf alle Fälle bereits dreißig Jahre zurückgelegt; ihr Gesicht predigte laut von übermäßig befriedigten Leidenschaften, doch hatten Puder und Schminke das ihrige getan, ihr ein möglichst anziehendes Aussehen zu geben. Sie war bereits für die Vorstellung in ein leichtes, durchsichtiges Flittergewand gekleidet. Das blaue, goldbeflimmerte Mieder, ließ Hals, Nacken und Arme frei, und das Röckchen, kaum noch weiß von Farbe, bedeckte kaum die Oberschenkel und gab dem Blick die starken, mit durchscheinenden Trikots bekleideten Beine zur ungeschmälerten Besichtigung preis. Trotz ihrer vollen, schweren Gestalt war sie die Seilkünstlerin der Truppe, und selbst der sonst so lobeskarge Direktor hatte ihren Leistungen stets nur seine Anerkennung zuerteilt.

Jetzt also saß sie neben dem Deutschen, verschlang dessen volle, kräftige Gestalt mit gierigen Augen und versuchte, den nackten Arm auf den seinigen zu legen, was ihr aber nicht gelang, da er sich bei allen diesen Bewegungen abweisend zurückbog.

„So komm doch her! Nur einen einzigen Kuß, Goldjunge!" bat sie ihn.

„Laß mich, Mädchen!" antwortete er. „Ein Schluck Wein ist mir klieber als tausend Küsse von dir!"

„Oho!" zürnte sie. „Sehe ich denn etwa gar so widerwärtig aus?"

„Hm! Ich denke mir, den Wein hat noch niemand getrunken, du aber bist zehntausendmal geküßt worden. Das langt noch gar nicht zu. Und von wem?"

„Von wem, das geht dich nichts an! Jetzt sehe ich dich, jetzt will ich dich. Höre, ich bin den Männern stets gut gewesen; sie haben mich finden können, wo sie nur wollten, aber jetzt, jetzt habe ich dich so lieb, daß ich der ganzen Männerwelt entsagen könnte um deinetwillen."

„Entsage ihr ja nicht, denn mich kriegst du nicht!" lachte er.

„Nicht? Warum? Hast du etwa bereits eine Geliebte?"

„Leider nein."

„Nun, warum sperrst du dich! Ich will dich haben, und ich muß dich haben! Ich bin so völlig vernarrt in dich, daß ich mich gar nicht mehr kenne. Und außerdem siehst du jemanden aus meinen ersten Jugendjahren so täuschend ähnlich, daß es mir ist, als müsse ich an dir gutmachen, was ich als Kind an jenem verbrochen habe."

„Verbrochen? Wer war das?"

„Das geht dich nichts an. Und dennoch erzähle ich es dir, wenn du mir einen Kuß gibst!"

„Ich mag es nicht erfahren!"

Bei solchen stark sinnlichen Naturen macht man sehr häufig die Erfahrung, daß sie sich gerade von denen am meisten angezogen fühlen, die von ihnen abgestoßen werden. So war es auch hier. Sie griff mit den Armen abermals nach ihm, er aber schob sie zurück. Das erweckte endlich doch ihren Zorn.

„Höre, Bursche, was bildest du dir ein!" rief sie. „Was bist du denn? Ein Kräutermann, weiter nichts; und ich bin eine viel gesuchte Künstlerin, an deren jeden Finger sich gern zehn Männer hängen."

„Oho, schneide nicht auf!"

„Aufschneiden? Ah, warum will mich denn der Bajazzo heiraten, he? Warum macht er mir das Leben so schwer? Warum läßt er mir weder bei Tag noch bei Nacht Ruhe? Warum schwört er mir Rache, wenn ich seine Bewerbung zurückweise?"

„Nun, jedenfalls weil er sich auch an einem deiner Finger aufhängen will!"

„Nein, nicht deshalb, sondern weil er weiß, daß er ein riesiges Geld mit mir verdienen kann. Die Männer und Burschen sind ja alle ganz vernarrt in mich!"

„So hat dieser Bajazzo weder Liebe zur dir, noch irgendein Ehrgefühl!"

„Das fällt ihm auch beides gar nicht ein. Er ist ja eigentlich mein Stiefvater."

„Alle Teufel! Wie alt ist er denn?

„Weit in die Fünfzig. Meine Mutter, seine zweite Frau, ist früh gestorben, und von dieser Zeit an hat er mich in der Welt herumgeschleppt. Als ich Kind war, hat er meine kleine Gage stets in seine Tasche gesteckt; als ich größer und klüger wurde, hielt ich meine eigene Kasse. Das will er ändern. Ich soll seine Frau werden, damit er es wieder machen kann wie früher. Aber er bringt es nicht so weit, der Liedrian, der Trunkenbold. Er säuft von früh bis abends, so daß es ein wahres Wunder ist, daß er den Hals noch nicht gebrochen hat. Lieb wäre mir das. Doch lassen wir ihn! Komm her, Schatz, du bist mir lieber als alle, alle anderen."

Sie wollte ihn fassen; er schob sie zurück. Das verdoppelte ihre Begierde. Sie stand auf, um mehr Kraft anwenden zu können.

„Du willst nicht?" fragte sie. „Wirklich nicht? Nun, so will ich dir zeigen, daß ich mir nehme, was ich nicht freiwillig bekomme."

Sie warf sich auf ihn mit der ganzen Kraft ihres schweren Körpers. Sie umfaßte ihn mit aller Anstrengung ihrer geübten Muskeln. Er wehrte sich. Sie achtete nicht darauf, daß ihr beim Ringen das Mieder zerriß und daß das leichte Röckchen an der Ecke des Tisches vollständig Schiffbruch litt, so daß sie nun fast ganz entkleidet auf ihm lag.

Aber Fritz war ein kräftiger Patron. Er faßte sie bei den Ellenbogen, daß ihr die Gelenke knackten und schob sie von sich ab. Sie hatte sich an seiner Brust festgegriffen und wollte nicht loslassen.

„Packe dich, Dirne!" rief er endlich zornig. „Das ist kein Spaß mehr!"

Er gab ihr einen kräftigen Stoß, so daß sie rückwärts flog, aber in ihrer Faust blieb der vordere Teil seiner Bluse und des Hemdes hängen.

„Siehst du, was du anrichtest!" meinte er mit verdoppeltem Zorn. „Nun sehe ich aus wie ein Vagabund und kann nur gleich nach einer neuen Bluse laufen."

Sie aber hörte seine Worte gar nicht; sie stand unbeweglich vor ihm und starrte nach seinem Hals. Er bemerkte das und fragte:

„Was hast du, daß du mich so anstarrst?"

„Dieser Zahn, oh, dieser Zahn! Zeig her, zeig her!"
Sie griff nach der Kette, zog den Zahn näher und betrachtete ihn mit funkelnden Augen.
„Was ist's mit dem Zahn?" fragte er.
„Er ist's, er ist's. Es ist der eine! Mensch, du siehst ihm so ähnlich, dem die beiden Zwillingsknaben geraubt wurden, diese Ähnlichkeit ist mir sogleich aufgefallen; ich war ein achtjähriges Mädchen, und er war nicht viel älter als du jetzt. Sage, woher hast du diesen Zahn?"
Die Worte des Mädchens hatten ihn aufmerksam gemacht.
„Doch von meinen Eltern", antwortete er.
„Wer waren sie?"
„Das weiß ich nicht; ich bin ein Findelkind."
„Ein Findelkind!" schrie sie förmlich auf. „Wo hat man dich gefunden?"
„In der Nähe eines Dorfes bei Neidenburg in Ostpreußen", antwortete er, und richtete voller Erwartung seine Augen auf das erregt vor ihm stehende Mädchen.
Fritz glaubte, dem Mädchen die Wahrheit sagen zu können. Nanon aber, so sehr er diese anbetete, hatte er gesagt, daß er zwischen den Bergen, also wohl in der Schweiz, gefunden worden sei, weil er in der Umgegend für einen Schweizer gehalten werden sollte.
„Bei Neidenburg!" jubelte das Mädchen. „Du bist's! Du bist's! Oh, nun kann ich dich zwingen, mich liebzuhaben, denn ich weiß ein Geheimnis, welches mir deine Liebe verschaffen kann. Willst du mich liebhaben, lieb, sehr lieb? Antworte schnell!"
Sie stand vor ihm da im zerfetzten Röckchen, mit herunterhängendem Mieder; sie bemerkte es gar nicht, er aber sah es; er mußte es ja sehen, und es überkam ihn ein unwiderstehliches Grauen, ein Abscheu, ein Ekel vor diesem Geschöpf.
„Was ist's für ein Geheimnis?" fragte er.
„Sage erst, ob du mich lieben willst!" drängte sie.
„Nein!" antwortete er, sich abwendend.
„Nur dann will ich dir sagen, wer deine Eltern sind, wenn du mir gehören willst."
Schnell drehte er sich wieder zu ihr.
„Meine Eltern?" rief er. „Kennst du sie?"
„Ja, ganz genau. Ihr wart Zwillingsbrüder. Ihr wurdet geraubt auf den Befehl eines hohen Herrn, der den Räuber reich belohnte. Später aber gingt ihr verloren, du bei Neidenburg und der andere – ah, was schwatze ich da! Liebe will ich, Liebe,

Liebe, Liebe! Dann sage ich dir, wer du bist. Willst du heute abend zu mir kommen?"

Sie stand vor ihm voll unverschämter Lüsternheit, ein weiblicher Faun.

„Nein", antwortete er, errötend an ihrer statt.

„Ich nenne dir deine Eltern."

„Nein!" war seine feste, entschiedene Antwort.

Er dachte an Nanon, die Herrliche, Reine; er konnte unmöglich ja sagen.

„Ich mache dich zu einem Grafensohn", bat sie.

„Nein!"

„Nur einen Kuß, einen einzigen Kuß!"

„Auch keinen Kuß!"

Das erregte ihre Wut.

„Verdammter Hartkopf", drohte sie. „Willst du denn mit aller Gewalt ein Kräutermann bleiben? Ich verlange einen Schundpreis für das, was ich dir biete."

Da öffnete sich die Tür, und der Bajazzo trat ein. Er erblickte seine Pflegetochter. Er sah ihr derangiertes Gewand, er sah die Bluse und die Weste Fritzens geöffnet. Seine Augen funkelten vor Wut, und er fragte:

„Was macht ihr da, he? Soll ich euch mit dem Stock auseinandertreiben? Jetzt eben schlägt es zwei Uhr, und die Vorstellung soll anfangen. Wie siehst du aus, Metze! Packe dich sofort in die Garderobe! Und dieses Bürschchen da werde ich bei den Ohren nehmen und daran erinnern, daß es hier bei uns . . ."

Er hielt mitten in Satz inne. Sein Blick war auf die Kette und den Zahn gefallen. Er war betrunken, sogar sehr betrunken, aber er erbleichte dennoch. Ohne seine Schimpfreden fortzusetzen, drehte er sich um und verließ das Stübchen. Er sah so verwirrt und erschrocken aus wie einer, den die Nemesis beim Schopf fassen will.

„Was war so plötzlich mit ihm?" fragte Fritz das Mädchen.

„Er sah diesen Zahn", antwortete sie. „Siehst du, welche Wirkung dieser hat! Nach der Vorstellung sprechen wir weiter. Jetzt muß ich in die Garderobe. Aber so ist es, wenn die Liebe zu stark wird, zerreißen die Kleider. Also überlege es dir, ob du mich haben willst, wenn ich dir eine Grafenkrone dafür gebe."

Sie ging und ließ den Deutschen in größter Erregung zurück. Er stand vor der Lösung seines Geheimnisses, aber der Schlüssel stank vor Schmutz. Was sollte er tun? Oh, wenn er doch einmal mit Nanon reden könnte! Kam sie vielleicht zur Vorstellung?

Dieselbe war ja auf allen umliegenden Ortschaften angemeldet worden. Aber nein; für die Bewohner von Schloß Ortry war dies Vergnügen nicht passend.

Fritz ging, um sich eine neue Bluse zu kaufen, da er keine andere besaß, als die zerrissene.

Nicht weit vom Gasthaus war ein Laden; dorthin ging er. Er fand, was er suchte, kaufte und bezahlte das Stück und zog es sogleich an, die alte dem Händler als Geschenk zurücklassend. Als er aus dem Laden trat, kamen soeben zwei Wagen herangerollt. Im ersten erblickte er Müller und im zweiten Nanon; für die übrigen hatte er keine Augen. Beide grüßten ihn freundlich, und nun nahm er sich vor, mit Nanon zu sprechen, wenn es nur irgend möglich zu machen sei.

Unterdessen war die Seilkünstlerin in die Garderobe getreten, welche im Hinterhaus des Gasthofes lag. Alle anderen Künstler befanden sich bereits auf dem Platz, wo die Vorstellung gegeben werden sollte; nur der Hanswurst wartete auf sie.

Als sie eintrat, führte er gerade die fast geleerte Flasche an den Mund. Er trank sie aus und warf sie zu Boden, daß die Scherben umherflogen.

„Verdammte Liebelei mit diesem Burschen!“ rief er. „Und wie habt ihr euch aneinander herumgedrückt! Der ganze Anzug ist dabei zerrissen worden!“

„Geht das dich etwas an?“ fragte sie schnippisch, indem sie einen alten Kasten öffnete, um ein anderes Fähnchen herauszunehmen.

„Mich?“ meinte er erbost. „Ja, mich am allermeisten! Bin ich nicht dein Vater, dein Bräutigam?“

„Bräutigam!“ lachte sie höhnisch. „Der sitzt drinnen im Stübchen.“

„Der? Ah, der Lump, der Pflanzensucher!“

„Nein, sondern der Edelmann, der Grafensohn. Du hast ja den Zahn gesehen!“

„Den Zahn? Welchen Zahn? Den Teufel habe ich gesehen, aber keinen Zahn!“

„Lüge nicht!“ gebot sie ihm, indem sie ganz nackt vor ihm stand und nun begann, sich anzukleiden. „Du hast ihn wohl gesehen. Du bist ja sofort ausgerissen.“

„Willst du schweigen, verfluchte Dirne!“ rief er wütend. „Ich glaube gar, du willst uns an den Galgen reden!“

„Mich nicht, aber dich! Ich kann nicht bestraft werden. Ich mußte dir gehorchen; ich habe nur Wache gestanden; ich war noch ein Kind. Ich bin ihm gut. Er muß mich wiederlieben, und ich mache ihn zum Grafen."

Diese Worte waren in einem höchst entschlossenen Ton gesprochen. Der Bajazzo stand dabei mit gläsernen Augen; der Teufel des Fusels blickte aus ihnen. Er knirschte die Zähne hörbar zusammen, erhob drohend die geballte Faust und fragte:

„Das willst du? Willst du das wirklich tun, he?"

„Ja, das tue ich!" antwortete sie, die Hände beteuernd zusammenschlagend.

„Oho, da bin ich auch noch da, ich, dein Vater und Bräutigam. Ich habe das Recht, dich zu züchtigen, und ich werde davon Gebrauch machen, verstehst du mich?"

Er trat näher an sie heran. Sie gab ihm einen Stoß und rief:

„Packe dich, Süffel, du stinkst wie ein Faß!"

Der Stoß war zu stark gewesen; der Mann stürzte nieder. Aber mit der Elastizität eines Akrobaten war er wieder in die Höhe gekommen, und im gleichen Augenblick brannte eine fürchterliche, schallende Ohrfeige in ihrem Gesicht. Sie stieß einen heiseren Wutschrei aus und stürzte sich auf ihn. Er hielt ihr trotz seiner Trunkenheit scharf stand, denn das Balgen gehörte zu seinem Handwerk. Sie rauften, schlugen, kratzten und bissen sich so lange in der engen Kammer, welche die Garderobe bildete, herum, bis ein Mitglied der Truppe erschien, und sie mit dem Bemerken auseinanderriß, daß die Vorstellung bereits begonnen habe; der Direktor befehle, daß sie kommen sollten.

Der Bote entfernte sich sofort wieder. Die Seilkünstlerin kochte vor Zorn, er aber vor Wut und Eifersucht.

„Warte nur", drohte sie ergrimmt; „das tränke ich dir ein, du Kinderräuber!"

„Ah, wirklich?" fragt er, zitternd vor Schnaps und Aufregung. „Wie denn, he?"

„Ich bringe dich ins Zuchthaus; dann bin ich dich los." Und mit erhöhter, fast überschnappender Stimme fügte sie hinzu: „Warte nur die Vorstellung ab, dann kommt er, ich habe ihn bestellt. Ich sage ihm alles, alles, alles! Dann hat er mich lieb, du aber spinnst Wolle hinter engen Mauern!"

Er lachte höhnisch. Das brachte sie noch mehr auf.

„Du glaubst es nicht?" fragte sie. „Ich schwöre es dir hiermit zu mit den heiligsten Eiden, daß er es nach der Vorstellung erfährt! Nun glaube es, oder nicht; mir ist es ganz und gar gleich; dich aber bin ich dann glücklich los! Mache dich gefaßt!"

Sie warf noch ein langes Tuch über, da sie durch einige Gassen gehen mußte, gab ihm einen letzten Stoß, daß er an die Wand taumelte, und eilte fort. Er starrte ihr nach, fast sinnverwirrt vor Wut, Angst, Eifersucht und Schnaps.

„Sie tut es; sie tut es wirklich; der Teufel soll mich holen, wenn sie es nicht tut!" knirschte er. Und die Faust drohend schüttelnd, murmelte er: „Aber noch gibt es ein Mittel dagegen. Ich habe es schon oft im Kopf gehabt und nicht ausgeführt. Aber jetzt sehe ich, daß sie mich nicht will. Sie hält es mit anderen, und mich schafft sie ins Zuchthaus. Gut, heute ist's genug; heute wird's gemacht. Der Teufel soll lieber sie haben als mich!"

Und in dem offenen Kasten herumwühlend, dachte er weiter: „Ich habe sie oft gewarnt; ich brauche mir kein Gewissen zu machen. Das sind Kleider genug, die ich brauche, und dort steht die Kasse des Direktors. Hahahaha! Mich ins Zuchthaus bringen! Wir wollen sehen, wer dieses Mal gewinnt!"

Als er sich alles zurechtgelegt hatte, verließ er die Garderobe, zog den Schlüssel ab und steckte ihn in eine Mauerritze, da er in seinen Trikots keine Tasche hatte. Dann begab er sich nach dem Festplatz.

Dort befanden sich die Künstler bereits in voller Handlung. Ein hohes Turmseil weckte die gespannte Erwartung aller Zuschauer. Daneben waren mehrere tiefere Seile gezogen. Es gab ein Schwebereck und außerdem den ganzen äquilibristischen Apparat, der bei solchen Schaustellungen gewöhnlich in Anwendung kommt. Zur ebenen Erde waren große Tücher ausgebreitet, auf denen die Lustigmacher ihre Späße zu treiben hatten. Die größte Aufmerksamkeit aber erregte ein hohes Gerüst, auf welchem Abu Hassan, der orientalische Zauberer, seine unbegreiflichen Künste, die den Glanz- und Schlußpunkt der Vorstellung bildeten, produzieren sollte.

Als der Bajazzo ankam, agierten einige der Künstler auf dem niedrigen Seil, sodann folgte ein komisches Intermezzo, bei welchem er die Hauptrolle zu spielen hatte. Sie gelang ihm vortrefflich. Er mochte noch so sehr betrunken sein, während der „Arbeit" hatte der Spiritus keine Gewalt über ihn.

Nun folgte das erste Betreten des Turmseiles. Die Künstlerin lehnte nachlässig an der Leiter, welche zur Höhe führte. Sie warf das Tuch ab und stieg empor. Droben lag die Balancierstange. Sie ergriff dieselbe und machte dem Publikum eine Verbeugung. Darauf überzeugte sie sich, ob auch die vom Hauptseil nach unten hängenden Halteseile scharf angezogen seien. An diesen Seilen standen ihre Kollegen, unter ihnen auch der Bajazzo. Er hatte sich seinen Ort mit Absicht auserwählt. Gerade über ihm war die Stelle, an welcher sie sich frei niederzulegen pflegte. Sie streckte dann Arme und Beine von sich und balancierte die Stange auf der Stirn.

Jetzt schien alles in bester Ordnung zu sein. Sie betrat das Seil. Es begann in einer Höhe von vielleicht fünfzig Fuß und stieg dann bis über achtzig Fuß empor. Die Künstlerin erklomm diese Bahn sehr glücklich unter allerlei kühnen Abwechslungen in Schritt und Sprung. Dann schritt sie rückwärts wieder herab. Das Seil ging hier sehr steil empor; es war eine schwierige Partie; ein Fehltritt hätte sie zum Sturz in die Tiefe gebracht, aber das Wagnis gelang.

Fast in der Mitte des Seiles angekommen, drehte sie sich mit einem verwegenen Sprung um. Ein rauschender Applaus war zu hören. Sie ließ ihn verklingen und bedankte sich durch eine Verneigung. Dann kniete sie langsam nieder, gerade über dem Bajazzo, welcher das Halteseil mit aller Kraft anzog. Seine Augen glühten in einem wilden, teuflischen Entschluß empor. Jetzt setzte sie sich auf das Seil und ließ sich dann langsam hintenüber sinken. Als sie, lang ausgestreckt, das Gleichgewicht gefunden hatte, hob sie das eine Ende der Stange auf die Stirn und begann zu balancieren. Sodann streckte sie zunächst die Arme und später die Beine empor, ohne daß die Stange oder sie selbst aus dem Gleichgewicht gekommen wären. Dies erweckte einen dreifach lauteren Beifall als vorher.

Auf diesen Augenblick hatte der Bajazzo gewartet. Gedankenschnell sein Halteseil nachlassend und wieder anziehend, so daß der Vorgang nur von einem scharfen und aufmerksamen Kennerauge bemerkt werden konnte, teilte er dem Hauptseil eine plötzliche, scharfe Erschütterung mit. Ein schriller Aufschrei der Künstlerin überschmetterte den Applaus des Publikums; die Stange neigte sich, erst langsam und dann schneller und stürzte endlich herab. Die Künstlerin versuchte, mit den Händen das Seil zu erhaschen. Sie griff in die Luft, flog herab und schlug mit einem dumpfen Krach gerade neben dem Bajazzo auf die Erde nieder.

Dieser stand scheinbar wie vom Donner gerührt, den fürchterlichen Schrei, den tausend anwesende Menschen ausstießen, gar nicht beachtend; dann aber schlug er sich die Hände vor den Kopf und war sich jammernd neben der Verunglückten nieder.

Zugleich aber legte sich eine Hand schwer auf seine Schulter. Es war die des Direktors.

„Mörder!“ rief dieser. „Ich habe es gesehen, es war Absicht. Ich lasse dich festnehmen.“

Der Bajazzo tat, als höre er dies gar nicht. Das Publikum drängte in Massen herbei und schob die Künstler auseinander. Dies benutzte der Mörder. Er ließ sich mit Absicht abdrängen und eilte dann mit dem Ruf „ein Arzt, ein Arzt!“ davon.

Er erreichte ganz unangefochten den Gasthof, sprang über den Hof hinüber, zog den Schlüssel aus der Ritze, schloß auf und trat ein. Im Nu hatte er sich die Schminke abgewaschen, ebenso schnell flogen ihm die zurechtgelegten Kleider auf den Leib. Dann stülpte er einen Hut auf, ergriff die Kasse und trat aus der Kammer. Er verschloß diese und schleuderte den Schlüssel in das nahe Jauchenfaß. Dies verschaffte ihm eine Frist weiterzukommen.

Er war schlau genug, den Gasthof nicht durch den Eingang zu verlassen. Er schlich sich in den Garten. Für ihn als Bajazzo war es ein leichtes, sich mit der Kasse über den Zaun zu schwingen, und nun befand er sich auf einer Wiese im Freien. Er eilte über dieselbe hinüber, erreichte ein Gebüsch, welches ihn den Blicken seiner Verfolger entzog, und sprang sodann beflügelten Schrittes dem nicht sehr fern liegenden Wald zu.

Es hätte dieser Vorsicht und Eile gar nicht bedurft, denn auf Feld und Wiese befand sich heute kein Mensch, da alles in der Stadt geblieben oder nach derselben gegangen war, um der Vorstellung beizuwohnen, die nach der verlockenden Ankündigung eine noch nie dagewesene zu werden versprochen hatte.

Auf dem Festplatz war natürlich alles in der fürchterlichsten Aufregung. Mit echt französischer Lebhaftigkeit und Rücksichtslosigkeit drängte sich Mensch an Mensch, Masse an Masse. Die drei Mann Stadtsergeanten konnten nichts dagegen tun.

Zahlreiche Angstrufe und Schreie ertönten, ausgestoßen von verletzten Menschen, bis endlich die Militärbesetzung ihre Schuldigkeit begriff und nach und nach Ruhe stiftete und Ordnung in das Gewühle brachte.

Die Herrschaften von Ortry waren so klug gewesen, dem Rat Müllers zu folgen. Sie hatten schleunigst die Wagen aufgesucht und die Stadt verlassen.

Noch immer lag die verunglückte Künstlerin auf derselben Stelle, auf welche sie niedergeschmettert war. Ein Haufe Volks umgab sie, und inmitten desselben knieten zwei Männer bei ihr, nämlich Dktor Bertrand und Fritz.

„Wie steht es?" fragte der letztere.

„Schlecht, wie zu erwarten war", antwortete der Gefragte. „Wenn sie überhaupt zu sich kommt, so ist es nur, um sofort für ewig einzuschlafen. Bei einem Sturz aus solcher Höhe kann kein Mensch mit dem Leben davonkommen."

Kaum hatte er diese Worte ausgesprochen, so bewahrheiteten sie sich. Die Künstlerin bewegte leise den Kopf und schlug die Augen auf. Ihr starrer, verschleierter Blick fiel auf das ihr nahe Gesicht des Pflanzensammlers. Sie schien ihn doch zu erkennen, denn ihr Auge belebte sich, und ihre Züge machten eine vergebliche Anstrengung, ein freundliches Lächeln hervorzubringen. Dann bewegte sie ihre Lippen. Die beiden Männer hielten ihre Ohren näher hin und hörten deutlich die Worte:

„General – Kunz von Goldberg – Vater – rauben lassen Graf – Jules Rallion – Cousin Hedwig – Bajazzo – bezahlt – ah!"

Sie konnte nicht weitersprechen. Ein blutiger Schaum trat ihr vor den Mund; ihre Augen brachen; ein Zittern ging durch ihre zerschmetterten und zerbrochenen Glieder, der eine Arm versuchte, sich noch einmal zu erheben, als ob er sich an Fritz anklammern wolle; er sank nieder – ein lautes, leiser werdendes Röcheln, und das Weib war tot, das noch vor einer Stunde in überstrotzender Lebenslust den Gesetzen weiblicher Anmut und Sitte schreiend Hohn gesprochen hatte.

Damit waren auch die Umstehenden befriedigt. Die Tragödie war zum Abschluß gelangt. Sie entfernten sich, und keiner von ihnen betrauerte die Künstlerin, der vorhin noch alle zugejubelt hatten.

„Was müssen die Worte und die Namen zu bedeuten haben, welche sie vorhin ausgesprochen hat?" fragte Doktor Bertrand.

„Sie bezogen sich auf mich", antwortete Fritz.

„Ah, Sie kannten wohl das Mädchen?" fragte Doktor Bertrand.

„Nein, doch sprach ich vor der Vorstellung mit ihr im Gasthof. Sie wollte mir nach derselben etwas Wichtiges mitteilen. Noch an der Schwelle des Todes hat sie sich an ihr Versprechen erinnert und es erfüllt, unvollständig zwar, aber doch immer so, daß ich zufrieden sein kann. Was wird mit ihrem Leichnam werden?"

„Er kommt in das Totenhaus; das werde ich jetzt sofort selbst besorgen. Und sodann muß man mit dem Direktor Abu Hassan sprechen."

„Der wird im Gasthof sein. Ich gehe hin, ihn zu suchen.“

Als er den Gasthof erreichte, war der Direktor mit einigen seiner Mitglieder beschäftigt, die Tür zur Garderobe durch einen Schlosser öffnen zu lassen. Als dies geschehen war, zeigte es sich, daß die Tageskasse fehlte und mit ihr der gute Anzug eines der solidesten Künstler der Truppe.

„Der Bajazzo ist entflohen“, sagte Hassan. „Er ist der Mörder; ich habe es gesehen. Er muß verfolgt werden; ich werde sogleich zur Mairie laufen.“

Auch unserm Fritz war sehr viel daran gelegen, daß man des Flüchtigen habhaft werde. Doch wollte er nicht eher einen Schritt tun, als bis er mit Nanon und seinem Rittmeister gesprochen habe. Und bei diesem Gedanken fiel ihm die Leichengräberei ein, welche für den heutigen Tag festgesetzt war, und wozu er ja die Werkzeuge zu besorgen hatte.

Hierbei bot sich gerade Gelegenheit, mit Müller zu sprechen, und so beschloß er denn, schon im voraus das Werkzeug hinauszuschaffen und in der Nähe des Grabes zu verstecken, um dann nach dem Schloß zu gehen und Müller abzulauern. Auf dem Weg zum alten Turm hatten sie dann Zeit, sich mit Fritzens Angelegenheit zu befassen, welcher Müller sicher seine ganze Teilnahme schenken würde.

Der Wirt des Gasthofes gab sehr gern zwei Hacken und zwei Schaufeln her. Fritz warf sie bereits zur Dämmerungszeit über den Rücken und wanderte hinaus nach dem Wald von Ortry. Es war bereits dunkel geworden, als er diesen erreichte. Er versteckte das Werkzeug neben dem Grab unter die Büsche und schritt sodann dem Schloß entgegen.

Als er es erreichte, sah er in Müllers Zimmer Licht brennen. Es war noch lange Zeit bis Mitternacht, und so zog er sich eine Strecke zurück und setzte sich an einer Stelle nieder, an welcher er Müllers Fenster beobachten konnte.

So saß er und überflog mit seinem Auge die Front des Schlosses. Hinter welchem Fenster wohnte Nanon? Dachte sie nur den hundertsten Teil so oft an ihn, wie er an sie? Welch ein Unterschied zwischen ihr, der Reinen und der Künstlerin, gerade wie zwischen Himmel und Hölle. Welches Glück, welche Seligkeit, die Liebe eines solchen Wesens zu erringen! Wäre doch auch ihm ein solches Glück beschert! Wie wollte er es bewahren! Aber er, ein armer Unteroffizier!

Da kamen ihm die Worte der Sterbenden wieder in den Sinn. Wie hatten sie gelautet? „General – Kunz von Goldberg – Vater – rauben lassen Graf – Jules Rallion – Cousin Hedwig – Bajazzo – bezahlt –!“

Was hatten diese Worte zu bedeuten? Gab es einen General, welcher Kunz von Goldberg hieß? Waren ihm die beiden Knaben geraubt worden? Ja, es standen unter dem Porträt in der Zahnhöhlung die Buchstaben K. v. G. War Graf Jules Rallion es gewesen, welcher die Knaben hatte rauben lassen? War dieser Rallion der Cousin von Hedwig? Wer war diese Hedwig? War sie vielleicht die Frau des Generals? Es standen ja unter dem weiblichen Bild die Buchstaben H. v. G. War der Bajazzo es gewesen, welcher die Knaben geraubt hatte? Von wem war er bezahlt worden? Von diesem Cousin, also von Graf Raillon? Das waren die Fragen, welche Fritz sich vorlegte.

Er sah ein, daß für ihn die Möglichkeit vorhanden sei, daß sein Leben von jetzt an eine neue, ungeahnte Richtung nehmen könne. Am meisten beschäftigte ihn der Umstand, daß ihm der Name von Goldberg nicht unbekannt war.

Sein Herr, der Rittmeister von Königsau, hatte einen Oheim, welcher diesen Namen trug und sogar General war, auch Kunz hieß, wie Fritz sich besann. Die Generalin von Goldberg war die Schwester der Frau von Königsau. Der General hatte keine Kinder; das wußte Fritz ganz genau, und was die Generalin betraf, so hatte er sie zwar noch nie gesehen, aber es war ihm bekannt, daß sie stets in tiefer Trauer gehe.

Er nahm sich jetzt vor, seinem Herrn alles zu erzählen. Er konnte von ihm den besten Aufschluß erhalten und wartete darum mit Ungeduld auf das Erscheinen desselben.

Müller saß indessen in seiner Stube und schrieb. Um nicht beobachtet werden zu können, hatte er ein dickes Papierblatt auf das Glas geklebt, durch welches der altes Kapitän in das Zimmer zu blicken vermochte. Er ließ es dort auch kleben, als er fertig war, stieg dann zum Fenster hinaus, nachdem er sich umgekleidet hatte, kroch über das Dach hinüber und stieg am Blitzableiter hinab.

Fritz hatte ihn kommen sehen und empfing ihn, indem er leise herbeigeschlichen kam.

„Bist du bereits lange hier?“ fragte ihn sein Herr.

„Eine ziemliche Weile, Herr Doktor“, antwortete der Diener. „Ich kam eher, weil ich glaubte, Ihnen etwas mitteilen zu dürfen.“

„Etwas Wichtiges für unsere Aufgabe?“

„Etwas Wichtiges? Ja; aber wohl nur für mich, Herr Doktor.“

„Ah, so ist es eine persönliche Angelegenheit?“

„Ja, nichts anderes.“

„Nun, so wollen wir zunächst die Nähe des Schlosses verlassen, da mir natürlich daran liegen muß, unbemerkt zu bleiben. Hier, nimm aber diese Papiere. Sie gehören zu denen, welche du über die Grenze zu schaffen hast. Und nun komm!“

Sie schritten miteinander rasch davon. Dann aber, als sie sich im Freien befanden und nun annehmen konnten, daß sie unbeachtet seien, sagte Müller:

„Nun kannst du beginnen, lieber Fritz.“

„Da muß ich vor allen Dingen bitten, mir nichts übelzunehmen, Herr Doktor. Ehe ich zur Sache komme, möchte ich erst einige Fragen aussprechen, welche Verwandte von Ihnen betreffen.“

„So frage einmal zu! Ich bin überzeugt, daß du keine müßigen Fragen aussprechen wirst.“

„Das würde ich gar nicht wagen. Aber es sind hier Dinge passiert, welche eine Erkundigung notwendig machen, die Ihnen vielleicht zudringlich erscheinen wird. Nicht wahr, der Herr General von Goldberg, Exzellenz, ist Ihr Verwandter?“

„Allerdings. Er ist mein Oheim.“

„Die Frau Generalin ist die Schwester Ihrer Frau Mutter?“

„Ja. War dir dies noch nicht bekannt?“

„Nicht genau. Ich habe Sie ja stets nur in der Garnison bedient und bin mit Ihren Verwandten mehr als ersten Grades also nie in Berührung gekommen. Gestatten Sie mir die fernere Frage, ob der Herr General Kinder hat?“

„Nein.“

„Er hat auch niemals welche gehabt?“

„O doch, nämlich ein Zwillingspaar, zwei Knaben; sie sind ihm aber auf höchst unbegreifliche Weise abhanden gekommen. Er glaubte an einen Raub und hat keine Anstrengung gescheut, das Dunkel aufzuklären, doch leider vergebens. Die Tante trägt seit jener Zeit nur schwarz, und auch der Onkel hält sich nicht nur von jedem Vergnügen fern, sondern er meidet auch allen Umgang, der nicht ein dienstlich notwendiger ist.“

Fritz schwieg eine Weile. Welche Perspektive öffnete sich ihm da auf einmal! Er liebte seinen Herrn von ganzem Herzen; er hätte für ihn mit Freuden das Leben hingegeben, und nun gab es eine Möglichkeit, sein naher Verwandter zu sein! Dieses Schweigen dauerte Müller zu lange. Er fragte:

„Welchen Grund hast du zu dieser Erkundigung?“

„Oh“, antwortete der Gefragte stockend, „ich halte es für möglich, daß die verschwundenen Knaben sich wiederfinden, wenigstens einer von ihnen.“

„Diese Möglichkeit ist natürlich vorhanden“, meinte Müller, erstaunt über die Rede seines treuen Dieners. „Aber wie kommst gerade du dazu, dies zu betonen?“

„Weil es mir scheint, als ob ich zufälligerweise etwas über einen der Knaben erfahren habe.“

„Wirklich? Ist's wahr?“ fragte Müller überrascht. „Das wäre nicht nur ein Glück, sondern geradezu ein Wunder zu nennen! Aber du täuschest dich. Wie sollte gerade Ortry der Ort sein, wo eine solche Nachricht zu bekommen wäre! Es gibt Umstände, Zufälle, Gottesschickungen, über welche man geradezu erstaunen muß. Ich habe gerade hier ein Beispiel davon erlebt. Du weißt, daß auch mein Vater vor Jahren spurlos verschollen ist; keine Nachforschung hat uns Nutzen gebracht, und hier in Ortry habe ich etwas erlauscht, was ganz geeignet ist, das erste Licht in dieses Dunkel zu werfen.“

„Finden Sie eine Spur von dem Verschollenen, so will ich dies Ihnen von ganzem Herzen gönnen, Herr Doktor“, sagte Fritz. „Außerordentlich wäre es allerdings, wenn gerade auch hier in Ortry eine Fährte sich öffnete, auf welcher die beiden gesuchten Knaben zu finden sind. Haben Sie denn nicht ein Zeichen an sich gehabt, an welchem sie zu erkennen gewesen wären?“

„An ihrem Körper nicht; aber ihre Kleidchen sind gezeichnet gewesen, und am Hals hat jeder ein Kettchen gehabt mit einem Löwenzahn, in dessen Innerem sich die Miniaturbilder der Eltern befanden. Bei Zwillingen läßt sich nicht gut von einem Unterschied des Alters sprechen, da dieser ja nur Minuten betragen kann, doch einer ist doch immerhin der ältere; dieser hatte den rechten und der andere, der jüngere, den linken Reißzahn. Der Onkel war nämlich einmal in Algerien gewesen und hat dort einen außerordentlich großen, männlichen Löwen erlegt. Die Araber sind sehr abergläubisch. Sie sagen, ein Sohn werde ein starker und tapferer Mann, wenn man ihm einen Löwenzahn anhänge. Dieser Ansicht ist ihr Onkel gefolgt, freilich nicht aus Aberglauben, sondern einer unwillkürlichen Eingebung, einer Liebhaberei wegen. Es hat nicht ein jeder das Glück, von sich sagen zu können, daß er den König der Tiere erlegt habe, und darum ist ein solcher Zahn für den Sohn eines Löwentöters ein wertvolles Andenken an den Mut des Vaters.“

„Wo sind die beiden Knaben verlorengegangen?“

„In oder bei Neidenburg in Ostpreußen", antwortete Müller, fuhr aber rasch fort: „Alle Teufel, da fällt mir ja ein, daß du aus jener Gegend bist! War es nicht ein Dorf bei Neidenburg im Regierungsbezirk Königsberg, wo du geboren bist?"

„Ja, in Groß-Scharnau bei Neidenburg; aber ich bin dort nicht geboren, sondern gefunden worden."

„Wie? Was?" fragte Müller, erstaunt stehenbleibend. „Ah, richtig, du hast keine Eltern!"

„Ich bin aus einem Berg von Schnee hervorgezogen worden; ich bin ein Findelkind, darum hat man mir ja den Namen Schneeberg gegeben."

„Ich besinne mich; du hast mir dies ja bereits erzählt. Aber, um Gottes willen, du willst doch nicht sagen, daß es zwischen deiner Auffindung und dem Verlust jener Knaben irgendeinen Zusammenhang gibt?"

„Vielleicht ist dieser Zusammenhang vorhanden, Herr Doktor. Eben darum habe ich Sie ja um Verzeihung gebeten, falls ich Ihnen zudringlich erscheinen sollte. Sie kennen mich, ich will nicht aufdringlich sein; aber ich wäre ganz glücklich, wenn es mir gelänge, meine Eltern zu finden. Ob diese nun arm oder reich, bürgerlich oder vornehm sind, das ist mir ganz gleich, wenn nur die Sehnsucht, welche ich nach ihnen fühle, befriedigt wird."

„Aber, Mensch, Fritz, was redest du da für dummes Zeug! Jeder Vater und jede Mutter wird froh sein, ein verlorenes Kind zu finden, ganz gleich, ob dieses Kind von armen oder wohlhabenden Leuten aufgenommen wurde. Ich weiß in diesem Augenblick noch nicht, was du sagen willst und was ich denken soll; aber woraus schließest du, daß der erwähnte Zusammenhang stattfindet und vorhanden ist?"

„Weil ich einen Löwenzahn trage und zwar den aus dem rechten Kiefer."

„Großer Gott, ist's möglich? Er ist bei dir gefunden worden?"

„Ja."

„Du hast ihn noch?"

„Ja; ich trage ihn hier am Hals."

„Und die Bilder sind darin?"

„Sie sind drin."

„Das hast du gewußt und mir niemals gesagt!"

„O bitte, Herr Doktor, ich habe von den Bildern nichts gewußt, gar nichts; erst gestern hat mich Mademoiselle Nanon auf den Inhalt des Zahnes aufmerksam gemacht."

„Mademoiselle Nanon? Was weiß sie von dem Zahn?"

„Sie hat in Paris eine Dame gesehen, von welcher erzählt worden ist, daß sie stets in Trauer gehe, weil sie zwei Zwillingsknaben verloren und nicht wiedergefunden habe; ein jeder der Knaben hat an einer dünnen, goldenen Kette einen Löwenzahn getragen. Gestern traf ich sie im Wald. Meine Bluse hatte sich geöffnet, und der Zahn hing hervor. Sie erblickte ihn und besann sich sofort auf jene Dame. Als sie weiter hörte, daß ich ein Findling sei, nahm sie sofort an, daß ich einer der beiden Knaben sein müsse. Sie besah sich dem Zahn genauer, und da fand es sich, daß er aus der Grafenkrone, in welche er gefaßt ist, herausgeschraubt werden könne. Als sie dies versuchte, gelang es ihr, und nun entdeckten wir die beiden Miniaturporträts."

„Hat sie die fremde Dame gekannt?"

„Nein. Aber sie hat mir versprochen, sich sogleich zu erkundigen, wer sie gewesen ist. Ich glaube, daß sie bereits heute deshalb nach Paris geschrieben hat."

„Ja, die Tante ist zuweilen in Paris; das stimmt. Es gibt Verhältnisse, welche ihre Anwesenheit dort zuweilen nötig machen. Es mag möglich sein, daß sie bei einer solchen Anwesenheit von Nanon gesehen worden ist. Stimmte denn das Bild mit der Dame?"

„Ja. Mademoiselle erkannte sie sofort."

„Nun, dann ist es nicht notwendig, nach Paris zu schreiben. Fritz, Fritz, du weißt, daß ich große Stücke auf dich halte! Wenn du mein Cousin wärest!"

Er trat nahe an ihn heran und faßte seine Hände.

„Oh, Herr Doktor", meinte der Diener ganz bescheiden, „in einer Beziehung möchte es mir fast leid tun, zu hören, daß meine Eltern vornehme Leute sind, denn ich versichere . . ."

„Halt, dummes Zeug!" unterbrach ihn Müller. „Ich weiß, was du sagen willst, und ich verstehe dich; aber du bist wenigstens gerade so viel wert als irgendein Junker oder Edelmann. Sollte sich einer meiner beiden Cousins wirklich wiederfinden, so ist es mir doch lieber, du bist es, als daß es ein anderer ist. Du kannst also den Zahn öffnen?"

„Ja."

„Tue es. Ich werde ein Zündholz anbrennen."

Er strich ein Zündholz an, steckte damit das Licht seiner Laterne in Brand und beleuchtete dann die Porträts, welche Fritz ihm zeigte.

„Es ist kein Zweifel, sie sind es!" sagte Müller. „Es ist Onkel und Tante, der General und die Generalin. Mensch du bist wahrhaftig mein Vetter. Komm her; laß dich umarmen!"

Er blies aus Vorsicht die Laterne aus, steckte sie wieder in die Tasche und streckte dann die Arme aus, um den Diener an sich zu ziehen. Dieser jedoch trat einen Schritt zurück und sagte:

„Halt, Herr Doktor, warten wir noch! Der Zahn ist zwar rekognosziert, aber es fragt sich doch sehr, ob ich der richtige Findling bin. Der Zahn erklärt und beweist noch nicht genug, obgleich ich dem General, wie er damals gewesen ist, sehr ähnlich sehen muß, da die Seiltänzerin diese Ähnlichkeit sofort erkannte."

„Die Seiltänzerin? Welche?"

„Die heute verunglückt ist!"

„Ah, wieder ein Rätsel!"

„Ja, und zwar ein ganz außerordentliches. Ich glaube nämlich fast, daß einer der Clowns, einer der Hanswürste, es ist, der mich geraubt hat, mich und den Zwillingsbruder."

„Geraubt worden sollst du sein? Also nicht verlorengegangen? Alle Teufel, das wird ja immer interessanter. Und davon hat dir hier in Frankreich eine Seiltänzerin erzählt? Das klingt ja gerade wie in einem Roman! Erzähle mir das von der Seiltänzerin!"

Fritz berichtete ihm alles, was geschehen war. Als er geendet hatte, meinte Müller:

„Nun gibt es für mich keinen Zweifel mehr! Du bist mein Vetter, und ich werde dich von jetzt an als solchen betrachten, obgleich wir uns im Interesse unserer Aufgabe vor anderen nicht kennen dürfen. Es gilt vor allen Dingen, des entflohenen Clowns habhaft zu werden. Dafür laß mich sorgen. Ich werde die geeigneten Schritte tun. Bis dahin aber wollen wird das tiefste Stillschweigen beobachten. Nur der Entflohene kann Auskunft geben, und ehe wir ihn nicht haben, läßt es sich schwer beweisen, daß du der richtige Sohn des Generals bist."

„Das ist ja auch meine Meinung", sagte Fritz. „Der Zahn kann verwechselt worden oder durch irgendeinen Zufall an den Hals eines ganz anderen Kindes gekommen sein. Ich bitte Sie zu tun, was Ihnen beliebt. Ich weiß, daß ich mich auf Sie verlassen kann."

„Ja, das kannst du, mein braver Fritz. Hier meine Hand. Ich verspreche dir, mich so zu bemühen und ganz so zu handeln, als ob ich selbst der Findling sei! Nun aber laß uns eilen, an das Grab zu kommen. Wir haben jetzt gezaudert, und dieser Hassan wird wohl bereits auf uns warten."

„Sollte von ihm nichts über diesen Clown zu erfahren sein?"

„Diese Frage legte auch ich mir soeben vor. Wir werden sehen, ob er etwas weiß, was wir gebrauchen können. Jetzt komm!"

Sie hatten schon längst den Wald erreicht, auf dessen Hauptweg sie bisher langsam dahingeschritten waren. Jetzt beeilten sie sich nun und bogen in einen schmalen Richtweg ein, der sie rascher in die Nähe des Zieles führte.

Als sie dort anlangten, erhob sich hinter einem Stein eine dunkle Gestalt.

„Wer ist es, der hier kommt?" fragte sie.

Müller erkannte sofort die Stimme des Zauberers und sagte:

„Abu Hassan, deine Freunde sind es."

„Gut, ich dachte bereits, daß ihr das Wort vergessen hättet, auf welches ich mich verlassen habe. Aber nennt hier meinen Namen nicht wieder. Man muß bei einem Werk, wie es das unserige ist, sehr vorsichtig sein. Habt ihr Werkzeuge mitgebracht?"

„Ja; sie liegen in der Nähe", antwortete Fritz.

„So hole sie, damit wir beginnen können. Eine Laterne habe ich selbst bei mir."

Fritz brachte die Hacken und Schaufeln herbei, und dann wurden die Laternen angebrannt. Ihr schwacher Schein fiel auf die Hügel und den dahinter emporragenden Felsen. Es wehte ein leiser Lufthauch, in welchem die Lichter zu flackern begannen. Dadurch schien es, als ob die Felsen und Bäume der Umgebung Leben empfangen hätten. Die dunklen Schatten und die hellen Reflexe bewegten sich und zuckten durcheinander. Die Sträucher nahmen phantastische Gestalten an, welche drohend ihr Arme erhoben und zornig über die Verwegenheit der drei Männer die Köpfe schüttelten. Es hätte sich nicht ein jeder dazu geeignet, zur Mitternachtszeit in der Tiefe des Waldes, in der Nähe eines so verrufenen Gemäuers, wie der alte Turm es war, ein Grab zu öffnen, um die Gebeine einer Leiche zu entführen.

„Ich hoffe, man soll nicht bemerken, daß das Grab geöffnet worden ist?" fragte Müller.

„Kein Mensch soll es erfahren", antwortete Hassan in seinem südlichen Dialekt.

„So wird unsere Mühe eine doppelte sein. Wir müssen den Rasen des Hügels vorsichtig abstechen, um ihn wieder anlegen zu können. Und ferner müssen wir alle Erdkrumen und alle Spuren entfernen, welche unser Werk verraten könnten."

Sie begannen die Arbeit.

Zunächst wurde der Rasen vorsichtig abgehoben und zur

Seite gelegt und dann die Erde des Hügels entfernt. Sie schaufelten sie auf eine breite Felsenfläche, welche in der Nähe lag, und keine Spur von Vegetation trug. Dann erst ging es über das eigentliche Grab her. Sie arbeiteten mit aller Anstrengung, um so bald wie möglich fertig zu werden; aber dennoch währte es fast zwei Stunden, bevor sie in die Tiefe gelangten, in welcher auf Kirchhöfen die Särge zu stehen pflegen. Nun gebrauchten sie die Hacken mit größerer Behutsamkeit, bis endlich ein dumpfer Ton anzeigte, daß sie den Sarg getroffen hatten.

Bald sahen sie das entfärbte, aber noch wohlerhaltene und feste Holz desselben emporschimmern. Sie schaufelten die Erde rund um den Sarg hinweg und versuchten sodann, denselben heraufzuheben.

„Lassen wir ihn unten", meinte Müller. „Es genügt ja, ihn zu öffnen."

Hassan war einverstanden. Und nun zeigte es sich, daß der Sarg sehr fest zugeschraubt war. Ein Taschenmesser diente als Schraubenzieher, ein mangelhaftes Instrument, aber es genügte doch. Endlich gab der Deckel nach. Müller stand unten, und die beiden anderen Männer leuchteten ihm mit den beiden Laternen von oben herab.

Der Doktor befand sich vielleicht in einer ebenso großen Erwartung wie Hassan selbst. Er hatte vermutete, ja, es war ihm fast zur Gewißheit geworden, daß der Sarg leer sei. Aber dagegen sprach doch die Schwere desselben.

„Den Deckel auf!" sagte Hassan.

Müller folgte diesem Gebot. Er faßte den Deckel beim Kopfende an und hob ihn empor. Sechs Augen blickten mit gespannter Erwartung nieder. Sie sahen keine Gebeine, sie erblickten halb verfaulte Sägespäne und Steine, mit denen der Sarg gefüllt war.

„Allah akbar – Gott ist groß!" rief Hassan erstaunt. „Was ist das?"

„Ein Betrug, ein großartiger Betrug!" antwortete Fritz. „Die Baronin ist hier nicht begraben worden!"

Müller lehnte den Deckel an die schmale Wand des Grabes, bog sich nieder und untersuchte den Inhalt des Sarges.

„Ich fühle den Boden", sagte er; „es ist nichts da als Sägespäne und Steine."

„So hat man ein Blendwerk getrieben mit Liama, der Tochter unserer Zelte", sagte Hassan grimmig. „Meine Augen sehen das Verbrechen, und meine Blicke erkennen die Täuschung. Ich schwöre bei Allah, dem allmächtigen und allwissenden Gott, daß ..."

Er hielt erschrocken inne. Ein mächtiger Donnerschlag erschütterte die Erde, und ein blendender Blitz durchzuckte die Nacht mehrere Sekunden lang. Die Augen der drei Männer waren von der Helligkeit desselben fast geblendet, und als die Umgebung wieder im Dunkel lag, sahen sie eine hohe, weiße Frauengestalt zu Häupten des Grabes stehen. Sie war tief verschleiert und fragte mit strenger Stimme:

„Wen sucht Ihr hier?"

„Wir suchen Liama, die Tochter der Beni Arab!" antwortete Hassan, indem ihm ein Schauder durch die Glieder ging.

„Sie ist nicht hier; sie ist tot", antwortete die Gestalt.

Müller hatte sich wieder vollständig gefaßt. Er antwortete:

„Du sagst, daß sie tot sei, aber ihre Gebeine sind nicht im Sarg. Wo liegt sie begraben?"

„Sie ist zu Erde und Staub geworden, von dem sie genommen ist. Laßt sie ruhen, sonst wird euch der Fluch Allahs treffen!"

Sie erhob gebieterisch den Arm und machte eine Bewegung, als ob sie sich zurückziehen wolle. Da aber faßte Müller den Rand des Grabes mit beiden Händen, schwang sich hinauf und rief:

„Sie ist nicht zu Erde geworden, sie ist noch Fleisch und Blut, sie lebt; ich werde es dir sogleich beweisen!"

Er streckte den Arm nach ihr aus, um sie zu fassen, aber in demselben Augenblick zuckten hundert Blitze um das Grab herum; ein fürchterlicher Donner erscholl und unzählige Flammen entsprühten dem Erdboden und fuhren wie in allen Farben glänzende Schlangen durch die Luft. Müller war vollständig geblendet.

„Der Scheitan – Teufel – ist da! Flieht, sonst seid ihr verloren!"

Diese Worte rief Hassan, dann warf er die Laterne weg und verschwand zwischen den Bäumen des Waldes. Die beiden andereren blieben stehen. Es war wieder still und dunkel geworden; die weibliche Gestalt war verschwunden.

„Was war das?" flüsterte Fritz.

„Glaubst du an Gespenster?" antwortete Müller.

„Fällt mir nicht ein", meinte der wackere Ulanenwachtmeister.

„Nun, so mußt du doch gesehen haben, was es war!"

„Sie meinen Pulver, Kolophonium und Bärlappsamen?"

„Ja. Das waren künstliche Blitze, und auch der Donner war

imitiert. Der echte Donner rollt; dieser aber bestand aus einzelnen Schlägen. Ich glaube, man hat einige Kanonenschläge abgebrannt, das ist alles."

„Was tun wir nun? Füllen wir das Grab wieder zu?"

„Nein. Man weiß, daß wir hier sind; man beobachtet uns. Vielleicht hat man uns noch gar nicht erkannt; dies würde aber sicher geschehen, wenn wir länger hierblieben, lassen wir die Arbeit, das Grab zuzuschütten, denen, welche es so gut verstehen, ein Feuerwerk abzubrennen. Ich weiß etwas Besseres, was wir tun können. Komm!"

Diese kurze Unterhaltung war so leise geführt, daß man sie in nächster Nähe nicht hätte verstehen können. Müller machte den Schieber seiner Laterne zu und steckte sie ein. Dann faßte er Fritz beim Arm und zog ihn fort. Als beide eine genügende Strecke zurückgelegt hatten, blieb der Doktor stehen und flüsterte:

„Hassan ist ein abergläubischer Mohammedaner; er ist fortgelaufen. Wir aber sind Christen und außerdem Soldaten; wir lassen uns nicht ins Bockshorn jagen. Wir kehren jetzt leise und unbemerkt zum Grab zurück und beobachten, was da geschehen wird."

Sie schlugen einen Umweg ein und schlichen sich, diesmal von der anderen Seite, auf das Grab zu, so vorsichtig, daß man ihr Nahen gar nicht bemerken konnte.

5. KAPITEL

Eine Kriegskasse

Der freundliche Leser mag verzeihen, daß er jetzt aus dem Jahr 1870 ganz plötzlich um volle fünfundfünfzig Jahre, in das Jahr 1814, zurückgeführt wird.

Es ist mit den Völkern ganz so wie mit dem einzelnen Menschen. Wer die Errungenschaften und Enttäuschungen, die Erfolge und Verluste des Alters verstehen will, der muß zur Jugendzeit zurückkehren. Ein Tag wächst aus dem anderen, ein Jahrhundert aus dem vorhergehenden heraus. Taten und Ereignisse, die sich scheinbar nicht begreifen lassen, schlagen ihre verborgenen Wurzeln in die Vergangenheit. Und so wird auch manches, was auf Ortry jetzt geschehen ist, und vieles, was dort noch geschehen wird, nur dann verstanden werden, wenn der Vorhang zurückgezogen wird, hinter welchem die verflossenen Jahre im Dunkel liegen.

Also es war im Jahr 1814. Napoleon der Erste war besiegt und bereits nach seinem Verbannungsort, der Insel Elba, unterwegs. Am 31. März waren die Verbündeten in Paris eingezogen, an ihrer Spitze die Herrscher Österreichs, Rußlands und Preußens. Einer aber, der zu dem Sieg der vereinigten Waffen wohl das meiste beigetragen hatte, saß auf dem Montmartre und konnte nicht mit an dem Zug teilnehmen; das war der alte Blücher.

Der greise Feldmarschall Vorwärts litt am Fieber und an einer peinlichen Augenentzündug. Noch die Schlacht von Paris hatte er geleitet, mit dem Schirm eines grünseidenen Damenhutes vor den Augen. Als der Einzug begann, zeigte er sich auch, hoch zu Roß und den grünen Schirm unter dem Generalshut. Aber es gelang den Bitten Gneisenaus und des Generalchirurgs Dr. Völzke, ihn zum Zurückbleiben zu bewegen.

Bald aber erlaubte ihm eine Besserung seines Zustandes, in der Stadt zu wohnen, und so bezog er das Palais des Herzogs von Otranto in der Rue Cerutti. Von hier aus spazierte er täglich in der Stadt herum, um die Sehenswürdigkeiten derselben kennenzulernen. Am liebsten ging er im Garten oder unter den Laubengängen des Palais Royal umher, den einfachen, bürgerlichen Überrock an und die unvermeidliche Pfeife im Mund. Oft kam er zu dem Gastwirt Very in den Tuilerien, trank Kaffee mit Milch oder ein Warmbier und zog ganz gemütlich den Rock aus, wenn ihm zu warm wurde.

In diesem Lokal saßen eines Nachmittags mehrere Herren beim L'Hombre. Ihrer Aussprache nach mußten sie geborene Franzosen sein, und ihre Haltung verriet, daß man sie als Angehörige des Militärstandes betrachten müsse.

An einem in der Nähe stehenden Tisch saß ein junger Mann in Zivil, welcher sich den Anschein gab, als ob er völlig teilnahmslos sei, trotzdem aber jedes Wort der Unterhaltung vernahm, welche in den Zwischenpausen des Spieles geführt wurde.

Da öffnete sich die Tür, und es trat ein alter Herr ein, der einen sehr einfachen Anzug trug und nach einem kurzen Gruß an einem der vorderen Tische Platz nahm. Er bestellte sich eine Tasse Warmbier und war, als er sie erhalten hatte, so mit ihr beschäftigt, daß er sich um die anderen Anwesenden gar nicht kümmerte. Der Kopf dieses alten Herrn war herrlich geformt, hatte eine prächtige Stirn, eine starke, gekrümmte Nase, dunkel gerötete Wangen und einen feinen Mund, welcher von einem dichten, herabhängenden Schnurrbart beschattet wurde. Zu dem wohlgeformten Kinn paßten die tüchtig ausgearbeiteten Züge und das hellblaue Auge, dessen Blick eine treuherzige Sanftheit besaß, aber auch die Fähigkeit zu besitzen schien, scharf und stechend zu werden.

Der Mann verlangte noch eine Tasse und dann abermals eine. Draußen schien die Sonne heiß hernieder; im Raum des Gastzimmers war es schwül, und so durfte man sich nicht darüber wundern, daß es dem Alten bei dem dampfenden Warmbier etwas zu warm wurde. Er machte keine Umstände, sondern zog seinen Rock aus, hing denselben an die Wand und saß nun hemdärmelig da, als ob dies hier in Paris etwas ganz und gar nichts Außergewöhnliches sei. Die Herren Franzosen aber, welche diese Nachlässigkeit bemerkten, schienen anders zu denken, denn einer von ihnen meinte:

„Wer mag dieser Mensch sein? Geht man denn darum aus, um mit der Hefe des Volkes in einem und demselben Lokal zu sitzen?“

Sein Nachbar nickte und erklärte:

„Ein Franzose ist er auf keinen Fall. Ein solcher wird es niemals wagen, die Regeln des Anstandes und der guten Sitte in einer solchen Weise zu verletzen. Ich halte ihn vielmehr für einen Deutschen. Diese Barbaren werden niemals lernen, höflich zu sein. Ihre Kriegsführung ist eine vandalische; ihre Vergnügungen sind roh, und alle ihre Gewohnheiten stoßen ab. Seht euch nur diesen Menschen an! Er ist ein Bauer, ein ungezogener Kohlenbrenner, dem man die Tür zeigen müßte!“

„Warum tun wir das nicht?“ fragte der dritte. „Warum befehlen wir dem Kellner nicht, diesem Flegel eine Ohrfeige zu geben und ihn dann hinauszuwerfen? Die Deutschen sind Hunde, welche Prügel erhalten müssen!“

Da erhob sich der junge Mann, welcher am Nebentisch saß, trat herbei und sagte:

„Messieurs, erlauben Sie, daß ich mich Ihnen vorstelle! Mein Name ist Hugo von Königsau, Leutnant im Dienst seiner Majestät des Königs von Preußen. Der Herr, von welchem Sie soeben gesprochen haben, ist Seine Exzellenz Feldmarschall von Blücher. Ich erwarte, daß alles das, was Sie von ihm und dann von den Deutschen im allgemeinen sagten, hiermit widerrufen!“

Die Leute schienen doch ein wenig zu erschrecken, als sie hörten, daß der von ihnen Beschimpfte der berühmte Marschall sei, vor dem sogar der Stern des großen Napoleons hatte erbleichen müssen. Nur der, welcher zuletzt gesprochen hatte, schien sich nicht werfen lassen zu wollen. Er erhob sich von seinem Stuhl, stelle sich dem Deutschen in drohender Haltung gegenüber und antwortete:

„Monsieur, wir haben ganz und gar nicht den Wunsch geäußert, Ihre Bekanntschaft zu machen; es ist also eine unverzeihliche Zudringlichkeit von Ihnen, sich uns vorzustellen, eine Zudringlichkeit, welche ganz und gar rechtfertigt, was wir von den Deutschen gesagt haben. Was jenen Herrn betrifft, so ist es ganz und gar gleich, ob sich ein Feldmarschall oder ein Schiffer ungezogen beträgt. Wir nehmen nicht einen Buchstaben von den Worten zurück, welche wir ausgesprochen haben!“

„So darf ich wohl um Ihren Namen bitten, Monsieur?“ fragte der Deutsche.

„Ich brauche mich seines nicht zu schämen. Ich bin Alouin Richemonte, Kapitän der kaiserlichen Garde.“

Der Deutsche verbeugte sich höflich und sagte:

„Sie widerrufen also nicht, Herr Kapitän?“

„Nein, kein Wort, keine Silbe, keinen Laut!“ antwortete der Franzose stolz.

Er hatte bemerkt, daß Blücher der Unterhaltung aufmerksam

folgte, trotzdem er sich den Anschein gab, als ob er gar nichts höre.

„Sie erklären also den Feldmarschall wirklich für einen Flegel und die Deutschen sind Hunde, welche Prügel erhalten müssen?“ fragte Königsau weiter.

„Allerdings“, antwortete Richemonte mit frechem Lachen.

„So werden Sie mir gestatten, Ihnen meinen Sekundanten zu senden!“

„Ah, pah! Ich schlage mich mit keinem Deutschen!“ meinte der andere verächtlich.

„Wirklich nicht? Das ist ebenso feig wie niederträchtig! Wenn Sie meinen, daß wir Deutschen Hiebe haben müssen, so haben umgekehrt doch gerade jetzt die Franzosen ganz fürchterliche Prügel empfangen. Da Sie dies aber nicht zu wissen oder wenigstens beherzigt zu haben scheinen, so sollen Sie hiermit noch nachträglich das empfangen, was nicht uns, sondern Ihnen gebührt!“

Er holte aus und versetzte dem Franzosen eine ganz gewaltige Ohrfeige, welcher so schnell eine zweite, dritte und noch mehrere folgten, daß der Geschlagene gar nicht Zeit fand, an eine Gegenwehr zu denken. Die anderen waren über die Schnelligkeit und Kraft, mit welcher die Schläge verabreicht wurden, so erstarrt, daß es ihnen gar nicht beikam, ein Glied zu rühren.

Endlich ließ Königsau von dem Franzosen ab. Erst jetzt kam dieser zur Besinnung des Ungeheuerlichen, was mit ihm geschehen war. Er fuhr mit der Hand nach seiner linken Seite, wo sich der Degengriff zu befinden pflegt; da er aber in Zivil war und keine Waffe trug, so zog er die Hand wieder zurück und warf sich auf den Deutschen mit den Worten:

„Hund, du hast mich nur überrascht! Jetzt aber gilt es dein Leben!“

Er holte aus, empfing aber in diesem Augenblick von Königsau einen so gewaltigen Faustschlag in das Gesicht, daß er zurücktaumelte und niederstürzte.

Es waren noch mehrere Gäste da, meist Deutsche, welche hier verkehrten, weil sie so den Helden Blücher zu sehen bekamen. Auch ihnen war der blitzschnelle Angriff Königsaus überraschend gekommen; jetzt aber eilten sie herbei, um ihm nötigenfalls beizustehen. Der Wirt jedoch kam ihnen zuvor. Er erkannte das Gefährliche seiner Lage, die Deutschen waren Sieger; er durfte sie, welche jetzt in Paris die Oberhand hatten, nicht beleidigen lassen; daher nahm er mit seinen Leuten den

Kapitän der alten Garde in die Mitte und drängte ihn aus dem Gastzimmer in das daneben liegende Privatzimmer hinaus, wo man den Gezüchtigten noch lange toben hörte.

Nach den erzählten Vorfällen stand endlich Blücher auf, trat zu Königsau heran, klopfte ihm auf die Achsel und sagte in höchst wohlwollendem Ton:

„Das hast du sehr gut und brav gemacht, mein Sohn! Wer keine Genugtuung geben will, der muß Keile kriegen, und die hat es gesetzt, ganz gewaltig. Ich hatte auch gehört, was diese Halunken sagten, und ich hätte ihnen, weiß Gott, ein tüchtiges über den Schnabel gehauen, wenn du mir nicht zuvor gekommen wärest. Wie ist dein Name, mein Sohn?

Der Leutnant wunderte sich nicht über die kernige Redeweise des Marschalls; man war sie von ihm gewohnt; auch wußte man, daß er, wenn er sich in guter Stimmung befand, selbst hohe Stabsoffiziere mit ‚du' anredete; es war dies eine ganz besondere Ehre für den Betreffenden. Er antwortete in militärisch strammer Haltung:

„Hugo von Königsau, Exzellenz."

„Und du bist Offizier, mein Sohn?"

„Leutnant bei den Ziethenhusaren, Exzellenz."

„Leutnant?" brummte der Alte. „Ein Kerl, der so zuhauen kann, erst Leutnant? Du sollst Rittmeister werden, mein Sohn. Komm morgen früh zu mir, da wollen wir die Sache in Ordnung bringen. Jetzt aber trinkst du ein Schöppchen Warmbier mit mir und ziehst deinen Gottfried gerade so aus wie ich; er ist verdammt warm in diesem Haus, wenn draußen die Sonne brennt und innen das Warmbier. Komm, Junge, und geniere dich nicht. Wir sind alle Menschen, und wegen dieser verdammten Franzmänner schmore ich mir nicht mein Fleisch von den Knochen herunter!"

Königsau mußte gehorchen. Er setzte sich zu dem Marschall an den Tisch, zog seinen Rock auch herunter und unterhielt sich nun hemdärmelig mit ihm, als ob er einen Kameraden vor sich habe. Die Vertraulichkeit des Alten brachte ihn nicht im mindesten in Verlegenheit. Man kannte Blücher zur Genüge, und keiner seiner Offiziere ließ sich gegebenenfalls dadurch aus der Fassung bringen. Kam es doch häufig vor, daß der Alte mitten auf der Straße seine Pfeife an dem Stummel eines Landwehrmannes in Brand setzte und dann mit einem Fluch zu diesem sagte:

„Kerl, was rauchst du denn für ein Karnickel? Ich verstänkere mir doch meinen ganzen Tobak an deinen Lorbeerblättern! Wirft's denn nicht mehr ab, he?"

Als Hugo von Königsau am anderen Morgen vorgeschriebenermaßen zu Blücher kam, um sein Rittmeisterpatent in Empfang zu nehmen, sagte dieser:

„Höre, mein Sohn, das ist eine ganz verteufelte Geschichte. Da habe ich am zweiten April den Befehl über das schlesische Heer niedergelegt, und nun denken diese Federfuchser, ich hätte nichts mehr zu sagen. Ich habe dich empfohlen, aber es ist leider keine Rittmeisterei mehr offen. Aber ich werde an dich denken, und sobald die Gelegenheit vorhanden ist, sollst du sehen, daß ich Wort halte. Dort am Fenster steht der Pfeifenkasten und daneben der Tabak. Stopfe dir eine, mein Sohn. Bei einer Pfeife plaudert es sich besser, und ich habe jetzt gerade Zeit, was sonst nicht oft vorzukommen pflegt."

Königsau fühlte sich von dieser Nachricht natürlich ein wenig enttäuscht, doch war ihm die Leutseligkeit des Marschalls ein fast genügender Ersatz für die nicht in Erfüllung gegangene Erwartung des versprochenen Avancements. Als er später entlassen wurde, hatte er nicht weit zu gehen, da er in derselben Straße wohnte; doch sollte er nicht so schnell, als er dachte, in sein Logis kommen.

Eine junge Dame ging vor ihm her. Ihre Kleidung war diejenige der feineren Stände; sie mußte, so viel er von hinten bemerkte, von einer nicht gewöhnlichen Schönheit sein. Sein Auge haftete mit ungewöhnlichem Interesse an ihrer hohen, stolzen Gestalt, an der zierlichen Haltung ihres Kopfes und den kleinen Füßen, welche er bemerken konnte, da sie das Kleid leicht emporgerafft trug.

Da kamen zwei Kosakenoffiziere ihr entgegen. Sie sahen die Dame, nickten einander lüstern zu und blieben nun auf dem Trottoir in einer so breitspurigen Weise stehen, daß jene nicht vorüber konnte. Sie wollte sich trotzdem an ihnen vorbeidrängen, da aber ergriff sie der eine beim Arm und fragte in schlechtem Französisch:

„Fürchten Sie sich nicht, Mademoiselle, bei der gegenwärtigen fremden Bevölkerung so allein auf der Straße zu gehen? Wir werden Sie begleiten."

Sie blickte ihn groß und erstaunt an und antwortete:

„Ich danke, Monsieur; ich bedarf Ihrer Begleitung nicht!"

Um ihn anzusehen, hatte sie sich zur Seite gedreht, und dadurch bekam Königsau ihr Profil zu sehen, ein Profil von so seltener Reinheit, so voll und doch so weich und zart, wie er noch niemals eins gesehen zu haben glaubte.

Der Russe ließ trotz der Ablehnung ihren Arm nicht los, sondern sagte lachend:

„Es ist möglich, daß Sie unserer Begleitung nicht bedürfen, aber in unserer Heimat ist es nicht Sitte, eine Dame auf der Straße ohne Schutz zu lassen. Sie werden so freundlich sein, uns Ihre Wohnung zu nennen, Mademoiselle."

Da trat Königsau hinzu, ergriff die Hand, welche ihren Arm gefaßt hielt, und drückte die Finger derselben mit solcher Gewalt zusammen, daß der Russe die Dame fahrenließ. Trotz dieser Handgreiflichkeit verbeugte er sich sehr höflich und sagte:

„Verzeihung, meine Herren Kameraden, diese Dame bedarf Ihrer Begleitung wirklich nicht; sie ist meine Braut, ich blieb nur ein wenig zurück."

Bei diesen Worten schlug eine jähe Röte über das wunderschöne Gesicht des Mädchens, aber es sagte kein Wort, ihn Lügen zu strafen. Der Russe fragte ihn:

„Sie nennen mich Kamerad. Sind Sie Offizier?"

„Ja."

„Ihr Name?"

„Hugo von Königsau, von den Ziethenhusaren."

„Ah, das ist eine wackere Truppe. Ich gratuliere Ihnen zu Ihrer Braut und bitte um Verzeihung. Wir sahen Sie wohl auch, wußten aber nicht, daß Sie beide zueinandergehörten."

Er hatte seine erste Frage mit zornig blitzenden Augen ausgesprochen, gab aber seine letzte Antwort bedeutend freundlicher. Er mochte erfahren haben, daß mit den Ziethenhusaren nicht sehr zu spaßen sei und schritt mit seinem Begleiter weiter, während Königsau den Arm der Dame sanft in den seinen zog und so mit ihr den Weg fortsetzte. Sie blickte ihn forschend von der Seiten an; er tat, als ob er es nicht bemerke, obgleich er förmlich fühlte, daß ihr Auge auf ihm ruhe. Erst nach einer Weile sagte er:

„Mademoiselle, ich bin sehr kühn gewesen, und ich fühle, daß ich mich zu entschuldigen habe."

Er schwieg. Vielleicht erwartete er, ein Wort aus ihrem Mund zu hören; da sie aber schwieg, so fuhr er fort:

„Ich kenne nämlich diesen Russen. Es war Graf Mertschakeff, der wegen seiner Rohheiten mehr berüchtigt und gefürchtet als berühmt ist. Ich war gewiß, daß er sich nicht zurückweisen lassen werde, und wagte daher, Sie meine Braut zu nennen, das einzige Mittel, Sie von ihm zu befreien. Werden Sie mir dies verzeihen können?"

Er blickte ihr jetzt zum ersten Mal in die Augen. Es waren dunkle Samtaugen, in denen sein Blick sich ein ganzes Leben lang hätte versenken mögen. Die Dame sah ihn offen und freundlich an und sagte:

„Ich verzeihe Ihnen und sage Ihnen herzlichen Dank, Monsieur!"

„Darf ich fragen, ob Sie noch weit zu gehen haben?"

„Einige Straßen weit."

„Ich weiß, daß Sie wünschen werden, wieder allein zu sein; aber wenn ich denke, daß Sie leicht eine ähnliche Begegnung haben können, so halte ich es für meine Pflicht, Sie noch nicht zu verlassen. Befehlen Sie, was geschehen soll!"

Sie blickte forschend die Straße hinab, und da sie dort mehrere militärische Gruppen bemerkte, so antwortete sie zögernd:

„Ich darf Sie doch kaum belästigen; aber da unten gibt es wieder Russen. Wollen Sie erlauben, daß ich mich Ihnen anvertraue?"

„Wie gern, wie sehr gern, Mademoiselle!"

Sie fühlte, als er diese Worte sprach, einen unwillkürlichen, freudigen Druck seines Armes. War sie hier etwa aus dem Regen in die Traufe gekommen? Sie blickte fast erschrocken zu ihm auf. Aber seine Stimme hatte so bescheiden geklungen, und sein offener Blick ruhte so mild auf ihrem Gesicht, daß sie sich beruhigte.

So schritten sie nebeneinander her durch mehrere Straßen, ohne den Versuch zu machen, ihre Unterhaltung fortzusetzen. Aber zwischen zwei jungen Herzen ist ein solches Schweigen beredter als die bestgesetzte Rede. Die Bewegung des Gehens und besonders das Einbiegen aus einer Straße in die andere, brachte es mit sich, daß ihre Arme sich enger aneinanderlegten. In solchen Momenten fühlte er eine eigentümliche, sympathische Wärme von ihr auf sich übergehen. Beider Blicke trafen sich unwillkürlich; sie errötete dann allemal leicht und senkte die langen Wimpern nieder, während es ihm war, als habe er sich aus der Tiefe ihres Auges ein süßes Eigentum herausgeholt. Und als sie endlich vor dem Portal eines Hauses stehenblieb, deuchte es ihm, als sei er nicht einige Minuten, sondern jahrelang an ihrer Seite gewesen.

„Hier wohne ich, mein Herr!" sagte sie.

„So muß ich Sie verlassen!"

Sie hörte deutlich, daß ein Seufzer diese Worte emporgetragen hatte. Ihr großes, dunkles Auge richtete sich mit einem so warmen, ehrlichen Blick auf ihn, daß er sie hätte an sein Herz ziehen mögen, und dabei fragte sie:

„Sie sagten, daß Sie bei den Ziethenhusaren stehen, Monsieur. So sind Sie ein Preuße?“

„Ja.“

„Wissen Sie, daß wir hier in Paris die Preußen hassen?“

„Daran tun Sie unrecht, Mademoiselle. Man soll keinen Menschen hassen, ohne genau zu wissen, daß er den Haß auch wirklich verdient.“

„Sie wollen sagen, daß Sie unseren Haß nicht verdienen?“

„Wenigstens den Ihrigen möchte ich mir um keinen Preis verdienen. Ich bin als Soldat hier, weil es meine Pflicht war, meiner Fahne zu folgen, aber ich hasse keinen Franzosen um des Umstandes willen, daß er ein Franzose ist.“

„Ja, so sehen Sie mir aus, Monsieur, so gut und bieder. Darum will ich auch bei Ihnen die einzige Ausnahme von der Regel machen, welche ich einzuhalten pflege. Sie haben mich so freundlich beschützt; ich lade Sie ein, Mama und mich zu besuchen, falls Ihnen mein Wunsch, Sie Mama vorzustellen, nicht unangenehm ist.“

Sein Gesicht strahlte eine ehrliche, ungeschminkte Freude aus, die das Herz des schönen Mädchens gefangennahm. Er antwortete:

„Unangenehm? O nein, ich bin im Gegenteil von Herzen erfreut über diese Ausnahme und werde Ihrer Einladung folgen, wenn Sie mir die Stunde sagen wollen, in welcher ich Sie nicht störe.“

„So kommen Sie drei Uhr, Monsieur. Haben Sie um diese Zeit Dienst?“

„Nein. Ich werde sicher kommen.“

„Hier ist meine Karte!“

Sie zog ein kleines, zierliches Kärtchen hervor, auf welches er jetzt seinen Blick noch nicht zu werfen wagte, dann nickte sie ihm vertraulich zu, wie einem alten, lieben Bekannten, ehe sie in der Tiefe des Hausflures verschwand.

Fast hätte der Glückliche die Karte an seine Lippen gedrückt. Er hatte bereits die Hand erhoben, es zu tun, dachte aber noch zur rechten Zeit daran, daß er sich in einer sehr belebten Straße befinde, wo man seine Begeisterung belächeln werde.

Erst als er eine bedeutende Strecke zurückgelegt hatte, las er den Namen, welcher auf der Karte stand. In seinen, dünnen Zügen stand da gedruckt: Margot Richemonte, Rue d'Ange 10. Fast hätte er den Schritt angehalten.

„Margot Richemonte?" fragte er sich. „Hieß nicht der Gardekapitän auch Richemonte, welcher gestern die Ohrfeigen von mir erhielt? Ist er vielleicht mit ihr verwandt? Ah, pah! Wie viele Namen sind gleichlautend. Wer wird gleich an so etwas denken!"

In seiner Wohnung angelangt, nahm er ein Buch zur Hand und setzte sich auf das Sofa. Aber eigentümlich! Das Lesen wollte nicht vonstatten gehen. Er hörte immer den eigentümlich ernsten Klang ihrer Stimme, und wenn er sich Mühe gab, seine Aufmerksamkeit auf die Lektüre zu konzentrieren, so zogen sich die Buchstaben zusammen und bildeten ein Gesicht, so schön, so rein und mädchenhaft, gerade wie Margot es gehabt hatte.

Er legte das Buch fort, stand auf und wanderte im Zimmer hin und her.

„Ich glaube, dieses Mädchen hat es mir angetan", sagte er. „Eine Französin! Sind die Französinnen mir nicht als leicht, flüchtig, untreu geschildert worden? Und nun finde ich ein solches Gesicht, ein Gesicht, auf welches man Häuser bauen könnte! Ich werde keinem Menschen davon erzählen, denn ich würde ausgelacht. Die Französinnen sind Champagner, Esprit, mousseux – schäumend –; sie sind nur zum Vergnügen da. Ein Deutscher macht andere Ansprüche!"

Aber trotz dieser Gedanken konnte er das Gesicht und den Ton dieser Stimme nicht loswerden. Er frühstückte, aber ohne Gedanken, fast ohne zu wissen, was er aß. Er konnte die drei Uhr gar nicht erwarten; er wollte sich dies zwar nicht eingestehen, aber als er in der Rue d'Ange vor der betreffenden Tür stand und nach der Uhr blickte, da bemerkte er, daß er über eine Viertelstunde zu früh gekommen sei. Er mußte einstweilen weitergehen, um diese Frist noch verstreichen zu lassen.

Aber mit dem Glockenschlag erreichte er die Nummer zehn. Er fand, daß die erste Etage des Hauses in zwei Wohnungen geteilt sei. Sein erster Blick fiel auf die Tür rechts. Da las er das Schild: Veuve Richemonte. Das war jedenfalls Margots Mutter. Also Witwe war dieselbe? So besaß Margot keinen Vater mehr? Dies war vielleicht eine Erklärung für den Ernst, welches ihr ganzes sonst so liebliches Wesen umfloß.

Er klingelte. Ein Mädchen erschien. Er nannte seinen Namen und wurde eingelassen.

Das Mädchen öffnete ihm die Tür eines Salons, dessen Mobiliar zwar sehr anständig, aber nicht herrschaftlich reich zu nennen war. Auf einer Chaiselongue ruhte eine Dame, in welcher er sofort Margots Mutter vermutete. Sie war einfach schwarz gekleidet. Ihr Haar war voll, schimmerte aber bereits in das Grau hinüber. Die Züge dieser Dame waren sanft und trugen jenen passiven Zug, welcher auf eine Verstimmung des Gemütes, auf ein stilles, verschwiegenes Leiden schließen läßt. Ihr dunkles Auge ruhte forschend auf dem Eintretenden. Sie erhob sich bei seiner respektvollen Verneigung ein wenig aus ihrer liegenden Stellung und sagte:

„Seien Sie mir willkommen, Monsieur! Sie müssen verzeihen, daß meine Tochter noch nicht zugegen ist, um Sie zu empfangen, aber ich habe es vorgezogen, Ihnen zunächst eine aufrichtige Bemerkung zu machen. Nehmen Sie Platz!"

Er setzte sich, während ihr Auge noch immer auf ihm ruhte, als ob sie ihm bis in die Tiefe seiner Seele blicken wolle. Welch ungewöhnlicher Empfang war dies? fragte er sich. Was hatte sie ihm zu sagen, bevor sie ihrer Tochter den Eintritt gestattete? Er sollte es gleich hören, denn die Dame begann:

„Sie haben sich meines Kindes angenommen, und mein Mutterherz ist Ihnen natürlich dankbar dafür. Margot hat gewünscht, daß ich Sie kennenlernen solle, aber ich weiß nicht, ob Sie sich vielleicht enttäuscht fühlen werden. Sie sind natürlich gewohnt, sich die Pariser Welt als heiter, gern genießend und leichtlebig zu denken. Sie mögen bis zu einem gewissen Punkt recht haben. Sie sind Offizier. Diese Herren machen gern die Bekanntschaft junger Damen. Es ist dies eine Art von Sport für sie; sie wollen sich unterhalten; sie wollen tändeln; sie wollen sich ihrer Eroberungen rühmen. Ich habe diesen Sport nie gutheißen können; ich habe Margot diesen Kreisen stets ferngehalten. Ich liebe mein Kind; es ist so gut, und es soll nicht unglücklich werden. Das ist der heißeste Wunsch meines Herzens ..."

Sie hielt inne, wie um zu überlegen, ob sie nicht zu viel gesagt habe, ob sie nichts Beleidigendes ausgesprochen habe. Es dünkte ihm, als hätte sie sagen wollen:

„Ich liebe mein Kind, und es soll nicht unglücklich werden; nicht so unglücklich, wie seine Mutter ist."

Sie fuhr fort:

„Ich habe Margots Wunsch erfüllt. Sie hat die Einladung ausgesprochen, und es wäre eine Beleidigung für Sie gewesen, wenn ich dieselbe desavouiert hätte. Ich hätte dies auch gar nicht vermocht, da wir Ihre Wohnung nicht kennen. Sollten Sie mit der Erwartung gekommen sein, hier ein Amüsement zu finden, so wird diese Erwartung wohl schwerlich erfüllt werden, Monsieur. Das ist es, was ich Ihnen sagen wollte, und ich hoffe, daß Sie sich nicht davon beleidigt fühlen."

„Beleidigt?" fragte er. „Sie haben die vollste Berechtigung, so zu sprechen, Madame. Sie bedienen sich eines ganz bezeichnenden Ausdruckes, indem Sie von jenem Sport sprechen. Die Offiziere aller Länder sind sich in dieser Beziehung gleich. Ich hasse, ich verachte diesen Sport gleich Ihnen. Ich sehe in dem Menschen nicht ein Geschöpf, welches nur die Aufgabe hat, mich zu erheitern, mir die Zeit zu verkürzen. Ich bin gewohnt, das Leben von der ernsten Seite zu nehmen, und es freut mich, in Ihnen eine gleichgesinnte Natur zu entdecken. Gerade die gegenwärtige Zeit ist eine ernste, und ich habe wirklich nicht die Absicht, eine Minute von ihr zu vertändeln. Ich habe Fräulein Margot einen kleinen Dienst erwiesen, wie ich ihn jeder Dame erweisen würde; das ist nur Pflicht, das begründete keinen Anspruch auf Ihre besondere Dankbarkeit. Desto mehr bin ich erfreut gewesen über die Erlaubnis, mich Ihnen vorstellen zu dürfen. Beunruhigt Sie jedoch meine Gegenwart, so bin ich bereit, Sie sofort zu verlassen."

Er erhob sich von seinem Sitz. In ihrem Auge glänzte etwas wie ein stilles, zufriedenes Lächeln. Sie winkte ihm mit der Hand zu, sitzen zu bleiben und sagte:

„Ich möchte annehmen, daß Margot sich nicht geirrt hat, ich finde Sie so, wie Sie von ihr geschildert worden sind. Bleiben Sie, Monsieur, und versuchen Sie, der Unterhaltung zweier einsamer Damen einigen Geschmack abzugewinnen! Besitzen Sie auch eine Mutter?"

„Leider nicht mehr, Madame. Meine Eltern sind tot."

„Das ist ein schwerer Verlust. Aber vielleicht haben Sie Geschwister?"

„Auch nicht. Ich stehe allein in der Welt. Ich lebe meiner Pflicht und in den Mußestunden meinen Büchern, die meine aufrichtigsten Freunde sind."

In dieser Weise wurde die Unterhaltung noch ein Weilchen fortgeführt, bis Margot eintrat. Sie trug ein einfaches Hauskleid und sah in demselben so reizend hausmütterlich, so wirtschaftlich aus, daß ihm das Herz weit wurde. Als sie ihm die Hand reichte, breitete sich ein leises Rot über ihre Wangen aus. Er sah, daß er ihr nicht unwillkommen sei, und war ganz glücklich darüber.

Auch die Mutter wurde später heiterer. Sie schien Vertrauen zu dem Deutschen zu fassen, und als er sich verabschiedete, erlaubte sie ihm, morgen um dieselbe Zeit wiederzukommen.

Er ging, ganz erfüllt von dem Eindruck, den das schöne Mädchen auf ihn gemacht hatte. Noch glücklicher wäre er gewesen, wenn er gehört hätte, was nach seinem Fortgang über ihn gesprochen wurde.

„Dieser junge Mann ist wirklich anders, als die Leute seines Alters und die Herren seines Standes", sagte Frau Richemonte. „An ihm könnte Albin sich ein Beispiel nehmen. Wo er nur wieder bleibt? Er hat sich seit zwei Tagen nicht sehen lassen."

„Vielleicht kommt er jetzt", sagte Margot.

Es hatte geklingelt. Die beiden Damen zeigten aber keineswegs jene freudige, erwartungsvolle Miene, welche das Nahen einer gerngesehenen Person verkündet.

„Monsieur le Baron de Reillac!" rief das Mädchen zur Tür herein.

Und nach diesem Ruf erschien auch sogleich der Genannte im Zimmer. Er war ein langer, sehr hagerer Mann. Er mochte vielleicht fünfundvierzig Jahre zählen, trug sich aber trotzdem ganz wie ein junger, lebenslustiger Elegant gekleidet. Man hätte ihn nicht häßlich nennen können, aber er hatte doch, alles in allem etwas an sich, was bereits beim ersten Blick verhinderte, Sympathie für ihn zu fühlen.

Er verbeugte sich auf eine höchst stutzermäßige Manier, tänzelte erst zur Mutter und dann zur Tochter, um ihnen die Hand zu küssen, und fragte dann, sich niedersetzend:

„Ich habe drüben geklingelt, aber keine Antwort erhalten. Monsieur Albin befindet sich wohl nicht zu Hause?"

„Ich habe ihn seit gestern nicht gesehen", antwortete Frau Richemonte. Und mit einem trüben, vorwurfsvollen Blick fügte sie hinzu: „Ich darf wohl annehmen, daß er sich in Ihrer Gesellschaft befunden hat?"

„Allerdings", antwortete der Gefragte. „Wir waren am Tage ausgefahren und abends im Klub, wo man vieles und Ausführliches zu besprechen hatte. Man hält das Exil des Kaisers nicht für ein ewiges. Man fragt bereits, wie man sich zu verhalten haben wird, wenn er zurückkehrt, um seine Rechte geltend zu machen ..."

„Um Gottes willen, welche Unvorsichtigkeit!“ rief die Witwe. „Noch sind die Sieger in unseren Mauern, und sie fangen bereits zu konspirieren an!“

„Keine Sorge!“ lachte der Baron. „Man ist vorsichtig! Man ist klug, wenigstens in dieser Beziehung. In anderer freilich ist man desto unkluger. Werden Sie dies glauben Madame?“

Es lag ein Nachdruck in seinem Ton, der sie schnell aufblikken ließ.

„Ich weiß nicht, was Sie meinen“, sagte sie.

„Oh“, sagte er, süßlich lächelnd, „ich meine nur, daß ich in Beziehung auf Politik meinen Mann stelle, in geschäftlicher Hinsicht aber viel zu nachsichtig bin.“

Frau Richemonte hustete leise in das Taschentuch und meinte:

„Sind Sie vielleicht gekommen, um über Geschäfte mit mir zu sprechen, Herr Baron?“

Er räusperte sich, wie sich das Raubtier die Krallen wetzt, ehe es sich auf seine Beute wirft, und antwortete dann:

„Eigentlich nicht. Ich wollte Monsieur Albin sprechen. Er gab mir gestern abend sein Ehrenwort, heute zu Hause zu sein.“

„Sein Ehrenwort?“ fragte die Dame. „Das ist doch ganz unmöglich!“

„Warum unmöglich, Madame? Zweifeln Sie vielleicht an meiner Wahrheitsliebe?“

„Dies will ich nicht sagen. Aber wenn Albin Ihnen sein Ehrenwort gibt, wird er es auch halten. Er ist Offizier.“

Der Baron zuckte die Achseln.

„Offizier? Ja. Sogar Kapitän der Garde! Aber pah! Man kann trotzdem sein Ehrenwort brechen. Gibt es doch Kapitäne der Garde, welche sich ungestraft ohrfeigen lassen!“

Die Dame erbleichte.

„Was meinen Sie?“ fragte Sie. „Sie wollen doch nicht sagen, daß mein Stiefsohn . . .“

Sie hielt inne. Es wurde ihr zur Unmöglichkeit, das Wort auszusprechen; der Baron jedoch tat es an ihrer Stelle:

„. . . daß Ihr Stiefsohn geohrfeigt worden ist? Ja, gerade dies will ich sagen.“

Da sprang die Frau von der Chaiselongue auf und rief:

„Sie lügen, Baron!“

Auch Margot hatte ihren Sitz verlassen; sie war an die Seite der Mutter getreten, wie um ihre beizustehen gegen alle Angriffe des Ärgers und der Betrübnis.

„Ich – lügen?" fragte der Baron. „Monsieur Albin hat es mir selbst erzählt, und auch im Klub wurde leise davon gesprochen. Es sind drei Herren dabeigewesen, mit denen er am Spieltisch gesessen hat. Er hat die Deutschen Hunde genannt und den Feldmarschall Blücher, welcher zugegen gewesen ist, einen Flegel. Dafür hat er von einem deutschen Offizier, dessen Forderung er ausschlug, einige Dutzend Ohrfeigen erhalten."

„Mein Gott, welche Schmach!" rief Frau Richemonte, auf ihren Sitz zurücksinkend.

Aber es lag in ihrem Ausruf nicht der Aufschrei eines zerrissenen Mutterherzens; es klang wie Verachtung, die tiefste, unheilbarste Verachtung.

„Wenn solche Dinge geschehen, so werden Sie auch die Möglichkeit zugeben, daß er sein Ehrenwort bricht, Madame", fuhr der Baron fort. „Er hat mir versprochen, am Nachmittag zu Hause zu sein."

„Ah, so handelt es sich auch hier um eine Ehrensache?"

„Natürlich! Man arrangierte im Klub ein kleines Spielchen, an welchem sich auch Monsieur Albin beteiligte. Er hatte Unglück, ich schoß ihm fünftausend Franken vor, die er mir heute drei Uhr nachmittags in seiner Wohnung zurückzugeben versprach. Ich komme um fünf Uhr, und dennoch ist er nicht hier."

„Mein Gott, auch das noch!" klagte die Dame. „So wächst seine Schuld ja doch in das riesenhafte!"

Der Baron nickte mit dem Kopf und antwortete:

„Sie haben recht, meine Gnädige! Haben Sie eine Ahnung, wieviel er mir bereits gegen Wechsel schuldet?"

„Wie sollte ich das wissen?"

„Über zweimal hunderttausend Franken."

„Zweimal hund . . .!

Das Wort blieb ihr auf der Zunge liegen.

Margot war schreckensbleich geworden. Der Baron beobachtete die beiden mit einem versteckten, siegesgewissen Lächeln.

„Aber das ist ja die reine Unmöglichkeit! Das ist ganz unglaublich!"

Bei diesen Worten der Dame zuckte der Baron die Achseln und antwortete:

„Unglaublich? Warum? Monsieur Albin hat sehr noble Passionen. Er spielt hoch; er verehrt dieser oder jener Tänzerin ein Geschmeide im Wert von zehntausend Franken. Vermögen hat er nicht mehr. Gehalt erhält er nicht, da der Kaiser gefangen ist. Wie bald ist da ein solches Sümmchen emporgelaufen!"

„So mag er sehen, wie er es wieder herunterbringt!“ sagte Madame entschlossen. „Er ist mein Stiefsohn, und doch habe ich mich bereits für ihn aufgeopfert. Nun bin ich selbst arm. Er mag sehen, wer ihm hilft. Ihnen aber, Baron, schulde ich keinen Dank, daß Sie ihn in seiner wahnsinnigen Verschwendung unterstützten. Hätten Sie ihm nichts gegeben, so hätte er sparsamer leben müssen!“

Da glühte das Auge des Angeredeten in einem eigentümlichen Licht. Es war Stolz, Schadenfreude, Gier und Siegesgewißheit, welche daraus sprach. Er antwortete:

„Sie irren, Madame; ein anderer hätte ihn ebenso unterstützt. Übrigens ist er der Sohn Ihres seligen Herrn Gemahls, der mein Freund war. Soll ich ihn nicht unterstützen, da ich doch auch nachsichtig gegen Sie, die Witwe dieses Freundes, bin?“

„Nachsichtig mit mir? Wann wären Sie dies jemals gewesen!“ rief sie voller Bitterkeit. „Ich ließ mich kurz vor dem Tod meines Mannes verleiten, seine Akzepte auch mit meinem Namen zu versehen. Was verstand ich als Dame von solchen Papieren! Ich unterzeichnete sogar Formulare, welche später erst ausgefüllt wurden. Als mein Mann tot war, präsentierten Sie mir alle diese Dokumente. Sie waren nach Sicht zu bezahlen. Ich mußte alles verkaufen, was ich besaß, um sie einlösen zu können und nicht in das Schuldgefängnis zu wandern. Nennen Sie dies Nachsicht?“

„Ich spreche nicht hiervon, Madame; ich spreche von den drei Akzepten, welche ich noch jetzt von Ihnen in den Händen habe.“

Sie blickte ihn groß an, aber er hielt diesen Blick aus.

„Noch drei Akzepte? Von mir?“ fragte sie. „Sie irren oder erlauben sich einen Scherz, der hier wahrhaftig nicht am rechten Platz ist!“

„An einen Scherz ist nicht zu denken“, sagte er. „Sie sprachen von Blanketts, welche später ausgefüllt worden sind. Nun wohl, es waren noch drei solche Blanketts vorhanden, als Ihr Herr Gemahl starb. Monsieur Albin hat sie ausgefüllt und den Betrag von mir erhalten. Die Wechsel lauten auf Sicht; ich habe sie Ihnen noch nicht präsentiert; darf ich da nicht von Nachsicht sprechen?“

Frau Richemonte fuhr abermals in die Höhe, jetzt vor Schreck.

„Sie sagen die Wahrheit?“ fragte sie.

„Die volle Wahrheit!“

„Albin hat den Betrag erhalten?"
„Ja."
„Wieviel?"
„In Summa hundertundfünfzigtausend Franken."
„Hundertundfünfzigtausend Franken! Oh, mein Gott!" rief sie, die Hände vor das Gesicht schlagend. „Und ich besitze nur noch eine Rente von zweitausend Franken!"
„Ich werde darauf Beschlag legen müssen, Madame."
Das hatte sie nicht erwartet. Sie starrte ihn mit großen Augen an und sagte:
„So werde ich dann verhungern müssen!"
„Nein", antwortete er, gleichmütig die Achsel zuckend. „Nicht verhungern, sondern nur arbeiten werden Sie müssen!"
„Arbeiten, das tun wir ja jetzt bereits. Oder glauben Sie, daß man von zweitausend Franken jährlich leben kann? Wir arbeiten insgeheim für ein Stickereigeschäft. Heute vormittag hat Margot wieder das Fertige abgeliefert und sich dabei den frechen Beleidigungen einer rohen Soldateska ausgesetzt."
„Das darf ich nicht beachten, Madame. Ihr Sohn schuldet mir eine ungeheure Summe auf Wechsel, dazu eine Spielschuld von fünftausend Franken auf Ehrenwort; er hat kein Geld. Von Ihnen besitze ich Wechsel im Betrag von hundertundfünfzigtausend Franken. Ich präsentiere sie Ihnen hiermit. Wollen Sie die Dokumente einlösen?"
Die Witwe schlug die Hände zusammen und rief:
„Aber sehen Sie denn nicht ein, daß mir dies ganz unmöglich ist! Wer hat Ihnen erlaubt, meinem Stiefsohn gegen meine Unterschrift eine solche Summe auszuhändigen?"
„Eben Ihre Unterschrift hat es mir erlaubt, Madame", lächelte er überlegen. „Übrigens irren Sie sich ganz und gar, wenn Sie behaupten, daß es Ihnen unmöglich ist, diese Summe zu dekken."
„Mein Gott, womit soll ich es können?"
„Mit einem einzigen Wort."
„Mit welchem?"
„Mit dem kleinen Wörtchen ‚ja'."
Sie verstand ihn nicht; sie blickte ihn fragend an. Er aber setzte sich in Positur, ließ seine Augen lüstern über die schöne Gestalt Margots gleiten und sagte:
„Sie kennen meine Person und meine Verhältnisse, Madame. Ich bin Armeelieferant des großen Kaisers gewesen und habe mir Millionen verdient. Ich kann einer Frau eine glänzende Exi-

stenz bieten. Ich habe Ihnen bereits, als Ihr Herr Gemahl noch lebte, gesagt, daß ich Mademoiselle Margot liebe. Ich wurde damals abgewiesen; es hieß, Mademoiselle könne mich nicht lieben. Sie befanden sich damals in besseren Verhältnissen. Jetzt werden Sie einsehen, daß eine Heirat aus Liebe eine Dummheit ist. Ich wiederhole heute meinen damaligen Antrag. Sobald ich mit Mademoiselle vom Altar zurückkehre, zerreiße ich die Wechsel Ihres Stiefsohnes und auch die Ihrigen. Sagen Sie nein, so wandern Sie in das Schuldgefängnis."

Er hatte sich bei den letzten Worten erhoben, griff nach seinem Hut und fuhr dann fort:

„Sie sehen, daß ich aufrichtig bin. Nennen Sie mich hartherzig oder grausam; mir ist dies gleichgültig. Ich liebe Margot; sie wird meine Frau werden, oder Sie müssen untergehen. Ich gebe Ihnen eine volle Woche Zeit. Heute über acht Tage werde ich mir Ihre Antwort holen. Überlegen Sie sich reiflich, was Sie tun werden. Adieu!"

Er ging und ließ die beiden Damen in einer großen Aufregung zurück.

Madame Richemonte lag auf ihrer Chaiselongue und weinte. Margot hatte sich bei ihr niedergelassen und zog wortlos den Kopf der Mutter an ihr Herz. Das Mädchen hatte bisher kein Wort gesagt. Ihr Gesicht zeigte keine Spur von Betrübnis, wohl aber lag auf demselben ein Zug finsteren Hasses, fast möchte man sagen, der Rache, den ihre Mutter freilich nicht bemerkte, da sie zu sehr mit sich selbst beschäftigt war.

„Hundertundfünfzigtausend Franken!" jammerte die Frau. „Hast du es gehört, Margot?"

„Ja."

„Und ich war ihm nichts schuldig! Er ist ein Verführer, ein Betrüger!"

„Er ist ein Teufel, Mama. Er hat ganz und gar berechnend gehandelt."

„Wieso?"

„Er hat mich zwingen wollen, ihn zu heiraten."

„Mein Gott. Wirklich?"

„Ja. Zunächst hat er Papa in Schulden verstrickt und ihn und Albin zum Spielen verführt. Sodann hat er dich zur Ausstellung der Blanketts gebracht. Jetzt sind wir verloren, wenn ich ihm nicht mein Jawort gebe."

„Du wirst es ihm nicht geben! Nein, niemals, Kind!"

„Oh, doch!" sagte das Mädchen, scheinbar ruhig.

„Doch? Du willst?“ fragte die Mutter ganz erschrocken.

„Ja, ich will!“

„Aber du wirst unglücklich, Margot!“

„Nein!“

„Sie sagte dieses Wort in einem so bestimmten Ton, daß ihre Mutter aufmerksam wurde, sie ganz erstaunt anblickte und dann fragte:

„Nein? Das begreife ich nicht! Kind, Kind, liebst du ihn etwa gar?“

Margot schüttelte überlegen den Kopf und antwortete:

„Ich hasse ihn, ich verabscheue ihn, und darum werde ich ihn heiraten, Mama.“

„Ihn heiraten, weil du ihn haßt? Du sprichst in Rätseln!“

„Oh, begreifst du nicht, welche Süßigkeit in der Rache liegt?“

„Ah!“ rief die Mutter, der das Verständnis aufzugehen schien.

„Ja, er ist der Dämon unserer Familie, unseres Hauses gewesen. Er ist schuld an unserer Verarmung und an dem Tod des Vaters. Ich willige ein, sein Weib zu werden, um uns alle an ihm rächen zu können. Er liebt mich zum Rasendwerden. Ich habe seine glühenden, begehrlichen Blicke monatelang beobachtet, ohne zu tun, als ob ich sie bemerke. Ich werde sein Weib, er muß die Wechsel zerreißen, aber er wird mich niemals berühren dürfen. Er soll verschmachten vor Verlangen nach mir. Ich bin schön. Ich werde mich für ihn schmücken, um ihn liebeswahnsinnig zu machen. Er soll vor mir im Staub kriechen wie ein Wurm; er soll um ein Wort, um einen Blick betteln und doch nicht erhalten, was er begehrt. Er soll Tantalusqualen erleiden, und ich werde glücklich sein, je unglücklicher ich ihn sehe.“

Sie sprach im Gefühl des Augenblickes. Sie bedachte nicht, daß ihr Glück, von dem sie sprach, ein fürchterliches sein werde. Sie wollte sich opfern, opfern für die Mutter und für die gerechte Sache. Sie glaubte, stets so Herr ihres Herzens zu sein, wie jetzt, und ahnte nicht, welch ein Unglück es für sie sein werde, an einen solchen Mann gekettet zu sein und doch die Liebe zu einem andern im Herzen zu tragen.

Als Leutnant von Königsau die beiden Damen verlassen hatte, war er, zunächst nur an Margot denkend, durch einige Straßen geschlendert und dann in ein Kaffeehaus getreten. Dasselbe gehörte zu jenen Boulevardkaffeehäusern, welche einen Vorplatz haben, wo diejenigen Gäste sitzen können, welche es vorziehen, ihren Kaffee oder Absinth im Freien zu trinken, und dabei mit Bequemlichkeit das Leben und Treiben der Straße beobachten.

Er trat in das Zimmer und nahm an einem der Fenster Platz. Hier hatte er noch nicht lange gesessen, so sah er einen Mann herankommen, dessen Anblick ihn veranlaßte, sich etwas vom Fenster zurückzuziehen. Es war der Gardekapitän Richemonte.

Dieser blieb draußen auf dem Vorplatz, wo er sich gerade vor das Fenster setzte, hinter welchem Königsau seinen Sitz hatte. Nach einer ziemlichen Weile kam ein zweiter, welcher sich neben dem Kapitän niederließ. Der Deutsche kannte ihn nicht; es war der Baron de Reillac, der soeben von dem Heiratsantrag kam, welchen er Margot gemacht hatte. Es war ein eigentümlicher Zufall, daß Königsau gerade dieses Kaffeehaus gewählt hatte. Die beiden ahnten nicht, daß drinnen ganz in der Nähe des Fensters einer saß, der jedes Wort ihres Gespräches hören konnte.

„Eingetroffen!" sagte der Baron.

„Endlich!" meinte der Kapitän. „Ich warte bereits längere Zeit. Welchen Erfolg hat die Attacke gehabt, lieber Baron?"

„Bis jetzt gar keinen."

„Wieso?"

„Ich habe Ihren Damen eine Woche Zeit gegeben."

„Eine Woche? Verdammt! Warum? Woher nehme ich in dieser Zeit Geld?"

„Von mir."

„Ah, das klingt befriedigend. Ich brauche einige Tausend Franken. Was sagte die gute Stiefmama zu Ihrer Eröffnung?"

„Das, was alle Frauen bei solchen Gelegenheiten sagen; sie glaubte es zunächst nicht; dann jammerte sie, schlug die Hände zusammen und weinte. Ich kann das verfluchte Weinen nicht ausstehen und habe mich daher so kurz wie möglich gefaßt."

„Und Margot?"

„Die? Ah, da muß ich mich zuvor besinnen! Ja, ich glaube, sie hat kein einziges Wort gesagt."

„Glauben Sie, daß Sie die Einwilligung erhalten?"

„Jedenfalls!"

„Und wenn nicht?"

„So spazieren Sie in das Schuldgefängnis."

„Alle Teufel, Sie scherzen, Baron! Einen Freund schickt man nicht an einen solchen Ort."

Der Baron zuckte höchst gleichmütig die Achseln und antwortete:

„Freund? Pah! Egoist waren Sie, aber nicht Freund. Ich gestehe Ihnen aufrichtig, daß ich Ihnen nur Ihrer Schwester wegen ausgeholfen habe. Wird sie meine Frau, so quittiere ich Ihre Schuld und zahle Ihnen noch fünfzigtausend Franken. Die Wechsel Ihrer Mutter, auf hundertundfünfzigtausend Franken lautend, werden auch zerrissen. Demnach bezahle ich das Jawort mit viermal hunderttausend Franken. Wer ist nun der Freund? Sind Sie der meinige oder bin ich der Ihrige?"

„Ich hoffe, daß Sie Ihren Zweck erreichen werden, Baron."

„Wenn ich ihn nicht erreiche, sind Sie schuld."

„Ich? Inwiefern?"

„Gehen Sie zu den Damen, und machen Sie ihnen die Hölle heiß! Geben Sie sich ja Mühe, denn ich würde im Falle des Nichtgelingens keine Nachsicht mit Ihnen haben."

„Fast möchte ich Ihnen dies zutrauen!"

„Ich ersuche Sie, davon überzeugt zu sein! Sie haben mir den Mund wässerig gemacht und infolgedessen auf meine Kosten gelebt wie ein Nabob. Warum sollte es mir auf einige tausend Franken ankommen, wenn es sich darum handelt, Ihnen zu zeigen, wie es einem armen Teufel im Schuldgefängnis zumute ist. Übrigens rate ich Ihnen, einen Panzer anzulegen, bevor Sie Ihre liebenswürdigen Damen besuchen."

„Warum?"

„Sie wissen Ihre Spielschuld."

„Alle Teufel! Wer hat ihnen davon gesagt?"

„Ich."

„Sie? Sind Sie bei Sinnen? Wozu brauchen meine Mutter und die Schwester zu wissen, wie hoch ich spiele und was ich verliere?"

„Sie werden dadurch gefügiger. Übrigens kennen sie auch Ihr Renkontre mit dem deutschen Offizier."

„Auch das? Wer hat hiervon zu ihnen gesprochen?"

„Auch ich, Kapitän."

„Mensch!" brauste der Kapitän auf. „Und das sagen Sie mir so ruhig!"

„Ja, gerade so ruhig, wie ich Ihnen mein Geld gebe. Ich will die Genugtuung haben, von Ihnen reden zu können. Margot soll wissen, daß sie mir kein Opfer bringt, wenn ich mir die Schwester eines ruinierten Offiziers zur Frau nehme."

Es blieb eine Zeitlang ruhig. Königsau hatte gedacht, daß der Kapitän jetzt voller Wut losschmettern werde; dem war aber nicht so. Er befand sich in den Händen des baronisierten Armeelieferanten; darum gab er sich Mühe, seinen Zorn zu beherrschen und antwortete:

„Glauben Sie etwa, daß ich mich vor diesem Deutschen fürchte?"

„Ja, das glaube ich", antwortete der Gefragte kalt.

„Warum?"

„Weil Sie seine Forderung zurückwiesen."

„Pah! Ich werde mich noch mit ihm schlagen."

„Das glaube ich nicht."

„Warum nicht?"

„Diese Deutschen sollen im Punkt der Ehre außerordentlich heikel sein. Ich glaube nicht, daß dieser Husarenleutnant – wie hieß er gleich?"

„Von Königsau."

„Gut! Also ich glaube nicht, daß sich dieser Königsau noch mit einem schlagen wird, den er vorher geprügelt hat. Sie haben eine ganz alberne Dummheit damals begangen."

„Ich wollte mich nicht mit ihm schlagen, weil ich diese Deutschen hasse. Ich halte keinen von ihnen für wert, seinen Degen mit dem eines Franzosen zu kreuzen."

„Aber so ein Deutscher hält Sie nicht für unwert, Ohrfeigen zu erhalten. Gehen Sie, Kapitän! Ob Sie nach einem solchen Vorkommnis fortdienen können, ist sehr fraglich. Doch regen wir uns nicht auf. Wieviel brauchen Sie Geld?"

„Einige tausend Franken."

„Gut! Sagen wir dreitausend. Kommen Sie jetzt mit zu mir; ich will sie Ihnen geben. Heute abend legen wir wieder eine kleine Bank, und über eine Woche bin ich ihr Schwager, der Ihnen die ganze Schuld quittiert."

Sie entfernten sich.

Königsau hatte mit größter Aufmerksamkeit gelauscht, um keines ihrer Worte zu verlieren. Es lag alles klar vor ihm. Dieser sogenannte Baron spekulierte auf die Hand Margots, welche leider die Schwester des geprügelten Kapitäns war. Frau Richemonte schuldete dem Baron eine Summe von hundertundfünfzigtausend Franken auf Wechsel. Mit dieser Summe und den Schulden ihres Bruders wollte er die Braut erkaufen.

„Warum bin ich arm!" sagte sich Königsau. „Fünfundvierzigtausend Taler ist alles, was ich besitze, und auch die kann ich nur aus dem Verkauf meines Gutes erst lösen. Wäre ich reicher, so bezahlte ich alles, und Margot wäre mit der Mutter frei."

Er ging nach Hause. Er mußte immer an Margot denken und an die hundertundfünfzigtausend Franken, und noch in der Nacht, als er endlich Ruhe gefunden hatte, träumte ihm von einem riesigen Schuldturm, in dessen dunklem Kerker Margot schmachtete.

Es ist eigentümlich, welches Interesse der Mensch an einer Person nimmt, von welcher er recht lebhaft geträumt hat. War sie ihm vorher gleichgültig, so gewinnt sie plötzlich ein erhöhtes Interesse. Besaß sie es jedoch bereits, so verdoppelt und vervielfacht sich die Teilnahme, und es kann auf diese Weise sehr leicht eine Liebe entstehen, die man sonst für unwahrscheinlich gehalten hätte.

So war es auch mit Königsau. Als er erwachte, war er zunächst froh, von der Angst erlöst zu sein, welche er um das schöne Mädchen empfunden hatte. Aus dieser Angst aber war ihr Bild viel lichter und bezaubernder hervorgewachsen, und er fühlte eine solche Sehnsucht nach ihr, daß er den Nachmittag kaum erwarten konnte.

Endlich kam die dritte Stunde, und er machte sich auf den Weg. Als er in den Salon trat, kam ihm Margot entgegen und bat um Entschuldigung, daß ihre Mutter heute nicht zu sprechen sei, sie sei seit gestern so unwohl und angegriffen, daß sie keinen Besuch empfangen könne.

Königsau ahnte, daß an dieser Krankheit das gestrige Gespräch mit dem Baron die Schuld trage, doch er ließ sich von dieser Ahnung natürlich nichts merken.

Margot war heute außerordentlich bleich. Auf ihrem Gesicht lag eine Entschlossenheit, eine Resignation, bei welcher ihm bänglich zumute wurde. Er bemerkte zwar, daß ihr Auge zuweilen mit jenem Blick auf ihm ruhte, in welchem ein unbewußtes Geständnis sympathischer Regungen liegt, doch zeigte sie sich in ihren Reden und Antworten verschlossen und kalt. Das konnte nicht die Sorge um ihre kranke Mutter, sondern das mußte etwas anderes sein. Er sann vergebens nach; er vermochte es nicht zu entdecken, bis endlich das Gespräch so oben hin auf zartere Verhältnisse kam.

Jetzt zeigte ihr Gesicht zum ersten Mal wieder eine Spur von Leben und Wärme.

„Ich beneide Sie, Monsieur", sagte sie. „Welch ein Glück muß es sein, in die Heimat zurückzukehren, und, dem Schlachtentod entgangen, als Sieger vor ein geliebtes Weib oder vor eine harrende Braut zu treten."

„Beneiden Sie mich nicht, Mademoiselle", antwortete er. „Ein solches Glück ist mir nicht beschieden."

„Nicht? Sie haben keine Braut?"

„Nein. Mein Herz ist noch niemals engagiert gewesen."

Sie blickte zu Boden und fragte, ohne die Augen zu ihm zu erheben und ihn anzusehen:

„Muß denn stets das Herz engagiert sein?"

„Können Sie sich ein Glück denken, ohne daß das Herz teil daran nimmt?"

„Allerdings nicht. Aber das Herz kann auf verschiedene Weise ins Spiel kommen."

Er blickte ihr forschend in das bleiche Angesicht. Ihre Lippen zuckten, und auf ihrer Stirn lag es schwer und finster wie ein Entschluß, von dem sie überwunden worden war.

„Ich verstehe Sie nicht, Mademoiselle", sagte er. „Ich kenne nur eine einzige Weise. Nur die Liebe macht glücklich, ohne sie kann man es niemals sein."

„Sie irren. Denken sie sich einen recht grimmigen Haß, einen recht glühenden Rachedurst. Diesen befriedigt zu sehen, muß auch ein Glück sein!"

„Allerdings, aber ein Glück für einen Teufel", antwortete er.

Sie hob mit einem raschen Aufschlag ihrer Augen den Blick zu ihm empor, sah ihn forschend an und fragte:

„Also nehmen Sie doch an, daß auch ein Teufel glücklich sein könne?"

„Ein teuflisches, daß heißt, ein verdorbenes Gemüt? Ja, aber nur für einen Augenblick. Ich möchte wohl an einem Beispiel erfahren, wie man dauernd durch Befriedigung seiner Rache sich glücklich fühlen könne."

Er war jetzt Diplomat, und kein schlechter. Er sprach diese Frage aus, um in ihr Geheimnis einzudringen. Sie durchschaute ihn glücklicherweise nicht und antwortete:

„Ich will versuchen, Ihnen ein Beispiel zu geben. Denken Sie sich ein Mädchen, jung, schön, edel und gut. Sie besitzt alle Eigenschaften, einen Mann glücklich zu machen. Da kommt ein Bösewicht, welcher sich von ihren Reizen gefesselt fühlt. Er trachtet, ihre Hand zu erlangen, wird aber abgewiesen. Hierauf beginnt er, im stillen seine Minen zu graben. Er bemächtigt sich ihrer Anverwandten; er verführt dieselben, er stürzt sie in Sünde, Laster und Schande und schwört, die Unglücklichen nicht eher wieder loszugeben, als bis sie losgekauft werden. Der Preis ist die Hand des Mädchens."

„Und dieses? Das Mädchen? Was tut es?"

„Sie reicht dem Bösewicht die Hand, um die Ihrigen zu retten."

„So hat es wohl nie geliebt oder besitzt ein großes, erhabenes Herz, einen seltenen Opfermut und ein felsenfestes Vertrauen, den Bösewicht durch ihren Einfluß zu bessern."

„Nein, das will sie nicht. Sie will ihn strafen."

„Ah, Sie wiedersprechen sich, Mademoiselle. Vorhin sagten Sie, das Mädchen reiche ihm ihre Hand, um die Ihrigen zu retten, und jetzt sagen Sie, um ihn zu strafen."

„Ja, sie will ihn strafen, fürchterlich strafen. Er soll in seiner Frau einen Himmel sehen, in den er nie gelangen kann. Er soll in grimmiger Qual nach dem Trank schmachten, der ihm nahe vor der Lippe perlt, und dennoch verdürsten."

„Dieses Mädchen ist ein Teufel, Mademoiselle. Sie nannten es vorhin edel und gut. Das gerade Gegenteil konnten Sie sagen. Ein solcher Plan kann nur im Augenblick des höchsten Zornes, der Verzweiflung gefaßt werden, aber kein fühlend Weib wird ihn ausführen. Ein edles, gutes Mädchen wird vor einem solchen immerwährenden Henkerwerk zurückschaudern. Denken sie sich dann die Betreffende mit ihrem Opfer fürs ganze Leben allein, vielleicht auf einer wüsten Insel. Muß sie nicht an dem Anblick des Glückes anderer zugrunde gehen? Vielleicht begegnet sie einem Mann, dem ihr ganzes Sein und Wesen entgegenfliegen möchte, und doch ist sie an ihr Opfer gefesselt. Nun wird sie zum Tantalus, welcher unendliche Qualen erduldet. Ist es notwendig, daß sie den Schuldigen bestraft? Gibt es nicht einen höheren Richter? Ist nicht das wahre Gottvertrauen der größte Schatz des Weibes? Sollte Gott die Ihrigen nicht retten können, ohne daß sie ein so schreckliches Opfer bringt?"

Er hatte recht. Sie hatte den Plan nur im Augenblick des höchsten Zornes gefaßt. Jetzt stellte er ihr denselben in einem Licht dar, vor welchem sie erschrak. Er verstand und begriff sie; er wußte, daß sie von sich selbst gesprochen hatte, und bei diesem Gedanken krampfte sich sein Herz zusammen. Es wurde ihm angst, und in diesem Gefühl ergriff er ihre Hand und fuhr fort:

„Sie entrollen da ein fürchterliches Bild vor mir. Haben Sie es vielleicht Dantes Hölle entlehnt? Ich wiederhole es: Das Weib, von dem Sie sprechen, würde ein Teufel sein; es würde nicht quälen, sondern gequält werden, und zwar durch sich selbst. Es gibt auf Erden keine Lage, welche hoffnungslos ist. Zerreißen Sie dieses Bild und werfen Sie die Fetzen von sich weg; sie erregen Abscheu und Ekel!"

Sie hatte ihm aufmerksam zugehört. Die Blässe war von ihren

Wangen gewichen; die Röte der Scham hatte auf derselben Platz genommen. Dennoch aber machte sie noch einen Versuch, sich zu verteidigen:

„Wenn es aber keinen anderen Rettungsweg gibt?"

„Wer kann das behauten, Mademoiselle? Wir Menschen sind kurzsichtig, zuweilen sogar blind. Was uns leicht dünkt, ist oft unmöglich auszuführen, und im Gegenteil ist das, an dessen Gelingen wir verzweifeln möchten, vielleicht ein Kinderspiel. Wer wollte sagen, daß es aus irgendeiner Not keine Hilfe gebe? Sie ist da; sie naht vielleicht schon, aber wir sehen sie nicht."

„Aber wenn Menschen nicht helfen können?"

„So hilft Gott durch sie, ohne daß sie es wissen und wollen. Er weiß den rechten Weg zur Rettung, nur sollen wir ihm vertrauen und ihm nicht widerstreben."

Da endlich! Er sah es ihr an, er hatte sie besiegt. Sie streckte ihm ihre Hand entgegen und sagte:

„Ich danke Ihnen, Monsieur! Ja, Sie sind ein Deutscher, ein wahrer, echter Deutscher!"

„Was wissen Sie von uns Deutschen, Mademoiselle?"

„Daß sie wie die Kinder sind, voller Glauben und Vertrauen, und doch auch echte Männer, welche Gott zwar um Hilfe bitten, ihn aber dabei auch tüchtig unterstützen", lächelte sie. „Man sieht es an den Schlachten, welche sie jetzt geschlagen haben."

Diese parteilose Anerkennung tat ihm wohl. Margot gewann dadurch sehr in seiner Achtung. Noch immer ihre Hand in der seinigen haltend, wagte er zu fragen:

„War es wirklich nur ein Beispiel, welches Sie mir erzählten, Mademoiselle, oder ist dieser Fall im Leben vorgekommen?"

Sie senkte den Blick verlegen zu Boden. Sie wollte ihn nicht belügen; er sah sie so ehrlich an. Und die Wahrheit, durfte sie ihm diese sagen? Endlich antwortete sie zögernd:

„Wenn es ein wirklicher Fall wäre, dürfte man sich da für berechtigt halten, ihn zu erzählen, Monsieur?"

Da wurde er kühn und sagte:

„Ich errate, wessen Fall es ist."

Eine tiefe Glut bedeckte ihr schönes Gesicht. Erriet er es wirklich? Sie hatte Gedanken gehabt, welche er mit dem Wort teuflisch bezeichnet hatte. Sie wagte nicht, um seine Meinung zu bitten, aber sie sah ihm fragend und zagend entgegen.

„Sie sprechen von sich selbst. Nicht war, Mademoiselle?" fügte er hinzu.

„Und nun verurteilen Sie mich?“ sagte sie leise.

Sie hatte sich schön genannt; sie hatte von ihren Reizen gesprochen. Wie lächerlich kam sie sich vor! Was mußte er von ihr denken!

„Nein, ich verurteile Sie nicht. Sie haben diesen Entschluß im Zorn gefaßt. Jedoch wünsche ich sehr, Ihnen helfen zu können, und wenn es auch nur durch einen guten Rat wäre. Darf ich mich erkundigen?“

„Bei wem?“

„Bei Ihnen.“

„Fragen Sie!“

„Sie hassen den Baron?“

Sie blickte ihn in höchster Überraschung an.

„Sie kennen den Baron?“ fragte sie erstaunt.

„Ja; nur seinen Namen weiß ich nicht. Ich muß Ihnen nämlich zweierlei gestehen. Erstlich habe ich ein Gespräch belauscht, welches gestern dieser Baron mit einem Kapitän der Garde führte. Ich merkte dabei, daß es sich um Ihren Besitz handele, Mademoiselle. Da ich dadurch Mitwisser des Vorganges geworden bin, wird es Ihnen nicht schwer werden, mir auch Ihr weiteres Vertrauen zu schenken. Sind Sie mit jenem Kapitän der Garde verwandt?“

„Wie heißt er?“

„Albin Richemonte.“

„Er ist mein Bruder, mein Stiefbruder, aber ich ver . . .“

Sie stockte verlegen; doch er ermunterte sie in eindringlichem Ton:

„Sprechen Sie weiter, Mademoiselle. Ich nehme den größten Anteil an dem, was Sie mir sagen werden.“

„Oh, Sie werden mich abermals für unedel, für teuflisch halten, Monsieur!“

„Wagen Sie es immerhin“, lächelte er. „Ich gestehe Ihnen aufrichtig, daß Sie mir ganz wie das Gegenteil von teuflisch vorkommen.“

„Nun, ich wollte sagen, ich verachte, ich hasse ihn. Er hat ein unendliches Elend über uns gebracht. Er steht mir ferner, als der fernste Mensch, obgleich er der Sohn meines Vaters ist, an dessen Tod er die Mitschuld trägt. Nicht wahr, nun verurteilen Sie mich, die Schwester, welche ihren Bruder verachtet?“

„Nein, sondern ich danke Gott, daß er nur Ihr Stiefbruder ist. Er ist wirklich verächtlich; auch ich verachte ihn.“

„Wie, Sie kennen ihn?“ fragte sie.

„Ja, und dies ist das zweite, was ich Ihnen gestehen muß. Haben Sie vielleicht gehört, daß Ihr Bruder ein Renkontre mit einem deutschen Offizier gehabt hat?“

„Ja“, anwortete sie, in der Seele ihres Bruders beschämt.

„Nun, dieser Deutsche war ich. Können Sie mir vergeben? Hätte ich Sie bereits gekannt, so hätte ich ihn vielleicht geschont.“

„Ich habe Ihnen nichts zu vergeben, Monsieur. Sie haben Ihre Ehre und diejenige Ihres Kriegsobersten gewahrt; das war Ihre Pflicht. Lassen Sie uns als Freunde scheiden!“

„Wie, Sie wollen mich entlassen?“

„Leider muß ich es, da Mama unwohl ist. Vielleicht aber darf ich Sie morgen wiedersehen.“

Königsau hätte gern etwas von Margots Verhältnis zu dem Baron gehört, sah aber ein, daß sie aus Zartgefühl ihn nicht weiter erwähnte. Er verabschiedete sich deshalb und versprach ihr, morgen wiederzukommen.

Dann machte er einen längeren Spaziergang. Weit ausdehnen durfte er denselben allerdings nicht, denn es war für den einzelnen Deutschen noch nicht geraten, in gewisse Stadtteile einzudringen. Es gab Schichten der Bevölkerung, welche die Deutschen als die Besieger des Kaisers grimmig haßten. Des Nachts hörte man nicht selten den lauten Ruf „vive l'Empereur“, und bereits hatten mehrere tumultuarische Auftritte es nötig gemacht, mit bewaffneter Hand einzuschreiten.

Daher kehrte Königsau mit Einbruch der Nacht in seine Wohnung zurück, wo er sich mit seinen Büchern, noch mehr aber mit dem Gedanken an Margot beschäftigte.

Es mochte wohl gegen elf Uhr geworden sein, als er auf ein entferntes Getöse aufmerksam wurde, welches von vielen Stimmen herzurühren schien. Er trat an das Fenster und öffnete es. Ja, es war ein hundertstimmiges Gewirr, und da krachten auch einige Schüsse. Der Tumult war in der Gegend, in welcher Margot wohnte.

Dieser Gedanke erweckte seine Besorgnis. Ihre Mama war krank! Er warf sich rasch in die Uniform, schnallte den Degen um, steckte ein Pistol zu sich und eilte auf die Straße hinab. Er hörte rufen, daß die Blusenmänner und Bonapartisten sich in einer Revolte befänden, und schritt weiter.

Je weiter er kam, desto bevölkerter wurden die Straßen. Ferne Lärmsignale ertönten; Pompiers – Trunkenbolde – sprangen vorüber, und Nationalgardisten eilten an ihre Versammlungsplätze. Auf Margots Straße angelangt, fand er dieselbe durch eine dichte Volksmenge gesperrt. Aus mehreren Fenstern ertönten Hilferufe. Er hörte, daß die Blusenmänner die Häuser plünderten. Das Volk stand dabei, ohne dies zu verhindern. Hier und da erscholl der Ruf: „Es lebe der Kaiser!" oder „Es lebe die Republik!", und es war sehr zu vermuten, daß es zwischen diesen beiden Parteien zu einem ernsten Zusammenstoß kommen werde.

Er brach sich Bahn durch die Menge und bemerkte bald, daß in Margots Wohnung Licht war. Dies beruhigte ihn. Er erreichte die Tür und stieg die Treppe empor. Als er klingelte, steckte das Mädchen den Kopf zur Tür heraus und fragte, da es finster war:

„Wer ist da?"

„Melden Sie Monsieur Königsau!"

„Herrgott, da naht Rettung! Kommen Sie! Ich brauche Sie gar nicht anzumelden. Man wird entzückt sein, Sie zu sehen!"

Sie führte ihn durch den unerleuchteten Salon nach dem danebenliegenden Zimmer. In demselben brannte die Lampe, aber es war leer. Kaum jedoch war er eingetreten. so öffnete sich die gegenüberliegende Tür, und Margot trat ein. Beide standen einander gegenüber, im höchsten Grade überrascht, allerdings in freudiger Weise. Sie hatte ihn bisher nur im Zivil gesehen; jetzt aber stand er vor ihr in der kleidsamen Husarentracht, in welcher sie ihn im ersten Augenblick beinahe gar nicht erkannt hätte. Und sie, o wie war sie in diesem Augenblick doch so schön! Sie trug nichts als ein Negligé und einen Staubmantel darüber. Sie hatte jedenfalls bereits geschlafen, war vom Tumult aufgeweckt worden und hatte nur den Mantel, welcher ihr am nächsten lag, übergeworfen. In der Angst um den Ausgang und die Folgen des Tumultes hatte sie dann ganz vergessen, daß sie sich noch im Schlafgewand befinde. Jetzt, als sie eintrat und einen Offizier erblickte, in welchem sie den Freund nicht sofort erkannte, war ihr unter einer Bewegung des Schreckes der Mantel entschlüpft und zu Boden gefallen. Nun stand sie vor ihm wie eine Göttergestalt des Olymps.

Das weiße Negligé ging ihr nicht ganz bis auf die Knöchel herab und ließ ein elfenbeinweißes Füßchen sehen, welches, von keinem Strumpf bedeckt, in einem blauen Samtpantöffelchen steckte. Das Gewand hatte sehr kurze Ärmel und gab also ein Paar Arme frei, wie sie Kleopatra nicht voller und schöner gehabt haben konnte. Die Falten des Stoffes legten sich liebevoll an die reizende Gestalt, deren Umrisse deutlich zu erkennen waren. Der herrliche Busen zeigte, von keiner Schnürbrust beengt, jene Form und Festigkeit, die man in Ägypten an Fellachenmädchen bewundert, welche auch niemals ein Mieder tragen. Über ihm erhob sich ein kräftiger und doch fein modellierter Hals, der es wert war, ein Köpfchen von so herrlicher Vollendung zu tragen. Die Zöpfe des Haares waren aufgelöst, und nun floß die dichte, dunkle Flut in zauberischen Wellen bis weit über die Hüften herab. Wie sie so dastand, glich sie einer Brunhilde, wie sie sich der Maler denkt, ohne ihre Gestalt in ihrer ganzen Pracht und Herrlichkeit auf die Leinwand zaubern zu können.

Es war dem Deutschen, als ob er sich im Traum befinde. Er wollte grüßen, brachte aber kein Wort hervor. Daß Margot schön sei, das wußte er, daß aber ihre Schönheit eine solche Vollendung besitze, das hatte er nicht geahnt. Allerdings hatte sie sich heute selbst schön genannt und von ihren Reizen gesprochen. Sie hatte den Ausdruck gebraucht, „einen Mann glücklich zu machen“. War sie sich des ganzen Umfanges, des ganzen Reichtumes, der ganzen Fülle ihrer Reize bewußt?

Jetzt in diesem Augenblick jedenfalls nicht, denn, ihr Negligé ganz vergessend, trat sie mit dem Ausdruck höchster Freude auf Königsau zu, reichte ihm die Hand und rief:

„Ah, Sie, Monsieur! Gott sein Dank, nun ist die Angst verschwunden! Herzlichen Dank, daß Sie Ihrer Pflicht einen Augenblick abringen, um uns zu beruhigen!“

Er drückte ihre Hand an seine Lippen, es war ihm wie zum Trunkenwerden, als sein Blick der Formung des prächtigen Armes folgte bis zu dem plastisch vollendeten Busen. Er mußte sich zusammennehmen, um nicht die Antwort schuldig zu bleiben:

„Einen Augenblick? Ich stehe Ihnen für länger zur Verfügung. Ich hörte von meinem Fenster aus den Tumult und ahnte, daß er in dieser Gegend sei. Ich glaubte, daß die Gegenwart eines Militärs zu Ihrer Beruhigung beitragen werde und eilte also, mich zu Ihrer Verfügung zu stellen, Mademoiselle.“

„Oh, wie lieb, wie gut ist das von Ihnen! Wir waren so allein und haben wirklich eine sehr große Angst ausgestanden. Ihre Aufmerksamkeit verpflichtet uns zum größten Dank. Ich werde Mama Ihre Gegenwart melden, damit auch sie sich beruhigt!“

Sie wendete sich, um zu ihrer Mutter zu gehen, da sah sie den Mantel liegen. Erst jetzt bemerkte sie, in welcher Weise sie den Freund empfangen hatte. Sie erglühte bis über die Stirn herauf; sie wollte den Mantel aufheben, um ihn überzunehmen, aber das ging ja nicht, das ging wirklich nicht.

Da trat Königsau hinzu, hob ihn auf und legte ihn ihr über. Seine Hand streifte dabei ihre warme Schulter. Er nahm die Last ihres Hares in die Hände, um die herrlichen Wellen über den Mantel herabgleiten zu lassen. Es war ihm, als ob er in einem Zauber- oder Märchenbuch lese. Er konnte sich nicht länger beherrschen, er konnte sich nicht halten, er drückte ihre beiden Hände an seine Brust und sagte mit heißem Atem und blitzendem Auge:

„Margot, Sie sind schön, sinnberückend schön! Und all diese Pracht und Herrlichkeit sollte diesem Baron gehören? Bei Gott, eher stoße ich ihm den Degen in den Leib!"

Sie ließ ihm ihre Hände und antwortete:

„Bin ich wirklich so schön, Monsieur? Diese Schönheit hat uns alles gekostet, was wir besaßen, das Glück und das Vermögen; ich möchte sie missen und sie von mir werfen, wenn ich könnte."

„Um Gottes willen, nein, Margot! Sie haben keine Ahnung, was Sie einem Mann sein können und werden. Ich muß mich ja abwenden, um dem Verlangen widerstehen zu können, Sie an mein Herz zu ziehen und dort festzuhalten, für das ganze Leben, für die ganze Ewigkeit, denn, wo Sie sind, da muß auch der Himmel und die Seligkeit sein!"

Er drehte sich wirklich von ihr weg. Sie zog den Mantel fester und und ging zu ihrer Mutter. Als sie nach einigen Minuten wiederkehrte, hatte sie zwar den Mantel abgelegt und an seiner Stelle schnell ein geschlossenes Morgenkleid übergezogen. Aber dies war noch durchaus keine strengere Verhüllung, obgleich sie lächelnd sagte:

„So, Monsieur, nun werde ich niemandem mehr gefährlich sein. Mama sagt Ihnen innigen Dank. Leider kann sie noch immer nicht erscheinen. Aber was ist das? Welch ein Schreien und Lärmen?"

Sie trat zum Fenster, um es zu öffnen; er faßte sie bei der Hand und sagte:

„Bitte, nicht hier, Mademoiselle. Hier ist Licht, und man erblickt Sie von unten. Das muß man bei solchen Gelegenheiten zu vermeiden suchen. Gehen wir in den Salon, wo es dunkel ist. Dort können wir beobachten, ohne beobachtet zu werden."

Sie folgte ihm. Der Lärm auf der Straße hatte sich verdoppelt. Die verschiedenartigsten Rufe durchkreuzten sich, und die Menge wogte hin und her wie ein aufgeregtes Meer. Königsau öffnete das Doppelfenster. Seine Anwesenheit ermutigte Margot hinauszublicken; er tat dasselbe an ihrer Seite. Das Fenster war nicht allzu breit; sie hatten kaum Platz nebeneinander. Ihre schönen, vollen Formen, deren Wärme durch das dünne Gewand drang, legten sich an seinen Körper. Wenn er ihr nicht unbequem werden wollte, so durfte er den einen Arm nicht auf das Fenster legen. Aber wohin sonst? Er wagte es und legte ihn leise um ihren Leib. Sie fühlte es, sie zuckte leicht zusammen, aber sie duldete es.

Er spürte die Wärme ihres Körpers seine Hand, seinen Arm durchdringen; er hätte für diesen Augenblick sein Leben geben können und dabei doch gedacht, daß er nicht zu teuer bezahlt sei. So beobachteten sie eine ganze Weile schweigend das Menschengedränge da unten. Da krachte ein Schuß. War es ein blinder gewesen oder nicht? Königsau bog sich vor, um nach dem Punkt zu blicken, an welchem der Blitz aus dem Rohr gezuckt war. Sein Arm, welcher um die Taille Margots lag, mußte dieser Bewegung folgen, und so kam seine Hand, ganz ohne daß es seine Absicht war, an ihre entzückende Büste zu liegen. Er fühlte das und erschrak. Er glaubte natürlich, daß sie seine Hand ergreifen und zornig entfernen werde; aber nein, sie tat es nicht, denn sie fühlte, daß seine Bewegung eine absichtslose gewesen war, und durch ihre Selbsthilfe hätte sie ihn ja einer Absichtlichkeit geziehen.

Er selbst gab seinem Arm die vorige Lage wieder, aber legte ihn fester als früher um ihre Taille. Da wendete sie ihm das Köpfchen zu und flüsterte bittend:

„Oh, bitte, nicht so, Monsieur!“

Er fühlte den reinen Hauch ihres Mundes seine Wange streifen und antwortete:

„Nicht so, sondern so! Nicht wahr, Margot?“

Dabei drückte er sie noch fester an sich.

„O nein“, bat sie. „Soll ich mich Ihnen nicht anvertrauen dürfen?“

Es wallte heiß in ihm empor. Er antwortete:

„Anvertrauen für diesen Augenblick? Oh, wie unendlich viel und doch wie so wenig ist das! Können Sie denn jetzt, für diese wenigen Minuten, Vertrauen zu mir haben?“

„Für immer!“ lispelte sie.

Da wollte er sie an sich ziehen, sie aber wehrte ihn ab und sagte:

„Zürnen Sie mir nicht, Monsieur! Wenn ich mich Ihnen auch anvertrauen könnte, so darf ich es doch nicht.“

„Warum nicht?“ fragte er.

„Ich darf nicht. Nie, nie," wiederholte sie.
„So hassen Sie mich?"
Sie zögerte eine Weile mit der Antwort; dann hörte er die innig geflüsterten Worte:
„Wie könnte ich Sie hassen!"
Da bog er sich ganz zu ihr heran, hielt seinen Mund an ihr Ohr und flüsterte:
„Aber auch nicht lieben, Margot?"
„Nein."
Er erschrak fast, als er dieses Wort hörte.
„Nie? Niemals?" fragte er.
„Niemals", antwortete sie.
Da glitt sein Arm langsam von ihrer Taille herab; er trat einen Schritt vom Fenster zurück, legte die Hände an seine Stirn und holte tief Atem. Sie hörte dies. Ihr Herz bebte; wäre es hell gewesen, so hätte man ihren Busen an dem Fensterkissen zittern sehen können. Sie wartete, ob er wieder neben sie treten und wieder neben ihr hinausblicken werde – aber er kam nicht.
Da, jetzt ertönten vorn an der Straßenecke neue Stimmen.
„Es lebe die Republik! Nieder mit den Kaiserlichen!"
Ein neuer Schwarm von Menschen drängte sich zur Straße herein. Ihr Ruf sagte, wer oder was sie seien; es waren Republikaner. Da erscholl es von der anderen Seite:
„Es lebe der Kaiser! Nieder mit den Sansculotten!"
Und in der Mitte der Straße rief man:
„Es lebe Ludwig der Achtzehnte! Nieder mit den Kaiserlichen und den Sansculotten!"
Jetzt stießen die drei Parteien zusammen. Es entstand eine fürchterliche Balgerei. Ein gräßliches Brüllen und Schreien erfüllte die Straße; Schüsse detonierten, und an dem Rufen der Verwundeten hörte man, daß man auch die blanke Waffe gebrauchte.
„Hurra!" rief es endlich. „Sieg Ludwig dem Achtzehnten! Plündert die Kaiserlichen und schlagt die Sansculotten tot!"
Die Anhänger Ludwigs hatten gesiegt. Man hörte jetzt Türen einschlagen und Fenster klirren; die Plünderung begann.
Margot hatte sich vom Fenster zurückgezogen. Sie zitterte vor Angst.
„Mademoiselle, gehen Sie zu Ihrer Mama!" sagte Königsau. „Man weiß nicht, was geschehen kann."
„Mein Gott", antwortete sie, „mein Bruder ist als Bonapartist bekannt!"

„Wo wohnt er?"
„Er bewohnt die andere Hälfte der Etage."
„Ist er daheim?"
„Nein. Er würde sich bei diesem Aufruhr auch nicht nach Hause getrauen."
„Plünderung, Plünderung!" ertönte es abermals von unten. Und eine Stimme fügte hinzu: „Hier ist Nummer zehn; hier wohnt der Kapitän!"
Man hörte, daß die Männer unten eindrangen.
„Sie kommen, mein Gott, sie kommen!" rief Margot. „Drüben mögen sie immerhin plündern, wenn sie nur meine arme Mama verschonen!"
„Wenn sie einmal drüben beginnen, so kommen sie auch herüber. Sie tragen den Namen Ihres Bruders und müssen für ihn mit bezahlen. Man muß das zu verhüten suchen. Gehen Sie zu Ihrer Mama; ich werde mein möglichstes tun!"
Man hörte jetzt die kranke Frau ängstlich rufen; Margot eilte zu ihr. In diesem Augenblick donnerten auch schon heftige Schläge gegen die Vorsaaltür. Das Dienstmädchen hatte sich versteckt; Königsau sah sich ganz allein. Er ergriff mit der Linken ein Licht, lockerte mit der Rechten seine Pistolen und die Degenklinge und öffnete dann die Tür. Draußen standen eine Menge wilder Gestalten, und auch die Treppe war besetzt von ihnen.
„Was wollen Sie hier, Messieurs?" fragte Königsau mit kräftiger Stimme.
Die Leute waren nicht wenig erstaunt, einen deutschen Offizier zu sehen. Sie wichen ein wenig zurück, und einer von ihnen antwortete:
„Wir suchen den Kapitän Richemonte."
„Er wohnt nicht hier, sondern gegenüber."
„So werden wir ihn dort aufsuchen!"
„Er ist nicht daheim."
„Das tut nichts. Wir werden uns seine Möbel einmal ansehen."
„Da kommen Sie zu einer recht ungewöhnlichen Stunde", meinte Königsau lächelnd. „Übrigens, was kann ein Bonapartist für kostbare Möbel haben. Sie würden sich täuschen, Messieurs. Es liegt eine sehr kranke Dame hier; ich hoffe, Messiers, daß Sie so galant sein werden, dies zu berücksichtigen."
„Ihr hört es", meinte der Sprecher zu den übrigen. „Wollen wir gehen?"
„Ja", riefen viele, und „nein", riefen noch mehrere.

Margot war einige Augenblicke lang bei ihrer Mutter gewesen, jetzt aber stand sie angstvoll im Hindergrund des Vorsaales, um den Ausgang der Unterhandlung abzuwarten. Sie sah Königsau draußen auf dem Korridor stehen. Das Licht in seiner Linken beleuchtete seine kräftige, männlich schöne Gestalt.

„Ich habe das Wort Plünderung vernommen“, sagte er. „Ich bin überzeugt, daß kein Anhänger Ludwigs des Achtzehnten es ausgesprochen hat. Wir haben den Kaiser entfernt und unser Blut für euch vergossen, um euch den Frieden, nicht aber Raub und Plünderung zu bringen. Es lebe Ludwig der Achtzehnte; es lebe die Ordnung! Nieder mit den Räubern und Dieben! Das Volk von Frankreich besteht nicht aus Einbrechern, sondern aus ehrlichen Leuten!“

Das war ganz nach der Situation gesprochen.

„Es lebe Ludwig der Achtzehnte; es lebe die Ordnung!“ riefen die Leute nach. „Kommt, wir wollen gehen; dieser brave Deutsche gibt uns unseren König wieder; er hat recht!“

Sie drehten sich um und verließen alle das Haus.

Als Königsau in den Vorsaal zurücktrat, erblickte er Margot. Ihre Augen leuchteten vor Freude und Bewunderung. Er hatte es gewagt, er, der einzelne, der verhaßte Deutsche, einer solchen Rotte zügelloser Menschen entgegenzutreten. Sie streckte ihm ihre beiden Hände entgegen und sagte:

„Dank, Monsieur, nehmen Sie Dank. Sie allein sind es, welcher uns errettet und befreit hat. Ich werde sogleich zur Mama gehen, um ihr zu melden, daß die Gefahr vorüber ist.“

Sie ging. Königsau stellte das Licht wieder in den Vorsaal und kehrte dann in den Salon zurück, um von neuem die Straße zu beobachten. Er hatte dort noch nicht allzulange gestanden, so sagte ihm ein leichtes Rauschen, daß Margot hinter im stehe.

Er wendete sich um und wollte zur Seite treten, um sie an das Fenster zu lassen.

„Bleiben Sie, Monsieur“, sagte sie. „Wir haben beide Platz.“

„Es ist zu eng für zwei, die sich nicht lieben können“, warf er ein.

„Bleiben Sie immerhin“, antwortete sie. „Was Ihnen erlaubt war, darf wohl auch ich einmal wagen.“

Sie legte den einen Arm auf das Fensterkissen und stützte den anderen gerade so auf seine Hüfte, wie er es vorher bei ihr gemacht hatte. Es war ein namenlos seliges Gefühl, welches ihn bei dieser Berührung durchflutete. Ahnte sie, wie furchtbar weh sie ihm vorhin getan hatte, und wollte sie das wieder gutmachen?

Er ergriff ihr Händchen und zog ihren Arm, der um ihn lag, fester an. Sie ließ es geschehen.

„Fürchten Sie nicht diese Leute, Monsieur?“ fragte sie.

„Fürchten? Ich hätte mit ihnen gekämpft, wenn sie nicht gegangen wären“, versicherte er.

„O Gott, wenn man Sie getötet hätte!“

„So wäre ich eines schönen Soldatentodes gestorben, und der letzte Gedanke, in Ihrem Dienst gefallen zu sein, wäre für mich bereits der Beginn der Seligkeit gewesen. Vielleicht wäre es besser gewesen, wenn es so gekommen wäre.“

„Warum?“

Er schwieg. Nach einiger Zeit war es ihm, als ob er einen leisen Druck ihres Armes fühle, und dann sagte sie:

„Bitte, antworten Sie mir!“

„Weil mein Herz, meine Seele, mein Leben bei Ihnen bleibt, und ich nichts sein werde als ein Automat, der von seinen Pflichten regiert wird.“

„Sagen sie mir Ihren Vornamen!“

„Hugo.“

„Nun also, Monsieur Hugo, warum bestehen Sie darauf, sich durch trübe Bilder und Vorstellungen das Glück des gegenwärtigen Augenblickes zu verkürzen?“

„Ist es denn ein Glück, Margot?“

„Ja.“

„Für mich, ja“, sagte er, ihre Hand zärtlich drückend; „ob aber für Sie?“

„Auch für mich“, flüsterte sie.

„Wirklich, Margot?“

„Wirklich, Hugo“, versicherte sie.

„Wie ist dies möglich, da Sie mich nicht lieben können?“

Bei dieser Frage hatte er sich gerade emporgerichtet, und da ihr Arm um seinen Leib lag, so war sie gezwungen, dieser Bewegung zu folgen. Sie zog zwar den Arm von ihm fort, blieb aber so nahe an ihm stehen, daß er den Hauch ihrer Worte fühlte.

„Hätte ich wirklich gesagt, daß ich Sie nicht lieben kann?“ fragte sie.

„Ja.“

„Ich habe gemeint, daß ich Sie nicht lieben darf. Das ist ein Unterschied!“

„Oh, und was für einer! Ein riesig großer! Aber warum dürfen Sie nicht?“

„Muß ich Ihnen dies sagen?“

„Ich bitte darum!"

„Gut, aber nicht jetzt, nicht heute, sondern zu einer anderen Zeit."

„So muß ich warten. Aber darf ich nun auch die Hauptfrage aussprechen?"

„Sprechen Sie, Monsieur!"

Da legte er den linken Arm um sie, zog sie an sich heran, so daß ihr Kopf an seine Schulter zu liegen kam, strich ihr mit der Rechten liebkosend über das reiche Haar und fragte:

„Wird es Ihnen denn so sehr leicht, mich nicht lieben zu dürfen, Margot?"

Da drückte sie ihre Wange an die seinige und antwortete:

„Nein, sondern es fällt mir sehr schwer."

„Ich danke dir, danke dir von ganzem Herzen, du herrliches, süßes Wesen!" sagte er, indem er seine Lippen auf ihren Mund legte, welche den Kuß leise erwiderte. „Ich habe dich trotz der kurzen Zeit, in welcher ich dich kenne, so unendlich, so unbeschreiblich lieb, daß ich ohne dich nicht leben kann. Glaubst du das, meine Margot?"

Da schlang sie die beiden Arme um seinen Hals und antwortete traurig:

„Ich glaube es, denn ich empfinde für dich ja ganz dasselbe. Aber dennoch müssen wir scheiden!"

„Aber warum? Warum? Sage es mir!"

„Das ist ja eben das, warum ich dich nicht lieben darf!"

„Und wenn ich dich nun recht sehr bitte, es mir zu sagen?"

Sie umfaßte ihn mit innigster Zärtlichkeit und antwortete:

„Es fällt mir so schwer, so sehr schwer, Hugo."

„So will ich an deiner Stelle sprechen, meine Margot?"

„Tue es, mein Freund!"

„Du darfst mich nicht lieben, und du glaubst, nicht mein Weib werden zu können, weil du noch nicht frei vom Baron bist?"

„Du hast es erraten", sagte sie.

„Wenn ich ihm nun die hundertundfünfzigtausend Franken bezahle, mein Kind?"

„Dieses Opfer ist zu hoch, zu außerordentlich. Bist du denn so reich, mein Hugo?"

„Ich will ehrlich sein, Margot. Ich bin nicht reich. Ich besitze nichts als ein Gütchen, welches vielleicht gerade so viel wert ist, wie wir brauchen werden. Ich werde es verkaufen, um dich und Mama von diesem Menschen zu befreien."

Sie sagte kein Wort, aber sie schlang die Arme um ihn und

schmiegte sich so fest und innig an ihn, daß er das Klopfen ihres tief bewegten Herzens fühlte. Ihr Busen wogte auf und nieder, und da sie ihr Angesicht liebevoll an das seinige drückte, so fühlte er ihre Tränen auch über seine Wangen niederperlen. Ein wiederholtes, krampfhaftes Schluchzen, welches sie unterdrükken wollte, aber nicht beherrschen konnte, sagte ihm deutlich, in welch einem Aufruhr sich ihr Inneres befinde. Er ließ sie gewähren, aber nach einer Weile, als sie ruhiger geworden zu sein schien, fragte er:

„Warum weinst du, mein liebes Herz? Was kränkte dich?"

„Nichts, mein Hugo", antwortete sie, ihn innig küssend, „ich weinte vor Wonne. Ich habe nie geglaubt, einen Mann zu finden, welcher so freudig bereit ist, für seine Liebe zu mir seine ganze Habe zu opfern. Aber ich darf es nicht annehmen, so glücklich mich deine Bereitwilligkeit auch macht."

„Warum nicht?"

„Was bliebe dir zum Leben? Was bedeutet ein armer Offizier?"

„Gott wird uns beistehen und für uns sorgen, Margot!"

„Du Guter, Lieber!" sie küßte ihn vor inniger Dankbarkeit auf Stirn, Auge, Wange und Mund; ja, sie küßte sogar seine beiden Hände und fragte dann: „Ist dir deine Margot denn wirklich eine so ungeheure Summe wert?"

Er zog sie an sich, preßte sie heftig an sein Herz und versicherte ihr aufrichtig:

„Mehr als so viele Millionen, wenn ich sie hätte, als es hier Tausende sind!"

So standen sie lange, Brust an Brust und Mund an Mund. Unten hatte sich der Aufruhr nach und nach verlaufen, um sich nach einer anderen Gegend zu wenden; tiefe Ruhe herrschte, und das erweckte die beiden Glücklichen aus ihrer Verzückung.

„Wie wird sich Mama freuen!" sagte Margot. „Wollen wir es ihr schon heute sagen?"

„Ja. Es ist zwar kühn von mir, weil sie mich noch nicht kennt, aber es nimmt ihr die Sorge um die Wechsel vom Herzen, und daher mag sie es jetzt erfahren."

„So will ich sehen, ob sie noch wacht."

Sie schlich leise davon, kehrte aber bald mit der Meldung zurück, daß die Mutter eingeschlafen sei. Es verstand sich von selbst, daß man sie nicht weckte. Erst nach unzähligem Abschiednehmen verließ Königsau die Geliebte, um sich nach Hause zu begeben. Es sollte jedoch anders kommen, als er gedacht hatte.

Er blieb bei der nächsten Straßenecke stehen, um sich eine Zigarre anzuzünden. Er war noch gar nicht weit von der Ecke fortgeschritten, so kam ihm einer entgegen und sagte:

„Halte, la Kamerad! Donneh moah eng pee de fee pour ma pipe – halt, Kamerad, geben Sie mir ein bißchen Feuer für meine Pfeife!"

Dieses Französisch wurde geradezu schrecklich ausgesprochen. Hätte Königsau den Mann nicht an der Stimme erkannt, so hätte er doch an der Aussprache gehört, daß es der alte Blücher sei, welcher bekanntlich das schauderhafteste Französisch sprach.

„Zu Befehl, Exzellenz!" antwortete der Husar.

„Donnerwetter, ein Deutscher! Es ist so dunkel, daß man nichts erkennt; ich hörte nur den Sarraß rasseln und sah die Zigarre glimmen. Wer sind Sie denn?"

„Leutnant Königsau von den Ziethenhusaren."

„Ah, Junge, bis du es? Und noch immer nicht Rittmeister?" lachte der Alte, indem er seine Pfeife in Brand steckte. „Ich bin da in dem alten Dorf herumgerannt, um die berühmte Revolution zu sehen, welche es gegeben haben soll, habe aber ganz und gar nichts bemerkten können."

„Ich war so ziemlich dabei engagiert, Exzellenz."

„Ah, wirklich? Komm, mein Sohn, das mußt du mir erzählen! Ich weiß da ein recht hübsches Nest, wo es einen recht guten Wein gibt und auch noch einiges andere mehr; da sollst du mir beichten. Die Zeche braucht dir keine Sorge zu machen."

Er klopfte an die Tasche, in welcher die Goldstücke klirrten, und schritt voran. Königsau wußte, daß Blücher ein leidenschaftlicher Spieler war, der des Abends gern sein Glück versuchte; daher ahnte er, daß der jetzige Gang wohl den gleichen Zweck habe, und er sollte sich auch nicht getäuscht haben.

Nach einiger Zeit blieb Blücher vor der Tür eines Hauses stehen, welches allem Anschein nach ein Privathaus war.

„Mein Sohn", sagte er. „Ich nehme dich mit mir hierher, weil ich denke, daß du ein so braver und verschwiegener Kerl bist. Du wirst über alles, was du siehst, das Maul halten; wo nicht, so holt dich entweder der Teufel oder ich!"

„Exzellent dürfen glauben, daß ich keine Plaudertasche bin", sagte Königsau.

„Das will ich dir auch geraten haben! Erführe ich, daß du deinen Schnabel nicht in acht nimmst, so wärest du ein ausgemachter Lump, mein Sohn, und würdest ganz gewaltig in die Käse fliegen, du Himmelsakramenter!"

Er zog leise an einer Glocke. Erst nach längerer Zeit hörte man im Inneren des Hauses nahende Schritte, und eine Stimme fragte:

„Wer ist draußen?"

„Blücher", antwortete der Feldmarschall.

Sogleich wurde die Tür geöffnet, und die beiden traten ein. Der Portier, welcher sie empfing, verbeugte sich tief; Blücher beachtete es nicht und schritt voran, die Treppe empor. Oben trat er in ein Zimmer, in welchem mehrere Herren saßen, welche sich ehrfurchtsvoll erhoben. Er nickte ihnen zu und schritt, ohne Königsau vorzustellen, an ihnen vorüber in ein Nebenzimmer, in welchem sich kein Mensch befand.

Auf dem dort stehenden Tisch sah man Gläser und volle Flaschen stehen. Blücher griff sofort nach einer der letzteren, entkorkte sie und schenkte ein.

„Zunächst einschenken", sagte er. „Diese Franzosen sind ein ganz verfluchtes Volk und haben doch einen verteufelt guten Wein. Wie paßt das zusammen! Schon aus Ärger darüber könnte man sie in Kochstücke hauen. Prosit, mein Sohn! Dieser Tropfen wird dir nicht in der Gurgel steckenbleiben."

Er stieß mit dem Leutnant an, setzte sich und fuhr dann fort:

„So! Nicht wahr, er ist gut? Nun setze dich zu mir und erzähle mir von der Revolte, welche du miterlebt hast. Wir haben noch einige Zeit."

Königsau folgte diesem Befehl, indem er nur das berichtete, was er für notwendig hielt, ohne seine Herzensangelegenheit zu berühren. Während er erzählte, traten nacheinander mehrere Herren ein, welche ehrerbietig grüßten und es nicht wagten, bei den beiden Platz zu nehmen, sondern durch eine zweite Tür verschwanden. Als er geendet hatte, sagte der Marschall:

„Also, ein Auflauf, wie er in Sodom und Gomorra öfters vorkommt. Für uns hat er nichts zu bedeuten, da die Demonstration nicht gegen uns gerichtet gewesen ist. Man ist dir sogar gehorsam gewesen. Für so einsichtsvoll habe ich noch keinen Franzosen gehalten. Dein Auftreten ist mutig und tadellos gewesen, mein Sohn; ich muß dich loben. Wie aber bist du zu diesen Damen gekommen?"

„Wie man so Damenbekanntschaften zu machen pflegt, Exzellenz!"

„Na, wie denn?“ fragte Blücher.

Es ist bekannt, daß er zu den Bewunderern des schönen Geschlechtes zählte. Er hörte, daß der Leutnant sich Mühe gab, bei seiner Antwort einen möglichst gleichgültigen Ton beizubehalten; er vermutete daher ein kleines Abenteuer und wollte sich die Erzählung desselben nicht entgehen lassen.

„Ich traf die Tochter auf der Straße“, antwortete er. „Sie wurde von einem Russen insultiert; ich nahm mich ihrer an und führte sie nach Hause. Infolgedessen erhielt ich von der Mutter die Erlaubnis, sie zu besuchen.“

Blücher nickte, machte ein höchst pfiffiges Gesicht und sagte: „Verdammte Kerle, diese Russen! Wo sie eine Schürze oder eine hübsche Larve sehen, da fliegen sie in die Höhe wie Champagnerpfropfen. Also du sagst, daß er sie insultiert habe, mein Sohn? In welcher Weise ist dies denn geschehen?“

„Er bemächtigte sich ihres Armes.“

„Donnerwetter, da muß sie hübsch gewesen sein! Nicht?“

„Ich habe keine Veranlassung, es zu leugnen, Exzellenz.“

„Aha, nun ahne ich das übrige! Sie hat dich gefangen, alter Schwede!“

Königsau zuckte leicht die Achsel und schwieg verlegen.

„Hm!“ brummte Blücher. „Daß doch das junge Volk so geheimnisvoll und wichtig tut, als ob es sich um eine große, außerordentliche, politische Finesse handelte. Da sitzt der Kerl, zugeknöpft wie ein Sphinx und denkt nicht, daß der alte Blücher klug genug ist, den ganzen Kram zu erraten. Junge, ich bin auch einmal jung und dumm gewesen, ein echter, richtiger Windbeutel; ich bin den Mädels nachgelaufen, wie der Bauer den Maulwürfen, und habe manchen Kuß weggeschnappt, der eigentlich einem anderen gehört hätte. Jetzt bin ich alt und trocken wie Methusalem, aber ein paar schöne Augen sehe ich mir auch jetzt noch lieber an, als ein paar zerrissene Stiefel. Also kannst du mir getrost die Wahrheit sagen. Nicht wahr, Ihr habt Euch ganz gehörig ineinander verschameriert?“

Königsau sah sich in die Enge getrieben. Er durfte den Marschall nicht belügen; er sagte sich im Gegenteil, daß dieser als sein höchster Vorgesetzter Offenheit von ihm fordern und ihm außerordentlich nützlich sein könne; darum sagte er:

„Ja, es wird wohl nicht viel anders sein, Exzellenz.“

„Das läßt sich begreifen“, nickte der Alte. „Sie ist schön, wie du sagst, und auch du bist kein unebener Junge; da schnappt man rasch ein bißchen über. Aber einen guten Rat will ich dir geben, mein Junge: Herze sie; drücke sie; schmatze sie, so viel du willst, aber heirate sie um Gottes willen nicht!"

„Warum?"

„Das will ich dir sagen, Junge. Ich habe nämlich ein Haar darin gefunden, nein, nicht nur ein Haar, sondern einen ganzen alten Weiberzopf. Erst sind die Frauen mild und süß, ganz der reine Zucker; nach der Hochzeit aber geht der Teufel los und sie werden wie Alaun und Vitriol; es zieht einem die Gurgel zusammen. Den Hof magst du einer immerhin machen, aber nur ja keinen Heiratsantrag, sonst bist du verloren wie Tabaksasche. Du glaubst gar nicht, was für ein Volk diese Frauenzimmer sind! Ich tue mir immer eine Güte, wenn ich einer einmal so einen richtigen Puff versetzen kann. Vor langen Jahren verliebte ich mich einmal in eine hochadlige Dame; ich war perplex bis zum Rasendwerden. Sie spielte sehr gern und ich auch. Eines Abends gewann ich ihr mehrere tausend Taler auf Ehrenwort ab. Sie hatte große Angst vor ihrem Mann, der das ja erfahren und bezahlen mußte. Da sagte ich ihr, daß ich ihr das Geld schenken wolle, wenn sie mir einen Kuß gäbe. Was antwortete das Weib? Einiger Tausend Taler wegen werfe sie sich nicht weg! Nun gut! Ich erhielt mein Geld, und die Zeit verging. Ich avancierte und wurde General, aber mit den Verhältnissen dieser Dame ging es retour. Sie wurde alt, aber das Spielen konnte sie nicht lassen. Eines schönen Abends gewann ich ihr wieder eine bedeutende Summe ab. Da sagte sie mir vor allen Leuten, daß sie jetzt bereit sei, den erbetenen Kuß zu geben, wenn ich ihr die Schuld quittieren wolle; ich aber antwortete ihr: ‚Nee, gnädige Frau; die Zeiten ändern sich; der Appetit auf Sie ist mir vergangen; ich schmatze keene alte Schachtel!' Du kannst dir denken, mein Sohn, was für ein Gesicht sie machte! Ich gebe dir mein Wort: Erst sind diese Weibsen der reine Honigseim, später jedoch wird Rindsgalle daraus. Nach der Hochzeit werden sie überständig und moderig; sie kriegen Risse, Knitter und Stockflecke; die Falten kommen, und die Haare fallen aus, und aus dem früheren Engel wird eine Klatschschwester, eine Vogelscheuche, ein Drache, ein Ungetüm, das Gift und Feuer speit. Darum verliebe dich, aber verheirate dich nicht, mein Sohn! Aber, du ziehst mir so ein wunderliches Gesicht! Junge, du bist doch nicht etwa schon auf den Leim gegangen?"

Königsau lachte und antwortete:

„Ich sitze fest, Exzellenz!"

„Alle Teufel, das ist dumm! Hast du ihr dein Wort gegeben?"

„Freilich!"

„Das ist noch dümmer! Armer Kerl, du kannst mich dauern! Ist sie reich?"

„Nein!"

„Kerl, du bist ein Esel!"

„Aber ein sehr glücklicher, Exzellenz!"

„Ja, das denkst du jetzt. Aber der hinkende Bote kommt hinterher und faßt dich beim Schopf. Und nun gar eine Französin! Hättest du dich an eine Deutsche verschachert, so möchte es noch gehen, aber an eine Mademoischnelle, das ist zu dumm, mein Sohn: So ein Kerl wie du bist! Du brauchst nur die Hand auszustrecken, so hängen gleich elfhundert daran, und hier gehst du so traurig auf den Leim!"

Blücher schüttelte den Kopf; Königsau aber meinte in zuversichtlichem Ton:

„Es ist kein Leim, Exzellenz. Margot ist gut."

„Gut? Hm! Wart's ab! Also Margot heißt sie?"

„Ja."

„Na, der Name wenigstens klingt nicht übel! Aber sie ist arm, und du hast nichts. Was soll daraus werden?"

„Ich verkaufe mein Gut."

Der Husar ließ sich diese Antwort entfahren, ohne daran zu denken, daß er damit gerade das preisgab, was er gern verschweigen wollte.

„Dein Gut verkaufen?" fragte Blücher erschrocken. „Warum? Das ist ja gar nicht nötig! Gerade, da du dich verheiraten willst, mußt du es behalten. Deine Gage ist ja nur eine Lappalie; dein Gut bringt dir einen Zuschuß; wovon willst du leben, wenn dieser wegfällt?"

Königsau blickte nachdenklich vor sich nieder und antwortete dann:

„Sie haben recht, Exzellenz, aber ich muß verkaufen; ich bin zu diesem Opfer gezwungen, und ich bringe es gern."

„Wer zwingt dich denn dazu?"

„Ein neugebackener Baron, der Armeelieferant Napoleons gewesen ist."

„Ein Armeelieferant? Den Kerl soll der Blitz zerquetschen! Diese Menschen sind alle Spitzbuben, einer wie der andere! Aber wie hängt das zusammen? Hast du etwa mit ihm gespielt? Bist du ihm Geld schuldig?"

Der Leutnant sah ein, daß er bereits zu mitteilsam gewesen sei, um jetzt schweigen zu können. Er beschloß, aufrichtig zu sein und erzählte dem Marschall alles. Blücher hörte ihm schweigend zu; seine Miene wurde ernst und immer ernster; endlich schüttelte er langsam den Kopf und sagte:

„Das ist nun freilich eine ganz und gar verfluchte Geschichte. Du bist ein Ehrenmann und kannst nicht mehr zurück. Dein Gütchen ist futsch, vollständig futsch, armer Junge. Aber so ist es: gestern verliebt und heute ein Esel! Wie willst du es anfangen, um Geld zu bekommen? In acht Tagen müssen die Wechsel eingelöst werden; aber so schnell geht es doch mit dem Verkauf nicht!"

„Das macht mir keine Sorge. Das Gut ist unverschuldet; wenn ich es verpfände, gibt mir jeder Bankier die Summe, welche ich brauche."

„Hm! Junge, du dauerst mich! Ist diese Margot denn gar so ein Wunder von einem Mädchen, daß du dein ganzes bißchen Habe gern für sie opferst?"

„Sie ist ein Engel!" antwortete Königsau warm.

„Donnerwetter, da darf ich sie mir wohl einmal ansehen, he?"

„Wenn Exzellenz befehlen, werde ich sie vorstellen."

„Gut! Du hast mit der Alten noch gar nicht gesprochen, das heißt, über eure Liebelei?"

„Nein."

„Und morgen willst du dich erklären?"

„Ja."

„Schön! Ich werde dich begleiten und den Freiwerber machen. Ich glaube, daß es dir keine Schande ist, wenn der alte Gebhard Leberecht von Blücher seinen Senf dazu gibt. Wieviel Uhr wirst du erwartet?"

„Um drei Uhr."

„So komm halb drei Uhr zu mir. Ich werde mich in Glanz und Wichs werfen, um Ehre einzulegen. Aber das sage ich dir: Gefällt mir das Mädchen nicht, so rede ich kein Wort. Ich will den Vorwurf nicht auf dem Gewissen haben, an deinem Elend schuld zu sein. Ah!"

Er erhob sich, denn es trat ein Herr ein, welcher ihm sehr bekannt zu sein schien und den er vertraulich grüßte. Der Mann trug sich höchst elegant; seine Hände waren mit kostbaren Ringen besteckt, und an seiner Uhrkette glänzten Berlocken, welche ein Vermögen repräsentierten. Königsau wurde ihm von dem Marschall vorgestellt, und so erfuhr der Leutnant, daß der Franzose einer der bedeutendsten Bankiers von Paris sei.

Jetzt traten die drei in dasselbe Zimmer, in welches sich alle diejenigen begeben hatten, welche während des Gespräches Blüchers mit Königsau gekommen waren.

Der letztere erkannte auf den ersten Blick, daß er sich in einer Gesellschaft feiner Spieler befinde. Man hatte sich um mehrere Tische arrangiert, um den verschiedensten Hasardspielen zu huldigen. Der Bankier trat an eine Tisch, an welchem man Biribi spielte.

„Wollen Sie mir heute Revanche für gestern geben, Durchlaucht?" fragte er Blücher.

„Später Monsieur", antwortete dieser. „Vorerst will ich mich anderswo versuchen."

Er begab sich an einen Tisch, wo mehrere Herren beim Pharao saßen.

„Hast du bereits einmal gespielt, mein Sohn?" fragte er den Leutnant.

„Noch nie", antwortete dieser.

„Auch noch nie zugesehen?"

„Öfters, Exzellenz."

„Das ist gut; du wirst dich also beteiligen können."

„Ich bin kein Spieler", entschuldigte sich Königsau.

„Das gilt hier nicht. Du mußt nämlich wissen, daß ein jeder, der hier Zutritt erhält, mitspielen muß. Ich habe dich eingeführt, und ich hoffe, daß es nicht zu deinem Schaden ist. Bist du bei Geld, Junge?"

„Ich habe einige hundert Franken mit."

„Das genügt, um vorsichtig zu pointieren. Komm!"

Königsau war ein Feind alles Spieles; er hätte am liebsten das Haus wieder verlassen; aber heute und hier ging dies nicht; er war gezwungen, sich zu beteiligen, nahm sich jedoch vor, nicht leichtsinnig zu sein.

Er wurde von Blücher den Herren vorgestellt und begnügte sich zunächst damit, den Gang des Spieles zu beobachten. Blücher legte tausend Franken vor sich hin und erklärte, daß er aufhören werde, sobald diese Summe verloren sei. Er spielte mit abwechselndem Glück. Schließlich setzte Königsau eine bescheidene Summe und gewann; er setzte abermals und gewann. Blücher nickte ihm aufmunternd zu. Der Leutnant hatte Glück, der Marschall endlich Unglück. Nach Verlauf einer Stunde besaß Königsau über tausend Franken, während Blücher die seinigen verloren hatte. Er trat vom Tisch ab, und der Leutnant hielt es für seine Schuldigkeit, ihm zu folgen.

„Mein Geld hat der Teufel geholt", lachte der Alte; „aber ich habe mehr mit. Das war nur so ein kleines Vorspiel. Gestern abend habe ich im Biribi fünfzehntausend Franken gewonnen; der Bankier führte die Bank; ich muß ihm heute Revanche geben. Du scheinst Glück zu besitzen. Wie viel hast du gewonnen, mein Sohn?"

„Etwas mehr als tausend Franken", antwortete Königsau.

„Das freut mich; so ist mein Geld doch in deutsche Hände gekommen, und du kannst am Biribi teilnehmen. Kennst du es?"

„Vom Zusehen."

„Das genügt. Aber ich muß dir sagen, daß man sehr hoch spielt. Hundert Franken ist der geringste Einsatz. Komm, versuchen wir, dieser guten Frau Fortuna einmal gehörig zu Leibe zu gehen!"

Blücher machte rechtsum kehrt, und Königsau folgte ihm.

Als Blücher und Königsau zum Tisch traten, an welchem sich, wie es schien, die hervorragendsten der Anwesenden befanden, nickte der Bankier dem Marschall zu. Dieser ging, wie im Krieg, auch hier gerade auf den Feind los und setzte fünfhundert Franken. Er verlor sie, gewann sie dann aber wieder. Man sah es seinem ferneren Spiel an, daß er sich von der Leidenschaft nicht hinreißen ließ, aber vom Glück nicht sehr begünstigt wurde; er verlor mehr, als er gewann.

Jetzt wagte Königsau, zweihundert Franken auf Ungerade rechts zu setzen. Er gewann und erhielt das Doppelte. Dann setzte er hundert Franken auf Nummer zwölf. Er gewann und erhielt das zweiunddreißigfache. Jetzt sah er sich ganz plötzlich im Besitz von über viertausend Franken und konnte mehr wagen. Er nahm sich vor, nur über die Hälfte dieser Summe zu disponieren, und hatte die Genugtuung, dieselbe nicht alle werden zu sehen. Er war offenbar vom Glück begünstigt. Einmal wagte er tausend Franken auf einen Satz und gewann, da seine Nebenlinie besetzt war, sechzehntausend Franken.

Jetzt begann sein Glück Aufsehen zu erregen. Er setzte zehntausend auf eins bis achtzehn und gewann das Doppelte. Bei kleineren Einsätzen verlor er einige Male. Nach Verlauf von anderthalb Stunden sah er sich im Besitz einer höchst bedeutenden Summe. Einige Spieler traten ab, und es begann dem Bankier an barem Geld zu fehlen.

„Noch zehn Mal, dann halte ich auf, Messieurs!" sagte er.

Da trat Blücher zu Königsau und flüsterte ihm zu:

„Benutze dein Glück, mein Sohn; es ist dir heute treu!"

„Haben Exzellenz aufgehört?" fragte der Leutnant.

„Ja, mein ganzes Geld ist zum Teufel."
„Exzellenz haben ja Kredit."
„Ich borge von keinem Franzosen."
„Darf ich es nicht wagen, mich Ihnen zur Verfügung zu stellen?"
„Ich danke dir, mein Junge! Ich würde es annehmen, aber der Spieler ist abergläubisch. Wer gewinnt, soll seinen Gewinn nicht angreifen. Ich bin überzeugt, daß du von jetzt an verlieren würdest. Spiele weiter! Ich werde zusehen. Wieviel hast du jetzt?"
„Gegen fünfzigtausend Franken."
„Alle Teufel! Na, fahre fort, mein Sohn! Es wäre mir ein Gaudium, wenn es dir gelänge, diese Franzmänner gehörig auszubeuteln!"
Das Spiel nahm für den Deutschen einen günstigen Verlauf. Da nahte die letzte Tour. Außer dem Bankier und Königsau beteiligte sich nur noch einer beim Spiel. Dieser setzte seine letzten hundert Franken auf ein Kreuz. Unter einer plötzlichen Eingebung deutete der Deutsche auf die danebenliegende Nummer und sagte:
„Zwanzigtausend auf diese!"
Der Bankier erschrak; das sah man ihm deutlich an.
„Wissen Sie, Monsieur", sagte er, „daß ich Ihnen das Achtfache, also hundertsechzigtausend Franken zu bezahlen habe, wenn Sie gewinnen?"
„Allerdings weiß ich das", antwortete Königsau.
„Sie sehen aber, wie es mit meiner Kasse steht. Kreditieren Sie mir bis morgen vormittag zehn Uhr, falls ich Unglück haben sollte?"
„Mit dem größten Vergnügen!"
„Nun wohl, so wollen wir sehen!"
Die Anwesenden waren höchst begierig, den Erfolg zu sehen. Der Bankier zog die Karte, drehte sie langsam um und erblaßte – es war die Nummer, welche Königsau gesetzt hatte. Ein allgemeiner Ruf des Erstaunens ging durch das Zimmer; eine solche Summe war hier noch nie auf einen Satz verloren worden.
„Monsieur, ich bitte Sie, mir Ihre Wohnung anzugeben", sagte der Bankier.
Königsau überreichte ihm seine Karte. Er befand sich jetzt im Besitz von über zweimal hunderttausend Franken. Er war während des Spieles innerlich vollständig ruhig geblieben, jetzt aber war es ihm, als ob er vor Freude laut sein Glück hinausrufen

müsse. Diese Freude wurde von dem Marschall aufrichtig geteilt. Er klopfte ihm auf die Achsel und sagte:

„Himmelelement, war das ein Treffer! Du bist ein ganz und gar bevorzugter Glückspilz, mein Junge. Ich werde dir tragen helfen, denn du bist nicht imstande, das viele Geld nach Hause zu schleppen. Vor allen Dingen wollen wir dieses Ereignis mit einer Flasche Champagner begießen."

Jetzt nun setzten sich die Anwesenden zusammen, um das Glück zu feiern, oder den Ärger über ihr Unglück in Wein zu ertränken. Im Laufe der Unterhaltung erfuhr Königsau, in was für einem Haus er sich befand.

Es gab damals in Paris Hausbesitzer, welche ihre Räume vornehmen Spielern öffneten. Diese letzteren kamen da des Abends zusammen, ohne direkt mit dem Wirt zu verkehren. Ein Entree wurde nicht bezahlt, aber alles, was genossen wurde, war so teuer, daß der Besitzer sich sehr wohl dabei stand. In einem solchen Haus befanden sich die Deutschen.

Es war in demselben für alles gesorgt. Sogar starke Leinwandsäckchen hielt man vorrätig, damit ein glücklicher Gewinner imstande sei, sein Geld bequem nach Hause zu bringen. Es kam öfters vor, daß dergleichen Säckchen gebraucht wurden, obgleich es noch keinen solchen Gewinn gegeben hatte wie heute.

Als man aufbrach, hielt der Marschall Wort. Er half Königsau seinen Gewinn tragen. Dieser Liebesdienst bereitete dem Alten ein großes Vergnügen. Einem anderen Mann seiner Stellung wäre es wohl nicht eingefallen, den Diener eines Leutnants zu machen.

„Höre, Junge, wie ist es dir denn eigentlich zumute?" fragte er, als sie sich auf der Straße befanden und von den anderen Abschied genommen hatten.

„Ganz unbeschreiblich, Exzellenz", antwortete Königsau.

„Das glaube ich! Du bist mir zu deinem Glück begegnet, und ich denke, du siehst ein, daß ein Spielchen doch etwas nicht so ganz und gar Unebenes ist."

„Ich habe keine Veranlassung, sophistisch zu sein", lachte der Leutnant, „aber ich sage dennoch: Einmal gespielt, aber nicht wieder."

„Ist dies wahr?"

„Ja, Exzellenz, ich gebe Ihnen mein Ehrenwort, daß ich nie wieder spielen werde. Es fällt mir gar nicht ein, das Glück in Versuchung zu führen, denn ich bin überzeugt, daß ich es bereuen würde. Ich will mich des heutigen Gewinnes freuen, ihn aber nicht anderen vor die Türen tragen."

„Daran tust du recht, mein Sohn. Das Spiel ist ein Weib, dem man niemals trauen darf. Ich habe es erfahren, bin aber niemals so klug gewesen wie du, mich danach zu verhalten. In dieser Beziehung ist der alte Blücher ein fürchterlicher Esel, du brauchst dies aber keinem Menschen zu sagen."

„Am meisten freue ich mich über meinen Gewinn, weil ich nun nicht nötig habe, mein Gut zu verkaufen. Ich kann Margot die hundertfünfundzwanzigtausend Franken geben und behalte dennoch eine bedeutende Summe übrig. Das macht mich so glücklich, wie ich es im ganzen Leben noch nicht gewesen bin."

„Ich gönne es dir. Wann willst du ihr das Geld geben?"

„Morgen gleich."

„Schön. Laß dir das Geld in Papier umwechseln, daß du es bequem tragen kannst. Übrigens, wirst du Wort halten und mich halb drei Uhr abholen?"

„Das versteht sich, Exzellenz."

„Und du denkst nicht, daß die Alte, ihre Mutter, Sperenzien machen wird?"

„Ich glaube es nicht."

„Ich wollte es ihr auch nicht geraten haben. Einem Kerl, der vor lauter Liebe anderthalbtausend Franken opfert, kann man seine Tochter schon geben. Also ein Vater ist nicht da?"

„Nein, aber ein Bruder, wie ich Eurer Exzellenz ja bereits erzählt habe", antwortete der Leutnant. Und zögernd fügte er hinzu: „Sie kennen ihn bereits."

„Ah! Wo hätte ich ihn denn gesehen?"

„Wir haben ihn unter für ihn allerdings nicht sehr günstigen Umständen kennengelernt. Es ist derjenige, den ich ohrfeigte."

„Donnerwetter! Und du willst der Schwager dieses Kerls werden?"

„Der Stiefschwager", verbesserte Königsau.

„Das ist egal. Schwager ist Schwager, und wenn der Halunke zehnmal stief ist. Ja, diesem Kerl traue ich alles zu, was du mir von ihm erzählt hast. Ein Mensch, der einem die Genugtuung verweigert, ist auch fähig, sein Vermögen zu verschachern. Na, ich hoffe, daß er uns morgen nicht in die Quere läuft, sonst würde ich ihn kuranzen, daß ihm Hören und Sehen vergeht. Aber sag mir, mein Junge, wo ist denn die Bude, in der du wohnst?"

„Ganz in der Nähe; das dritte Haus von hier."

„So wohnst du also nicht weit von mir. Na, komm. Man hat mich heute in Biribi ganz gehörig gerupft; das will ich verschlafen.“

Vor der Wohnung des Leutnants angekommen, gab er ihm das Geld, welches er getragen hatte, und verabschiedete sich in leutseliger Weise von ihm.

Als Königsau in seiner Stube Licht gemacht hatte, breitete er seinen Gewinn auf dem Tisch aus, um ihn zu zählen. Er war mit einem Schlag zu einem Vermögen gekommen. Es war, als hätte Gott ihn heute mit dem Marschall zusammengeführt, um ihm das Opfer, welches er der Geliebten bringen wollte, zu erleichtern. Das ungeheure Glück, welches er gehabt hatte, dünkte ihm das Ja und Amen zu sein, welches die Vorsehung zu seiner Liebe sagte. Und als er sich schlafen legte, tat er es in dem Bewußtsein, morgen ein Glück zu erlangen, an welches er noch vor ganz kurzer Zeit nicht gedacht hatte.

Als er am nächsten Morgen sich das Geld hatte umwechseln lassen, besaß er in seiner Brieftasche den Talisman, die Sorgen der Geliebten und ihrer Mutter zu beenden. Er konnte den Nachmittag kaum erwarten und machte bereits große Toilette, lange bevor die Zeit gekommen war.

Blücher empfing ihn in voller Uniform. Er hatte Wort gehalten und sich „in Wichs und Glanz geschmissen“. Die beiden Männer sahen aus, als ob sie bei der Königsparade zu erscheinen hätten.

„Da bist du ja, mein Sohn“, sagte der Marschall. „Es ist punkt halb drei Uhr, wir müssen aufbrechen, und ich weiß wahrhaftig noch nicht, was ich sagen soll. Eine Anrede an meine Soldaten fällt mir immer ein; sie ist sofort da, sobald ich sie brauche; aber mit einer Werbung ist es denn doch ein anderes Ding. Ich habe mir schon fast den Kopf zerbrochen, aber noch nicht ein einziges Wort gefunden. Das wird eine schöne Geschichte werden, wenn ich dastehe, wie Töffel vor dem Pfarrer und keine Silbe hervorbringe!“

„Oh“, sagte Königsau lächelnd, „Exzellenz dürfen nur draufgehen, wie auf den Feind.“

„Hat sich was mit draufgehen! Es ist mir angst und bange bei der Geschichte. Ich glaube, ich reiße aus, wenn es losgehen soll. Der Teufel hole die Heiratsanträge! Ja, wenn ich diese Margot für mich haben wollte, da müßte es nur so pfeifen; aber für einen anderen die Kastanien aus dem Feuer holen, dabei kann man sich leicht die Hand verbrennen. Na, ich habe mich einmal mit dieser Geschichte eingelassen, und so muß sie auch ausgepatscht werden. Komm, Junge; wir wollen gehen!"

Sie machten sich auf den Weg. Als sie ihr Ziel erreichten und von dem Mädchen eingelassen wurden, kam Margot ihnen entgegengeeilt. Aus ihrem schönen Gesicht leuchtete die Freude, und sie hielt die Arme erhoben, um den Geliebten zu umfangen; als sie aber den Alten erblickte, ließ sie dieselben wieder fallen.

„Na, na, nehmt euch immer beim Kopf!" sagte er. „Ich bin verschwiegen und rede es nicht aus!"

Sie wurde ob dieser gutmütig derben Anrede sichtlich verlegen, und diese Verlegenheit steigerte sich, als Königsau ihr in seinem Begleiter den berühmtesten Feldmarschall vorstellte, von dessen Eigenheiten man sich so wunderbare Dinge erzählte.

Sie traten in den Salon. Blücher blickte forschend umher und dann auf das Mädchen, klopfte dem Leutnant auf die Achsel und sagte:

„Junge, ich bin zufrieden mit dir! Diese Margot ist ein verteufelt hübsches Kind. Weiß Gott, das Maul möchte einem wässerig werden, wenn man sie ansieht. Das wird eine Frau, mit der du dich nicht zu schämen brauchst!"

Königsau erfuhr, daß die Mutter sich leidlich wieder erholt habe und bald erscheinen werde. Als sie eintrat, sah sie allerdings noch angegriffen aus. Auch sie wunderte sich, daß Königsau nicht allein gekommen war; als sie aber hörte, wer der andere Besucher sei, flog es doch wie eine stolze Genugtuung über ihr Gesicht.

Das Gespräch erstreckte sich zunächst auf allgemeines und ging dann auf das gestrige Ereignis über. Blücher freute sich, daß die beiden Damen Deutsch verstanden, und unterhielt sich in einer Weise mit ihnen, als ob sie alte Freundinnen von ihm seien. So verging über eine Stunde, ohne daß er des eigentlichen Grundes seiner Anwesenheit gedacht hätte; er schien den rechten Anfang noch nicht gefunden zu haben.

Da klingelte es draußen. Man hörte, daß das Mädchen den Vorsaal öffnete und den Kommenden eintreten ließ. Es war der Baron de Reillac.

Er stutzte, als er die beiden Offiziere erblickte. Er hatte Blücher gesehen und kannte ihn also. Als er den Namen Königsau nennen hörte, wußte er sogleich, daß dieser der Offizier sei, welcher Albin Richemonte geohrfeigt hatte. Er fragte sich, was die beiden Herren hier wohl zu suchen hätten, und fand keine andere Erklärung, als die, daß sie eben dieser Angelegenheit wegen gekommen seien. Sie hatten den Kapitän nicht gefunden und waren deshalb bei dessen Mutter eingetreten. So dachte er.

Blücher hingegen wußte beim Nennen des Namens des Franzosen sofort, daß es jener Baron sei, welcher sich den Besitz Margots erzwingen wollte; darum schenkte er ihm nicht die mindeste Beachtung und erwiderte nicht einmal seinen Gruß.

„Sie suchen den Kapitän Richemonte?" fragte Reillac.

„Woraus schließen Sie das?" fragte Königsau kalt.

„Aus Ihrer Anwesenheit, Monsieur."

„Da irren Sie sich. Der Kapitän hat sich nicht geneigt erklärt, sich mit meiner Person zu beschäftigen. Meine Anwesenheit gilt den Damen."

„Ah!" rief der Franzose überrascht. „Sie kennen einander?"

„Wie Sie sehen."

Da kam dem Baron ein Gedanke. Die Anwesenheit des Leutnants galt jedenfalls mehr der Tochter als der Mutter. Hatte er etwa Absichten auf Margot? Eine fürchterliche Eifersucht erfaßte den Mann. Er wollte Gewißheit haben und fragte daher:

„Kennen Sie einander schon längere Zeit?"

„Interessieren Sie sich dafür?" lächelte der Deutsche.

„Allerdings. Ich zähle mich zu den Freunden dieser Damen und nehme also Teil an allem, was sie betrifft."

„Nun, dann will ich Ihnen mitteilen, daß wir uns zwar erst seit kurzem kennen, daß ich aber die Überzeugung hege, daß unsere Bekanntschaft sehr lange dauern, ja, wie ich hoffe, nur mit dem Leben enden wird."

Das war deutlich geantwortet. Der Deutsche hatte Absichten auf Margot, das wußte der Baron jetzt. Er nahm sich vor, ihm sofort alle Hoffnungen zu nehmen, und sagte darum:

„Welcher Umstand berechtigt Sie zu dieser Überzeugung?"

Königsau warf ihm einen erstaunten Blick zu, zuckte die Achseln und antwortete:

„Mir scheint, Sie wollen mich examinieren!"

Der Baron ließ sich durch diese abweisende Frage nicht irremachen.

„Ein wenig", antwortete er. „Das Wohl von Madame und Mademoiselle liegt mir zu sehr am Herzen, als daß es mir gleichgültig sein sollte, welche neue Bekanntschaft sie machen. Es ist da sehr notwendig, vorher zu prüfen."

„Ah! Haben Sie etwa die Absicht, mich zu beleidigen?"

„Nicht im geringsten."

„Das wollte ich dem Kerl auch nicht geraten haben!“ rief da Blücher.

Er hatte, halb abgewendet, der Unterhaltung zugehört. Er ärgerte sich über die Zudringlichkeit des Franzosen und hielt es endlich für angemessen, auch ein Wort zu sagen.

Madame Richemonte blickte den Alten erschrocken an. Es wurde ihr angst. Sie befand sich in den Händen des Barons. Wurde dieser hier beleidigt, so ließ er es sie ganz sicher entgelten, ohne alle Rücksicht darauf, ob sie daran schuld sei oder nicht.

Auch der Baron warf einen raschen, aber mehr erstaunten als erschrockenen Blick auf den Marschall. Er war reich, und der Reichtum pflegt ein gewisses Gefühl der Sicherheit, des Selbstvertrauens zu geben.

„Was meinen Exzellenz mit diesen Worten?“ fragte er rasch.

„Ich meine, daß Ihnen ein heiliges Donnerwetter auf den Hals fahren soll, wenn Sie fortfahren, solche unverschämte Fragen auszusprechen“, antwortete der Alte.

„Monsieur, ich bin ein Edelmann!“ rief der Franzose in fast drohendem Ton.

„Wie? Was?“ fragte Blücher, indem er sich erhob. „Moßieh nennen Sie mich? Moßieh! Donnerwetter, ich will Sie bei Moßieh! Ich bin der Feldmarschall von Blücher, Fürst von Wahlstatt, verstanden? Sie haben mich Exzellenz oder Durchlaucht zu nennen; mit Ihrem Mußieh aber bleiben Sie mir ergebenst vom Leibe! Moßieh, nein, da hört denn doch alles und verschiedenes auf! Sie selbst mögen Moßieh sein; die Franzosen mögen Moßiehs sein, ich aber nicht! Und einen Edelmann nennen Sie sich? Ich sehe nichts davon, gar nichts. Wenn Sie Edelleute sehen wollen, so nehmen Sie doch gefälligst einmal das Fernrohr, stecken Sie es sich in das Gesicht und gucken Sie uns beide an! Blüchers hat es gegeben schon zu Karls des Großen Zeit, und die Königsaus sind auch nicht jünger; Sie aber sind erst von Ihrem Napoleon adelig gequetscht worden; Sie sind noch warm und neubacken, daß die Butter davon herunterläuft. Geben Sie sich um Gottes willen nicht eher für einen Edelmann aus, als bis Sie gelernt haben, sich als ein solcher zu betragen! Ihre Meriten kennt man. Bei mir kommen Sie an den Rechten. Ihren ganzen Adel blase ich in die Luft; er ist keinen Dreier wert!“

Das kam alles so schnell und gewaltig unter dem grauen Schnurrbart des Alten hervor, daß an eine Unterbrechung oder gar Entgegnung nicht zu denken war.

Königsau lächelte still vor sich hin; auch Margot blieb ruhig.

Frau Richemonte aber fürchtete den Baron, und daher schlug sie unwillkürlich die Hände zusammen. Sie befürchtete das Schlimmste. Der Baron war zunächst wie vom Donner gerührt. Die Wortflut des Marschalls drang so kräftig und mächtig auf ihn ein, daß an einen augenblicklichen Widerstand nicht zu denken war; als sie aber ihr Ende erreicht hatte, da fuhr er von seinem Sitz empor und sagte:

„Gut, ich will Sie Exzellenz nennen! Aber sagen Sie gefälligst, was Sie mit meinen Meriten meinen und mit den Worten, daß Sie mich kennen! Sie haben mich gegenwärtig auf die eleganteste Weise beleidigt, und ich hoffe, daß Sie sich nicht weigern werden, mir volle Genugtuung zu geben!"

„Genugtuung?" fragte Blücher mit blitzenden Augen. „Sind Sie verrückt? Sie sind Armeelieferant gewesen; das heißt, Sie haben der Armee das Schlachtvieh, die Ochsen und Schafe geliefert, und weil diese Ochsen mehr Knochen hatten als Fleisch, sind Sie ein reicher Mann geworden. Und weil diese Schafe Ihnen Ihre akademische Bildung mitgeteilt haben, hat Sie Napoleon mit dem Adelsbrief versehen. Nun machen Sie Familien unglücklich, weil Sie auf die Töchter spekulieren. Sie verführen die Väter und Söhne; Sie turbieren – beunruhigen – die Mütter und Töchter; Sie drohen mit Schuldhaft und anderem Elend, um eine Frau zu erhalten. Pfui Teufel! Und das nennt sich einen Edelmann! Das will Genugtuung von mir haben! Hören Sie, Moßieh, ja Moßieh, und abermals Moßieh, ich werde Ihnen Genugtuung geben oder geben lassen, aber nicht mit dem Säbel, sondern mit der Peitsche oder mit dem Stallbesen!"

Das war eine Szene, wie sie die Damen noch nicht erlebt hatten. Sie waren aufgesprungen, denn beide hielten es für unvermeidlich, daß die beiden Männer tätlich gegeneinander werden würden. Auch Königsau hatte sich langsam erhoben und an die Seite des Marschalls gestellt, um nötigenfalls augenblicklich bei der Hand zu sein.

Der Baron war bleich wie der Tod geworden. Er erzitterte vor Grimm. Er hätte sich am liebsten auf Blücher stürzen mögen, aber die gewaltige Erscheinung des alten Kriegshelden machte doch einen solchen Eindruck auf ihn, daß es nicht dazu kam. Er fühlte sich nicht imstande, den Sprecher Lügen zu strafen; das verdoppelte seine Wut: er wagte nicht, dieselbe an den beiden Deutschen auszulassen, und darum wendete er sich als echter Feigling an die beiden Damen:

„Ah, Sie haben geplaudert!“ stieß er knirschend hervor.
„Ich nicht“, antwortete die Mutter ängstlich.
„Aber ich“, sagte Margot mutig.
„Zu wem?“
„Zu Herrn von Königsau.“
„Wann?“
„Gestern.“
„Ah! Sind Sie so vertraut mit ihm, daß Sie ihm bereits solche Geheimnisse mitteilen?“
„Danach hat der Kerl zwar den Teufel zu fragen“, fiel hier Blücher ein, „aber er soll dennoch eine Antwort haben, damit er nur sieht, daß er ganz umsonst im trüben gefischt hat.“ Und sich an den Franzosen wendend, fuhr er fort: „Ja, diese beiden Leutchen sind allerdings bereits sehr vertraut miteinander, nämlich so vertraut, daß ich gekommen bin, Madame Richemonte um ihr Jawort zu bitten.“
„Ah!“
Dieser Ruf des Erstaunens wurde von zweien ausgesprochen, nämlich von dem Baron und auch von Margots Mutter, welche von ihrer Tochter noch nicht erfahren hatte, was gestern abend zwischen ihr und Königsau vorgekommen war.
Der Baron blickte den Sprecher erstaunt an, so erstaunt, als ob er es gar nicht für möglich halte, daß er die Wahrheit gehört habe. Er fragte, zu Margot gewendet:
„Sie werden eiligst zugeben, daß ich jetzt falsch gehört habe?“
„Papperlapapp!“ rief da Blücher. „Nichts wird zugegeben! Wer kann denn wissen, was der Mann gehört hat? Wissen wir denn, ob sich seine Ohren in Ordnung befinden? Aber sehen soll er doch, daß es mein Ernst ist. Komm, mein Sohn; nimm dein Mädchen bei der Hand, und höre, was ich eurer Mama sagen werde!“
Blücher faßte dabei Königsau und Margot an, legte ihre Hände ineinander, schob beide zur Mutter hin, stellte sich kerzengerade vor die letztere auf, machte ein Honneur, als ob er vor einem Landesherrn stehe und sagte:
„Madame, erstens haben sich diese beiden lieb; zweitens wollen sie sich heiraten, und drittens bitte ich um Ihr Jawort dazu. Wer etwas dawider hat, der mag es mir sagen; ich werde ihn bei der Parabel nehmen, daß er die lieben Engel im Himmel geigen und pfeifen hören soll!“
Diese Werbung kam Frau Richemonte so unerwartet, daß sie für den Augenblick gar keine Antwort fand. Sie hätte jedoch

auch gar keine Zeit dazu gehabt, sie zu geben, denn ehe sie nur sprechen konnte, trat der Baron näher und sagte:

„Ich sehe, daß man hier Komödie spielen will; da ich meine Rolle nicht erst auswendig zu lernen brauche, so halte ich es nicht für nötig, den stummen Zuschauer abzugeben. Madame, ich ersuche Sie, Ihre Entscheidung zurückzuhalten, bis auch ich gesprochen habe!"

Er griff in die Tasche, zog ein Portefeuille hervor, öffnete dasselbe, nahm einige Papiere heraus und hielt sie Frau Richemonte entgegen. Dann fuhr er höhnisch fort:

„Madame, ich gebe mir die Ehre, Ihnen diese Wechsel zur Zahlung zu präsentieren. Wird die Summe nicht augenblicklich entrichtet, so wandern Sie ins Schuldgefängnis."

„Mein Gott!" rief die geängstete Frau. „Das kommt alles so plötzlich über mich; ich weiß ja gar nicht, was ich tun oder sagen soll!"

„Sie brauchen gar nichts zu sagen oder zu tun, als nur zu zahlen", sagte der Baron.

„Schurke!" meinte der Marschall.

„Gilt dies etwa mir?" fragte der Baron.

„Ja, Moßieh, wem sonst?" antwortete Blücher. „Es befindet sich außer Ihnen ja kein Schurke hier."

„Darüber werden wir später sprechen", lachte der Franzose überlegen. „Jetzt aber will ich Zahlung haben."

„Die werden Sie erhalten", antwortete Königsau.

Er streckte die Hand nach den Papieren aus, der Baron zog sie jedoch schnell zurück, blickte ihn höhnisch an und fragte:

„Wollen Sie vielleicht für Madame zahlen?"

„Ich hoffe, daß Madame mir gestattet, ihr den Betrag zur Verfügung zu stellen!"

Der Baron stieß ein lautes Lachen aus und rief:

„Das ist lustig! Ahnen Sie, wie hoch sich die Summe beläuft?"

„Hundertundfünfzigtausend Franken", antwortete der Deutsche gleichmütig.

„Allerdings. Sie scheinen von Mademoiselle sehr genau unterrichtet worden zu sein. Aber wissen Sie auch, daß der Betrag augenblicklich bezahlt werden muß?"

„Er steht zur Verfügung!"

Bei diesen Worten griff Königsau in die Tasche, zog sein Portefeuille hervor, entnahm demselben ein Packet Banknoten und legte es auf den Tisch. Der Baron trat hinzu, öffnete dasselbe und zählte. Sein Gesicht verfinsterte sich. Er hatte geglaubt, einen Haupttreffer zu machen, und fühlte sich jetzt so ganz und gar unerwartet aus seiner bisher für so vorteilhaft gehaltenen Position herausgedrängt.

„Einhundertundfünfzigtausend Franken", sagte er langsam; „es stimmt!"

„Nun also, so nehmen Sie das Geld und verduften Sie sich!" sagte Blücher.

Diese Worte riefen den ganzen Widerstand des Barons wach.

„Verduften?" meinte er. „Exzellenz gebrauchen Ausdrücke, welche unter gebildeten Leuten sonst nicht gebräuchlich sind!"

„Da haben Sie recht", meinte der Marschall ruhig; „aber glauben Sie etwa, daß es mir einfällt, Sie unter die Gebildeten zu rechnen? Sie stehen zu mir in einem solchen Rang, wie zum Beispiel früher Ihre Schafe und Ochsen zu Ihnen gestanden haben, und ich glaube nicht, daß Sie Ihr Rindvieh mit Hochwohlgeboren angeredet haben. Für Sie paßt kein Wort besser als verduften, und ich hoffe, daß Sie es sofort befolgen!"

„Sie werden mir doch erlauben müssen, noch etwas länger zu bleiben. Ich habe nämlich dieser Dame zu sagen, daß ich noch Papiere ihres Sohnes in den Händen habe, und daß ich sie ihm präsentieren werde. Kann er nicht zahlen, so . . ."

„So tun Sie mit ihm, was Ihnen beliebt. Nicht wahr, Mama?" fiel Margot ein.

„Ich habe keine Veranlassung, ihn zu bedauern," antwortete die Gefragte.

„Da hören Sie!" sagte Blücher zum Baron. „Geben Sie die Wechsel her!"

„Nur dann, wenn ich das Geld von Madame selbst erhalte", antwortete dieser. „Noch weiß ich ja nicht, ob sie gewillt ist, diese Summe von dem Herrn Leutnant anzunehmen."

Er spielte jetzt seine letzte Karte aus, obwohl er recht gut einsah, daß sein Spiel verloren sei. Die Mutter wendete sich an Königsau:

„Sie sehen mich von allem, was ich heute höre und erfahre, im höchsten Grade überrascht, Herr Leutnant", sagte sie. „Seine Exzellenz bittet mich um die Hand meiner Tochter für Sie. Ich hätte das für unmöglich gehalten, denn ich weiß ja, welch eine kurze Zeit Sie sich erst kennen."

Da legte Königsau den Arm um Margot und sagte:

„Madame, die Liebe fragt nie nach der Zeit; sie kommt, sie ist da, plötzlich, vollständig und allmächtig; man kann ihr nicht widerstehen. Ich habe erkannt, daß Margot mein Herz, mein ganzes Leben gehört. Sie ist Ihr bestes, Ihr einziges Gut, Madame; ich komme nicht, es Ihnen zu rauben, sondern es soll Ihnen gehören für immerdar; nur sollen Sie zu der Tochter noch einen Sohn nehmen, dessen größte Aufgabe es sein wird, sie beide glücklich zu machen."

„Und du, Margot, du liebst ihn wirklich?" fragte die Mutter ihre Tochter.

„Oh, wie sehr, Mama", antwortete diese, indem sie den Geliebten innig umarmte. „Er hat sein ganzes Vermögen geopfert, um uns zu retten!"

„Dann kann ich die Summe nicht annehmen", sagte die Mutter.

„Du irrst, Margot", fiel Königsau ein. „Ich habe kein Opfer zu bringen; ich brauche meine Besitzung nicht zu verkaufen, wie ich es noch gestern für nötig hielt. Ich werde dir später erzählen, wie ich in den Besitz dieser Summe gekommen bin; aber Exzellenz wird mir beistimmen, daß Mama alles nehmen kann, ohne mir den mindesten Schaden oder Verlust zuzufügen."

„Ja, das bestätige ich", sagte der Fürst. „Dieser verteufelte Junge ist zu dem Geld gekommen wie Adam zu Eva, nämlich geradezu im Schlaf. Er kann es verschenken oder zum Fenster hinauswerfen, ganz wie es ihm gefällig ist und ohne daß er sich dann eine Entbehrung aufzulegen braucht."

„Aber eine solche Summe, Herr Leutnant!" sagte sie. „Ich muß Ihnen sagen, daß es mir unmöglich sein wird, sie Ihnen zurückzuerstatten."

„Diese Summe hat für mich ja nicht den Wert, welchen ich auf ihre Freundschaft lege", antwortete Königsau. „Wenn Sie die Güte haben wollen, unsere Liebe zu billigen, so erhalte ich von Ihnen ein Glück, welches ich für Millionen nicht verkaufen möchte. Ich bleibe also ihr Schuldner und bitte Sie von ganzem Herzen, mit dem, was ich Ihnen so herzlich gern biete, Ihren Gläubiger zu befriedigen und sich von der Sorge zu befreien, welche Ihnen bisher das Leben in so arger Weise verbittert hat."

Da reichte sie ihm die Hand und sagte mit Tränen der Rührung und Freude in den Augen:

„Sie sind ein edler Mann, Herr von Königsau, und es wäre eine große Undankbarkeit von mir, Sie dadurch zu betrüben, daß ich Ihre Anerbieten zurückweise. Ich nehme es also an und lege Ihnen dafür mein liebes, mein einziges Kind an das Herz. Gott segne Sie und lasse Sie das Glück finden, welches ich täglich für Sie von ihm erbitten werde. Ich werde Ihnen, da Sie keine Eltern mehr haben, eine treue Mutter sein und mich reich fühlen, neben der Tochter einen Sohn zu besitzen, wie Sie es sind."

Sie legte die Hände der beiden zusammen und segnete sie. Margot umschlang sie innig und vergoß Tränen des Glückes. Königsau fühlte, daß er heute eine Seligkeit erobert habe, wie sie größer auf Erden nicht geboten werden kann; Blücher aber sagte:

„Kinder, nehmt auch meinen Segen; er wird vielleicht nicht viel wert sein, aber Schaden kann er Euch wohl auch nicht bringen. Sie aber, Moßieh Edelmann, haben nun gesehen, wie Ihre Angelegenheit steht. Sie sind überflüssig. Nehmen Sie das Geld, geben Sie die Wechsel heraus, und dann verschwinden Sie hinter den Kulissen, sonst passiert Ihnen etwas, was Ihnen schon längst hätte passieren sollen."

Die Augen des Barons funkelten vor Grimm. Er steckte das Geld zu sich und sagte:

„Ah, Sie glauben, gesiegt zu haben? Sehen Sie sich vor, daß Sie sich nicht irren. Was ich einmal erlangen will, das pflege ich nicht so leicht aufzugeben. Noch ist Margot nicht die Frau eines Deutschen. Man wird sehen, was die Zukunft bringt."

„Was, du willst noch drohen!" rief Blücher, indem er auf ihn zutrat. „Trabe schleunigst ab, sonst zeige ich dir das Loch, Moßieh Schurke!"

Der Franzose warf die Wechsel wütend in die Stube und ging. Er sah ein, daß gegenwärtig nichts mehr zu tun sei, aber er nahm sich vor, das Spiel noch nicht aufzugeben. Als er die Treppe hinabstieg, kam ein anderer dieselbe herauf. Es war der Kapitän, Margots Stiefbruder.

„Ah, Sie hier, Baron?" fragte den letztere. „Wollten Sie zu mir?"

„Ich war bei Ihrer Mutter", lautete die Antwort.

Die Worte wurden wie atemlos und in einem Ton gesprochen, welcher dem Kapitän auffallen mußte; darum fragte er:

„Was haben Sie? Ist Ihnen etwas Unangenehmes begegnet?"

„Nein, o nein, sondern im Gegenteil etwas sehr Angenehmes!"

„Was? Sie sind ja ganz und gar echauffiert."

„Ihre Mutter hat mich bezahlt."

„Bezahlt?" meinte Richemonte erstaunt. „Unmöglich!"

„Nicht unmöglich, sondern wirklich. Ich habe soeben mein Geld erhalten."

„Alles?"

„Alles!"

„So foppen mich! Woher will Mutter hundertundfünzigtausend Franken nehmen?"

„Von dem Liebhaber ihrer Tochter."

„Unsinn! Margot hat keinen Liebhaber."

„Gehen Sie hinein, wenn Sie Lust haben, ihre Verlobung mit zu feiern!"

Der Kapitän blickte den anderen forschend an.

„Wie kommen Sie mir vor, Baron", sagte er. „Verlobung? Sie sind doch nicht krank oder verrückt, sonst würde ich denken, daß Sie entweder im Fieber oder im Wahnsinn sprechen!"

„Ich bin auch im Fieber, aber im Fieber des Grimmes und der Wut. Ich phantasiere trotzdem nicht, denn es ist die volle Wahrheit, daß Margot soeben verlobt worden ist."

„Ah! Welch eine Nachricht! Verlobt, ohne mich! Mit wem denn?"

„Sie werden sich unendlich freuen, wenn Sie es hören. Raten Sie, Kapitän."

„Pah, treiben wir keine Narrenspossen! Wer ist der Kerl?"

„Ein guter Bekannter von Ihnen."

„Den Namen! Rasch!"

„Den kennen Sie bereits. Der Mann steht Ihnen sehr nahe, denn seine Hand ist bereits mit ihren Wangen in eine sehr intime Berührung gekommen."

Da stutzte der Kapitän.

„Sie wollen doch nicht sagen . . .", meinte er. „Sprechen Sie von jenem Deutschen?"

„Ja."

„Von dem Leutnant von Königsau?"

„Ja."

„Dieser Mensch ist bei meiner Mutter?"

„Versteht sich."

„Er kennt Margot?"

„Er hat soeben um ihre Hand angehalten, und Ihre Mutter hat ihm das Jawort gegeben."

Da fuhr der Kapitän zurück, als ob er ein Gespenst gesehen habe.

„Baron, Sie befinden sich dennoch im Delirium!" rief er.

„Oh, ich bin im Gegenteil sehr bei Verstand. Sehen Sie sich die Szene doch selbst an!"

„Donnerwetter, Sie reden also doch die Wahrheit? Da muß ich allerdings schleunigst dazwischenplatzen wie eine Bombe. Ein jeder soll meine Schwester bekommen, nur dieser Mensch nicht!

Er soll mir Rechenschaft geben, auf welche Weise er sie überlistet hat!"

„Sehr einfach. Er hat ihr das Geld gegeben, mich zu bezahlen."

„Ah, von ihm ist es?"

„Von ihm."

„So gehe ich gleich zu Mama. Hier ist mein Schlüssel, Baron. Treten Sie einstweilen bei mir ein; warten Sie auf mich. Ich bin überzeugt, daß ich Ihnen die Nachricht bringen werde, diesen Deutschen zur Treppe hinabgeworfen zu haben."

Er sprang die Stufen hinauf und riß stürmisch an der Klingel der Vorsaaltür seiner Mutter, während der Baron sich die gegenüberliegende Wohnung öffnete. Das Dienstmädchen kam und schloß auf. Als es den Sohn seiner Herrin erblickte, wagte es nicht, ihn zurückzuweisen.

„Wo ist Mama?"

„Im Salon."

„Gut."

Er stürmte an dem Mädchen vorüber, riß die Tür auf und blieb erstaunt stehen. An dem einen Fenster stand Königsau in inniger Umschlingung mit Margot, und auf dem Sofa saß die Mutter mit – dem Feldmarschall Blücher. Das hatte der Kapitän nicht erwartet. Die Anwesenheit dieses Mannes legte einen Dämpfer auf seinen Vorsatz, als Herr der Situation aufzutreten. Er grüßte mit einer Verbeugung und sagte.

„Ha, Besuch, Mama!"

„Allerdings Besuch, mein Sohn", antwortete sie so unbefangen wie möglich; „und zwar höchst lieben und ehrenvollen Besuch. Feldmarschall von Blücher, Exzellenz, und der Herr Leutnant von Königsau – mein Sohn."

Mit diesen Worten stellte sie die drei Herren einander vor. Blücher zog mit einem eigentümlichen Lächeln die Spitzen seines Schnurrbartes aus, und Königsau nahm von der Vorstellung nur mit einem kurzen, stolzen Kopfnicken Notiz. Dieser Mangel an Höflichkeit gab dem Zorn des Kapitäns neue Nahrung. Er sagte:

„Ich habe nicht gewußt, daß Deutsche bei dir Zutritt haben!"

„Die Herren haben mich überrascht und zwar in freudigster Weise. Du siehst in Herrn von Königsau nicht nur den Mann, welcher deine Wohnung verteidigte, sondern auch den Bräutigam deiner Schwester."

„Du sagst mir da etwas ganz Unbegreifliches. Ich entsinne mich nicht, irgend jemand mit der Verteidigung meiner Wohnung beauftragt zu haben, und bin also keinem Menschen dafür Dank schuldig. Und was den anderen Punkt betrifft, so darf ich doch wohl annehmen, eine gültige Stimme zu besitzen, falls es sich um eine Lebensgestaltung meiner Schwester handelt.“

Das klang herausfordernd; dennoch sagte die Mutter in mildem Ton:

„Ich will dir nicht widersprechen, zumal ich vollständig überzeugt bin, daß du nicht anstehen wirst, Margots Wahl zu billigen.“

„Und wenn ich sie nun nicht billige, Mama?“ fragte er mit Nachdruck.

„Das würde uns zwar betrüben, doch nichts an der Tatsache ändern.“

Da trat er einen Schritt vor und sagte im zornigsten Ton:

„Es gilt doch den Versuch, ob wirklich nichts zu ändern wäre. Hast du gewußt, daß ich diese beiden Herren kenne?“

„Ja.“

„Und daß sie mich beleidigt haben?“

„Nein, sondern daß du sie beleidigt hast.“

„Streiten wir uns nicht über Ansichten. Ich höre, daß du unser Zerwürfnis kennst und dennoch meine Gegner nicht nur bei dir empfängst, sondern in ihrem Interesse sogar über die Hand Margots verfügst. Ich lege mein Veto ein und erkläre die Verlobung für null und nichtig!“

Da trat Margot auf ihn zu und sagte in zwar milder, aber doch fester Weise:

„Du scheinst die Verhältnisse nicht richtig zu beurteilen, Albin. Es mag sein, daß dir eine mitberatende Stimme zusteht, wenn es sich um eine Neugestaltung meines Schicksales handelt; aber höre wohl, nur eine mitberatende, und auch nur so weit, als ich es in schwesterlicher Rücksicht dir gestatte. Zu befehlen hast du mir jedenfalls gerade so wenig, als ich dir zu gehorchen habe ...“

„Ah, ich werde dich vom Gegenteil überzeugen!“ unterbrach er sie.

„Versuche es“, antwortete sie. „Ich werde dies sehr ruhig abwarten. Über meine Hand habe ich allein zu bestimmen. Du hast sie zum Gegenstand eines niedrigen Schachers machen wollen und Mutter und mich als deine Sklavinnen betrachtet, welche du verkaufen kannst. Es ist dir nicht gelungen; wir sind frei, und es ist für dich am klügsten, die bestehenden Tatsachen einfach anzuerkennen.“

„Meinst du?" hohnlächelte er. „Sage mir zunächst, wem diese Wohnung gehört?"

„Doch uns."

„Nein. Wer hat sie gemietet?"

„Du."

„Gut, ich bin also der Besitzer. Es hat kein Mensch das Recht, ohne meine Erlaubnis Zutritt zu nehmen. Meine Herren, ich ersuche Sie, diese Räume zu verlassen. Setzen Sie sich nicht der Gefahr aus, wegen Hausfriedensbruches belangt zu werden."

Da stieß Blücher ein laut schallendes, herzliches Gelächter aus.

„Alle Teufel, das klingt gefährlich! Der alte Blücher vor Gericht als Hausfriedensbrecher! Wie er sich da wohl ausnehmen würde! Hören Sie, machen Sie sich doch um Gottes willen nicht so unendlich lächerlich, sondern vernehmen Sie, was ich Ihnen zu aller Güte zu sagen habe."

„Ich mag nichts hören!" klang die Antwort.

„So werden Sie fühlen müssen!"

„Ah! Was?"

„Das ist es eben, was ich Ihnen sagen will, und was Sie doch wohl anhören werden müssen. Ihre häuslichen Verhältnisse gehen mich nichts an; ob Sie Herr Ihrer Schwester und Herr dieser Wohnung sind, das ist mir auch ganz egal; nicht egal aber ist es mir, wenn Sie fortfahren, mich zu beschimpfen und zu beleidigen. Sie verlangen von mir, diese Räume zu verlassen, und ich stelle als Antwort das gleiche Verlangen an Sie. Sie haben mich öffentlich beschimpft; Sie haben ebenso öffentlich die deutsche Nation beleidigt; es kostet mich ein einziges Wort, einen einzigen Wink, Sie in Untersuchungshaft zu bringen und verurteilen zu lassen. Sie haben diesem Herrn die Genugtuung verweigert und sind infolgedessen von ihm geohrfeigt worden. Ein Wort von mir darüber an Ihr Generalkommando, so werden Sie aus dem Heer ausgestoßen und infam kassiert. Sie sind mir gegenüber ein Zwerg; ich habe es verschmäht, mich mit Ihnen herumzuhudeln, nun Sie aber selbst hier nicht Verstand zeigen, so muß ich Ihnen denselben beibringen. Verlassen Sie dieses Zimmer sofort, sonst gebe ich Ihnen mein Ehrenwort, daß Sie in einer Stunde sich in Untersuchungshaft befinden und in einigen Tagen aus der Armee gestoßen werden. Noch sind wir Deutschen Herren von Paris, und ich habe ganz und gar nicht die Absicht, einen kleinen Kapitän glauben zu lassen, daß wir uns vor ihm fürchten!"

Eine solche Zurechtweisung hatte der Kapitän nicht erwartet.

Er zögerte einige Augenblicke zu antworten, da er sich aber nicht sofort ergeben wollte, sagte er dann:

„Welcher von uns beiden Feldmarschall ist und welcher Kapitän, das ist gleichgültig. Wir stehen uns Mann gegen Mann gegenüber, und da fürchte ich Sie nicht!"

„Gehen Sie!" gebot Blücher, indem er mit der Hand nach der Tür zeigte.

„Ich wiederhole, daß ich als Bruder ..."

„Hinaus!" unterbrach ihn der Alte.

„... daß ich als Bruder das Recht habe, über meine Schwester zu ..."

„Hinaus!"

Dieses letzte „Hinaus" war in einem Ton gerufen, gegen welchen es absolut keinen Widerstand gab. Diese zwei Silben waren nicht etwa überlaut gebrüllt, aber sie drangen durch Mark und Bein; sie hatten einen so entschiedenen, schneidigen Ton, daß es dem Franzosen war, als ob er mit Fäusten ergriffen und aus dem Zimmer gestoßen werde. Er öffnete die Tür und ging. Er hatte, nur von dem Eindruck, welchen der Befehl des Marschalls machte, die furchtsamen Bewegungen eines Wesens, welches mit Füßen aus der Tür gestoßen wird. Aber draußen, auf dem Vorsaal angekommen, ballte er die Hand, erhob sie drohend rückwärts und knirschte:

„Das will ich euch eintränken, das sollt ihr mir büßen! Diese Blamage sollt ihr mir so teuer bezahlen, daß euch Hören und Sehen vergehen wird."

Richemonte trat in seine Wohnung, in welcher ihn der Baron erwartete. Dieser bemerkte die Erregung, welche auf dem von Zorn verzerrten Gesicht zu lesen war, und fragte:

„Ah, hat man es mit Ihnen ebenso gemacht wie mit mir? Diese Deutschen haben den Platz behauptet, wie ich sehe?"

„Wie wollen Sie dies sehen?" fragte der andere ergrimmt.

„Nun", lachte der Baron. „Sie haben ja ganz das Äußere eines Schulknaben, welcher die Rute erhalten hat. Das bemerkt man, ohne Menschenkenner zu sein."

„Hole Sie der Teufel!" fluchte Richemonte.

„Ist dies wirklich Ihre Meinung?" klang die boshafte Frage.

„Ja, ganz ernstlich."

„Nun, so will ich, ehe er mich holt, meine irdischen Angelegenheiten in Ordnung bringen, so wie es sich für einen Geschäftsmann schickt und ziemt. Hier, lieber Freund, habe ich einige Papiere, in welche Einsicht zu nehmen ich Sie bitte."

Er zog mehrere Wechsel aus der Tasche und präsentierte dieselben dem Kapitän.

„Die mag der Teufel gefälligst mit holen!" sagte dieser.

Er wendete sich ab, ohne einen Blick in die Papiere zu werfen.

„Gut", sagte der Baron; „er mag sie immerhin holen, aber erst, nachdem sie bezahlt und wertlos geworden sind."

„Aber, zum Donnerwetter, können Sie denn nicht warten, bis ich die Mittel besitze, Sie zu bezahlen? Sie selbst nennen sich meinen Freund. Ist es etwa eine freundschaftliche Handlung, mich jetzt zu drängen, jetzt, in dem Augenblick, der am allerwenigsten dazu geeignet ist?"

„Unsere Ansichten über den gegenwärtigen Augenblick sind da allerdings sehr verschieden. Mir scheint er sehr geeignet zu sein, unsere Angelegenheit in Ordnung zu bringen. Warum soll ich warten, da ich doch weiß, daß Sie nie die Mittel besitzen werden, mich zu bezahlen? Und was unsere für mich so kostspielige Freundschaft betrifft, so hege ich den Grundsatz, daß Verbindlichkeiten zwischen Freunden strenger nachzukommen sei als jeden anderen. Ich habe bereits zu lange und zu viel Nachsicht mit Ihnen gehabt, lieber Richemonte."

„Ich kann nicht zahlen", sagte dieser kurz.

„So wandern Sie in die Schuldhaft."

„So weit werden Sie es nicht treiben."

„Ah, ich werde es doch so weit treiben!"

„Wirklich?" fragte der Kapitän.

Es war bisher erregt in seinem Zimmer auf und ab gegangen. Jetzt blieb er plötzlich stehen, und während er das letzte Wort aussprach, schien seine Stimme zu zittern.

„Wirklich!" antwortete der Baron.

Er erhob sich von seinem Sessel, auf welchem er Platz genommen hatte, trat zu Richemonte, legte diesem die Hand auf die Achsel und fuhr in einem sehr entschiedenen Ton fort:

„Sie wissen, daß ich Ihre Schwester liebe. Ich bin kein junger Geck mehr, und ich kann Ihnen sagen, daß die Liebe eines älteren Mannes eine ganz andere ist, als diejenige eines Menschen, der noch in den Knabenjahren steht. Margot ist schön, ihre Zärtlichkeiten hätten mich reich entschädigt für die großen Verluste, welche ich an Ihnen erleide. Daher versprach ich Ihnen, die Wechsel zu vernichten, falls es uns gelänge, Ihre Schwester mir geneigt zu machen. Da diese Bedingung nicht erfüllt ist, so habe ich auch nicht nötig, mein Versprechen zu erfüllen. Das ist alles, was ich Ihnen zu bemerken habe, um mich zu rechtfertigen, falls es überhaupt einer Rechtfertigung bedürfen sollte."

Der Kapitän stand von ihm, ohne ihn anzusehen. Er blickte finster durch das Fenster auf die gegenüberliegende Häuserreihe. Erst nach einer längeren Pause meinte er:

„Müssen Sie denn nun wirklich jede Hoffnung aufgeben?"

„Jede."

„Weshalb jede?"

„Weil sie ihn liebt."

„Diesen Deutschen? Ah, daß es auch gerade dieser sein muß! Sie meinen, die Sache in Ordnung zu haben, aber ich werde noch ein sehr entscheidendes Wort mit ihnen reden!"

„Sie!" lachte der Baron. „Sie haben ihnen gar nichs zu sagen."

„Ich? Pah, bin ich nicht der Bruder?"

„Wenngleich. Ist sie Ihnen durch ein Testament oder durch die Vormundschaftsbehörde unterstellt worden? Nein. Und selbst wenn Ihnen ein gewisses Recht zustünde, über das Schicksal Ihrer Schwester zu entscheiden, so sind Sie ganz und gar nicht der Mann, dasselbe geltend zu machen."

„Wer sagt Ihnen das?"

„Niemand braucht mir es zu sagen; ich habe es ja jetzt gesehen. Ich habe bei Ihrem Eintritt es Ihnen angesehen, daß Sie zur Tür hinausgewiesen worden sind."

„Ja, sie haben dies allerdings gewagt!" entfuhr es dem Kapitän.

„Also wirklich? Ah, Kapitän Richemonte nimmt vor diesen Deutschen Reißaus!"

„Schweigen Sie!" brauste Richemonte auf. „Sie hätten es ebenso gemacht, wenn Ihnen dieser verdammte Feldmarschall Vorwärts so wie mir entgegengetreten wäre!"

„Ja, wenn der Marschall Vorwärts kommt, so konzentriert sich der Kapitän rückwärts. Wie nennen Sie dies? Ich nenne es Hasenfüßigkeit."

„So sind Sie selbst ein Hasenfuß!" rief der andere, sich sehr beleidigt fühlend. „Sie sind es ja, der bereits vor mir gewichen ist."

„Oh, das trifft nicht! Ihre Position als Bruder ist eine ganz andere als die meinige, da ich ein Fremder bin. Das Wort, welches ich soeben ausgesprochen habe, mag Ihnen nicht recht sein, aber es enthielt dennoch die Wahrheit."

„Inwiefern? Das möchte ich wissen!"

„Erstens haben Sie sich die Tür weisen lassen, und zweitens werden Sie sich ja wohl entsinnen können, daß Sie einem Duell mit dem Deutschen ausgewichen sind."

„Donnerwetter! Sagen Sie mir, Baron, ob ich fechten kann?"
„Sie sind allerdings Meister."
„Und ob ich schießen kann?"
„Sie zielen außerordentlich sicher."
„Nun, habe ich mich also vor einem Zweikampf zu fürchten?"
„Es sollte scheinen, nein."
„Wenn ich also ausgewichen bin, muß es aus einem anderen Grund geschehen sein."
„Möglich; aber ich kenne ihn nicht", sagte der Baron.
„Sie können ihn erfahren. Es ist nämlich uns sämtlichen Offizieren die Kassierung angedroht worden, falls wir uns durch unseren Haß hinreißen lassen, mit einem Deutschen zur Mensur zu gehen. Da haben Sie es."
„Und dies ist die Wahrheit?"
„Gewiß."
„Sie glauben, das Duell wäre verraten worden?"
„Man würde ganz gewiß davon gesprochen haben, denn ich hätte den Kerl getötet."
„So wäre Ihnen doch geholfen gewesen, denn er hätte Ihre Schwester nicht kennengelernt und konnte also nicht als mein Nebenbuhler auftreten. Übrigens ist ein Duell eine Ehrensache, bei welcher jeder Teilnehmer verpflichtet ist, das tiefste Stillschweigen zu beobachten. Wie also hätte diese Sache verraten werden können?"
Der Kapitän zuckte die Achseln und antwortete:
„Glauben Sie, daß diese Deutschen geschwiegen hätten, falls einer von ihnen von mir getötet worden wäre? Sie hätten ihn durch Verrat gerächt, und ich wäre dann doch aus der Armee gestoßen worden."
„Das wird jetzt auch geschehen."
„Ich hoffe es nicht."
„Ich bin überzeugt davon."
„Weshalb?"
„Man wird Sie wegen der Schulden zwingen, Ihren Abschied zu nehmen."
„Pah! Sie werden es nicht wagen, mich meinem Kommandeur anzuzeigen!"
„Wagen? Anzeigen? Wer spricht von Wagen und Anzeigen? Ich werde Ihnen den Greffier – Gerichtssekretär – schicken, der Sie in Wechselhaft bringt; das ist genug. Sobald dies Ihre Vorgesetzten erfahren, können Sie unmöglich in der Armee bleiben."

„Sie aber haben sich dann einen Feind gemacht, den Sie zu fürchten haben."

„Einen Feind? Wer sollte dies sein?" fragte der Baron lachend.

„Ich!" antwortete Richemonte selbstbewußt.

„Sie? Ah, ich habe Sie auf keinen Fall zu fürchten, am wenigsten aber, wenn Sie sich im Gefängnis befinden. Allerdings würde es mir leid tun, in dieser Weise gegen Sie vorschreiten zu müssen. Darum wäre es mir lieb, wenn wir alle Unliebsamkeiten vermeiden und einen Ausweg finden könnten."

Der Kapitän horchte auf. Es war ihm ängstlicher zumute, als er eingestehen wollte, und da der Baron von einem Ausweg sprach, so schien doch noch Hoffnung vorhanden zu sein.

„Suchen Sie."

„Hm", brummte der gewesene Armeelieferant. „Als Sie sich bei Ihrer lieben Mama und Schwester befanden und ich so einsam in Ihrem Zimmer saß, habe ich darüber nachgedacht, ob denn nicht vielleicht eine Abhilfe zu finden sei."

„Nun? Haben Sie einen Ausweg gefunden?"

„Vielleicht."

„So sprechen Sie."

„Man muß da im Sprechen sehr vorsichtig sein. Sie hatten vorhin die Meinung, daß Sie den Deutschen im Duell ganz sicher getötet hätten?"

„Er wäre gefallen", antwortete der Kapitän in sehr bestimmtem Ton.

„Ich glaube es, denn ich weiß, wie Sie fechten. Wenn er nun jetzt noch fiele?"

Der Gefragte blickte den Sprecher rasch an, dann sagte er:

„Sie meinen, daß ich ihn jetzt noch fordern solle? Das geht nicht, das ist unmöglich."

„Ist meine etwas anderes", meinte der Baron langsam und zögernd.

„Was?"

„Könnte dieser Mensch nicht fallen auch ohne Duell?"

Der Kapitän wurde blutrot im Gesicht. Es wandte sich rasch zum Fenster und blickte lange wortlos hinaus. Dann drehte er sich um, trat auf den Baron zu und fragte:

„Sie meinen, daß ich ihn hinterrücks töten soll?"

Der Gefragte lächelte überlegen, zuckte die Achseln und antwortete mit scharfer Betonung:

„Ich sage nichts, sondern ich meine nur folgendes: Der Weg

zum Schuldturm ist Ihnen sicher; sollte aber bis morgen früh der Leutnant Königsau gestorben sein, so vernichte ich die Hälfte Ihrer Akzepte. Die andere Hälfte folgt nach, sobald ich mit Ihrer Schwester verlobt bin.“

Die Augen des Kapitäns zogen sich zusammen, und sein Schnurrbart stieg in die Höhe, so daß es war, als ob er die Zähne fletschen wollte. Es war ganz dasselbe Mienenspiel, welches man auch noch in seinem Greisenalter auf Schloß Ortry an ihm beobachtete. Sein Gesicht hatte dabei das Aussehen eines wilden Tieres, welches mit dem Gebiß droht.

„Das ist deutlich gesprochen, trotzdem Sie nichts sagen wollen“, meinte er schließlich.

„Ich bin zufrieden, wenn ich verstanden worden bin. Was antworten Sie?“

Da faßte der Kapitän den anderen beim Arm, blickte ihn finster an und fragte:

„Sie würden Wort halten in Beziehung der Wechsel?“

„Ja.“

„Und Sie glauben, des Sieges bei meiner Schwester sicher zu sein, falls dieser Königsau stirbt?“

„Vollständig sicher.“

„Gut, abgemacht! Dieser Mensch ist erstens ein Deutscher und zweitens mein Feind. Er soll mir und Ihnen nicht länger im Wege stehen.“

„Wie wollen Sie es anfangen?“

„Nichts leichter als das. Er wird natürlich den Abend bei seiner Braut verbringen.“

„Jedenfalls.“

„Liebende sollen sich sehr viel zu sagen haben. Er wird also sehr spät nach Hause gehen.“

„Dies ist vorauszusehen.“

„Nun gut; er wird zwar nach Hause gehen, aber nicht nach Hause kommen.“

Der Baron nickte schadenfroh. Der Überfall mochte enden, wie er wollte, so hatte er dann den Kapitän in der Hand, mehr noch als jetzt. Er sagte, scheinbar besorgt:

„Ich bin mit Ihnen zufrieden, habe aber zu Ihrem Besten eine Bemerkung zu machen.“

„Reden Sie!“

„Es gibt Fälle, in denen es sehr geraten erscheint, eine Verkleidung anzulegen.“

„Pah!“ sagte der Kapitän in wegwerfendem Ton. „Sie scheinen

mich für einen Dummkopf zu halten. Ich weiß ebensogut wie Sie, was geraten ist oder nicht."

„Nun gut, so sind wir also einig."

„Ich hoffe es."

„So kann ich Sie verlassen. Wo und wann werde ich das Resultat erfahren?"

„Kommen Sie heute abend nach unserem Kaffeehaus. Sie werden mich da früher oder später sehen. Auf alle Fälle hoffe ich, in Ihnen einen Zeugen zu finden, mit dessen Hilfe es mir möglich ist, mein Alibi und also meine Schuldlosigkeit zu beweisen."

„Ich stehe gern zu Diensten und hoffe, daß unser Plan Erfolg haben wird. Adieu, Kapitän!"

„Adieu, Baron!"

Der Baron ging. Er hegte die feste Überzeugung, daß der Kapitän das Seinige tun werde, die Mißachtung, mit welcher man sie beide behandelt hatte, zu rächen. Derselbe blieb in seinem Zimmer zurück, schritt eine Zeitlang in demselben auf und ab und trat dann in ein Nebengemach, in welchem er zu arbeiten pflegte. Diese Arbeit bestand allerdings nur in der Anfertigung eines Briefes oder in dem flüchtigen Durchblättern irgendeines Romanes. Dort hingen verschiedene Waffen an der Wand.

Der Kapitän nahm eine Pistole herab, untersuchte dieselbe und murmelte dabei:

„Es ist die beste, welche ich habe. Mit ihr habe ich noch keinen Fehlschuß getan. Sie würde mich auch heute nicht verlassen. Soll ich mich ihrer bedienen? Hm! Es ist viel Lärm bei solch einem Schuß, und das könnte gefährlich werden. Nein!"

Er hing sie wieder an den Nagel und griff nach einer Stockflinte, welche daneben hing.

„Diese Windbüchse macht kein Geräusch; es wäre besser, sie zu nehmen, auch schießt man aus ihr öfters, ohne laden zu müssen, aber leider ist sie nicht zuverlässig. Nein, auch sie nicht; ich muß sichergehen, denn der Kerl darf mir auf keinen Fall entkommen.

Er hängte die heimtückische Waffe wieder an die Wand und suchte weiter.

„Ah, da ist ein alter venezianischer Banditendolch! Er ist scharf und spitz und aus dem besten Glas gemacht. Beim Stoß bricht die Spitze ab und bleibt in der Wunde stecken, so daß eine Heilung unmöglich ist, wenn nicht eine sehr schwierige und geschickte Operation das Opfer von dem tödlichen Glas befreit. Ein fester und kräftiger Stoß genügt. Diese Waffe ist sicher und still. Kein Laut erschallt, sie werde ich nehmen und keine andere."

Während er in dieser Weise überlegte, wie er seinen Feind am sichersten töten könne, befand sich dieser in der glücklichsten Stimmung bei der Geliebten. Er stand wieder mit ihr am Fenster und hielt sie innig umschlungen, indes der Marschall bei der Mutter saß und sich mit ihr von seinen und ihren Erlebnissen unterhielt. Der Alte konnte sehr liebenswürdig sein, wenn er wollte, und heute war er es im höchsten Grad. Die drei anderen waren über ihn entzückt; er selbst sprach sich immer tiefer in die beste Stimmung hinein und sagte endlich, einen Blick auf das schöne Mädchen werfend:

„Sehen Sie einmal hin, Madame! Da stehen die beiden und halten sich fest, als ob eine ganze Armee anmarschiert käme, um sie zu trennen. Aber so ist die Liebe, und so sind die jungen Leute! Na, erröten Sie nicht, Mademoiselle! Ich bin auch einmal jung gewesen. Jetzt aber freilich bin ein alter Eisbär geworden, um den sich keine mehr bekümmern mag!"

Da faßte sich Margot ein Herz und antwortete:

„Exzellenz meinen doch nicht, daß nur die Jugend imstande sei, Liebe zu erwecken?"

„Ja, gerade dies meine ich, mein Kind."

„Da haben Exzellenz sicher unrecht!"

„Meinen Sie? Können Sie mir Beweise bringen?"

„Ja. Es ist eine alte Erfahrung, daß es Damen gibt, welche für bejahrte Herren schwärmen können. Ich kenne einige meiner Freundinnen, deren Ideal nicht ein Jüngling, sondern ein gereifter Mann ist."

Blücher nickte mit seinem schönen, ehrwürdigen Greisenhaupt und sagte:

„Ja, ich habe einmal mit einem Professor darüber gesprochen, der ein sehr berühmter Psychologe war. Ich glaube, dieses Wort bedeutet Menschenkenner oder Seelengrübler. Dieser Mann sagte, daß besonders unter jungen Damen, unter den sogenannten Backfischen, viele seien, welche am liebsten einen Mann mit grauen Haaren haben möchten. Später aber ändert sich diese Gesinnung, und sie gehen doch in die Falle, welche ihnen ein junger, schmucker Jäger gestellt hat. Unsereiner muß sich also jetzt begnügen, für einen anderen Kastanien aus dem Feuer zu holen, wie zum Beispiel ich für den Leutnant da."

„So bin ich also die Kastanie?" lachte Margot.

„Ja, und zwar ein Kastanie zum Anbeißen. Ich würde – ich

möchte – hm, Donnerwetter, ich wollte, ich dürfte auch einmal anbeißen!"

„Exzellenz sehen aber gar nicht so bissig aus!"

„Meinen Sie?" lachte er fröhlich. „Nun, da irren Sie sich sehr, und das werde ich Ihnen sogleich beweisen. Ein jeder Arbeiter ist seines Lohnes wert, sagen wir Deutschen. Ich habe mich nun ganz fürchterlich abgemüht, um euch zusammenzubringen; belohnt muß ich also werden. Und was denkt Ihr wohl, was ich verlangen werde."

Margot errötete. Sie ahnte, was nun kommen werde.

„Na", fuhr er fort, „das Mädchen wird ja rot wie Zinnober! Es denkt sich also schon, wonach ich Appetit habe. Wird meine Bitte gewährt sein, Mademoiselle?"

„Exzellenz haben sie ja noch gar nicht ausgesprochen", antwortete die Gefragte, noch tiefer erglühend.

„Gut, so will ich es sagen; einen Kuß fordere ich als Belohnung."

Da zog ein lustiges, schelmisches Lächeln über ihr Gesicht, und sie antwortete:

„Einen Kuß? Von wem? Von meinem Bräutigam?"

„Von dem da? Fällt mir gar nicht ein! Was habe ich mit seinem Schnurrbart zu schaffen! Nein, von Ihnen selbst, Mademoiselle. Ich bin allerdings kein Leutnant, der Ihnen das Köpfchen verdreht, aber so einen konventionellen, großväterlichen Kuß wird Ihr schönes Mäulchen doch vielleicht fertigbringen. Nicht?"

„Vielleicht", antwortete sie. „Aber da möchten wir denn doch diesen Leutnant erst vorher um Erlaubnis bitten!"

„Den?" fragte er in komischem Stolz. „Warum den? Fällt mir gar nicht ein! Ich habe Paris und Frankreich erobert, ohne einen Leutnant um Erlaubnis zu fragen. Soll ich mich wegen zweier Lippen an ihn wenden, die doch auch zu meiner Eroberung gehören? Nein. Immer vorwärts, sage ich, und so auch hier. Geben Sie getrost Ihr liebes Mäulchen her! Ich werde es nicht ganz abbeißen, sondern ihm einen Teil davon übriglassen."

Er erhob sich vom Sofa und trat auf das Mädchen zu. Dieses erglühte zwar bis in den Nacken hinab, aber es kam ihm doch zwei Schritte entgegen.

„Exzellenz", sagte Margot, „ein Kuß von Ihnen ist die höchste Ehre, welche einer Dame werden kann. In diesem Sinne wage ich es, Ihrem Befehl zu gehorchen."

„Papperlapapp, ich meine das anders. Aber, na, nur erst her mit dem Ehrenschmatz, dann wird sich das übrige finden."

Er schritt mit der Courtoisie eines Höflings aus der Zeit Ludwigs des Vierzehnten auf sie zu und küßte sie leise und höflich auf die Wange, dann aber sagte er:

„So, das war der Feldmarschall. Nun aber kommt der gute Gebhard Leberecht Blücher dran, der einmal sehen will, ob er nur um seinetwillen und nicht um des Marschalls willen einen herzhaften Kuß erhält. Was meinen Sie, Margotchen?"

„Oh, er ist so lieb und gut, daß er zwei erhalten soll, anstatt einen!"

Dies sagend, legte sie zutreulich, als ob er ihr Vater sei, die Arme um seinen Hals, drückte sich mit ungeheuchelter Zärtlichkeit an ihn und küßte ihn ein-, zwei-, dreimal so herzhaft, wie er es gewünscht hatte, auf die Lippen.

„Alle Wetter", sagte er, „das war eine Delikatesse, wie sie unsereiner jetzt so oft nicht mehr findet!"

Seine Augen glänzten feucht vor Rührung. Er hielt sie noch bei dem Händchen fest und fragte:

„Kam das wirklich aus dem Herzen, du kleine, süße Hexe?"

„Ja, Exzellenz", beteuerte sie.

„Nun, dann habe Dank, meine Tochter! Du hast mir altem Kerl eine Freude gemacht, so groß, wie du es gar nicht denkst. Ich werde euch nicht vergessen und erwarte, daß ihr an mich denkt, wenn ihr einmal einen tüchtigen Jungen habt, zu dem ihr einen Paten braucht. Wenn der alte Blücher Pate steht, so wird wohl unser Herrgott Einsehen haben und einen ganz besonderen Segen drauflegen, da ich armer Teufel doch nichts geben kann, als mein Ja und Amen! Nun aber ist mein Geschäft hier beendet, und ich habe noch anderes zu tun, wobei ich leider keinen Kuß zu erwarten habe. Wie steht es, mein Junge, du bleibst doch noch hier?"

Königsau war mit Blücher gekommen; es wäre der größte Verstoß gewesen, wenn er ihn jetzt hätte allein gehen lassen; daher sagte er, obgleich er am liebsten noch recht lange bei der Geliebten geblieben wäre:

„Wenn Exzellenz erlauben, schließe ich mich Ihnen an. Auch ich habe noch Dienstliches zu tun."

„So mache es rasch ab! Der Dienst hier bei der Herzdame wird dir doch wohl der angenehmste sein, und ich hoffe, daß du dir nichts zuschulden kommen läßt!"

Königsau mußte Margot versprechen, am Abend wiederzukommen; dann verabschiedeten sich die beiden von den Damen, welche die Ehre, den berühmten Feldmarschall bei sich gesehen zu haben, sehr wohl zu schätzen wußten.

Als die beiden Offiziere aus dem Vorsaal traten, öffnete sich die gegenüberliegende Tür, und der Kapitän erschien; er stand im Begriff, seine Wohnung zu verlassen, fuhr aber wieder zurück, als er die beiden bemerkte. Er hatte sich dabei so wenig in der Gewalt, daß sein Gesicht die ganze Fülle des Hasses zeigte, welcher ihn gegen den Leutnant von Königsau erfüllte.

Als dieser mit Blücher die Straße erreicht hatte, fragte ihn der letztere:

„Hast du den Blick gesehen, welchen der Franzmann auf dich warf, mein Junge?"

„Ja."

„Nun, was sagst du dazu?"

„Nichts. Dieser Kerl geht mich nichts an!"

„Nimm es nicht so leicht!" warnte Blücher.

„Er kann mir nichts anhaben."

„In offener, ehrlicher Weise allerdings nicht, aber sein Gesicht gefällt mir ganz und gar nicht. Weißt du, was in seinen Augen zu lesen war?"

„Haß natürlich."

„Haß und Rache, glühende Rachsucht. Mir scheint, daß du dich vor ihm in acht nehmen solltest. Dieser Mensch ist ein Bösewicht, das steht ihm an der Stirn geschrieben."

„Exzellenz mögen recht haben", sagte Königsau nachdenklich. „Er ist dem Baron bedeutende Summen schuldig, und dieser scheint geneigt gewesen zu sein, sie ihm zu schenken, falls er Margots Hand erhält. Aus dem Gespräch, welches ich belauscht habe, geht das deutlich hervor. Ja, der Baron wollte ihm sogar noch eine bare Summe auszahlen, obgleich ich es kaum glaube, daß er ein ehrliches Spiel mit ihm treibt."

„Nun, so schließe einmal weiter! Ich will sehen, ob du nicht auf den Kopf gefallen bist."

„Der Baron drohte vorhin, ihm die Wechsel zu präsentieren. Tut er das, so kommt der Kapitän in das Schuldgefängnis und muß aus der Armee treten. Er wird alles aufbieten, diese Schande zu vermeiden."

„Und auf welche Weise kann dies am sichersten geschehen?"

„Dadurch, daß er mich zur Seite räumt."

„Ja, nur dadurch. Du bist also doch der Dümmste nicht, mein Junge. Seine Augen funkelten wie Katzenaugen, und sein Schnurrbart zog sich in die Höhe, als ob du gebissen werden solltest. Der Kerl plant Schlechtes, er will dir an den Kragen, das war ja ganz deutlich zu sehen. Nimm dich in acht. Du willst heute abend wirklich zu deinem Schatz?"

„Ja."

„Nun, so geh ja nicht unbewaffnet."

Sie trennten sich, und Königsau schritt nach seiner Wohnung, heimlich über den Alten lachend, der da mitten auf dem Trottoir vor der Tür hatte wissen wollen, auf welche Weise er seine Liebeserklärung gemacht habe.

Die Warnung Blüchers ging ihm durch den Kopf. Er vergegenwärtigte sich im stillen noch einmal die ganze Situation; er dachte an das Gesicht, welches ihm der Kapitän gezeigt hatte, und mußte sich sagen, daß daraus die offenste Mordlust zu lesen gewesen war. Er nahm sich vor, höchst vorsichtig zu sein. Die Bevölkerung von Paris war den Deutschen nicht hold; es kamen täglich kleinere Tumulte und Kundgebungen vor, die Sicherheit war eine zweifelhafte; er sandte, als er nach Hause gekommen war, seinen Diener zu einem befreundeten Offizier von den Kürassieren, um anzufragen, ob dieser ihm für heute abend seinen Panzer leihen wolle. Der Betreffende hatte zwar verwundert gelächelt, aber das Verlangte doch ganz bereitwilligst hergegeben.

Als Königsau später zu der Geliebten ging, trug er Zivil, um nicht sogleich erkannt werden zu können, dazu den Küraß unter dem Mantel und eine geladene Pistole in der Tasche. Auch machte er einen Umweg, und erreichte so von der anderen Seite die Straße, in welcher die beiden Damen wohnten.

Auf dem Vorsaal brannte eine Lampe. Beim Schein derselben glaubte er zu gewahren, daß die Tür, hinter welcher sich die Wohnung des Kapitäns befand, um eine ganz schmale Lücke offenstehe, und es war ihm, als ob er ein von innen fest an diese Lücke gedrücktes Auge auf sich funkeln sehe. Er vermied es jedoch, dies näher zu untersuchen, da er nicht wissen lassen wollte, daß er auf seiner Hut sei.

Er klingelte und wurde eingelassen. Margot kam ihm entgegengeeilt und bewillkommnete ihn mit einem herzlichen Kuß. Während der innigen Umarmung fühlte sie die harte Schutzwehr unter seinem Mantel. Sie legte die Hand darauf, blickte ihn erschrocken an und fragte in ängstlichem Ton:

„Was ist das, Hugo?"

„Nichts, mein Kind", antwortete er beruhigend; „nur ein Panzer."

„Ein Panzer? Warum legst du ihn an?“

„Du brauchst keine Sorge zu haben, mein Herz. Ich sollte ihn für einen Freund, welcher bei den Kürassieren steht, aus der Reparatur mitbringen, und ich habe ihn nur deshalb angelegt, weil es zu unbequem gewesen wäre, ihn in der Hand zu tragen.“

Er schien seinen Zweck erreicht zu haben, wenigstens sagte sie kein Wort, welches einen Zweifel verraten hätte. Aber die Liebe sieht scharf, und ein Weib ist oft viel scharfsinniger als ein Mann; es errät auf der Stelle, was der Mann erst nach längerem Sinnen, Schließen und Grübeln erreicht.

Königsau legte im Vorzimmer Mantel, Panzer und Hut ab und trat in den Salon. Kaum jedoch befand er sich mit der Mutter im angeregten Gespräch, so verließ Margot die beiden und suchte das Dienstmädchen auf; sie erkundigte sich bei ihm:

„Ist mein Bruder zu Hause?“

„Bis jetzt war er da; aber soeben hörte ich ihn gehen“, lautete die Antwort.

„Hast du ihn sicher gehört?“

„Ja.“

„Es kann jemand anderes gewesen sein. Geh hinüber und überzeuge dich!“

Die Dienerin hatte die Wohnung des Kapitäns mit in Ordnung zu halten; darum besaß sie einen Schlüssel zu derselben, da sie ihre Arbeiten nur in seiner Abwesenheit besorgen durfte. Sie ging hinüber und kehrte bald darauf mit der Nachricht zurück, daß der Kapitän wirklich gegangen sei. Er hatte sich überzeugt, daß der Deutsche gekommen sei, und da es ihm zu langweilig erschien, einsam zu warten, bis dieser das Haus verlassen werde, so hatte er es vorgezogen, einstweilen ein Café aufzusuchen und dann sein Opfer auf der Straße zu erwarten und zu überfallen.

Margot nahm jetzt den Schlüssel und ein Licht und begab sich nach der Wohnung des Stiefbruders. Wie von einer Eingebung getrieben, durchschritt sie mit dem sie begleitenden Mädchen das vordere Gemach und trat in die zweite Stube, in welcher der Kapitän zu arbeiten pflegte. Sie leuchtete mit dem Licht an die Wand, an welcher die Waffen hingen, und bemerkte einen leeren Nagel. Sie konnte sich nicht sofort besinnen, was hier gehangen hatte, und sie fragte darum das Mädchen:

„Du pflegst auch diese Waffen abzustauben?“

„Ja.“

„Kennst du sie alle?“

„Ich glaube. Ich habe sie ja sehr oft in den Händen gehabt."

„Besinne dich, was an diesem leeren Nagel gehangen hat!"

Die Gefragte blickte ihre Herrin an, einigermaßen befremdet darüber, daß diese sich so plötzlich um die Waffensammlung des Bruders bekümmere, sann aber doch einige Zeit nach und antwortete dann im Ton des Überlegens:

„Ich weiß es für den Augenblick wirklich nicht genau; aber warten Sie, Mademoiselle! Hier die Flinten, da die Pistolen, dort die Degen und dann die Jagdmesser und – ah, ich habe es! Hier hing ein Dolch."

„Ein Dolch?" fragte Margot, welche ihr Erschrecken kaum verbergen konnte.

„Ja, ein Dolch, dessen Griff von schwarzem Holz, die Klinge aber von Glas war. Ich habe mich oft darüber gewundert, warum man solche Dinge aus Glas und nicht aus Eisen gemacht hat. Das Glas ist ja so sehr leicht zerbrechlich."

„Ja, er hatte einen venezianischen Dolch", sagte Margot. „Komm, es ist gut!"

Sie wußte gar wohl, warum man diese Klingen aus Glas macht. Sobald die Spitze auf den Knochen trifft, bricht sie ab, und die Wunde wird dadurch doppelt gefährlich, vielleicht sogar absolut tödlich. Warum hatte der Bruder diesen Dolch mit sich genommen? Sie erriet es. Sie wußte, daß er kein Herz, kein Gemüt hatte; sie kannte ihn als einen harten Egoisten, der selbst ein Menschenleben nicht schonen würde, wenn dasselbe seinen Zwecken im Wege stand. Er hatte seine kalte, allen Gefühles bare Herzlosigkeit ja schon bereits in seinem Verhalten gegen sie und die Mutter bewiesen.

Als sie drüben wieder die eigene Wohnung betrat, forschte sie vergebens in den edlen Zügen des Geliebten. Sie konnte nicht das mindeste Zeichen von Angst oder Besorgnis in ihnen entdekken. Sie gaben nur den frohen Ausdruck des unendlichen Glükkes wieder, welches sein Inneres erfüllte, und sein Auge lachte ihr so offen und unbefangen entgegen, daß sie beinahe überzeugt war, sie allein sei es, welche erraten habe, in welcher Gefahr er stehe.

Sollte sie ihn warnen? Sollte sie seine frohe, glückliche Stimmung vernichten? Sollte sie vielleicht ohne allen Grund und alle Ursache, ihren Bruder, der so schon in so tiefem Mißkredit stand, auch noch in den Verdacht des Meuchelmordes bringen? Sollte sie glauben, daß Königsau ihr wirklich die Wahrheit gesagt habe und den Panzer nur zufällig trage? Oder hatte er, ohne daß sie wußte, auf welche Veranlassung hin, ganz denselben Verdacht geschöpft, den auch sie hegte? Hatte er es vorgezogen, ihr davon keine Mitteilung zu machen, weil er sie nicht beängstigen wollte? Dies Fragen gingen durch ihre Seele, während sie sich möglichst heiter mit ihm unterhielt, um ihre Unruhe zu verbergen.

Aber da kam ihr ein Gedanke. Hatte Königsau wirklich Verdacht geschöpft, so trug er nicht nur den Panzer, sondern jedenfalls noch eine andere Waffe bei sich. Es gab sehr bald einen Grund, sich zu entfernen, und so griff sie im Vorzimmer in die Taschen seines Mantels, welcher dort hing. Sie waren leer. Bereits wollte sie sich beruhigen, da aber dachte sie daran, daß er eine Verteidigungswaffe wohl kaum in den Mantel stecken werde, den er überwarf, und dessen Taschen also nur unbequem zu erreichen seien. Eine Waffe steckt man nur dahin, wo man sie augenblicklich ergreifen kann.

Darum kehrte sie in den Salon zurück, ohne ganz befriedigt zu sein; aber als er einmal neben ihr stand und seinen Arm um sie legte, lehnte sie ihr Köpfchen zärtlich an seine Schulter und fuhr leise und wie liebkosend an seiner Brust herab. Ja, da fühlte sie es. In seiner Brusttasche, welche sehr tief zu sein schien, stak ein Pistol. Sie fühlte die Umrisse desselben ganz genau, ohne daß er es bemerkte, wie ihre Hand mehrere Male leise tastend zu dieser Stelle zurückkehrte.

Jetzt nun wußte sie, daß er ihren Verdacht teilte, und nun trieb es sie, zu sprechen. Sie pflegte vor ihrer Mutter kein Geheimnis zu haben, und so ließ sie sich von der Gegenwart derselben nicht beirren. Sie legte die Hand an seine Tasche und fragte:

„Was hast du hier verborgen, lieber Hugo?"

Er bemerkte erst jetzt, worauf ihre Aufmerksamkeit gerichtet gewesen war; er konnte eine kleine Verlegenheit nicht verbergen, antwortete aber anscheinend unbefangen:

„Hier in dieser Tasche? Das ist meine Pistole, Kind."

„Ein Pistole? Warum hast du sie bei dir?"

„Aus bloßer Gewohnheit. Du wirst glauben, daß wir Offiziere gewöhnt sind, Waffen zu führen, zumal in einer Stadt, welche wir erobert haben, und deren Bewohner uns infolgedessen wohl nicht sehr freundlich gesinnt sein werden."

„So hegst du Besorgnis?"

„Das eigentlich nicht, aber wir stehen auf dem Kriegsfuß und sehen uns vor, selbst wenn wir Zivil angelegt haben. Du weißt ja, daß ihr selbst bei der Demonstration letzthin in Gefahr gekommen seid. Und wieviel mehr müssen wir, die Feinde, Veranlassung haben, auf der Hut zu sein."

„Denkst du dabei an eine bestimmte Persönlichkeit?"

„Nein, Margot."

Er gab sich Mühe, so aufrichtig wie möglich zu erscheinen, und es gelang ihm dies ziemlich gut, so daß sie wirklich annahm, daß er aus allgemeiner Vorsicht die Waffe zu sich gesteckt habe. Aber sie war dennoch nicht vollständig befriedigt und fragte:

„Hast du vielleicht einen persönlichen Feind, dem du nicht traust?"

„Ich glaube nicht."

„Und mit dem Panzer ist es so, wie du mir vorhin erzählt hast?"

„Gewiß, mein liebes Kind."

„Einen Panzer?" fragte da die Mutter. „Was ist's mit dem Panzer?"

„Oh", antwortete Margot, „Hugo trug einen Panzer, als er kam. Er hat ihn im Vorzimmer abgelegt, liebe Mama."

„Einen Panzer haben Sie an?" fragte Frau Richemonte, zugleich erstaunt und besorgt. „Warum diese Vorsichtsmaßregeln? Fürchten Sie eine Gefahr?"

„Ich weiß von keiner anderen Gefahr, als derjenigen, in welcher wir Deutschen hier alle stehen, und die vielleicht ganz illusorisch ist", antwortete Königsau. „Den Panzer trage ich ganz zufällig, und diese Pistole steckt noch seit meinem letzten Ausgang in der Tasche. Die Sache hat ja ganz und gar nichts zu bedeuten."

Damit beruhigte sich zwar die Mutter, nicht aber die Tochter. Diese letztere beschloß, zwar zu schweigen, aber dann später zu handeln. Sie war ein mutiges Mädchen; sie hatte für sich jedenfalls nichts zu befürchten, und sie liebte den Bräutigam mehr als sich selbst. Darum wollte sie ihm bei seinem Fortgehen heimlich folgen, bis sie ihn in seiner Wohnung in Sicherheit wußte.

Aus diesem Grund befahl sie dem Mädchen, ihren Hut und Paletot hinunter nach der Loge des Portiers zu schaffen und diesem zu bedeuten, wach zu sein, da sie noch spät ausgehen werde. Erst als dies besorgt war, gab sie sich weniger ängstlich dem Glück hin, welches sie in der Anwesenheit des Geliebten fand.

Es war ganz so, wie der Baron und der Kapitän gedacht hatten. Die Liebenden hatten sich so vieles zu sagen und zu erzählen, daß eine lange Zeit verging, ehe sie sich zur Trennung entschließen konnten. Als Königsau aufbrach, war es bereits nach Mitternacht.

Er nahm Abschied von der Mutter, die ihn von Minute zu Minute liebergewonnen hatte, legte draußen im Vorzimmer seine Sachen an, und war nicht wenig verwundert, als an Stelle des Mädchens Margot selbst das Licht ergriff, um ihm hinab zu leuchten, da die Hauslampe um Mitternacht verlöscht zu werden pflegte.

Unten am Ausgang umarmte und küßte er sie herzlich.

„Darf ich morgen wiederkommen, mein Leben?“ fragte er.

„Ja, Hugo“, antwortete sei. „Ich werde dich mit Sehnsucht erwarten; darum bitte ich dich, recht zeitig zu kommen. Aber noch um eins habe ich dich zu bitten.“

„Sage es!“

„Sei heute abend recht vorsichtig. Mir ist so außerordentlich bange um dich.“

Er drückte sie innig an sich und flüsterte, ganz glücklich über ihre Ängstlichkeit:

„Das ist die Besorgnis der Liebe, meine Margot. Aus ihr ersehe ich, daß ich dir wirklich teuer bin, und ich danke dir, daß du mich dies wissen läßt.“

„O nein, diese Besorgnis hat außer der Liebe noch einen anderen Grund.“

„Welchen?“

„Mir ahnt, du stehst in Gefahr.“

„Glaube dies nicht. Die Straßen sind ruhig. Gefahr könnte ich nur von einem persönlichen Feind erwarten; aber ich kenne keinen, dem ich eine solche Gewalttätigkeit zutrauen möchte. Übrigens stehen wir ja nicht in der Zeit des Mittelalters und befinden uns nicht in Italien, dem Land der gedungenen Meuchelmörder.“

Sie schauderte. Gerade der Dolch war ja ein italienischer. „Oh, Geliebter“, flüsterte sie, „ich kann nicht anders, ich muß an einen Bestimmten denken, vor dessen Rache du dich sehr in acht zu nehmen hast.“

„Wer sollte dies sein?“

„Mein – Bruder.“

Er fühlte sich betroffen. Also auch sie hatte bereits Verdacht geschöpft! Darum also die Aufmerksamkeit, welche sie seiner Bewaffnung gewidmet hatte! Sie war sehr unruhig; er fühlte dies an dem leichten Beben ihrer Gestalt, darum antwortete er:

„Dein Bruder, oh, er ist ein Bramarbas, im Herzen aber feig. Er tut mir nichts."

„Feig? Nein, feig ist er nie gewesen. Und er ist zu jeder Tat fähig, die er einmal beschlossen hat. Es ist gar traurig, den eigenen Bruder so schildern zu müssen, aber ich muß es zu deiner Sicherheit tun. Er mag kein Meuchelmörder sein, aber ich traue es ihm zum, rohe Arbeiter zu dingen und sie auf dich zu hetzen, um dich zu insultieren."

„In diesem Fall werde ich mich zu wehren wissen, mein Kind. Habe also keine Sorge. Schlaf im Gegenteil recht gut, und träume ein wenig von mir!"

Er nahm, wie er meinte, für heute von ihr Abschied und verließ das Haus.

Draußen war es dunkel; aber der Schein der Sterne erlaubte doch, in einer nicht zu weiten Entfernung die Umrisse größerer Gegenstände zu erblicken. Königsau zog den Mantel fest an, damit ihm dieser bei einer etwaigen Verteidigung nicht hinderlich sei, und holte die Pistole aus der Tasche, deren Hahn er spannte, um schußbereit zu sein. Dann schritt er weiter, seine Schritte möglichst dämpfend, um zu hören, ob ein Verfolger hinter ihm sei.

Am liebsten wäre er mitten auf der Straße gegangen, aber damit hätte er dem Feind verraten, daß er vorbereitet sei. Ging er auf dem Trottoir, so boten ihm die Häuser im Falle eines Kampfes von der einen Seite Deckung.

Auf diese Weise passierte er die Straße, ohne belästigt worden zu sein. Er machte ganz denselben Umweg zurück, den er herwärts gegangen war. So hatte er die zweite Straße erreicht; er befand sich bereits in der zweiten Hälfte derselben, als er sich, obgleich er weder etwas gehört noch gesehen hatte, aus einfacher Vorsicht umwendete. Da war es ihm, als ob er eine dunkle Gestalt bemerke, welche in einer Entfernung von vielleicht fünfzehn Schritt ebenso wie er stehenblieb, um ihre Anwesenheit nicht zu verraten.

„Das ist er", dachte Königsau. „Warte, Halunke, dich werde ich zu täuschen wissen."

Königsau schritt langsam weiter, rückwärts, ohne sich umzudrehen, und behielt die Gestalt fest im Auge, von der er deutlich bemerkte, daß sie ihm mit unhörbaren Schritten folge.

Margot war, sobald der Geliebte gegangen war, in die Loge des Portiers getreten und hatte dort schnell den Paletot angezogen und den Hut aufgesetzt.

„Aber Mademoiselle, wohin wollen Sie noch so spät?“ fragte dieser verwundert.

„Nicht weit, nur um die Ecke“, antwortete sie.

„Aber allein und in den jetzigen Kriegszeiten! Erlauben Sie, daß ich Sie begleite.“

„Ich danke Ihnen! Ich muß allein gehen, ich will etwas beobachten.“

„Ah, ich verstehe“, meinte der Portier pfiffig. „Sie wollen sehen, wohin der Herr gehen wird, welcher Sie soeben verlassen hat.“

„Sie irren“, sagte sie in verweisendem Ton. „Es wird wohl keine anständige Dame einem Herrn nachlaufen, um zu spionieren. Lassen Sie mich so hinaus, daß die Tür kein Geräusch macht. Man darf weder hören noch sehen, daß ich auf die Straße trete.“

Er gehorchte ihr. Als sie sich draußen befand, blieb sie zunächst stehen, um zu lauschen. Königsau war kaum zwanzig Schritt entfernt, auch er war ja einige Augenblicke stehengeblieben, um seinen Mantel festzuziehen und die Pistole hervorzunehmen.

Ihr Auge durchforschte die Straße. Es war, als ob die Sorge ihrem Blick doppelte Schärfe verleihe. Gerade gegenüber löste sich eine dunkle Gestalt vom Torweg ab, huschte mit völlig unhörbaren Schritten über die Straße herüber und schlich dem Geliebten nach.

Das war kein andere als der Kapitän, ihr Bruder. Das Herz zog sich ihr zusammen; ob vor Angst um Königsau oder vor Scham darüber, den Bruder als Meuchelmörder erkennen zu müssen, sie konnte es sich wohl selbst nicht sagen.

Sie hatte aus Vorsorge keine Stiefel angezogen, sie trug dieselben Hausschuhe, welche sie in der Wohnung zu tragen pflegte. Diese waren weich, und darum konnten auch ihre Schritte nicht gehört werden. So folgte sie den beiden durch die Straße und in die Nebenstraße hinein. Dort hörte sie, daß der Geliebte, den sie wohl hören aber nicht sehen konnte, stehenblieb, denn seine Schritte waren verhallt.

„Hat er etwas bemerkt?“ fragte sie sich. „Jetzt wird er vorsichtig sein!“

Einige Sekunden später vernahm sie die Schritte wieder; sie hatten sehr eigentümlichen Klang, den sie sich im ersten Augenblick nicht enträtseln konnte. Bald aber dachte sie:

„Ah, er ist listig! Er tritt erst mit der Sohle und dann mit den

Absätzen auf; er geht rückwärts, um seinen Mann im Auge zu behalten. Jetzt bin ich fast beruhigt."

Sie huschte weiter und erblickte bald den heimlichen Verfolger wieder, der alle seine Aufmerksamkeit so ausschließlich auf den Leutnant richtete, daß er gar nicht bemerkte, daß er eine Person hinter sich habe, die ihn ebenso scharf beobachtete, wie er jenen.

Margot hatte sich nicht getäuscht; es war ihr Bruder. Dieser hatte das Café bereits vor Mitternacht verlassen und sich dann an dem Tor des gegenüberliegenden Hauses auf die Lauer gestellt. Er sah die Schatten der Personen, welche sich droben in der Wohnung seiner Mutter bewegten, sich an den Gardinen abzeichneten und dachte mit Grimm daran, daß sein Todfeind jetzt die Liebkosungen der Schwester empfange, deren Verheiratung mit dem Baron de Reillac ihn, den tief Verschuldeten, von allen seinen quälenden und drückenden Sorgen erlösen konnte.

„Es ist das letzte Mal, daß du bei ihr bist!" murmelte er. „Dieser Dolch soll dafür sorgen, daß du verschwindest und uns den Weg wieder freigeben mußt."

Er zog den Dolch aus der Tasche und setzte die Spitze desselben prüfend an den Finger.

„Er ist spitz wie eine Nadel, in der Wunde umgedreht und dann abgebrochen, bringt er den unvermeidlichen Tod. Hätte ich den Schurken doch bereits vor mir stehen!"

Aber er mußte sich gedulden, bis ihm die Schatten sagten, daß Königsau jetzt aufbrechen werde. Nach einiger Zeit sah er ihn drüben aus dem Tor treten, welches sich hinter ihm schloß.

„Es wird sich dir nicht wieder öffnen! Aber die Pforte der Hölle mag dir offenstehen!"

Er hätte diese Worte am liebsten laut ausgerufen, um seinem ergrimmten Herzen Luft zu machen; aber er mußte schweigen, um sich nicht zu verraten. Wäre es Tag gewesen, so hätte man seine Augen blutgierig funkeln und seine Lippen sich zu jenem häßlichen Fletschen öffnen sehen, welches ihm im Falle des Zornes so eigentümlich war.

Er legte die Hand fester um den Griff des Dolches und wollte seinem Opfer folgen, aber bereits nach dem ersten Schritt blieb er überlegend wieder halten.

„Alle Teufel", brummte er, „meine Stiefelsohlen knarren! Dies würde mich unfehlbar verraten. Daß ich auch nicht daran gedacht habe! Ich muß die Stiefel ausziehen. Aber sie mit mir tragen? Sie würden mich hindern. Soll ich sie hier im Torweg stehenlassen? Es ist ja finster hier. Aber nein. Es könnte jemand aus- oder eingehen wollen und sie finden, und dies könnte mich verraten. Bei solchen Gelegenheiten muß man vorsichtig sein. Ich werde sie doch mit mir nehmen. Trage ich sie in der linken Hand, so hat die rechte genug Kraft und Spielraum, einen guten Stoß auszuführen."

Er zog die Stiefel rasch aus, nahm sie in die Linke und huschte über die Straße hinüber, um dem Leutnant zu folgen, von welchem er sich in solcher Entfernung hielt, daß er die Gestalt desselben trotz der Dunkelheit gerade noch zu erblicken vermochte.

In der Straße, welche er selbst bewohnte, wollte er den Überfall nicht ausführen, um allen Möglichkeiten im voraus vorzubeugen.

„Ich werde ihn gerade in das Herz treffen", sagte er sich. „Er wird niederstürzen ohne einen Laut auszustoßen. Dann beraube ich ihn. Wenn ihm, sobald er gefunden wird, die Börse fehlt samt der Uhr und den Ringen, so wird man einen Raubmord annehmen und nicht denken, daß ein Akt der Rache vorliegt."

So hatte er die Hälfte der Straße passiert, als er bemerkte, daß Königsau stehenblieb. Sofort hielt auch er seine Schritte ein. Die Gier, mit welcher er an seine dunkle Tat dachte, ließ es gar nicht zu, den veränderten Ton von des Leutnants Schritten zu bemerken, der doch Margot sogleich aufgefallen war. Er folgte dem Verhaßten weiter und konnte dies scheinbar sicher, da zur damaligen Zeit die Straßenbeleuchtung in Paris sehr im argen lag. Es brannte keine einzige Laterne.

Da, als die Straße bereits zu Ende war, schien es ihm an der Zeit zu sein. Er eilte rascher vorwärts, bis er den Leutnant so weit erreicht hatte, daß die Entfernung zwischen ihnen höchstens noch vier Schritt betrug. Jetzt erhob er scharf den Blick, um den Stoß mit Sicherheit von hinten führen zu können, wäre aber fast erschrocken zurückgeprallt, denn er bemerkte, daß Königsau rückwärts gegangen war und nun, das Gesicht ihm zugewendet, stehenblieb, um ihn zu empfangen.

„Wer da! Was wollen Sie?" fragte der Leutnant mit lauter Stimme.

Die Bestürzung des Kapitäns hatte nur einen Augenblick gedauert. Jetz galt es, trotzdem der Feind vorbereitet war, das Werk zu vollbringen. Er hielt den letzteren für unbewaffnet und im Nachteil bei einem etwaigen Ringen, und ebenso glaubte er, nicht erkannt zu werden, da es ja dunkel war. Übrigens, was lag daran! Wenn er ihn auch erkannte, ein Toter kann keinen Namen ausplaudern.

„Dich, du Hund!“

Indem er diese Worte mit verstellter Stimme als Antwort rief, warf er sich mit erhobenem Dolch auf Königsau. Der Stoß fuhr hernieder; aber zum Schrecken des Angreifers gab er einen lauten, metallenen Ton und fand einen festen Widerstand. Der Dolch glitt ab und fuhr in den Arm des Leutnants. Dieser hielt mit der Linken den Angreifer beim Arm und rief:

„Töten will ich dich nicht, aber sehen will ich, wer du bist!“

Er drückte hart vor dem Gesicht des Meuchlers seine Pistole ab. Der Schuß blitzte auf und erleuchtete für einen Augenblick das Gesicht desselben hell.

„Ah, Kapitän, ich dachte, daß Sie es seien! Fliehen Sie, sonst erhalten Sie meine zweite Kugel!“

Mit diesen Worten schleuderte er den von der Pistolenflamme halb Geblendeten weit von sich und schickte sich an, seinen Weg weiter fortzusetzen, als er sich von zwei Armen fest umschlossen fühlte. Bereits glaubte er, sich eines neuen Feindes erwehren zu müssen, da aber hörte er in ängstlichem Ton die Worte:

„Hugo, um Gottes willen, hat er dich getroffen?“

„Ah, Margot?“ antwortete er überrascht. „Wie kommst du hierher? Was tust du auf der Straße?“

Sie schmiegte sich fest und innig an ihn und antwortete:

„Ich sah, daß er dir nachschlich, und hatte so große Angst, ich mußte euch folgen.“

„Du sahst es? So bist du aus dem Haus getreten, als ich fortging?“

„Ja. Er stand unter dem Tor gegenüber.“

„Du liebes, liebes, du heldenhaftes Mädchen!“ rief er, sie noch fester an sich drückend. „Was für ein herrliches Weib wirst du mir sein! Aber weißt du, wer es war?“

„Ja“, hauchte sie.

„Nun?“

„Der Kapitän.“

Sie sagte nicht „der Bruder“; sie schämte sich, dieses Wort auszusprechen. Die Sorge um den Geliebten aber war noch nicht beruhigt, sie fragte zum zweiten Mal dringend:

„Hat er dich getroffen?“

„Nein, wie ich glaube. Aber hier stoße ich an etwas. Was ist es?“

Er bückte sich nieder und fand die Stiefel, welche dem Kapitän entfallen waren, als er von dem Leutnant fortgeschleudert worden war.

„Ah, seine Stiefel!" lachte dieser. „Das ist spaßhaft; man wird sie ihm wiederschicken müssen. Aber komm, Kind! Die Leute sind durch meinen Schuß aufmerksam gemacht worden; man öffnet bereits die Fenster und die Türen. Wir wollen gehen."

Er nahm ihren Arm in den seinen, um sie zu führen; da aber fragte sie:

„Du willst wieder zu mir umkehren, Hugo?"

„Ja. Ich darf dich doch unmöglich allein nach Hause gehen lassen!"

„O doch! Du darfst nicht mitkommen, denn er wird dich erwarten und abermals anfallen."

„Glaube das nicht", antwortete er im Ton der Überzeugung; „er ist davongelaufen wie ein Hase. Und wenn er es je wagte, mich abermals anzugreifen, so würde ich ihn niederschießen, obgleich er dein Bruder ist. Komm, Geliebte, damit wir von den Leuten nicht gar noch belästigt werden. Ich müßte den Vorfall erzählen und mag doch nicht als Ankläger auftreten, da es sich um einen Menschen handelt, der dein Verwandter ist, obgleich er es nicht wert ist, es zu sein."

„Du Guter! Du willst ihm vergeben?" fragte sie, indem sie zurückkehrten.

„Ja; aber ich werde ein Wort mit ihm sprechen."

„Tu es nicht; vermeide ihn. Er könnte dir abermals gefährlich werden!"

„Ich werde dafür sorgen, daß dies nicht geschehen kann."

Da auf den Schuß kein weiterer Lärm erfolgte, so machten die Bewohner der Straße ihre Fenster wieder zu. Es kam ja jetzt sehr häufig vor, daß geschossen wurde, und sie dachten, daß sich irgendein müßiger Mensch den Spaß gemacht habe, die Ruhe der Schlafenden zu stören, indem er sich die Mühe gab, ein wenig Pulver zu verblitzen.

Königsau hatte den rechten Arm um die Schultern der Geliebten gelegt und ihren linken Arm um seine Taille gezogen. So schritten sie nebeneinander wortlos hin. Beide nur sich den Gefühlen hingebend, welche die überwundene Gefahr in ihnen hervorgebracht hatte. Da fühlte Margot etwas Warmes und Nasses an ihrem Hals. Sie blieb erschrocken stehen.

„Mein Gott, was ist das?" fragte sei. „Zeig deinen Arm her, mein Hugo."

Er tat ihr den Willen. Sie untersuchte den Arm und sagte dann erschrocken:

„Gott, du bist verwundet! Hier im Oberarm quillt aus einer Wunde Blut."

Er hatte den Stich, welchen er erhalten hatte, bisher gar nicht gefühlt, jetzt aber kam ihm die Empfindung, daß er verletzt worden sei.

„Ist's möglich?" fragte er. „Ich habe es gar nicht bemerkt."

„So komm, komm schnell nach Hause, damit wir die Wunde untersuchen", sagte sie voller Angst. „Gütiger Himmel, es wird doch nicht gefährlich sein!"

„Auf keinen Fall", beruhigte er sie. „Die Klinge des Dolches ist von dem Panzer abgeglitten und hat mir den Arm ein wenig gestreift; weiter ist es nichts."

„Wie gut, daß du den Panzer trugst; er hätte dich sonst getötet!"

Sie zog ihn mit sich fort, erfüllt von jener Angst, welche durch die Besorgnis der Liebe verdoppelt wird. Diese Besorgnis verdoppelte ihre Schritte so, daß er ihr kaum zu folgen vermochte. So erreichten sie sehr bald das Haus, in welchem sie wohnte. Dort gab sie dem Portier das Zeichen zu öffnen. Anstatt in seinem Zimmer an der Schnur zu ziehen, kam er persönlich. Dies benutzte sie, ihn zu fragen:

„Ist, seit ich fort bin, jemand eingetreten?"

„Ja", antwortete er zögernd.

„Wer war es?"

„Oh, Mademoiselle, ich soll es nicht sagen."

„Wer hat es Ihnen verboten?"

„Er selbst."

„Mein Bruder?"

„Ah, Sie wissen es also bereits! Nun, so bin ich also nicht indiskret, wenn ich zugebe, daß er es gewesen ist."

„Also doch. So ist er jetzt zu Hause?"

„Nein. Der Herr Kapitän schien sehr große Eile zu haben."

„So ist er wieder fort?"

„Ja. Als er kam, dachte ich, Sie wären es. Sie wissen, daß ich Sie gern persönlich bediene; darum ging ich heraus aus meiner Loge. Ich erkannte den Herrn Kapitän."

„Was sagte er?"

„Er gab mir fünf Franc und gebot mir, keinem Menschen zu sagen, daß er hiergewesen sei. Es mußte ihm ein kleines, eigentümliches Abenteuer passiert sein."

„Inwiefern?"

„Nun, ich bemerkte zu meinem größten Erstaunen, daß er – daß – daß . . ."

„Nun, was? Bitte, sprechen Sie doch."

„Ich weiß nicht, ob ich es sagen darf, Mademoiselle. Er hat es mir streng verboten."

„Ich glaube doch, daß Sie mit mir, die ich seine Schwester bin, eine Ausnahme machen dürfen."

„Ich glaube das allerdings selbst auch. Ich sah nämlich beim Schein meines Lichtes, daß er keine Stiefel anhatte. Er kam in Strümpfen. Ich traute meinen Augen nicht, aber als er dann den Flur passierte und die Treppe emporstieg, bemerkte ich, daß ich mich doch nicht geirrt hatte. Der Herr Kapitän muß also ein kleines Abenteuer erlebt haben."

„Möglich. Hat er sich lange in seiner Wohnung aufgehalten?"

„Nein, sondern nur eine Minute, gerade so lange, als man bedarf, um Stiefel anzuziehen."

„Und dann?"

„Nun, dann kam er herab. Er trug jetzt Fußbekleidung, nickte mir zu, denn ich war noch nicht in meine Loge getreten und verließ das Haus in größter Eile."

„In welcher Richtung?"

„Rechts. Ich habe sehr genau darauf aufgemerkt, denn die Sache kam mir doch ein wenig ungewöhnlich vor, so daß ich unwillkürlich horchte, wohin er ging. Ich hörte, daß er sich nach rechts wendete, obgleich er sich Mühe gab, leise aufzutreten."

„Ich danke und bitte Sie allerdings, das kleine Vorkommnis nicht zu erwähnen."

„Oh, Mademoiselle, Sie kennen ja meine Ergebenheit", versicherte der brave Mann. „Wenn Sie nicht seine Schwester wären, so hätte ich gar nichts erwähnt. Ein Portier muß verschwiegen sein können. Sie dürfen sich gewiß auf mich verlassen!"

„Das hoffen wir", sagte jetzt Königsau. „Hier haben Sie noch eine Kleinigkeit!"

Er griff in die Tasche und gab dem Portier ein Goldstück. Als dieser das schimmernde Metall funkeln sah, machte er eine tiefe Verbeugung und sagte:

„Sie sind außerordentlich gütig, Monsieur. Eine solche Noblesse ist hier in diesem Hause selten. Sie können ganz und gar auf mich rechnen, meine Herrschaften!"

Er bekomplimentierte sie mit ausgesuchtester Höflichkeit nach der Treppe. Er war im stillen sehr überzeugt, daß diese beiden jungen Leute auch ein kleines Abenteuer erlebt hatten. Der deutsche Offizier hatte ja erst vor kurzem das Haus verlassen, und Mademoiselle Margot war ihm heimlich gefolgt. Als diese beiden jetzt eben verschwunden waren, kehrte er in seine Loge zurück und betrachtete sich jetzt das Goldstück genau.

„Sapperlot!" murmelte er. „Ich glaubte, es seien zwanzig Franken, und nun sehe ich, daß ich gar ein Vierzigfrankstück erhalten habe. Das ist allerdings sehr nobel, außerordentlich nobel. Ein solches Geschenk macht man nicht des Portiers, sondern der Dame wegen, welche sich mit dabei befindet. Ich glaube, dieser deutsche Offizier setzt bei Mademoiselle Margot die Eroberungen fort, welche seine Landsleute in Frankreich gemacht haben! Na, er ist ein feiner Mann, wie ich sehe, und sie ist eine ausgezeichnete Dame; sie passen zusammen, obgleich ich sie lieber einem Franzosen gegönnt hätte." Er steckte das Goldstück in ein heimliches Kästchen, beliebäugelte es einige Augenblicke lang und fuhr dann in seinem Monolog fort:

„Er ging fort, und sie folgte ihm heimlich. Es ist da etwas Ungewöhnliches passiert, und ich halte es für sehr möglich, daß ihr Abenteuer mit demjenigen, welches der Kapitän erlebt hat, zusammenhängt. Na, mich geht dies ja nichts weiter an!"

Er hatte glücklicherweise nicht bemerkt, daß Königsau verwundet war, sonst wäre der Gang seiner Gedanken ein noch viel kühnerer gewesen.

Unterdessen standen die beiden Liebenden droben vor der Mutter, welcher Margot in fliegender Eile das Erlebte erzählte.

„O mein Gott, ist dies möglich!" klagte die erschrockene Frau. „Mein Sohn ein Mörder, ein feiger Bravo, der andere aus dem Hinterhalt überfällt. Es ist mir fast unmöglich, daran zu glauben. Aber, Kind, in welche Gefahr hast du dich dabei begeben!"

Margot war beschäftigt, Wasser herbeizuschaffen und Leinewandstücke zum Verband zu suchen, doch hinderte sie diese eilige Beschäftigung nicht, an der Unterhaltung den lebhaftesten Anteil zu nehmen. Sie überhörte mit Absicht den liebevollen Vorwurf der Mutter und antwortete:

„Wie? Es wird dir schwer zu glauben, daß Albin es gewesen ist?"

Frau Richemonte antwortete mit Tränen des Schmerzes im Auge:

„Leider muß ich zugestehen, daß ich ihm eine solche Schändlichkeit zutraue. Wer an den Gliedern seiner eigenen Familie so handelt wie er, der ist auch instande, einen Fremden, welcher seinen Plänen im Wege steht, hinwegzuräumen. Aber dennoch fällt es mir unendlich schwer, an die vollendete Tatsache zu glauben."

„So sieh seine Stiefel an; sie liegen hier."

„Kind, können es nicht die Stiefel eines anderen Mannes sein?"

„Nein. Der Portier hat bemerkt, daß er in Strümpfen gekommen ist."

„Vielleicht nur ein eigentümlicher Zufall, obgleich ich mir nicht denken kann, auf welche Weise ein Kapitän der Garde dazu kommen kann, in Strümpfen nach Hause gehen zu müssen."

„So werde ich das Mädchen rufen. Sie hat seine Aufwartung übernommen und wird also seine Stiefel ganz genau kennen."

„Nein, nein! Das Mädchen darf in diese Angelegenheit unmöglich eingeweiht werden. Aber beeile dich! Siehst du nicht, daß Herr von Königsau mehr Blut verliert?"

„Mein Gott, ja! Ich mußte doch erst Wasser und Verbandzeug besorgen. Komm her, mein Guter! Mir ist so angst, daß deine Wunde gefährlich ist. Wir legen jetzt nur den Notverband an und werden dann gleich zum Arzt senden."

Königsau antwortete mit beruhigendem Lächeln:

„Fürchte nichts, liebe Margot. Es handelt sich hier jedenfalls nur um einen kleinen Ritz oder Stich, welcher vollständig ungefährlich sein wird."

„So lege schnell ab. Mama wird es gern erlauben."

Frau Richemonte zog sich zurück, da Königsau gezwungen war, sich teilweise seiner Kleidung zu entledigen. Er legte den Panzer und den Rock ab, dessen Ärmel ebenso blutig war wie der des Hemdes. An dem glattpolierten Panzer war die Stelle zu erkennen, welche von der Spitze des Dolches getroffen worden war. Ohne den ehernen Schutz wäre die Waffe vielleicht in das Herz gedrungen.

Margot streifte ihm den Ärmel des Hemdes auf. Sie war todesbleich vor Besorgnis, aber ihre Hände zitterten nicht. Als ihr Auge die Wunde erblickte, stieß sie einen Ruf des Schreckens aus.

„Herrgott! Wie groß und tief, das ist ja gefährlich!" rief sie.

„O nein, liebe Margot", meinte Königsau. „Das sieht jetzt nur so schlimm aus, da alles blutig ist. Nimm den Schwamm und reinige die Wunde, dann wirst du sogleich sehen, daß du dich getäuscht hast."

Sie folgte dieser Aufforderung. Wie schön war sie in ihrer

Angst um den Geliebten. Wie leise und sanft war ihre Berührung. Er bekam hier eine Vorahnung des Glückes, welches er haben werde, wenn dieses schöne, liebevolle Mädchen als geliebtes Weib einst ganz ihm gehören werde. Er blickte nicht auf seine Wunde, sondern nur auf sie, auf ihre erregungsblassen Wangen, ihren vor angstvoller Spannung leise geöffneten Mund, zwischen dessen Lippen die herrlichen Zähne hervorleuchteten, auf ihre dunklen Augen, aus denen unendliche Zärtlichkeit und innigstes Mitleid leuchteten.

Endlich war die Wunde gereinigt und konnte genauer betrachtet werden.

„Sie ist nicht so groß, wie ich dachte. Gott sei Dank!" hauchte Margot. „Aber tief. Nicht?"

„Nein", antwortete er. „Die Spitze des Dolches ist am Panzer abgebrochen, und da der Stoß dadurch geschwächt wurde, so konnte die stumpfe Klinge nicht weit eindringen."

„Aber warum blutest du so sehr? Es ist doch nicht etwa eine Pulsader getroffen?"

„Oh, dann würde die Blutung eine ganz andere gewesen sein, liebes Kind. Das stumpfe Instrument hat natürlich eine weitere Wunde hervorgebracht, als wenn die Spitze sich noch daran befunden hätte. Es sind einige kleinere Äderchen zerrissen worden; das sieht schlimmer aus als es ist."

„Aber durch diesen stumpfen Stich wird die Wunde viel schmerzhafter sein!"

„Ich bin Soldat!" sagte er einfach.

„Huge, lieber Hugo, ich wollte, ich könnte den Schmerz auf mich nehmen!"

Er schlang den gesunden Arm um sie, zog sie an sich, blickte ihr tief, tief in die nassen Augen und fragte mit vibrierender Stimme:

„So lieb, so sehr lieb hast du mich?"

„Unendlich!" hauchte sie, sich an ihn schmiegend.

„Wirklich?"

„O gewiß. Glaube es mir!"

Sie küßte ihn innig auf den Mund und machte sich dann mit allem Eifer daran, den Verband anzulegen. Zehnmal, hundertmal fragte sie nach seinen Schmerzen, und er hatte alle Mühe, die Sorge zu bekämpfen, welche sie um ihn fühlte.

Unterdessen war der Kapitän, nachdem er sich mit neuen Stiefeln versehen hatte, nach dem Café geeilt, in welchem ihn der Baron de Reillac erwartete, um das Ergebnis des Überfalls zu vernehmen. Reillac hatte sich aus Vorsorge ein besonderes Zimmerchen geben lassen, um ungestört mit ihm reden zu können. Dort traf ihn Richemonte.

„Nun?“

In dieser einen Silbe, welche der Baron aussprach, lagen alle Fragen, die er hätte tun können.

„Wein!“

Dies war das einzige Wort, welches Richemonte antwortete. Seine Züge waren in diesem Augenblick eisig zu nennen. Man konnte nichts aus ihnen lesen.

„Ah“, sagte der Baron lauernd. „Diese Antwort gefällt mir. Wer so dringend nach Wein verlangt, der muß eine tüchtige Arbeit, eine lohnende Anstrengung hinter sich haben. Habe ich recht oder nicht, lieber Kapitän?“

„Ja, eine verfluchte Arbeit war es“, antwortete der Gefragte zweideutig.

Der Baron verstand ihn nicht; er glaubte, daß der Anschlag gelungen sei und sagte:

„Nun, da sollen Sie Wein haben, vom allerbesten und so viel Sie trinken wollen.“

Er läutete und gab dem Kellner seine Bestellung. Bis dieser zurückkehrte, verhielten sich die beiden schweigend, aber als die Flaschen entkorkt waren und der dienstbare Geist sich entfernt hatte, griff Reillac zum Glas und sagte:

„Nun leeren Sie Ihr Glas, Kapitän, und erzählen Sie.“

Der Angeredete stürzte sein Glas hinter, stampfte es grimmig auf den Tisch und begann:

„Sie sind ganz glücklich darüber, daß meine Arbeit eine lohnende gewesen ist?“

„Natürlich!“

„Wenn sie sich nun aber doch irren?“

„Wie meinen Sie das?“

„So wie Sie es hörten.“

„Ich sollte mich geirrt haben?“

„Ja.“

„Pah! Sie wollen mich ein wenig auf die Folter spannen und dann mit der guten Nachricht überraschen. Aber mich täuschen Sie nicht. Ich schmeichle mir, Menschenkenner zu sein. So wie Sie hereintraten und so wie Sie hier sitzen, sieht nur ein Mann aus, der von gerade einer solchen Arbeit kommt, wie wir sie besprochen hatten.“

„Da mögen Sie recht haben, obgleich es größere Menschenkenner gibt, als Sie es sind. Ich komme allerdings direkt von einer solchen Arbeit; ob sie aber gelungen ist, das muß man erst wissen."

„Na, ich hoffe doch, daß Sie einen guten Stoß zu führen verstehen."

„Ich denke es auch!" sagte der Kapitän zornig.

„Na, also!" meinte sein Verbündeter im Ton der Befriedigung.

„Aber selbst der beste Stoß kann einmal danebengehen."

„Dann war es eben nicht der beste Stoß, sondern ein sehr schlechter."

„So will ich mich anders ausdrücken: Selbst der beste Stoß kann pariert werden oder auf einen unverhofften Widerstand stoßen."

„Ich denke, Menschenfleisch bietet keinen bedeutenden Widerstand."

„Nein, aber ein Panzer pflegt verdammt hart zu sein."

Der Baron machte eine Miene unangenehmer Überraschung und sagte sehr schnell:

„Sie wollen doch nicht etwa sagen, daß der Kerl einen Panzer getragen hat?"

„Gerade das und nichts anderes will ich sagen!"

„Donnerwetter! Königsau ist doch, wie ich denke, Husarenoffizier, und nur Kürassiere pflegen sich mit Stahl zu umgürten."

„Er trug dennoch einen Panzer."

Der Baron sah dem Kapitän eine Minute lang forschend in das Gesicht, machte dann eine wegwerfende Gebärde und sagte in beinahe beleidigendem Ton:

„Ah, Sie haben einen Mißerfolg gehabt?"

„Leider!"

„Und wollen denselben beschönigen?"

„Fällt mir gar nicht ein."

„Oh, doch fällt es Ihnen ein! Sie haben gar nicht gestoßen, oder vielleicht haben sie ganz und gar auf das Unternehmen verzichtet. Sie sind zu feig gewesen, und um sich bei mir zu entschuldigen, sagen Sie, daß der Mann einen Panzer getragen habe!"

Die Augen des Kapitäns blitzten zornig auf, und seine Lippen öffneten sich, um seine Zähne zu zeigen. Es war abermals jenes gefährliche, raubtierartige Fletschen, welches ihm bis in das späteste Alter eigen blieb. Er erhob sich langsam und drohend.

„Baron!"

Er sagte nur dies eine Wort, aber es lag in ihm ein Grimm, vor welchem selbst Reillac zurückschreckte. Er drückte sich fest an die Lehne seines Stuhles und fragte:

„Was beliebt?"

„Wenn sie noch einmal von Feigheit sprechen, so beweise ich es an Ihrem eigenen ‚Menschenfleisch', daß wirklich nur ein Panzer imstande ist, meinen Stoß aufzuhalten!"

„Donnerwetter, Sie drohen mir?"

„Ja", sagte der Kapitän einfach, indem er sich wieder niedersetzte.

„Das verbitte ich mir."

„Pah! Dieses Verbitten hilf Ihnen nicht das mindeste, wenn Sie fortfahren, mich in dieser impertinenten Weise zu beleidigen."

„Aber Sie wollen mich doch nicht glauben machen, daß Königsau wirklich einen Panzer getragen habe?"

„Glauben Sie es oder nicht! Ich mache mir den Teufel daraus", sagte der Kapitän.

„Aber wie sollte er denn auf diesen Gedanken gekommen sein! Das ist mir unbegreiflich."

„Mir ebenso."

„Sollte er geahnt oder gar vermutet haben, daß er etwas zu befürchten hat?"

„Vielleicht. Fragen Sie ihn."

„Oder tragen diese deutschen Offiziere während der Feldzüge einen Panzer unter ihrem Waffenrock, um während des Gefechtes gegen Hieb und Stich gesichert zu sein?"

„Dummheit! Diesen Gedanken kann nur einer haben, der nicht Militär ist."

„Inwiefern?"

„Der Soldat darf nur die vorgeschriebenen Sachen und Waffen tragen."

„Ah, wirklich?"

„Ja. Übrigens würde man einen Beweis großer Feigheit darin sehen, wenn ein Husar den Stahl eines Kürassiers anlegen wollte. Es wäre ganz um seine Ehre geschehen."

„In der Tat? Das habe ich wirklich nicht gewußt."

„Und sodann gibt es einen sehr naheliegenden Gedanken, auf welchen Sie allerdings nicht gekommen sind, ein Beweis, daß es mit Ihrer Menschenkenntnis nicht weit her ist."

„Sie werden spitz, Kapitän! Das verbitte ich mir! Welchen Gedanken meinen Sie?"

„Selbst wenn es einem Husaren erlaubt wäre, die Eisenweste

zu tragen, so ist der Krieg jetzt doch beendet, wie Sie wissen. Wie kommt dieser verdammte Kerl darauf, mitten im Frieden, und zwar gerade heute, einen solchen Schutz anzulegen?"

„Allerdings unbegreiflich. Sollte er so scharfsinnig sein? Er ist doch ein Deutscher!"

„Sie sprechen den Deutschen also die Fähigkeit ab, scharfsinnig zu sein?"

„Vollständig."

„Da bedaure ich Sie."

„Ah, wie kann ein Barbar Scharfsinn besitzen?"

„Gehen Sie zu den Indianern und zu anderen unzivilisierten Leuten. Diese werden ihnen Beweise eines Scharfsinnes geben, der Ihr größtes Erstaunen erregt."

„Hm, das ist wahr."

„Und zudem sind die Deutschen vielleicht gar nicht so große Barbaren, wie wir denken."

„Verlaufen wir uns nicht in allgemeine Betrachtungen; das kann uns hier ganz und gar keinen Nutzen bringen; bleiben wir vielmehr bei unserem Gegenstand! Also Sie sagen wirklich, daß Sie Fiasko gemacht haben und daß Königsau Ihnen entkommen ist?"

„Ja."

„Alle Teufel! Und nur des Panzers wegen, den er getragen hat?"

„Nur aus diesem Grunde", nickte der Kapitän ergrimmt.

„Erzählen Sie!"

„Er war, ganz wie wir vermutet hatten, bei meiner Schwester und ging sehr spät fort."

„Sie lauerten ihn ab?"

„Ja."

„Welche Waffe hatten Sie?"

„Meinen gläsernen, venezianischen Dolch."

„So ein Stilett ist ein fürchterliches Ding. Wann ging er?"

„Es war bereits Mitternacht. Ich folgte ihm auf dem Fuße."

„Trafen Sie noch in der Rue d'Ange auf ihn?"

„Nein, ich wollte dies vermeiden. Erst am Ende der nächsten Straße ereilte ich ihn. Aber denken Sie sich mein Erstaunen, als ich bemerkte, daß er rückwärts ging."

„Rückwärts? Auf Sie zu?"

„Nein. Er ging seinen Weg fort, aber mit dem Gesicht nach rückwärts gewendet."

„Alle Wetter! Höchst eigentümlich! Höchst sonderbar!"

„Ja; er hatte mich erwartet."
„So hat er Sie kommen gehört und sich zur Verteidigung vorbereitet."
„Er konnte mich nicht kommen hören, denn ich hatte mich meiner Stiefel entledigt."
„Sie gingen in Strümpfen?"
„Ja."
„So ist der Anschlag verraten gewesen."
„Fast möchte ich dies glauben. Aber wer soll dies getan haben? Ich natürlich nicht."
„Und ich noch weniger. Ich habe gegen keinen Menschen eine Äußerung getan, welche auch nur im geringsten auf unser Vorhaben Bezug gehabt hätte."
„Ich auch nicht."
„So ist es unbegreiflich, ja geradezu ein Wunder, daß er unsere Absicht erraten hat. Sie müßten, als Sie ihn mit dem Marschall bei Ihrer Mutter sahen, eine Drohung ausgestoßen haben, infolge derer er auf unsere Fährte gekommen ist?"
„Ist mir nicht eingefallen! Übrigens wissen Sie ja selbst, daß, als ich ihn sah und sprach, von dem Anschlag gegen ihn noch gar keine Rede war. Wir haben uns ja erst besprochen, als ich von ihm nach meiner Wohnung zurückgekehrt war, in welcher Sie mich erwarteten."
„Dann ist die Sache nur um so undurchdringlicher. Aber erzählen Sie weiter. Also er stand bereit, Sie zu empfangen. Sie bemerkten, daß er einen Panzer trug, und verzichteten infolgedessen jedenfalls sofort auf den geplanten Angriff?"
„Das fiel mir nicht ein. Es wäre jedenfalls gut gewesen, wenn ich so gedacht hätte, denn dann wäre er über meine Absicht im unklaren geblieben. Übrigens habe ich den Panzer nicht bemerkt, da es ja dunkel war. Er rief mich an, und ich warf mich trotzdem auf ihn. Ich stieß mit aller Kraft nach seinem Herzen. Ich hätte es sicherlich getroffen; aber der Dolch glitt ab, und die Spitze brach. Erst daran merkte ich, daß er den Panzer trug."
„Der Teufel soll ihn holen! Aber gab es denn keine andere Stelle des Körpers, an welcher ihm ein tödlicher Stoß beizubringen war, zum Beispiel der Hals?"
„Pah! Dazu kam ich nicht. Wir gerieten miteinander in einen Ringkampf. Er hielt meinen Arm fest, und zudem kam eine Person hinzu, deren Gegenwart ich am alllerwenigsten vermutet hätte."

„Wer?“

„Raten Sie!“

„Ich bin nicht allwissend. Wer war es?“

„Hören Sie und staunen Sie: Es war – meine Schwester.“

Der Baron fuhr überrascht empor.

„Unmöglich!“ rief er.

„Haben Sie doch die Güte, zu ihr zu gehen, um sich bei ihr zu erkundigen, ob es wahr ist.“

„Aber wie kommt die dazu, ihm nachzulaufen?“

„Das weiß der Teufel!“

„Es ist kein Zweifel. Sie haben beide geahnt, daß er sich in Gefahr befindet. Margot ist ihm heimlich gefolgt, weil sie Besorgnis um ihn gefühlt hat.“

„Nur auf diese Weise läßt es sich erklären.“

„Also diesem deutschen Laffen läuft sie nach!“ meinte der Baron zornig. „Ich aber werde mit Verachtung abgewiesen. Ah, ich werde ihnen einen Salat einschneiden, den sie schlecht verdauen sollen! Wie ging es weiter?“

„Ich mußte natürlich fliehen, um nicht erkannt zu werden. Hätte ich den Kampf fortgesetzt, so wäre ich vielleicht gar ergriffen worden, da man bereits Türen und Fenster öffnete.“

„Sie meinen also, daß Sie nicht erkannt worden sind?“

„Dort noch nicht.“

„Ah, das ist noch gut!“

„Aber später jedenfalls.“

„Ah, warum?“

„Ich hatte die Stiefel ausgezogen und trug sie bei mir. Während des Kampfes entfielen sie mir. Sie haben sie gefunden, und Margot wird sofort sehen, daß es die meinigen sind.“

„Welch eine Unvorsichtigkeit! Konnten Sie Ihre Fußbekleidung denn nicht irgendwo verstecken?“

„Daß man sie unterdessen fand! Nein. Wäre der Panzer nicht gewesen, so hätte alles die gewünschte Wendung genommen; so aber hat sich alles nur auf das schlimmste zugespitzt.“

„Aber ich sehe doch, daß Sie Stiefel anhaben!“

„Glauben Sie etwa, daß ich in Strümpfen oder gar barfuß hierherkommen konnte?“

„Woher haben Sie die Stiefel erhalten?“

Es sind die meinigen. Ich rannte sofort nach Hause, um ein anderes Paar anzuziehen.“

„Unbemerkt?“

„Hm! Dieser verdammte Portier öffnete persönlich. Ich

glaube, er hat bemerkt, daß ich in Strümpfen war. Aber ich habe ihm befohlen, nichts zu erzählen."

Der Baron lachte höhnisch auf.

„Das war klug von Ihnen", sagte er, „ganz außerordentlich klug, denn nun wird er es erst recht erzählen."

„Das Trinkgeld, welches ich ihm gab, wird ihm den Mund verschließen."

„Ah! Wieviel gaben Sie?"

„Volle fünf Franken!"

„Volle fünf Franken!" rief der Baron mit spöttischem Erstaunen. „Donnerwetter, ist das eine Summe! Na, Kapitän, lassen Sie sich entweder auslachen oder bedauern! Aber der Fehler ist einmal gemacht; er läßt sich nicht ändern. Hat der Portier gesehen, daß Sie das Haus wieder verlassen haben?"

„Ja."

„So wird er Ihrer Schwester, sobald sie zurückkehrte, alles erzählt haben. Was gedenken Sie zu tun, wenn Sie morgen gefragt werden?"

„Von wem?"

„Von Mutter und Schwester, von Königsau selbst, von irgendwem, vielleicht sogar von der Kriminalpolizei, vom Richter."

„Ich werde ihnen geradezu ins Gesicht lachen."

„Gut! Man wird Ihnen nichts anhaben können, denn ich werde Ihr Alibi beweisen, Sie sind während der betreffenden Zeit bei mir gewesen.

„Aber wenn Sie schwören müssen, Baron?"

„So werde ich natürlich schwören. Wir sind Verbündete und müssen uns unterstützen. Ich werde Sie auf keinen Fall sitzenlassen; das ist aber auch alles, worauf Sie von meiner Seite aus rechnen können."

Der Kapitän verstand ihn gar wohl, ließ sich dies jedoch nicht merken. Er füllte sich das Glas, trank es bis zur Neige aus und sagte dann scheinbar gelassen:

„Was wollen Sie damit sagen?"

„Daß wir zu Ende sind."

„Ah, inwiefern?"

„Sie haben Ihre Aufgabe nicht gelöst und sich in eine fatale Lage gebracht. Ich werde Ihnen behilflich sein, aus dieser Lage zu kommen; weiter aber kann ich nichts für sie tun. Ich bin gezwungen, Ihnen morgen Ihre Akzepte zu präsentieren."

„Unsinn!"

„Warum Unsinn? Es gibt nur ein Mittel, diesen Deutschen loszuwerden; das ist sein Tod. Sie haben das nicht fertiggebracht und werden es auch nicht fertigbringen."

„Wer sagt das?"

„Ich, denn ich kenne Sie. Übrigens ist er jetzt gewarnt. Ja, wenn noch heute etwas geschehen könnte. Aber er wird sich nun zu Hause befinden."

„Das bezweifle ich sehr."

„Wieso?"

„Sie wollen Menschenkenner sein? Gestatten Sie, daß ich nicht daran glaube! Mein Dolch ist zwar von der Brust abgeglitten, ihm aber tief in den Arm gefahren; ich habe das ganz genau gefühlt. Glauben Sie, daß meine Schwester ihn gehen lassen wird? Sie hat ihn ganz sicher mit sich zurückgenommen, um ihn zu verbinden."

„Hm, das ist nicht schwer zu glauben! Wenn man nur erfahren könnte, ob er sich dort befindet!"

„Wie ich Margot kenne, so garantiere ich, daß er sich dort befindet. Ich behaupte es."

„Und wann wird er gehen?"

„Jedenfalls nicht sogleich."

„Hm!" brummte der Baron nachdenklich, indem er vor sich hinblickte.

„Was meinen Sie?"

„Ich habe da einen Gedanken."

„Welchen?"

„Ist diese Tür wirklich gut geschlossen, so daß uns niemand hören kann?"

„Gewiß."

Da legte sich der Baron über den Tisch hinüber und fragte mit lauerndem Blick:

„Wollen Sie den Kerl so entkommen lassen?"

„Fällt mir nicht ein!" antwortete der Kapitän finster. „Nun muß er erst recht daran glauben. Es ist mir jetzt ganz unmöglich, meine Rechnung zu zerreißen."

„Aber er wird sich von jetzt an doppelt vorsehen."

„Ist mir gleich."

„Er wird Sie morgen vielleicht anzeigen!"

„Er mag es tun."

„Er wird vielleicht Paris verlassen und uns entkommen."

„Das geht nicht so schnell."

„Oh, man spricht von dem baldigen Abzug der Deutschen!"

„So muß ich um so schneller handeln."
„Gut! Aber wann?"
„Übermorgen, morgen, wenn es paßt. Ich werde es mir überlegen."
„Übermorgen? Morgen? Überlegen? Sind Sie klug oder nicht, Kapitän?"
„Was wollen Sie?"
„Morgen und übermorgen wird es bereits zu spät sein. Wissen Sie, wann gehandelt werden muß?"
„Nun?"
„Bereits heute."
„Alle Teufel, Sie haben es notwendig!"
„Weil dies das klügste und beste ist."
„Aber wissen Sie, was dazu gehört?"
„Nichts als ein klein wenig Entschlossenheit."
„Die ist da. Aber wer schafft mir die passenden Umstände, ohne welche es nicht geht?"
„Ich."
„Sie?" fragte der Kapitän erstaunt.
„Ja, ich", antwortete dieser.
„Erklären Sie sich deutlicher!"
„Nun, die Sache ist sehr einfach. Stirbt der Kerl noch heute, so kann er nicht gegen Sie auftreten, ich zerreiße Ihre Wechsel und bekomme Margot zur Frau."
„Aber der Panzer."
„Wir geben ihm eine Kugel."
„Das macht Lärm."
„Wir stellen uns natürlich nicht hin."
„Sie sagen ‚wir'. Sie meinen also sich selbst mit?"
„Ja. Ich muß Margot partout haben. Ich weiß nicht, wie das kommt, aber ich bin bei Gott in dieses Mädchen vernarrt, daß ich alles hingeben würde, es zu besitzen. Ich sehe ein, daß es für Sie allein schwierig ist, diesem Deutschen entgegenzutreten, und werde Sie unterstützen."
„Das heißt, Sie wollen mich begleiten?"
„Ja."
Der Kapitän sah ihn erstaunt an. Endlich glaubte er zu erraten, welchen Grund der Baron habe, sich persönlich an dieser gefährlichen Affäre zu beteiligen. Er sagte daher:
„Ah, Sie gehen als eine Art Aufseher mit?"
„Hm!" brummte der Gefragte, ohne eine weitere Antwort zu geben.

„Um sich zu überzeugen, ob ich ein Feigling bin oder nicht?"
Richemonte hatte das richtige erraten. Aber Reillac wollte ihn nicht aufs neue erzürnen; daher antwortete er:
„Unsinn! Jemandem eine Kugel durch den Kopf zu treiben ist leichter, als mit dem Dolch in der Faust mit ihm zu kämpfen, wie Sie es ja bereits getan haben."
„Das meine ich auch", sagte der Kapitän befriedigt.
„Ich bin überzeugt, daß Sie keinen Fehlschuß tun werden. Wenn ich erkläre, mich persönlich zu beteiligen, so ist das nicht Mißtrauen, sondern es hat seine Gründe."
„Welche?"
„Es kann einer dem anderen beistehen, wenn irgendein unvorhergesehener Fall eintreten sollte. Sodann ist es diese Nacht sehr finster. Man muß sich vor dem Schuß überzeugen, ob man auch auf den Richtigen zielt."
„Sie meinen, man muß ihn ansehen?"
„Ja."
Der Kapitän lachte.
„Das ist allerdings eine sehr ungewöhnliche Ansicht", sagte er. „Wir ersuchen jeden Vorübergehenden, stehenzubleiben, um sich ansehen zu lassen, und machen also alle Leute auf uns aufmerksam. Und wenn der Richtige kommt, blicken wir auch ihm an die Nase, so daß er Zeit behält, unsere Absicht zu erraten, sich zur Wehr zu stellen und zu entkommen."
„Sie nehmen die Sache allerdings zu hölzern, Kapitän!"
„Wie soll ich sie sonst nehmen, daß Sie sich den Mann erst genau ansehen wollen?"
„Ansehen? Hm!" lächelte Reillac überlegen. „Ich meine sogar, daß wir ihn vorher erst anleuchten werden."
„Sind Sie toll?"
„Wenigstens nicht ganz. Ich habe zu Hause ein allerliebstes kleines Blendlaternchen."
„Das wollen wir holen?"
„Ja. Ferner habe ich ein Paar ausgezeichnete Doppelpistolen. Wir brauchen sie nicht alle zwei. Eine wird genügen", meinte Reillac voll Zuversicht.
„Das ist allerdings angenehm", antwortete Richemonte. „Ich möchte nicht gern abermals nach Hause gehen, was doch geschehen müßte, wenn ich mich meiner eigenen Pistolen bedienen wollte."
„Sehen Sie, daß ich nicht ganz toll bin! Also wir müssen sichergehen. Passanten gibt es nicht viele; wir werden also nicht auf-

fallen. Übrigens werden wir es jedem Kommenden am Schritt anhören, ob er ein Offizier ist oder nicht. Ferner wissen wir nicht, welchen Weg Königsau einschlagen wird, wenn er heimkehrt. Wir werden ihn also vor seiner Wohnung erwarten müssen. Auf diese Weise läuft er uns ganz sicher in die Hände, ohne daß wir einem anderen lästig fallen."

„Aber das Anleuchten?"

„Habe ich nur so gemeint, daß wir ihm, wenn er kommt, das Licht der Blendlaterne für einen Augenblick in das Gesicht fallen lassen. So überzeugen wir uns, daß er es wirklich ist, und zugleich erhalten Sie dabei ein sicheres Ziel. Sie nehmen die Pistole und ich die Laterne. Während ich ihn beleuchte, schießen Sie."

„Hm, das ist wirklich nicht übel ausgedacht! Aber wenn er uns erkennt?"

„Wir werden im Dunkeln bleiben, und zudem wird er von dem plötzlichen Licht so geblendet sein, daß er gar nichts erkennen kann. Übrigens würde er auf keinen Fall etwas verraten können, da er ja bereits im nächsten Augenblick eine Leiche sein wird."

Der Kapitän überlegte noch. Die Sache kam ihm zu rasch. Der verunglückte Anschlag war kaum vorbei, so sah er sich auch bereits vor eine Wiederholung gestellt.

„Und wenn es gelingt, was tun wir?"

„Wir entfernen uns natürlich!" lachte der Baron.

„Wohin?"

„Nach meiner Wohnung. Das gibt ein Alibi."

„Das bezweifle ich. Ihre Leute werden natürlich unser Kommen bemerken; man wird also wissen, daß wir nicht dagewesen sind."

„Ich bedaure Sie, Kapitän. Ich bin nicht so töricht, wie Sie es zu sein scheinen. Meine Leute glauben mich in meiner Bibliothek. Dort brennt ein Licht, und niemand hat Zutritt, nicht einmal mein Kammerdiener, auf den ich mich übrigens verlassen könnte."

„Ah, so haben Sie einen geheimen Ausgang?"

„Natürlich!"

„Oh, Sie sind schlau, Baron!"

„Was wollen Sie! In diesen Zeiten weiß man nie, was passieren kann. Übrigens hat man ja auch sonst seine kleinen Verhältnisse und Abenteuer. Da ist es stets gut, wenn die Dienerschaft mit gutem Gewissen beschwören kann, daß man zu Hause gewesen ist. Ich hoffe, daß Sie meinen Vorschlag annehmen!"

„Hm! Sie werden die Wechsel dann wirklich zerreißen?"
„Ja, auf Ehre!"
„Und mir nach der Verlobung die versprochene Summe ganz gewiß auszahlen?"
„Ich gebe Ihnen mein Ehrenwort!"
„Gut, so stimme ich bei, Baron. Hier meine Hand."
„Und hier die meinige. Topp!"
Sie schlugen ein, und über Königsau war also abermals der Stab gebrochen.
„Da haben wir aber keine Zeit zu verlieren, Kapitän!" meinte dann Reillac.
„Ja, wir müssen eilen. Ich mache einen Vorschlag."
„Welchen?"
„Sie gehen nach Hause, um die Blendlaterne und die Pistolen zu holen . . ."
„Und Sie?"
„Ich gehe nach der Rue d'Ange, um an dem Schatten, den man an den Gardinen sieht, zu erkennen, ob er noch da ist."
„Ah, richtig; das ist gut! Und wo treffen wir uns?"
„Unter dem Tor gegenüber von Königsau."
„Gut. Wie lange bringen Sie zu?"
„Fünf Minuten."
„Und ich zehn. Klingeln sie dem Kellner. Ich werde bezahlen."
Der Kapitän klingelte, und der Baron bezahlte; dann verließen sie das Lokal. Draußen trennten sie sich, da der Kapitän nach links und der Baron nach rechts gehen mußte.
Richemonte hatte gar nicht weit bis zur Rue d'Ange. Sie war finster und leer. Es war bereits spät, und so sah er nur noch einige Fenster erleuchtet. Auch die Wohnung seiner Mutter zeigte Licht. Es huschten Schatten hin und her, und nach einiger Zeit bemerkte er die schattenhaften Umrisse eines Mannes, welche sich deutlich an der Gardine abzeichneten.
„Das ist er", murmelte er. „Gut, daß er noch da ist. Dieses Mal soll er mir nicht entgehen!"
Er wendete sich um und begab sich nach dem Stelldichein.
Der Baron hatte auch keinen sehr weiten Weg zurückzulegen. Er erreichte seine Wohnung sehr bald, trat aber nicht ein, sondern begab sich in ein enges finsteres Seitengäßchen. An dasselbe stieß die Mauer seines Gartens, in welcher es ein Pförtchen gab. Er öffnete dasselbe mit einem Schlüssel, welchen er bei sich führte, und trat in den Garten und von da in den Hof, welcher das Haus von dem letzteren trennte.

Hier gab es eine Veranda, welche auf vier Säulen ruhte. Von einer dieser Säulen zur anderen waren Latten gezogen, an denen sich Schlingpflanzen emporrankten. Diese Latten waren sicher befestigt und vermochten ganz gut einen nicht gar zu schweren Mann zu tragen.

Der Baron kletterte an ihnen empor. Als er sich oben auf der Veranda befand, stand er grade vor einem Fenster des ersten Stockwerkes. Es war von innen verschlossen, und er klopfte leise an eine Scheibe. Nach kaum einer Minute öffnete es sich.

„Wer ist da?" fragte eine leise männliche Stimme.

„Ich", antwortete Reillac.

„Der gnädige Herr?"

„Ja. Bist du denn heute blind, Pierre?"

„Verzeihung, Herr Baron! Es ist heute so finster, daß man nicht zu sehen vermag."

„Tritt weg; ich komme hinein."

„Soll ich Licht anbrennen?"

„Nein. Wir gehen nach der Bibliothek."

Er stieg durch das Fenster in das Zimmer und begab sich von da aus mit dem Diener nach der Bibliothek, welche erleuchtet war und ganz dem Lesezimmer eines Mannes glich, welcher eine Bibliothek nur besitzt, um mit dem Einband der Bücher zu prunken.

Man sieht, daß der Baron gar nicht so unbemerkt in seine Wohnung kam, wie er dem Kapitän glauben gemacht hatte. Der Kammerdiener war sein Vertrauter, auf den er glaubte, sich in allen Fällen getrost verlassen zu können.

Pierre trug graue Livree, Samtgamaschen und ein weißes Halstuch. Er war von ebenso hagerer langer Gestalt wie sein Herr, und hatte ein Gesicht, in welchem sich alle Lüste und Listen sehr deutlich aussprachen. Dieser Mann war jedenfalls in allen gestatteten und verbotenen Genüssen geübt und besaß in seinem spitzigen Fuchskopf die nötige Schlauheit, mit der gesellschaftlichen Ordnung ganz freundschaftlich zu verkommen, obgleich er der ärgste ihrer Feinde war.

„Der gnädige Herr kehren heute sehr früh nach Hause zurück", meinte er.

„Ich gehe wieder."

„Ah, der Herr Baron kommen nur, um einiges Geld zu holen?"

„Nein."

„Ich dachte, der Kapitän hätte nach vollbrachtem Tagewerk . . ."

„... sofort seinen Lohn verlangt?" lachte der Baron. „Nein, er hat seine Arbeit sehr schlecht getan, so schlecht, daß sie ganz und gar mißlungen ist."

„Esel!"

Es war eigentümlich, welchen Ausdruck der Diener in dieses Wort zu bringen vermochte. Verachtung, Stolz, Selbstbewußtsein, demütiges Mitleid, alles das lag darin. Es klang deutlich heraus, daß er es besser getan hätte als der Kapitän. Übrigens verkehrte Pierre mit seinem Herrn zwar höflich und ergeben, aber doch in jener dienstfertig vertraulichen Weise, welche sich gewöhnlich bei älteren Dienern einwurzelt, welche sich in die Geheimnisse ihrer Herrschaft einzuschleichen gewußt haben.

„Ja, ein Esel ist er", meinte der Baron.

„Ein Stich, ein einziger Stich! Wie leicht, gnädiger Herr!"

„Ja. Aber eine Entschuldigung gibt es doch."

„Keine!"

„O doch. Der Deutsche hatte einen stählernen Harnisch angelegt."

„Donnerwetter!"

„Ja. Der Dolch ging nicht hindurch."

„So muß man eben schießen!"

„Allerdings. Wo sind meine Pistolen?"

„Dort im Sekretär. Sie wollen doch nicht ...?"

„Freilich will ich!"

„Selbst ...?"

„Ja", nickte der Baron stolz.

„Kann denn der Kapitän nicht allein ...?"

„Nein. Er braucht einen, der ihn anfeuert. Sind sie geladen?"

„Nein."

„Lade eine, aber sorgfältig!"

„Aber, gnädiger Herr, die Gefahr ...!"

„Pah, es ist keine Gefahr dabei. Es wird so arrangiert, daß wir sicher sind."

„Gewiß?" fragte Pierre im Ton der Besorgnis.

„Ja, habe keine Angst um mich, Alter. Nötigenfalls haben wir unser Alibi."

„Sie sind ja den ganzen Abend zu Hause gewesen und von mir bedient worden. Aber der Kapitän; wie steht es mit seinem Alibi?"

„Er war bei mir."

„Schön!"

Mit diesen Worten öffnete Pierre den Sekretär, nahm den Pistolenkasten hervor und begann eine der Waffen zu laden.

„Wo hast du das Laternchen?“ fragte sein Herr.

„Auch im Sekretär.“

„Setze es instand.“

„Das ist gut, gnädiger Herr. Man weiß nicht ...“

Er schien sich darin zu gefallen, in nur halb ausgesprochenen Sätzen zu reden. Übrigens war die Angelegenheit ja eine solche, über die man sich nicht gern vollständig ausspricht.

„Das Fenster lehnst du nur an, schließt es aber nicht zu“, befahl Reillac.

„Ah, warum, gnädiger Herr?“

„Es ist möglich, daß der Kapitän mitkommt. Er darf nicht wissen, daß ich dich mit in das Vertrauen gezogen habe. Mach schnell. Ich habe nur sehr wenig Zeit!“

Die Pistole war geladen; jetzt wurde die Laterne hervorgenommen.

„Wenn es nur gut abläuft!“ meinte der Diener.

„Wie soll es anders ablaufen!“

„Oh, oft hat in solchen Sachen der Teufel sein Spiel!“

„Na, hier werden jedenfalls wir selbst die Teufel sein“, lachte der Baron.

„Und dennoch ...! Gnädiger Herr, ich liebe die Deutschen nicht; ich gönne diesem Königsau lieber zehn Kugeln anstatt einer; ich an Ihrer Stelle aber würde diese Angelegenheit denn doch auf eine andere Weise zu ordnen suchen.“

„Auf eine andere? Hm! Auf welche?“ fragte der Baron neugierig.

Der Diener spitzte den Mund wie ein Faun, küßte sich die Fingerspitzen und antwortete:

„Auf eine sehr, sehr interessante Weise.“

„Ach, ich kenne deine Pantomimen, weiß aber dennoch nicht, was du meinst. Heraus damit!“

„Hm! Ich setze den Fall, Mademoiselle Margot besäße meine Liebe und versagte mir ihre Gegenliebe, so würde sie doch auf die leichteste Weise der Welt meine Frau.“

„Ah! Laß mich doch diese Weise kennenlernen!“

„Ich behaupte sogar, daß sie mich bitten würde, ihr Mann zu werden.“

„Pierre, du bist nicht gescheit!“

„Aber auch nicht dumm, wie ich zu meinem Ruhm selbst gestehen muß.“

„So sage, wie du sie zwingen willst?"
„Ich würde sie zu mir einladen."
„Und sie kommt auch?"
„Sie kommt sogar in mein Schlafgemach, gnädiger Herr!"
Sein Gesicht nahm jetzt einen so lüsternen Ausdruck an, daß sein Herr lachen mußte.
„Du irrst, alter Schelm!" sagte er.
„Ich bin überzeugt."
„So sprichst du im Delirium!"
„Oh, ich bin sehr bei Sinnen."
„Da kennst du diese Margot nicht!"
„Ich brauche sie nicht zu kennen. Es kommt ganz allein auf die Art an, in welcher sie meine Einladung erhält."
Jetzt wurde der Baron doch aufmerksamer. Er merkte, daß der Kammerdiener irgendeinen Plan hatte; darum fragte er:
„Wie würde deine Art sein?"
„Hm!" brummte der Gefragte nachdenklich. „Je nach den Umständen. Hat Mademoiselle ihren Verlobten bereits einmal in seiner Wohnung besucht?"
„Ich glaube es nicht."
„Erzählten mir der gnädige Herr nicht, daß Blücher den Freiersmann gemacht habe?"
„Ja."
„So steht dieser Königsau bei dem Marschall gut?"
„Höchst wahrscheinlich."
„So, daß dieser ihn auch einmal einladen könnte, mit ihm zu speisen?"
„Gewiß, Blücher soll in dieser Beziehung ja ganz und gar nicht penibel sein."
„Gut, gut, da hätten wir ja gleich einen Modus!"
„Erkläre dich deutlicher!"
„Nun wohlan! Es kommt ein Ordonnanzoffizier in einer Equipage zu Madame Richemonte, natürlich ein deutscher Ordonnanzoffizier, gnädiger Herr."
„Weiter, weiter!" sagte Reillac, ganz begierig, den Plan Pierres zu vernehmen.
„Dieser Offizier bringt eine Empfehlung von dem Marschall; Mademoiselle Margot ist eingeladen, das Souper mit demselben einzunehmen. Ihr Bräutigam ist ebenso geladen, holt sie aber nicht ab, weil er überrascht werden soll. Er weiß gar nicht, daß Mademoiselle erscheinen wird."
„Schlaukopf, ich beginne zu ahnen!"

„Nicht wahr?"
„Aber ein Fehler, ein sehr großer Fehler!"
„Welcher, gnädiger Herr?"
„Die Mutter ist nicht mit geladen; das würde sehr auffallen."
„Ah, sagten der gnädige Herr nicht, daß sie unwohl sei?"
„Allerdings."
„Nun, da hat man ja gleich die gute Ausrede. Die Ordonnanz hat zu melden, daß der Marschall wegen ihres Unwohlseins lebhaft bedaure, die gnädige Frau nicht auch bei sich zu sehen. Das wird wohl genügen?"
„Jedenfalls."
„Nun kenne ich da an der Seine in einem kleinen Gäßchen einen heruntergekommenen Apotheker, welcher davon lebt, daß er gewisse Sachen, welche der Privatmann sonst nicht erhält, an seine guten Freunde verkauft."
„Bist du einer dieser guten Freunde?"
„Ich schmeichle es mir", antwortete Pierre lächelnd. „Er besitzt ein Parfüm, davon einige Tropfen, in ein Taschentuch geträufelt und einer Dame vor das Gesicht gehalten, machen, daß diese sofort die Besinnung verliert."
„Schurke!" lachte der Baron. „Hast du selbst dieses Parfüm bereits erprobt?"
„Mit Ihrer gnädigen Erlaubnis, ja", antwortete Pierre zynisch.
„An wem? An einer Dame?"
„Natürlich! An einem Herrn würde die Probe zu uninteressant sein."
„Du bist und bleibst ein schlechter Kerl."
„Danke, gnädiger Herr!" sagte Pierre mit einer sarkastischen Verbeugung.
„Fahre fort!"
„Also Mademoiselle sitzt mit der Ordonnanz im Wagen. Der Offizier träufelt zwei Tropfen des Parfüms auf sein Tuch und hält es ihr vor das Näschen."
„Du bist bei Gott ein Bösewicht!" bemerkte der Baron.
„Das ist doch erst der Anfang!"
„Weiter. Verliert sie sofort die Besinnung?"
„Sofort", antwortete der durchtriebene Diener.
„Auf wie lange?" forschte der Baron weiter.
„Auf eine halbe Stunde", erklärte der Domestike.
„Es schadet ihr nichts?" fragte der Baron lauernd.
„Im Gegenteil. Es stärkt sie außerordentlich. Sie erwacht wie nach einem langen, gesunden Schlaf und fühlt sich ganz frisch

und wohl", beruhigte der schurkische Kammerdiener seinen würdigen Herrn.

„Und dann? Ah, wo erwacht sie? Beim Feldmarschall Blücher?"

„Damit würde Ihnen wohl nicht gedient sein!"

„Wo denn sonst?"

„Natürlich bei Ihnen."

„Ah, Teufel!"

„In Ihrem Vorsaal, in Ihrem Empfangs- oder Arbeitszimmer; sie wird überhaupt da erwachen, wo Sie es für gut und bequem halten, gnädiger Herr."

„Höre, dein Plan hat vieles für sich, aber er ist etwas zu phantastisch."

„Wieso phantastisch?"

„Er ist nicht gut auszuführen."

„Das finde ich nicht, gnädiger Herr."

„Man muß sich der Ordonnanz und dem Kutscher geradezu auf Gnade und Ungnade ergeben."

„Das ist ganz und gar nicht notwendig."

„Woher die Ordonnanz nehmen?"

„Oh, ich kenne einen jungen Mann, welcher für zwei- bis dreihundert Franken recht gern für eine halbe Stunde die Uniform eines deutschen Offiziers anlegen würde."

„Hat er das nötige Geschick?"

„Oh, sehr! Er ist Schauspieler."

„Hm! Er müßte Deutsch verstehen und sprechen."

„Das tut er vollständig."

„Er müßte verschwiegen sein."

„Das ist er im höchsten Grad."

„Kannst du garantieren?"

„Vollständig!"

„So mußt du seiner sehr sicher sein, denn bei der geringsten Plauderei würdest du deine Stelle bei mir einbüßen. Verstehst du wohl?"

„Ich verstehe, brauche aber keine Sorge zu haben. Der junge Mann ist – mein Sohn."

Der Baron sah den Diener ganz erstaunt an.

„Dein Sohn?" sagte er. „Du warst ja nie verheiratet! Oder hast du mich da getäuscht?"

Pierre zuckte die Achseln, ließ ein leises Hüsteln hören und antwortete:

„Ich belüge den gnädigen Herrn niemals. Ich bin zwar unverheiratet, aber doch der Vater dieses jungen Mannes. Man hat so seine kleinen Fehler, gnädiger Herr!"

„Gut, gut! Weiß er denn, daß er dein Sohn ist?"

„Freilich. Ich habe ihn ja auf meine Kosten erziehen lassen. Seine Mutter ist jetzt tot. Sie war eine Deutsche; darum versteht er ihre Sprache wie das Französische."

Der Baron fühlte sich von diesem Plan so eingenommen, daß er gar nicht daran dachte, daß der Kapitän bereits auf ihn wartete. Er schritt im Zimmer auf und ab und begann zu überlegen, während der Diener ihn mit heimlichem Lächeln betrachtete.

„Hm, hm!" sagte er endlich. „So hast du also dieses Mädchen unglücklich gemacht?"

„Unglücklich? O nein. Sie war ja eine Deutsche, und diese sind ja immer froh, wenn sie im Arm eines Franzosen liegen können."

„Ist dein Sohn in Paris?"

„Ja."

„Er könnte also zu jeder Zeit zur Verfügung stehen?"

„Zu jeder Zeit. Er ist jetzt ohne Anstellung und privatisiert."

„Gut. Aber der Kutscher! Wo nimmt man einen verschwiegenen Kutscher her?"

„Auch dafür ist gesorgt. Ich weiß einen, auf den Sie sich verlassen können."

„Wo? Wer?"

„Hier, ich selbst."

„Ah, alle Wetter, an dich habe ich ja gar nicht gedacht! Du hast ganz und gar recht; du bist ein Schlaukopf erster Güte. Aber den Wagen? Ich darf doch meinen eigenen Wagen nicht nehmen; das könnte mich schließlich verraten."

„Ich kenne einen Verleiher von Equipagen, gnädiger Herr."

„Ist er sicher?"

„Er braucht gar nicht sicher zu sein, denn er wird nicht erfahren, wozu ich den Wagen brauche."

„So wird er ihn dir nicht geben."

„Oh, sehr gern. Wir sind sehr gute Bekannte. Er ist Stammgast der Weinstube, in welcher ich zuweilen verkehre, wenn der gnädige Herr mir Urlaub geben."

„So! Hm! Ich werde mir deinen Plan überlegen. Er bietet mir eine treffliche Chance, falls meine sonstigen Bemühungen vergeblich sein sollten. Die Bedenken, welche ich vorhin hatte, sind verschwunden, aber die größte Schwierigkeit kommt später."

„Wieso?"
„Wie die Mademoiselle hereinbringen?"
„Oh, durch den Garten."
„Man wird es bemerken."
„Nein, denn die Diener werden Erlaubnis erhalten auszugehen. Sie sind fort."
„Richtig, das geht! Aber dann das Erwachen!"
„Wird ein sehr interessantes sein."
„Im Gegenteil. Was wird sie sagen, was wird sie tun? Wird sie schreien?"
„Jedenfalls nicht, denn sie wird gebunden sein und einen Knebel haben."
„Donnerwetter! Ich bin kein Bandit!"
„Aber ein vorsichtiger Mann, gnädiger Herr. Später kann man die Dame befreien, denn sie wird von selbst schweigen."
„Aber wenn sie es nicht tut?"
„Oh, es liegt zu sehr in ihrem eigenen Interesse! Sie wird nach Hause zurückkehren, als ob sie bei dem Marschall soupiert habe. Ihr Geliebter wird erfahren, daß dies nicht wahr ist, sie kann ihm nicht sagen, wo und wie sie diese Stunden verbracht hat; sie werden sich entzweien, und der gnädige Herr hat dann freies Feld."
„Pierre, du bist wirklich ein Satan; aber deine Gedanken sind gut und richtig. Ich werde mir diesen Plan reiflich überlegen. Jetzt aber – Donnerwetter, ich muß fort; der Kapitän wartet auf mich!"
Er steckte die Pistole und die Laterne zu sich und schickte sich an zu gehen.
„So wollen der gnädige Herr wirklich auf ihn schießen?" fragte Pierre.
„Ich nicht. Richemonte wird es tun."
„Aber der Herr Baron werden zugegen sein?"
„Allerdings."
„So bitte ich untertänigst, sich nicht zu sehr zu exponieren. Die Sache hat Gefahr."
„Weiß es, Pierre. Ich werde vorsichtig sein. Also schließe das Fenster von innen nicht zu. Kommen wir zu zweien, so läßt du dich nicht eher sehen, als bis ich dich hole."
Er kehrte in das Zimmer zurück und stieg zum Fenster hinaus und an der Veranda hinab. Er gelangte auf demselben Weg, den er gekommen war, wieder auf die Straße und begab sich eiligst nach dem Stelldichein.

Dort war er von dem Kapitän bereits seit langer Zeit ungeduldig erwartet worden.

„Mein Gott, wie lange bleiben Sie denn?“ fragte Richemonte.

„Es ging nicht eher. Der Weg war mir durch ein Liebespaar verlegt“, antwortete Reillax.

„Der Teufel hole die Liebespaare! Ich warte bereits seit drei viertel Stunden!“

„Ist er schon vorüber?“

„Nein, er muß aber jede Minute kommen. Haben Sie die Laterne? Es ist finster wie in einem Sack.“

„Ich habe sie und werde sie gleich anstecken.“

„Und die Pistole?“

„Ja. Hier ist sie.“

„Geladen?“

„Beide Läufe.“

Der Kapitän erhielt die Waffe und untersuchte sie mit den Fingern vorsichtig, ob er sich auf sie verlassen könne. Unterdessen trat der Baron in den tiefen Torbogen zurück und brannte seine Laterne an. Dann steckte er sie, zugeklappt, in die Außentasche seines Rockes, bereit, sich ihrer augenblicklich zu bedienen.

„Jetzt hinüber auf die andere Seite“, sagte er, „dort wohnt er ja.“

„Halt!“ sagte der Kapitän. „Vorher müssen wir unsere Rückzugslinie besprechen.“

„Wozu?“

„Man kann nie wissen, was passiert. Im Falle eines Mißlingens haben Sie mir ja versprochen, mir behilflich zu sein, mein Alibi beizubringen.“

„Gut. Sie bleiben diese Nacht bei mir, Sie sind überhaupt wärend des ganzen Abends bei mir gewesen.“

„Wir werden uns also nach Ihrem Hause flüchten, falls uns hier etwas Unerwartetes begegnen sollte?“

„Ja, aber nicht nach der vorderen Tür. Kennen Sie das kleine Nebengäßchen?“

„Ja.“

„Mein Garten stößt daran. In der Mauer befindet sich ein kleines Pförtchen, sehr leicht zu treffen, da es das einzige im Gäßchen ist. Dort erwarten wir einander, wenn wir ja gezwungen sein sollten, uns zu trennen. Jetzt kommen Sie. Aber schießen Sie nur dann, wenn wir wirklich Königsau vor uns haben!“

Sie schritten leise über die Straße hinüber und warteten. Es verging einige Zeit, da hörten sie nahende Schritte. Sie drückten sich sehr tief an den Türbogen, um nicht sofort gesehen zu werden. Der Kapitän zog die Pistole hervor, und der Baron fuhr mit der Hand nach der Laterne.

„Aufgepaßt!" flüsterte der letztere. „Das wird er sein. Sobald er hier bei uns stehenbleibt, um dem Portier zu klingeln, leuchte ich ihm plötzlich ins Gesicht. Sie halten ihm den Lauf dicht an die Schläfe und drücken los. Er ist sofort tot."

Die Schritte kamen immer näher. Da sagte der Kapitän leise: „Dieses Mal ist es nichts. Die Schritte klingen nicht wie diejenigen eines Offiziers. Aber seien wir trotzdem gefaßt. Geht er vorüber, so ist er es auf keinen Fall."

Der Erwartete kam langsam herbei. Den beiden Lauernden klopfte vor Erregung das Herz, dieses Mal jedoch unnützerweise. Der Mann ging vorüber.

Erst nach einer Pause meinte der Kapitän:

„Ich hatte recht, aber ich wollte, Königsau wäre es gewesen."

„Warum?"

„So wäre jetzt die Geschichte vorüber."

„Ah! Haben Sie Angst?"

„Pah, Angst! Sie tarieren mich noch immer zu niedrig, wie ich höre. Aber warten wir!"

Und sie warteten. Es vergingen kaum zwei Minuten, so hörten sie abermals Schritte, welche sich auf ihrer Seite der Straße näherten. Richemonte lauschte und erklärte dann:

„Das ist ein Soldat, das ist ein Offizier."

„Wirklich?"

„Ich gehe jede Wette mit ein."

„Gut, Sie sind in diesem Fach Kenner. Geht er vorüber, so ist es wohl ein anderer, bleibt er stehen, so werde ich ihn anleuchten. Aber nur schießen, wenn er es ist."

Die kräftigen, militärischen Schritte kamen näher. Jetzt war jener noch zehn Schritt von ihnen entfernt, dann acht, sechs, vier — da blieb er stehen. Sie konnten wegen der Dunkelheit nicht sehen, was er tat, aber es schien, als ob er emporblicke, um die Fensterfront zu mustern. Der Kapitän stieß den Baron an. Dieser zog die Laterne vor, richtete die vordere Seite genau auf die Gestalt und öffnete. Sofort wurde diese von einem hellen, blendenden Licht überflutet, während die beiden anderen im tiefsten Dunkel standen.

„Donnerwetter!" rief der Mann, und dann fügte er in gebrochenem Französisch, welches ganz schrecklich klang, hinzu: „Wer seid ihr? Was macht ihr hier?"

Die beiden Männer waren fürchterlich erschrocken, denn sie hatten – den Feldmarschall Blücher erkannt. Der Baron klappte schleunigst seine Laterne zu, um zu verhüten, daß ihr Licht auf ihn selbst falle. Dabei aber machte er mit der Hand eine unwillkürliche Drehung, und das Licht fiel auf einen kurzen Moment seitwärts, wo der Kapitän stand. Dieser hatte die Pistole bereits zum Schuß erhoben gehabt, aber vor Schreck die Hand halb wieder sinken lassen. Der Lichtblitz fiel nicht auf ihn, aber doch auf die Hand, welche die Pistole hielt. Blücher war zu sehr Soldat, um nicht die Waffe sofort zu bemerken, aber er besaß auch Schlauheit genug, um einen Fehler zu vermeiden. Als die beiden infolge ihres Schreckens nicht antworteten, wiederholte er:

„Ich frage, wer ihr seid und was ihr hier wollt."

Da faßte sich der Kapitän und antwortete:

„Wir sind crieurs de nuit – Nachtwächter."

„Warum steht ihr hier?"

„Wir warten hier auf unsere Ablösung."

„So, so! Zeigt doch einmal eure Gesichter! Nehmt die Laterne heraus!"

Das war ein schlimmer Befehl, aber der Baron wußte sich zu helfen. An der Laterne befand sich ein kleiner Schieber, um das Licht auszulöschen. Ein leichter Fingerdruck genügte, um dies zu bewirken.

„Sogleich", antwortete er.

Bei diesem Wort griff er in die Tasche, drückte an dem Schieber und zog die Laterne hervor.

„Ah!" meinte er in bedauerndem Ton „Sie ist soeben ausgelöscht."

„So mag es sein. Gute Nacht!"

Mit diesen Worten wandte Blücher sich um und schritt weiter.

„Donnerwetter, der Marschall!" sagte der Kapitän. „Wer hätte das gedacht!"

„Und in Zivil! Sie hatten doch recht, daß es ein Offizier sei."

„Wissen Sie, Baron, daß wir einen großen Fehler begangen haben?"

„Welchen?"

„Ich sollte ihn niederschießen."

„Himmel! Warum?"

„So wäre Frankreich gerächt gewesen."

„Allerdings, und ich auch, denn er hat den Freiersmann gemacht."

„Ich war bei Gott ein Tor!"

„Nein, es ist so besser. Hätten wir jetzt geschossen, so wäre uns Königsau entgangen, und daß wir ihn treffen, ist jetzt die Hauptsache."

Die beiden fühlten es bereits, aber sie gaben sich keine Rechenschaft darüber, daß es der Eindruck der gewaltigen Persönlichkeit des Marschalles und seines Rufes gewesen war, der sie erschreckt und verwirrt hatte. Dieser Eindruck ist sehr wohl imstande, eine bewaffnet erhobene Hand wieder sinken zu lassen.

„Ob er auch glaubt, daß wir Nachtwächter sind?" fragte Richemonte.

„Es klang nicht so."

„Ja, er wollte uns sehen. Wie gut, daß Sie den Gedanken hatten, die Laterne zu verlöschen. Er hätte uns sofort erkannt."

„Ganz gewiß. Es scheint mir nun nicht mehr ganz geheuer zu sein. Ich möchte wissen, ob er in seine Wohnung tritt oder nicht."

„Warum?"

„Tritt er ein, so ist alles gut. Geht er weiter, so ist sehr zu befürchten, daß er erraten hat, auf wen wir warten."

„Horchen wir also!"

Sie lauschten, aber es ließen sich keine Schritte mehr hören.

„Er scheint doch hineingegangen zu sein", meinte der Kapitän. „Man hört nichts."

„Hm, ungewiß! Wir haben gesprochen, anstatt aufzupassen. Aber wir müssen Gewißheit haben, denn das ist das notwendigste jetzt."

„Wie diese aber bekommen?"

„Sehr leicht. Er hat doch zwei Ehrenposten an der Tür. Ich gehe hin und frage."

„Gut. Aber wenn inzwischen Königsau kommt?"

„So geben Sie ihm die Kugel oder alle beide. Ich gehe."

Er ging langsam im gemütlichen Schritt eines aus dem Wirtshaus Heimkehrenden links hinauf, wo das Palais stand, welches Blücher bewohnte. Die beiden Posten standen zu seiten des Portales.

„Guten Abend", grüßte er. Einer der beiden radebrechte ein wenig Französisch und erwiderte den Gruß.

„War der Mann, welcher jetzt kam, der Feldmarschall Blücher selbst?"

„Ja“, antwortete der Posten auf diese Frage.
„Ist er weitergegangen?“
„Nein.“
„Also eingetreten?“
„Ja.“
„Ich danke!“

Der Baron wandte sich befriedigt um und kehrte zu seinem Gefährten zurück, dem er die erhaltene Auskunft mitteilte. Er bückte sich dann nieder und zündete seine Laterne von neuem an, um bereit zu sein, wenn ihr Opfer erscheine.

Sie hielten sich wieder für sicher und doch täuschten sie sich. Blücher war seiner persönlichen Schlauheit wegen bekannt. Er hatte Verdacht gefaßt, sich aber wohl gehütet, ihn merken zu lassen. Als er von ihnen fortging, murmelte er:

„Nachtwächter wollen sie sein? Warte, ich werde sie benachwächtern! Der eine hat die Laterne und der andere die Pistole? Verdammte Bande ist es, die hier irgendeinem auflauert. Und wer ist dieser eine? Tausend Teufel, doch nicht etwa der Königsau? Ich habe ihn gewarnt. Man will ihm zu Leibe! Sollte er noch bei seinem Mädel sein? Das ist unmöglich, obgleich es sehr spät ist, denn ein Verliebter horcht auf keinen Schwarzwälder Perpendikel. Ich muß sogleich hinschicken, aber wen? Wer weiß das Haus, und wer findet es? Niemand. Ich muß selber hin!“

Er wendete sich sofort um, blieb aber unter dem Eindruck eines neuen Gedankens stehen. Er schlug sich mit der Hand an den Kopf und brummte:

„Was? Feldmarschall willst du sein? Ein Dummhut biste! Wenn du an den zwei Kerls vorübersaust, so merken sie den ganzen Kram! Ja, ich muß einen Umweg machen. Aber, zum Teufel, ja, wenn nun die Kerle bereits Unrat gewittert hätten, he? Vielleicht haben sie gemerkt, daß ich ihnen nicht traute; denn ich wollte, daß sie sich anleuchten sollten. Der Halunke hat die Laterne jedenfalls mit Fleiß ausgelöscht. Hm! Wenn sie denken, daß ich Verdacht geschöpft habe, so werden sie jedenfalls zum Posten gehen und sich erkundigen, ob ich mich ins Nest gelegt habe oder nicht. Höre, Blücher, du bist doch nicht so dumm, als ich soeben dachte! Du hättest Polizist oder Amtskopist werden können! Aber wartet, ihr Kerle, ihr sollt mich nicht beluchsen! Euch mache ich ein X für ein U, daß ihr alle beide blau und rot anlaufen sollt, wie die Altenweibernasen um Weihnachten herum!“

Er ging rasch auf sein Palais zu. Die Posten hörten ihn kommen. Als er tat, als ob er eintreten wolle, rief der eine:

„Halt! Werda?“

„Junge, sei nicht voreilig!“ meinte Blücher gutmütig. „Ich bin's!“

„Wer denn?“

„Nu, ich!“

„Das ist kein Name. Hier darf ohne Erlaubnis niemand passieren.“

„Hm, ihr bewacht mich wirklich gar nicht übel! Hört, kennt ihr denn den alten Blücher nicht, he?“

„Wir kennen ihn.“

„Na, da guckt mir doch einmal unter die Haube.“

„Es ist zu dunkel hier draußen. Treten Sie unter die Einfahrt, wo die Lampe brennt; da werde ich Sie ansehen.“

„Schön mein Junge. Du packst die Sache gar nicht schlecht beim Kragen an.“

Er tat die paar Schritte bis hinter das Portal, wo eine Lampe eine spärliche Helle verbreitete, man aber doch ein Gesicht deutlich erkennen konnte.

„Na, da komm her, du ungläubiger Thomas Zebedäus und setz die Brille auf“, meinte Blücher. „Viel Gescheites wirste aber wohl nicht sehen!“

Der Posten betrachtete den Marschall; er erkannte ihn, erschrak aber nicht im geringsten. Er kannte die Eigentümlichkeiten des Alten und wußte, daß er ganz sicher bestraft worden wäre, wenn er ihm erlaubt hätte, zu passieren.

„Na, kennste mich jetzt?“ fragte Blücher.

„Zu Befehl, Exzellenz“, antwortete der Mann präsentierend.

„Höre, tu die Flinte weg, sie könnte losgehen! Wie meinste denn, darf ich eintreten, oder muß ich draußen herbergen?“

„Exzellenz können passieren.“

„Gut, mein Junge! Jetzt haste deinen Willen gehabt, und nun werde ich dir zeigen, daß ich auch den meinigen haben will. Ich werde den Kopf aufsetzen und nun gerade erst recht draußen bleiben. Aber merkt euch eins, ihr Kerle: Es wird jetzt vielleicht jemand kommen, der nachfragt, ob ich hier eingetreten oder ob ich weiter fortgeschlumpert bin. Dem macht ihr weiß, daß ich zu Bett bin. Verstanden.“

„Zu Befehl, Exzellenz!“

„Schön! Na, haltet die Augen auf, daß sie mich nicht mausen. Und weil ihr so auf dem Damm seid, da sollt ihr euch eine Freude machen. Hier, da habt ihr jeder ein Achtgroschenstück!“

Er griff in die Tasche und hielt ihnen das Geld hin.

„Exzellenz verzeihen!“ meinte der eine in beider Namen. „Auf Posten darf man keine Geschenke annehmen. Eigentlich müßte ich Sie melden!“

Da klopfte ihm der Alte auf die Achsel und sagte:

„Du bist ein Luderkerl! Ich glaube, dir maust keiner das Pferd unter den Beinen heraus. Kommt morgen früh um neun zu mir, da sollt ihr anstatt der Achtgroschenstücke jeder einen Speziestaler erhalten und eine Pfeife Tabak dazu. Aber melden müßt ihr mich, daß ich euch habe verführen wollen. Verstanden?“

„Zu Befehl, Exzellenz!“

„Gut, also melden! Das bitte ich mir aus, sonst soll euch der Teufel Purzelbäume schlagen, ihr Himmelsakramenter!“

Er ging fort. Er merkte, daß er sich bei den beiden Soldaten doch etwas zu lange aufgehalten hatte; darum nahm er jetzt einen sehr eiligen Schritt an. Kurz nach seinem Fortgang kam auch wirklich Baron Reillac, um sich nach ihm zu erkundigen, und erhielt die von dem Marschall anbefohlene Anwort.

Blücher gelangte auf seinem Umweg nach der Rue d'Ange und sah, daß in der Wohnung der Frau Richemonte noch Licht sei. Er klingelte dem Portier. Dieser dachte, ein Bewohner des Hauses kehre heim und kam nicht heraus, sondern zog nur an der Leine, so daß die Tür aufging.

Blücher wollte keine Zeit verlieren, mit ihm zu reden, sondern stieg schnell die ihm bereits bekannte Treppe hinauf und klingelte am Vorsaal.

Drin ertönten zögernde Schritte; die Tür wurde geöffnet, und Margots Köpfchen erschien.

„Wer ist da?“ fragte sie in den dunklen Vorplatz hinaus.

„Ich, mein liebes Fräulein!“

Beim Klang dieser Stimme wäre ihr vor Überraschung fast das Licht aus der Hand gefallen. Sie war zwar im Negligé, machte aber doch die Tür weit auf und sagte:

„Exzellenz, Sie hier? So spät?“

„Ja. Verzeihen Sie! Ist der Junge, der Königsau, noch da?“

„Nein, Exzellenz. Wollen Sie doch eintreten?“

„Gott bewahre! Wenn er fort ist, da habe ich Eile. Wann ging er?“

„Vor kaum zwei Minuten ist er weggegangen.“

„Donnerwetter! Jetzt kriegt ihn diese Bande! Gute Nacht!“

Er stürmte, ohne auf die ängstliche Frage des Mädchens zu antworten die Treppe hinab und unten zu der vom Portier rasch wieder geöffneten Tür hinaus. Draußen aber blieb er stehen.

„Heiliges Pech!“ sagte er. „Wohin nun? Ist er rechts oder links gegangen? Ach, von links her kam ich, ich hätte ihn treffen müssen; er ist also nach rechts.“

Er eilte fort im Trab, er, der Marschall, eines einfachen Leutnants wegen. Er legte die Engelsstraße zurück und bog nun in diejenige ein, die er bewohnte. Es war eine weite Strecke bis da hinauf, aber er rannte weiter. Der Atem wollte ihm versagen. Da kam ihm der beste Gedanke, den er haben konnte: Er blieb stehen und horchte. Ja, da oben erschallte der laute, abgemessene, taktvolle Schritt eines Mannes, der jedenfalls Militär war. Aber der Gehende konnte, dem Klang seiner Schritte nach, gar nicht mehr weit von der gefährlichen Stelle sein. Darum legte Blücher die Hände um den Mund und rief so laut, wie er konnte:

„Königsau! Halt! Zurück! Sie wollen dich abmurksen!“

In demselben Augenblick sah er auch da vorn einen raschen Laternenblitz über die Straße leuchten, und dann fielen schnell hintereinander zwei Schüsse.

„Herrgott, er ist zum Teufel!“

So rief der Alte und setzte sich von neuem in Bewegung. In Zeit von einer Minute war er an dem Tor, an welchem die beiden angeblichen Nachtwächter gestanden hatten. Er sah nichts. Er strich mit dem Bein über den Boden und stieß auf zwei Gegenstände. Er bückte sich nieder und hob sie auf. Es war die Laterne und die abgeschossene Pistole.

„Ein verdammter Kerl!“ rief er freudig. „Er ist also noch nicht zum Teufel!“

Jetzt holte er erst einige Male tief Atem. Und da kamen auch bereits mehrere Soldaten mit Laternen herbei. Sie gehörten zu dem Wachtkommando, welches im Palais des Marschalls lag. Man hatte dort die Schüsse gehört und wollte nun sehen, was das zu bedeuten hätte.

„Hierher, Jungens!“ rief er. „Hier ist's gewesen!“

Der vorderste, ein Korporal, leuchtete ihn an.

„Kreuzbataillon, Exzellenz, hat man etwa gar auf Sie geschossen?“ fragte er, den Marschall erkennend.

„Nein, mein Junge, auf mich und dich nicht, aber auf einen anderen. Sucht einmal hier umher, ob da vielleicht ein kaputtgemachter Husarenleutnant liegt!“

„Ein Husarenleutnant?“

„Ja, geehrtester Herr Korporal! Aber zu fragen hast du hier nichts, sondern zu suchen, sonst will ich dir Augen und Beine machen, du neugieriger Kater, du.“

Es wurde gesucht, aber nichts und niemand gefunden. Nicht einmal ein Tropfen Blut wurde bemerkt, welcher hätte auf eine Verwundung schließen lassen.

„Das ist gut, das freut mich!“ meinte Blücher. „Korporal, komm her, halte einmal deinen Kometen in die Höhe!“

Der Gerufene gehorchte, indem er ihm die Laterne vorhielt. Blücher ließ das Licht derselben auf die beiden gefundenen Gegenstände fallen.

„Was ist das für ein Ding, Korporal?“ fragte er.

„Eine Laterne“, antwortete der Gefragte pflichtschuldigst.

„Gut, mein Junge! Und das hier?“

„Eine Pistole.“

„Sehr schön, mein Junge. Du entwickelst da ganz bedeutende Kenntnisse in der Physik und in der Waffenkunde. Wenn ich mal abdanke, so melde dich zum Feldmarschall. Jetzt aber lege dich mit dem Ohr wieder auf deine Pritsche, denn hier sind wir überflüssig geworden.“

Die Leute gehorchten. Blücher wunderte sich nicht darüber, daß die Schüsse nicht mehr Aufsehen erregt hatten. Es blieb ganz ruhig auf der Straße. Man war damals nächtliche Exzesse gewohnt geworden.

Er trat zu den beiden Posten, die seit vorhin noch nicht abgelöst worden waren.

„Kennt ihr mich noch?“ fragte er.

„Zu Befehl, Exzellenz“, lautete die Antwort.

„Na, ist einer gekommen?“

„Zu Befehl!“

„Und hat gefragt, ob ich zu Bett bin?“

„Zu Befehl!“

„Ihr habt ihn doch anlaufen lassen?“

„Zu Befehl!“

„Schön! Aber wie war das mit den beiden Schüssen? Wo fielen sie?“

„Ein Stück die Straße hinunter.“

„Also dort? Habt ihr nicht bemerkt, wer geschossen hat?“

„Nein. Aber bald nach dem letzen Schuß rannten zwei Männer hier vorüber.“

„Ihr habt sie nicht aufgefangen, ihr Halunken?“

„Nein. Wir dürfen unseren Posten nicht verlassen, Exzellenz.“

„Gut. Ihr seid brave Kerle. Ich will nicht räsonieren, sonst müßt ihr mich morgen zweimal melden. Also zwei Menschen waren es, welche vorüberrannten?“

„Ja, und ein dritter kam hinter ihnen her."
„Ah, der hat sie gejagt?"
„Es schien so, als ob er sie verfolgte. Und dort am zweiten Tor, da . . . da . . ."
„Da . . . da . . . Was, da?"
„Da blieb er stehen."
„Der dumme Kerl! Was hat er da zu stehen gehabt?"
„Er . . . er zog . . . er zog seine Stiefel aus."
„Seine Stiefel? Heiliges Wetter! Zieht der Schlingel seine Stiefel aus, anstatt den Bengels nachzurennen. Dem gehören recht tüchtige Hiebe hinten drauf."
„Er rannte ihnen dann wieder nach."
„Wird ihm auch viel helfen. Mit den Stiefeln in der Hand! So ein Unsinn!"
„Enschuldigung, Exzellenz! Er ließ die Stiefel stehen."
„Stehen? Das ist ja noch schlimmer! Wenn sie ihm die nun wegmausen!"
„Er rief uns zu, acht auf sie zu geben."
„Was? Acht auf seine Stiefel? Ist der Kerl übergeschnappt? Ihr sollt wohl gar noch vor seinen alten Latschen das Gewehr präsentieren? Nein, so etwas! Die Ehrenposten des Feldmarschalls von Blücher sollen auf die Kotstampfer des ersten besten Kerls hier achtgeben! Wenn ich wüßte, wer der Flegel ist, so ließ ich ihn zitieren und hieb ihm seine Schaftsandalen mit samt den Struppen höchst eigenhändig um die Nase herum! Der sollte vor Angst Sirup und Buttermilch niesen!"
„Exzellenz, er hat uns seinen Namen genannt."
„Auch noch? Welche Frechheit! Wie hieß denn dieser Urian?"
„Leutnant von Königsau."
„Leut – nant – von – Kö – nigs – au? Sapperlott, der war es, der? Ich alter Esel! Das konnte ich mir denken! Na, je höher man im Rang steigt, desto alberner wird man im Kopf! Und mit dem Feldmarschall geht der Kopf dann ganz ins Seebad. Jungens, daß ihr mir nicht etwa einmal Marschälle werdet, sonst könntet ihr mich dauern! Sagte er diesen Namen wirklich?"
„Zu Befehl!"
„Und dann rannte er ihnen nach?"
„Ja."
„Ein pfiffiger Filou. Sie hören seine Schritte nicht mehr, weil er in Strümpfen läuft, und denken also, sie haben niemand hinter sich. Auf diese Weise wird er sie fangen. Hat er euch nicht gesagt, ob sie ihn totgeschossen haben?"

„Nein."
„Nun, da lebt er jedenfalls noch. Aber seine Stiefel müssen wir in Sicherheit bringen. Geh mal hin, mein Junge, und hole sie!"
„Verzeihung, Exzellenz, das kann ich nicht!"
„Nicht? Warum nicht, he?"
„Ich darf meinen Posten nicht verlassen."
„Alle Teufel, daß ist wieder wahr! Na, da mag der andere gehen!"
„Auch der darf nicht."
„Liebe Kinder, euch soll der Teufel holen! Na, da es nicht anders geht, so will ich es einmal machen wie der alte Fritze und Schildwacht stehen. Gib mir dein Gewehr, mein Sohn. Ich will deine Stelle vertreten, während du hingehst und mir die Stibbels herbringst."
„Exzellenz, das geht auch nicht."
„Donnerwetter! Auch nicht? Warum denn nicht, du Kanaille?"
„Exzellenz sind in Zivil und nicht in Uniform."
„Hol's der Kuckuck, das ist wahr. Höre, mein Sohn, du bist kein übler Kerl; du kennst das Reglement besser als ich. Das ist aber auch gar kein Wunder, denn es sind nun über fünfzig Jahre her, daß ich's gelernt habe. Wie ist denn dein Name?"
„August Liebmann."
„Gut, mein lieber August. Komm nach zweiundfünfzig Jahren, gerade am heutigen Datum, zu mir und sage mir das Reglement her. Wenn du es noch auswendig kannst, so nenne ich dich Herr Liebmann anstatt August. Darauf kannst du dir dann noch mehr einbilden, als ich auf die Stiefel, die ich mir nun selber holen muß. Wo stehen sie?"
„Dort am zweiten Tor."
„Schön. Ihr könnt nachher die eurigen noch hinsetzen. Ich bin einmal im Gange, da kann ich sie euch auch holen. Laßt mich nur gefälligst wecken, wenn ihr sie braucht."
Er ging wirklich hin, nahm die Stiefel auf, steckte unter jeden Arm einen und sagte, nachdem er zurückgekehrt war:
„Der Leutnant von Königsau wird jedenfalls wiederkommen und nach seinen Sauerkrautröhren fragen. Sagt ihm, daß sie bei mir sind. Er soll sofort kommen und sich melden, auch wenn ich schlafe; aber in den Strümpfen. Er darf bei Leibe nicht erst nach Hause gehen. Habt ihr's verstanden?"
„Zu Befehl!"
„Und solltet ihr abgelöst werden, ehe er kommt, so übergebt

ihr diesen Befehl euren Nachmännern, die ihn auszurichten haben."

„Zu Befehl, Exzellenz!"

„Gute Nacht, lieber August!"

„Gute Nacht, Exzellenz!"

Als Blücher vorhin zu so später Nachtstunde zu Margot gekommen war, hatte diese sich höchlichst verwundert über diesen Besuch. Als sie aber seine Worte hörte, war eine fürchterliche Angst über sie gekommen, deren sie nicht Herr werden konnte.

„Donnerwetter! Jetzt kriegt ihn diese Bande! Gute Nacht!" hatte er gesagt; dann war er gegangen. Gegangen? Nein, er war förmlich die Treppe hinabgesprungen, als ob es sich um eine große Gefahr handle.

Wen betraf diese Gefahr? Jedenfalls den, den er hier gesucht hatte, also Königsau. Und worin bestand diese Gefahr? Wer war die „Bande", von welcher der Marschall gesprochen hatte? Bereits einmal war der Geliebte heute in Lebensgefahr gewesen; jetzt vielleicht wieder.

Sollte sie die Mutter und das Dienstmädchen wecken, welche beide bereits schliefen? Nein, diese konnten auch nicht helfen. Sie hätten nur mit Angst gehabt.

So ging Margot im Zimmer auf und ab. Es wurde ihr zu eng, zu heiß. Sie konnte es nicht länger aushalten. Sie mußte hinaus in die freie Luft. Sie wollte nach der Wohnung des Geliebten gehen, um nachzusehen, ob sein Fenster erleuchtet sei. Sie war zwar noch nicht dort gewesen, aber er hatte sie ihr so deutlich beschrieben, daß sie gar nicht irren konnte.

Sie setzte also das Copouchon auf, schlang sich ein Tuch um die Schulter, nachdem sie schnell ein Oberkleid übergeworfen hatte, und ging.

Der Portier wunderte sich nicht wenig, als er bemerkte, wer es war, dem er abermals zu öffnen hatte.

„Um Gotteswillen, Mademoiselle, was ist passiert, daß Sie wieder gehen?" fragte er.

„Nichts. Öffnen Sie nur schnell."

Er sah beim Schein seiner Lampe ihre Blässe und fragte weiter:

„Wer war der Herr, der vorhin bei Ihnen klingelte und dann so stürmisch das Haus verließ? Ich konnte ihm gar nicht schnell genug öffnen."

„Es war der Feldmarschall Blücher."

„Mein Gott, da muß es sich um höchst wichtige Dinge handeln. Gehen Sie!"

Er ließ sie hinaus.

Sie wußte, daß der Geliebte die Richtung nach rechts eingeschlagen habe, und folgte derselben. Sie hatte kaum einige Schritte getan, so war es ihr, als ob sie in weiter Ferne zwei Schüsse schnell hintereinander fallen höre. Wem galten dieselben? Standen sie im Zusammenhang mit der Gefahr, welche Blücher angedeutet hatte? Sie ertönten aus der Gegend, in welcher Königsau wohnte.

Es erfaßte sie eine unendliche Angst. Sie ging eiligen Schrittes die Straße hinab und bog um die Ecke. Dann ging es weiter. Sie sah in der Ferne Laternen, weit, weit unten. Sie eilte weiter, immer weiter. Die Laternen verschwanden wieder, und nachher kam sie an das Haus, welches nach der erhaltenen Beschreibung von Königsau mit bewohnt wurde. Sie sah an keinem einzigen Fenster Licht. Wäre der Geliebte nach Hause gekommen, so hätte er sicher wenigstens eine Kerze angebrannt. Ihre Angst wuchs.

Da vernahm sie weiter unten Stimmen; sie ging darauf zu. Vielleicht konnte sie hier etwas hören. Sie kam näher und näher. Da hörte sie die lauten Worte:

„Gute Nacht, lieber August."

Sie erkannte sofort die Stimme, welche diese Worte gesprochen hatte. Es war diejenige des Feldmarschalls, und wenn sie ja geglaubt hätte, sich zu irren, so erhielt sie den Beweis, daß sie recht gehört hatte, durch die darauf folgende Antwort:

„Gute Nacht, Exzellenz!"

Sie eilte auf die Stelle zu und kam an dem Tor an. Sie sah die beiden Posten.

„War der Feldmarschall hier?" fragte sie.

„Ja", wurde ihr geantwortet.

„So muß ich zu ihm!"

Sie wollte in das Tor treten; da hielt ihr der eine Posten das Gewehr quer vor und sagte:

„Hier darf niemand passieren."

„Aber ich muß zu ihm!"

„Kommen Sie am Tag wieder."

Blücher hatte bereits den Anfang der Treppe erreicht, als er draußen noch lautes Sprechen hörte. Er blieb stehen und horchte. Er hörte eine Frauenstimme und dann die Antwort des Postens, daß sie morgen wiederkommen solle. Da fragte er, laut rufend:

„Wer ist denn noch draußen?"
„Ein Frauenzimmer, Exzellenz!" antwortete der Posten zurück.
Er mochte ein biederer Märker oder Pommer sein, bei dem alles gleich war, ob Dame oder Frau, Mädchen oder Fräulein.
„Ein Frauenzimmer?" antwortete Blücher. „Weiter nichts? Es soll sich zum Teufel scheren. Nachts um drei Uhr gebe ich keiner alten Schachtel Audienz!"
„Sie ist jung, Exzellenz", wagte der Mann zu bemerken, aber immer in einem schreienden Ton, um von dem Marschall gehört zu werden.
„Jung?" brüllte dieser zurück. „Laß dich nicht bemeiern, Junge; sie lügen sich alle um elf Jahre jünger; jage sie fort!"
„Sie sagt, daß sie Exzellenz bekannt sei."
„Das ist nicht wahr!"
„Exzellenz sind vorhin erst bei ihr gewesen."
„Das ist eine Lüge! Ich besuche kein Frauenzimmer. Gib ihr eins auf den Schnabel."
„Sie meint, ich solle nur den Namen Richemonte sagen", rief der Posten.
„Richemonte? Heiliges Elend! Kerl, bis du verrückt, mein Sohn?"
Bei diesen Worten kehrte er um und eilte zurück. Als er an den Eingang gelangte, hatte er noch die beiden Stiefel unter den Armen. Er sah Margot stehen und erkannte sie sofort. Da trat er zum Posten und sagte:
„Mensch, Esel, August! Du bist das größte Kamel, was in der Wüste Sahara Datteln und Radieschen frißt! Sieh einmal hierher! Ist das ein Frauenzimmer, he, ein Frauenzimmer?"
Der Mann sah den Marschall ganz verblüfft an und antwortete:
„Zu Befehl, Exzellenz!"
„Ein Frauenzimmer? Wirklich?"
„Zu Befehl!"
„Halte das Maul mit deinem Befehl! Wer hat dir den Befehl gegeben, diese Mademoiselle für ein Frauenzimmer auszugeben, du Waschbär von einem August?"
„Verzeihung, Exzellenz, es ist doch keine Mannsperson."
Dieser Gegenbeweis schmetterte für den ersten Augenblick den Marschall förmlich zurück. Es wurde ihm ganz sonderbar im Kopf, und er sagte:
„Hm, das ist nicht übel gesagt! Eine Dame ist eigentlich auch

ein Frauenzimmer; aber siehst du, mein Sohn, in Paris gibt es bloß Madamen und Mademoisellen. Hättest du mir gesagt, daß eine Mademoiselle da sei, so hätte ich dir nicht befohlen, sie zum Teufel zu jagen. Eigentlich sollte ich dir deines Unsinns wegen diese Stiefel gelinde um den Kopf herumschlagen, aber weil du in deiner Unschuld nicht weißt, was eine Mademoiselle ist, und es ihr gleich angesehen hast, daß sie keine Mannsperson ist, so will ich Gnade für Recht ergehen lassen und dich mit einem einfachen Verweis abrüffeln. Nimm dir das zu Gemüt, aber stirb mir ja nicht daran, denn es wäre jammerschade um so einen August."

Jetzt war er mit dem Posten fertig, und nun wendete er sich direkt an Margot. Diese trat näher und bat:

„Verzeihung, Ew. Exzellenz! Die Angst ließ mich nicht zu Hause bleiben; dann hörte ich Schüsse fallen!"

„Nicht ich habe Ihnen zu verzeihen, sondern Sie mir, Mademoiselle", antwortete er. „Ich störte Sie zu so später Stunde und ging fort, ohne Ihnen Auskunft zu erteilen. Das war höchst unhöflich von mir. Bitte, kommen Sie mit mir."

Er schritt ihr voran, und sie folgte. Er führte sie die Treppe empor in ein hell erleuchtetes Zimmer. Dieses war jedenfalls ein Damenboudoir gewesen. Die Rokokomöbel waren aus Rosenholz, mit Sandel ausgelegt, die Polster und Kissen alle von feister Seide. Köstliche Uhren und Vasen, herliche Leuchter und Nippes waren zu sehen, aber neben der Stutzuhr im Wert von wenigstens fünftausend Franken lag der Stiefelknecht; an einer marmornen Venus hing ein alter Tabaksbeutel von Schweinsblase, und auf der Bettdecke von echt persischer Seide paradierten ein Paar dreckige Kanonenstiefel. Eine köstliche Schatulle war mit zerbrochenen Pfeifenköpfen angefüllt, und überall, sogar auf dem Fußboden, lagen Landkarten, Risse, Berichte und Briefkuverts zerstreut umher.

„So, Mademoiselle, das ist meine Studierbude", sagte er. „Nehmen Sie Platz! Setzen Sie sich, wohin Sie wollen, nur nicht auf mich selbst, und sagen Sie mir getrost, was Sie auf dem Herzen haben."

Er stand vor ihr, noch immer die Stiefel unter den Armen. Sie war gewiß sehr in Angst und Betrübnis, aber sie hätte doch fast lächeln müssen bei dem Anblick des alten Haudegens, der jetzt beinahe wie ein ehrsamer Flickschuster vor ihr stand.

„Der Besuch Eurer Exzellenz hat mich in die fürchterlichste Unruhe versetzt", sagte sie. „Galt derselbe meinem Bräutigam?"

„Ja. Zu Ihnen hätte ich sonst doch um diese Zeit nicht kommen dürfen."

„Oh, sagen Sie, befindet sich Hugo in Gefahr?"

„Hugo? Hm! Wer ist das?"

„Herr von Königsau nennt sich Hugo."

„Ah so! Siehste, Alter, also ein Hugo biste? So, so! Nun, allerdings befand sich dieser Hugo in Gefahr, Mademoiselle!"

„Mein Gott! War sie groß?"

„Hm! Man wollte ihn ein wenig erschießen."

„Ist's möglich, Exzellenz?" rief sie erschrocken.

„Ja. Sie haben ihm an seiner Tür aufgelauert. Es waren zwei Kerle."

„Was haben sie ihm getan, Exzellenz? O bitte, bitte, sagen Sie es schnell."

Sie war fürchterlich blaß geworden. Sie dauerte ihn; er wollte sie mit einem Mal beruhigen, und dies glaubte er am sichersten dadurch zu erreichen, daß er den einen Stiefel unter dem rechten Arm hervorzog und sie fragte:

„Kennen Sie diesen Stibbel, Mademoiselle?"

„Nein", antwortete sie erstaunt.

„Nun, so kennen Sie vielleicht diesen anderen?"

Er zog jetzt den unter dem linken Arme hervor und hielt ihn ihr entgegen.

„Auch nicht, Exzellenz."

„Nun, das wundert mich. Aber dennoch gereichen diese Stibbeln Ihnen sehr zum Trost.

„Diese Stiefel? Mir? Verzeihen, Exzellenz, daß ich Sie nicht verstehe!"

„Diese Stibbeln sprechen eine Sprache, welche Sie eigentlich verstehen sollten. Wir haben sie, diese Stibbeln nämlich, und das ist die Hauptsache. Er wird dann schon ganz von selber kommen, und zwar in Strümpfen."

Margot war ganz verlegen geworden. Der Marschall sprach ihr in Rätseln.

„Er? Bitte mir zu sagen, wer?"

„Nun, der Hugo."

„Hugo? Ah, diese Stiefel gehören ihm?"

„Ja."

„Ah!" Sie errötete sehr und fuhr dann fort: „Aber wie kommt er dazu . . .?"

„. . . solche Stiefel zu haben? Oh, die hat bei uns jeder anständige Offizier."

„Nein, nein! Ich meine, wie kommen Exzellenz zu diesen Stiefeln?“
„Glauben Sie vielleicht, ich habe sie mir von ihm geborgt? Nein. Sie standen unten am Tor.“
„Aber wie sind sie dorthin gekommen?“ fragte Margot immer erstaunter.
„Er hat sie hingesetzt und meinen Posten gesagt, daß sie auf sie aufpassen sollen.“
„Aber, Exzellenz, ich begreife noch nicht, weshalb er sie dahin gesetzt hat. Wie hängt dies überhaupt mit der Gefahr zusammen, in welcher er sich befindet?“
„Oh, sehr eng. An seiner Tür standen nämlich zwei Menschen, die ihn erschießen wollten, der eine mit der Laterne und der andere mit der Pistole. Er ist ihnen glücklich entkommen, auf welche Weise, das weiß ich noch nicht. Sie sind entflohen, und er ist hinter ihnen her. Damit sie es nun nicht hören, daß er sie verfolgt, so hat er diese Stibbeln ausgezogen und mir zur Aufbewahrung übergeben, eigentlich meinen Posten, aber das bleibt sich gleich.“
„Er verfolgt sie? Wie unvorsichtig!“
„Haben Sie keine Sorge, Mademoiselle! Haben wir einmal seine Stibbeln, so bekommen wir ganz sicher auch ihn. Er wird nur sehen wollen, wer die Kerle sind.“
„Oh, ich ahne bereits, wer es ist.“
„Ah, Sie ahnen?“
„Ja. Jedenfalls ist derjenige dabei, der ihn heute abend bereits gestochen hat.“
„Gestochen? Donnerwetter! Er ist gestochen worden?“
„Leider.“
„Wohin denn?“
„In den Arm.“
„Ah, da hat es nicht viel zu sagen.“
„Aber es wurde nach dem Herzen gezielt.“
„Donner und Doria! Da ist es also ganz und gar ernstlich gemeint gewesen!“
„Ja. Hätte er den Panzer nicht angehabt, so wäre er jetzt tot.“
„Ah, er hatte einen Küraß getragen?“
„Er hatte sich einen geliehen.“
„So ist er also doch vernünftig gewesen. Aber, wer hat ihn denn gestochen?“
„Mein Gott, es ist mir fast unmöglich, Ihnen dies zu sagen.“
„Oh, jetzt ahne ich, wer der Mann gewesen ist. Sprechen Sie

getrost und aufrichtig zu mir. Vielleicht kann ich Ihnen helfen. Erzählen Sie mir alles; aber erlauben Sie mir vorher, mir eine Pfeife zu stopfen. Es leidet mich zu Hause nicht, wenn mich nicht der Knaster an die Nase brennt."

Er stopfte sich eine seiner kurzen Tonpfeifen, von denen er immer einen großen Vorrat besaß, und als er sie in Brand gesteckt hatte, setzte er sich auf eine offene Nähschatulle, welche am Boden lag. Margot mußte auf einem Taburett Platz nehmen und dann die Erzählung der heutigen Ereignisse beginnen.

Unterdessen war es Königsau ganz eigentümlich ergangen.

Er war sehr lange Zeit bei Margot gewesen. Man hatte ihn da aufgehalten. Selbst die Mutter hatte ihm ein Zimmerchen für diese Nacht angeboten, damit er nicht abermals fortzugehen brauche, denn die beiden Damen hatten befürchtet, daß er abermals angefallen werden könne. Er aber hatte diese Gastfreundschaft ausgeschlagen und war endlich doch noch aufgebrochen.

Margot hatte ihn bis zur Tür begleitet und dort die innige Bitte ausgesprochen, doch ja recht vorsichtig zu sein und sich recht fleißig umzuschauen, ob nicht irgendeine Gefahr in der Nähe zu bemerken sei.

Dies hatte er denn auch getan. War er doch selbst schon der Ansicht gewesen, daß der verunglückte Überfall zum zweiten Mal unternommen werden könne. Ja, er sagte sich sogar, daß man sich dabei wohl nicht mehr eines Dolches oder Messers, sondern einer Schußwaffe bedienen werde.

Da war natürlich eine Abwehr bedeutend schwieriger, wo nicht unmöglich. Aus diesem Grund ging er nicht an der Seite, sondern auf der Mitte der Straße. Der Feind stand jedenfalls unter einem Tor und konnte ihn auf diese Weise nicht so leicht erkennen.

So war er bis in die unmittelbare Nähe seines Hauses gekommen. Da erst kam ihm der Gedanke, daß ein etwaiger Angreifer sich gerade hier verstecken müsse, um ihn sicher zu treffen. Er hemmte seinen Schritt und ging ganz langsam, jeden Zolbreit mit dem Auge fixierend, soweit es die dichte Dunkelheit zuließ.

Er war nur noch vier Schritte von der Haustür entfernt, da hörte er den Ruf:

„Königsau! Halt! Zurück! Sie wollen dich abmurksen!"

Er wußte sofort, wer der Warner war. Es war die Stimme und auch die Ausdrucksweise des Marschalls. Diese Warnung hatte jedenfalls ihren guten Grund; darum wollte er sie befolgen und sich umdrehen, da blitzte vor ihm die Laterne auf.

Mit Gedankenschnelligkeit kam ihm die Ahnung, daß er angeleuchtet werde, um ein sicheres Ziel zu bieten, und daß im nächsten Moment der Schuß fallen werde. Augenblicklich warf er sich zur Erde. Diese Geistesgegenwart rettete ihm das Leben, denn er hatte den Boden noch nicht berührt, so krachte auch bereits der Schuß. Die Kugel wäre ihm in den Kopf gedrungen, so aber flog sie weit über ihn hinweg.

„Er hat sich niedergeworfen. Leuchten Sie zur Erde!"

So hörte er eine halblaute Stimme sagen. Er erkannte sie; es war diejenige des Kapitäns. Sogleich fiel das Licht der nach ihm gedrehten Laterne abwärts. Er sah sich abermals hell erleuchtet, schleuderte sich jedoch mit aller Gewalt zur Seite und zwar keinen Augenblick zu früh, denn da krachte auch bereits der zweite Schuß, und er hörte ganz deutlich, daß die Kugel hart neben ihm auf den Stein schlug.

Nun war es aber auch aus mit seiner Langmut. Der Schütze hatte beide Kugeln verschossen; ob er noch eine zweite Doppelpistole bei sich trage, das war Königsau in diesem Augenblick sehr gleichgültig. Er schnellte sich vom Boden auf und sprang auf die beiden Kerle zu. Ein Faustschlag traf den, welcher die Laterne hielt. Er ließ sie fallen und lief davon. Nun packte der Deutsche den Kapitän.

„Jetzt lasse ich dich nicht wieder laufen, Schurke!" sagte er.

Er hielt ihn umschlungen und wollte ihn zu Boden ringen. Da ließ der Kapitän die Pistole fallen, um die Hand freizubekommen und faßte ihn bei der Brust. Diese aber war vom Metall bewahrt.

„Feigling!" knirschte der Franzose. „Versteckst du dich hinter dem Küraß!"

Er faßte ihn beim Arm gerade da, wo die Wunde war. Königsau stieß unwillkürlich einen Ruf des Schmerzes aus.

„Ah, ist das die richtige Stelle?" sagte der Gegner mit unterdrückter Stimme.

Er griff jetzt mit beiden Händen zu, und zwar mit Aufbietung aller Kräfte. Königsau konnte nicht anders, er mußte den Kapitän fahrenlassen, um zunächst seinen verwundeten Arm zu befreien. Das gelang ihm; dadurch wurde aber auch der Gegner frei und entsprang. Der Deutsche hielt ihn noch für nahe und sprang auf ihn zu, stürzte aber zur Erde nieder. Dadurch gewann der Fliehende einen Vorsprung.

Königsau rannte ihnen nach, kam aber schnell zur Einsicht, daß dies eine Torheit sei, denn der laute Schall seiner Schritte ließ ihn die Schritte derer, die er verfolgte, nicht hören. Er blieb daher sogleich stehen und riß seine Stiefel herunter. Er bemerkte, daß er sich an Blüchers Wohnung befinde; er hatte bereits einige Sprünge an den Posten vorüber getan. Er rief ihnen daher in fliegender Eile zu:

„Ich bin Leutnant von Königsau. Habt mit acht auf meine Stiefel!"

Dann stürzte er seinen Feinden nach, deren Vorsprung mittlerweile ein bedeutender geworden war.

Glücklicherweise hörte er noch ihre lauten, schnellen Schritte. Er war ein ausgezeichneter Läufer; darum gedachte er, den Vorsprung schnell einzuholen; aber der Küraß war ihm nicht auf den Leib gemacht; er paßte schlecht und hinderte ihn am Laufen. Dennoch war zu hören, daß sich der Abstand zwischen ihm und jenen sehr rasch verminderte, denn er hörte die Schritte immer deutlicher.

Da aber mußte er plötzlich stehenbleiben, um zu lauschen. Er vernahm nämlich, daß sie sich getrennt hatten. Der eine war links in ein Seitengäßchen eingebogen, während der andere geradeaus rannte. Welchem sollte er folgen?

Das Seitengäßchen schien nicht gepflastert zu sein; die Schritte des Fliehenden konnten nicht weit gehört werden; daher war hier eine Verfolgung sehr erschwert, gar nicht gerechnet, daß dieses Gäßchen in ein Gassengewirr führen konnte, in welchem die Spur des Flüchtlings sofort verlorengehen mußte. Er beschloß daher, dem anderen zu folgen, welcher sich geradeaus gehalten hatte.

Er rannte ihm nach, merkte aber bald, daß er auch links eingebogen war. An einer weiteren Ecke mußte er abermals halten, um zu hören, woher die Schritte tönten. Dies nahm ihm Zeit weg. Bei einer dritten Ecke ging es ihm ebenso. Auch hinderte ihn die große Dunkelheit am schnellen Fortkommen.

Endlich stand er abermals vor einem Seitengäßchen, in welchem die Schritte des Fliehenden verhallt zu sein schienen. Er drang da hinein und hatte sehr bald die Ahnung, daß es dasselbe Gäßchen sei, in welches bereits der erste entkommen war.

Da galt es Vorsicht, denn jedenfalls hatten die beiden verabredet, sich hier zu treffen.

Er tastete in der Dunkelheit nach rechts und links. Das Gäßchen war kaum acht Fuß breit. Rechts waren Hintermauern von Häusern, und links schien eine lange Gartenmauer zu sein. Er glitt leise und langsam weiter.

Da war es ihm, als ob er ein Geräusch gehört habe, als ob ein Schlüssel sich in einem alten Schloß drehe. Er lauschte. Und wirklich wiederholte sich der eigentümlich quietschende Laut, ganz nahe vor ihm, zu seiner Linken, also in der Gartenmauer.

Er schlich weiter hinzu, und nun hörte er gar zwei Stimmen, zwar gedämpft, aber doch auch nicht ganz leise.

Königsau fühlte mit der Hand ein Pförtchen, welches sich in der Mauer befand, und hinter demselben, im Garten also, standen die beiden Sprechenden, welche wohl nicht ahnten, daß der Verfolger so nahe sei.

„Das war ein ganz verfluchter Tag!" hörte er sagen.

„Wer ist schuld als Sie!" meinte der andere.

„Ich? Inwiefern?"

„Erst stechen Sie verkehrt und dann zielen Sie falsch."

„Konnte ich zielen, wenn sie falsch leuchteten? Übrigens, warum ergriffen Sie die Flucht? Wir hätten ihn kaltmachen können, wenn Sie blieben; mir allein war dies nicht möglich. Sie haben mich immer einen Feigling genannt; jetzt aber gebe ich Ihnen dieses Wort mit doppelten Zinsen zurück."

„Oh, es wäre mir gar nicht eingefallen, fortzulaufen, wenn nicht Hilfe gekommen wäre."

„Hilfe? Wieso?"

„Hörten Sie es nicht rufen, gerade ehe ich zur Laterne griff?"

„Ja. Wer muß der Mensch gewesen sein? Es ist, als sollte uns jetzt alles quergehen. Aber morgen ist auch ein Tag. Aufgeschoben ist nicht aufgehoben."

„Gewiß. Aber kommen Sie. Hier ist nicht der Ort zu unserer Unterhaltung."

„Wie kommen wir hinein? Durch die Tür?"

„Nein. Man würde dies bemerken. Alle meine Leute denken, ich arbeite noch in der Bibliothek. Wir steigen an der Veranda empor und dann zum Fenster hinein."

„Steht es auf?"

„Ja. Kommen Sie."

Sie entfernten sich. Königsau verhielt sich ruhig. Er hörte nach einer längeren Weile ein Fenster klingen und wußte nun, daß sie sich im Inneren des Hauses befanden.

Die Mauer war so hoch, daß er ihre Kante nicht mir der Hand zu erreichen vermochte. Nun suchte er nach einer schadhaften Stelle. Es gab keine, aber dafür fand er eine, an welcher der Mörtel vollständig los- und herausgebrochen war. Die großen, zwischen den Steinen befindlichen Ritze gaben seinen Fingern und Fußspitzen einen zwar nicht bequemen, aber doch genügenden Haltepunkt, so daß er emporklettern konnte. Drüben ließ er sich wieder hinab.

Es war kein ungefährliches Unternehmen für ihn, hier einzudringen. Er befand sich als Feind des Vaterlandes in Paris und verfolgte hier zwei persönliche Feinde. Wurde er erwischt, so galt es jedenfalls einen Kampf auf Leben und Tod. An Gnade und Erbarmen war auf keinen Fall zu denken.

Er befand sich jetzt im Garten, aber es war so dunkel, daß er sich forttasten mußte. Da anzunehmen war, daß sich die Hausfront parallel mit der Gartenmauer ziehe, so ging er im rechten Winkel von der letzteren aus gerade vorwärts und gelangte auch bald in den Hofraum, wo er die Veranda fand, von welcher der eine gesprochen hatte.

„Also hier sind sie emporgeklettert", dachte er. „Trägt sie diese beiden, so trägt sie jedenfalls auch mich. Ich werde es auf alle Fälle versuchen."

Er fühlte die Querlatten. Es ließ sich an ihnen wie an einer Leiter emporsteigen. Als er oben anlangte, untersuchte er die Decke der Veranda, ob sie ihn auch halten werde. Sie war stark genug dazu. Er trat auf sie und richtete sich empor. Er stand vor einem Fenster, das zwar von innen verschlossen, jedenfalls aber dasselbe war, durch welches jene eingestiegen waren.

Ein Blick überzeugte ihn, daß dasselbe zu einem jetzt unerleuchteten Raum führe. Von diesem aber ging eine Tür, welche fast ganz geöffnet war, in ein Nebenzimmer, in welchem eine große Lampe eine hinreichende Helligkeit verbreitete, um alles erkennen zu können. Zwei Männer gingen darin auf und ab. Sooft sie an der geöffneten Tür vorübergingen, konnte er sie sehen.

„Ah; der Kapitän und dieser Baron Reillac! Ich habe es mir gleich gedacht."

So sagte Königsau zu sich, indem er diese beiden betrachtete.

Sie mußten ein sehr erregtes Gespräch führen, wie aus ihren Mienen und den lebhaften Gestikulationen zu ersehen war. Leider konnte der Lauschende nicht alles hören; nur einige abgerissene Brocken wurden ihm verständlich.

„Das, ja, das ist das beste!" hörte er den Kapitän sagen.

„. . . komme ich unblutig in ihren Besitz", meinte darauf der Baron. „Ob ich dann aber auch das gleiche zahle, das . . ."

„. . . das versteht sich ja ganz von selbst, denn wenn ich es nicht zugebe, so wird aus diesem Plan nicht das . . ."

„Na, so mag es sein. Ich denke . . . soll es mir auf die versprochene Summe nicht ankommen . . . Sie ja mein Schwager werden, und da darf man als anständiger Mann nicht . . ."

Diese auseinandergerissenen Sätze waren von dem Baron zu hören. Der Kapitän antwortete darauf:

„Wenn es gelingt, so . . . man vergeblich suchen wird. Besonders dieser verdammte Königsau . . . der mir . . ."

„Die Hauptsache ist", fuhr der Baron fort, „ob wir bereits . . . welche Uhr er stets zu kommen pflegt . . . muß es schon geschehen sein . . . sonst ist es jedenfalls zu spät."

„Ich werde morgen genaue Erkundigungen einziehen", meinte der Kapitän, „und Ihnen beizeiten . . . Widerstand leisten wird."

„Ich werde ihn zu brechen wissen, da ich dabei auf Ihre Hilfe rechnen darf", sagte der Baron. „Jedenfalls steht zu erwarten . . . ihre Ehre retten, so bleibt nichts anderes übrig als . . . darauf rechne ich!"

Bei diesen letzten Worten schob er die Tür zu. Nun wurde es finster, und Königsau konnte kein einziges Wort mehr vernehmen. Er wartete noch eine längere Weile, doch vergebens, und so beschloß er, seinen Rückweg anzutreten.

Dieser gelang ihm vollständig, denn da das Gartenhaus höher lag, als das Gäßchen draußen, so war von innen aus die Mauer leichter zu erklettern, als von draußen herein. Jetzt war es aber Hauptsache, sich das Gäßchen genau zu merken; dies konnte unter Umständen von größtem Vorteil sein.

Er schritt es mehrmals auf und ab, ebenso die anliegenden Straßenteile und war endlich sicher, es am Tag sehr leicht auffinden zu können. Nun kehrte er nach Hause zurück.

Auf dem Heimweg dachte er über das nach, was er gehört hatte. Er entnahm daraus, daß ein neuer Anschlag gegen ihn und Margot verabredet worden war, doch ließ sich nicht denken und erraten, worin derselbe bestehe. Es war die Rede davon gewesen, daß der Kapitän morgen Erkundigungen einziehen wolle, daß Margots Ehre zu retten sei, daß ihr Widerstand besiegt werden solle. Aus alledem ließ sich doch nichts Bestimmtes folgern. Nur das schien festzustehen, daß der neue Anschlag recht bald ausgeführt werden solle.

Königsau gelangte bald auf seine Straße und an das Palais des Marschalls. Es standen, wie vorhin, zwei Posten da. Er bückte sich da, wo er seine Stiefel abgelegt hatte, nieder; sie waren weg. Er trat daher zu den Posten. Seines leisen Ganges und der Dunkelheit wegen hatten sie ihn nicht kommen gehört. Sobald sie ihn aber erblickten, riefen sie ihn an:

„Wer da?"

„Preußischer Husarenoffizier", antwortete er. „Seit wann steht ihr hier?"

„Nicht ganz eine Stunde."

„Wurden euch keine Stiefel übergeben?"

„Nein."

„Wurde auch nicht der Name eines Offiziers genannt?"

„O ja, Herr Leutnant, den habe ich gehört."

„Welcher?"

„Leutnant von Königsau."

„Gut, ich bin es."

„Herr Leutnant sollen sofort zum Marschall kommen."

„So spät?"

„Sofort. Sie sollen gar nicht erst nach Ihrer Wohnung gehen."

„Sapperlot! Ich habe ja keine Stiefel an!"

„Die haben Exzellenz mit hinaufgenommen."

„Alle Teufel! Konfisziert?"

„Ich weiß nicht. Wir sollen aber sagen, daß der Herr Leutnant sofort erscheinen sollen, und zwar in Strümpfen."

„Na, da muß ich es wohl oder übel tun."

Er trat ein und stieg die Treppe empor. Droben im Vorsaal stand der Unteroffizier von der Wache.

„Was tun Sie so spät hier?" fragte der Leutnant.

„Ich habe den Herrn Leutnant anzumelden."

„Ah, so werde ich erwartet?"

„Ja."

„Na, melden Sie!"

Der Unteroffizier verschwand hinter der Tür, und es dauerte eine ganze Weile, ehe er wiederkam, um Königsau zu sagen, daß er eintreten könne. Diese Zeit hatte nämlich Blücher gebraucht, um Margot zu verstecken, die auch bei ihm war.

Als der Leutnant die Tür hinter sich zugezogen hatte, trat er drei Schritte vor und machte sein Honneur. Blücher hatte die Pfeife im Mund, und in der Stube gab es fürchterlichen Tabaksqualm. Auf dem Tisch stand eine kostbare, japanische Schale, welche der Marschall benutzt hatte, um die ausgerauchten Pfeifen auszuputzen. Schwefelfaden und Zunder lagen in einem silbernen Fruchtkörbchen.

„Ach, was ist den das?" fragte Blücher in erstauntem Ton. „Sie kommen ja so leise wie ein Spitzbube herein. Das klingt gerade, als ob kein Geldbeutel vor ihren Fingern sicher wäre. Ach Teufel noch einmal! Sie haben keine Stiefel!"

„Zu Befehl, Exzellenz!"

„Nun, wo stecken denn diese Stibbeln?"

„Sie sind nicht sicher gewesen vor den Fingern Euer Exzellenz!"

Blücher schmunzelte und sagte, die Hand drohend erhebend: „Junge, mach keine guten Witze! Du weißt, die schlechten verzeihe ich, aber die guten bestrafe ich mit Lattenarrest!" Und einen ernsten Ton anschlagend, fuhr er fort: „Es ist mir noch nie vorgekommen, daß ein Leutnant sich in Strümpfen bei mir gemeldet hat! Das ist unbegreiflich!"

„Desto begreiflicher ist es, wenn Ew. Exzellenz einem Leutnant befehlen, in Strümpfen zu erscheinen."

„Du, das ist ein schlechter Witz; den rechne ich dir nicht an. Bilde dir also nichts auf ihn ein! Übrigens wärst du bald schrecklich blamiert gewesen. Es war jemand da, der schöne Augen über deine Strümpfe gemacht haben würde. Gucke sie dir mal an, mein Sohn! Sie sind ja dreckiger wie ein Paar Pferdehändlerstiefel. Und die Zehen gucken wohl – ach, zeig doch her! Na, sie stecken noch drin; da geht es! Gehe dorthin in den Silberschrank, und fahre in deine Feueressen!"

Königsau gehorchte und öffnete den Schrank. Da, wahrhaftig, standen seine Stiefel mitten unter dem funkelnden Gold- und Silbergeschirr. Er nahm sie heraus und zog sie vor den Augen des Marschalls an.

„So", sagte dieser. „Jetzt bist du wieder der Hugo, der sich sehen lassen kann. Geh doch mal hin an die Tür, und klopf an!"

Königsau tat es. Sofort öffnete sich die Tür.

„Margot!"

„Hugo!"

Sie lagen sich in den Armen, ohne sich durch die Gegenwart des Marschalls stören zu lassen. Dieser zupfte an seinem Schnurrbart herum, zog allerlei glückliche und verdrießliche Gesichter und sagte schließlich:

„Ja, die haben sich beim Kopf! Wo aber bleibt der alte Gebhard Leberecht Blücher? Den nimmt niemand bei den Ohren!"

„O doch!" antwortete Margot.

Sie trat auf ihn zu, legte ihm die Arme furchtlos um den Hals und küßte ihn recht herzhaft auf die Wange.

„Mädel", sagte er, „das ist die falsche Adresse: Hat dir's der Hugo denn nicht besser beigebracht? Komm her!"

Er nahm sie beim Kopf und küßte sie auf den Mund; dann sagte er zu Königsau:

„Wenn du es nicht leiden willst, so verklage mich oder hau mich! Aber ich habe mit der Hexe jetzt stundenlang beisammengesessen; sie hat mir's angetan, und wir sind so hübsch einig geworden, daß ich wollte, du wärst der General und ich der Leutnant. Sie hat mir alles erzählt, was heute passiert ist. Nun erzähl du weiter, mein Sohn, damit man klarsehen kann."

Königsau setzte sich neben Margot, legte den Arm um sie und begann zu erzählen. Unterdessen ging Blücher auf und ab und rauchte wie ein feuerspeiender Berg.

Der Leutnant ließ nicht das geringste weg. Margot lehnte ihr Köpfchen an seine Schulter und weinte vor Glück, ihn wiederzuhaben. Es war, als ob Blücher der Vater dieser beiden sei, vor dem sie sich gar nicht zu genieren brauchten.

Als Königsau geendet hatte, sagte der Marschall:

„Fürchterlich! Der eigene Bruder! Was willst du tun, mein Junge?"

„Sie beide niederschlagen, wo ich sie finde."

„Nein. Das geht nicht, das verbiete ich dir. Verstanden?"

„Exzellenz . . ."

„Papperlapapexzellenz! Ich habe es der da versprechen müssen."

Er zeigte bei diesen Worten auf Margot. Königsau sah dem schönen Mädchen in die dunklen, feuchten Augen und fragte:

„Margot, du wünschst, daß ich mich nicht räche?"

„Hugo, er ist doch immer mein Bruder!" bat sie.

„Gut! Aber dieser Baron Reillac?"

„Auch ihm soll nichts geschehen, mein lieber Freund."

„Ja, so wie es in der Bibel zu lesen ist", sagte Blücher gerührt. „Rebecca hat auch feurige Steinkohlen auf das Haupt des Herodes gesammelt."

Der Leutnant konnte denn doch ein Lächeln nicht unterdrükken. Der Marschall sah es und fragte mit etwas verlegener Miene:

„Was lachst du, he? War's etwa bloß Torf und keine Steinkohle?"

„Es müssen doch Steinkohlen gewesen sein, Exzellenz, denn dem Herodes ist dabei die ganze obere Hälfte des Kopfes weggebrannt."

„Übrigens möchte ich nicht sagen, daß es mir sehr leicht wird, den Baron entkommen zu lassen. Er geht uns nichts an; wir sind ihm keine Rücksichten schuldig, und er wütet als Todfeind gegen uns.“

„Kannst du gegen ihn handeln, ohne auch meinen Bruder zu treffen?“ fragte Margot.

„Das ist allerdings wahr. Aber wenn wir sie nicht unschädlich machen, so steht uns jedenfalls ein neues Unglück bevor. Du hast ja gehört, was ich belauschte. Sie schmiedeten bereits einen anderen Plan gegen uns.“

„Da weiß ich Hilfe“, meinte Blücher. „Anstatt sie unschädlich zu machen, will ich euch unverletzlich machen; beides führt zu ganz demselben Ziel. Wie wäre es, wenn ich dich nach Berlin schickte, mein Junge?“

„Oh, Exzellenz, soll Margot ohne meinen Schutz hier zurückbleiben?“

„Nein. Ich habe vorhin mit ihr darüber gesprochen. Frau Richemonte hat da in Belgien eine nahe Verwandte. Dorthin reisen die beiden Damen morgen ab, und kein Mensch erfährt, wo sie sich befinden. Dort werden die beiden Spitzbuben dir die Margot sicherlich nicht ausgattern.“

„Dieser Vorschlag ist prächtig Exzellenz! Führen wir ihn aus, so entziehen wir uns den Verfolgungen und sind nicht zur Rache gezwungen.“

„Siehst du! Ich habe heute bereits einmal gesehen, daß der Blücher ein guter Amtskopist hätte werden können. Und was dich betrifft, so bringst du die Damen an Ort und Stelle und gehst dann nach Berlin. Du wirst schon noch erfahren, wozu. Aber du wirst da heute den ganzen Tag bei mir sein müssen, um mir zu helfen, die dazu nötigen Schreibereien anzufertigen.“

„Ich stehe ganz zu Befehl, Exzellenz.“

„Gut. So führe jetzt dein Mädel nach Hause, wie es einem richtigen Burschen geziemt. Punkt neun Uhr bist du bei mir; da geht das Arbeiten los, und erst am Abend sehen wir uns alle wieder. Damit euch aber nicht wieder etwas Schlimmes wiederfährt, gebe ich euch acht Mann Garde mit, unter scharf geladenem Gewehr, vier Mann auf der einen, vier Mann auf der anderen Seite der Straße und ihr in der Mitte. Hier ist der Befehl, mein Junge; gib den Wisch unten in der Wachtstube ab. Und nun gute Nacht, Kinder! Und wenn ihr euch küßt, so macht nicht zu viel Lärm dabei; leise und zart schmeckt's viel besser.“

Sie gingen und erreichten unter der erwähnten Bedeckung glücklich die Wohnung Margots. Der Portier öffnete wieder persönlich.

„Verzeihung, Mademoiselle“, sagte er, „Sie waren bei dem Marschall Blücher?“

„Ja“, antwortete sie.

Er machte eine außerordentlich tiefe Reverenz, und als sie außer Hörweite von ihm waren, brummte er leise in den Bart:

„Der ist sicher kein Leutnant, sondern irgendein Prinz inkognito, sonst würden die beiden nicht so intim mit dem berühmten Marschall sein. Na, ich gönne es Mademoiselle Margot von ganzem Herzen, eine Prinzessin zu werden.“

Margot war ganz erfüllt von dem, was sie erlebt und mit dem Marschall besprochen hatte. Sie konnte nicht anders, sie weckte ihre Mutter, und als diese vernahm, um was es sich handle, verzichtete sie gern auf die Fortsetzung der unterbrochenen Nachtruhe. Königsau wurde nicht fortgelassen; er mußte bleiben.

Frau Richemonte erschrak zwar außerordentlich, als sie erfuhr, in welcher Lebensgefahr sich der Leutnant befunden habe, und daß Margot nochmals so kühn gewesen sei, sich auf die Straße zu wagen; da jedoch alles so glücklich abgelaufen war, so wurde es ihr nicht schwer, sich bald wieder zu beruhigen.

Den Vorschlag Blüchers, die Freundin aufzusuchen, fand sie ganz und gar akzeptabel. Sie war von dieser Dame hundertmal eingeladen worden, ohne dieser Einladung Folge leisten zu können. Sie war gewiß, mit offenen Armen aufgenommen zu werden, und schrieb stehenden Fußes einen Brief, in welchem sie ihre Ankunft meldete und den Königsau schleunigst zu besorgen versprach.

Es wurde ausgemacht, das Einpacken der mitzunehmenden Effekten so geheim wie möglich zu betreiben. Das Dienstmädchen sollte entlassen werden und nicht erfahren, wohin die Reise gehe. Von der Freundin würden Mutter und Tochter dann später nach Berlin kommen, wo die Hochzeit sein solle; daher beschloß man, alles schwere Gepäck zu vermeiden und Möbel und anderes Gerät unter der Hand zu verkaufen. Das würde der gute Papa Blücher wohl auch bewerkstelligen, so daß auch hierbei ein Verrat des Aufenthaltsortes der beiden Damen nicht zu befürchten sei.

Unter diesen Gesprächen und Beratungen verging die Zeit. Es wurde Tag, und als es acht Uhr schlug mußte Königsau aufbrechen, um zur bestimmten Stunde bei dem Marschall zu sein.

Während Königsau mit diesem in allerlei wichtigen und geheimnisvollen Schreibereien vertieft war, hatten Mutter und Tochter genug zu tun, um ihre wirtschaftlichen Fragen und Angelegenheiten in Ordnung zu bringen, damit morgen ihrer Abreise nichts im Wege stehe. Die Mutter war in letzter Zeit immer leidend gewesen; der Kummer und Gram über ihren Stiefsohn hatten zu tief auf sie eingewirkt, und als nun der Abend kam, da fühlte sie sich so angestrengt und ermüdet, daß sie sich legen mußte, um sich für die Reise auszuruhen.

„Du denkst, der Marschall wird kommen?" fragte sie dabei Margot.

„Entweder das, oder er ladet uns zu sich ein, Mama. Er hat ganz bestimmt gesagt, daß heute abend noch alles Nötige besprochen werden soll."

„Wenn er kommt, so werde ich aufstehen müssen, schickt er aber eine Einladung, so wirst du mich entschuldigen müssen, ich bin heute wirklich zu schwach, ihr zu folgen. Vielleicht finde ich morgen noch Zeit, mich von ihm zu verabschieden und ihm zu danken für alles, was er uns so Liebes und Ungewöhnliches getan hat."

Es war draußen dunkel geworden, und Margot hatte vor einer Viertelstunde Licht angebrannt, als sie auf der Straße das Rasseln eines Wagens vernahm, welcher unten an der Tür zu halten schien. Nach wenigen Augenblicken läutete es an der Glocke. Sie ging selbst zu öffnen und erblickte einen jungen Offizier in deutscher Uniform mit der Adjutantenschärpe.

„Verzeihung, Mademoiselle", sagte er unter einer eleganten Verneigung, „komme ich hier recht zu Frau Richemonte?"

„Gewiß; bitte treten Sie ein, Herr Leutnant!"

Sie führte ihn in den Salon und nötigte ihn zum Sitzen; er lehnte dies jedoch mit den höflichen Worten ab:

„Entschuldigen, daß ich, ehe ich Ihrem Befehl gehorche, mich zuvor meines Auftrages entledige! Ist Frau Richemonte zu sprechen?"

„Leider nein. Sie befindet sich nicht wohl."

Über das Gesicht des Offiziers ging ein schnelles Lächeln der Befriedigung, welches Margot aber nicht beachtete. Er sagte im Ton des Bedauerns:

„So gestatten Sie, daß ich kondoliere, gnädiges Fräulein! Ich habe doch die Ehre, Fräulein Richemonte vor mir zu sehen?"

Sie antwortete durch eine bejahende Verneigung.

„Nun, dann teile ich Ihnen mit, daß ich als Ordonnanz seiner Exzellenz, des Herrn Feldmarschalls von Blücher komme. Exzellenz lassen die beiden Damen höflichst ersuchen, bei ihm das Souper einzunehmen; da sie jedoch wußten, daß Ihre gnädige

Frau Mama in letzter Zeit immer leidend gewesen ist, so bin ich beauftragt, die Dame von der Befolgung der Einladung zu dispensieren."

„Ich danke Ihnen, mein Herr! Wir haben diese Einldung fast erwartet und bereits besprochen, daß Mama ablehnen muß. Ich aber werde sogleich mit Ihnen kommen und bitte nur um einen Augenblick Geduld, um Mama zu benachrichtigen. Ist Leutnant von Königsau bei Exzellenz?"

„Allerdings."

„Er wird mich dort erwarten. Da ich schon vorbereitet bin, so nimmt meine Toilette keine Zeit in Anspruch. Ich stehe gleich zu Diensten!"

Als sie in das Nebenzimmer getreten war, sah sich der angebliche Offizier erstaunt um und murmelte:

„Bei Gott, ich bin ganz versteinert! Ich glaubte hier auf Schwierigkeiten zu stoßen, welche man nur mit der größten diplomatischen Finesse beseitigen kann, und nun geht alles wie genudelt. Man ist vorbereitet, man hat bereits Toilette gemacht; man nimmt die Mama nicht mit. Wenn das kein Wunder ist, so gibt es überhaupt keins. Wenn mir nur dieser verteufelte Königsau nicht in die Quere kommt; dann habe ich gewonnen."

Nach kaum zwei Minuten trat Margot wieder herein und erklärte sich zum Mitgehen bereit. Da sie die Anspruchslosigkeit des Marschalls kannte, so hatte sie es unterlassen, große Toilette zu machen. Sie war sehr einfach, aber doch geschmackvoll gekleidet; aber gerade diese Einfachheit hob ihre Schönheit so hervor, daß die angebliche Ordonnanz den Blick mit hoher Bewunderung auf ihr ruhen ließ. Sie sah so vornehm, so distinguiert aus und dabei doch so mädchenhaft, so kindlich lieb und gut, daß dem Schwindler fast ein Gefühl des Bedauerns und des Mitleids ankam.

„Wie schön sie ist", dachte er. „Wie rein und züchtig sie aussieht! Und dieses gute, herrliche Wesen soll diesem alten, trokkenen Baron zum Opfer fallen! Ah, wenn mein Vater nicht sein Diener wäre, so würde ich mich sehr hüten, ihm behilflich zu sein. Wenn er noch jung und hübsch wäre! So aber kann sie mich dauern!"

Er gab ihr durch eine Verbeugung das Zeichen, daß er bereit sei, mit ihr zu gehen, und so trat sie den Weg an, von dem sie nicht ahnte, wie verhängnisvoll er ihr werden sollte.

Unten wartete die Equipage. Der Kammerdiener saß als Kutscher verkleidet auf dem Bock. Der Offizier öffnete den Wagenschlag, Margot stieg ein, und dann setzte sich der Wagen in Bewegung.

Es war bereits finster auf der Straße. Hier und da brannte eine Laterne, doch war das dadurch verbreitete Licht nicht hinreichend, eine genügende Helle zu geben. Übrigens begann der Offizier eine lebhafte Unterhaltung, welche den Zweck hatte, zu verhindern, daß Margot ihre Aufmerksamkeit hinaus auf die Straße richte; sie hätte ja sonst bemerken müssen, daß der Wagen zwar in die Straße einbog, in welcher Blüchers Wohnung lag, aber nicht vor derselben hielt.

Dennoch wurde sie aufmerksam. Das einem jedem Menschen innewohnende Vermögen, ganz unwillkürlich die Zeitdauer abzumessen, sagte ihr , daß sie das Ziel bereits erreicht haben mußten. Darum unterbrach sie die Unterhaltung mit der Frage:

„Aber, Monsieur, müßten wir nicht bereits angekommen sein?"

„Allerdings, Mademoiselle", antwortete der Gefragte; „aber ich bemerke, daß der Kutscher einen kleinen Umweg eingeschlagen zu haben scheint. Lassen Sie einmal sehen, ob ich richtig rate oder mich irre."

Er blickte durch die Fensterscheibe seiner Wagenseite und tat so, als ob er da nichts erkennen könne. Dann neigte er sich zur anderen Seite herüber und sagte:

„Gestatten Sie! Hier kann man deutlicher sehen."

Sie bot sich ein wenig zurück, um ihm Raum zu lassen, aber in demselben Augenblick fühlte sie sich von ihm ergriffen und mit aller Gewalt in die Ecke gedrückt.

„Herrgott, was ist das! Was wollen . . ."

Sie konnte nicht weitersprechen. Ein Tuch verschloß ihr den Mund, und diesem Tuch entströmte ein scharfer, unangenehmer Geruch, welcher ihr in die Atmungsorgane drang und ihr fast augenblicklich die Kraft zu widerstehen, benahm. Sie versuchte zwar noch, den Angreifer von sich zu schieben, doch geschah dies so schwach, daß sie damit kein Kind fortzustoßen vermocht hätte. Einige Sekunden später lag sie vollständig bewußtlos in der Ecke.

„Ah, das ist mir leicht geworden", flüsterte der Schauspieler. „Ich hatte es mir bedeutend schwerer vorgestellt. Nun aber werde ich mir einen Lohn nehmen, der allerdings nicht vereinbart worden ist. Ich werde sie küssen, bis der Wagen hält!"

Er setzte sich auf das Sitzkissen neben sie nieder, zog ihren

Kopf herbei und legte seine Lippen auf ihren Mund. Da aber spürte er den scharfen Geruch des Parfüms, welcher ihm beinahe den Atem versetzte.

„Donnerwetter, es geht nicht", sagte er; „ich muß gewärtig sein, daß ich die Besinnung geradeso verliere wie sie. Wie schade! Ah, der Genuß wäre ja auch ein nur kurzer gewesen, denn wir sind bereits am Ziel. Der Wagen hält."

Die Equipage hatte das Gäßchen erreicht, war in dasselbe eingebogen und hielt nun vor dem Gartenpförtchen. Dieses öffnete sich auf der Stelle, und zwei Männer traten hervor. Es waren Baron Reillac und Kapitän Richemonte.

„Nun? Gelungen?" fragte der erstere den Kutscher.

„Weiß nicht genau!" antwortete dieser.

„Nicht genau? Alle Teufel! Du mußt doch wissen, ob ihr sie habt!"

„Wir haben sie, aber . . ."

„Was, aber . . ."

„Ob die Narkotisierung gelungen ist . . ."

Er öffnete den Schlag, aus welchem ihm jener Geruch sogleich entgegendrang.

„Gelungen?" fragte er nun in den Wagen hinein.

„Vollständig", antwortete der verkleidete Schauspieler.

„Heraus mit ihr!"

Er griff zu, und der Kapitän half ihm.

„Jetzt schafft den Wagen fort, und hier ist das Geld."

Er gab dem Schauspieler eine Börse, welche den vereinbarten Sündenlohn enthielt. Dieser steckte jene ein, bedankte sich und setzte sich wieder im Wagen zurecht.

„Wie lange darf ich ausbleiben?" fragte der Kutscher.

„Bis du den Wagen abgeliefert hast; ich brauche dich vielleicht nötig."

„Das Abliefern wird langsam gehn."

„Warum?"

„Wir müssen den Wagen erst ausräuchern; der Geruch könnte uns verraten."

„Ach. Wie wollt ihr dies tun?"

„Ich habe das Notwendigste bereits bei mir. Wir fahren hinaus vor die Stadt, wo wir auf freiem Feld unbeobachtet sind. Vielleicht kommen wir vor Mitternacht nicht retour."

„So müssen wir versuchen, ohne euch zu verkommen. Vorwärts!"

Der Wagen setzte sich in Bewegung und verließ das Gäßchen.

„Tragen Sie Ihre Schwester", meinte der Baron zu dem Kapitän. „Ich habe die Türen zu öffnen und zu schließen."

Richemonte folgte dieser Aufforderung. Sie schafften in der angegebenen Weise Margot in das Haus und hinauf in das Bibliothekzimmer. Das konnte unbeobachtet geschehen, da der Baron den meisten seiner Leute Urlaub gegeben und die übrigen mit irgendeinem Auftrag aus dem Haus entfernt hatte.

Droben setzte der Kapitän seine Schwester auf einen Stuhl.

„Wollen wir sie binden?" fragte er.

„Binden? Wird dies nötig sein?"

„Ich denke es. Sie wird jedenfalls Widerstand leisten."

„Pah, diesen Widerstand werden wir wohl brechen können!"

„Sie wird um Hilfe rufen!"

„So verhüllen wir ihr den Mund."

„Sie wird die Hülle losreißen, wenn wir ihr nicht auch die Arme binden."

„Gut, so wollen wir sie an den Stuhl fesseln. Wie blaß sie ist. Wie eine Leiche."

„Sie wird doch nicht erstickt sein?" fragte der Kapitän, indem sein Auge eine unheimliche Glut erkennen ließ.

„Ich hoffe es nicht!"

„Es wäre dies wohl ein Strich durch die Rechnung, Baron?"

„Durch die Ihrige ebenso!"

„Pah! Mir würde dies sehr gleichgültig sein!"

„Ich bezweifle dies. Ich würde in diesem Fall nicht Ihr Schwager werden und also die Wechsel nicht zerreißen."

Der Kapitän lächelte und fletschte dabei die Zähne.

„Oh, diese Wechsel sind mir von jetzt an nicht mehr fürchterlich!"

„Nicht? Warum?" fragte der Baron, aufmerksam werdend.

„Sie haben meine Schwester in Ihrer Hand, und ich fordere die Wechsel."

„Noch aber ist sie nicht meine Frau."

„Ob sie es wird oder nicht, das wird ganz allein von Ihrer Geschicklichkeit abhängen."

„Sie kann mir noch entrissen werden."

„Das geht mich nichts an."

„Ich begreife Sie nicht, Kapitän. Ich habe Ihnen versprochen, Ihre Akzepte zu vernichten, sobald Margot meine Frau ist. Ich werde Wort halten, aber eher nicht."

Der Kapitän zuckte die Achsel und antwortete:

„Ganz wie es Ihnen beliebt. Behalten Sie die Papiere meinetwegen ganz; es ist ja ebensogut, als ob sie vernichtet wären."

Der Baron betrachtete ihn verwundert und fragte:

„Ah, wie meinen Sie das?"

„Muß ich Ihnen dies wirklich erklären?"

„Ich bitte darum!"

„Wissen Sie, welch eine Strafe das Gesetzbuch auf widerrechtliche Freiheitsberaubung legt?"

„Ah, meinen Sie es so?"

„Ja. Und wissen Sie, wie die gewalttätige Bezwingung einer Dame bestraft wird?"

Da rötete der Zorn das Gesicht des Barons.

„Hole Sie der Teufel!" sagte er. „Sie werden doch nicht glauben, daß ich mich fürchte."

„Ich glaube es allerdings nicht, ersuche Sie aber, dasselbe auch von mir zu denken!"

„Sie wollen drohen?"

„Nicht im mindesten. Ich will nur eben bemerkt haben, daß ich Ihre Wechsel jetzt nicht mehr fürchte. Ich werde sie nicht honorieren."

„Und ich werde sie Ihnen doch präsentieren, falls sich meine Wünsche in betreff Ihrer Schwester doch nicht erfüllen!"

„Präsentieren Sie sie in Gottes Namen! Zahlung aber setzt es nicht."

„So dürfte Ihnen der Schuldturm offenstehen."

„Und Ihnen das Zuchthaus."

„Ah, Sie würden mich anzeigen?"

„Ganz gewiß."

Der Baron blickte den anderen überlegen an und antwortete:

„Sie sind ein schlechter Rechner. Sie haben einen bedeutenden Faktor vergessen."

„Welchen?" fragte der Kapitän gleichgültig.

„Sie sind da mitschuldig."

„Pah! Beweisen Sie das!"

„Nun, Sie stehen ja hier mit dabei."

Da stieß der Kapitän ein geringschätzendes Lächeln aus und antwortete:

„Wie wollen Sie meine Mitschuld beweisen? Habe ich mit Ihrem Kammerdiener über Ihren Coup gesprochen?"

„Nein."

„Oder mit seinem Sohn, dem famosen Ordonnanzoffizier?"

„Nein."

„Oder mit sonst einem Menschen?“
„Außer mir allerdings nicht.“
„Wie also wollen Sie beweisen, daß ich Ihr Mitschuldiger bin?“
„Die beiden Genannten haben Sie vorhin bei mir stehen sehen.“
„Ja, doch können sie unmöglich beschwören, daß ich gewußt habe, um was es sich handelt. Ich verhalte mich in dieser Angelegenheit vorsichtig, daß mir später kein Mensch an den Leib gehen kann. Nur allein Margot werde ich zeigen, daß ich mit im Komplott bin. Ich hasse sie, und sie soll wissen, daß ich mich räche.“
„Kapitän, Sie sind ein fürchterlicher Mensch!“
„Oh“, antwortete dieser kalt, „wir beide sind einander jedenfalls ebenbürtig. Aber, merken Sie auf, Baron! Mir scheint, daß sie bald erwachen wird. Die Röte kehrt bereits auf ihre Wangen zurück. Wir müssen sie binden.“
Sie schlangen jetzt Tücher um das Mädchen und den Stuhl herum und banden ihr zugleich ein Taschentuch um den Mund, so daß sie nicht rufen konnte.
Als der verkleidete Schauspieler vorhin in Margots Wohnung gedacht hatte: „Wenn mir nur dieser verteufelte Königsau nicht in die Quere kommt, so habe ich gewonnen“, hatte er wohl nicht geglaubt, daß diese gefürchtete Entdeckung nur an einem einzigen Augenblick hing.
Königsau hatte mit Blücher ganz angestrengt gearbeitet. Er sollte in öffentlichen und auch geheimen Aufträgen des Marschalls nach Berlin gehen, und dieser hatte ihm eine Menge in die Feder diktiert.
„Man munkelt davon“, hatte der alte Held gesagt, „daß die Majestäten nach England gehen werden, um sich dort als Retter Europas angaffen und fetieren zu lassen. Wir sind eingeladen. Wenn der König diese Einladung befolgt, so muß ich auch mit. Man wird uns dort wochenlang herumschleppen, und weitere Wochen werden auf die Heimreise vergehen. Darum muß ich mich nach einem zuverlässigen Mann umsehen, der mir während dieser Zeit die Augen aufhält, damit ich erfahre, was daheim vorgeht. Ich habe meine Feinde, große und kleine. Verstanden?“
„Sehr wohl, Exzellenz“, antwortete Königsau verständnisinnig.
„Na, ich sehe, daß du nicht auf die Nase gefallen bist, mein Junge; darum habe ich dich auserwählt. Ich weiß, daß ich mit

dir aufrichtig sein kann. Sage mir doch einmal, was sie mit diesem Napolium getan haben?"

„Verbannt."

„Wohin?"

„Nach Elba."

„Schön! Ich will gleich sterben, wenn ich gewußt habe, was dieses Elba für ein Land ist. Ich habe sogar den Namen nie gehört. Und nun hat man mir gesagt, was ich unter Elba zu verstehen habe. Was denkst du wohl?"

„Eine Insel."

„Ja. Was für eine?"

„Eine offene."

„Sehr gut geantwortet, mein Junge! Ein offene Insel, ohne Mauern und Festungswerke, so offen, daß dieser Bonaschwarte sofort echappieren kann. und die Hauptsache, wo liegt diese Insel?"

„Bei Italien."

„Ja, ganz in der Nähe der italienischen Küste, wo man den abgesetzten Kaiser anbetet. Der Teufel soll diese Dummheit holen! Ja, sie könnten ihn meinetwegen in Kuckucks Namen nach Italien verbannen, aber nicht nach Elba, sondern in den Vesuv hinein; da wäre es ihm auch einmal so warm geworden, wie er es uns gemacht hat. Ich sage dir, ich traue dieser Geschichte nicht. Der Kerl kommt wieder."

„Ich glaube es auch, Exzellenz!"

„Wirklich?"

„Ja. Er hat einen großen Anhang in Frankreich. Man wird seine Rückkehr sogar mit Jubel begrüßen."

„Das meine ich auch. Wir Soldaten haben uns die größte Mühe gegeben, ihn hinauszuschmeißen, und diese veteufelten Federfuchser halten ihm die Hintertür offen, damit er ja nur recht bald hereinkommen kann. Man möchte diese Kerle in einem Mörser zerstampfen und dann das Pulver aus einer Pistole in die Luft blasen. Da bilden sie einen Friedenskongreß. Sie nehmen das bißchen Europa her, zwicken hier einen Lappen ab und leimen dort einen Lappen hinan. Und ehe sie mit dem Leimen und Zwicken zustande gekommen sein werden, wird Napoleon hinter ihnen stehen und ihnen auf die Finger klopfen. Und was wird dann geschehen, mein Sohn?"

„Sie werden dann rufen: ‚Blücher her!'"

„Ja, Blücher her! Du hast recht. Und was diese politischen Schneiderseelen dann gezwirnt, gefädelt und gestecknadelt haben, das werde ich mit dem Säbel wieder zerhauen müssen, das ist so sicher wie sonst etwas. Darum muß ich die Augen offenhalten, und du sollst auch nach Berlin, um mir heimlich zu helfen, das bißchen preußischen Verstand zusammenzuhalten. Du schreibst mir regelmäßig, und ich schreibe dir. Und kannst du meine Briefe nicht lesen, so steckst du sie lieber ins Feuer, statt daß du sie einem anderen zeigst. Und nun schreibe! Ich werde dir schriftliche Instruktionen geben."

So hatten diese beiden bis zum Abend gearbeitet. Als der letzte Federstrich getan war, sagte Blücher:

„Nun schmeiße die Feder in den Ofen, das Tintenfaß an die Wand und stecke die Skribifaxerei in die Tasche. Ich habe das Ding satt. Gehe zu deiner Margot, und sage ihr, sie soll mit ihrer Mutter ein bißchen herkommen. Wir haben ja noch verschiedenes zu besprechen."

Das war Königsau willkommen. Er machte sich schleunigst auf, um den Befehl des Alten auszuführen.

Es war dunkel, und als er die Straße hinabschritt, begegnete ihm da, wo er in die Rue d'Ange einzubiegen hatte, eine Equipage, welche im Trab an ihm vorüberrollte. Er achtete kaum auf sie. Er ahnte nicht, daß man in diesem Wagen ihm soeben die Geliebte entführt habe.

Als er die Wohnung erreicht hatte, ließ ihn das Mädchen ein, welches sich zugegen befand, als Margot fortfuhr, morgen aber entlassen werden sollte. Er grüßte und fragte:

„Mademoiselle Margot?"

„Ist ausgefahren."

„Ah! Wohin?"

„Zum Feldmarschall Blücher."

„Wirklich? Eigentümlich! Frau Richemonte ist natürlich mit?"

„Nein."

„So fuhr Mademoiselle Margot allein?"

„Nein. Ein Offizier war bei ihr."

Königsau erstaunte noch mehr als vorher.

„Was für ein Offizier?" fragte er. „Ein Deutscher?"

„Ich weiß es nicht. Madame wird es wissen."

„So melden Sie mich sofort an!"

Frau Richemonte erstaunte natürlich ebenso, als sie erfuhr, daß Königsau mit ihr sprechen wolle. Sie ließ ihn eintreten und sagte:

„Margot ist zum Marschall, Herr Leutnant."

„Wann?"

„Vor wenig Minuten."
„Ah! Zu Wagen?"
„Ja."
„Ich bin ihm begegnet. Ich höre, daß ein deutscher Offizier mit ihr sei?"
„Allerdings. Es war eine Ordonnanz des Marschalls."
„Eine Ordonnanz? Unmöglich!"
„Oder ein Adjutant."
„Ebenso unmöglich!"
„Aber, mein Gott, der Marschall schickte ja den Herrn, um uns zum Souper abzuholen."
Königsau erbleichte, doch nahm er sich der kranken Dame gegenüber zusammen und fragte:
„Wie hieß er?"
„Ich weiß es nicht, ich habe nicht gefragt; ich habe ihn gar nicht gesehen."
„Sie waren auch mit eingeladen, Madame?"
„Ja. Ich ließ mich entschuldigen, weil ich mich sehr angegriffen fühle."
„Ah, so liegt meinerseits ein kleiner Irrtum vor."
„Welcher?"
„Ich wußte nicht, daß der Marschall so aufmerksam war, bereits nach Ihnen zu senden; ich glaubte, Sie abholen zu müssen. Sie verzeihen, daß da meine Zeit gemessen ist."
„Gehen Sie, mein lieber Leutnant, und haben Sie die Güte, mich nochmals beim Marschall zu entschuldigen. Wenn die Stunde unserer Abreise bestimmt ist, werde ich sehen, ob mir Zeit bleibt, mich noch persönlich bei Blücher zu empfehlen."
Königsau ging.
Er hatte sie von seinem Schreck nichts merken lassen. Er war beinahe überzeugt, daß ein neuer Anschlag gegen Margot vorliege, und rannte in größter Eile zum Marschall zurück, bei welchem er atemlos und mit hochrotem Gesicht eintrat.
„Donnerwetter, müssen Sie gelaufen sein!" sagte Blücher. „Was gibt es?"
„Ist Margot hier, Exzellenz?" keuchte der Leutnant.
„Nein. Ich denke, Sie bringen sie mit."
„Ah, Exzellenz haben nicht nach den Damen geschickt?"
„Nein."
„Keine Equipage?"
„Nein."
„Keinen Ordonnanzoffizier oder einen Adjutanten?"

„Nein. Was ist denn los?"
„So ist Margot entführt worden."
Da sprang der Marschall vom Stuhl auf und rief:
„Tausend Teufel! Entführt? Sind Sie bei Trost oder nicht?"
„Oh, gegenwärtig bin ich allerdings ganz und gar nicht bei Trost, Exzellenz. Ich muß fort, augenblicklich fort!"
Er wendete sich um, um sich schleunigst zu entfernen; aber Blücher kommandierte:
„Halt! Rechtsumkehrt! Weiß er Tausendsapperloter nicht, daß Er zu bleiben hat, bis ich ihn entlasse! Also was ist mit Margot? Ich muß es wissen. Wenn eine neue Teufelei im Werk sein sollte, so darf man nicht besinnungslos hineinstürmen, sondern man hat fein klug und schlau zu verfahren. Verstehst du mich, Junge?"
Königsau sah ein, daß der Alte recht habe; er zwang sich zur möglichsten Ruhe und wiederholte:
„Margot ist entführt worden, Exzellenz."
„Das hast du bereits einmal gesagt. Aber beweise es."
„Es ist vor einigen Minuten eine Equipage vorgefahren."
„Ah! Mit einem Offizier?"
„Ja."
„Was für einer?"
„Ich weiß es nicht. Mama hat ihn nicht gesehen gehabt. Er hat sich für eine Ordonnanz ausgegeben . . ."
„Von mir?"
„Ja, oder für einen Adjutanten . . ."
„Von mir?"
„Ja, und hat eine Einladung zum Souper von Ew. Exzellenz gebracht."
„Donnerwetter!"
„Mama ließ sich entschuldigen; sie ist sehr angegriffen und konnte nicht kommen."
„Und Margot ist mitgefahren?"
„Ja."
„Wohin?"
„Diese Straße herab; ich bin dem Wagen begegnet."
Königsau konnte sich kaum zur Ruhe zwingen. Vor Aufregung klang seine Stimme heiser. Auch Blücher stieg mit langen Schritten im Zimmer auf und ab.
„Das ist eine Lüge, eine verdammte Lüge, ein Schwindel ohnegleichen!" sagte er. „Ich habe niemanden gesendet. Ja, sie ist entführt, aber von wem?"

„Von wem anders als von Baron Reillac!“
„Donnerwetter, das glaube ich selbst! Und ihr sauberer Stiefbruder ist im Komplott.“
„Jedenfalls, Exzellenz.“
„Aber, wohin hat man sie geschafft? Wenn man das wüßte!“
„Ich glaube es zu erraten.“
„Ah, wirklich?“
„Ja, und ich denke nicht, daß ich mich irre.“
„Das wäre gut! Wir könnten ihnen auf die Bude rücken. Wo?“
„Man hat sie nach der Wohnung Reillacs geschafft.“
„Hm. Warum denkst du das?“
„Weil ich gestern abend bemerkt habe, daß dort noch andere Heimlichkeiten ausgeheckt werden. Erinnern sich Exzellenz dessen, was ich dort belauschte?“
„Was?“
„Den neuen Anschlag. Der Kapitän wollte sich heute erkundigen. Oh, mir ahnt, was man mit Margot vorhat.“
Er ballte die Fäuste und machte eine Wendung, als ob er fortstürmen wollte.
„Was?“ fragte Blücher abermals.
„Ich hörte gestern, daß sie gezwungen werden sollte, in die Ehe mit diesem Baron zu willigen. Heute weiß ich, wodurch. Erraten es Exzellenz nicht?“
Da trat Blücher einen Schritt zurück; sein Auge glühte, als er sagte:
„Ah! Mensch! Wäre das möglich!“
„Ich bin überzeugt davon.“
„So haue ich sie zu Brei, alle beide.“
„Erst muß man sie haben, Exzellenz. Ich muß fort! Bitte, mich zu entlassen.“
„Entlassen? Unsinn! Ich muß auch fort und zwar mit dir. Hast du Waffen?“
„Jetzt habe ich keine bei mir.“
„So steckst du ein Paar Pistolen von mir ein. Glaubst du, daß wir das Haus des Barons finden werden?“
„Ich habe mir es sehr genau gemerkt.“
„Gut, so werden wir gehen und es stürmen.“
Er schnallte seinen Säbel um und nahm zwei Paar Pistolen von der Wand. Er war ganz so in Rage, als ob es zu einer Schlacht gehen sollte. Königsau wollte auch nicht gern einen Augenblick verlieren, aber er besann sich doch und sagte:
„Exzellenz, der Degen würde uns im Wege sein.“

„Warum?"
„Weil wir eine Mauer und eine Veranda zu ersteigen haben."
„Gut, so lasse ich ihn zu Hause. Werden wir es allein machen können?"
„Man weiß es nicht. Es kommt auf die Umstände an."
„Gut, so nehmen wir aus der Wachtstube ein paar tüchtige Kerle mit."
Da aber kam Königsau ein bedenklicher Gedanke.
„Werden wir so mir nichts, dir nichts eindringen dürfen, Exzellenz?" fragte er.
„Warum nicht? Wir steigen hinauf und schlagen das Fenster ein."
„Hausfriedensbruch!"
„Meinetwegen Weltfriedensbruch! Wer will uns etwas tun?"
„Es ist verboten, ohne Erlaubnis einzudringen."
„Die Kerle haben das Mädchen. Das entschuldigt alles."
„Aber wenn sie Margot nicht haben?"
„Sie haben sie ganz bestimmt."
„Können wir dies beweisen? Wird man uns suchen lassen?"
Blücher machte eine Miene des Mißmutes.
„Junge, du kannst recht haben", sagte er, jetzt ein wenig nachdenklich.
„Denken sich Exzellenz das Aufsehen."
„Hm. Ja."
„Feldmarschall Blücher auf der Anklagebank wegen Hausfriedensbruches."
„Verdammt fatal."
„Und in Feindesland. Das könnte böses Blut geben."
„Ja, ja. Aber wir müssen Hilfe bringen, auf alle Fälle."
„Auf möglichst gesetzlichem Weg aber."
„Dann kann Margot zwanzig Jahre auf uns warten. Ich kenne die Schnelligkeit der Gesetze. Eine Schnecke ist eine Schwalbe gegen sie. Hast du einen Gedanken?"
„Ja."
„Nun, so schieße ihn heraus."
„Wir begeben uns zum Maire des Arondissements."
„Ah, zum Vorsteher des Stadtviertels! Gut. Wenn der Blücher zu ihm kommt, so wird er wohl keine Sperenzien machen."
„Das denke ich auch. Wir sagen ihm, in welchem Verdacht der Baron bei uns steht. Er muß mit, um dort auszusuchen."
„Gut. Aber er ist Franzose und wird einem Landsmann die Augen nicht auskratzen."

„So unterstützen wir seinen Scharfsinn."
„Schön. Ich schlage vor, wir nehmen doch einige pommersche Grenadiere mit."
„Jawohl, Exzellenz, aber nur heimlich. Wir stecken sie hinauf auf die Veranda, wo sie unser Zeichen erwarten und vielleicht auch etwas erlauschen können."
„Dieser Gedanke ist sehr gut. Jetzt haben wir einen Plan, und wir werden ihn sofort ausführen. Weißt du die Mairie?"
„Ja. Sie ist vis-à-vis des Gäßchens, um welches es sich handelt."
„Das paßt. Da verlieren wir nicht viel Zeit. Hier hast du die zwei Pistolen, komm!"
Jeder der beiden steckte zwei geladene Pistolen zu sich, und dann begaben sie sich hinunter in das Wachtlokal. Dort erregte das Erscheinen des Marschalls nicht wenig Aufsehen. Die Mannschaft sprang schleunigst von ihren Pritschen auf und salutierte.
Blücher überflog die Leute mit einem raschen Blick, dann trat er zu einem von ihnen.
„Du, Kerl, bist du nicht der August, mit dem ich gestern gesprochen habe?"
„Zu Befehl!" antwortete der Mann.
„Du hast mich gemeldet?"
„Zu Befehl!"
„Ist dir das Urteil bekannt gemacht worden?"
„Zu Befehl!"
„Wie lautet es?"
„Ein Verweis."
„Gut, diesen Rüffel habe ich auch erhalten, schriftlich natürlich. Ja, lieber August, nun kannst du dich rühmen, daß du den alten Blücher angezeigt und in Strafe gebracht hast. Man wird dich anstaunen, mein Junge! Aber dein Geld hast du dir nicht geholt!"
„Exzellenz!"
„Was, Exzellenz?"
„Das wäre zu bettelig erschienen."
„Donnerwetter, August, du bist stolz, du hast Zartgefühl! Das freut mich von dir, alter Schwede. Deshalb will ich dir jetzt Gelegenheit geben, dich auszuzeichnen. Kannst du klettern?"
„Zu Befehl, Exzellenz!"
„Über eine Mauer?"
„Ja."
„Auch auf eine Veranda hinauf, welche Querlatten hat?"

„Ja.“

„Nun gut. Nimm noch drei zu dir, welche auch so klettern können. Gewehre braucht ihr nicht. Das übrige sollt ihr erfahren. Aber macht schnell.“

In Zeit von einer Minute standen die vier Männer zur Verfügung, und der Marsch wurde angetreten.

Königsau machte den Führer. In dem Gäßchen und an dem Pförtchen angekommen, sagte er ihnen flüsternd:

„Wir suchen ein Mädchen, welches man, wie wir vermuten, gewaltsamerweise hierhergebracht hat. Ihr steigt hier über die Mauer und schleicht euch geradeaus nach dem Hof und an die Veranda, welche sich dort befindet. An dieser steigt ihr in die Höhe und sucht zu erlauschen, was geschieht. Aber ihr nehmt euch in acht, daß man euch nicht bemerkt. Sollten wir euch rufen, so kommt ihr durch das Fenster in die Stube gestiegen.“

„Ja“, meinte der Marschall, „sobald ich rufe ‚August herein!‘, so zerhaut ihr das Fenster und springt in das Zimmer.“

August Liebmann fühlte sich geschmeichelt. Er war nicht dumm; es kam ihm ein Gedanke, den er auch sofort auszusprechen wagte:

„Exzellenz, ist das Mädchen gelaufen oder gefahren?“

„Gefahren natürlich! Warum?“

„Vor vielleicht einer Viertelstunde fuhr ein Wagen in dieses Gäßchen.“

„Ah! Was für ein Wagen?“

„Eine feine Kutsche.“

„Sapperlot! Woher weißt du das?“

„Ich habe es selbst gesehen. Ich wurde durch den Wachthabenden nach der Mairie geschickt; da sah ich die Kutsche, welche hier hereinlenkte.“

„August, du bist kein übler Kerl! Hast du schon eine Liebste?“

„Nein, Exzellenz.“

„Na, sieh, wenn ich einmal eine Tochter übrig habe, werde ich sie dir anbieten. Und nun klettert los, ihr Schlingel. Laßt euch aber von niemandem sehen!“

Während die vier Soldaten sich leise und möglichst geräuschlos emporschwangen, begaben sich die beiden Männer nach der Mairie. Sie fragten einen der anwesenden Unterbeamten nach dem Maire und wurden in das Zimmer gewiesen, in welchem sich derselbe befand. Er saß bei einer Arbeit, von welcher er nicht aufsah; er erwiderte den Gruß der beiden mit einem kaum sichtbaren Kopfnicken und schrieb weiter.

Blücher hustete leise, da aber der Maire gar nicht darauf achtete, so fragte der Marschall Königsau leise:

„Was heißt Schafskopf oder Pinsel auf Französisch?"

„Benêt", antwortete der Gefragte ebenso leise.

Blücher nickte befriedigt, trat einen Schritt auf den Maire zu und rief laut:

„Benêt, Doppel-benêt, dreifaches benêt!"

Da fuhr der Maire wie von einer Otter gestochen von seinem Stuhl auf und fragte:

„Was ist das? Wer spricht da? Wer ist gemeint?"

Blücher legte ihm die Hand auf die Achsel und fragte:

„Können Sie Deutsch?"

„Ja", nickte er stolz.

„Na, wenn ich das gewußt hätte, so hätte ich anstatt benêt Einfaltspinsel gesagt."

Da schob der Maire, welchem die Brille nach der Nasenspitze gerutscht war, dieselbe in die Höhe und blitzte den Marschall wütend an. Er legte sich zu einer Strafrede aus.

„Monsieur", begann er, „wie können Sie es wagen, hier in meiner ..."

Er hielt plötzlich inne. Erst jetzt hatte er den Alten richtig angesehen. Seine Züge nahmen den Ausdruck des höchsten Schreckens an.

„Ah, mein Sohn, du scheinst mich zu kennen?" sagte Blücher freundlich.

Da machte der Maire eine knietiefe Verbeugung und antwortete:

„Ich habe die ausgezeichnete Ehre. Was befehlen Exzellenz?"

„Zunächst, mein Sohn, befehle ich dir, in Zukunft nicht wieder ein Schafskopf zu sein. Man kommt zu dir, um mit dir zu reden, nicht aber, um sich deine hintere Front abzumalen. Verstanden? Und sodann wollte ich wissen, ob du vielleicht ein bißchen Zeit für mich hast."

„Ich stehe stundenlang zur Verfügung", antwortete der Gefragte.

„Stehe so lange, wie du willst; jetzt aber sollst du einmal mit uns gehen."

„Wohin?"

„Kennst du einen Baron de Reillac?"

„Sehr wohl. Ich habe die Ehre, sein Schwager zu sein."

„Sein Schwager? Hm! Woher kommt denn diese Bekanntschaft?"

„Seine Schwester ist meine Frau."
„Alle Teufel, da brauche ich mich nicht zu wundern, daß du vorhin ein so großer Schafskopf warst."
Bisher hatte der Maire getan, als ob er die Malicen des Alten gar nicht bemerke, jetzt aber stellte er sich einigermaßen in Positur und sagte:
„Exzellenz vergessen wohl, daß ich Beamter bin!"
„Als ich dich vorhin sitzen sah, vergaß ich es allerdings; da hielt ich dich für einen Ölgötzen. Gut, daß du mich daran erinnerst! Du bist doch der Maire?"
„Zu dienen."
„Schön. Zieh mal deinen Gottfried an, setze den Hut auf und komm mit."
„Wohin?"
„Zu deinem lieben Schwager."
„Aus welchem Grund?"
„Das wird sich finden, mein Söhnchen."
„Exzellenz erlauben mir die Bemerkung, daß ich das wissen muß."
„Und du erlaubst mir die Bemerkung, daß du das an Ort und Stelle erfahren wirst. Willst du oder willst du nicht?"
„Eigentlich brauche ich nicht mitzugehen."
„So bleibe da, mein Sohn. Aber ich werde dich holen lassen."
„Ah! Durch wen?"
„Oh, ich habe da in und um Paris eine Viertelmillion blauer Jungens stecken; da tut mir ein jeder gern den Gefallen, dich beim Hinterbein aus dem Stall zu ziehen."
„Wenn Exzellenz drohen, so kann ich allerdings nicht widerstehen, mache aber . . ."
„Schon gut! Geh mit; weiter brauchst du nichts zu tun."
Der Maire legte den Schreibärmel ab, zog den Überzieher an, griff zum Hut und erklärte sich bereit, die Herren zu begleiten. Draußen auf der Straße nahmen sie ihn in die Mitte, und Blücher begann:
„Herr Bürgermeister, Sie haben vielleicht gehört, daß ich ein eigentümlicher Querkopf bin. Im guten geht alles, im schlimmen geht nichts! Jetzt spreche ich zu Ihnen als zum Vertreter der Polizei. Wir bedürfen Ihrer Hilfe."
„In welcher Angelegenheit?"
„Man hat einer Mutter ihre Tochter entführt."
„Ah, der Geliebte ist mit ihr durchgegangen?" fragte ironisch lächelnd der Beamte.

„Nein, die Sache liegt strafbarer; man hat sie förmlich geraubt."

„Ah! Menschenraub? Das wäre schlimm! Wer ist das Mädchen?"

„Es ist Mademoiselle Richemonte."

„Ah, vielleicht die Schwester des Kapitän Richemonte?"

„Allerdings. Kennen Sie ihn?"

„Ich sah ihn einige Male bei meinem Schwager. Wann ist sie entführt worden?"

„Vor noch nicht einer halben Stunde."

„Von wem?"

„Wir haben eben Ihren Schwager im Verdacht."

Da blieb der Maire erschrocken stehen und sagte:

„Meinen Schwager? Den Baron?"

„Ja, den neugebackenen Baron."

„Aber warum, Exzellenz?"

„Weil er ein Halunke ist, dem man so eine Niederträchtigkeit zutrauen muß."

„Exzellenz verzeihen; ich darf unmöglich anhören, daß ein Verwandter von mir . . ."

„Papperlapapp! Ihre Verwandtschaft geht uns gar nichts an. Ihr Schwager will Mademoiselle mit Gewalt zu seiner Frau machen; sie liebt ihn nicht. Hier dieser Herr, ein junger Freund von mir und wackerer Offizier, ist ihr Verlobter. Gestern abend hat Ihr Schwager ihn meuchlings auf der Straße überfallen und zwei Kugeln auf ihn abgegeben. Der Mord gelang nicht; da hat der Baron sich entschlossen, das Mädchen zu rauben."

„Unmöglich!"

„Schwatzen Sie keinen Unsinn! Wenn ich, der alte Blücher, es sage, so haben Sie es zu glauben, sonst soll Sie der Teufel holen! Er hat sich zu dieser Schlechtigkeit sogar meines eigenen Namens bedient und einen als deutschen Offizier verkleideten Menschen zu der Dame geschickt, der sie angeblich zu mir zum Souper abholen sollte. Der Wagen ist nach der Wohnung des Barons gefahren."

„Aber, Exzellenz, wie ich meinen Schwager kenne, so ist er . . ."

„. . . ein Erzspitzbube, nicht wahr?" fiel Blücher ein. „Dem stimme ich vollständig bei!"

„Ich wollte allerdings das Gegenteil sagen."

„Damit haben Sie bei mir kein Glück."

„Aber, die ganze Geschichte klingt so fabelhaft, daß ich . . ."

„Herr!“ donnerte ihn da Blücher an. „Glauben Sie, daß ich mit meinem Heer nach Frankreich gekommen bin und Paris eingenommen habe, nur um einem kleinen Maire eine Fabel zu erzählen? Was ich sage, das sage ich!“

„Aber, was wünschen Sie von mir?“

„Ihr Schwager wohnt in Ihrem Arondissement. Nicht wahr?“

„Allerdings.“

„Nun, wir wünschen eine Haussuchung bei ihm zu halten.“

„Mein Gott, ist dies möglich?“

„Sogar sehr. Diese Haussuchung soll keine heimliche, sondern eine offizielle sein.“

„Da soll ich mithelfen?“

„Natürlich. Ich respektiere die Gesetze, Herr Maire.“

„Da muß ich Ihnen leider sagen, daß eine Haussuchung unmöglich ist.“

„Ah, warum?“

„An eine Haussuchung sind gewisse Vorbedingungen geknüpft, meine Herren, die . . .“

„. . . die hier vollständig vorhanden sind“, fiel Blücher ein.

„Im Gegenteil, im Gegenteil.“

„Was? Wie sagen Sie?“ fragte Blücher. „Zu einer Haussuchung gehört nur zweierlei?“

„Oh, mehr, viel mehr.“

„Papperlapapp! Zu einer Haussuchung gehört erstens ein Haus und sodann, der, welcher es aussucht, basta, abgemacht! Das Haus ist da, der Aussucher auch, ja, es sind sogar deren mehrere da. Es gibt keinen Grund zur Ausrede für Sie.“

„Ich muß dennoch bei meinem Bescheid beharren, Messieurs.“

„So beharren Sie, uns wird das gar nicht stören. Aber Sie werden die Freundlichkeit haben, uns zu Ihrem lieben Herrn Schwager zu begleiten.“

„Eigentlich bin ich dazu viel zu sehr beschäftigt.“

„So arbeiten Sie eine Stunde länger, Monsieur. Wir Deutschen haben Ihretwegen manche Stunde arbeiten müssen. Wo ist das Haus, Leutnant?“

„Hier, Exzellenz!“

Sie waren natürlich nicht nach dem Gäßchen, sondern nach der vorderen Front der Straße gegangen. Die erste Etage des angedeuteten Hauses war nur teilweise erleuchtet. Der Marschall klingelte, und der Portier öffnete.

„Wohnt hier Baron Reillac?“ fragte Königsau.

„Ja, Monsieur.“

„Ist er ausgegangen?"
„Nein."
„Also daheim?"
„Ja."
„Hat er Besuch?"
„Der Herr Kapitän Richemonte scheint bei ihm zu sein."
„Ah! Wer noch?"
„Weiter niemand."
„Da hören Sie es!" sagte der Maire mit befriedigter Miene.
„Was hören wir?" fragte Blücher, indem er den Maire die Treppe emporschob. „Denken Sie, wir sind so dumm wie Ihr Franzosen? Ihr meldet es wohl dem Portier, wenn Ihr ein Mädchen entführt und nach Hause schleppt? Gott segne Euren Verstand! Leutnant, klingeln Sie. Man wird sehen, wo man Margot versteckt hat."

Während Königsau mit Blücher gesprochen hatte und dann mit diesem nach der Mairie gegangen war, hatte Margot ihr Bewußtsein wiedererhalten.

Sie blickte umher und fand sich in einem ihr fremden Zimmer. Sie wußte nicht, wie sie hierhergekommen war, und wollte mit der Hand nach der Stirn greifen, wie man zuweilen tut, wenn man etwas überlegen will. Da merkte sie, daß sie gefesselt war, ja, daß man ihr sogar den Mund verbunden hatte. Und nun kam es plötzlich klar und hell über sie, wie sie hierhergekommen war. Es fiel ihr ein, daß eine Ordonnanz sie abgeholt hatte. Sie erinnerte sich des Duftes, welchen sie eingeatmet hatte, und nun wurde sie von der Gewißheit durchschauert, daß sie das Opfer eines Betruges geworden sei.

Sie ließ ihre Augen im Zimmer umherschweifen; es war kein Mensch vorhanden. Wo befand sie sich? Es wurde ihr vor Angst siedend heiß im Inneren.

Da hörte sie ein Geräusch hinter sich. Sie konnte den Kopf nicht bewegen, aber dies war auch nicht nötig, denn der Betreffende trat gleich darauf vor sie hin.

Es war ihr Bruder.

Er verschränkte die Arme ineinander und blickte sie an. Sie schloß die Augen, um das Spiel seiner Mienen nicht ansehen zu müssen. Nach einer Weile stieß er ein kurzes, höhnisches Lachen aus und sagte:

„Das hat man davon, wenn man sich zur Geliebten eines Deutschen herabwürdigt!"

Sie konnte ihm nicht antworten. Er hatte große Lust, mit ihr zu spielen, wie die Katze mit der Maus, darum trat er näher und schob ihr das Tuch ein wenig vom Mund fort.

„Welch eine Luft! Nicht wahr? Nur meine Nähe verpestet sie."

Sie hielt noch immer die Augen geschlossen. Sie wollte, bevor sie sich in ihrem Verhalten bestimmte, erst erfahren, welche Absicht er mit ihr habe.

„Wie schade, hier bei mir sein zu müssen, während du glaubtest, bei Blücher und deinem Soldaten speisen zu können." Und höhnisch fügte er hinzu: „Welcher rühmt sich denn eigentlich des Glückes, dich zu besitzen? Der Alte oder der Junge?"

Auch jetzt noch schwieg sie. Das ärgerte ihn, und darum sagte er:

„Doch das ist ja gleich. Du wirst von jetzt an das Eigentum eines anderen sein."

Das half, denn sie öffnete jetzt die Augen und fragte:

„Wessen?"

„Das weißt du nicht?"

„Nein."

„Nun, des Barons!"

„Ah! Er hat mich rauben lassen, und du hast ihm geholfen?"

„So ist es!"

„Mein Gott, ein Bruder!"

„Mein Gott, eine Schwester!" höhnte er.

„Weiß Mama, wo ich bin?"

Die Angst um die Mutter gab ihr diese Frage ein. Er lachte laut auf und antwortete:

„Sie? Es wissen? Hältst du uns für wahnsinnig?"

„Sie wird es erfahren."

„Gewiß, das wollen wir ja."

„Wann?"

„Sobald es dir beliebt."

„Ich verstehe dich nicht."

„Du wirst mich sofort verstehen. Paß auf."

In diesem Augenblick neigte sich der Baron über die Lehne des Stuhles herüber und küßte sie auf den Mund. Sie hatte nicht gewußt, daß er hinter ihr gestanden hatte. Sie stieß einen lauten Hilferuf aus, da aber sagte ihr Bruder schnell:

„Halt! Keinen Laut! Sobald du rufst, bekommst du einen Knebel in den Mund; das wird deine Lage keineswegs angenehmer machen."

„Wer berührte mich jetzt?" fragte sie, zitternd vor Abscheu.

„Ich."

Bei diesen Worten trat der Baron hervor, so daß sie ihn deutlich sehen konnte.

„Unverschämter!" zürnte sie.

„Zanken Sie immerhin!" lachte er. Sie befinden sich in meiner Hand. Ich werde Sie jedenfalls zu zähmen wissen."

„Nie, niemals!"

„Ah, Sie glauben es nicht?" fragte er. „Nun, so hören Sie, was Ihrer wartet. Ich liebe Sie, und Sie stoßen mich von sich. Ich habe Sie gebeten und Ihnen gedroht, alles umsonst. Nun greife ich zu dem letzten, aber unfehlbaren Mittel: Sie werden heute die Meine werden, heute, noch diesen Abend. Sie werden es so lange sein, bis es mir gefällt, Sie zu entlassen; Sie werden dann in Ehren keinem anderen gehören können und mich kniefällig bitten, die Schande von Ihnen zu nehmen, indem ich Sie zur Baronin Reillac mache. Und das werde ich dann vielleicht tun, vielleicht auch nicht."

„Teufel."

„Ja, ich bin ein Teufel, und Sie sind ein Engel; es wird eine interessante Verbindung."

„Nie, niemals!" rief sie.

„Pah, Sie können nicht widerstehen!" lachte er.

„Gott wird mich schützen."

„Glauben Sie das nicht, Gott hat mehr zu tun, als sich um die kleine Margot zu bekümmern. Sie werden heute noch mein."

„Ich werde sterben", hauchte sie.

„Es stirbt sich nicht so leicht und schnell. Meine Zärtlichkeiten werden Ihnen bald gefallen, und dann werden Sie recht gern leben."

Sie war leichenblaß geworden. Sie blickte ihm ängstlich forschend in das Gesicht und sagte:

„Baron, das kann Ihre Absicht nicht sein."

„O gewiß, doch."

„Ich kann Sie nie lieben."

„Sie werden es lernen."

„Haben Sie Mitleid! Denken Sie an meinen Vater, dessen Freund Sie einst waren, und an meine arme Mutter, welche bereits so viel gelitten hat."

„Ihr Vater ist tot, und Ihre Mutter geht mich jetzt nichts an. Als meine Schwiegermutter jedoch wird sie mir sehr angenehm und willkommen sein."

„So denken Sie an Gott, der alles sieht."

„Wirklich?“ lachte er. „Er wird eine interessante Liebesszene sehen.“

„Und der alles bestraft.“

„Vor dieser Strafe fürchte ich mich nicht.“

Sie schauderte. Dieser Mensch war wirklich ein Teufel. Sie wendete sich an den Bruder:

„So erbarme du dich meiner; du bist ja doch der Bruder.“

„Unsinn!“ antwortete er. „Hast du dich meiner erbarmt?“

„Albin“, sagte sie vorwurfsvoll, „du weißt, daß Mama und ich im stillen für dich gearbeitet und gehungert haben.“

„Das ist dir gut bekommen“, sagte er mitleidslos. „Wenn du die Frau des Barons bist, quittiert er meine Schulden. Als gute Schwester würdest du dies beherzigen und ihm aus freien Stükken dein Jawort geben. Du stehst jetzt an der letzten Entscheidung. Ich frage dich: Willst du freiwillig seine Frau werden oder gezwungen?“

Sie sah, daß hier auf kein Mitleid zu rechnen war, und antwortete:

„Ich werde es weder freiwillig noch gezwungen sein. Gott wird mich beschützen.“

Sie dachte an das, was Königsau ihr gestern erzählt hatte, als sie bei Blücher saßen.

„So hast du also gewählt“, sagte Margots Bruder, „Baron, ich übergebe sie Ihnen. Tun Sie mit ihr, was Ihnen beliebt. Sie hat alles nur sich selbst zuzuschreiben!“

„Albin“, sagte sie da. „Das wirst du nicht tun. Du wirst mich nicht verlassen!“

„Papperlapapp!“ antwortete er achselzuckend.

„Denke an den Vater!“

„Oh, gerade er ist schuld, daß ich leichtsinnig geworden bin. Sein Andenken kann deine Lage nicht im geringsten verbessern – ganz im Gegenteil!“

„Gott, was soll ich da noch sagen“, klagte sie. „Ihr seid keine Menschen!“

„Oh, wenigstens ich bin ein Mensch“, meinte der Baron. „Ich werde Ihnen beweisen, daß mein Herz sehr menschliche Regungen verspürt.“

Er näherte sich ihr, um sie zu küssen.

„Gehen Sie, gehen Sie, Ungeheuer!“ rief sie.

Er spitzte dennoch den Mund. Sie konnte den Kopf nicht wenden, sie hatte kein anderes Mittel der Verteidigung, sie spuckte ihm in das Gesicht.

„Da, du Widerwärtiger!“ rief sie. „Gebt mir nur wenigstens meine Glieder frei, damit ich mit Euch kämpfen kann.“

„Fällt mir nicht ein!“ lachte der Baron, indem er sich das Gesicht abtrocknete. „Sie haben eine eigentümliche Manier, Küsse zu empfangen. Ich werde Ihnen den Mund verbinden, um Wiederholungen zu vermeiden.“

Er schob ihr das Tuch wieder auf den Mund. Dadurch wurde der Hals frei, welcher alabasterweiß und verlockend aus dem Kleiderausschnitt hervorleuchtete. Hierher richtete jetzt der Baron seine Küsse. Er sah, daß der ganze Körper des schönen Mädchens unter diesen Berührungen zusammenzuckte; aber die herrlichen Formen, welche da vor ihm lagen, erweckten seine Glut, so daß er zu Richemonte sagte:

„Also jetzt ist sie mein?“

„Ja.“

„Sie geloben Stillschweigen?“

„Gewiß.“

„Nun gut, so werde ich Ihnen jetzt eins Ihrer Akzepte zurückgeben.“

„Nur eins?“

„Nach der Hochzeit die anderen.“

„Aber wenn es zu keiner Hochzeit kommt?“

„Oh, sie wird jedenfalls einwilligen.“

„Ich meine, wenn Sie es sind, der von der Verbindung absieht.“

„Ich? Das ist unmöglich.“

„Oh, man kennt Beispiele, daß die leidenschaftlichste Liebe nach der Erhörung erkaltet.“

„Nun, in diesem Fall werde ich mich so gegen Sie verhalten, als ob Ihre Schwester meine Frau geworden sei.“

„Dann her mit dem Akzept!“

„Ich habe es im Schreibtisch. Kommen Sie. Wir wollen erst Margot in Sicherheit bringen.“

„Wohin?“

„Ich habe da in der Nähe ein außerordentlich bequemes Tapetenzimmer, dessen Tür kein Uneingeweihter zu finden vermag. Dort ist sie so sicher wie in Abrahams Schoß.“

„So machen Sie, ich möchte am liebsten fort von hier.“

„Gut, vorwärts.“

Er öffnete die Tür zum Nebenzimmer. Es war derselbe Raum, in welchem gestern die beiden zur Besprechung beisammen gewesen waren.

Draußen auf dem Dach der Veranda lagen die vier pommerschen Grenadiere. Es war ihnen gelungen, ganz unbemerkt heraufzukommen. Nun hatten sie schon eine geraume Zeit gewartet, aber nichts sehen oder hören können.

„Verdammt langweilig!“ flüsterte der eine.

„Wie auf Vorposten“, sagte der andere.

„Haltet das Maul!“ meinte August. „Wir haben aufzupassen.“

„Auf was denn?“

„Auf das Mädchen.“

„Wo ist es denn?“

„Da drin natürlich.“

„Besser wär’s, wir hätten es hier.“

„Unsinn. Ich mag keine Französin.“

„Warum nicht?“

„Am Dienstag verliebte ich mich in eine.“

„Ah! Und sie?“

„Sie verliebte sich in mich. Ich führte sie nach Hause.“

„Gratuliere.“

„Halt das Maul! Als ich am Mittwoch zu ihr kam, saß ein anderer bei ihr.“

„Der auch ihr Liebster war?“

„Natürlich. Er war ein Eckensteher.“

„Pfui Teufel!“

„Am Donnerstag beluchste sie mich wieder.“

„Das war dumm.“

„Am Freitag nahm sie abermals einen anderen mit nach Hause.“

„Was war er?“

„Lumpensammler.“

„Pfui Teufel!“

„Und am Sonnabend, da . . .“

„. . . da beluchste sie zur Abwechselung wieder dich?“

„Beinahe, denn sie war hübsch, aber – hört ihr da drin nicht Leute reden?“

„Ja.“

Die vier Soldaten horchten.

„Jetzt war’s, als ob ein Frauenzimmer gerufen hätte“, meinte August Liebmann.

„Das wird sie sein.“

„Wollen wir hinein?“ fragte einer.

„Nein. Ihr wißt, daß ihr mir Subordination schuldig seid“, sagte August. „Blücher hat die Angelegenheit ganz in meine

Hände gelegt. Sogar das Stichwort bin ich selber. Halt, da ist ja Licht!"

Drinnen wurde eine Tür geöffnet und dann die zweite. Die beiden Männer brachten Margot in das Zimmer, vor dessen Fenster die vier lagen.

„Um Gottes willen, laßt euch nicht sehen", sagte August. „Aber paßt genau auf!"

Und nun flüsterten sich die Soldaten alle Bemerkungen zu, welche sie machten.

„Sie ist an den Stuhl gebunden."

„Und vor dem Mund hat sie einen Knebel!"

„Donnerwetter, muß die hübsch sein!"

„Ja, wenn die verdammten Tücher nicht wären."

„Wer aber mögen die beiden Kerle sein?"

„Hört, mir kommt eine Ahnung!" meinte August.

„Welche?"

„Ob das nicht die beiden Halunken sind, welche gestern nach Leutnant Königsau geschossen haben?"

„Du, das wäre möglich."

„Und das Mädchen ist die, welche dann zu Blücher kam, wo mir der Alte den Ausdruck Frauenzimmer so um die Nase rieb."

„Weißt du es genau?"

„Jetzt sehe ich es deutlich. Wir haben sie ja mit nach Hause geführt."

„Sapperlot, was machen sie mit ihr? Das sieht gerade aus, als ob sie mit ihr und dem Stuhl durch die Wand rennen wollten."

„Das tun sie auch. Guckt, eine Tapetentür. Habt Ihr's gesehen, wie man sie öffnet?"

„Ich", sagte August stolz.

„Wie denn? Ich habe nichts gesehen; es ging mir zu rasch."

„Dir habe ich's nicht zu melden, sondern Blüchern."

Der Baron war mit dem Kapitän in dem Tapetenzimmer verschwunden, doch kamen die beiden sehr bald zurück. Sie gingen miteinander wieder nach der Bibliothek. Dort öffnete der Baron den Schreibtisch, zog ein verborgenes Fach heraus und entnahm demselben einen Wechsel.

„Hier!" sagte er.

Der Kapitän griff hastig darnach, überlas ihn und riß ihn dann in Stücke, welche er vorsichtig in seine Tasche steckte. Da wurde draußen die Glocke gezogen.

„Wer mag das sein?" meinte der Baron.

„Vielleicht Ihr Kammerdiener."

„Möglich. Warten Sie, ich werde öffnen."
Er durcheilte die vorderen Zimmer bis zum Vorsaal, dessen Tür er entriegelte. Anstatt seines Dieners erkannte er den Maire. Die beiden anderen standen etwas seitwärts, so daß er sie noch nicht sehen konnte.
„Ah, du?" fragte er. „Was führt dich zu so ungewöhnlicher Zeit zu mir?"
„Ich habe dir diese beiden Herren vorzustellen", antwortete der Beamte.
„Wen?"
Er trat bei diesem Wort vollständig auf den Vorsaal hinaus und erkannte nun allerdings zu seinem Schrecken augenblicklich, wen er vor sich habe.
„Baron Reillac?" fragte Blücher kurz und gebieterisch.
„Zu dienen!"
„Herr Richemonte bei Ihnen?"
„Ja", antwortete der Gefragte zögernd.
„Weiter niemand?"
„Nein."
„Wollen sehen."
Er machte Miene, einzutreten. Da aber stellte sich ihm der Baron in den Weg.
„Bitte, mein Herr", sagte er. „Bei mir ist jetzt nicht Besuchsstunde."
„Aber bei mir, alter Junge!" sagte der Marschall, indem er ihn einfach zur Seite schob und eintrat. „Überhaupt wirst du gleich erfahren, was die Stunde ist."
Der Baron sah sich überrumpelt; er mußte nun auch die beiden anderen eintreten lassen. Er war außerordentlich froh, Margot bereits in das verborgene Zimmer gebracht zu haben. Wären diese Kerle eher gekommen, so hätten sie ihn mit ihr überrascht.
Was aber wollten sie bei ihm? Suchten sie nach Margot? Vermuteten sie diese bei ihm?
„Wo ist dieser Richemonte?" fragte Blücher.
„In meiner Bibliothek", antwortete der Baron.
„Sehen wir also dorthin. Führen Sie uns."
Als sie in die Bibliothek traten, war Richemonte nicht weniger bestürzt, als vorher sein Verbündeter. Man konnte ihm seinen Schreck zwar nicht anmerken, dazu besaß er zu viel Selbstbeherrschung, aber im stillen sagte er sich, daß jetzt eine schlimme Stunde kommen werde und daß nur die größte Unverfrorenheit imstande sei, darüber hinwegzuhelfen.

„Kapitän Richemonte, Exzellenz, Feldmarschall von . . .“

Diese Namen nannte der Baron, um die Herren einander vorzustellen. Blücher jedoch fiel ihm schnell in die Rede:

„Schon gut. Geben Sie sich keine Mühe. Brauche den Namen nicht zu hören, denn ich kenne diese Sorte schon! Der Herr Leutnant von Königsau kennt sie beide auch genau. Wozu also solche Wippchen! Wo haben Sie Mademoiselle Margot?“

Man sieht, der alte Marschall Vorwärts sprang mit seiner Frage gleich mitten in den Feind hinein. Sie war an den Kapitän gerichtet.

„Jedenfalls zu Hause“, antwortete dieser.

„Ah, zu Hause, hm!“ meinte der Alte, indem er sich im Zimmer umblickte.

„Exzellenz“, meinte da Königsau, „riechen Sie nichts?“

Blücher sog die Luft ein und sagte:

„Hm, ein verfluchter Geruch! Grad wie Schwefeläther! Leutnant, ich glaube, sie ist betäubt worden.“

„Wenn es ihr im geringsten geschadet hat“, sagte dieser, „so gnade ihnen Gott!“

„Natürlich. Also, Baron Reillac, wo haben Sie Mademoiselle Margot?“

„Exzellenz“, antwortete der Gefragte, „ich weiß wirklich nicht, wie ich dazu komme, nach einer Dame gefragt zu werden, über welche Leutnant Königsau jedenfalls die beste Auskunft zu geben weiß.“

„Ja, das tut er auch“, meinte Blücher.

„Nun, warum die Frage an mich?“

„Weil der Leutnant behauptet, die Dame befinde sich bei Ihnen.“

„Ah“, lächelte der Baron, „ich habe noch nie die Ehre gehabt, Mademoiselle bei mir zu sehen.“

„Also auch heute nicht?“

„Natürlich nicht.“

„Dürfen wir uns überzeugen?“

„Das heißt, Sie zweifeln an der Wahrheit meiner Versicherung?“

„Ja.“

„Sie halten mich für einen Lügner?“

„Ja.“

„Ah, welche Beleidigung! Bei mir haben nur Leute Zutritt, welche höflich aufzutreten wissen. Ich ersuche Sie, mich zu verlassen, und zwar sofort. Am allerwenigsten aber kann es mir einfallen, solchen Menschen zu erlauben, meine Räume zu durchsuchen."

Da trat der Alte auf ihn zu und rief:

„Was, du Wechselbalg! ‚Solche Menschen' nennst du uns? Da schlage doch der helle, lichte Teufel hinein! Hier hast du etwas, um zu sehen, wie höflich ich sein kann! Und hier, hier, hier und hier!"

Er holte mit aller Force aus und schlug dem Baron bei jedem ‚Hier' die Rechte in das Gesicht, daß es klang, als ob er ihm den Kopf zerschlagen wolle. Da trat der Maire hinzu und rief:

„Exzellenz, um Gottes willen!"

Der Kapitän machte Miene, sich zu beteiligen; da aber zog Königsau seine beiden Pistolen und rief:

„Halt! Wer Exzellenz anrührt, den schieße ich nieder!"

Da trat der Kapitän erschrocken zurück.

Der Baron war von den Ohrfeigen so überrascht worden, daß er an eine Gegenwehr zunächst gar nicht denken konnte, als aber Blücher von ihm abließ, da zog ihm der Grimm und die Bestürzung die Hand empor. Es hatte ganz das Aussehen, als ob er die Ohrfeigen erwidern wolle. Da aber funkelte auch bereits Blüchers Pistolenlauf ihm vor dem Gesicht.

„Nieder mit der Hand, Halunke!" gebot der Alte.

Der Baron ließ den Arm sinken; er sah es Blücher an, daß derselbe im nächsten Augenblick losdrücken werde.

„Aber, Messieurs, so ein Auftritt", sagte der Maire. „Exzellenz, ich muß mir wirklich die Bemerkung erlauben, daß ich's wunderbar finde . . ."

„Pah!" unterbrach ihn der Alte. „Ich finde hier gar nichts Wunderbares. Der andere hat seine Keile von dem Leutnant bekommen, nun erhält sie der da von mir. Es gibt Subjektersch, welchen man nur mit Ohrfeigen antworten kann."

„Oh, Exzellenz tragen außerdem noch Pistolen in der Hand."

„Ja, aus Vorsicht! Gestern abend hat der eine von diesen beiden zweimal auf den Leutnant geschossen, während ihm der andere dazu geleuchtet hat. Bei solchen Leuten muß man sich vorsehen."

„Welche Verleumdung!" rief der Baron.

„Welche Lüge!" erwiderte der Kapitän.

„Sie sehen, daß hier nicht einmal Ohrfeigen mehr fruchten. Diese Sorte Äpfel ist bereits so tief hinein faul, daß sie stinkt; ihr ist nicht mehr zu helfen. Und weil es ihnen gestern nicht gelang, den Bräutigam zu töten, so haben sie sich heute der Braut bemächtigt. Aber wir werden sie finden."

Da nahm sich der Baron zusammen. Er wendete sich an den Maire:

„Du bist Beamter, wenn du uns nicht beschützen kannst, so werde ich Beschwerde erheben. Wenn diese Leute mein Haus nicht verlassen, so werde ich mich doch so weit zurückziehen, daß ich gegen Beleidigungen geschützt bleibe, für welche ich mir allerdings Genugtuung geben lassen werde. Kommen Sie, Kapitän."

Er wandte sich zum Gehen, dies lag aber ganz und gar nicht in Blüchers Absicht. Dieser erhob vielmehr die Pistole und sagte:

„Ohne meine ausdrückliche Erlaubnis zieht sich hier niemand zurück."

„Exzellenz", rief da der Maire, „das geht zu weit!"

„Unsinn! Ich weiß gar wohl, was ich darf", meinte der Alte. „Es ahnt mir im Gegenteil, daß ich heute noch viel weiter gehen werde."

„Das heißt, Sie wollen die Durchsuchung des Hauses erzwingen?"

„Ja."

„Selbst mit bewaffneter Hand?"

„Wie Sie sehen."

„Ich lege Widerspruch ein."

„Hilft nichts."

„Ich mache Exzellenz auf alle Folgen aufmerksam."

„Ist nicht nötig."

„Gut, so wasche ich meine Hände in Unschuld."

„Meinetwegen in Sirup oder Buttermilch! Kann es losgehen?"

„Da Sie mich in dieser Weise zwingen, so muß ich mich allerdings fügen. Ich erkläre also als oberster Beamter dieses Arondissements, daß Seine Exzellenz der Feldmarschall von Blücher behaupten, es sei in diesem Haus eine junge Dame versteckt, welche man unter Anwendung von List und Gewalt entführt hat. Ich werde also jetzt alle Räumlichkeiten nach der Verschwundenen durchsuchen, weise jedoch alle Konsequenzen von mir ab."

„Ich werde sie zu tragen wissen", meinte Blücher.

„Gut. Führt uns!" meinte der Maire zu dem Baron.

„Mich wird man wohl von der Teilnahme an dieser Entdekkungsreise gnädigst dispensieren", meinte der Kapitän höhnisch.

Der Maire warf einen fragenden Blick auf Blücher. Dieser antwortete:

„Hat dazubleiben und mit uns zu gehen. Leutnant, lassen Sie diese beiden Kerle nicht aus den Augen."

Jetzt begann die Durchsuchung des Hauses, soweit es von dem Baron bewohnt wurde. Sie wurde mit allem Nachdruck und aller Aufmerksamkeit geführt, lieferte aber nicht das geringste Resultat. Als man nach der Bibliothek zurückkehrte, hatte sich nicht eine Spur der Gesuchten gefunden.

Der Baron und der Kapitän warfen einander triumphierende Blicke zu.

„Ich werde Genugtuung fordern!" drohte der erstere.

„Ich ebenso", stimmte der letztere bei.

Der Maire zuckte die Achsel.

„Ich kann leider nicht davon abraten", sagte er. „Ich selbst bin in der Art vergewaltigt worden, daß ich den Weg des Rechtes betreten werde, um meine geschändete Amtsehre wiederherzustellen. Übrigens habe ich nun die Verpflichtung, darauf aufmerksam zu machen, daß der Herr Baron jetzt unbedingt fordern kann, daß die beiden deutschen Herren sein Haus verlassen."

„Ich fordere es sofort und unbedingt!" sagte Reillac.

Blücher lachte. Er wendete sich an Königsau:

„Schau, mein Junge, wie ihnen der Kamm schwillt! Wollen einmal sehen, ob sie nicht doch noch zu Kreuze kriechen. Komm!"

Er machte Miene, nochmals in die bereits durchsuchten hinteren Zimmer zu treten, da aber rief der Baron:

„Halt! Jetzt ist meine Geduld zu Ende. Hier herein tritt man nicht."

„Mache dich nicht mausig, Kerl!" antwortete der Alte. „Jetzt kommt ihr alle noch einmal mit, sonst soll euch der Donner krachen."

„Exzellenz!" meinte der Maire.

„Halte das Maul! Vorwärts! Alle da hinein, sonst schieße ich."

Sie gehorchten und mußten ihm bis in das Zimmer folgen, vor welchem die Soldaten lagen. Blücher wendete sich nochmals an den Maire:

„Sie behaupten also, daß die Gesuchte sich nicht in diesem Haus befindet?"

„Ich kann es beschwören."

„Gut. Ich habe auch nichts gesehen; aber oft hat der Teufel sein Spiel, und ich will doch erst einmal mit Leuten reden, welche gescheiter zu sein pflegen als ein französischer Maire von Paris. August, herein!"

Er wirbelte bei diesem Wort das Fenster auf.
Da kommandierte August draußen:
„Ganzes Bataillon marsch!"
Die vier Grenadiere sprangen herein. Der Maire erstaunte; die beiden anderen aber erschraken. Befanden diese Soldaten sich bereits längere Zeit da draußen auf der Veranda, so war das Geheimnis verraten.
Der Kapitän suchte unbemerkt wieder in die Nähe der Tür zu kommen. Es gelang ihm nicht, denn das Pistol Königsaus richtete sich sofort nach seinem Kopf.
„Halt! Zurück!"
„Ah!" meinte Blücher. „Die Kerle wollen echappieren? Das mögen sie bleiben lassen, sonst fahren Sie in den Sack. Vorwärts! Alle drei in diese Ecke!"
„Ah, ich auch mit?" fragte der Maire.
„Ja, freilich! Habe ich Paris belagert und erobert, so kann ich schon einmal drei so sanfte Kröten in Belagerungszustand erklären. Vorwärts!"
Er reckte auch seine Pistole vor, und da zog sich denn der Maire mit den beiden anderen in die Ecke zurück, aus der sie nicht zu entweichen vermochten. Nun wendete sich Blücher an die Grenadiere:
„Das Fenster zu, Kinder, und drei von euch an die Tür. Werden diese drei Messieurs schon festhalten. Und nun, mein lieber August, hast du aufgepaßt?"
Liebmann nickte wichtig und antwortete:
„Ich hab sie gesehen, Exzellenz!"
„Wen?"
„Die Mademoiselle, welche kein Frauenzimmer ist."
„Donnerwetter! Ist's wahr?"
„Ja."
„Wo hast du sie?"
„Dort!"
Er zeigte mit der Hand nach der Tapetentür.
„Dort? Da ist ja die Wand."
„Ja, aber dahinter."
„Alle Teufel! Eine Tapetentür vielleicht?"
„Ja."
„Wie geht sie auf?"
„Da im Fußboden ist ein Ast. Man bückt sich und drückt daran."
„Kerl, woher weißt du das?"

„Habe genau aufgepaßt“, schmunzelte der Grenadier.

„Mensch, Freund, Erretter, August, wenn sich deine Worte bewahrheiten, so bist du ein Kerl, den man eigentlich in Gold fassen sollte!“

Er sah den scheinbaren Ast, welchen Liebmann meinte, und drückte mit dem Daumen darauf. Sofort sprang die Tapetentür auf und das Zimmer war zu sehen. Es war finster darin; das Licht aus der Stube hier durfte man nicht nehmen, darum gebot Blücher dem Grenadier, die Lampe aus der Studierstube zu holen. Dies geschah, und nun trat Königsau in das Tapetenzimmer, während die anderen die Gefangenen nicht aus den Augen ließen. Er ließ einen Ruf des Entsetzens hören.

„O Gott, meine Margot!“

„Was ist's?“ fragte Blücher draußen.

„Sie ist gefesselt, an den Stuhl gebunden. Auch geknebelt ist sie.“

„Alle Teufel, da fällt jede Rücksicht weg! August!“

„Exzellenz?“

„Reißt einmal hier die Gardinen auseinander, damit wir Stricke bekommen, und bindet mir diese beiden Menschen fest, so fest wie ihr könnt, und wenn ihnen das Blut aus den Nägeln spritzt!“

Das war Wasser auf die Mühle der Grenadiere. Im Nu waren die Gardinen in Stricke verwandelt. Der Baron und der Kapitän wollten sich wehren, aber sie waren den Pommern nicht gewachsen.

„Nun komm, Bursche, und sieh dir einmal die Bescherung an!“ gebot Blücher dem Maire, welcher kein Wort mehr zu sagen wagte.

Er gehorchte. Als die beiden in den Raum traten, sahen sie Margot noch immer auf dem Stuhl festgebunden. Aber den Knebel hatte Königsau entfernt, und nun hingen die beiden Liebenden einander an den Lippen, während er sie und den Stuhl umschlungen hielt.

„Endlich, endlich!“ sagte er. „Welche Angst habe ich ausgestanden!“

„Oh, ich noch viel mehr!“ flüsterte sie, ganz müde vor Glück. „Ich hörte euch suchen.“

„Du hörtest es?“

„Ja, ich verstand sogar jedes Wort, welches gesprochen wurde.“

„Und dann gingen wir wieder, nicht wahr?“

„Ja. Ihr gingt fort, und da gab ich alles verloren!“

„Du Allerärmste, was mußt du ausgestanden haben!"
„Aber dann, dann kamt ihr wieder", lächelte sie.
„Und du hörtest, daß die geheime Tür entdeckt worden war?"
„Ja, und nun war alles gut."
„O nein, es ist noch nicht alles gut", meinte da der Marschall. Es gibt noch sehr viel zu tun. Aber, Leutnant, Junge, willst du sie denn endlich losbinden?"
Diese beiden waren durch das Wiedersehen so beglückt, daß sie gar nicht an die Bande gedacht hatten, welche Margot noch immer an den Stuhl fesselten. Sie wurden nun gelöst. Sobald sie sich erheben konnte, flog sie auf Blücher zu, drückte seine Hand an ihre Lippen und sagte:
„Exzellenz, das habe ich Ihnen zu verdanken!"
„Daß du entführt wurdest, Mädel?" fragte er lächelnd.
„O nein, sondern daß ich befreit wurde!"
„Da irrst du dich bedeutend, meine Goldtochter. Das hat alles hier dein Schatz getan. Ich hätte den Teufel gewußt, wo du zu suchen bist; er aber hat es geahnt."
„Aber er hätte mich doch nicht befreit. Wer hätte auf ihn gehört?"
„Ah, du meinst den Nachdruck, welchen es gibt, wenn der alte Blücher etwas will? Nun ja. Aber der Leutnant hätte dich ganz allein geholt. Er wäre mit dem Kopf durch alle Wände gefahren. Nun aber erzähle vor allen Dingen, wie man es angefangen hat, dich in diese Klemme zu bringen."
Sie erzählte den ganzen Vorgang vom Anfang bis zum Ende. Sie sprach dabei so laut, daß alle es hören konnten, auch die beiden Gefangenen, welche gefesselt draußen auf der Diele lagen. Wie mußte diesen jetzt zumute sein!
Sie verhehlte auch nicht, daß sie geküßt worden war. Das aber brachte den Alten fürchterlich in Harnisch.
„Was? Geküßt hat er dich?" fragte er.
„Ja."
„Wohin?"
„Einmal auf den Mund."
„Und dann?"
„Hierher."
„Sie deutete dabei nach der Stelle des Halses, welche von seinen Lippen getroffen worden war.
„Ach, das soll ihm schlecht bekommen! Unsere Margot zu küssen! Heda, Königsau, sinne dir eine Strafe aus. Mir fällt nicht gleich eine ein."

„Ich könnte ihn erdrosseln!“ knirschte der Leutnant.
„Gut, erdrosseln wir sie ein wenig!“ rief Blücher. „Sie haben es verdient.“

Da wagte der Maire denn doch eine Bemerkung:
„Exzellenz wollen bedenken, daß nur das Gesetz die Strafe übernehmen kann.“

Blücher warf ihm einen zornigen Blick zu und antwortete: „Behalte Er seine Weisheit für sich, Er Dummian! Vorhin war auch nur das Gesetz berechtigt, die Haussuchung vorzunehmen. Was aber hat denn Er, Mann des Gesetzes, gefunden, he? Ich wäre der größte Esel Frankreichs – und die sind doch groß genug – wenn ich es mir einfallen lassen könnte, diese beiden Kerle Euren Gesetzen zu übergeben. Da erhielten sie wohl gar noch eine Prämie für ihre Schlechtigkeit!“

Der Maire schwieg, aber ein anderer Fürsprecher trat auf oder vielmehr eine Fürsprecherin – Margot selbst.

„Exzellenz, lassen Sie es gut sein“, bat sie.

„Ja, er ist dein Bruder und so weiter, gerad wie schon früher, nicht wahr?“

„Allerdings.“

„Das gilt heute nichts mehr. Auf das, was sie getan haben, steht Todesstrafe.“

„Um Gottes willen, Exzellenz!“

Sie bat und flehte, aber er ließ sich lange nicht erweichen. Königsau verhielt sich dabei ganz passiv. Er gönnte den beiden jede Strafe und wollte doch der Geliebten nicht widersprechen. Endlich meinte Blücher:

„Straflos ausgehen können sie unmöglich. Sie haben nicht bloß dich entführt. Sie haben auf einen deutschen Offizier geschossen und heute mich beleidigt. Sie haben zweimal den Tod verdient. Es kostet mich ein Wort, so hängen sie morgen am Galgen. Aber ich will dich nicht so sehr betrüben. Das Leben soll ihnen geschenkt sein.“

„Aber nicht die Freiheit?“ fragte sie.

„Werde es mir überlegen!“

Sie begann von neuem zu bitten, bis er endlich losbrach:

„Hole dich der Teufel, Goldkind! Dir kann man nichts abschlagen. Ich will ihnen auch die Freiheit schenken, aber wenn du nun noch ein Wort sagst, so nehme ich alles zurück und lasse sie noch heute abend aufhängen!“

Jetzt glaubte sie genug erreicht zu haben und ließ mit Bitten ab. Blücher nickte dem Leutnant heimlich zu, zum Zeichen, daß es ihm gar nicht einfalle, sie ganz straflos zu lassen. Dann sagte er:

„Was wir noch hier zu tun haben, ist für eine Dame zu langweilig. Protokolle aufnehmen und Akten schreiben gewährt keine Unterhaltung. Ich denke, Königsau, du führst Margot nach Hause und ich komme nach, sobald ich fertig bin."

„In die Wohnung von Exzellenz?"

„Nein, zur Mutter. Die muß ich heute auch noch sehen."

Das ließ sich der Leutnant nicht zweimal sagen. Er nahm den Arm der Geliebten unter den seinigen und ging, nicht aber, ohne daß Margot sich vorher herzlich bei den braven Pommern bedankt hätte.

Jetzt nun sollte das Verhör beginnen. Blücher machte seine Sache kurz.

„Akten schreiben und Protokolle verfassen werde ich nicht", meinte er. „Ich wollte damit nur Mademoiselle zum Fortgehen bewegen. Ihr beiden Halunken werdet gehört haben, daß ich euch das Leben und auch die Freiheit schenke. Ich tue das aber nur unter der Bedingung, daß ihr mir zwei Fragen beantwortet; sonst verspreche ich euch bei meiner Ehre, daß ihr morgen dennoch gehenkt werdet."

Die beiden Delinquenten nahmen sich vor, wenn es halbwegs möglich war, die Fragen zu beantworten.

„Wer war der Kerl, welcher den Offizier gespielt hat?" fragte Blücher.

„Ein Schauspieler, der Sohn meines Kammerdieners", antwortete der Baron.

„Und wer war der Kutscher?"

„Mein Kammerdiener."

„Ah, wo ist er?"

„Er muß daheim sein. Ich hörte ihn während der Haussuchung kommen. Der Portier wird ihm gesagt haben, wer sich bei mir befindet."

„Ah, und da fürchtet er sich?"

„Wahrscheinlich."

„So werde ich ihn zitieren."

Blücher ging in die Bibliothek, in welcher er einen Glockenzug bemerkt hatte, und gab das Zeichen. In kurzer Zeit klingelte es am Vorsaal, welcher verschlossen war. Der Marschall öffnete. Ein langer Mann stand da, in Livree gekleidet.

„Wer bist du?" fragte Blücher.

„Der Kammerdiener", antwortete der Mann.

„Gut, dein Herr hat längst auf dich gewartet. Wo ist dein Sohn?"

„Unten beim Portier. Er wollte sich noch nicht von mir trennen."

„Hole ihn herauf, mein Sohn. Der Baron braucht euch notwendig."

In Zeit von einer Minute kam der Schauspieler, jetzt natürlich in Zivil gekleidet. Blücher nahm die beiden in Empfang und brachte sie in das Verhörzimmer.

„Ist das dein Kammerdiener?" fragte er den Baron.

„Ja", antwortete dieser.

„Und der andere ist dessen Sohn?"

„Ja."

„Nun gut, so will ich mein Urteil sprechen."

Erst jetzt merkte der Kammerdiener, in welche Falle er gegangen war. Er blickte sich nach der Tür um, sah aber, daß an ein Entkommen gar nicht zu denken war.

Blücher wendete sich an seine Grenadiere und sagte:

„Ihr habt eure Sache sehr brav gemacht, und darum will ich Euch eine Erholung gönnen. Wüßte ich nur, wo recht hübsche Rütchen und Schwippchen zu finden sind!"

Das war allerdings eine sehr freudige Überraschung für die Grenadiere. August trat sogleich vor und sagte, indem sein ganzes Gesicht schmunzelte:

„Mit Verlaub, Exzellenz, sollte in dieser Wirtschaft sich nicht ein biegsames Spazierröhrchen finden, mit einigen hübschen Knötchen drin?"

„Sapperlot, ja, du hast recht. Such einmal nach, mein Junge."

Das ließ sich August nicht zweimal sagen. In kurzer Zeit hatte er alle Spazierstöcke des Barons beisammen.

„Wird es gehen, August?" fragte der Alte.

„Sehr gut! Besonders hier die drei Bambusse!"

„Schön! Wollen wir anfangen. Da ist zunächst ein Kammerdiener, welcher bei Entführungen den Kutscher macht und seinen eigenen Sohn zu solchen Dingen verführt. Er soll sechzig haben, und zwar aus dem Effeff. Bindet ihn, und knüpft ihm auch den Mund zu, denn sein Winseln mag ich nicht hören."

Der Kammerdiener wurde von den Grenadieren gebunden und geknebelt. Als er die sechzig erhalten hatte, kam sein Sohn an die Reihe.

„Dieser hat sich für meine Ordonnanz ausgegeben. Der Kerl hat Anlage zum größten Schwindler. Er bekommt hundert."

So geschah es auch. Das Blut der beiden schwamm auf dem Fußboden.

Jetzt stieß Blücher mit dem Stiefel an den Kapitän.

„Der ist schon gebunden. Wir wollen ihm den Mund nicht verschließen, denn ich will einmal sehen, ob ein Kapitän der alten Garde zu schweigen versteht. Er hat seine eigene Schwester verkauft und auf einen preußischen Offizier geschossen. Er erhält zweihundert, aber so, daß er gleich liegenbleibt. Dann sind wir wenigstens sicher, daß er in der ersten Zeit nicht daran denken kann, neue Schlechtigkeiten auszuhecken. Fangt an, Burschen!"

Zweihundert Hiebe sind für jeden Menschen eine böse Strafe, für einen Offizier aber geradezu eine fürchterliche. Der Kapitän hielt sie aus, ohne einen Laut auszustoßen. Als man mit ihm fertig war, sah man seine Lippen zerbissen und seine Augen mit Blut unterlaufen. Er sprach kein Wort, aber sein Blick war mit dem Ausdruck teuflischer Rachsucht auf den Marschall gerichtet.

Jetzt nun war an dem Baron die Reihe.

„Dieser hat ein Mädchen entführt und auf einen Offizier geschossen.", entschied Blücher. „Er erhält auch zweihundert. Und für die Küsse, welche er gegeben hat, soll er ein Gegengeschenk von fünfzig Hieben außerdem haben. Schont ihn nicht, Jungen!"

Der Maire hatte bisher geschwiegen. Jetzt, da es sich um seinen Schwager handelte, glaubte er sich desselben annehmen zu müssen. Er sagte:

„Exzellenz gestatten die Frage, ob diese Fälle auch in Ihrer Kompetenz liegen."

„Nein, nicht in meiner Kompetenz, sondern hier auf dem Fußboden liegen die Kerle mit all ihren Fällen und Hieben. Wenn Sie den Mund nicht halten, werde ich Ihnen jedoch beweisen, daß meine Kompetenz sich sogar über die Mairie dieses Arondissements erstreckt. Meine Jungen sind einmal im Zuge, Monsieur."

Dem Baron wurde der Mund verbunden; ihm war die Selbstüberwindung des Kapitäns nicht zuzutrauen. Er erhielt die ihm zugesprochenen zweihundertfünzig Streiche ohne allen Abzug, und dann war das Racheamt der Grenadiere vollbracht.

„So, jetzt können wir gehen, Kinder", sagte der Alte. „Diese vier Messieurs werden mit uns zufrieden sein, denn wir haben sie um keinen einzigen Hieb betrogen. Der Herr Maire kann hierbleiben, um zu sehen, welche Salbe ihnen guttun wird; die unsrige jedoch ist ihnen am gesündesten gewesen. Sollte ihm übrigens meine Kompetenz nicht gefallen, so bin ich gern erbötig, den Mädchenraub und den Mordanfall auf einen preußischen Offizier noch nachträglich vor das kompetente Kriminalgericht zu bringen. Gute Nacht, Herr Maire dieses Arondissements."

Er ging mit seinen Grenadieren. Diese verließen das Haus nicht so, wie sie es betreten hatten, sondern auf dem gewöhnlichen Weg durch den Eingang.

Bei seinem Palais angekommen, trennte er sich von ihnen, um noch zu Frau Richemonte zu gehen, vorher aber sagte er:

„Höre, lieber August, ihr habt euch heute durch große Taten ein ungeheures Verdienst erworben. Ihr sollt morgen jeder fünf Laubtaler ausgezahlt erhalten und so viele Pfeifen Tabak, als ihr heute Hiebe ausgeteilt habt. Wieviele sind dies?"

„Sechshundertundzehn", antwortete Liebmann schnell.

„Das ist ein bißchen viel Tabak, für die, welche die Hiebe erhalten haben, und auch für mich, der ich ihn euch geben muß. Aber es ist gut; ihr habt ihn verdient. Am liebsten hätte ich den Maire auch noch klopfen lassen und sein Arondissement dazu, aber ich hätte dann nicht gewußt, woher ich morgen den Tabak für euch genommen hätte. Gute Nacht, Jungens!"

Er setzte seinen Weg in bester Laune fort. Er hatte Gelegenheit gehabt, einigen Franzosen deutsche Hiebe zukommen zu lassen, und dies war stets sein größtes Gaudium.

Seit diesem Abend war eine lange Zeit vergangen. Frankreich hatte einen neuen Herrscher erhalten, und die Heere der Verbündeten hatten sich aus Frankreich zurückgezogen, um die heimatliche Stätte aufzusuchen. Blücher war in England gewesen und dort in geradezu unerhörter Weise gefeiert worden, und auch in der Heimat hatte man ihn mit unbeschreiblichem Jubel empfangen. Er hatte mehrere hochgestellte Feinde, aber im Herzen des Volkes hatte er als der Marschall Vorwärts sich ein immerwährendes Andenken erworben.

Im übrigen trug er einen tiefen Groll im Herzen. Er wußte am besten, welche Opfer Preußen, Deutschland und die verbündeten Länder gebracht hatten, um das übermütige Frankreich zu schlagen und den Mann zu stürzen, welcher es gewagt hatte, aller Welt Gesetze vorzuschreiben, die Deutschen aber am liebsten mit dem Ausdruck Cochons, Schweine, zu bezeichnen.

Und nun tagte der berühmte Kongreß in Wien, welcher die Aufgabe zu lösen hatte, die Ergebnisse des Krieges in eine bestimmte Form und Gestaltung zu bringen. Er vermochte es aber nicht, den Widerstreit der verschiedensten Ansprüche, welche sich kundgaben, zu schlichten und zu lösen. Man begann den Frieden von Paris bitter zu tadeln. Man hatte den Franzosen zu viel Macht und Land gelassen und die erkämpften Vorteile wieder aus der Hand gegeben.

Dieser Ansicht schloß sich besonders Blücher an.

„Frankreich wird wieder laut", pflegte er zu sagen; „es beginnt wieder das große Wort zu führen, und wir, die wir den Frieden erkämpft und uns nach Ruhe gesehnt haben, halten nur eine Rast, welche nicht lange dauern wird."

Er erhob überall seine Stimme, um zu warnen. Er tat alles, um das Heer kriegstüchtig und marschbereit zu halten, und er tat daran sehr recht.

Napoleon war aus Frankreich verbannt, aber er hatte Tausende, ja Millionen stille Anhänger zurückgelassen. Gerade während seines Unglückes hatte sich sein kriegerisches Talent am Glänzendsten bewährt. Die Soldaten vergötterten ihn. Und wer war damals in Frankreich nicht früher Soldat gewesen oder noch Soldat? Keiner hat die Anhänglichkeit des Kriegers an diesen außerordentlichen Feldherrn ergreifender geschildert, als Heinrich Heine in seinen Versen:

„Was schert mich Weib, was schert mich Kind!
Ich trage weit beßres Verlangen.
Laß sie betteln gehn, wenn sie hungrig sind.
Mein Kaiser, mein Kaiser gefangen!"

Napoleon kannte diese Verhältnisse, und er beschloß, sie zu benutzen. Er war nicht der Mann, auf Elba die Rolle eines abgedankten Souveräns zu spielen. Er beging aber einen großen Fehler; er verließ die Insel zu früh, denn noch hatten nicht alle feindlichen Heeresteile ihre Heimat erreicht; sie durften nur die Order zur Umkehr erhalten, so waren sie kampfbereit. Und der Umstand, daß die Vertreter der Nationen noch in Wien tagten, begünstigte ein schnelles Einvernehmen zwischen ihnen und den schleunigen Beschluß, sich mit vereinigten Kräften wieder auf ihn zu werfen.

Dennoch erscholl plötzlich die Kunde, daß Napoleon am 27. Februar die Insel verlassen habe und mit einer Schar Bewaffneter in Frankreich gelandet sei.

Dieses Unternehmen, welches anfangs abenteuerlich erschien, wuchs in schneller Entwicklung riesenhaft empor. Bereits nach wenigen Wochen war Napoleon wieder in Paris und gebot von neuem als Kaiser über ganz Frankreich.

Er ließ den Mächten sagen, daß er nicht den Krieg bringe, sondern den Frieden beabsichtige. Da er sich aber denken konnte und auch bald erfuhr, daß ganz Europa sich in dem Entschluß ihn zu bekämpfen, vereinigen werde, so traf er die schnellsten und ausgedehntesten Vorbereitungen zum Krieg, den er nach der Richtung der belgischen und niederländischen Grenze zu spielen gedachte.

Alle seine Anhänger waren ihm zugeströmt, unter diesen auch zwei, welche wir bereits kennen, nämlich der Kapitän Richemonte und Baron Reillac.

Beide hatten eine schlimme Zeit erlebt. Die Züchtigung, welche ihnen damals von Blücher zudiktiert worden war, hatte sie körperlich für lange Zeit niedergeworfen. Es waren Monate vergangen, ehe ihre Wunden geheilt waren. Während dieser Zeit war bei beiden der Haß gegen die Deutschen, besonders aber der Gedanke, sich persönlich an Blücher zu rächen, fast zur Manie geworden.

Gerade als die Nachricht verlautete, daß Napoleon wieder zurückgekehrt sei, hatte sich ihr Gesundheitszustand so weit gebessert, daß sie daran denken konnten, dem Kaiser ihre Dienste anzubieten. Und dies taten sie.

Baron Reillac stellte sich Napoleon vor und wurde von diesem beauftragt, die Lieferungen für das erste Armeekorps zu übernehmen, welches General Drouet befehligte.

Richemonte hatte beabsichtigt, wieder in die alte Garde einzutreten, erhielt aber durch Reillacs Vermittlung eine Kompanie der jungen Garde. Diese gehörte zu einem Regiment, welches sich beim ersten Armeekorps befand.

Früher nämlich hatte die Garde stets ein eigenes Korps gebildet, welches für den entscheidenden Angriff aufgespart worden war. Jetzt aber, seit der Bildung der jungen Garde, wurden deren Regimenter und Bataillone auch anderen Armeekorps zugeteilt.

Der Marschbefehl war bereits gegeben worden. Morgen sollte der Kapitän Paris verlassen. Er saß in dem bekannten Caféhaus beim Frühstück. Reillac hatte ihm versprochen zu kommen, obgleich die Beaufsichtigungen seiner Lieferungen ihn sehr in Anspruch nahm. Er hielt Wort, er kam doch, wenn auch spät.

Die beiden Männer standen sich jetzt weniger schroff gegenüber als früher, da der Baron bei jeder Gelegenheit mit seinen

Wechseln gedroht hatte. Jetzt kam dies nicht sooft vor. Sie hatten Ursache, über gewisse Dinge zu schweigen, welche sie beide betrafen; dies machte sie sozusagen zu Vertrauten, obgleich es sicherlich keinem von ihnen einfiel, den anderen für einen wirklichen Freund zu halten.

Heute hatte das Gesicht Reillacs einen Ausdruck, welcher dem Kapitän sofort auffiel. Es lag etwas sehr Unternehmendes darin.

„Was gibt's? Was bringen Sie?" fragte Richemonte.

„Etwas für Sie", antwortete der Gefragte.

„Ah, etwas Gutes?"

„Ja, etwas so Angenehmes, daß ich selbst mich sofort zur Ausführung entschließen würde, wenn ich zum aktiven Militär gehörte."

„Was ist es?"

„Sie kennen den General Drouet?"

„Natürlich."

„Ich meine seine Eigenheiten."

„Diese weniger."

„Nun, eine dieser Eigenheiten stimmt auffällig mit unseren persönlichen Ansichten. Er ist nämlich ein enragierter Blücherhasser."

„Donner! Das lobe ich an ihm!"

„Er hat erfahren, daß Blücher von Berlin abgereist und über Köln nach Lüttich gekommen ist, wo er sein Hauptquartier aufgeschlagen hat. Wenn da irgendein Streich auszuführen wäre!"

„So liegt irgendein bestimmter Plan vor?"

„Vielleicht. Der General wird geneigt sein, Sie zu empfangen!"

Da blitzten die Augen des Kapitäns auf.

„Ich werde zu ihm gehen", sagte er.

„Tun Sie das! Sie wollen doch jedenfalls gern avancieren?"

„Das versteht sich!"

„Nun, hier bietet sich die beste Gelegenheit. Übrigens habe ich Ihnen mitzuteilen, daß ich auch nicht in Paris bleiben werde."

„Schließen Sie sich unserem Armeekorps an?"

„Ja, der General meint, daß dies für die Lieferungen von sehr großem Vorteil sein werde. Er hat mich in der Hand."

„So werden Sie diesmal keine großen Reichtümer sammeln", lachte Richemonte.

„Möglich. Und noch eine dritte Mitteilung habe ich zu machen, welche Sie persönlich betrifft. Erraten Sie sie vielleicht? Ihre Schwester . . .!"

„Ah!“ fuhr Richemonte auf. „Ist es Ihnen vielleicht endlich gelungen, eine Spur von ihr zu entdecken?“ Und mit höhnischem Ton fügte er hinzu: „Ich würde mich natürlich unendlich freuen, sie endlich einmal wiederzusehen.“

„Noch immer keine Spur. Einen Brief habe ich aus Berlin erhalten, Leutnant Königsau ist noch nicht verheiratet.

„Sollten sie einander verloren haben?“

„Pah!“

„Es ist alles möglich!“

„Sie sind auf falschen Gedanken. Dieser Königsau ist ein schlauer Kerl. Er weiß, daß er uns zu fürchten hat und hält daher den Aufenthalt seines Bräutchens geheim.“

„Ich gäbe viel darum, ihn zu erfahren!“

„Ich jedenfalls noch mehr, und da habe ich heute nacht, als ich schlaflos im Bett lag und über verschiedenes nachgrübelte, eine Idee gehabt.“

„Eine Idee? Ah! Ist, eine Idee zu haben, bei Ihnen eine solche Seltenheit, daß Sie sich veranlaßt sehen, diesen wunderbaren Fall extra zu konstatieren?“

„Machen Sie keine faulen Witze! Vielleicht zeigt sich meine Idee als außerordentlich gut.“

„So teilen Sie mir dieselbe gefälligst mit!“

„Nun, wir haben uns die größte Mühe gegeben, die Adresse Ihrer Schwester zu erfahren, doch umsonst. Jetzt sagen Sie mir einmal: Erhält Ihre Mutter nicht eine Rente ausgezahlt?“

„Allerdings.“

„Durch wen?“

„Durch Bankier Vaubois.“

„Dieser Mann muß also ihre Adresse haben.“

„Hölle und Teufel! Ja, das ist wahr!“ rief der Kapitän. „Bin ich denn ein Idiot, daß ich daran noch nie gedacht habe? Ich werde sofort hingehen.“

„Halt, keine Übereilung! Wenn nun Ihre Mutter dem Bankier verboten hat, die Adresse zu nennen?“

„Das wäre allerdings möglich.“

„Sogar sehr wahrscheinlich. Sie würden sie dann am allerwenigsten erfahren.“

„Sie ebenso.“

„Ja, sie wird ihn aber vor uns beiden ganz besonders gewarnt haben.“

„So müssen wir einen anderen Wege einschlagen.“

„Ich habe bereits einen.“

„Nun?“
„Hm! Meine Wäscherin hat ein allerliebstes Töchterchen.“
„Ah! Sie selbst finden sie allerliebst?“
„Warum nicht? Aber trösten Sie sich; ich bin dem Kind ungefährlich.“
„Aus Altersrücksichten?“ lachte der Kapitän.
„Das vielleicht weniger. Aber sie hat bereits einen Geliebten.“
„Das war vorauszusehen. Welches hübsche Mädchen hätte nicht einen Geliebten.“
„Hier kommt noch der Umstand in Betracht, daß dieser Geliebte Kommis eines hiesigen Bankhauses ist.“
„Ah, des Hauses Vaubois vielleicht?“
„Leider nein. Aber ich schenke der Kleinen zuweilen etwas. Sie wird mir gern einen Gefallen tun. Ebenso wird ihr Geliebter ihr gern einen Wunsch erfüllen.“
„Ich ahne Ihren Entwurf.“
„Das ist nicht schwer. Der junge Mensche geht also zu Vaubois und zieht die betreffende Erkundigung ein.“
„Und wenn er nach dem betreffenden Grund gefragt wird?“
„Den kennt er nicht. Sein Prinzipal sendet ihn.“
„Und wenn man zögert?“
„So schildert man die Angelegenheit als eilig.“
„Hm, es gelingt vielleicht. Oh, daß ich morgen fort muß!“
„Warum bedauern Sie dies?“
„Ich werde nicht Zeit haben, diese so langersehnte Neuigkeit zu erfahren.“
„Warum nicht? Der Kommis kommt zwölf Uhr nach Hause. Er speist nämlich bei meiner Wäscherin. Jetzt ist es elf Uhr. Wenn ich sofort aufbreche, so ist noch genug Zeit, die kleine Intrige einzuleiten. Sie kommen heute abend wieder hierher; im Fall des Gelingens kann ich Ihnen da die Adresse bereits sagen.“
„Das geht; das geht wahrhaftig! Gehen Sie; eilen Sie, Baron.“
Der Kapitän brauchte gar nicht zur Eile aufzufordern, denn jener hatte bereits Hut und Stock ergriffen und verließ das Café mit raschen Schritten.

Richemonte blieb noch einige Zeit sitzen, um sich das Gehörte alles zurechtzulegen; dann trank auch er aus und ging – zu General Drouet.

Dieser war ein höchst tatkräftiger und kühner Mann, doch versäumte er bei allem Mut nicht, vorsichtig und klug zu sein. War irgendein Ziel ebensogut durch List wie durch Verwegenheit zu erreichen, so zog er die erstere stets der letzteren vor.

Er war, da er so nahe vor dem Ausmarsch stand, sehr beschäftigt, ließ aber, als ihm der Kapitän gemeldet wurde, denselben sofort eintreten. Dieser Umstand schien diesem ein gutes Zeichen zu sein. Der Blick des Generals ruhte forschend auf dem Offizier.

„Haben Sie in Spanien gekämpft?" fragte er.

„Ja, General."

„Unter wem?"

„Unter Suchet."

„Das war ein tüchtiger General, vielleicht der tüchtigste, der in Spanien befehligt. Man hat es dort mit Guerillas zu tun. Sie haben also jedenfalls auch den kleinen Krieg zur Genüge kennengelernt?"

„Ich denke es, mein General."

„Nun, so werden Sie wissen, daß der Sieg sehr oft von sonst ganz nebensächlich erscheinenden Dingen abhängt, von der Kenntnis der Gegend und der Stimmung ihrer Bevölkerung und so weiter. Auch bei dem sogenannten großen Krieg sind diese Umstände keineswegs aus der Acht zu lassen. Wir werden nach den Niederlanden gehen. Dort befehligen Wellington und Blücher. Lieben Sie Blücher?"

„Ich habe keine Veranlassung dazu."

„Aber Sie hassen ihn auch nicht?"

„Ich wünsche ihn zu allen Teufeln, und ich habe Veranlassung dazu."

„Dieser Wunsch wird ihm nicht viel schaden!" lächelte der General.

Aber der Blick, welchen er dabei auf den Kapitän warf, war ein lauernder.

„Oh, ich wollte, ich könnte tätig sein, meinen Wunsch zur Erfüllung zu bringen."

„Nun, wissen Sie, wo dieser Bramarbas sich gegenwärtig befindet?"

„In Lüttich, wie ich höre."

„Das ist richtig, Kapitän. Ich brenne vor Begierde, etwas über seine kriegerischen Evolutionen zu hören; aber das ist außerordentlich schwer."

„Es scheint mir leicht zu sein."

„Man hat nicht zuverlässige Männer genug."

„Es gibt deren doch welche!"

„Vielleicht Sie?"

„Ich hoffe es."

„Gut, Kapitän, Sie sind mir empfohlen. Was denken Sie von einer Reise nach Lüttich oder Umgegend?"

„Sie müßte sehr unterhaltend und belehrend sein."

„Aber auch gefährlich."

„Ich fürchte Blücher nicht!"

„Aber einer seiner Korpskommandanten hat dort zugleich sein Hauptquartier. Dieser Bülow nämlich, und der ist gefährlich.

„So wird man sich in acht zu nehmen wissen."

„Ich wünsche besonders zu wissen, welche Macht man dort zusammenzieht, und was man für Pläne hat; hauptsächlich jedoch kommt es mir darauf an, alles, was zu der Persönlichkeit Blüchers in Beziehung steht, zu erfahren."

„Ich werde eifrig danach forschen."

„Sie kennen ihn persönlich?"

„Ja."

„Und er Sie auch?"

„Ebenso."

„So kann ein Zusammentreffen sehr gefährlich werden."

„Für mich jedenfalls nicht."

„Sie meinen für ihn?"

„Eher!"

„Nun, man wird ja hören, was Sie erleben. Um meine Anerkennung brauchen Sie sich nicht zu sorgen, wenn es mir auch unmöglich ist, meine Wünsche, oder vielmehr meinen Hauptwunsch, in deutlicher Weise auszusprechen."

„Ich errate ihn, mein General."

„Vielleicht raten Sie gut. Tun Sie, was Sie denken! Aber Ihre Reise erfordert Auslagen. Darf ich fragen, ob Sie bemittelt sind?"

„Ich lebe von dem Sold, den ich auch erst noch empfangen soll."

„Ah, das ist peinlich. Hier nehmen Sie diese kleine Remuneration. Wenn man Gutes von Ihnen hört, wird man weiter dankbar sein. Adieu, Kapitän!"

Der General hatte ihm eine Geldrolle in die Hand gedrückt. Als Richemonte sie zu Hause öffnete, sah er, daß sich fünfhundert Franc darin befanden.

„Fünfhundert Franc für den Kopf Blüchers! Der Kerl ist aber bei Gott auch nicht mehr wert", murmelte er. „Wollen sehen, was man noch zulegen wird."

Als er am Nachmittag in seine Kaserne kam, erfuhr er vom Oberst, daß dieser vom General beauftragt sei, ihm einen unbestimmten Urlaub zu geben und ein dreimonatliches Gehalt auszuzahlen. Er erhielt die Summe sofort zu Händen gestellt und ein versiegeltes Kuvert; dann war er entlassen.

Aus dem Kuvert zog er, als er es öffnete, mehrere Pässe, welche auf verschiedenen Stand und Namen lauteten. Jedes Signalement stimmte genau mit seinem Äußeren. Er kannte nun seine Pflicht, ohne daß man ihm diese genau bezeichnet hatte; aber er war zu stolz, sich zu sagen, als was er ausgesandt wurde – als Spion.

Am Abend besuchte er das Caféhaus und fand den Baron bereits seiner wartend. Dieser bestellte sogleich Wein für ihn, was auf einen guten Erfolg der heutigen Unterredung hinzudeuten schien.

„Waren Sie beim General?" fragte Reillac.

„Ja."

„Was haben Sie erreicht?"

„Einen Urlaub auf unbestimmte Zeit und mehrere gute Pässe."

„Gratuliere!"

„Ist eine Ironie!"

„Weshalb?"

„Was tue ich mit dem Urlaub, wenn ich ihn nicht benützen kann! Hat sich der General nicht bei Ihnen nach meinen Verhältnissen erkundigt?"

„Ein wenig."

„Was sagten sie ihm?"

„Daß Sie keine Seide spinnen."

„Dennoch scheint er mich für einen sehr wohlhabenden Mann zu halten."

„Woraus schließen Sie das?"

„Weil ich zu meinem unbestimmten Urlaub nur einen dreimonatlichen Sold erhalten habe."

„Das ist schlimm! Hm! Wenn ich wüßte ... Aber ich habe mich selbst fast ganz und gar ausgegeben."

„Ihnen stehen Konnexionen zu Gebot, mir aber nicht."

„Sie haben recht, und darum will ich Ihnen abermals tausend Franc leihen, wenn Sie mir eins versprechen."

„Was?"

„Auf Ihrer gegenwärtigen Reise Ihre Schwester mit zu besuchen."

„Donnerwetter! Haben Sie die Adresse?"

„Ja."

„Hat es Mühe gekostet?"

„Gar nicht. Der Kommis hat gefragt und sofort bereitwillige Auskunft erhalten."

„Wie lautet die Adresse?"

„Meierhof Jeannette bei Raucourt."

„Dieses Raucourt ist mir unbekannt. Wo liegt es?"

„Im Argonner Wald, nicht weit von Sedan."

„Ah, das ist ja fast auf meiner Tour?"

„Sie haben höchstens einen ganz und gar unbedeutenden Umweg zu machen. Werden Sie mir den Gefallen tun, den Meierhof aufzusuchen?"

„Gewiß."

„Und mich benachrichtigen, wie es dort steht, nämlich in bezug auf meine Wünsche?"

„Ja, besonders, da es sich um tausend Franc handelt."

„Ah, Sie denken, ich habe das bereits vergessen", lachte der Baron. „Ich will nachsehen, ob ich so viel bei mir trage."

„Ich bezweifle es nicht."

„Hm! Man gibt sich jetzt aus. Man muß zu sehr wagen. Ich stecke mein ganzes Vermögen und all meinen Kredit in diese Lieferungen."

„Aber man verdient ungeheuer dabei."

„Bloß eine Kleinigkeit, mein Lieber. Wird der Kaiser abermals geschlagen, so bin ich für immer ein ruinierter Mann."

„Ihre Lage wird dann durch die tausend Franc, welche Sie mir jetzt geben, nicht verschlimmert werden."

„Nein. Und so sollen Sie das Geld haben. Hier! Aber Sie schreiben ganz bestimmt?"

„Ja. Aber wohin?"

„Zunächst bleibe ich ja noch hier. Und später werden mir Ihre Briefe auf das sicherste nachgesandt, wenn Sie dieselben an meine gegenwärtige Adresse schicken."

Fast um dieselbe Zeit, in welcher der Kapitän von Paris aufbrach, wanderte ein junger Mann auf der Straße daher, welche über Bouillon nach Sedan führt. Bouillon ist ein trauriger Ort, er liegt an dem Semoyflüßchen in einer tiefen Schlucht der Ardennen. Es ist dies dasselbe Örtchen, welches durch den Namen des großen Kreuzfahrers, des Eroberers von Jerusalem, Gottfried von Bouillon, seine Berühmtheit erhalten hat.

Es war ein schlimmer Gewittertag. Die Dämmerung brach bereits herein, und der Regen goß in Strömen vom Himmel herab. Dazu war der Kot auf der sogenannten Straße so tief, daß man die Füße kaum aus demselben herausziehen konnte. Daher war der Wanderer froh, als er die ersten Lichter von Bouillon erblickte, wo er zu bleiben beschloß.

Er suchte nach der Herberge des Ortes und erkannte sie trotz der Dunkelheit und des strömenden Regens an dem großen Weinglas, welches man über der Tür herausgesteckt hatte. In der niederen Stube, welche nur durch einen Kienspan erleuchtet wurde, befand sich kein Gast. Nur der Wirt mit seiner Frau, ein paar alte Leute, saßen an einem schmutzigen Tisch.

Der Eintretende grüßte höflich, doch wurde sein Gruß sehr mürrisch erwidert.

„Darf ich mir am Ofen meine Kleider trocknen?" fragte er.

„Lehnt Euch hinan", lautete die Antwort.

„Und kann ich ein Abendbrot erhalten?"

„Mich und ein Stück Brot. Wir sind hier arme Leute. Wohin wollt Ihr noch?"

„Bei diesem Wetter nicht weiter."

„Ah, Ihr wollt doch nicht etwa hierbleiben?"

„Warum nicht?"

Der Wirt warf einen scheuen Blick auf ihn und fragte:

„Woher seid Ihr?"

„Aus Paris."

„Und woher kommt Ihr jetzt?"

„Aus Lüttich."

„Mein Gott, wo die Preußen sind?"

„Ja. Ich bin vor ihnen geflohen."

„Da habt Ihr recht getan. Sie wollen wieder Krieg anfangen, aber der Kaiser wird ihnen auf die Finger klopfen. Was seid Ihr denn eigentlich?"

„Ein Musikant."

„Ihr habt doch kein Instrument bei Euch!"

„Die Preußen haben mir meine Geige genommen."

„Ihr armer Mann. Ja, sie sind Diebe und Räuber, welche der Kaiser bald fortjagen wird. Habt Ihr denn eine Legitimation bei Euch?"

„Ja."

„Das ist gut. Zeigt sie her. Ohne ein solches Papier darf man keinen Fremden aufnehmen. Es ist uns streng verboten worden."

„Warum?" fragte der Fremde.

„Weil die Preußen viele Spione hier in das Land schicken."

„Hm, das ist ein sehr gefährliches Handwerk."

„Es soll aber sehr gut bezahlt werden. Unterdessen müssen ehrliche Leute hungern."

„Ist Bouillon so arm?"

„Es war bereits vor dem Krieg sehr arm; aber durch den Krieg ist es noch ärmer geworden. Daran war die Kriegskasse schuld."

„Welche Kriegskasse?"

„Das wißt Ihr nicht?"

„Nein. Ich bin ja aus Paris und nicht von hier."

Der Alte warf einen beobachtenden Blick auf den Fremden und fragte:

„Was sind Eure Eltern, Herr?"

„Mein Vater ist nur ein armer Weber."

„Ah, ein Weber! Die Bewohner von Bouillon sind alle arme Weber. Ihr seht so ehrlich aus, daß man wohl Vertrauen zu Euch fassen kann."

„Ich meine auch, daß Ihr es tun könnt."

„Nun gut. Legt ein tüchtiges Holzscheit in den Ofen, und dann will ich Euch die Geschichte von der Kriegskasse erzählen."

Der Fremde folgte dieser Aufforderung, wobei er von der Frau gefragt wurde:

„Wollt Ihr Milch und Brot jetzt gleich essen?"

„Wenn es Euch recht ist, ja."

„So seid so gut und zeigt uns Euren Paß."

Der junge Mann griff in die Tasche und zog ein sehr abgegriffenes Büchlein hervor, welches er der Frau gab. Diese reichte es ihrem Manne; dann ging sie hinaus, um das Abendbrot zu besorgen. Der Wirt nahm eine großmächtige Klemmbrille, eine sogenannte Nasenquetsche aus dem Tischkasten hervor, setzte sie auf und begann das Buch vom ersten bis zum letzten Blatt durchzusehen. Als er fertig war, sagte er:

„Ihr müßt bereits sehr weit herumgekommen sein, Herr?"

„Sehr weit", nickte der Fremde.

„Das sieht man an den vielen Stempeln, welche da im Buch stehen. Lesen kann ich es freilich nicht, aber es wird wohl richtig sein. Nicht wahr?"

„Es stimmt."

Da trat die Frau herein und setzte die Schüssel auf den Tisch. Sie enthielt Milch. Daneben legte sie ein Stück Brot zum Hineinbrocken. Das war die ganze Mahlzeit. Während sich der Fremde mit mehr Hunger als Appetit darübermachte, fragte sie den Wirt, welcher das Wanderbuch jetzt eben in ein Schränkchen schloß:

„Stimmt es, Vater?"

„Ja, es sind Namen und Stempel darin."
Sie musterte den Esser abermals sehr sorgsam und flüsterte dann:
„Er scheint armer, aber braver Leute Kind zu sein."
„Ja", nickte der Alte.
„Und man hat ihm seine Fiedel gestohlen."
„Eben! Er dauert mich!"
„Du, wollen wir?"
„Ja, ich denke."
„Gut. Willst du es ihm sagen?"
„Sage du es lieber, Alte! Ich weiß, es macht dir Freude."
Sie nickte vergnügt und wendete sich an den Fremden:
„Hört, Herr, wir haben Euch erst mit Mißtrauen betrachtet."
„Da habe ich leider bemerkt", meinte er freundlich.
„Jetzt aber meinen wir, daß Ihr wohl kein Stromer seid."
„Das bin ich allerdings nicht, liebe Mutter."
Bei den letzten beiden Worten warf die Alte einen stolzen Blick auf ihren Mann, denn so war sie noch von keinem Gast genannt worden; dann sagte sie:
„Darum meinen wir beide, daß Ihr auf dem Heuboden schlafen sollt."
„Ah, auf dem Heuboden?" fragte er, innerlich doch ein wenig enttäuscht.
„Ja. Wir wollen Euch nicht dahin tun, wo gewöhnliche Leute schlafen, denn Ihr habt so etwas Gutes und Apartes an Euch."
„Ich danke Euch herzlich. Aber wo schlafen denn hier die gewöhnlichen Leute?"
„Im Ziegenstall."
„Ah, im Ziegenstall. Sind Ziegen drin?"
„Zwei. Dort aber liegt nur Laubstreu, und die ist feucht. Ihr könntet Euch erkälten. Hat Euch die Milch geschmeckt?"
„Sehr gut."
„Ja, sie ist dahier auch von unseren zwei Ziegen. Aber, Alter, wolltest du denn nicht die Geschichte von der Kriegskasse erzählen?"
„Feilich, aber vor dir kommt man ja gar nicht zu Wort."
„Na, so erzähle. Ich werde still sein."
„Ja, erzählt!" bat der Gast. „Ihr habt mich fast neugierig gemacht."
„Oh, es ist nichts Lustiges, Herr. Also von dem Blücher habt Ihr bereits gehört?"
„Sehr viel."

„Der kam im vorigen Jahr über den Rhein herüber, der doch uns Franzosen gehört. Er kam nach Toul, welches jenseits der Berge im Süden liegt, und schickte einen seiner Generäle, welcher Fürst Schischerbatoff hieß, mit 10000 Feinden nach Void und Ligny. Dort lagen die Unsrigen mit einer großen Kriegskasse!"

„Ah, da haben wir ja die Kriegskasse!"

„Oh, wenn wir sie doch hätten! Die Franzosen waren zu schwach, um lange Widerstand leisten zu können. Besonders war es ihnen um die Kriegskasse zu tun."

„Das läßt sich denken", meinte der Fremde mit einem verständnisvollen Lächeln.

„Über die ebene Gegend hinüber nach der Marne zu konnte sie nicht gerettet werden."

„Wohl weil die Deutschen zu viel Reiterei hatten?"

„Ja. Darum brach ein Hauptmann mit einer halben Kompanie auf, um sich mit ihr in die Berge zu schlagen und sie durch den Argonner Wald zu schaffen, immer der Meuse entlang."

„Merkte dies der Feind nicht?"

„Nein. Sie entging ihm."

„So ist sie gerettet worden."

„Auch nicht. Es ist das eine sehr traurige Geschichte. Während des Marsches fielen bald von rechts und bald von links Schüsse auf die armen Leute. Bereits am ersten Abend hatten sie zwölf Mann verloren, bis zum zweiten ebenso viele."

„Wer schoß?"

„Das war nicht herauszubekommen. Wenn man an die Stelle kam, wo der Schuß gefallen war, stand niemand mehr da."

„Das war vorauszusehen."

„Nach vier Tagen waren nur noch zehn Mann übrig, am fünften noch sechs und am sechsten noch vier. Diese kamen mit der Kasse nach Bouillon. Sie wollten weiter und forderten Bedekkung; aber weil wir dachten, daß wir erschossen werden würden wie die Soldaten, flohen wir in die Berge; wir wollten nicht mit."

„Das war Euch nicht zu verdenken."

„Am nächsten Tag fand man die vier Grenadiere erschossen, gar nicht weit von hier; die Kasse aber war weg. Nach einigen Tagen hatten die Deutschen die Gegend verlassen, und es kam im Geheimen eine Streifpartei der Unsrigen, welche nach der Kasse suchte. Sie erfuhren, was geschehen war, und wir mußten zur Strafe eine schwere Kontribution zahlen, durch welche wir vollends arm geworden sind."

„Das ist allerdings sehr traurig für Euch. Hat sich keine Spur der Kasse je wieder gezeigt?"
„Nein."
„Und auch keine Spur der Schützen, welche damals die Bedekkungsmannschaften niedergeschossen haben."
„Nein."
„Hat man denn die Angelegenheit nicht gerichtlich untersucht?"
„Was denkt Ihr, Herr! Wir hatten ja Krieg, dann keine Regierung, dann eine, welche nichts galt. Es blieb eben alles, wie es war."
„Vielleicht sind deutsche Nachzügler die Räuber gewesen?"
„Nein. Diese hätten unser Terrain nicht gekannt."
„Oder französische Marodeure?"
„Das ist eher möglich. Wir wollen lieber von der traurigen Geschichte schweigen. Sagt, geht Ihr jetzt direkt nach Paris zurück?"
„Ja."
„So werdet Ihr das Glück haben, den großen Kaiser zu sehen?"
„Jedenfalls."
„Ich wollte, daß ich an Eurer Stelle wäre. Ihr geht natürlich über Sedan?"
„Ja."
„Berührt Ihr da vielleicht das Dörfchen Raucourt?"
„Das ist wohl möglich."
„So versäumt ja nicht, nach dem dortigen Meierhof Jeannette zu gehen."
„Jeannette? Ah, warum?"
„Weil dort das schönste Mädchen Frankreichs wohnt."
„Was, Vater, Ihr seid noch für die Schönheit eines Mädchens begeistert?"
„Ja, welcher Franzose wäre das nicht? In allen Ehren natürlich."
„Ist diese Schönheit gar so groß?"
„Hm, ich bin kein Kenner, wie Ihr ja auch hier an meiner Alten ersehen könnt, aber man sagt es allgemein."

Da ergriff endlich auch die Wirtin das Wort; hier konnte sie nicht schweigen.

„Was?" fragte sie. „An mir kann man das sehen?"
„Daß ich kein Kenner bin? Ja."
„Wie meinst du das?"

„Wenn ich Kenner wäre, hätte ich doch eine Schöne genommen!“
„Oh, das sagst du jetzt“, lachte sie vergnügt. „Du warst mit mir sogar sehr zufrieden.“
„Ja, eben weil ich kein Kenner bin.“
„Hm, ich denke, daß ich hübsch genug war, wenn auch freilich nicht eine Schönheit wie die vom Meierhof Jeannette. Ja, Herr, Ihr solltet sie wirklich sehen.“
„Ihr macht mir beinahe Lust hinzugehen.“
„Tut es! Geht man weit, um ein schönes Bild anzusehen, warum soll man nicht dasselbe tun, um einen schönen Menschen zu betrachten.“
„Habt Ihr sie selbst gesehen?“
„Ja. Sie ist ja selbst hier bei uns gewesen.“
„Ah, zu Besuch?“
„Nein, nur für eine halbe Stunde, bis eine andere Deichsel da war.“
„Sie hatte wohl einen Unfall erlitten, diese schöne Person?“
„Feilich. Sie hatte nach Lüttich gewollt, um dort Verwandte zu besuchen. Hier in der Nähe brach die Deichsel am Wagen, und da war sie gezwungen, bei uns einzukehren. Sie fuhr gar nicht weiter.“
„So ist sie abergläubisch?“
„Herr, das Abbrechen der Deichsel bedeutet stets etwas Böses.“
„Sehr richtig“, lachte er.
„Und sodann diese Deutschen! Sie waren ja bereits in Lüttich. Wir alle haben ihr abgeraten. Und so ist sie wieder umgekehrt.“
„Sie ist gewiß die Tochter des Meiereibesitzers?“
„O nein. Sie ist nur zum Besuch bei ihm.“
„Ah! Woher?“
„Das weiß man nicht.“
„Wie heißt sie?“
„Das kann ich nicht sagen. Hier bei uns war sie mit ihrer Mutter, von dieser wurde sie Margot genannt.“
„Ein hübscher Name!“
„Ja, er paßt ganz zu dem Mädchen. Aber gar zu schön, ist doch auch nicht gut; das kann man an ihr sehr deutlich sehen.“
„Wieso?“
„Weil ihre Schönheit bereits zwei Menschen das Leben kostet.“
„Sapperlot.“
„Ja. Denkt Euch, daß die ganze Garnison von Sedan verrückt

ist, sie nur zu sehen. Jeder möchte wenigstens einmal mit ihr sprechen. Man hat sich bereits dreimal duelliert. Zweimal fiel ein Offizier."

„O weh! So ist sie wohl kokett?"

„Oh, nicht im geringsten. Sie erscheint auf keinem Ball, wenn sie auch zehnmal eingeladen würde. Sie geht nie allein aus, sondern nur in Gesellschaft ihrer Mutter. Es kann sich keiner rühmen, ihr auch nur die Fingerspitzen geküßt zu haben."

„Und doch diese Duelle?"

„Oh, gerade diese Zurückhaltung macht ja die Männer verrückt."

„Na, Alte, ich war damals in dich nicht verrückt!" neckte der Wirt.

„Das hätte dir auch sehr schlecht angestanden. Aber der junge Herr wird ermüdet sein. Auch wir gehen zeitig schlafen."

Die beiden Leuten waren jetzt erst zutraulich geworden, nachdem sie vorher verschlossen und mißtrauisch gewesen waren, wie man es bei Bewohnern abgelegener Ortschaften häufig trifft. Der Fremde hätte so gerne sich mit ihnen noch unterhalten, besonders über das letzte Thema, das schöne Mädchen. Das interessierte ihn noch mehr als die Kriegskasse. Er kannte dieses Mädchen ja und wußte auch, warum es sich so zurückgezogen hielt. Es war ja seine Geliebte, seine Braut, und er war der Oberleutnant Hugo von Königsau.

„Geht Ihr wirklich so zeitig schlafen?" fragte er.

„Ja, denn wir müssen des Morgens früh wieder munter sein."

„Nun, so will ich Euch nicht von der Ruhe abhalten. Zeigt mir mein Lager."

„Das ist nicht hier im Haus, sondern im Hof. Kommt!"

Der Mann brannte eine Laterne an und leuchtete ihm über den kleinen, offenstehenden Hof hinüber. Dort stand ein einzelnes, kleines Gebäude, der Ziegenstall, über welchem sich der verschlossene Heuboden befand.

„Hier muß man das Heu verschließen, sonst wird es leicht gestohlen", erklärte der Wirt. „Da lehnt die Leiter, an welcher Ihr emporsteigt. Nehmt sie mit hinauf; das ist besser. Jetzt während des Krieges gibt es allerlei Gesindel in der Nähe. Wenn aber die Leiter fehlt, kann niemand hinauf zu Euch. Sind Eure Kleider trocken geworden?"

„So ziemlich. Ich danke."

„Soll ich Euch wecken?"

„Nein. Ich wache schon auf."

„So schlaft wohl. Ich wünsche Euch eine gute Nacht."
„Gute Nacht."

Königsau folgte dem Rat des Wirtes und zog die Leiter empor, als er sich oben befand, obgleich er über die ganze Situation lächeln mußte.

Also dieser kleine, niedrige, kaum fünf Ellen im Durchmesser haltende Heuboden war erster Rang, der Ziegenstall unten war zweiter Rang! Konnten wirklich Menschen da unten bei den Ziegen auf der kotigen Streu schlafen?

Der Wirt war jedenfalls ein sehr armer Mann, da er nicht einmal eine Kuh, sondern nur zwei Ziegen besaß.

Draußen plätscherte der Regen noch immer hernieder, auf dem Heu aber lag es sich wirklich ganz hübsch. Das Plätschern hatte eine einschläfernde Wirkung. Der Oberleutnant dachte an das schöne Mädchen von der Meierei Jeannette, an die verlorene Kriegskasse, und zwischen diesen beiden Gegenständen spannen sich im Traum phantastische Fäden herüber und hinüber.

Er wußte nicht, wie lange er so gelegen hatte; er wußte nicht einmal, ob er gewacht oder geträumt hatte, aber plötzlich war er munter, denn er hatte draußen vor dem Stall ein Geräusch gehört. Er horchte angestrengter und vernahm von halb unterdrückter Stimme die Frage:

„Hast du nachgesehen?"

„Ja."

„Sie sind wirklich schon zu Bett?"

„Ja, es ist kein Licht mehr im ganzen Haus."

„So gehen wir in den Stall."

„Aber wenn bereits jemand da ist."

„Werden sehen."

Die Tür des Ziegenstalles wurde geöffnet, und Königsau hörte, daß jemand hineinkam. Die Ziegen zeigten etwas Unruhe, schwiegen aber nach einigen begütigenden Lauten wieder, und dann erklang unten die Mahnung:

„Komm herein, es ist niemand hier."

„Ah, das ist gut."

„Ja, hier ist es warm, viel besser als da draußen. Ich bin allemal hier untergeschlüpft, wenn ich den Weg in die Berge gemacht habe."

„Heimlich?"

„Ja, heimlich. Es ist besser, man weiß gar nicht, daß ich hier gewesen bin."

Königsau konnte alle diese Worte verstehen, obgleich sie fast nur geflüstert wurden. Freilich durfte er kein Glied seines Körpers rühren, weil sonst das Rascheln des Heus seine Anwesenheit verraten hätte.

Wer waren die beiden Männer da unten, so fragte er sich. Der Wirt hatte von allerlei Gesindel gesprochen. Geheim war ihr Einschleichen in den Stall, und geheimnisvoll klangen auch die Worte, welche er erlauscht hatte.

„Was würde der Wirt sagen, wenn er uns hier entdeckte?"

„Nichts. Wir sind hereingegangen, weil er schlief und wir ihn nicht stören wollten. Er würde es uns gar nicht übelnehmen, aber wir müßten doch einen Sou Schlafgeld zahlen."

„Darauf kann es dir ja gar nicht ankommen, denn du bist reich."

„Freilich!" lachte der andere. „Aber besser ist es immer, man weiß gar nichts von meiner Anwesenheit."

„Werden die Hacken und die Schaufeln noch da liegen?"

„Ganz gewiß; sie sind ja vergraben."

„Ah, wenn die Leute wüßten . . ."

„Nun, ich habe dafür gesorgt, daß sie nichts wissen. Ah, ich habe in dieser Beziehung bereits sehr viel Pulver verschwendet."

„Wie aber kommst du dazu, mir dieses Geheimnis mitzuteilen, während die anderen es doch . . . hm?"

„Das will ich dir sagen. Wir waren sechs Personen. Wir hatten ausgemacht, nur alle sechs zugleich sollten den Ort zur bestimmten Zeit besuchen. Ich aber war schlau und machte mir meine Zeichen. Da merkte ich gar bald, daß die Kerle einzeln kamen und sich Geld holten. Da habe ich sie nach und nach weggeputzt, vier ich und du den fünften vorgestern. Das war deine Probe. Du hast sie gut bestanden."

„Oh, denkst du, daß es das erste Mal war?" lachte der Gelobte auf.

„Ah, du hast schon . . .?"

„Sechs, bis jetzt!"

„Sechs hast du bereits abgetan?"

„Ja."

„Hm, das ist schon aller Ehren wert. Und du hast wirklich ein Auge auf meine Tochter?"

„Ja."

„Und sie? Was sagt sie dazu? Hast du schon mit ihr gesprochen?"

„Freilich will sie mich. Wir sind vollständig einig."

„Wenn die Sache so steht, so kann ich dir vertrauen. Mein Schwiegersohn wird mich nicht verraten."

„Fällt mir doch nicht im Traum ein! Aber wie kamst du denn eigentlich dazu, es gerade auf die Kasse abzusehen? Es war doch eine böse und schwierige Sache."

„Das war der reine Zufall. Es war eine schlechte Zeit, und der Wildhandel ging nicht mehr, denn ein jeder schoß sich selbst das, was er brauchte. Ich wußte nicht, wovon ich leben sollte. Da nahm ich meine Büchse und zielte auf Menschen."

„Hm!"

„Was?"

„Brachtest du das gleich fertig?"

„Warum nicht? Übrigens war es oft gar nicht nötig. Es gab Tote oder Verwundete, in deren Taschen genug für mich war. Nach und nach hatten sich mehrere zu mir gefunden, fünf Mann und ich. Wir trieben das Handwerk methodisch, und es brachte uns etwas ein. Da, bei dem Überfall der Preußen auf Ligny, waren wir in der Nähe. Wir beobachteten vom Berg aus den ganzen Vorgang."

„Das war sehr bequem."

„Natürlich. Da sahen wir, daß ein mit vier Pferden bespannter Wagen davonfuhr; er wurde von vielleicht fünfzig Infanteristen begleitet. Das fiel auf. Wir berieten; wir lauschten und kamen zu dem Glauben, daß es die Kriegskasse sei. Das war natürlich ganz unser Fall."

„Was tatet ihr?"

„Einige waren so toll, einen direkten Überfall wagen zu wollen; ich aber überzeugte sie endlich, daß dies der reine Wahnsinn sei. Es lag klar, daß man die Kasse in das Gebirge bringen wollte. Wir brauchten nur mitzugehen, so konnten wir die Bedeckungsmannschaft nach und nach ganz gemütlich wegputzen. Und dies geschah. Nicht weit von hier fielen die letzten vier. Dann bemächtigten wir uns des Geschirres und fuhren hinauf in die Schlucht, welche ich von früher her kannte. Dort wurde die Kasse vergraben."

„Und Pferde und Wagen?"

„Den Wagen haben wir zertrümmert und verbrannt, auf die Pferde aber haben wir uns gesetzt und sind fortgeritten, um sie zu verkaufen."

„Wie viel war in der Kasse?"

„Ich weiß es nicht. Wir konnten es nicht zählen."

„Alle Teufel, so viel war es?"

„Ja. Das Zählen hätte uns zu viel Zeit gekostet. Es durfte sich ein jeder tausend Franc nehmen; dann wurde sie vergraben."

„Dann habt ihr euch öfters Geld geholt?"

„Ich zweimal, dann habe ich die anderen auf die Seite geschafft."

„Wo ist die Schlucht?"

„Sie ist sehr leicht zu finden, aber ihre Lage ist sehr schwer zu beschreiben. Du wirst es morgen ja sehen."

„Wann brechen wir auf?"

„Sobald der Tag graut, damit man uns hier nicht sieht."

„Ich kann dir sagen, daß ich vor Freude wie im Fieber bin!"

„Erst war es bei mir ebenso; jetzt hat es sich gelegt."

„Aber was gedenkst du, mit diesem vielen Geld zu tun?"

„Ich warte, bis es ruhig im Land geworden ist, dann ziehe ich nach Amerika."

„Und nimmst das Geld mit?"

„Natürlich!"

„Man wird es bemerken."

„Wohl schwerlich. Das laß überhaupt meine Sorge sein."

„Aber ich. Was wird dann mit mir?"

„Dummer Kerl, du wirst mein Schwiegersohn und ziehst mit mir!"

„Wirklich?"

„Natürlich."

„Ah, welche Freude! Höre, du sollst sehen, daß du an mir stets einen tüchtigen und treuen Burschen haben wirst."

„Das hoffe ich. Nun aber laß uns schlafen. Wir brauchen die Ruhe. Gute Nacht!"

„Gute Nacht!"

Unten raschelte die Streu, und dann wurde es still.

Königsau brauchte Zeit, um sich in dem Gehörten zurechtzufinden. Kaum hatte er von der Kriegskasse erzählen gehört, so stand er bereits an der Pforte ihres Geheimnisses.

Da raschelte es unten wieder, und der eine, welcher die Tochter haben wollte, sagte:

„Du, schläfst du schon?"

„Nein."

„Was ist über uns?"

„Der Heuboden."

„Warst du da schon einmal?"

„Nein. Dort schlafen nur selten Leute, welche besser sein wollen als unsereiner."

„Donnerwetter! Wenn jemand oben läge!"
„Das ist wahr! Der Kerl hätte alles gehört!"
„Man müßte ihn kaltmachen."
„Komm, wir müssen sogleich nachsehen."

Sie standen beide wieder auf und traten aus dem Stall heraus. Königsau hatte den Riegel von innen vorgeschoben; er war also sicher. Aber auch im anderen Fall hätte er sich nicht gefürchtet, denn er war mit zwei Taschenpistolen bewaffnet. Und doch war es ein Glück, daß er die Leiter hereingenommen hatte, denn er hörte sagen:

„Es ist zu da oben."
„Also niemand drin?"
„Wäre jemand drin, so würde die Leiter anlehnen."
„Das ist richtig. Wir haben uns unnötigerweise echauffiert."
„Ich denke es auch. Komm, legen wir uns wieder auf das Ohr!"

Das Geräusch, welches sie jetzt verursachten, gab Königsau Gelegenheit, sich in eine so bequeme Lage zu bringen, daß er darin verharren konnte, ohne besorgt sein zu müssen, ein verräterisches Geräusch zu verursachen.

Wer waren diese beiden Kerle, fragte er sich. Jedenfalls nichtswürdige Subjekte, Schlachtfeldhyänen. Er beschloß, die ganze Nacht zu warten und ihnen am Morgen zu folgen. Der Gedanke an die Masse Geldes, um die es sich handelte, ließ ihm zunächst allerdings keine Ruhe, bald jedoch kam die Müdigkeit langsam aber sicher über ihn, und er fiel in Schlaf, der aber so leise war, daß er sofort erwachte, als kurz vor Tagesanbruch sich die beiden Männer unter ihm zu regen begannen. Der eine gähnte laut und fragte:

„Schläfst du noch?"
„Nein. Ich wachte soeben auf."
„Ich auch. Welche Zeit wird es sein?"
„Will sehen!"

Die Tür des Stalles wurde geöffnet, und dann sagte dieselbe Stimme:

„Der Tag wird gleich kommen. Wir könnten immer aufbrechen."
„Wie ist es mit dem Regen?"
„Nicht so dick wie gestern, aber er dringt durch."
„Verdammt! Gutes Wetter wäre mir lieber!"
„Und mir gefällt dieses schlechte. Kein Mensch wird in den Bergen sein."

„Wie lange haben wir zu gehen?"
„Zwei Stunden."
„Das ist viel. Wir werden fadennaß."
„Aber wir bekommen Geld die Hülle und die Fülle. In der Köhlerhütte machen wir uns dann ein Feuer und wärmen und trocknen uns."
„Liegt sie an unserm Weg?"
„Ja."
„Und ist sie bewohnt?"
„Schon seit langem nicht mehr. Wir sind da vollständig sicher. Komm, mach dich auf die Beine."
Der andere erhob sich, trat aus dem Stall heraus, dehnte und streckte sich und fragte:
„So! Ich bin bereit. Rechts oder links?"
„Rechts? Dummheit! Wir werden doch nicht wieder durch die Stadt gehen. Wir müssen links am Ufer hin. Bei den drei großen Erlen geht es in die Berge hinein! Komm!"
Sie entfernten sich. Königsau brauchte nunmehr nicht sofort nachzulaufen, denn er wußte die Richtung, in welcher er sich zu halten hatte. Übrigens war seine Aufgabe eine leichte. Das Regenwetter war ihm hochwillkommen. Es weichte den Boden auf, so daß tüchtige Spuren zurückbleiben mußten.
Er ließ die Schritte der Strolche vollständig verhallen, dann öffnete er die Tür, schob die Leiter hinaus und stieg hinunter, nachdem er die Tür wieder verschlossen hatte. Gleich von hier aus waren die Spuren der beiden ganz deutlich zu sehen.
Er folgte denselben längs des Flüßchens bis zu den erwähnten drei großen Erlen, wo sie links abbogen.
Bei gutem Wetter wäre es bereits heller Tag gewesen, heute aber mischte sich der Regen mit einem Nebel, welcher kaum zehn Schritt weit zu blicken erlaubte. So ging es wohl eine Stunde lang immer bergan. Da begann der Hochwald, und es galt nun, vorsichtiger und auch aufmerksamer zu sein.
Königsau beflügelte seine Schritte, um den Voranschreitenden näherzukommen. Nach einiger Zeit hörte er denn auch ihre Stimmen, da sie laut miteinander sprachen, und nun konnte er, durch die Bäume gedeckt, hinter ihnen herhuschen, ohne etwas befürchten zu müssen.
Die Verbrecher waren bis jetzt immer einer Art von Weg gefolgt, auf welchem sich wohl auch ein Wagen bewegen konnte, nun aber endete dieser Weg an einer kleinen Lichtung, auf wel-

cher ein sehr primitives Gebäude stand, jedenfalls die Köhlerhütte, von welcher gesprochen worden war.

Die Männer traten nicht ein, sondern schritten quer über die Lichtung hinüber. Königsau folgte ihnen, sich unter den Bäumen am Rande der Blöße haltend.

Jetzt hatte der Pfad aufgehört; aber die Bäume standen breit auseinander, und das Terrain stieg langsam empor, daß man auch hier noch mit Wagen fahren konnte. Endlich kam man in eine breite Talmulde, welche fast bis zum Kamm des Gebirges emporzugehen schien, dann aber plötzlich in einen breiten, kluftartigen Riß überging, welcher sich nach links hinzog.

In ihn bogen die beiden Männer ein, und der Deutsche folgte ihnen. Die Ränder der Schlucht waren dicht mit starken Bäumen besetzt, zwischen denen noch niederes Gebüsch wucherte. Da sie unten auf der Sohle der Schlucht fortschritten, so konnte er etwas höher parallel mit ihnen gehen und sie sogar reden hören. Jetzt, zum ersten Mal, sah er auch, daß es ein älterer und ein jüngerer Mann war. Der erstere hatte ein ungemein bärtiges Gesicht und in seinem Gang und in seiner Haltung etwas von einem Forstmann. Er mochte wohl ein fortgejagter Waldwärter sein. Seine Züge waren kühn und keineswegs abstoßend. Der andere trug auch einen Vollbart, der aber kurz und struppig war, weil er noch nicht lange Zeit gestanden hatte. Seine Haltung war gebückt, sein Gang schleichend, und sein Gesicht zeigte die Spuren einer durch Laster bereits zerrütteten Jugend. Königsau hielt ihn jeder Schandtat fähig.

„Geht es noch weit?“ fragte dieser letztere.

„Warte einmal!“ sagte der Gefragte lächelnd. Er musterte den Boden und fügte dann hinzu: „Gehe einmal zwölf Schritt langsam geradeaus!“

Der Aufgeforderte tat dies.

„Halt!“ kommandierte jetzt der andere.

„Halt? Warum?“

„Weil du jetzt gerade über der Kriegskasse stehst.“

„Ah, sie liegt gerade unter mir?“

„Ja.“

„Wie tief?“

„Ungefähr fünf Fuß.“

„Da werden wir aber verteufelt zu graben haben.“

„Nein; es geht ganz gut. Der Boden ist locker.“

„Aber Hacke und Schaufeln?“

„Geh noch fünf Schritt geradeaus!“

Der andere tat es.
„Halt!"
„Hier liegen sie?"
„Ja, unter deinen Füßen."
„Wie tief?"
„Nur so tief, daß du nichts als das Messer zu nehmen brauchst, um sie zu bekommen."
„Wollen wir gleich anfangen?"
„Ja. Aber erst trinken wir einen Schluck."
Der Sprecher zog eine Branntweinflasche aus der Tasche, tat einen tüchtigen Schluck und reichte sie dann dem andern hin, der auch davon trank und sie ihm dann zurückgab.
Nun gruben sich die beiden zunächst die Werkzeuge aus der Erde. Es waren zwei Spitzhacken und zwei Schaufeln.
„Also, sag mir, wie ich graben soll. Wie ist die Länge und die Breite der Grube?"
„Sie ist ein Quadrat. Ehe wir die Hacken nehmen, müssen wir erst den Rasen mit den Schaufeln vorsichtig abstechen und abschälen. Er kommt später wieder darauf. Sonst würde man merken, daß hier gegraben worden ist."
Er nahm eine der Schaufeln und stach ein Quadrat des Rasens aus, welches abgehoben und zur Seite gelegt wurde. Dann begann die eigentliche Grabearbeit.
Königsau hatte alles ganz deutlich gesehen und gehört. Er hatte sich höchstens fünfzehn Schritt oberhalb des Arbeitsortes ganz gemächlich unter die überhängenden Zweige einer starken Fichte niedergesetzt. Dort war der Regen nicht durchgedrungen; er hatte also einen bequemen trockenen Sitz und wurde durch kleines, vorstehendes Strauchwerk so versteckt, daß er nicht bemerkt werden und doch alles genau beobachten konnte.
Die beiden arbeiteten wohl eine halbe Stunde abwechselnd mit Hacke und Schaufel. Da endlich gab ein Hieb einen dumpfen, harten Ton.
„Was war das?" fragte der Jüngere.
„Wir sind auf die Kiste gestoßen."
„Ah, das Geld ist in einer Kiste?"
„Nein; in einem eisernen Kasten, aber dieser steht wieder in einer Kiste."
„Höre", sagte der Jüngere, „ich will dir sagen, daß ich bis jetzt an der Wahrheit deiner Erzählung gezweifelt habe."
„Dummkopf!"

„Ich dachte, du wolltest mich dadurch bewegen, deine Tochter zu nehmen."

„Unsinn! Die würde noch einen anderen Kerl kriegen, als du bist!"

„Na, schön ist sie nicht."

„Wenn sie dir nicht paßt, kannst du ja gehen!"

„Das fällt mir gar nicht ein! Also die Kriegskasse ist wirklich in dieser Kiste?"

Sein Gesicht war vor Erregung gerötet, und seine Augen glühten wie Flammen.

„Na, was denn sonst?"

„So wollen wir weitergraben."

Er ergriff die Hacke, während der andere schaufelte. Als dieser sich aber ein wenig mehr niederbückte, holte er mit der Hacke aus und schlug sie ihm mit aller Gewalt auf den Hinterkopf. Der Gestroffene stürzte lautlos und mit vollständig zerschmettertem Schädel in die Grube hinab.

Der Mörder aber warf die Hacke weg, schlug die Hände zusammen und rief:

„Hier, Dummkopf, hast du deinen Lohn! Um die Kasse zu besitzen, hast du die andern gemordet; jetzt bist du selbst tot und mußt sie mir überlassen. Oh, ich bin reich, reich, reich! Und niemand weiß es, und niemand bekommt etwas davon! Nun mag der Teufel das Mädchen holen! Ich kann mir nun die Schönste suchen, die es gibt, ich kann sogar auf die Meierei Jeannette freien gehen!"

Die entsetzliche Tat war so schnell und unerwartet begangen worden, daß es für Königsau unmöglich gewesen wäre, sie zu verhindern. Er war aufgesprungen; er stand ganz steif vor Schreck; aber nur kurze Zeit blieb er so stehen, dann zog er seine beiden Doppelpistolen hervor, spannte die Hähne und schlich sich hinab.

Der Mörder stand wie ein Verzückter vor seinem Opfer.

„Habe ich dich nicht sehr gut getroffen?" sagte er. „Komm heraus! Ich muß zu der Kasse hinab, du aber liegst mir im Weg!"

Er ergriff die beiden Beine des Ermordeten und zog ihn aus der Grube heraus. Dann nahm er die Schaufel vom Boden auf und richtete sich in die Höhe, um die Arbeit fortzusetzen; da aber riß er plötzlich die Augen auf; die Schaufel entsank seinen Händen, und er stand vor Schreck völlig bewegungslos.

Er hatte Königsau bemerkt, welcher zwei Schritt weit vor ihm stand, die vier Läufe seiner Pistolen auf ihn gerichtet.

„Mörder!"
Der Mann konnte nichts antworten; er schien die Sprache verloren zu haben.
„Gleich siehst du, ob er vielleicht noch lebt!"
Dieser Befehl gab ihm das Vermögen der Sprache wieder.
„Hölle und Teufel, wer sind Sie?" fragte er.
„Das wird sich finden. Jetzt siehst du nach, ob er noch lebt, sonst jage ich dir eine Kugel in den Kopf. Vorwärts, rasch!"
Königsaus Ton und Haltung waren so, daß der Mann nicht zu widerstreben wagte. Er bückte sich nieder, untersuchte den andern und sagte dann ohne eine Spur der Reue:
„Vollständig tot. Warum war er so dumm!"
„Wer der Dumme ist, das wird sich finden. Wie heißt du?"
Der Mann hatte sich jetzt von seinem Schreck vollständig erholt. Er antwortete:
„Wen geht das hier etwas an?"
„Mich! Übrigens mache ich dich darauf aufmerksam, daß ich dir sofort die Kugel durch den Kopf jage, wenn du mir noch eine einzige solche Antwort gibst. Also, wie heißt du?"
„Fabier."
„Woher?"
„Aus Raucourt."
„Was bist du?"
„Fleischer."
„Wie hieß dieser Mann hier?"
„Barchand."
„Woher?"
„Auch aus Raucourt."
„Was war er?"
„Auch Fleischer."
„Gut, das genügt einstweilen. Nimm eine Hacke und eine Schaufel und gehe voraus."
„Wozu?"
„Das wirst du erfahren."
„Wissen Sie, was sich in dieser Grube befindet?"
„Ja."
„Nein, Sie wissen es nicht, Sie können es nicht wissen!"
„Ich weiß es."
„Nun, was?"
„Die Kriegskasse von Ligny."
„O Teufel, woher wissen Sie das?"
„Ich bin ein Offizier. Das muß dir genügen."

„Offizier? Herr, wir wollen die Kasse teilen."
„Unsinn."
„Ich will nur den dritten Teil haben!"
„Schweig, und gehorche."
„Nur den vierten Teil."
„Wirst du Hacke und Schaufel nehmen oder nicht?"
„Ich gehorche, und Sie werden mit sich reden lassen."
Er nahm die Werkzeuge auf. Immer mit gespannter Waffe ließ ihn Königsau eine Strecke vor sich her in die Schlucht hineingehen. Auf den Boden deutend, gebot er:
„Hier gräbst du dem Gemordeten ein Grab!"
„Gern, Monsieur! Aber wollen wir nicht erst über die Kasse sprechen?"
„Später. Erst bringen wir den Toten zur Ruhe."
„Gut, ich werde gehorchen."
Er begann zu arbeiten. Der Gedanke an die Kasse trieb ihn zum größten Eifer an. In kurzer Zeit war ein sechs Fuß langes und vier Fuß tiefes Grab ausgeworfen. Der Mann blickte den Leutnant fragend an.
„Noch einmal so breit!" gebot dieser.
„Warum? Das genügt ja."
„Arbeite so, wie ich es dir befehle."
Der Mann sah sich gezwungen zu gehorchen. Bald hatte das Grab die anbefohlene Breite.
„Jetzt hole deinen Kameraden her und lege ihn hinein!"
Der Mann gehorchte abermals, aber er war außerordentlich blaß geworden. Er schien zu ahnen, weshalb er dem Grab eine doppelte Breite hatte geben müssen.
„Was nun?" fragte er jetzt, scheinbar demütig.
Königsau bemerkte gar wohl die Blicke, welche jener um sich warf.
Es handelte sich hier um Leben und Tod. Er mußte auf den anderen die strengste Obacht geben.
„Jetzt wird die Kasse wieder zugedeckt", sagte der Offizier.
„Zugedeckt? Warum?"
„Es soll sie niemand bemerken. Weshalb denn sonst?"
„Ich denke, wir wollen sie teilen!"
„Sie bleibt unberührt."
„Herr, beweist doch einmal, daß Ihr ein Recht an ihr habt!"
„Du bist der Kerl nicht, dem ich dies zu beweisen hätte. Packe dich an die Arbeit, sonst jage ich dir die Kugel in den Kopf."
„Aber wenn ich die Kasse zugedeckt habe, was wird nachher?"

„Das wirst du sehen."
„Herr, Ihr dürft nicht so schlimm von mir denken."
„O nein. Du hast nur bereits sechs abgetan; dieser dort ist der siebente."
Da wurde das Gesicht des Mannes förmlich fahl vor Schreck. Dann aber trat auch sein eigentümlicher Charakter zutage, denn er antwortete darauf:
„Nun, wenn Sie das wissen, so werden Sie mir wohl auch glauben, daß ich Ihnen jetzt nur gehorche, weil ich meinen Grund dazu habe."
„Allerdings. Du fürchtest meine Kugel."
„Oh, da irren Sie sich ganz außerordentlich. Nicht eine jede Kugel trifft."
„Die meinige sicher."
„Das kommt auf eine Probe an."
Königsau zuckte die Achsel.
„Dummkopf!" sagte er. „Glaubst du, mich zu Probeschüssen verleiten zu können? Gehorche meinem Befehl, sonst wirst du sofort sehen, daß ich gut treffe."
Der Mann begann nun allerdings, die Grube zuzufüllen, welche die beiden Kumpane mit so vieler Mühe aufgegraben hatten. Auch der Rasen wurde wieder daraufgelegt und festgetreten, so daß man nicht sah, daß vor wenigen Minuten sich hier ein tiefes Loch befunden habe. Jetzt sagte der Mörder:
„So, da sind wir fertig; unser Geheimnis ist wieder gesichert. Ich hoffe, daß wir nun unsere Verabredungen treffen. Wie haben Sie denn eigentlich den Ort kennengelernt, an dem der Schatz vergraben liegt?"
Königsau sagte sich, daß die Wahrheit hier eine Strafschärfung sei, und daher antwortete er mit einem überlegenen Lächeln:
„Von euch selber."
„Von uns? Wen meinen Sie?" fragte er erstaunt.
„Ich meine dich und dort deinen Begleiter, den du ermordet hast."
„Wie? Von uns beiden hätten Sie es erfahren?"
„Ja."
„Aber wie denn?"
„Ihr spracht gestern abend im Ziegenstall davon."
„Donnerwetter! Wo waren Sie da?"
„Über euch auf dem Heuboden."
Der Mann stand ganz perplex da.

„Aber wir haben ja nachgesehen“, sagte er. „Es war kein Mensch droben.“
„Ich war droben.“
„Es war ja zugeschlossen!“
„Ich hatte von innen zugesperrt.“
„Es war keine Leiter da.“
„Ich hatte sie mit hineingenommen.“
„Und das ist wahr, wirklich alles wahr?“
„Ganz gewiß. Als ihr euch ausgesprochen hattet, sagtet ihr euch gute Nacht; aber nach einer Weile fragtest du, was über euch sei. Es kam euch der Gedanke, daß jemand gehorcht haben könnte, und da nahmt ihr euch vor, ihn kaltzumachen.“
„Wahrhaftig, das stimmt, das stimmt! Wie dumm, o wie dumm!“
„Daß ihr mich nicht kaltgemacht habt?“
„Ja, das hätten wir ganz sicher getan.“
„Heut morgen bespracht ihr noch den Weg, links vom Fluß ab, wo die drei hohen Erlen stehen. Da bin ich euch nachgefolgt bis hierher.“
„Welch eine Dummheit von uns! Aber sagen Sie, was hatten Sie sich vorgenommen? Was wollten Sie tun?“
„Ich wollte den Ort kennenlernen und dann die Kasse holen. Vielleicht hätte ich euch beide erschossen, so wie du ihn getötet hast und ich auch dich töten werde.“
„Mich? Töten?“ fragte der Mörder mit kreidebleichen Lippen.
„Ja, gewiß“, antwortete Königsau bestimmt und ernst.
„Aber warum? Ich habe Ihnen doch nichts getan?“
„Oh, du hättest mich längst erschlagen, wenn dich meine Pistolen nicht im Zaume gehalten hätten. Du hast deinen Kameraden gemordet, und der Ort, an welchem die Kasse vergraben liegt, muß verborgen bleiben; das sind zwei höchst triftige Gründe für dein Todesurteil. Du hast dir dort dein Grab selbst gegraben; du wirst neben deinem Opfer verfaulen.“
Der Mann blickte einige Sekunden regungslos zu Boden, als ob er sich von den Worten des Sprechers vollständig zerknirscht und niedergeschmettert fühle. Dann zog er den einen Fuß zurück und warf sich im nächsten Augenblick mit einem wuchtigen Sprung auf den Mann, der sich hier zu seinem Richter aufwarf.
„Noch ist's nicht so weit!“ rief er. „Stirb, du Schurke!“
Aber der verkleidete Husarenleutnant war nicht der Mann, sich in dieser Weise überrumpeln zu lassen. Sein scharfes Auge hatte die Fußbewegung des Mörders ganz richtig taxiert. Er trat,

als dieser sich auf ihn schnellte, zur Seite, erhob die Pistole und antwortete:

„So fahre hin ohne Beichte und Gebet!"

Sein Schuß krachte; und der Franzose stürzte, durch den Kopf getroffen, zu Boden.

Jetzt waren die Opfer der Kriegskasse gerächt, und der Sieger befand sich, wie er meinte, in dem alleinigen Besitz des wertvollen Geheimnisses.

„Jetzt bin ich der einzige, der diesen Ort kennt", sagte er zu sich. „Die Deutschen werden siegen und wieder in Frankreich eindringen. Ich hebe dann die Kasse und übergebe sie dem Marschall. Ein Avancement ist mir daraufhin gewiß. Daß ich diesen Menschen erschossen habe, braucht meinem Gewissen keine Schmerzen zu machen. Er war ein Verräter gegen seine Verbündeten, ein Mörder, der seinen Lohn empfangen hat."

Er warf die Leiche des Erschossenen in das von diesem selbst bereitete Grab und deckte die beiden Toten mit Erde zu. Nachdem er die Stelle so hergerichtet hatte, daß man nur schwer erraten konnte, was hier vorgegangen war, zerstreute er rundum die noch übriggebliebene Erde. Auch gab er sich die möglichste Mühe, den Ort, an welchem die Kasse vergraben lag, so natürlich herzustellen, daß niemand auf den Gedanken geraten konnte, daß hier in der Erde ein Schatz von so bedeutendem Wert vergraben liege.

Nun blieb nur noch übrig, die Werkzeuge wieder zu verbergen. Er tat dies in derselben Weise, wie es vorher der Fall gewesen war, da ihm keine bessere Art der Verwahrung einfallen wollte. Darauf maß er die Lage der Goldgrube, der Werkzeuge und der Leichen genau nach Schritten ab und zog dann sein Notizbuch hervor, um seine Eintragungen darüber zu machen und eine Zeichnung zu entwerfen.

Jetzt war er fertig und trat den Rückweg an.

Als er das Haus erreichte, in welchem er gestern abend eingekehrt gewesen war, fand er die Wirtsleute längst munter, aber sie hatten sich noch nicht um ihn gekümmert und glaubten, daß er erst jetzt aufgestanden sei. Das war ihm lieb.

Nachdem er ein sehr frugales Frühstück genossen hatte, bezahlte er seine Zeche und setzte seinen Weg fort, begleitet von den besten Wünschen der beiden wortkargen Alten, welche gestern abend so ungewöhnlich mitteilsam gegen ihn gewesen waren.